KNAUR

Im Knaur Taschenbuch Verlag sind bereits folgende Bücher der Autorin erschienen:
Im Land der Feuerblume
Jenseits von Feuerland
Im Schatten des Feuerbaums
Die Rosen von Montevideo
Der Traum von Rapa Nui

Über die Autorin:
Carla Federico ist eine österreichische Autorin, die unter anderem Geschichte studiert hat und heute als freie Autorin in Frankfurt am Main lebt. Ihre große Leidenschaft fürs Reisen hat sie in zahlreiche Länder geführt – und auch auf diverse Kreuzfahrtschiffe. Für ihren Roman hat sie intensive Recherchen betrieben und viele Originalquellen und Reiseberichte von der ersten Kreuzfahrt studiert, um detailgenau das Bordleben und die Landausflüge zu beschreiben.

CARLA FEDERICO

Der Traum von Meer und Wind

Roman

KNAUR

Besuchen Sie uns im Internet:
www.knaur.de

FSC
www.fsc.org
MIX
Papier aus verantwortungsvollen Quellen
FSC® C083411

Vollständige Taschenbuchausgabe März 2017
Knaur Taschenbuch

Ein Imprint der Verlagsgruppe
Droemer Knaur GmbH & Co. KG, München

Redaktion: Kerstin von Dobschütz
Covergestaltung: ZERO Werbeagentur, München
Coverabbildung: © Mark Owen / Trevillion Images
Satz: Adobe InDesign im Verlag
Druck und Bindung: CPI books GmbH, Leck
ISBN 978-3-426-51460-3

2 4 5 3 1

»Selten hat noch eine Partie von Touristen in so kurzer Zeit so vieles und so Herrliches gesehen wie wir, und so hübsch, so bequem, so mit Fürsorge und Luxus umgeben, hat sie es überhaupt noch nicht.«

Aus einem Reisebericht von der ersten Lustfahrt

Reiseroute der ersten Lustfahrt der *Augusta Victoria* im Jahr 1891

22. Januar,
Abfahrt von Cuxhaven

23.–24. Januar,
Southampton

28.–29. Januar,
Gibraltar

31. Januar,
Genua

4.–9. Februar,
Alexandria, Weiterreise nach Kairo

10.–14. Februar,
Jaffa (Tel Aviv), Weiterreise nach Jerusalem

15.–19. Februar,
Beirut, Weiterreise nach Damaskus

22.–26. Februar,
Konstantinopel (Istanbul)

27. Februar–1. März,
Athen

3. März,
Malta

4.–5. März,
Palermo

6.–10. März,
Neapel, Weiterreise nach Capri

14. März,
Lissabon

17.–19. März,
Southampton, Weiterreise auf die Isle of Wight

21. März,
Cuxhaven/Hamburg

Prolog

Cuxhaven, 23. Januar 1891

»Wir kommen bestimmt zu spät.«

Immer wieder blickte Mina Ahlhusen auf ihre Uhr. Der Zeiger bewegte sich gar so schnell – viel schneller zumindest als die Räder der Kutsche, die so oft im knöcheltiefen Schnee stecken blieben. Verzweifelt schüttelte sie den Kopf. »Das Schiff legt doch gleich ab. Nie und nimmer erreichen wir es rechtzeitig.«

Während sie unruhig auf ihrem Sitz hin und her rutschte, lehnte sich Hedwig Ahlhusen, ihre Großmutter, an die Kopfstütze. Weder Minas Ungeduld noch die schmerzhaften Stöße bei jeder Radumdrehung schienen ihr zuzusetzen. Nach einer Weile bemerkte sie lediglich auf die ihr eigene schnodderige Art: »Die Uhr geht nicht langsamer voran, nur weil du ständig darauf starrst.«

Seufzend versuchte Mina, das Ticken zu ignorieren, und blickte aus dem Fenster des Gefährts. Dass sie sich bereits dem Hafen näherten und in der Ferne die drei riesigen gelben Schornsteine der *Augusta Victoria* sichtbar wurden, war ihr kein Trost. Der Schnee war hier zwar geschmolzen – jedoch unter den Schritten unzähliger Schaulustiger, die den Weg zum Kai namens Alte Liebe ebenso verstellten wie die vielen kleinen Droschken, mit denen die weiblichen Passagiere vom Bahnhof hierhergebracht worden waren.

Warum hatte sie nicht auch auf die Eisenbahn bestanden, sondern auf den Vater gehört, der das Automobil vorzog? Dieses hatte – anspruchsvoller und launenhafter als jedes noch so nervöse Pferd – auf dem letzten Stück der Strecke seinen Geist aufgegeben und ihnen keine andere Wahl gelassen, als in die Kutsche umzusteigen. Die zwei Gäule wiederum, die vor dieser gespannt waren, waren zwar weder launenhaft noch nervös, jedoch so alt, dass ein Fußmarsch kaum länger gedauert hätte.

»Das Schiff ...«, sagte Mina verzweifelt. »Es wird bestimmt nicht auf uns warten. Schließlich hätte die Reise schon gestern beginnen sollen.«

Grund für die Verzögerung war die zugefrorene Elbe, die zunächst kein Durchkommen erlaubte, als die *Augusta Victoria* von ihrem Winteraufenthalt in Hamburg nach Cuxhaven überführt wurde. Am Ende hatte sie das Eis jedoch durchbrochen, und die vielen Schollen, die jetzt wie Diamanten in der Mittagssonne funkelten, waren zu klein, um ein echtes Hindernis darzustellen.

»Na ja«, knurrte Hedwig Ahlhusen und machte weiterhin keine Anstalten, auch aus dem Fenster so blicken, »so ein großes Versäumnis wäre es auch wieder nicht, wenn wir nicht rechtzeitig an Bord gingen. Ich meine, eine Reise allein zum Vergnügen, wer hat so etwas schon gehört! Von einem Ort zum anderen zu kommen – zu diesem Zweck hat Gott die Schiffe vorgesehen. Aber nicht, dass Menschen ihren Spaß daran haben.«

»Aber, aber«, schaltete sich Wilhelm Ahlhusen, Minas Vater, ein, der den Wortwechsel bis jetzt mit belustigter Miene, aber schweigend verfolgt hatte. »Es ist nicht Gott, der Schiffe baut, sondern es sind die Menschen ... und diese wiederum hat er mit einem erfindungsreichen Geist ausgestattet. So eine Lustfahrt zu unternehmen ist ein kühnes, noch nie da gewesenes Unternehmen, folglich eine hervorragende Geschäftsidee.«

»Das wird sich noch zeigen.«

»Aber prachtvoll anzusehen ist das Schiff auf jeden Fall!«, rief Mina.
Mittlerweile erblickte sie in der Ferne nicht nur die Schornsteine und die Masten, die in die winterliche Luft ragten, sondern den schwarzen Rumpf, vor dessen Hintergrund die Eisschollen einem Heer von Schwänen glichen. Winzig klein erschienen die vielen anderen Schiffe und Kähne, die im Hafen eingefroren waren und keinen anderen Sinn hatten, als die Größe und Pracht des Luxusdampfers hervorzuheben. Kein Wunder, dass man diesem gerne den Beinamen »die schöne Hamburgerin« gab – Mina fand, dass sie ihn völlig zu Recht trug. Festliche Flaggen knatterten im Winterwind, viele der Schaulustigen hatten Tücher hervorgezogen, um zu winken, alles drängte Richtung Schiff, um es so genau wie möglich in Augenschein zu nehmen – nur ihre Kutsche blieb endgültig stehen.
»Wir sollten aussteigen und zu Fuß weitergehen«, schlug Mina vor.
»Zu Fuß? Ich dachte, diese Reise dient ausschließlich dem Vergnügen«, knurrte Hedwig.
»Noch haben wir sie ja nicht angetreten, und auch auf den Landausflügen werden wir manche Wanderung unternehmen.«
»Wenn wir denn das Schiff überhaupt erreichen …«
Trotz ihrer skeptischen Worte erhob sich Hedwig, nachdem Wilhelm aufgestanden war, die Tür geöffnet und ihr die Hand angeboten hatte, um ihr beim Aussteigen zu helfen. Mina hatte ihre Großmutter oft über schmerzende Glieder klagen gehört, doch man sah ihr diese nicht an. Ihr Rücken war kerzengerade und der Kopf so hoheitsvoll gereckt, als würde sie darauf ein paar Bücher balancieren. In ihrer Jugend, so erzählte sie oft, hätte sie

wie jede Frau acht Unterröcke übereinander getragen, weil die Mode dies so vorschrieb, und obwohl sie mittlerweile auf die Hälfte verzichtete, glich ihr Reisekostüm – ebenso schwarz wie all die Kleidung, die sie seit dem Tod ihres Mannes vor dreißig Jahren trug – einem Panzer. Selbst die Schneeflocken, die vereinzelt in der Luft tanzten, schienen diesen zu scheuen, während Minas Hände und Wangen bald nass davon wurden.
Sie selbst trug nicht so viele Unterröcke, jedoch wie stets ein enges Mieder, und als sie sich durch die Masse hindurchkämpfte, atmete sie zunehmend schwerer. Dass sie mit den halbhohen, geschwungenen Absätzen ihrer Stiefeletten mehrmals im matschigen Schnee stecken blieb, machte das Fortkommen kaum leichter, und unter dem dicken, pelzverbrämten Cape aus olivgrünem Wolldamast fing sie zu schwitzen an. Gottlob, dass sie wenigstens nur das Handgepäck zu tragen hatten, während der Rest schon auf dem Schiff wartete.
»Aus dem Weg, aus dem Weg!«, rief sie keuchend.
Niemand hörte auf sie, und obwohl die Stimme ihres Vaters – eine große, stattliche Erscheinung, der man den vielen Branntweinkonsum der letzten Wochen erst auf den zweiten Blick ansah – ungleich dunkler und dröhnender klang, erreichte er mit seinem »Weg da!« kaum mehr. Lauter noch als ihre Bitten und Befehle waren die vielen Jubelrufe, und selbst als Mina ihre Ellbogen einsetzte, zog sie damit nur irritierte Blicke auf sich, während keiner ihr Platz machte – schlichtweg, weil es keinen mehr gab, sondern sich die Schaulustigen gegenseitig auf die Füße traten. Längst sah sie nichts mehr von den gelben Schornsteinen, nur schwarze Hüte und Mäntel, Muffe und Stiefel und den eigenen weißen Atem, der vor ihrem Mund aufstieg. Doch als sie schon aufgeben, gar

zur Kutsche zurückkehren wollte, verstummte die Menschenmasse jäh. Das Einzige, was nun zu hören war, waren die Klänge der Bordkapelle, die auf dem Deck des Schiffes spielte.

»Jetzt legt das Schiff wirklich ab«, sagte Mina traurig.

Doch niemand erteilte den Befehl »Leinen los!«, und anstatt sich noch dichter an das Schiff heranzuwagen, wichen die Schaulustigen plötzlich zurück. Diesmal wurde Wilhelms Befehl, Platz zu machen, sofort befolgt, und durch die schmale Gasse, die sich auftat, gelangten sie ganz ohne Drängen zur Landungsbrücke. Die letzten Schritte bis zum Kai starrte Mina konzentriert auf den Weg. Das fehlte noch, auszurutschen und damit das so nahe Ziel zu verfehlen! Erst als sie es erreicht hatte, sah sie sich wieder um und erblickte nicht weit von sich einen Mann mit spitzem Bart und grüner Uniform, glänzenden Goldepauletten und funkelnden Knöpfen. Eben trat er auf das Schiff zu, von wo aus ihm ein zweiter entgegenkam, dieser in Zivil gekleidet und etwas kleiner, was nicht nur an der unterschiedlichen Körpergröße, sondern seiner dienernden Kopfbewegung lag.

Diesen Mann kannte Mina: Es war Albert Ballin, der Passageleiter der Hamburg-Amerikanischen Paketfahrt-Aktiengesellschaft – was ein so monströser Name war, wie ihr Vater oft spottete, dass man sie entweder die Hamburg-Amerika-Linie oder HAPAG nannte. Letzteres fand wiederum ihre Großmutter monströs, weil es in ihren Augen an einen missglückten Hundenamen erinnerte.

So oder so: Während Mina Herrn Ballin schon öfter begegnet war, kam ihr der andere Mann nur vage bekannt vor, und ihrem Vater schien es ähnlich zu gehen.

»Na also«, sagte Wilhelm, »das Schiff wartet auf sämtliche Passagiere.«
»Das ist doch kein Passagier«, schalt Hedwig streng. »Das ist unser Kaiser Wilhelm II. Offenbar ist er gekommen, um das Schiff persönlich zu inspizieren und zu verabschieden.«
Mina nickte aufgeregt. »Es ist ja auch nach seiner Gattin benannt.«
»Von wegen!« Hedwig rümpfte die Nase. »Unsere Kaiserin heißt Auguste Victoria. Welch eine Schande, dass man ihren Namen nicht richtig geschrieben hat, als man das Schiff taufte.«
Wilhelm Ahlhusen schien nicht sonderlich von seinem kaiserlichen Namensvetter beeindruckt. »Ob nun Augusta oder Auguste. Zumindest haben wir Zeit gewonnen, um ganz gemütlich an Bord zu gehen.«
Mina unterdrückte ein Grinsen, während die umstehenden Menschen nicht ganz so humorvoll waren und ihnen ob des Getuschels strenge Blicke zuwarfen. Obwohl Mina den Kaiser, dem Albert Ballin eben etwas erklärte, gerne länger beobachtet hätte, huschte sie über die Laufbrücke an Bord. Wieder achtete sie bei jedem Schritt darauf, nicht auszurutschen, aber das enge Mieder machte ihr nicht länger zu schaffen. Immer befreiter atmete sie, als ihr aufging, dass sie es geschafft hatte: Sie war an Bord der *Augusta Victoria,* und sie würde bei jener denkwürdigen »Lustfahrt« dabei sein, über die seit Wochen sämtliche Zeitungen und Journale berichteten!

Minas Hoffnung, das Gedränge hinter sich zu lassen, sobald sie das Schiff betrat, erfüllte sich nicht. In den vielen Gängen, die zu den Kabinen führten – ein regelrechtes Labyrinth einander vollkommen ähnlicher Räumlichkeiten –, war es noch enger als auf der Alten Liebe. Nicht nur, dass alle Reisenden von den Stewards zu ihrer Unterkunft der nächsten Wochen geführt wurden – anstatt dort zu bleiben und auszupacken, schienen alle gleichzeitig das Schiff in Augenschein nehmen zu wollen. Etliche reklamierten, dass ein Gepäckstück fehlte, andere drängte es nach oben, um das Promenadendeck, die Damen- und Rauchsalons oder das Musikzimmer zu inspizieren; weitere trafen auf Freunde und Bekannte und begrüßten sie überschwänglich.

»Hätte man sie nicht alle fürs Erste einsperren können?«, murrte Hedwig.

Ihre schlechte Laune teilte niemand. Trotz der Hektik und Enge blickte Mina nur in aufgeregte Gesichter und vernahm etliche Begeisterungsrufe, ob von dem Berliner im Havelock – einer ärmellosen Jacke – und mit buschig umrahmten Lippen, dem Bayern, der zur grauen Sommerjoppe einen türkischen Fez trug und in breitem Dialekt die Einrichtung seiner Kabine lobte, oder dem Sachsen mit fliegenden Bartkoteletten, der bei jedem Mitreisenden, dem er begegnete, seinen Hut lüftete, was dazu führte, dass er ihn kaum länger als einen Atemzug aufgesetzt behielt.

Anders als sie, die irgendwann nicht mehr mitzählte, wie viele Ellbogen sich in ihre Rippen gerammt hatten, blieb Hedwig dank ihres wagenradförmigen Huts vor schmerzhaften Stößen bewahrt, doch als ein Steward in adretter Uniform und mit weißen Handschuhen ihre Kabinentür öffnete, sank ihre Laune endgültig auf einen Tiefpunkt.

»Was für ein Glück, dass wir rechtzeitig an Bord gekommen sind«, höhnte sie, während sie sich umsah.

Der Vater grinste verstohlen und war erleichtert, in der

Nachbarkabine vom Genörgel seiner Mutter verschont zu bleiben. Mina hingegen entschied, es gar nicht an sich herankommen zu lassen, und sah sich neugierig um, ehe sie sich auf die untere der beiden Kojen, die sich übereinander an der Längswand befanden, sinken ließ.

Hedwig war deutlich vorsichtiger. Bevor auch sie sich neben ihr niederließ, prüfte sie misstrauisch die Matratze. An dieser war ausnahmsweise nichts auszusetzen, aber ein anderer Umstand schürte ihren Ärger umso mehr.

»Ein Stockbett, also wirklich! War im Reisekatalog nicht von behaglichen Schlafkammern mit luxuriösen Toiletten und großen Betten die Rede?«

»Keine Angst, Großmama, ich schlafe natürlich oben. Und sieh nur, man kann einen Vorhang vor die Koje ziehen!«

»So klein, wie alles ist, kann man sich ja kaum umdrehen.«

Mina sprang auf und testete die beiden Waschbecken an der Stirnwand der Kabine.

»Es funktioniert! Und es gibt kaltes und warmes Wasser!«

»Und wie will man hier ein Bad nehmen?«, fragte Hedwig.

»Vorhin habe ich gehört, dass sich auf jedem Gang ein Badezimmer befindet. Der Badesteward stellt den Zeitplan auf, wer es wann benutzen darf. Man muss sich bei ihm oder dem Kammersteward anmelden.«

Hedwig runzelte missbilligend die Stirn. »Und das nennt man Lustreise?«, fragte sie einmal mehr. »Wenn man nicht einmal baden darf, wann man will?«

»Aber stell dir vor, es gibt eine eigene Barbierstube, und

der Bordfriseur verfügt über einen elektrisch geheizten Warmwasserbehälter.«

Hedwig schnaubte. »Die Haare wasche ich mir wieder daheim – mit einem halben Dutzend Eidotter und Cognac. Viel lieber wäre mir ein bequemes Bett.«

Mina betätigte den Lichtschalter. »Schau, wir haben elektrisches Licht! Und zwar mindestens fünfundzwanzig Kerzen stark.«

»Pah, das ist nichts Außergewöhnliches. Das hat heutzutage doch fast jedes Schiff. Wobei ich mich frage, warum hier noch Öllampen stehen, wenn wir doch elektrisches Licht haben.«

»Du weißt doch, die elektrischen Anlagen sind störanfällig.«

Hedwig nickte nahezu befriedigt, ehe sie nach dem nächsten Makel Ausschau hielt. Sie deutete auf die Decke. »Und diese Windhutzen werden sicher nichts gegen tropische Temperaturen ausrichten. Ich sehe uns schon verschmachten!«

Mina musste lächeln. »Im Winter wird es doch nicht so heiß, Großmama. Noch nicht einmal an der Levante-Küste.«

»Dann hätte man statt der Windhutzen ja ruhig Schränke einbauen können. Oder wo sollen wir das Gepäck verstauen?«

»Es stimmt«, gab Mina zu, »Schränke gibt es nur in der ersten Klasse. Aber wir können das Gepäck unter den Kojen verstauen. Oder hier oben in den Gepäcknetzen.«

Hedwig schnaubte missbilligend. »Ja, sind wir denn etwa in einem Bahnabteil gelandet?«

Mina sah ein, dass sie ihre Großmutter nicht mehr von den Annehmlichkeiten der *Augusta Victoria* würde überzeugen können.

»Kommst du mit, um dir mit mir die Salons anzusehen?«
Hedwig schüttelte den Kopf. »Ich will lieber ausprobieren, ob das Bett so unbequem ist, wie es aussieht.«
Mina hatte mittlerweile ihr Cape und ihren Hut abgelegt. »Vielleicht begleitet mich Vater. Ich werde mal nachsehen, ob er über die Kabine genauso unglücklich ist wie du.«
»Dein Vater ist wahrscheinlich längst im Rauchsalon und genießt ein Glas Cognac oder Brandy ... Ein paar kräftige Schlucke und er ist mit allem versöhnt, selbst wenn er auf einer Nussschale durch den stürmischen Ozean triebe.«
Mina wollte einwenden, dass ihr Vater gewiss lieber vom Promenadendeck aus zusehen wollte, wie das Schiff ablegte, doch wenn sie ehrlich war, war sie sich dessen nicht so sicher. Sie selbst wollte sich auf jeden Fall nicht das Vergnügen nehmen lassen, den Hafen von Cuxhaven langsam entschwinden zu sehen.
Als sie nach draußen lugte, hatte sich der Gang etwas gelichtet; es waren vornehmlich Stewards, die aufgeregt umherschossen, um Kaffee und Tee zu servieren, zusätzliche Decken zu bringen oder beim Auspacken zu helfen. An einer Stelle kam sie dennoch nicht weiter: Eben hatte eine überaus elegante Dame das Schiff betreten, auf deren Arm tatsächlich ein Papagei hockte. Vermutete Mina zunächst noch, dass das Tier aus Stoff sei, fing es plötzlich zu krächzen an. Es waren Beleidigungen, jedoch nicht für jeden zu verstehen, weil auf Englisch.
»Sie reist außerdem noch mit zwei Hunden«, ertönte eine Stimme hinter ihr, »allein für ihre Tiere hat sie sich eine zusätzliche Kabine gemietet.«
Mina fuhr herum. »Bethy!«, rief sie begeistert.
Das gleichaltrige Mädchen stolperte fast über ein Ge-

päckstück, als es die letzte Distanz überwinden wollte, doch da hatte Mina die Freundin schon erreicht und umarmte sie.

Wäre es notwendig gewesen, hätte Mina diese Reise auch ganz allein unternommen: Nichts und niemand hätte sie dazu gebracht, diese denkwürdige »Orient-Expedition« zu verpassen. Doch ihre Vorfreude darauf war noch gewachsen, seit sie wusste, dass Bethy zu den Passagieren zählte.

»Hast du den Speisesaal schon gesehen?«, rief Bethy. »Die Tische sind mit schwarzen Rahmen umfasst, damit das Geschirr nicht verrutscht, und die Drehsessel sind angeschraubt. Und der Musiksalon erst! Die Möbel sind mit weiß-golden gestreiftem Seidenstoff überzogen und sehen so edel aus, dass man nicht einmal zu niesen wagt.«

»Ich bin doch gerade erst angekommen, und als Erstes will ich aufs Promenadendeck.«

Bethy nickte und wollte ihr schon folgen, als sie plötzlich wie angewurzelt stehen blieb. Die skurrile Dame war samt Papagei in ihrer Kabine verschwunden, ebenso wie der Diener und die Kammerjungfer, die sie begleiteten, doch stattdessen traten nun Bethys Eltern, Werner und Alba Borgmann, aus ihrer Kabine – zur gleichen Zeit, da sich auch Wilhelm Ahlhusen aufmachte, das Schiff zu erforschen.

Er schenkte seiner Tochter ein freundliches Lächeln, aber seine Miene gefror, als er des Ehepaars Borgmann ansichtig wurde. Auch diese waren zunächst frohgemut und aufgeregt, doch deutliche Missbilligung trat in ihre Züge, als sie Wilhelm erkannten. Bei Werner konnte man zwar nie so deutlich sagen, was er fühlte, aber Albas Nasenspitze wurde weiß, wenn sie sich ärgerte.

Keiner der drei machte Anstalten, sich zu grüßen, keiner

wollte aber auch weitergehen. Stocksteif standen sie da und starrten sich an, mit einer Kälte, als würden zwischen ihnen die gleichen Eisschollen treiben wie draußen im wintertrüben Wasser.

»Alba … Werner …«, stammelte Mina etwas hilflos.

Auch Bethy fiel nichts ein, um die angespannte Stimmung zu lösen. Jahrelang waren die Familien Borgmann und Ahlhusen einander eng verbunden gewesen – ein Grund, warum sich auch Mina und Bethy angefreundet hatten –, aber seit einem bitterbösen Streit vor einigen Monaten waren sie entzweit.

Nicht, dass Mina deswegen darauf verzichten wollte, an Deck zu gehen und zuzusehen, wie der stählerne Scheitel der *Augusta Victoria* das Eisfeld durchbrach. Doch als sie an ihrem Vater und dem Ehepaar Borgmann vorbeiging, war sie einmal mehr traurig und ratlos. Seit Wochen rätselten sie und Bethy vergeblich, warum ihre Eltern und ihr Vater kein Wort mehr miteinander sprachen. Anlass mochte besagter Streit gewesen sein, aber dessen eigentliche Ursache, davon war Mina plötzlich überzeugt, reichte viele Jahre zurück …

Erstes Buch

Eine ingeniöse Geschäftsidee

1885–1891

1. Kapitel

Ein nackter Po war das Erste, was Wilhelm Ahlhusen sah, als er die Augen aufschlug und sich schläfrig streckte. Es war ein prachtvoller Po, genau so, wie er sich ihn wünschte, rund und weiß und mit einem Grübchen auf jeder Backe, anziehender noch, als je eines auf Wangen sein konnte. Die Grübchen verführten ihn dazu, sich darüberzubeugen, einen Kuss darauf zu hauchen und mit seinem spitzen Schnurrbart die empfindliche Haut zu kitzeln, doch ehe er genießerisch schmatzen konnte, ertönte ein lautes Klopfen. Ein stechender Schmerz fuhr in seine Schläfen, gefolgt von der Einsicht, dass dieses Klopfen nicht zum ersten Mal erklang, sondern ihn gerade geweckt hatte.

Auch die Frau, der der Po gehörte, fuhr nun auf, wälzte sich zu seinem Bedauern auf den Rücken und zog rasch eines dieser dunkelroten, schwülstigen Bettlaken, wie es sie nur in Etablissements wie diesem gab, über ihren Körper. Der Busen war weit weniger entzückend – groß, aber schlaff –, und in dem Gesicht gab es erst recht nichts zu finden, was Wilhelm gerne betrachtete. Die harten Züge und die spitze Nase ließen ihn an einen Raubvogel denken; anstelle von lieblichen Grübchen furchten zwei Kerben die Wangen, und die blassblauen, eben entsetzt geweiteten Augen ließen sie ein wenig dümmlich wirken.

»Lieber Himmel, das wird doch nicht Otto sein!«, stieß sie aus.

Schlaf und Kopfschmerzen benebelten Wilhelms Sinne. Er brauchte eine Weile, bis ihm wieder einfiel, dass die Frau keine der Huren war, mit denen er sich üblicherweise hier vergnügte, sondern die ehrenwerte Ilse Graff. Otto wiederum war ihr Mann und ein hochnäsiger Bankier, der ihm sein Leben schwer machte und dem er die vielen Schikanen heimgezahlt hatte, indem er seine Frau verführte – ein Gedanke, der ihm einen noch größeren Genuss bereitete als der Anblick des nackten Hinterteils.
Dem neuerlichen Klopfen folgte eine Stimme: »Herr Ahlhusen, Herr Ahlhusen! Sie müssen sofort nach Hause kommen.«
Ilse war sichtlich erleichtert, dass es nicht Otto war, der ihren Schlaf gestört hatte, legte sich aber nicht wieder hin, sondern kämpfte damit, sich ihr Mieder umzulegen. Wilhelm hingegen hätte sich am liebsten unter dem roten Seidenlaken versteckt.
Ferdinand, sein Leibdiener, hatte ihm gerade noch gefehlt! Zwar erwies sich der meist als hilfreich, wenn Wilhelm so viel getrunken hatte, dass er nicht allein nach Hause fand, in ein Fleet oder ins Hafenbecken zu fallen, vielleicht sogar in der Mitte der Straße liegen zu bleiben drohte, doch für gewöhnlich war Ferdinand so diskret, dass er erst einschritt, wenn Not am Mann war. So weit, ein Schäferstündchen zu stören, war er bislang nie gegangen. Wobei dieses, genau betrachtet, vorbei war und es wohl eine einmalige Sache blieb. Ilse Graff war keine Frau, der man gern öfter als einmal das Mieder vom Leib riss, und Otto Graff war mit einer Nacht genug gedemütigt.
»Herr Ahlhusen! Bitte, nun kommen Sie!«
Wilhelm rieb sich die Schläfen. »Aber ja doch.«
Ilse hatte es zwar endlich geschafft, sich das Mieder zu-

zuschnüren, hatte ihr Kleid in der Hektik jedoch verkehrt herum angezogen. Eigentlich sollte sich der Rock übers Hinterteil bauschen, stand stattdessen aber von der Taille ab, als wäre sie guter Hoffnung. Obwohl sie den Fehler bemerkte, hielt nichts und niemand sie noch länger in diesem Etablissement, wo sich anständige Ehefrauen nicht blicken ließen, ja von deren Existenz sie eigentlich gar nichts wissen durften.

»Leb wohl«, hauchte sie, wagte Wilhelm nicht in die Augen zu schauen und stürmte mit hochrotem Gesicht nach draußen.

Wie eine Tomate vor dem Platzen, dachte Wilhelm.

Ferdinand ignorierte Ilse, als er in den Raum stürzte.

»Herr Ahlhusen ...«

»Ja, ja, ich hab's verstanden, ich soll nach Hause kommen. Machen Sie nicht so einen Lärm.«

Als er sich erhob, seufzte Ferdinand, was wohl weniger – wie Wilhelm mit einem Anflug von Schadenfreude dachte – seiner schamlos zur Schau gestellten Nacktheit geschuldet war, sondern der Tatsache, dass es eine Weile dauern würde, bis er wieder in seiner Kleidung steckte und sie sich auf den Heimweg machen konnten.

Während Wilhelm sich genüsslich streckte, bückte sich Ferdinand und reichte ihm die Unterwäsche, das weiße Hemd und die gestreiften grauen Hosen. Mit der restlichen Kleidung – einem schwarzen Gehrock und einem pelzgefütterten Tuchmantel – ging er nach draußen, sodass Wilhelm genötigt war, sich beides erst im Treppenhaus anzuziehen. Ein paar Huren – wie Wilhelm sie nannte – oder Animierdamen – wie sie sich selbst bezeichneten – lehnten mit tief ausgeschnittenen Flitterkleidchen am Treppengeländer oder lungerten auf Diwanen herum. Keine von ihnen sparte an einem koketten

Lächeln, galt Wilhelm doch als großzügig und freundlich. Er erwiderte es breit, labte sich kurz an der Vorstellung, mit einer, vielleicht auch zwei oder sogar drei der Mädchen in die schwülstigen Laken zu sinken, wurde alsbald aber von noch heftigeren Kopfschmerzen gepeinigt, als Ferdinand ihn durch die Eingangstür nach draußen trieb, ihm das Licht in die Augen schnitt und die kalte Morgenluft ihn frösteln ließ.

Was für ein ungemütlicher Tag!

»Schneller!«

Am liebsten hätte er Ferdinand um Erbarmen angefleht, aber der zerrte ihn im Stechschritt eines Soldaten auf die bereits wartende elegante Equipage. Ein livrierter Diener saß auf dem Bock, der verächtlich auf die dreckige Straße von Sanct Pauli starrte und das Pferd antrieb, kaum dass Wilhelm das Gefährt bestiegen hatte. Der Ruck führte dazu, dass er mit dem Kopf voran auf den Sitz fiel, doch Ferdinand wartete nicht, bis er sich wieder aufgerappelt hatte, sondern band ihm ein buntes Halstuch um – ein hoffnungslos altmodisches Accessoire, da andere Herren längst der einfarbigen Krawatte den Vorzug gaben. Danach reichte er ihm einen Kamm, mit dem Wilhelm sich erst durch das schüttere Haupthaar fuhr, später durch den Schnurrbart, der wild nach allen Seiten abstand. Nicht, dass sein Bart damit auch nur annähernd dem sogenannten Kaiserbart glich. Dieser Schnurrbart, dessen Enden im rechten Winkel vom Mund abstanden und in zwei Spitzen mündeten, ließ sich nur erreichen, wenn man nachts eine Bartbinde trug und zuvor eine Pomade mit dem vielsagenden Namen »Es ist erreicht« auf das Barthaar schmierte. Pah, Bartbinden, das fehlte ihm noch! Damit konnte er keine Frauen küssen! Wobei er sich an keine süßen Küsse erinnerte, wenn er an die zurückliegende Nacht dachte. Wilhelm hätte am liebsten ausgespuckt, um den säuerlichen Geschmack in seinem Mund loszuwerden, aber er wagte es nicht, Ferdinand derart vor den Kopf zu stoßen. Dessen Uniform war noch prächtiger als die des Kutschers, gestreift nämlich und mit Goldknöpfen, und während jeder andere darin wie ein eitler Gockel ausgesehen hätte, trug er sie mit der Würde eines Königs.

»So«, meinte Wilhelm und gab ihm den Kamm zurück, »jetzt sagen Sie mir, was passiert ist.«

Ferdinands Lippen wurden schmal. Nicht, dass Wilhelm eine Antwort erwartet hatte. Wenn er sich recht besann, waren es immer dieselben Sätze, die er aus Ferdinands Mund hörte – *Kommen Sie! Beeilen Sie sich! Warten Sie, ich helfe Ihnen!* Alles andere – ob Missbilligung, Tadel oder Ratschläge – ersparte er sich ebenso wie jetzt eine Auskunft.

Wilhelm bedrängte ihn nicht weiter, sondern sah nach draußen. Obwohl der Tag noch jung war, begann sich die Straße zu füllen: Ihr Weg kreuzte sich mit dem der zweistöckigen Pferdeeisenbahn, etlichen Kutschen und Fuhrwerken, außerdem ein paar Lastenträgern, Fischhändlern und einer Frau mit einem Milchwagen, auf dem zwei schwere Kannen standen.

Milch, wie ekelhaft, dachte Wilhelm, was gäbe ich jetzt für einen Schluck Cognac!

Nicht lange, dann hatten sie den Zollkanal hinter sich gelassen, waren an der Katharinenkirche vorbeigekommen und erreichten das schmale, giebelgekrönte Haus der Ahlhusens im Nikolaifleet – aus rotem Backstein errichtet, von dem sich der weiße Stuckrahmen um die Fenster deutlich abhob. Eine Linde und eine Kastanie warfen ihre Schatten auf das Eingangstor, und Girlanden aus

Sandstein gaben der eigentlich streng anmutenden Fassade etwas Verspieltes.
Obwohl Ferdinand so steif in der Kutsche gethront hatte, als hätte er einen Spazierstock verschluckt, sprang er nun flink aus der Equipage und reichte Wilhelm vorsorglich die Hand. Den überkam tatsächlich kurz Schwindel, als er sich erhob, und ohne Ferdinands Hilfe wäre er kopfüber aufs Straßenpflaster geplumpst. Auf seinen Arm gestützt, hielt er sich jedoch aufrecht und erreichte mit halbwegs geraden Schritten die Eingangstür. Ehe er den Türklopfer in der Form eines Löwenkopfs ergreifen konnte, wurde ihm schon von Magda, einem der Hausmädchen, geöffnet.
Magda war auch ein hübsches Mädchen. Ihr Po hatte wahrscheinlich nicht die Form einer Birne wie der von Ilse Graff, sondern die eines Apfels, aber das verspräche eine nette Abwechslung, zumal sie wohl weder so skrupellos wie eine Ehefrau noch so verdorben wie seine Huren war …
Wilhelm ließ Ferdinands Arm los, stolperte über die Türschwelle und wollte ihr schon ein Kompliment machen, um ein sachtes Rot auf die Wangen zu zaubern, als ein Räuspern ertönte. Er blinzelte und sah, dass nicht nur Magda seine Ankunft erwartete, sondern sich die gesamte Dienerschaft in der Diele versammelt hatte: zwei Diener, ein Hausknecht und die Hausmädchen, die Jungfer seiner Mutter und sogar die Köchin, Frau Käthe. Zwei der Mägde mit schwarzen Händen, hatten sie doch schon vor Tagesanbruch Kohle zum Schlafzimmer der Herrin hochgeschleppt. Niemand sah ihn an, alle starrten hartnäckig auf den schwarz-weiß gefliesten Boden.
»Warum schaut ihr denn so ernst?«
Er strich Magda vertraulich eine Haarsträhne aus dem

Gesicht, doch anstatt zu erröten, wich sie nur verlegen zurück und brachte kein Wort hervor. Die Stimme einer anderen klang umso schmerzhafter in Wilhelms Ohren.
»Wo bist du gewesen?«, ertönte sie vom oberen Ende der breiten, weiß lackierten Dielentreppe her.
Hedwig Ahlhusen, Wilhelms Mutter, betrachtete ihn mit dem üblichen hoheitsvollen und verdrossenen Gesichtsausdruck, und als er ihr die Antwort schuldig blieb, schritt sie langsam nach unten – im gleichen Augenblick, als die große Uhr im Salon zu schlagen begann. Das Klackern von Hedwigs halbhohen Absätze wurde von dem Dröhnen übertönt, und doch wurde Wilhelm das Gefühl nicht los, dass sie nicht einfach auf die Stufen trat, sondern auf seinem Kopf herumtrampelte.
Am liebsten hätte er es den Dienstboten gleichgetan und auf den Boden gestarrt, doch als die Uhr wieder verklang, nunmehr nur das Rauschen ihres Taftunterrocks zu hören war und ihr Blick immer stechender wurde, wich seine Verlegenheit Ärger.
Natürlich, Hedwig hatte sein Vergnügen gestört, wer sonst! Seine Frau Irmgard hatte sich schließlich längst daran gewöhnt, dass er die Nächte lieber anderswo verbrachte. Insgeheim, das vermutete er schon seit Langem, war ihr das sogar recht.
»Wo ich gewesen bin?«, fragte er trotzig. »Oh, ich glaube, das willst du gar nicht wissen, liebe Mutter. Mich wundert, dass du so frühmorgens schon wach bist.«
Selbstverständlich wusste er, dass Hedwig jeden Tag um spätestens halb sechs ihr Bett verließ, aber er hoffte, sie ein wenig aus der Reserve locken zu können.
Die hellblauen, im Morgenlicht fast farblos anmutenden Augen blieben jedoch kalt und starr, als sie ihn musterte. Obwohl Ferdinand ganze Arbeit geleistet hatte und er

adrett angekleidet war, hatte der Diener weder etwas gegen die Bartstoppeln auf den Wangen, die geschwollenen Augenlider oder den Branntweingeruch, der Wilhelm wie eine dichte Wolke umgab, ausrichten können.
»Ich war die ganze Nacht wach«, erklärte Hedwig.
Ich auch, dachte Wilhelm, und soll ich dir erzählen, was genau ich getrieben habe?
Doch da fuhr Hedwig schon mit messerscharfer Stimme fort: »Irmgard ist schwer erkrankt, sie hatte einen ihrer Fieberschübe …«
Wilhelm musste an sich halten, um die Augen nicht zu verdrehen. Deshalb diese Hektik am frühen Morgen!
»Irmgard ist doch ständig krank, das ist nichts Außergewöhnliches, und erst recht kein Grund, um …«
Bis jetzt war Hedwig auf der untersten Stufe stehen geblieben, nun trat sie zu ihm. Obwohl sie deutlich kleiner war, hatte er das Gefühl, zu ihr aufschauen zu müssen.
Diese verfluchten Kopfschmerzen!
Er kniff die Augen zusammen und las deswegen nicht in ihrer Miene, als sie unvermittelt verkündete: »Irmgard ist vor einer halben Stunde gestorben.«
Wilhelm vermeinte erneut das Dröhnen der Uhr zu spüren, obwohl dieses längst verstummt war. Seine Lippen wurden taub, als alles Blut aus seinem Gesicht schwand, sein Kopf schien zu wachsen, desgleichen seine Zunge, die überdies so trocken wurde, dass er nicht schlucken konnte, geschweige denn einen Ton hervorbringen.
»Aber …«, setzte er schließlich doch heiser an.
Noch viele andere Worte lagen auf seinen Lippen: dass Irmgard so oft krank war, dass ein Großteil ihrer Leiden auf Einbildung beruhte, dass jemand wie sie doch nicht einfach so starb, nachdem man es jahrelang umsonst erwartet hatte. Aber ihm fehlte nicht nur die Stimme – kei-

nes seiner Worte hätte so viel Gewicht, um die von Hedwig zu entkräften.
Tot … Irmgard ist tot …
Schwer stützte er sich aufs Geländer. In den Gesichtern der Dienerschaft nahm er Gleichgültigkeit, Mitleid oder Trauer wahr, doch ehe er entscheiden konnte, was er selbst fühlte, kämpfte er sich die Treppe hoch. Erstaunlich, dass er erst bei der letzten Stufe stolperte.
»Soll ich Ihnen heißen Kaffee bringen?«, hörte er Magda rufen.
»Er ist doch jetzt wach«, sagte Hedwig streng. »Bringen Sie den Kaffee lieber mir. Ich kann ihn gut gebrauchen.«

Wilhelm ächzte, bis er endlich Irmgards Schlafzimmer im zweiten Stock erreicht hatte. Die Tür aus dunklem Eichenholz war geschlossen, und vage Erinnerungen an seine Kindheit stiegen in ihm auf, als dies noch das Zimmer seiner Mutter und er zu klein gewesen war, um die schwere Tür selbst zu öffnen. Jetzt versuchte er es gar nicht, sondern blieb mehrere Schritte davor stehen.
Irmgard … tot … tot … tot …
Er wartete – wartete auf Entsetzen ob der schockierenden Nachricht, auf Schuldgefühle, weil er lieber herumgehurt und getrunken hatte, anstatt ihr beizustehen, wartete auf Empörung, weil sie doch viel zu jung war, um zu sterben – die vielen Krankheiten hin oder her –, wartete auf die Sehnsucht, sie noch einmal zu sehen, über das wahrscheinlich wächserne Gesicht und die dunklen Locken zu streicheln, die ihm damals, als sie einander vorgestellt wurden, durchaus gefallen hatten. Aber in ihm war … nichts, und dieses Nichts war fast noch entsetzlicher als der Tod.
Ich bin ja auch tot.

So viele ehrenwerte Ehefrauen konnte er gar nicht verführen, so viele Feste in Sanct Pauli – oder in Sanct Liederlich, wie es im Volksmund hieß – nicht feiern, um wieder lebendig zu werden. Selbst das Herz seiner Mutter, obgleich unter dem Mieder sowie mehreren Schichten Stoff verborgen und wahrscheinlich aus Eisen oder Stein, schlug schneller als seins.

Wie aus weiter Ferne vernahm er das Schlagen der Uhr, nach einer Weile noch einmal, was bedeutete, dass er nun mindestens eine halbe Stunde vor dem Schlafzimmer seiner toten Frau stand, und doch konnte er es nicht betreten, gleich so, als wäre ein unsichtbarer Bannkreis davor gezogen.

Wenigstens eine Träne war er ihr doch schuldig, schließlich war sie ihm immer eine gute Frau gewesen … vorausgesetzt, wenn man gut mit klaglos und schlicht gleichsetzte. Aber anstatt zu weinen, wuchs bloß der Drang, sich zu übergeben.

Erst als er sich nach etwas umblickte, in das er spucken könnte, sah er sie. Sie stand in der Ecke des Gangs hinter einem kleinen Tischchen, nur mit einem dünnen Seidennachthemd bekleidet und mit nackten Füßen. Ihr Gesicht war fast gänzlich von den schwarzen Locken bedeckt, die auf ihrem Kopf dichter wuchsen als auf Irmgards.

»Mina, was machst du hier?«

Obwohl seine Tochter schon dreizehn Jahre alt war, erschien sie ihm wie ein kleines, verstörtes Kind. Doch dann hob sie ihren Blick, und der war nüchtern und … alt.

»Ich glaube, sie hatte Leukämie«, sagte Mina leise, »das ist Blutkrebs. Darum war sie immer so geschwächt und müde, und das erklärt auch das Fieber, ihre Ausschläge

und dass sie nachts so stark geschwitzt hat. Ich habe gelesen, dass man jahrelang damit leben, dass es aber auch sehr schnell zu Ende gehen kann.«
Sie sprach mit der rauen Stimme, die ihr eigen war und so gar nicht zu der Verzweiflung und dem Gefühl grenzenloser Einsamkeit passte, die in ihren veilchenblauen Augen standen.
Wilhelm wusste, er sollte zu Mina gehen, sie umarmen, seine Jacke ausziehen und sie ihr umhängen, sie vielleicht sogar hochheben, um gemeinsam mit ihr Irmgards Schlafzimmer zu betreten und sich von der Ehefrau und Mutter zu verabschieden. Doch er konnte sich nicht rühren, konnte nur hilflos stammeln: »Du … du solltest dich nicht mit solchen Dingen beschäftigen.«
Mina zuckte die Schultern. Obwohl sie sich ihre Haare aus der Stirn strich, wirkte ihr Gesicht winzig.
Nun tu es schon, umarme sie, tröste sie, sie ist dein einziges Kind, der einzige Mensch, der dich liebt!
Aber Wilhelm fühlte sich wie gelähmt. »Es tut mir leid«, flüsterte er, ehe er sie stehen ließ und wieder nach unten stürmte.
Hedwig stand immer noch am Fuß der Treppe, als wäre sie dort festgewachsen. Wenngleich sie nicht wissen konnte, dass er Irmgard nicht zu sehen gewagt hatte, las er Verachtung in ihrer Miene.
»Ich will nicht, dass sie hier im Haus aufgebahrt wird«, stieß Wilhelm aus. »Ich … ich ertrage das nicht. Schafft sie … schafft sie in die Kirche.«
Er musste sich am Treppengeländer festhalten, um nicht zu fallen. Seine Hände waren schweißnass, der Würgereiz wurde noch stärker.
»Was bist du für ein Feigling«, zischte Hedwig.
Er machte sich auf weiteren Tadel gefasst, doch als Hed-

wig gewahr wurde, dass auch Ferdinand ihre Worte gehört hatte, machte sie ein ausdrucksloses Gesicht. »Veranlassen Sie, was immer mein Sohn will, er ist schließlich der Herr des Hauses«, befahl sie.
Wilhelm sah noch, wie Ferdinand dienstbeflissen nickte, dann stürzte er nach draußen. Diesmal war die Morgenluft nicht schmerzhaft, sondern belebend, aber sehr weit kam er trotzdem nicht. Keuchend lehnte er sich an die Hausmauer und würgte, ohne sich übergeben zu können.
»Kann ich etwas für Sie tun?« Magdas Spitzenhäubchen wehte im Wind, als sie ihm nachgelaufen kam. In Hamburgs Straßen hing wie immer der Gestank der unzureichenden Kanalisation, aber Magda duftete nach Rosen.
Wilhelm rang sich ein Lächeln ab. »Das ist lieb, aber …«
Aber süße Küsse waren ihm jetzt zu wenig. Um diesen vagen Schmerz in seiner Brust zu betäuben, brauchte er etwas Stärkeres. Branntwein, viel mehr Branntwein, als er letzte Nacht getrunken hatte.
Er streichelte ihre Hand und lächelte noch breiter. »Geh wieder ins Haus hinein«, sagte er. »Aber wenn ich zurückkomme, würde ich mich über deine Gesellschaft sehr freuen und …«
Er brach ab.
»Irmgards Leichnam ist noch nicht einmal kalt«, hörte er Hedwig schimpfen, die ihm wie Magda gefolgt war. Sein Lächeln schwand, und ohne sie noch einmal anzusehen, floh Wilhelm die Straße hinauf.

2. Kapitel

Bethy glühte vor Fieber. Jedes Mal, wenn Werner Borgmann ihre Stirn berührte, vermeinte er, dass sie noch heißer war. Vorhin, als das Schiff am Jonashafen angelegt hatte, hatte sich seine Tochter noch aufrecht halten können, und der Blick ihrer haselnussbraunen Augen war klar gewesen. Mittlerweile mussten Alba und er sie mit vereinten Kräften stützen, und sie fing zu fantasieren an.

»Licht ... so viel Licht ... haltet die Kerze nicht so dicht an mein Gesicht heran ... Orangenschalen ... ausgelöst ... mit Öl gefüllt ... ein Docht steckt darin ... das Öl darf nicht ausgeschüttet werden, es ist doch so heiß ... Nicht! Passt auf das Öl auf!«

Werner tauschte einen besorgten Blick mit seiner Frau.

»Wir sind doch nicht mehr in Brasilien, Liebes«, sagte Alba. »Wir ... wir sind in die Heimat deines Vaters zurückgekehrt. Hier gibt es keine Kerzen, die in Orangenschalen stecken.«

Hier ist es grau und kalt ...

Nur mit Mühe gelang es Werner, die Fassung zu wahren und seine Verzweiflung nicht zu zeigen. Wenn er Bethy nicht hätte stützen müssen, hätten seine Beine vielleicht schon nachgegeben und er wäre auf den Boden gesunken.

Während der schrecklichen Fahrt, die sie zusammengepfercht mit anderen Passagieren im Zwischendeck zugebracht hatten, hatte er all seine Hoffnungen auf das Ende

der Reise gerichtet. Wenn sie erst wohlbehalten Hamburg erreichten, genügend Licht und Luft bekommen würden, außerdem frisches Wasser und etwas anderes zu essen als keimende Kartoffeln, würde alles gut werden. Doch nun, da die Stadt unter einem Nebelschleier verborgen lag, selbst die nahe Eisenbahnbrücke, die die Norder- und Süderelbe verband, von grauen Schwaden verschluckt wurde und das einzig Warme der glühende Körper seiner geschwächten Tochter war, glaubte er, im untersten Bereich der Hölle gelandet zu sein.
Und es ist meine Schuld, dachte er. Ich habe meine Familie nicht ausreichend ernährt, musste meiner Frau vielmehr zumuten, ihre Heimat zu verlassen und alles Vertraute zurückzulassen, und jetzt kann ich meiner Tochter weder Hunger noch dieses Fieber ersparen.
»Nicht!« Alba legte ihre Hand auf seine. »Mach dir keine Vorwürfe! Irgendwie … irgendwie schaffen wir es …«
Werner nickte schwach.
»Wir müssen sie zu einem Arzt bringen«, fuhr Alba fort. »Wenn erst einmal das Fieber sinkt …«
Wieder nickte Werner. Nicht, dass er wusste, wie er einen Arzt bezahlen sollte. Und schon gar nicht, wo er einen finden könnte. Er hatte Hamburg vor fast zwanzig Jahren zum letzten Mal betreten, und schon damals war ihm die Stadt nicht nur fremd, sondern aufgrund ihrer Größe regelrecht unheimlich gewesen, war er doch fern von ihr in der Lüneburger Heide aufgewachsen.
Er sah sich um. Hölzerne Segelschiffe lagen an den Duckdalben im Strom, dazwischen ragten die Schornsteine etlicher Dampfer in den kalten Himmel. Kommis und Makler, Flaneure und Seeleute gingen ihrer Wege. Am auffälligsten waren drei griechische Matrosen mit türkischem Fez.

»Dort hinten!« Er deutete in die Nebelschwaden. »Dort muss die Sanct-Pauli-Landungsbrücke sein, und von dort geht es in die Hafenstraße.«
Seine Stimme klang wenig überzeugend, und Bethy verlor sich wieder in ihren Fieberfantasien.
»Pedro!«, rief sie. »Pedro will mit mir zur Zuckermühle … aber dorthin dürfen wir doch nicht … Jetzt spielt er etwas auf der Viola … Sag ihm, er soll zu spielen aufhören! Es tut in den Ohren weh!«
Alba verzog schmerzerfüllt das Gesicht. Pedro war ihr kleiner Sohn, der vor drei Jahren gestorben war – ein Verlust, der Werner rückblickend nicht nur als ein schwerer Schicksalsschlag, sondern als böses Omen für die Zukunft erschien, hatte danach doch der Niedergang begonnen.
»Pedro«, stöhnte Bethy wieder.
»Pst«, machte Alba, und ihre Miene wurde wieder ausdruckslos. »Du hast recht, wir müssen Richtung Stadt gehen, irgendwo werden wir schon Hilfe finden.«
Sie kamen genau zehn Schritte weit, ehe sie wieder stehen bleiben mussten – nicht wegen der Last von Bethys glühendem Körper, sondern einem Mann, der sich ihnen breitbeinig in den Weg stellte. Wegen der Kälte hatte er den Kragen seiner Uniform hochgeschlagen, sodass seine Stimme kaum vernehmbar war. Doch die drohend erhobenen Fäuste und der finstere Blick ließen keinen Zweifel an seiner schlechten Laune.
»Werner Borgmann. Mitkommen! Sofort!«
Nicht, dass Werner nicht genau das befürchtet hatte, dennoch war er fassungslos, dass der andere blind für seine Nöte war.
»Meine Tochter Elisabeth ist krank, Sie sehen doch …«
»Das geht mich nichts an«, knurrte der Mann. »Sie haben

ein Versprechen geleistet. Jetzt sorge ich dafür, dass Sie es auch einhalten!«

»Aber das will ich doch auch. Ganz bestimmt, ich schwöre es Ihnen. Aber erst muss ich einen Arzt für meine Tochter finden und dafür sorgen, dass sie ein Dach über den Kopf und …«

»Das geht mich alles nichts an«, fiel ihm der Mann erneut scharf ins Wort.

Wegen einer abrupten Kopfbewegung rutschte ihm seine Mütze ins Gesicht, doch auch wenn Werner nun nicht länger dem kalten Blick ausgeliefert war, wusste er, dass er vergebens auf Mitleid hoffte.

Der Mann war Hermann Brack, Kapitän der *Schleswig*, mit der sie von New York hierhergefahren waren und somit den letzten Teil ihrer Odyssee hinter sich gebracht hatten. Zuvor hatten sie sich achtzig Meilen mit Lastkarren und Pferd vom Landesinneren an die Küste durchschlagen müssen und von Angra dos Reis ein Segelschiff nach Rio de Janeiro genommen, um dort allerdings zu erfahren, dass so bald kein Schiff nach Deutschland ablegen würde, lediglich eines nach Nordamerika. Die Passage dorthin hatte fast ihre gesamten Ersparnisse verschlungen, und für die drei Tickets von New York nach Hamburg war kein Geld mehr übrig geblieben, sodass sich Werner aufs Flehen und Bitten hatte verlegen müssen.

Hermann Brack hatte sich breitschlagen lassen, sie mitzunehmen – allerdings unter der Voraussetzung, dass Werner nach der Ankunft in der Werft arbeitete, die zur Reederei der *Schleswig* gehörte, und was ihn in New York zutiefst erleichtert hatte, stellte sich nun als Katastrophe heraus.

»Ich kann jetzt wirklich nicht …«

»Sie werden wie vereinbart Ihre Schulden in der Werft abarbeiten. Sofort!«, grollte der Kapitän.
»Aber ich bitte Sie! Meine Tochter …«
»Werner!«, fiel ihm Alba ins Wort. Sie atmete tief durch, suchte einmal mehr seinen Blick und nickte ihm beschwörend zu. »Geh mit!«, rief sie eindringlich. »Es ist sein gutes Recht, deine Arbeitsleistung einzufordern. Es war unsere einzige Möglichkeit, nach Deutschland zu gelangen. Ich … ich sorge schon für Bethy. Mir fällt gewiss etwas ein.«
Die wenigen Schritte, die es bedurfte, um bis zu einer Lagerhalle zu gelangen und Bethy auf die vielen leeren Kisten zu legen, die sich davor stapelten, wurden für Werner zur Qual.
Eine große Familie habe ich Alba versprochen, haderte er, doch nicht nur, dass sie Pedros Tod und die vielen Fehlgeburten verwinden musste – jetzt wird sie auch noch Bethy verlieren.
Und er war überzeugt, dass an diesem nasskalten Tag nur der Tod auf seine Tochter wartete.
»Alba …«, setzte er an.
»Wird's bald?«, zürnte Hermann Brack.
»Nun geh schon!«
Oh, seine schöne, starke Alba, die noch in der Stunde der größten Not nicht an sich dachte, sondern an ihn und ihn mit einem hoffnungsvollen Lächeln aufzumuntern versuchte, anstatt die Verzweiflung zu zeigen! Dieses Lächeln machte es fast noch schwerer, von ihr zu gehen. Zwar ließ er sich vom Kapitän mitziehen, aber er drehte sich immer wieder nach seinen Liebsten um. Alba hatte sich auf eine der Kisten neben Bethy sinken lassen, den Oberkörper der Tochter auf ihren Schoß gebettet und sang ihr nun eines der Lieder vor, die sie von ihren para-

guayischen Eltern gelernt hatte. Auch diese hatten einst ihre Heimat verloren, waren sie doch während eines blutigen Krieges ins Nachbarland Brasilien geflohen, aber wenigstens hatten sie dort nicht auf die feuchte Wärme, die farbenprächtigen Blüten der Palmen und Myrtensträucher, Jakarandas und Bignonien und die exotischen Vögel wie Tukane, Papageien und Kolibris verzichten müssen.

Während Werner sich immer weiter entfernte, begleitete ihn Albas Lied über diese bunten Vögel und Blumen Paraguays, die dem Land seinen Namen – »Farbenpracht« – gegeben hatten. Doch als er ihre Stimme nicht mehr hören konnte, war er sich sicher, nach diesem schrecklichen Tag nie wieder ein leuchtendes Rot, Blau oder Gelb wahrnehmen zu können.

Die Werft lag am Grasbrookhafen auf dem südlichen Elbufer und war nur mit einer Schute zu erreichen, die von einem wortkargen Mann mit langen Peekhaken angetrieben und manövriert wurde. Die Fahrt dauerte nicht lange, führte waghalsig knapp an Großseglern und Dampfern, Frachtern, Barkassen und Kähnen vorbei. Schon von Weitem waren die Docks, der Kai und die Reparaturanlagen zu sehen, und bald standen sie vor dem Werfttor, wo der Kapitän Werner zu warten befahl, um selbst mit einem der Vormänner zu sprechen.

»Du rührst dich nicht von der Stelle«, forderte er schroff. »Wenn du glaubst, dass du mich betrügen und einfach abhauen kannst, dann werde ich dir die Hölle heißmachen.«

Die Hölle ist doch kalt, dachte Werner, aber er nickte.

Während er wartete, blickte er sich um. Auf einem Schild über dem Eingang war dasselbe Wappen zu sehen wie auf der Reedereiflagge, die die *Schleswig* am Großmast führte: Kunstvoll verschlungen waren die Initialen W. A. & S. zu lesen, die Abkürzung für Wilhelm Ahlhusen & Sohn, wie Werner während der Reise herausgefunden hatte. Er lugte durch das Eingangstor, sah eine große Schiffsbauhalle, diverse Werkstätten und einen riesigen Helling. Ohrenbetäubender Lärm dröhnte von allen Seiten, das Brausen und Stampfen der Räder und Stoßwerke, das Schwirren und Pfeifen der Riemen, der dumpfe Trommelschlag der Niethämmer und das durchdringende Pfeifen des Eisens, wenn die bissige Feile darüber hinwegging. Trotz des Getöses vermutete Werner, dass hier nicht mehr als zwei, drei Dutzend Menschen arbeiteten, war das Werftgelände insgesamt doch überschaubar.

Wenig später kam ein fremder Mann mit etwas steifem Gang und pockennarbigem Gesicht auf ihn zu. Seine Augen waren nicht so kalt wie die von Hermann Brack, sondern einfach nur gleichgültig. »Mitkommen!«, herrschte er ihn an.

Nachdem Werner eben noch in der eisigen Kälte gefröstelt hatte, wartete glühende Hitze auf ihn, sobald er – an der Schmiede, etlichen Laufkränen und der Maschinenhalle vorbei – zum Kesselhaus gebracht wurde. In dem heißen, dunstigen Raum wurde jene Dampfanlage beheizt, die die ganze Werft betrieb – vorausgesetzt, man nährte sie ausreichend mit Kohle. Die weit geöffnete Feuertür des Kessels glich einem roten, gierigen Rachen, der stets nach Nachschub verlangte, und Werner brach prompt der Schweiß aus. Verspätet nahm er die Schaufel wahr, die ihm der andere Mann in die Hand drückte.

»Du wirkst nicht so, als würdest du das hier lange aushalten«, sagte der verdrossen.

»Ich tue alles, was man von mir verlangt, wirklich, wenn ich nur meine Tochter …«
»Mich interessiert nur, ob du genügend Kohle schaufeln kannst, ohne zusammenzubrechen.«
»Ich breche nicht zusammen, ich bin harte Arbeit gewohnt. In Brasilien habe ich Baumwolle angebaut.«
Noch lauter als das Zischen des Feuers war das Gelächter, das ihm antwortete.
»Kohle ist aber schwerer als Baumwolle.«
Mit diesen Worten ließ ihn der Vormann stehen, während es einem anderen Mann oblag, ihn in die Arbeit einzuführen.
»Das Feuer darf nie ausgehen, die Zeiger des Manometers müssen immer oben stehen. Wenn zu lange Pause gemacht wird, muss man die Glut neu entfachen, indem man Abfallholz und Späne in den Kessel wirft und die Zugschieber weit hinaufschiebt. Aber solange ich über das Feuer wache, passiert das nicht.«
Zuerst dachte Werner, dass der Mann ein schwarzes Hemd trug, erkannte dann aber, dass sein Oberkörper nackt, jedoch – wie auch Gesicht und Hände – über und über mit Kohlenstaub überzogen war. Weiß blitzten nur seine Zähne hervor, wenn er lächelte – und dieses Lächeln war unerwartet freundlich, als er sich als Gustav vorstellte.
»Am besten, du ziehst deine Jacke aus, du schwitzt dich sonst zu Tode.«
Trotz der Gluthitze hatte Werner nicht das Gefühl, als könnte sich jemals wieder Wärme in seinem Herzen ausbreiten, aber er tat wie geheißen, genauso, wie er strikt den Arbeitsanweisungen folgte und Schaufelladung um Schaufelladung Kohle in den Ofen schippte.
Stunde um Stunde verging. Er achtete nicht darauf, dass

sich jeder Atemzug anfühlte, als würde er noch glühende Asche einatmen, dass alsbald eine klebrige Schicht aus Kohlenstaub und Schweiß sein Gesicht verklebte und dass seine Hände ebenso zu schmerzen begannen wie Schultern und Rücken.

Arbeiten … arbeiten … die Schulden abbezahlen … Ich muss es schaffen … Ich muss zurück zu Alba und Bethy … Hoffentlich geht es ihnen gut …

Die unerträgliche Hitze war ihm fast willkommen. Wenn er sie wacker ertrug, würde vielleicht Bethys Fieber sinken. Nicht, dass er an einen gerechten Gott glaubte, der ein solches Opfer lohnte, dazu hatte er zu viel Schreckliches gesehen, und dennoch …

»He, genug jetzt! Hast du die Dampfpfeife nicht gehört? Nu wüllt wi mol Fofftein moken.«

Werner blickte erst hoch, als Gustav ihm mit seiner Pranke auf die Schultern schlug. Verständnislos starrte er ihn an.

»Wir machen Pause!«, sagte Gustav. »Wilhelm Ahlhusen ist ein gerechter Mann. Er achtet immer darauf, dass die Arbeitszeiten eingehalten werden.«

»Aber ich muss meine Schulden abarbeiten. Dann kann ich umso früher …«

»Wenn du so weitermachst, können wir bald dich anstelle der Kohlen verheizen. Ruh dich kurz aus, danach geht es mit neuer Kraft weiter.«

Werner sah ein, dass der andere recht hatte, zumal er unerträglichen Durst verspürte. Er folgte Gustav erst in den Hof hinaus, dann in einen hölzernen Anbau neben der Maschinenhalle, der sich als Aufenthaltsraum für die Arbeiter entpuppte. Nicht nur Kaffee und Bier wurden hier ausgeschenkt – ein altes Weiblein verkaufte zudem aus ihren Körben Bücklinge und Salzheringe, Knack- und billige Blutwurst, ebenso Pfannkuchen, dessen Puderzucker sich rasch schwarz färbte, sobald ihn einer der Arbeiter entgegennahm. Zwar waren sie nicht alle rußgeschwärzt wie Werner und Gustav, doch ölige Hände, schmierige blaue Hemden und blanke lederne Hosen hatten sie alle. Ihre Mützen – schwarz und aus Wachstuch, von manchen ins Gesicht, anderen in den Nacken geschoben – waren so fettig, dass sie wohl an der Decke kleben geblieben wären, wenn man sie dagegen geworfen hätte.

Gustav packte sein Frühstück aus – vier kräftige Schwarzbrotschnitten mit Speck –, und als Werner der salzige Geruch in die Nase stieg, knurrte ihm der Magen. Er konnte sich nicht daran erinnern, wann er das letzte Mal etwas gegessen hatte.

»Hast wohl nichts zu essen mit?«, fragte ein Arbeiter gleichgültig und spuckte eine Ladung Kautabak auf den Boden.

»Der alte Raik holt sich von den Brückpfählen blaue Pfahlmuscheln, wenn das Wasser niedrig steht, und brät sie auf einer Schaufel über dem Feuer«, fügte ein anderer hinzu.

»Pfui Deubel! Watt'n Swien!«, stieß Gustav aus, reichte Werner eine seiner Schwarzbrotscheiben und außerdem einen Krug Tee. »Hier.«

Auch wenn Werner es am liebsten als Ganzes in sich hineingestopft hätte, wandte er schwach ein: »Aber ich kann doch nicht …«

»Du bist mir eine größere Hilfe, wenn du ordentlich schuftest, nicht, wenn du zusammenbrichst. Und außerdem bin ich neugierig. Du bist gerade aus Amerika gekommen, nicht wahr? Ich dachte, dort liegt das Geld auf der Straße und man muss sich nur bücken, um es aufzuheben. Was machst du wieder in Hamburg?«

Werner setzte den Humpen Tee an den Lippen. Obwohl er brühend heiß war, konnte er nicht aufhören zu trinken. Hinterher fühlten sich seine Kehle und seine Zunge so an, als stünden sie in Flammen, doch er achtete nicht auf den Schmerz, sondern begann, an dem Brot zu kauen. Er machte nur kleine Bissen, um so lange wie möglich etwas davon zu haben. »So leicht ist es leider nicht.«
Eigentlich hatte er keine Lust, die unschönen Erinnerungen heraufzubeschwören, aber er wollte es Gustav danken, dass er ihm einen Teil seines Essens überlassen hatte, und erzählte bereitwillig von den Hoffnungen, die ihn als jungen Mann bewogen hatten, nach Brasilien aufzubrechen, von dem eigenen Land, das er dort zu einem Spottpreis gekauft und bald bewirtschaftet hatte, von dem eigenen Haus, zu dem ein kleiner Stall für Reitpferde und einige Schuppen mit einer Maniokmühle gehört hatten. Zwar war dieses Haus nicht sonderlich prächtig gewesen. Es war aus unbehauenen Granitblöcken und Lehm gebaut und hatte nur ein Stockwerk. Doch Werner hatte einen weißen Verputz angebracht, mit breiten Holzziegeln das Dach bedeckt und Balken für den *altan*, eine Art Veranda, geschnitzt. Glasfenster hatten sie keine und Mobiliar auch kaum – sah man von den großen Kisten ab, die als Schränke und Sitzmöglichkeiten zugleich dienten –, aber der Fußboden war mit Matten aus Bambusrohr bedeckt und die Wände und Decken mit lebendigen Farben gebeizt.
Er schmückte nicht nur das Haus in all seinen Einzelheiten aus, sondern auch, wie er seine wunderschöne Frau kennengelernt und dass ihr rauschendes Hochzeitsfest drei Tage gedauert hatte.
Etwas gepresster klang seine Stimme, als er fortfahren musste, von dem schädlichen Nachtreif berichten, der in

den kalten Monaten Juni und Juli nicht nur Zuckerrohr und Kaffee, sondern auch die Baumwollpflanzungen hatte erfrieren lassen. Als wären die vielen Missernten nicht schon schlimm genug gewesen, brachten die gefährlichen Winde aus Südwest Hagel und Gewitter – Letztere heftig und ohne Regen. Bisweilen steigerten sie sich zu Orkanen, entwurzelten Bäume und rissen Pflanzungen um, und ein Blitz schlug in dem Schuppen ein, in dem sie die Baumwolle lagerten.

»Und Baumwolle«, schloss Werner, »brennt tagelang. Immer wenn man denkt, man ist Herr über das Feuer geworden, flammt es wieder auf.«

Gustavs Blick ruhte abschätzend auf ihm. Wahrscheinlich überlegte er, ob Werner ein vom Schicksal geprüfter Mann war oder sich seine Schultern einfach als zu schmal erwiesen hatten, als dass er die Herausforderung hätte stemmen können.

Ehe er etwas sagte, wechselte Werner das Thema. »Du hast Wilhelm Ahlhusen erwähnt und dass er ein gerechter Mann ist. Ihm gehört das alles, nicht wahr? Er muss sehr tüchtig sein, wenn er sich das alles aufgebaut hat.«

Gustav erhob sich, da es Zeit war, zum Hochofen zurückzukehren, und gab ihm erst im Gehen Antwort. »Das war doch nicht er, sondern sein Vater und Großvater. Ihre Vorfahren stammen aus einem kleinen Ort namens Ahlhusen, darum ihr Name. Sie haben sich vor über hundertfünfzig Jahren in Hamburg niedergelassen, versucht, sich mit dem Handel von Wein, dann von Perücken über Wasser zu halten. Reich sind sie davon nicht geworden, doch Wilhelms Großvater war ein schlauer Fuchs. Er hat klein angefangen, war Leinenexporteur nach Mittel- und Südamerika und gründete später die

Reederei. Sein Vater wiederum hat irgendwann einen Lotsenkutter selbst bauen lassen und vergrößerte die Werft nach und nach. Am Ende seines Lebens hatte er über zehn eigene Schiffe. Zwar kann die Werft mit Blohm & Voss, der Stettiner Vulcan oder der Reiherstiegwerft nicht mithalten, aber sie übernimmt die Reparatur von den Reedereischiffen, und dann und wann wird hier auch ein neuer Dampfer gebaut.«

»Aber doch nicht hier im Hafen?«

»Nein, der größere Teil der Werft befindet sich auf einer Halbinsel in der Norderelbe.«

Werner nickte. »Ich muss unbedingt zu meiner Familie, meine Tochter ist schwer krank. Wenn ich mit Wilhelm Ahlhusen spreche, denkst du, dass er …«

Gustav schlug ihm so fest auf den Rücken, dass Werner das Gefühl hatte, sämtliche Knochen würde zersplittern. »Die Kräftigen werden auch ohne Arzt gesund, und die Schwachen sind in der jenseitigen Welt besser aufgehoben.«

»Aber …«

»Wenn du willst, kannst du es natürlich versuchen. Wilhelm Ahlhusen drückt schon mal ein Auge zu.«

Mit dem Kinn deutete er auf ein unscheinbares Gebäude, in dem sich ein Kontor, Bureaus für die Zeichner und Ingenieure sowie die Kabuffs der Betriebsbeamten befanden.

»Steig die gewundene Treppe hinauf und geh zur letzten Tür. Sie ist mit grünem Tuch beschlagen, und dahinter ist Wilhelm Ahlhusens Bureau. Ob du ihn aber dort antriffst, weiß ich nicht. Er verbringt viel Zeit im Kontor seines Stadthauses und genau genommen noch mehr Zeit in den Bordellen von Sanct Pauli, eiah mooken, du verstehst.«

Gustav lachte dröhnend, aber Werner ging nicht darauf ein, sondern bedankte sich knapp.
Wenig später stand er vor besagter grüner Tür, klopfte mehrmals und rief Wilhelm Ahlhusens Namen – erst zögerlich, dann immer lauter. Seine Verzweiflung wuchs, als niemand ihm antwortete, und er wollte sich bereits abwenden, als er plötzlich ein Geräusch vernahm. Es klang nicht menschlich, eher so, als würde etwas Schweres über den holprigen Boden rollen, doch in ihm erwachte die Hoffnung, dass der Raum nicht verwaist war. Vorsichtig drückte er die Klinke herunter.

Das Erste, was Werner wahrnahm, war der durchdringende Geruch von Branntwein, der noch beißender als der Aschestaub oder der Geruch von Werkzeugöl in dem Raum hing, dann den säuerlichen nach Erbrochenem. Früher wäre Werner zurückgezuckt, jetzt rümpfte er bloß die Nase. Während der Schiffsreise war er im Zwischendeck schlimmerem Gestank ausgesetzt gewesen.
Weitaus schwerer als der Geruch war der Anblick der vielen Bücher und Papiere zu ertragen, die auf dem ganzen Boden verstreut lagen. Werner war schon immer ordnungsliebend gewesen, was den Pfarrer in seinem Heimatdorf zur Prophezeiung veranlasst hätte, er würde irgendwann im Assekuranzgeschäft landen. Damit hatte er sich zwar getäuscht, doch Werner konnte nicht anders, als sich zu bücken, die Papiere und Bücher einzusammeln und dabei einen Blick darauf zu werfen. Er war sofort gefesselt.
Zahlen.
Schnörkellose, nüchterne Zahlen. Zahlen, die nicht stanken und schmerzten. Zahlen, die man nicht für schön oder hässlich, reich oder arm befinden musste, die nicht

schmeichelten oder logen oder verletzten. Zahlen, die nichts versprachen, was sie nicht halten konnten.
Kurz ließen ihn diese Zahlen vergessen, dass er in Brasilien gescheitert war, nicht für Frau und Kind sorgen konnte und Bethy fieberte. Er fing an, sie zu addieren, zu dividieren, zu subtrahieren.
Erst ein unterdrücktes Stöhnen ließ ihn zusammenfahren, und die vielen Zettel rutschten ihm vor Schreck fast aus den Händen. Zu spät bemerkte er, dass diese rußgeschwärzt waren und er auf dem weißen Papier dunkle Abdrücke hinterlassen hatte.
»Es … es tut mir leid.«
Der Mann, der in der Ecke kauerte, starrte ihn aus blutunterlaufenen Augen an. Er öffnete den Mund, doch über seine Lippen kam keine Frage oder Zurechtweisung, sondern nur ein Stöhnen, gefolgt von einem Rülpsen und der Andeutung eines Lächelns.
Eigentlich war er angesichts der markanten Züge und dem dunklen, weichen Haar ein gut aussehender Mann, doch auf dem Schnurrbart klebten Reste des Erbrochenen, die auch das weiße Hemd befleckten, die dunklen Haare begannen, an den Schläfen grau zu werden, und die Haut unter dem Kinn war schlaff und teigig. Ganz zu schweigen von den dunklen Wülsten unter den Augen und dass er diese nicht einmal ganz zu öffnen vermochte.
Werner erkannte, was vorhin das Geräusch verursacht hatte: Die Flasche, die dieser Mann leer gesoffen hatte, war ihm aus der Hand gefallen und über den Boden gerollt. Ein letzter Tropfen drohte einen der Zettel zu beflecken, und Werner hob beides rasch auf, um das zu verhindern.
Erneut gab der Mann einen Laut von sich, diesmal kein Stöhnen oder Rülpsen, sondern ein Kichern. Trotz der

Belustigung blieb sein Blick müde, und die Stimme war es auch, als er sagte: »Machen Sie sich keine Mühe!«
Werner brachte es nicht über sich, den Zettel wieder fallen zu lassen, stellte lediglich die Flasche auf dem Schreibtisch ab und fing an, die Unterlagen, die dort herumlagen, zu ordnen. Wieder überflog er unwillkürlich Zahlenreihen, einzelne Sätze aus Geschäftsbriefen und Bilanzen. Ein Windstoß musste sie durcheinandergewirbelt haben, doch mit Kennerblick stapelte er die Papiere rasch in der richtigen Reihenfolge.
Ein erneutes Kichern ließ ihn zusammenzucken. »Wer sind Sie überhaupt?«
Der Mann erhob sich oder versuchte es zumindest. Kaum auf den Beinen, schwankte er so stark, dass er gegen die Wand fiel. Werner eilte zu ihm, packte ihn unter den Achseln und setzte ihn auf den Stuhl. Kurz schien es, als würde der Mann gleich herunterfallen, aber er hielt sich dann doch im letzten Augenblick an der Tischplatte fest.
»Also, wer sind Sie?«
»Werner Borgmann. Falls Sie Wilhelm Ahlhusen sind, dann arbeite ich für Sie.«
Das dritte Kichern klang wie ein Schluchzen. »Da suchen Sie sich mal besser einen neuen Arbeitsherrn. Ich tauge nichts. Ich tauge nicht mal dazu, nichts zu taugen. Eigentlich sollte ich das Unternehmen verkaufen und dem Nichtstun frönen, aber selbst das bringe ich nicht zustande. Lebt Ihre Mutter noch?«
Es dauerte lange, bis seine verworrene Rede endete. Nach jedem Wort verging eine Weile, da er mühsam nach dem nächsten suchte, und als endlich alles gesagt war, war Werner nicht sicher, ob er die Frage richtig verstanden hatte.
»Meine Mutter?«

Erst als der andere bekräftigend nickte, schüttelte Werner den Kopf. Elisabeth Borgmann, nach der Bethy benannt war, war schon lange tot. Sie hatte nicht mehr miterlebt, wie ihr Mann den Hof herunterwirtschaftete und der Sohn die Heimat verließ, um sein Glück in der Neuen Welt zu suchen. In den ersten Jahren hätte Werner ihr gerne vor Augen gehalten, wie erfolgreich er Baumwolle anbaute und wie viel Kreuzer – oder vielmehr *vinténs,* wie die brasilianische Landeswährung hieß – ein Kilo einbrachte. Doch jetzt war er froh, dass ihr zumindest sein Scheitern erspart geblieben war.

»Ich würde gerne wissen, wer ich ohne meine Mutter wäre«, fuhr Wilhelm Ahlhusen sinnierend fort. »Ob ich weniger trinken würde oder noch mehr.«

Schwer stützte er seinen Kopf auf die Hände und starrte versunken auf die Bilanzen, als sähe er sie zum ersten Mal. »Sie liegt mir ständig in den Ohren, dass ich mich meines Erbes als würdig erweisen muss. Aber sie hat nie gefragt, ob ich dieses Erbe überhaupt will.«

Unschlüssig trat Werner von einem Fuß auf den anderen, mehr und mehr überzeugt, etwas zu hören, was nicht für seine Ohren bestimmt war. Am liebsten hätte er kehrtgemacht und den Raum verlassen. Doch die Zahlen fesselten ihn zu sehr. Als er sie noch einmal überflog, stachen ihm ein paar Rechenfehler in die Augen.

Er nahm allen Mut zusammen, um zu sagen: »Wenn ich das richtig sehe, sollten Sie nicht auf das Auswanderergeschäft setzen, zumindest nicht ausschließlich.«

Wilhelm Ahlhusen schien ihn erst gar nicht gehört zu haben, hob jedoch ruckartig den Kopf. »Bitte?«

Werner schob ihm eines der Papiere zu: »Hier – das sind doch die Passagierzahlen Ihrer Schiffe? Sie werden sie nicht halten können. Soweit ich weiß, wird der

Passagepreis von den anderen Reedereien immer weiter unterboten. Die Konkurrenz ist groß. Ich meine, die Hamburg-Amerika-Linie oder die Norddeutsche Lloyd …«

Wilhelm winkte ab. »Hören Sie auf, ich kriege ja Kopfschmerzen davon!«

Werner nickte. »Aber natürlich …« Schweren Herzens ging er zur Tür, und da ihn keine Zahlen mehr von seiner Not ablenkten, wurde ihm das Herz wieder schwer. Wilhelm Ahlhusen war wahrscheinlich zu betrunken, um sein Anliegen – zu Frau und Kind zu eilen und die Schulden später abzuarbeiten – überhaupt zu verstehen.

Doch zu seiner Überraschung richtete der sich plötzlich auf. »Warten Sie! Ich habe nicht gesagt, dass Sie gehen sollen. Sie erwähnten, dass Sie für mich arbeiten. Als was?«

Werner zuckte die Schultern. Seine rußgeschwärzten Hände und sein ebenso dreckiges Gesicht sprachen eigentlich Bände. »Ich tue alles, bis ich meine Schulden getilgt habe. Aber vorerst möchte ich …«

»Ich soll mich also aus dem Auswanderergeschäft zurückziehen?«, unterbrach Wilhelm ihn nachdenklich. »Hm, aber gerade eben habe ich doch in meiner Werft zwei neue Dampfer bauen lassen. Ich muss sie auslasten, die Preise fürs Eindocken sind gewaltig, und dann noch dieser Kredit …«

Kurz blieb Werner bei der Tür stehen, kam dann aber zum Schluss, dass Wilhelm Ahlhusen keine Scherze mit ihm trieb, sondern wirklich seinen Rat verlangte, und ging zurück. Erneut überflog er die Bilanzen. »Fürs Erste würde es vielleicht genügen, die Decks besser auszulasten.« Er überlegte kurz. »Wenn Sie das Orlogsdeck benutzen, mehr Tickets pro Schiff verkaufen … vielleicht

haben Sie doch noch eine Chance … Wie hoch ist der Kredit gemessen an Ihrem Eigenkapital?«
Wilhelm zuckte die Schultern. »Ich gebe Ihnen alle Unterlagen, dann wissen Sie genug, um die notwendigen Entscheidungen zu treffen.«
Werner riss die Augen auf. Nicht, dass er auch nur einen Augenblick lang angenommen hatte, Wilhelm Ahlhusen wäre seiner Sinne mächtig. Doch angesichts dieses Ansinnens war er überzeugt, dass der nicht einfach nur betrunken, sondern wahnsinnig sein musste.
Wilhelm aber erhob sich und brachte es sogar zustande, aufrecht stehen zu bleiben, ja, ihm jovial auf die Schultern zu schlagen. Er hatte keine Pranken wie der hart arbeitende Gustav, aber dennoch kräftige Hände. »Ab heute sind Sie mein Kommis. Meine Mutter muss ja nichts davon wissen.«
Werner war nicht sicher, was genau ein Kommis war. Falls diese Aufgabe mehr mit Zahlen und weniger mit Kohle zu tun hatte, war ihm alles recht. Zwar wusste er nicht, ob das Angebot noch gelten würde, wenn Wilhelm Ahlhusen wieder nüchtern war – einen Vorteil wollte er aber schon jetzt daraus ziehen. »Ich tue, was immer Sie wollen, und wenn ich all diese Zahlen auswendig lernen muss. Aber als Erstes muss ich meine Frau und meine Tochter suchen!«

Nachdem Werner sie zurückgelassen hatte, blieb Alba eine Weile sitzen. Sie wusste, bloß zu warten würde Bethys Zustand nicht bessern. Sie musste Hilfe suchen, zumindest einen warmen Unterschlupf, aber als sie die Tochter auf ihren Schoß bettete und über ihr Gesicht strich, fühlte sie sich unendlich erschöpft. Außerdem durfte sie Bethy nicht überanstrengen.

Obwohl diese die Augen geschlossen hatte, unruhig schlief und nur dann und wann aufschrie, entweder nach Pedro rief oder unzusammenhängende Worte von sich gab, hörte Alba nicht auf, auf sie einzureden. Anfangs sang sie, später erzählte sie Geschichten aus der Heimat.
»Stell dir vor, wir leben noch in Brasilien in unserem Haus, es ist ein Feiertag, und wir tafeln üppig. Maniokmehl mit Orangen, schwarze Bohnen mit Speck, Huhn und Reis und natürlich Melonen, saftige, zuckersüße Melonen! Und danach geht es zum großen Festtagsumzug. Wir streuen weißen Sand und Blumen auf die Straße, Glocken dröhnen laut, nach dem Umzug gibt es ein riesiges Feuerwerk …«
Alba brach ab, weil ihr die Kehle eng wurde. Als sie mit Werner ihre Heimat verlassen hatte, und das wahrscheinlich für immer, hatte sie sich geschworen, nicht zurückzublicken und das neue Leben tatkräftig anzupacken, wohin immer dieses sie auch führte. Doch jetzt verhießen ihr die Erinnerungen den einzigen Trost, obwohl nicht alle von ihnen schön waren. Nicht nur, dass die letzten Jahre so viel Unglück gebracht hatten – auch auf manch hoffnungsfrohen Tag hatte sich ein Schatten gelegt, so auf ihren Hochzeitstag, als ihre Schwester nicht darauf verzichten konnte, ihr Werner madigzumachen. Martas Stimme klang immer ein wenig zischend, was man mit gutem Willen als eindringlich beschreiben mochte, andernfalls als giftig.
»Warum willst du ausgerechnet diesen Deutschen heiraten?«, hatte sie gefragt. »Er ist immer so ernst, nicht sonderlich groß und kräftig, und ich habe noch nie gesehen, wie er auf einer Mandoline spielt.«
Alba hatte aufgelacht. »Ich brauche keinen Mann, der Mandoline spielt, mir Granatäpfel pflückt oder mir die

Papageien vom Himmel holt. Ich brauche einen Mann, auf den ich mich verlassen kann, der ehrlich ist und treu. Schau dir Vater an oder unsere Brüder. Ja, sie spielen Mandoline und singen wunderschöne Lieder, aber doch nur, um junge Mädchen zu verführen und ins Unglück zu stürzen. Ganz zu schweigen davon, wie traurig sie unsere Mutter und ihre Frauen damit machen.«

Marta lachte auch, aber es klang nicht schön. »Unsere Mutter ist unglücklich, weil sie Paraguay verlassen musste. Dass Männer andere Frauen haben, sieht man nicht, und wenn man es sieht, vergisst man es. Viel wichtiger ist für unsereins doch, dass wir die gleiche Sprache wie die Männer sprechen.«

»Werner kann Portugiesisch und Spanisch!«

»Aber versteht er auch die Sprache deiner Träume?«

»Von Träumen wird man nicht satt, von fleißigen Händen schon.«

Nicht auszudenken, was Marta sagen würde, würde sie sie jetzt so sehen. Es war schon schlimm genug, sich von ihr zu verabschieden und hinter der vermeintlich mitleidigen Miene jenes schadenfrohe Lächeln zu erahnen, das nur allzu deutlich bekundete: Ich hab's dir doch gesagt.

Alba seufzte. Sie wagte es kaum, Bethys Stirn zu berühren. Auch so fühlte sie ganz deutlich, wie sehr der ganze Körper glühte. Nein, von Träumen wurde man nicht satt, aber man wurde auch nicht gesund von ihnen. Und das Echo von Martas zischender Stimme sollte als Ansporn reichen, nicht länger hier sitzen zu bleiben und auf Gott zu vertrauen.

»Bethy, Bethy, du musst aufstehen.«

Die Worte erreichten das Mädchen nicht. Immerhin gelang es Alba, Bethys Arm um ihre Schultern zu legen, sodass sie sie zwar nicht tragen, aber mitziehen konnte.

Sonderlich weit würde sie damit nicht kommen, doch das musste sie gar nicht. Eine vage Idee hatte Gestalt angenommen, und falls diese aufging, würden sie den Hafen gar nicht erst verlassen müssen.
Alba blickte sich um. Etliche Schiffe lagen auf Reede, einige waren sogar wegen des nahenden Winters in Trocken- und Reparaturdocks untergebracht. Wenn sie vielleicht über eine Holzplanke auf ein Schiff gelangen könnten?
Bevor sie das versuchte, verlagerte Alba Bethys Gewicht ein wenig und bückte sich, um den dunkelbraunen Saum des Kleides anzuheben und ein Stück Stoff vom dunkelroten Unterkleid abzureißen. Später machte sie noch kleinere Streifen daraus und band sie alle paar Schritte an eine Laterne, eine Bank oder einen Pflock, damit Werner sie später finden könnte.
Als sie schließlich ein Schiff im Trockendock erreichte und sich umdrehte, flatterten die roten Streifen wie Blütenblätter im Wind, und dieser Anblick gab Alba Mut. Wenn es ihr gelungen war, dem bedrückenden Grau etwas entgegenzusetzen, würde sie auch Bethys Fieber Herr werden.

In den nächsten Stunden verlor Alba jedes Gefühl für Zeit. Nachdem sie Bethy auf das Schiff geschleppt hatte, schienen all ihre Kräfte verbraucht zu sein. Immerhin war auch kein Platz für Ängste – weder davor, entdeckt zu werden, dass die Tochter diesen Strapazen nicht länger standhielt oder dass alle Mühe vergeblich war.
Das Schiff war ein kleiner Raddampfer mit nur einem Deck, das von einer morschen Holztür verschlossen war. Ein Fußtritt genügte, um sie aufzustoßen, dann stand Alba in einem großen Saal mit mehreren länglichen Ti-

schen und Sofas, deren roter, durchgewetzter Samt von einer dicken Staubschicht überzogen war. Die Luft war schwer und stickig, aber der beißende Wind verbannt. So erleichtert Alba darüber war, so verzweifelt durchforstete sie die anschließenden Räume. Nichts. Auf dem kleinen Schiff schien es keine Krankenstube – und damit auch keine Bordapotheke – zu geben. Da waren nur eine dunkle Kammer, in die sich Seekranke diskret zurückziehen konnten, ein Abort und ein winziger Damensalon. Die Brücke, von wo aus der Kapitän sein Schiff lenkte, befand sich gar unter freiem Himmel.

Vorsichtig, gleichwohl ächzend ließ sie Bethy auf eines der Samtsofas sinken. Sie wollte sich nicht ausmalen, wie viel Ungeziefer sich womöglich in den Falten verkrochen hatte, aber besser als der steinerne Boden im Freien war es auf jeden Fall, zumal Alba unter den Bänken ein paar kratzende Rosshaardecken fand. Mit einer deckte sie ihre Tochter bis zur Nasenspitze zu.

Obwohl das Schiff fest im Trockendock verankert war, machte es immer wieder ruckartige Bewegungen und knarrende Geräusche. Alba zuckte bei jedem zusammen und lauschte, doch Schritte waren nie zu hören. Erneut ging sie durch alle Räumlichkeiten, entdeckte schließlich am hinteren Ende des Saals eine Tür, die ihr vorhin noch nicht aufgefallen war, und betrat eine völlig verdreckte Kombüse. Sie war nur zur Hälfte überdacht, und eine dicke Schicht aus Möwendreck und Schlamm bedeckte sowohl den Herd als auch die Pfanne darauf. Die Blechnäpfe im Schrank waren etwas sauberer, aber verrostet, die Tassen voller Risse und Flecken; zu essen fand sie nichts, sah man von einem Stück verschimmeltem und steinhartem Brot ab. Gleich neben der Kombüse grenzte ein weiterer Raum an, zwar gerade groß genug, dass zwei mäßig gewachsene Leute aufrecht darin stehen konnten, aber mit einer verdreckten Liege, die sie Hoffnung schöpfen ließ. Und tatsächlich! Als sie sich an einem Schrank zu schaffen machte und dessen Tür nach langem Rütteln endlich aufsprang, fiel ihr förmlich eine dunkle Tasche entgegen, die an die eines Arztes erinnerte.

Gelbliches Futter quoll heraus, sobald sie sie öffnete, außerdem ein paar schmutzige Gazeverbände und Antipyrin-Tabletten. Alba ließ sie achtlos zu Boden fallen. Ein Mittel zur Bekämpfung der Seekrankheit hätte sie während der langen Überfahrt von New York gebraucht. Sie wühlte noch tiefer in der Tasche und griff in ein Seitenfach, wo sie ein braunes Fläschchen entdeckte. Zuerst war sie enttäuscht, las sie doch nur »Boehringer« auf dem Etikett, aber dann fand sie heraus, dass dies nicht der Name der Arznei, sondern von deren Hersteller war. Und diese Arznei war tatsächlich das Gewünschte! Chinin!

Tränen der Erleichterung stiegen ihr in die Augen, als sie das Fläschchen an der Brust barg.

»Bethy … Bethy, jetzt wird alles gut.«

Als sie zurück in den großen Saal hastete, rührte sich die Tochter nicht, doch immerhin gelang es Alba, deren Mund zu öffnen und das Chinin vorsichtig auf die Zunge zu tröpfeln. Sie war nicht sicher, wie viel sie ihr geben sollte, begnügte sich mit einem Drittel des Fläschchens und entschied, danach abzuwarten, ob diese Dosis anschlug. Erst jetzt merkte sie, wie sehr ihr der Magen knurrte und dass es kaum ein Glied gab, das nicht schmerzte.

Sie schlüpfte unter Bethys Decke, presste die Tochter an sich und kämpfte noch gegen den Schlaf an, doch als sie merkte, wie Bethys Wangen etwas kühler wurden, konnte sie die Müdigkeit nicht länger bannen. Der Schlaf war traumlos und tief und ersparte ihr Erinnerungen an die ferne Heimat.

»Alba! Alba, wo bist du?«

Als die Stimme sie weckte und Alba hochfuhr, wusste sie kurz nicht, wo sie war. Erst fiel ihr Blick auf die Ampulle, dann auf Bethy – Bethy, deren Gesicht nicht mehr so gefährlich rot war und auf deren Stirn nicht länger Schweißtropfen glänzten.

»Hier! Hier sind wir! Das Fieber ist gesunken.«

Ein paar polternde Schritte später kam Werner zu ihnen gestürzt. Trotz ihrer beruhigenden Worte stand ihm noch die Sorge ins Gesicht geschrieben, als er Bethy hochzog und ihre Stirn befühlte.

»Tatsächlich.«

»Sie wird gesund, sie wird bestimmt wieder gesund.«

Alba war erneut den Tränen nahe, und selbst Werner, den sie noch nie weinen gesehen hatte, weder bei Pedros Tod noch während des Gewitters, das die Baumwollernte zerstörte, hatte feucht glänzende Augen. Immer wieder streichelte er Bethy über den Kopf, zog später auch Alba an sich und küsste sie auf seine etwas unbeholfene, schüchterne Art. Sie umarmte ihn ihrerseits und presste ihren Kopf an seine Brust, bis Bethy wach wurde und verwirrt fragte, wo sie denn seien.

»In Hamburg. Unser Schiff hat angelegt. Jetzt wird alles gut.«

Irgendwie würden sie hier schon überleben, irgendwie würde Werner Arbeit finden, irgendwie …

Alba löste sich abrupt von ihm. »Warum bist du überhaupt schon hier? Musst du nicht arbeiten?«

»Herr Ahlhusen war so gut …«

Alba runzelte verwirrt die Stirn, doch da ertönte ein Räuspern. Erst jetzt bemerkte sie den Mann, der dort beim Eingang des Saals stehen geblieben war.
Er ließ seine Schultern müde hängen und lehnte sich schwer an die Wand, als traute er den eigenen Beinen nicht, doch sein Blick … sein Blick war wach, lebendig, mehr noch, voller Sehnsucht.
Er musste sie schon seit geraumer Zeit beobachtet haben, hatte folglich die glückliche Wiedervereinigung ihrer Familie miterlebt, jede liebevolle Geste in sich aufgesaugt, das Vertrauen und die Hoffnung gespürt, und obwohl der gebannte Blick Alba verlegen stimmte, erwiderte sie ihn. Die Sehnsucht darin schien noch zu wachsen, und kurz vermeinte sie, sie förmlich zu schmecken.
Ich brauche keinen Mann, der Mandoline spielt, mir Granatäpfel pflückt oder mir die Papageien vom Himmel holt …
Nun, dieser Mann sah nicht so aus, als könnte er Mandoline spielen, und selbst wenn, würde es grässlich klingen. Falls er Granatäpfel pflückte, entglitten sie wohl seinen zitternden Händen und platzten auf. Und Papageien würden ihm erst recht spöttisch keckernd entwischen. Und dennoch – wenn einer von ihnen eine Feder verlöre, würde sich dieser Mann bücken, sie aufheben, sie Alba ins Haar stecken.
Verspätet senkte Alba den Blick. Was für absonderliche Gedanken da in ihrem Kopf kreisten, ganz so, als hätte das Fieber nun auch sie erfasst! Allerdings waren ihre Wangen kühl, genau wie die von Bethy, die sich nun umsah und ein wenig erschrak, als sie den Fremden wahrnahm.
»Das ist Wilhelm Ahlhusen«, erklärte Werner rasch.
Mit einem freundlichen Lächeln trat der andere näher.

»Was für ein hübsches Mädchen Sie haben, Herr Borgmann. Was allerdings kein Wunder ist bei dieser Mutter.« Seine Schritte waren unerwartet fest.
»Ist das Ihr Schiff?«, fragte Alba. »Ich wollte nicht unbefugt ...«
Sie versuchte, sich zu erheben und auch Bethy mit sich hochzuziehen, doch Wilhelm überwand die letzte Distanz. »Bleiben Sie nur!« Er umfasste ihre Schultern, und als sie sich losmachen wollte, berührte sie seine Hand. Das Zittern seiner Finger ging ihr durch und durch. »Bleiben Sie, solange Sie wollen. Und nein, das Schiff gehört nicht mir, aber wer hat jetzt im Winter schon Verwendung für so einen ollen Salondampfer?«
Hatte er vorhin noch die ganze Familie beobachtet, war sein Blick nun starr auf Alba gerichtet. Röte schoss ihr ins Gesicht. Sie konnte sich nicht erinnern, dass ihr jemals etwas so zugesetzt und zugleich belebender gewirkt hatte als ein Eimer kaltes Wasser.
Werner hingegen, ihrem guten, fleißigen, verlässlichen Werner, der die Zahlen so liebte, entging dieser Blick.
»Wissen Sie, wo ich eine Wohnung mieten kann?«, fragte er. »Wir kennen in Hamburg doch niemanden.«
»Nichts da!«, erklärte Wilhelm entschlossen. »Sie kommen einfach mit mir. Im Dienstbotentrakt unseres Hauses gibt es genug Platz. Und meine Tochter Mina ist im Alter von Ihrer Bethy und kann eine Freundin gewiss gut gebrauchen. Sie ... sie hat soeben ihre Mutter verloren.«
Wenn seine Tochter zur Halbwaise geworden war, bedeutete das, dass er selbst Witwer war, doch in seinem Blick stand keine Trauer.
Alba versuchte erneut, aufzustehen.
»Ich trage Ihre Tochter«, erklärte Wilhelm Ahlhusen energisch, und noch ehe Alba etwas dagegen einwenden

konnte, hatte er schon die Hände um Bethys Taille gelegt. Doch wenn Werner auch blind für die Blicke war, die Wilhelm Ahlhusen Alba zuwarf – die Vaterpflichten wollte er sich nicht abnehmen lassen.

»Das mache ich«, schaltete er sich ein.

Alba warf ihm ein Lächeln zu, wurde aber rasch wieder ernst, als ihr Blick zurück zu Wilhelm ging. Er wirkte nicht länger sehnsüchtig, sondern verloren, als er ihnen hinterhertrottete, und als sie ins Freie traten, lastete das Schweigen so bleiern über ihnen wie der graue Nebel. Vergebens suchte Alba nach Worten, es zu durchbrechen, doch sie fand keine, und schließlich war es Werner, der sagte: »Dieser Salondampfer, welchem Zweck dient er eigentlich?«

»Oh, damit veranstaltet die Konkurrenz im Sommer Ausflugsfahrten auf der Elbe, manchmal auch Fahrten an die Ostseebäder. Im Winter steht natürlich alles still, auch die großen Atlantikdampfer.«

»Herrje!«, seufzte Werner. »In Brasilien habe ich ganz vergessen, wie kalt es hierzulande sein kann und wie sich Schnee anfühlt. Wenn man die Schiffe auch im Winter einsetzen könnte und die Reisen nicht auf April bis Oktober beschränken müsste, wären Sie rasch ein steinreicher Mann.«

Während er Bethy vorsichtig über die Holzplanke nach unten trug, begann er, über Zahlen zu reden. Alba hatte keinen Sinn dafür, und obwohl Wilhelm hinter ihr ging und sie seinen Blick nur erahnen konnte, wusste sie, dass auch er nicht zuhörte.

Bis sie das Haus der Ahlhusens erreichten, hatte Alba erfahren, dass Wilhelms Frau Irmgard erst letzte Nacht gestorben war. Sie konnte sich nicht entscheiden, was größer war – das Mitleid mit dem Witwer oder das Befremden, weil dieser sich erst betrunken und später eine fremde Frau mit Blicken verschlungen hatte, anstatt bei der Toten zu wachen. Mittlerweile war sie zu erschöpft, um ihre widerstreitenden Gefühle zu erkunden, und als sie das Haus betraten, war sie schlichtweg erleichtert, seiner Gegenwart zu entkommen.

Wenig später wurde ihnen von einem Dienstmädchen namens Magda ein Zimmer im Dienstbotentrakt gleich neben der Küche zugewiesen. Doch so verführerisch es auch war, auf eines der frisch bezogenen Betten zu sinken, wusste Alba, dass sie keine Ruhe finden würde, ehe sie nicht nach Wilhelms Tochter gesehen hatte. Auch Bethy, die das Fieber endgültig besiegt zu haben schien und sich in der Küche mit Tee und Keksen gestärkt hatte, verlangte mitzukommen, wenngleich ihre Neugierde – wie Alba auf dem Weg in den zweiten Stock feststellte – weniger der unbekannten Mina Ahlhusen als der Einrichtung des Hauses galt. Fasziniert betrachtete sie die großen Schränke, deren dunkles Mahagoniholz sich deutlich von den hellen Marmorfliesen abhob, die schweren Damastvorhänge vor den Fenstern und die vielen Teppiche.

»Die Ahlhusens sind sehr reich, oder?«

Alba nickte. Dass sie nicht nur reich, sondern auch unglücklich waren, wurde spätestens dann zur Gewissheit, als sie Minas Zimmer betraten. Zuvor hatte sie drei Mal vergebens geklopft, und auch als sie über die Schwelle trat, hielt Mina ihnen den Rücken zugewandt. Mit nackten Füßen und nur mit einem Nachthemd bekleidet, starrte sie zum Fenster hinaus. Die bebenden Schultern verrieten, dass sie schrecklich fror, aber sie schien so in Gedanken versunken zu sein, dass sie es gar nicht merkte.

»Schau doch nur!«, rief Bethy begeistert. Weitaus mehr als die bibbernde Mina interessierten sie die vielen Spielsachen, und hätte Alba nicht gewusst, dass Mina so alt wie Bethy und darum fast erwachsen war, hätte sie den Raum für ein Spielzimmer gehalten: Da waren ein Schaukelpferd, das sie aus dunklen, schrägen Augen anglotzte und dessen zähnefletschendes Lächeln irgendwie bösartig wirkte, viele Puppen mit dunkeln und hellen Haaren, Zöpfen oder Locken und putzigen Kleidern, außerdem ein kleiner Kaufmannsladen mit Kasse und Waage und ein winziges Teeservice samt dazugehörigem Damasttischtuch. Alles war akkurat geordnet, als hätte schon lange niemand mehr damit gespielt, und Alba entging die dünne Staubschicht auf dem Kaufmannsladen nicht. Gänzlich frei von Staub und wild durcheinander lagen hingegen die vielen Bücher und Schriften auf dem Schreibtisch.

Bethy konnte sich nicht länger zurückhalten, sondern stürzte sich auf eine der Puppen.

»Nicht!«, mahnte Alba. »Du musst doch erst fragen, ehe du dir etwas nehmen darfst!«

Halb trotzig, halb kleinlaut legte Bethy die Puppe zurück, doch ihr Blick blieb sehnsuchtsvoll darauf gerichtet. Mina indessen drehte sich um und betrachtete sie mit unergründlicher Miene. Ihr Gesicht war leichenblass, die schmalen Lippen fast blau.

»Du musst dir etwas anziehen. Gewiss hast du eiskalte Füße!«, sagte Alba.

Mina starrte sie nur unverwandt an, regte sich nicht. »Wer sind Sie?«

»Alba Henrigues beziehungsweise Borgmann, und das ist meine Tochter Bethy … Wir … wir werden künftig hier leben …« Sie rang nach Worten, weil sie nicht sicher war, welche Aufgabe genau ihr künftig zukommen wür-

de – ob die einer Gouvernante, Haushälterin oder einem Mädchen für alles –, doch es war ohnehin nicht das, was Mina interessierte.
»Sie sprechen mit starkem Akzent«, stellte sie fest.
»Ich komme aus Südamerika.«
»Wo genau aus Südamerika? Aus einem der drei La-Plata-Staaten?«, fragte Mina eifrig. »Und kennen Sie den Río de la Plata? Er heißt übersetzt ›Silberstrom‹, aber er ist doch nicht wirklich silbern, oder?«
Alba lächelte. »Ich habe die meiste Zeit meines Lebens in Brasilien verbracht, doch geboren wurde ich in Paraguay. Meine Eltern stammen von dort, wir mussten während eines Krieges fliehen.«
»Meinen Sie den Tripel-Allianz-Krieg, den Paraguay gegen Uruguay, Argentinien und Brasilien führte?«
Der Blick war wach, verriet aber keinerlei Gefühl, wenngleich Alba schwören konnte, dass sich hinter der vermeintlich nüchternen Fassade ein hilfloses Kind versteckte.
»Wir können morgen darüber sprechen, jetzt ziehst du dir erst mal Socken an und gehst ins Bett. Bethy übrigens auch. Sie war sehr krank.«
Behutsam schubste Alba Mina zu dem Himmelbett mit den dicken Bettpfosten und einem schweren, dunkelgrünen Vorhang. Die rosa-weiß gestreiften Laken waren glatt und sauber. Zunächst schien Mina sich ihr zu fügen, doch dann blieb sie stehen und betrachtete Bethy.
»Wenn du willst, kannst du in meinem Bett schlafen. Und du kannst auch gerne meine Puppen haben, ich spiele schon lange nicht mehr mit ihnen.«
Bethys Augen leuchteten begeistert auf, aber Alba schüttelte den Kopf. »Das geht doch nicht, wir haben unsere eigene Unterkunft, und …«

»Bitte!«, sagte Mina leise, und ihre dunklen Augen glänzten plötzlich feucht. »Meine Mutter ist letzte Nacht gestorben.«
Alba war unschlüssig. Einerseits hätte sie Mina so gerne an sich gezogen, umarmt und ihr etwas Tröstliches in die Ohren geflüstert – andererseits ahnte sie, dass das Mädchen dann endgültig seine Fassung verlieren würde, dazu aber noch nicht bereit war. Während sie zögerte, lief Bethy zu dem Bett.
»Oh, die Laken, fühl nur, Mama, wie weich sie sind. Ich habe noch nie in so einem Bett geschlafen!«
Alba lag abermals eine Ermahnung auf den Lippen, doch dann sah sie, wie Mina zaghaft lächelte, und sobald Bethy unter die Bettdecke schlüpfte, legte auch sie sich hin. Sie machte sich zwar schmal und schien sorgsam darauf bedacht, Bethy nicht zu berühren, doch als Alba fragte, ob sie wirklich nichts gegen eine Bettgefährtin hätte, nickte sie ernsthaft.
Alba fügte sich ihrem Willen. »Ich bringe noch etwas Chinin für Bethy und eine heiße Schokolade für dich. Und du solltest trotzdem Socken anziehen. Mit kalten Füßen kann man nicht einschlafen.«

3. Kapitel

1889

Der Lärm im Hamburger Hafen war ohrenbetäubend. Seit einem Jahr war es nicht mehr nur der Hafen, sondern der Freihafen, für dessen Anlagen Kaiser Wilhelm trotz massiver Gegenwehr der Bürger feierlich den Schlussstein gelegt und damit besiegelt hatte, dass Hamburg dem Deutschen Zollverein angeschlossen wurde. Der ehrenwerte Herr Amsinck, Patriarch einer der ältesten und einflussreichsten Familien, hatte daraufhin wutentbrannt seine gipserne Bismarckbüste an die Hühner verfüttert – etwas, was Wilhelm Ahlhusen zutiefst amüsiert hatte, während ihm der Zollanschluss egal gewesen war. Werner wiederum fand, dass man den armen Hühnern den Gips hätte ersparen sollen – er lag ihnen gewiss tagelang im Magen –, während der Zollanschluss in seinen Augen etwas war, was der Stadt und ihren Einwohnern auf lange Sicht zugutekam: Schließlich erschwerten die bisherigen Zollgrenzen den Handel mit dem deutschen Binnenland.

Leider machte der Zollanschluss die Stadt auch deutlich lauter, wie Werner an diesem Morgen einmal mehr feststellte. Oh, dieser unerträgliche Krach, von dem man auch hier am Kai nicht verschont blieb! Selbst wenn er sich die Ohren zuhielt, half das wenig.

Zwar waren die meisten neuen Hafenanlagen mittlerweile fertiggestellt, aber im Brook-Gebiet wurde immer noch an der neuen Speicherstadt gebaut – Hamburgs Warenpaläste, die mit ihrem roten Backstein und den hellen Fensterumkleidungen eher gigantischen Schatzkästchen als Lagerhallen glichen. Und diese Baustelle war leider nicht die einzige: Überdies wurden gerade gewaltige Kaimauern und Warenschuppen am Kehrwiederwall oder riesige Lösch- und Lade-Einrichtungen am Sandtorkai errichtet, wo die seeschifftiefe Wasserstraße mit den Eisenbahngleisen zusammengeführt wurde. Ganz zu schweigen davon, dass zu dem Hämmern und Sägen, Rasseln und Dampfen immer wieder das Tuten eines Schiffs und der grelle Pfiff der Lokomotive kamen.

Werner nahm die Hände von den Ohren und rieb sich die Schläfen. Kopfschmerzen plagten ihn, wobei man gerechterweise sagen musste, dass diese nicht allein vom Lärm bewirkt wurden, sondern von den Zahlen, die er eben von einem Blatt ablas. Hermann Brack, der Kapitän der *Schleswig*, der die Borgmanns einst nach Hamburg und Werner später in die Werft gebracht hatte, damit er seine Schulden abarbeiten konnte, hatte es ihm gereicht. Der Kapitän ließ mit keiner Geste oder keinem Wort erkennen, dass er sich an ihr erstes Zusammentreffen, das nunmehr drei Jahre zurücklag, erinnerte, sondern behandelte Werner so wie alle anderen auch – als allmächtigen Stellvertreter von Wilhelm Ahlhusen, der befugt war, sämtliche Entscheidungen zu treffen, und dies so umsichtig tat, dass es ihm allseits Respekt einbrachte.

Dieser Respekt würde ihm allerdings nicht weiterhelfen. Werner rieb sich immer noch die Schläfen, und die Zahlen auf dem Blatt verschwammen vor seinen Augen. Normalerweise vertrieben Zahlen seine Kopfschmerzen, doch diese hier … diese brachten ihn zur Verzweiflung.

»Das Schiff ist ja nur zu einem Drittel belegt!«, rief er entsetzt. »Wenn diese Fahrt stattfindet, machen wir einen riesigen Verlust!«

Einen Verlust, den wir uns nicht leisten können, fügte er in Gedanken hinzu. Schließlich ist es nicht der erste dieser Art. Und ein Verlust, den die Einnahmen der Werft nicht ausgleichen können, weil das Geschäft auch dort nicht gut läuft.
Das wollte er Hermann Brack gegenüber natürlich nicht offen zugeben, weswegen er lediglich klagte: »Dabei hat uns der Auswanderungsagent doch dreihundert Passagiere zugesichert.«
»Jeder weiß, dass diese Agenten allesamt Betrüger sind.«
»Trotzdem verstehe ich das nicht. Gewiss, früher war es üblich, dass die Reedereien ständig den Preis unterboten haben, um einander die Passagiere abspenstig zu machen. Aber dieser unselige Ratenkrieg ist doch mittlerweile zu Ende, und die Reedereien haben sich auf einen Preis geeinigt.«
»Eben. Bei dieser Einigung erwies sich die HAPAG als federführend. Und die ist nun so bekannt, dass ein jeder mit einem HAPAG-Schiff reisen will. Längst hat sie ein Monopol, was den Atlantikverkehr anbelangt.«
Wieder ertönte ein greller Pfiff, der Werner zusammenzucken ließ. In der Luft vermischten sich der Geruch des fauligen Hafenwassers und des Öls.
Hermann Brack unterdrückte ein Seufzen. »Früher fuhren allein auf der Nordatlantikroute zwölf Dampferlinien. Wissen Sie, wie viele davon überlebt haben?«
Werner winkte ab. Schlimm genug, sich mit den beunruhigenden Zahlen auf dem Blatt Papier auseinandersetzen zu müssen – er wollte die Katastrophe nicht auch noch mit Worten beschworen wissen.
»Soll das Schiff nun abfahren oder nicht?«, fragte der Kapitän.
Werner zögerte. Er war zwar gewohnt, allein Entschei-

dungen zu treffen, aber diese wuchs ihm über den Kopf.
»Ich werde mit Herrn Ahlhusen reden.«
Kapitän Brack runzelte die Stirn. »Er hat sich doch schon seit Ewigkeiten nicht mehr im Hafen blicken lassen, oder?«
Werner hätte beinahe genickt, denn Wilhelms Besuche in der Werft und Reederei wurden tatsächlich immer seltener, und selbst wenn er gemeinsam mit ihm über das Werftgelände ging, verhielt er sich wie ein Gast. Er ließ sich von Werner zwar viel erklären, stellte aber nie Fragen, schon gar nicht, wenn Werner die Schwierigkeiten andeutete, in denen das Unternehmen steckte und die weniger an eigenem Versagen lagen als an der Marktlage. »Wenn von Schwierigkeiten die Rede ist, werde ich immer durstig«, hatte Wilhelm bloß gemeint.
Werner steckte das Blatt Papier ein. »Sie hören von uns«, beschied er dem Kapitän knapp und ließ ihn einfach stehen.

Wilhelm behauptete, dass er regelmäßig im Kontor des Stadthauses arbeiten würde, und obwohl Werner bis jetzt nie hatte wissen wollen, wie diese »Arbeit« genau aussah, blieb ihm heute nichts anderes übrig, als an die Tür zu klopfen, sobald er ins Haus der Ahlhusens zurückgekehrt war.
Stille.
Werner lauschte angestrengt, war schon überzeugt, dass niemand im Kontor war, als plötzlich doch noch ein Laut ertönte – das Gelächter einer Frau.
Werner klopfte wieder. »Herr Borgmann?«
Das Gelächter wurde lauter, riss kurz danach aber ab, und wieder eine Weile später huschte eine leicht bekleidete Frau aus dem Kontor. Werner schlug hastig den

Blick zu Boden, und erst als die Frau im Dienstbotentrakt verschwunden war, ging ihm auf, dass es Magda gewesen sein musste, Hedwigs Jungfer.
Nicht, dass es ihn etwas anging, was sie mit Wilhelm trieb. Werner wartete, bis das Rot auf seinen Wangen etwas verblasst war, ehe er eintrat. Auch Wilhelms Gesicht war rot, seine Hosen noch geöffnet und das Hemd nur halb zugeknöpft, doch anders als Werner schämte er sich nicht, sondern lehnte sich mit sattem Grinsen gegen den Schreibtisch.
»Na, Borgmann, gestatten Sie sich heute mal, etwas früher Feierabend zu machen? Recht haben Sie!«
Werner starrte erneut auf den Boden. »Wir kriegen unsere Schiffe schon wieder nicht voll«, sagte er schnell. »Die HAPAG ist ein zu starker Konkurrent.«
»Ach was«, meinte Wilhelm gleichgültig. »Die HAPAG war vor einigen Jahren doch selbst vor dem Absaufen.«
»Aber das hat sich doch längst geändert.« Werner hob den Kopf und war einfach nur fassungslos, dass Wilhelm sich darüber nicht im Klaren schien. »Seinerzeit hat Albert Ballin der HAPAG Konkurrenz gemacht, zuerst mit der Firma Morris & Co., die er leitete, später als Passageagent für die Carr-Linie, Sie wissen schon, die Linie von Edward Carr, der wiederum ein Neffe von Sloman ist.«
Wilhelm starrte ihn nachdenklich an.
»Sie haben Frachtschiffe zu Auswandererschiffen umgewandelt, die auf jeglichen Luxus verzichteten, den Passagieren aber gestatteten, sich frei auf dem Schiff zu bewegen«, fuhr Werner fort. »Dadurch konnte die HAPAG die üblichen Preise für eine Passage nach New York unterbieten, und ein regelrechter Ratenkrieg kam in Gang.«
Wilhelm grinste wieder. »Ja, ja, Ballin ist ein Fuchs«, sagte er nicht ohne Anerkennung. »Ich habe gehört, dass er

nachts Plakate der Konkurrenz abriss und neue der eigenen Firma an die Wände klebte.«

»Nun, diese Zeiten sind lange vorbei. Erst fusionierte Carr mit Sloman zur Hamburg-Linie, und die wiederum entschloss sich später, mit der HAPAG zu kooperieren – unter der Voraussetzung übrigens, dass Albert Ballin Chef der Passageabteilung der HAPAG wurde. Diese Reedereien haben also all ihre Kräfte gebündelt und alles auf ein Pferd gesetzt – während wir im Vergleich dazu nur ein lahmes Maultier sind.«

Wilhelm blieb unerschüttert. Als er sich etwas vorbeugte, gewahrte er verspätet, dass Hemd und Hosen noch offen standen, und schloss beides umständlich.

»Herr Ahlhusen!«, rief Werner nahezu flehentlich. »Ich sage Ihnen nun schon seit Jahren, dass das Auswanderergeschäft einfach keine Zukunft hat.«

»Mein Vater hat das Anfang der SIEBZIGERJahre auch einmal geglaubt«, erwiderte Wilhelm leichtfertig, »aber sobald in den Vereinigten Staaten die Konjunktur einsetzte, wurde die Lage wieder besser.«

»Ja, verstehen Sie nicht! Es geht nicht darum, dass zu wenige Passagiere die Überfahrt antreten. Die Nachfrage ist hoch wie nie, der HAPAG fehlt es sogar an Schiffen. Aber wir kriegen vom Kuchen noch nicht einmal mehr die Krümel ab. Ihre Reederei schreibt seit Langem keine schwarzen Zahlen mehr. Und was die Werft anbelangt … unser Gelände im Hafen ist nur sehr klein. Die Reparaturen, die wir durchführen, und das Eindocken anderer Schiffe bringen kaum Umsatz.«

»Ach Borgmann, wie ich Sie kenne, können Sie die Zahlen so aussehen lassen, dass dennoch ein satter Gewinn herauskommt.«

»Zahlen lügen nicht.« Werner seufzte. »Wir … wir müssen uns etwas überlegen, um das Unternehmen grundlegend neu zu strukturieren.«

Wilhelms Kleidung machte wieder einen ordentlichen Eindruck, aber seine Haare waren zerrauft und das Gesicht immer noch gerötet. »Dann machen wir das doch!«, sagte er. »Ob es nun die Schiffswerft oder Reederei betrifft – tun Sie, was immer Sie für richtig halten, Hauptsache, es bringt uns Einnahmen. Im Übrigen ist es ja nicht so, dass ich nichts vom Geschäft verstehe. Ich weiß durchaus, dass seit einigen Jahren auch die deutschen Werften große Schiffe bauen, zumal sie nunmehr Privilegien wie die Zollfreiheit bei der Einfuhr von Schiffbaumaterial genießen. Längst leisten sie dasselbe wie unsere englischen Berufsgenossen – vielleicht können wir das auch.«

Werner sah ihn zweifelnd an. »Ich bin mir nicht so sicher. In unserer Werft hat noch kaum jemand Erfahrung mit dem neuen Schiffbaumaterial Stahl und den modernen Maschinen. Und wir haben kaum Kontakte zu England, die für so ein Vorhaben unerlässlich sind.«

»Mein Vater hat seinerzeit viele Handelsschiffe gebaut.«

»Aber die Handelsschifffahrt ist schon vor etlichen Jahren stark zurückgegangen.«

»Jetzt seien Sie doch nicht so ein Miesepeter.« Wilhelm klang nahezu gereizt.

»Wie sollen wir denn die Bank dazu bewegen, uns einen neuen Kredit zu geben?«, rief Werner verzweifelt. »Dafür bedarf es einer zündenden Geschäftsidee.«

Wilhelm rieb sich das Gesicht und wirkte mit einem Mal sehr müde. »Lassen Sie mich in Ruhe nachdenken …«

Das bleierne Schweigen, das folgte, stimmte Werner nicht länger verzagt, sondern wütend. Warum war Wilhelm am helllichten Tage so erschöpft? Warum vergnügte er sich lieber mit einem Dienstmädchen, anstatt seine Arbeit zu tun?

»Wenn kein Wunder geschieht, sind wir nächsten Monat nicht mehr liquide«, sagte er düster.

Wilhelm blickte gedankenverloren zum Fenster hinaus. »Warum denn so mürrisch, Borgmann, es ist doch ein sonniger Tag? Irgendwie schaffen wir das schon. Ich habe es noch immer geschafft.«

»Sie wissen aber schon, dass der nächste Termin bei der Bank bereits für diese Woche angesetzt ist.«

»Ich weiß, ich weiß, und bis dahin brauchen wir eine Idee. Etwas, womit wir aus der Konkurrenz herausstechen. Ich lasse mir etwas einfallen.«

Anstatt weiter nachzudenken, läutete er an der Glocke. Werner hoffte, er würde Ferdinand rufen, damit der die Kutsche vorfahren ließ und Wilhelm baldmöglichst zum Hafen oder zur Werft aufbrechen würde. Stattdessen erschien wenig später Magda, die mit ihrem dunklen Kleid und dem weißen Häubchen auf dem Kopf wieder adrett gekleidet war. Wilhelm zog sie an sich und küsste sie.

»Herr Ahlhusen!«, rief Werner empört.

»Was ist denn noch?«, fragte Wilhelm und zog an den Bändern des weißen Häubchens.

»Ich dachte, Sie lassen sich etwas einfallen!«, mahnte Werner. »Kommen Sie etwa … *so* auf Ideen?«

»In Gegenwart einer schönen Frau denke ich doch nicht ans Geschäft. Aber sagten Sie nicht, dass der Termin in der Bank erst in einigen Tagen ist?«

»Übermorgen. Am Vormittag.«

»Na also! Bis dahin ist doch noch jede Menge Zeit.«

Obwohl Werner den Anblick vermeiden wollte, warf er Magda und Wilhelm einen skeptischen Blick zu. Keiner der beiden wirkte beschämt. Magda kicherte vielmehr, als Wilhelm neckisch eine Haarlocke um seinen Finger wickelte.

An zwei Dinge im Haushalt der Ahlhusens hatte sich Alba nur schwer gewöhnen können. Zum einen war da dieses Monstrum, das man Kühlschrank nannte und von der Firma Carl Linde konstruiert worden war – ein Gerät, das sich nur wenige Familien leisten konnten, durchaus seinen praktischen Nutzen hatte, aber ihr immer etwas unheimlich blieb. Zum anderen gab es die Köchin, allseits Frau Käthe genannt, die sie, die »Südländerin«, lange mit Misstrauen verfolgte. Es hatte einige Monate gedauert, bis Alba erkannte, dass dieses Misstrauen weniger von ihrer Herkunft bedingt wurde als von Frau Käthes Geiz. Sie gehörte zu jenem Schlag Hamburger Frauen, die die Rosinen für den Kuchen einzeln abzählten, mindestens einmal am Tag verkündete, dass Geld haben von Geld behalten käme, nicht vom Ausgeben, und offenbar befürchtet hatte, Alba könnte das anders sehen.

Nach mittlerweile drei Jahren, die sie im Haus der Ahlhusens lebten, ging Albas erster Blick nicht mehr zum Kühlschrank, obwohl der inmitten von Hackblöcken, Messergestell und Kupfergeschirr ein Fremdkörper blieb, und Frau Käthe hatte zu schätzen gelernt, dass Alba eine zuverlässige Frau war, die weder zur Tratschsucht noch zur Verschwendung neigte und schon gar nicht versuchte, ihr die Autorität in der Küche streitig zu machen. Und endgültig ihr Herz gewonnen hatte sie mit den Kräutertees, die so gut gegen Migräne halfen.

Da Alba erst gestern wieder eine Tasse von diesem Tee gebraut hatte, gestand ihr Frau Käthe heute das Privileg

zu, den frisch gebackenen Marzipankuchen in Stücke zu schneiden. Alba hatte gerade damit begonnen, als Bethy und Mina in die Küche stürmten. Wie immer führte sie der erste Weg nach Ende des Privatunterrichts in die Küche im Souterrain – und wie immer war zumindest Bethy sehr hungrig.
»Was habt ihr heute gelernt?«, fragte Alba.
»Ich hasse Mathematik!«, stieß Bethy aus. »Und am meisten hasse ich das Einmaleins.«
Alba lächelte. »Lass das deinen Vater nicht hören«, sagte sie, und an Mina gerichtet: »Du hast dich sicher etwas anderem gewidmet.«
Bethy war in Brasilien nur zwei, drei Jahre in die Schule gegangen, und dort hatte der Pfarrer lieber blutrünstige Märtyrergeschichten erzählt, als den Kindern Lesen und Schreiben beizubringen. Während sie hier darum vor allem die Grundlagen nachholen musste, war Mina – was ihren Intellekt und ihre Bildung betraf, vor allem aber ihren Wissensdurst – ihrem Alter weit voraus.
Alba fand es großzügig von den Ahlhusens, dass Bethy überhaupt am Unterricht des Hauslehrers teilnehmen durfte und dieser so viel Mühe auf sie verschwendete. Unerklärlich war ihr Letzteres jedoch nicht, war es für einen solch schlicht gestrickten Menschen wie den Kandidaten wohl befriedigender, einem Mädchen das Einmaleins zu vermitteln, als Minas vielen Fragen gerecht zu werden.
Diese verdrehte eben die Augen. »Herr Köpke will mir einfach keine Bücher über Physik und Technik mitbringen. Er behauptet, dass der Geist von Frauen dergleichen nicht erfassen kann. Sie wären bestenfalls befähigt, Sprachen zu lernen, vielleicht noch Geschichte oder Geografie …«

»Nun, für Geografie interessierst du dich doch auch.«
Mina nickte eifrig. »Ich habe unlängst ein Buch über Neapel gelesen, du weißt, diese Stadt am Fuße des Vesuvs. Dort lebt eine Erfinderin namens Clara Louise Wells, und sie will den Wasserdampf von heißen Quellen nutzen, um damit riesige Ballons anzutreiben. Der ganze Verkehr soll solcherart von der Straße in die Luft verlegt werden. Es geht um die richtige Konzentration von Hebung und Senkung bezogen auf vulkanische, wasserbestimmte und meteorologische Kräfte, die eine Fortbewegung in sämtliche Richtungen erlaubt.«
Mina sprach immer schneller, doch auch wenn sie die Worte langsam und bedächtig hervorgebracht hätte, hätte ihr Alba kaum folgen können.
»Nun esst erst einmal ein Stück Kuchen.«
Alba hatte darauf geachtet, dass sie die Stücke gleich groß geschnitten hatte. Längst liebte sie Mina wie ihre eigene Tochter, aber sie wollte nicht, dass Bethy jemals den Eindruck hatte, im Schatten der anderen zu stehen.
Wie immer verschlang Bethy ihren Kuchen sofort, während der von Mina unberührt auf dem Teller liegen blieb.
»Ach Neapel!«, rief sie. »Es soll eine so schöne Stadt sein. Ich habe gehört, dass sich die Menschen dort sehr bunt kleiden und häufig die Tarantella tanzen.«
»Isst du etwa deinen Kuchen nicht?«, fragte Bethy in der Hoffnung, deren Stück abzubekommen.
»Bethy!«, mahnte Alba.
Geistesabwesend führte Mina doch eine Gabel an den Mund, um sie aber gleich wieder fallen zu lassen, als sie bemerkte, dass ihr Vater im Türrahmen lehnte.
»Papa!«, rief sie. »Darf ich heute einmal mit zur Werft?«
Alba tat, als wäre sie noch mit dem Kuchen beschäftigt, obwohl sie ihn längst aufgeschnitten hatte. Sie fragte sich,

wie lange Wilhelm schon in der Küchentür stand. Mehr als nur einmal hatte sie ihn dabei ertappt, wie er sie und die Mädchen heimlich beobachtete … und hin und wieder auch, dass er sich anschlich, wenn sie ganz alleine war. Es stimmte sie verlegen, und zugleich konnte sie nicht verhindern, dass ihr Herz jedes Mal ein wenig schneller pochte.

»Was willst du denn in der Werft?«, fragte Wilhelm und trat näher. »Dort ist es laut, und es stinkt!«

Obwohl er lächelte, entging Alba nicht, wie müde er aussah. Kein Wunder bei all dem, was Werner ihr über die Lage seines Unternehmens gesagt hatte.

»Mich würde interessieren, welche Dampfmaschinen dort zum Einsatz kommen«, rief Mina. »Watt'sche Maschinen, Kondensationsmaschinen oder Hochdruckmaschinen.«

Wilhelms Lächeln wurde etwas wehmütig. »Ich weiß nicht, was schwieriger zu verstehen ist: wie Dampfmaschinen funktionieren oder die Frauen.« Erst jetzt wandte er sich an Alba und sah ihr tief in die Augen. »Was meinen Sie, Alba?«

Röte stieg in ihr Gesicht, und sie beugte sich noch tiefer über den Kuchen. Bald sind davon nur mehr Brösel übrig, dachte sie.

»Nun?«, insistierte Wilhelm.

Sie zuckte nur die Schultern und sagte nichts, aber als sie nach längerem Schweigen wieder zögerlich hochblickte, starrte Wilhelm sie immer noch unverwandt an.

»Bekomme ich auch ein Stück?«, fragte er heiser.

»Du magst doch keinen Kuchen, Papa!«

»Wenn Alba ihn gebacken hat, dann gerne.«

»Frau Käthe hat ihn zubereitet, ich schneide ihn nur auf.«

Ihre Worte klangen barscher, als sie es bezweckt hatte, doch das hielt Wilhelm nicht davon ab, ganz dicht an sie heranzutreten. Ganz deutlich spürte sie die Wärme seines Körpers, aber auch den scharfen Geruch nach Cognac. Ihr entgingen weder die tiefen Ringe unter den Augen noch dass die Wangen von Stoppeln übersät waren, doch beides verursachte nicht nur Ekel, sondern auch etwas anderes. Sie bezeichnete es als Mitleid, obwohl sie insgeheim wusste, dass es mehr war – ein Gefühl nämlich, das sie auch befiel, wenn sie Frau Käthe einen Tee braute und sich sicher sein konnte, dass der ihre Migräne vertrieb. *Wilhelm könnte ich vielleicht von mehr befreien als nur von Kopfschmerzen – von seinem Getriebensein, seinen Lastern, seiner unerfüllten Sehnsucht …*

Schluss! Welch unsinnige Gedanken!

»Wenn Sie Kuchen wollen, kriegen Sie natürlich welchen«, sagte sie, rückte aber zugleich energisch von ihm ab.

Wilhelms Lächeln schwand. »Wenn es im Leben bloß immer so leicht wäre und man alles kriegt, was man will.«

Die Mädchen waren gerade dabei, ihren Kuchen zu essen – Mina hatte die Hälfte ihres Stücks an Bethy abgegeben –, als auch Hedwig Ahlhusen die Küche betrat. Sie ließ sich nur selten hier blicken, und dass Mina sich hier so gerne und oft aufhielt, war ein steter Anlass ihrer Missbilligung.

Auch jetzt wandte sie sich mit strenger Miene an sie. »Ich suche dich schon überall.«

Wilhelm ignorierte sie hingegen geflissentlich. Zu oft hatte Alba sie vergebens schimpfen gehört, dass er am helllichten Tag zu Hause war anstatt am Hafen, wo ein Reeder und Werftbesitzer seine Zeit zu verbringen hatte.

Mina unterdrückte ein Seufzen. »Der Unterricht ist doch gerade erst zu Ende gegangen.«
»Komm mit mir in den grünen Salon. Wir können gemeinsam sticken. Außerdem muss ich meinen Jour fixe für morgen vorbereiten. Und Frau Jencquel hat uns für den nächsten Sonntag eingeladen: Im Garten wird Krocket und Lawn-Tennis gespielt. Frau Lutteroth wiederum hofft, dass wir nächste Woche zu ihrer Lesegesellschaft kommen.«
Als sie einen Schritt auf Mina zumachte, merkte Alba, wie schwer ihr das Gehen fiel. Wahrscheinlich litt sie einmal mehr unter Rückenschmerzen, doch wie immer zeigte sie das nicht.
»Lesegesellschaft, schön wär's!«, entfuhr es Mina ungehalten. »Man liest so gut wie gar nichts, sondern trinkt nur Schokolade, malt und beschäftigt sich mit Handarbeiten.«
»Und was ist dagegen einzuwenden?«, gab Hedwig streng zurück. »Falls es dir lieber ist, kannst du natürlich auch den Sivekings deine Aufwartung machen. Sie werden für die aufwendigen Haustheaterstücke gerühmt, die sie regelmäßig einstudieren. Das wäre doch vielleicht etwas für dich. Und Frau Berenberg will wissen, ob du nächste Woche zur Tanzstunde kommst.«
Der Klang der Namen von Hamburgs reichsten und ehrwürdigsten Familien machte auf Mina wenig Eindruck. Sie seufzte wieder, wenngleich sie sich die Widerrede verkniff. Trotz ihres starken Willens und messerscharfen Verstands hatte sie noch nie ernsthaft gegen ihre Großmutter aufbegehrt.
Als sie ihr jedoch schon folgen wollte, schaltete sich Wilhelm ein: »Mina hat nun mal keine Lust zu tanzen. Und erst recht keine Lust auf einen Ehemann – und einen sol-

chen zu finden ist doch Sinn und Zweck dieser privaten Tanzstunden, nicht wahr?«

Hedwig warf ihm einen strengen Blick zu. »Was machst du eigentlich hier?«

»Willst du etwa auch, dass ich mit dir sticke?«

Mina lachte bei der Vorstellung auf, und auch Bethy konnte sich ein Prusten nicht verkneifen. Alba warf ihrer Tochter einen mahnenden Blick zu, während Hedwig entschied, die Mädchen ebenso zu ignorieren wie den Sohn und die Küche zu verlassen. Mina folgte ihr sichtlich schweren Herzens, und auch Alba ging ihr nach.

»Ich habe gesehen, dass Dr. Sauer vorhin da war«, sagte sie leise und mit gesenktem Blick. »Falls Ihr Rheuma schlimmer geworden ist, könnte ich Sie mit der Wurzel der Sarsaparille und warmer Asche behandeln.«

Hedwigs Gesicht verzog sich kurz schmerzvoll, und sie stöhnte unterdrückt, fand ihre Fassung aber sofort wieder. »Nun gut«, sagte sie. »Aber du, Mina, stickst den Tischläufer fertig. Und du wirst Frau Dabelow morgen begrüßen und ihren beiden Töchtern die besten Wünsche ausrichten.«

Die schweren, dunklen Samtvorhänge in Hedwigs Gemach waren wie immer zugezogen. Alba konnte sich nicht daran erinnern, dass jemals Sonne auf das Mobiliar geschienen hätte. Und sie hatte diesen Raum noch nie betreten, ohne sich beengt zu fühlen. Gewiss, seine dunklen Nussbaummöbel waren edel, die japanroten Seidentapeten modern und die Kissen mit den obligatorischen Plüschtroddeln gediegen. Doch was durchaus gemütlich hätte wirken können, ließ sie jedes Mal schwerer atmen. Hedwig lag auf dem Bauch, während Alba erst ihren Rücken einrieb, später Asche auflegte und sie zuletzt vorsichtig massierte. Obwohl kein Ächzen über ihre Lippen kam, war Hedwigs Gesicht verzerrt – wobei das, wie Alba bald erkannte, weniger an den Schmerzen lag als an ihren Sorgen.

»Wissen Sie, wie die Geschäfte laufen?«, fragte sie plötzlich. »Mein Sohn erzählt mir nie etwas, aber Ihr Mann ist sehr tüchtig, wie man mir sagte. Ohne ihn wären wir wahrscheinlich längst bankrott.«

Alba konnte nur ahnen, welche Überwindung es Hedwig Ahlhusen kostete, die Wahrheit so offen auszusprechen. Die Hausherrin war immer höflich zu ihr, gab ihr aber stets das Gefühl, zum Personal zu gehören – und zwischen diesem und den Herrschaften verlief in Hedwigs Augen eine unüberwindbare Kluft. Erst recht sprach man mit dem Personal nicht über seine Ängste.

»Warum fragen Sie mich und nicht Ihren Sohn?«, fragte Alba leise.

Hedwig entfuhr ein Ton, der halb nach Seufzen, halb nach Lachen klangt. »Wie heißt es doch? Dem Manne gebührt der Kampf und die Arbeit, aber das Weib wischt den Schweiß von seiner Stirn.«

»Was wollen Sie damit sagen?«

»Dass Frauen mit Männern nicht über Geschäfte reden.«

»Aber Sie wollen, dass ich mit meinem darüber spreche?«, fragte Alba verwundert.

Hedwig richtete sich auf, und der Rest der Asche rieselte auf das Bett. »Sie sollen doch nicht offen fragen! Aber gewiss deutet er manchmal an, was ihm durch den Kopf geht. Und Sie … Sie scheinen eine aufmerksame Zuhörerin zu sein.«

Alba nickte. »Und Sie sind eine starke und kluge Frau. Wenn Sie die Geschäftsbücher lesen, werden Sie sicher verstehen, was darin steht.«

Wieder ertönte dieser merkwürdige Laut, und diesmal klang er wie ein Schluchzen. »Stärke und Klugheit sind keine Tugenden, zu denen Frauen wie ich erzogen wurden.«

»Und was, wenn Sie es im Blute haben?«

Hedwig fuhr ruckartig in die Höhe und umkrallte ihre Hand. »Wird er das Erbe des Vaters verlieren? Wird er liquidieren müssen?«

So unvermutet, wie sie sich aufgesetzt hatte, so schwerfällig ließ sie sich wieder aufs Bett fallen.

»Ich weiß nur, dass in zwei Tagen ein Banktermin angesetzt ist«, murmelte Alba. »Es geht um einen neuen Kredit.«

»Und wenn der Vorstand ihn nicht bewilligt ...«

Hedwig brach ab. Ehe Alba noch etwas sagen konnte, schickte sie sie hinaus, und größer noch als deren Mitleid mit der alten Dame war die Erleichterung, dem dunklen Raum zu entkommen.

Obwohl Mitternacht lange vorbei war, konnte Alba einfach nicht einschlafen. Werner schnarchte selig, denn ganz gleich, welche Sorgen er tagsüber ausstand – seine Nachtruhe wurde nie davon gestört, und obwohl Alba ihm diese von Herzen gönnte, machte es ihr das Schnarchen nicht gerade leichter, Ruhe zu finden.

Die Ahlhusens ... der Kredit ... der drohende Bankrott ...

Was wird dann aus uns werden?

Zugegeben, im letzten Jahr hatte sie sich hin und wieder ausgemalt, nach Brasilien zurückzukehren. Manchmal hatte sie das Heimweh so heftig überfallen, dass sie seiner nur Herr werden konnte, indem sie zum Hafen eilte und sehnsüchtig den ausfahrenden Schiffen nachstarrte, die nach Übersee aufbrachen. Aber nun machte ihr die Vorstellung, selbst eines zu besteigen, bloß Angst. In Brasilien erwarteten sie erst recht Armut und Not. Bethy hatte es doch gut hier, und Mina brauchte sie, selbst Hedwig Ahlhusen war dankbar, dass es sie gab ... und Wilhelm ...

Nein, an Wilhelm zu denken war noch beklemmender als an den drohenden Bankrott seines Unternehmens.

Alba wälzte sich zur Seite und zog sich die Decke über die Ohren. Das Schnarchen war nur noch gedämpft zu hören, umso deutlicher aber ein anderes Geräusch – das von nackten Füßen, die über den Boden schlichen.

Alba fuhr auf und sah eine dünne Gestalt an der Türschwelle.

»Mina, was machst du denn hier?«

Nicht einmal einen Schlafrock hatte das Mädchen übergeworfen, als sie die zwei Stockwerke von ihrem Zimmer zur Dienstbotenwohnung hinter der Küche zurückgelegt hatte.

»Kann ich bei Bethy schlafen?«, fragte sie leise.

In der Zeit nach ihrer Ankunft hatte Bethy fast jede Nacht in Minas Bett geschlafen, und später war Mina häufig zu ihr gekommen, um bei ihr Trost zu finden, wenn sie ihre Mutter vermisste, doch seit einigen Monaten war Mina eigentlich gefestigt genug, allein zu schlafen.

Alba seufzte. »Deine Großmutter will, dass du in deinem eigenen Zimmer bleibst.«

Mina trat von einem Fuß auf den anderen. Wenn sie über ihre Bücher sprach, wirkte sie mit ihren knapp sechzehn Jahren erwachsen, doch jetzt erschien sie Alba wie ein kleines, verstörtes Kind, und dass sie so zart und blass war, verstärkte diesen Eindruck.

Alba erhob sich, nahm den eigenen Morgenmantel und legte ihn über Minas Schultern.

»Warum kannst du denn nicht schlafen?«

»Papa und Großmutter ... sie streiten schon wieder.«

Alba seufzte erneut. Sie hatte gehofft, dass Mina die Sorgen, die die Familie belasteten, entgangen waren, aber sie konnte wohl nicht darauf zählen, dass ein so aufmerksames Mädchen nichts davon mitbekam.

»Na gut.« Sie wies auf das Zimmer, in dem Bethy schlief, und Mina huschte schnell hinein.

Alba selbst hingegen legte sich nicht wieder hin, wusste sie doch, dass sie nun erst recht keine Ruhe finden würde. Sie verließ die Dienstbotenwohnung, ging durchs dunkle Haus und erreichte den großen Salon. Schon auf der Treppe hörte sie deutlich Wilhelms und Hedwigs Stimmen, und als sie unmittelbar vor der Tür stand, entging ihr kein einziges Wort mehr.

»Was regst du dich denn so auf?«, rief Wilhelm eben. »Wenn ich den Kredit nicht bekomme, verkaufe ich unser Unternehmen eben an die HAPAG. Albert Ballin, der Passageleiter, hat mir schon mehrfach ein Angebot gemacht.«

Alba öffnete die Tür einen Spaltbreit und spähte hindurch. Wilhelm lümmelte auf einem der Stühle, während Hedwig kerzengerade vor ihm saß. Die Rückenschmerzen waren ihr nicht anzusehen – entweder hatte die warme Asche geholfen, oder sie ignorierte sie. Ihre Empörung hingegen ließ sich nicht so leicht bezwingen.

»Du willst unser Unternehmen einer Aktiengesellschaft in den Rachen werfen?«, schrie sie. »Weißt du nicht, wie die HAPAG Geschäfte macht? Sie hat ihre größten Konkurrenten einfach geschluckt! Dein Vater würde sich im Grab umdrehen, wenn du darüber auch nur nachdenkst.

Kaufmann und Unternehmen – das ist eins. Der Kaufmann bürgt mit Leib und Seele dafür. Wenn in den Aktiengesellschaften heute ein Direktor versagt, wird er morgen gegen einen neuen ausgetauscht.«

Wilhelm rutschte unruhig hin und her. »Willst du mich jetzt über das Geschäft belehren? Das ist doch sonst nicht deine Art.«

»Ich will dir nur sagen, dass du durchhalten musst und dass wieder bessere Zeiten kommen. In den letzten Lebensjahren deines Vaters hatte er auch mehr als einmal zu kämpfen, aber er konnte noch jede Krise durchstehen.«

»Ja!«, rief Wilhelm. »Aber nicht, weil er so tüchtig war. Damals herrschte Hochstimmung an der Elbe, nahezu Euphorie. Dank der Reparationszahlungen von Frankreich wurden so viele Aufträge wie nie vergeben. Wünschst du dir etwa einen neuen Krieg?«

»Natürlich nicht. Aber ein wenig Entschlossenheit, für unser Unternehmen zu kämpfen. Und Hoffnung, dass sich der Kampf lohnt.«

Wilhelms Augen wurden ganz schmal. »Worauf hoffst du denn noch? Was interessiert dich das Unternehmen überhaupt noch, so alt wie du bist?«

Hedwig schürzte ihre Lippen. »Das Unternehmen gab es schon vor meiner Geburt, und es soll auch noch nach meinem Tod bestehen – und für dich gilt dasselbe. Es gehört dir nicht, du hast ihm zu dienen. Dein Name ist kein Freifahrtschein für ein Leben voller Amüsement, sondern eine Verpflichtung. Der Verpflichtung zu Ehrlichkeit, Zuverlässigkeit, Pünktlichkeit. Wenn du von Kredit sprichst, meinst du Geld – doch zu der Zeit deines Vaters war ein Kredit das Vertrauen, das andere in einen Kaufmann hatten, es war seine Ehre.«

Wilhelm winkte müde ab. Immerhin erhob er sich, trat

zur Anrichte und schenkte ein Glas Sherry ein. Alba war überzeugt, dass er es gleich selbst herunterstürzen würde, doch stattdessen reichte er es seiner Mutter.

Hedwig schien sichtlich überrascht. Schon wollte sie das Glas nehmen, doch im letzten Augenblick zog Wilhelm es zurück und schmiss es hinter sich. Prompt barst es in tausend Stücke. »Ich fürchte, in diesem Zustand befindet sich auch meine Ehre«, sagte Wilhelm, als er schulterzuckend auf das Scherbenmeer starrte.

Hedwig war erst wie Alba zusammengezuckt, um dann zu erstarren. »Heb das auf!«, befahl sie kalt.

»Das wäre aber nicht sehr ehrenvoll. Ich bin schließlich kein Dienstbote.«

Ganz dicht trat Hedwig an ihn heran. »Dein Problem ist, dass dir immer alles in den Schoß gefallen ist, du hast es dir nie erarbeiten müssen.«

Wilhelm beugte sich seinerseits zu ihr. »Auch du, werte Mutter, musstest nie auf den Knien rutschen und Staub wischen. Aber beruhige dich, wenn wir den Kredit bekommen, hast du dich ganz umsonst aufgeregt.«

Die Scherben knirschten, als Wilhelm darauf stieg. Rasch verbarg sich Alba in einer Ecke, als er den Salon verließ. Sie wollte nicht nur Wilhelms Blick entgehen, sondern auch dem von Magda, die den Lärm ebenfalls gehört hatte und herbeigehuscht kam. Sie hatte sich ihre Schürze über das Nachthemd gebunden, trug die Haare jedoch nicht hochgesteckt wie sonst, sondern nur zu einem Zopf geflochten.

»Soll ich die Scherben zusammenkehren?«, fragte sie.

Wilhelm packte sie am Arm und zog sie ziemlich grob mit sich. »Nein, du sollst mit mir kommen.«

Kurz wirkte Magda erschrocken, aber dann lachte sie kreischend auf und folgte ihm bereitwillig.

Alba wartete, bis der Laut verklungen war. Nach allem, von dem sie Zeuge geworden war, vermeinte sie selbst in Scherben gestiegen zu sein. Etwas an Wilhelm widerte sie an, doch zugleich ahnte sie, dass es ihm am meisten vor sich selbst graute – und das erweckte einmal mehr ihr Mitleid.

Sie wartete nicht darauf, dass auch Hedwig den Salon verließ, sondern huschte zurück ins Schlafzimmer, wo sie kurz in Bethys Kammer blickte und die beiden Mädchen friedlich schlafen sah. Werner hingegen erwachte, als sie in ihr Bett kroch.

»Wo warst du?«, fragte er schlaftrunken.

»Denkst du, dass ihr den Kredit bekommt?«

Er zuckte die Schultern. »Selbst wenn, er wird uns nicht lange weiterhelfen. Wir brauchen eine zündende Geschäftsidee.«

Er sank zurück ins Kissen, und bald war wieder sein Schnarchen zu hören. Alba jedoch fand immer noch keine Ruhe und lag bis zum Morgengrauen wach.

4. Kapitel

Es war noch zeitig am Morgen, als Wilhelm und Werner zur Hamburger Bank aufbrachen, doch wie immer herrschte bereits reges Treiben auf den Straßen. In der Spitalerstraße, die die Droschke entlangfuhr, drängten sich Menschenströme vor den Läden und um die fliegenden Händler, und Wilhelm sprang unvermittelt auf und stürzte ins Freie.

»Herr Ahlhusen, unser Termin …«

»Gleich, gleich!«

Wenig später kam Wilhelm mit einem rötlichen Seidentuch zurück, dessen Farbton an ein Plüschsofa im Bordell erinnerte. Nicht, dass Werner je eines betreten hatte, aber so stellte er sich zumindest das entsprechende Mobiliar vor.

Wilhelm steckte sich das Taschentuch in die Brusttasche. »Diese Bankiers sind doch allesamt grau und schwarz gekleidet. Da will ich ein wenig Farbe mitbringen, sonst vergeht mir gleich die gute Laune.«

Werner blickte zur Uhr und fragte sich, woher so früh am Tag die gute Laune kam, verkniff sich aber jeden Kommentar, ja selbst ein Seufzen.

Es stimmte: Viele Farben erwarteten sie in der Bank nicht, sah man vom kunstvollen Mosaik im Eingangsbereich ab. Im Vergleich dazu wirkte das Paar, das ebenfalls gerade die Bank betrat, regelrecht trist. Die Kleidung war zwar zweifellos teuer, aber der Mann trug von den edlen Lackschuhen bis zum Zylinder nur Schwarz und die Frau ein schlichtes taubengraues Samtkleid, das sie noch blasser wirken ließ. Während ihr Mann selbstbewusst den Kopf erhoben und damit mangelnde Körpergröße etwas wettzumachen versuchte, starrte die Frau betreten auf das Mosaik. Offenbar hatte sie eben dazu angesetzt, sich von ihrem Mann zu verabschieden, war aber jäh verstummt, als sie Wilhelm Ahlhusen erblickte, und als auch ihr Gatte seiner ansichtig wurde, erstarrte der nicht minder.

Nicht, dass in diesen wasserblauen Augen ein Feuer brennen konnte, aber Werner war sicher: Wenn Blicke töten könnten, müsste Wilhelm Ahlhusen jetzt tot umfallen. Der aber grinste breit, als er seinerseits das Paar erblickte, ging auf die beiden zu – genauer gesagt zu der Dame –, und obwohl diese instinktiv zurückwich, nahm er ihre Hand und küsste sie. Das Schmatzen klang laut durch die Eingangshalle.

»Oh, liebste Ilse Graff, es ist Ewigkeiten her, dass ich Sie zuletzt gesehen habe. Ich kann mich gar nicht mehr an den Anlass erinnern. Sind Sie vielleicht so gut und frischen mein Gedächtnis auf?«

Das Gesicht der Frau wurde fast so grau wie ihr Kleid, während das des Mannes puterrot anlief und seine wässrigen Augen fast aus den Augenhöhlen traten. Rasch schob er seinen Leib zwischen Wilhelm und seine Frau.

»Meine Frau wollte sich eben verabschieden.«

»Wie überaus schade.« Wilhelm zwinkerte ihr vertraulich zu, und als sie sich umdrehte und hinausstolperte, wurde sie doch noch knallrot.

»Am Ende des Tages werden Sie etwas ganz anderes bedauern, als dass Sie kein Schwätzchen mit meiner Frau halten konnten«, zischte der Mann.

Wilhelm, der Ilse Graff nachgesehen hatte, drehte sich langsam zu ihm um. »Wer sagt denn, dass es bei einem Schwätzchen geblieben wäre?«
Werner entging es nicht, wie der Mann die Hand zur Faust ballte, und wähnte diese schon in Wilhelms Gesicht donnern, aber der andere beherrschte sich, und ehe Wilhelm weitersticheln konnte, mischte sich Werner ein.
»Herr Ahlhusen, der Termin ... die Herren warten.«
In den wasserblauen Augen glitzerte es plötzlich. »Ganz recht«, sagte er, »die Herren warten.«
Ohne eine Entgegnung abzuwarten, ließ er Wilhelm stehen und eilte schnellen Schrittes die Treppe nach oben.
»Wer ... wer war denn das?«, fragte Werner verwirrt.
»Otto Graff.«
»Aber dann ist er doch einer der Bankdirektoren!«
»Ach, Otto ist nur eine kleine Nummer. Die Entscheidung über den Kredit liegt nicht bei ihm ... na ja, nicht ausschließlich zumindest. Wenn ich es mir recht überlege, hätte ich ihn nicht verärgern sollen.«
Trotz seiner kleinlauten Worte grinste er immer noch dreist, und als Werner ihn verdutzt anstarrte, schlug er ihm auf die Schultern. »Sie sind ein Ehrenmann und wollen so etwas wahrscheinlich gar nicht wissen, aber ich sag's Ihnen trotzdem. Vor einiger Zeit hatte ich ein Verhältnis mit seiner Frau. Gewiss, gewiss, sie ist eine graue Maus. Aber Sie können sich gar nicht vorstellen, was sie unter ihrem farblosen Kleid verbirgt. Einen Prachtarsch nämlich!«
Nun war es Werner, dem die Röte ins Gesicht schoss.
Wilhelm lachte und schlug ihm noch einmal auf die Schultern.
»Ich wusste es doch! Sie sind ein Ehrenmann.«
»Dass Sie ... ausgerechnet ... Frau ... Bankdirektor ...«

Je mehr er sich bemühte, einen ganzen Satz hervorzubringen, desto mehr verhaspelte sich seine Zunge. Er atmete durch, brachte schließlich doch hervor: »Was werden Sie denn nun dem Bankvorstand sagen? Haben Sie über eine neue Geschäftsidee nachgedacht?«
Wilhelm zuckte die Schultern. »Irgendetwas wird mir noch einfallen!«
»Sie haben sich in den letzten Tagen keine Gedanken gemacht? Aber wir sind schon in der Bank!«
Wilhelm nestelte an seinem roten Seidentuch in der Brusttasche. »Eben! Bis wir die Treppe hochgestiegen sind, vergehen noch ein paar Minuten.«
Voller Elan folgte er Otto Graff, während Werner ihm deutlich langsamer und seufzend folgte.

Werner fühlte sich in der nächsten Stunde seltsam zerrissen. Zum einen war er erleichtert und hoffnungsfroh, dass die Mienen der Herren nicht gleich abweisend wurden, als Wilhelm sein Kreditansuchen stellte. Zum anderen hätte er sich am liebsten hinter einem der hohen Tische verkrochen, als der Augenblick nahte, dass Wilhelm seine konkreten Pläne darlegen musste.
Acht Herren waren es insgesamt und alle mit Wilhelm bekannt. Zwei hatte er so vertraulich begrüßt, dass es wohl gute Bekannte waren, wobei Werner gar nicht wissen wollte, wann er mit ihnen Zeit verbracht hatte. Diese zwei waren seine Verbündeten, während weitere fünf entweder gleichgültige oder gar kalte Mienen aufgesetzt hatten. Die größte Sorge bereitete Werner Otto Graff, der seine Fassung wiedergefunden hatte und unaufhörlich lächelte.
Wilhelm tat, als berührte ihn das nicht, und gab sich seinerseits bestens gelaunt. Nachdem er seine Rede beendet

hatte und die Männer ihre Köpfe zusammensteckten, sah er sich in aller Ruhe im holzgetäfelten Raum um und betrachtete anerkennend die kunstvolle Stuckdecke und die roten Perserteppiche. »Vielleicht hätte ich auch Bankier werden sollen, Borgmann«, flüsterte er ihm zu, »als solcher wäre ich auf jeden Fall reicher. Und Sie hätten dann mit noch mehr Zahlen zu tun.«

Werner konnte nicht verhindern, dass seine Hände schweißnass wurden. »Wie können Sie so ruhig bleiben?«, fragte er mit Blick auf die tuschelnden Herren.

Wilhelm grinste. »Nun, meinen eigentlichen Triumph habe ich ja noch nicht ausgespielt.«

»Ich dachte, Sie wüssten gar nicht, was …«

Er hielt inne, als er merkte, dass sich die Herren ihnen wieder zugewandt hatten.

Hoffentlich spricht Herr Adolphi als Erster, ging es Werner durch den Kopf.

Der war zwar kein Freund von Wilhelm, aber sein dicker Schnurrbart gab ihm etwas Gemütliches. Leider war es jedoch ausgerechnet Otto Graff, der das Wort erhob.

»Ich fürchte, auf Ihr Unternehmen zu setzen wäre – um bildlich zu sprechen – ein wenig so, als wollte man mit einem Teelöffel Wasser aus einem lecken Schiff schöpfen«, sagte er und konnte sich ein abfälliges Grinsen nicht verkneifen. »Angesichts der Tatsache, dass die HAPAG weiterhin mehr oder weniger ein Monopol auf der Nordatlantikroute hält, kann ich mir nicht vorstellen, dass Ihre Reederei überlebt. Ich fürchte, Sie haben sich zu lange auf das Auswanderergeschäft verlassen. Und das wird Ihre Zukunft nicht sichern.«

Selbst jene der Herren, die Wilhelm wohlgesinnt waren, konnten nicht anders, als düster zu nicken.

Wilhelm hingegen lächelte breit.

»Wissen Sie was!«, rief er plötzlich. »Sie haben ja vollkommen recht!«
Er sprang so stürmisch vom Stuhl auf, dass Werner diesen an der Lehne packen musste, damit er nicht umfiel. Einen Atemzug lang befürchtete er, Wilhelm würde die Flinte ins Korn werfen, einfach den Raum verlassen und sein Unternehmen aufgeben. Doch stattdessen begann dieser auf und ab zu gehen, als müsste er seine Gedanken sammeln.
»Wir werden das Nordatlantikgeschäft in der Tat deutlich einschränken«, erklärte er.
»Um stattdessen was zu tun?«, fragte Otto Graff gedehnt.
Wieder folgten ein paar hektische Schritte, wobei Werner nicht länger das Gefühl hatte, dass Wilhelm damit die eigenen Gedanken sammelte, sondern vielmehr absichtlich die Herren ungeduldig stimmte. So waren sie nahezu erleichtert, als er endlich stehen blieb, und sehr gespannt darauf, was er zu sagen hatte.
Vorerst sagte er allerdings gar nichts, sondern kramte umständlich in seiner Tasche. Als er gefunden hatte, was er suchte, zeigte er es nicht her, sondern hielt seine Faust darum geschlossen. Vielsagend hob er diese in die Luft.
»Was soll das werden?«, fragte Otto Graff nun mürrisch. »Ein billiger Jahrmarkttrick?«
Wilhelm zuckte die Schultern und machte eine kunstvolle Pause, ehe er wissen wollte: »Können Sie sich noch an Adolph Jacob Hertz erinnern?«
In den Mienen der Herren breitete sich zunehmend Verwirrung aus, und Werner konnte ihnen das nicht verdenken, war er doch selbst überzeugt davon, dass Wilhelm endgültig den Verstand verloren hatte. Doch unvermit-

telt öffnete der die Hand und legte nichts anderes als eine Schneckenschale auf den Tisch.
Otto Graff kicherte. »Falls Sie im Tempo einer Schnecke gewinnträchtigeren Zeiten entgegengehen wollen, fürchte ich, dass wir diese Geduld nicht aufbringen«, lästerte er.
»Aber mein lieber Herr Graff, das ist doch nicht irgendeine Schnecke! Schauen Sie sich das Häuschen mal genauer an.«
»Gedenken Sie die Reederei etwa aufzugeben, um sich stattdessen auf das Sammeln von Amphibien zu verlegen?«
Wilhelm ging nicht darauf ein. »Das ist eine Kaurischnecke«, erklärte er. »Man fängt sie vor Sansibar. Und der von mir erwähnte Adolph Jacob Hertz hat vor etlichen Jahrzehnten zufällig herausgefunden, dass diese Kaurischnecken in Westafrika ein Vermögen wert sind.«
Otto starrte pikiert auf die Schneckenschale. »Was soll das?«
»In Afrika sind die Schalen der Kaurischnecken nämlich ein Zahlungsmittel, müssen Sie wissen«, fuhr Wilhelm hastig fort. »Vor allem für die Sklavenhändler ist es eine beliebte Währung. Doch im Landesinneren sind sie nun mal nicht so leicht zu kriegen wie auf Sansibar. Hertz musste also nichts anderes tun, als auf Sansibar die Schnecken einsammeln zu lassen und mit einem Schiff an ihren Bestimmungsort zu bringen. Dort bezahlten die afrikanischen und arabischen Händler mit spanischen Dublonen dafür, und er hat ein Vermögen damit gemacht.«
»Und Sie wollen nun auch ins Schneckengeschäft einsteigen?«
»Ich will nur sagen: Es ist so leicht, Erfolg zu haben – es kommt nur darauf an, zum richtigen Zeitpunkt auf die richtige Idee zu kommen. Im seichten Seewasser vor San-

sibar Kaurischnecken fangen, das war lange Zeit wie nach Gold graben.«

»Aber ich fürchte, in der Elbe gibt es keine Kaurischnecken«, warf nun auch Bankdirektor Giehlen misstrauisch ein.

Wilhelm nahm die Schneckenschale und betrachtete sie nachdenklich von allen Seiten. »Nun, diese kleine Geschichte erzählte ich Ihnen nicht, um den Wert von Schnecken zu beweisen, sondern aus einem anderen Grund. Wissen Sie, Hertz war sehr stolz auf seine Geschäftsidee, und wann immer er nach Hamburg zurückkehrte, hat er sie überall herumposaunt. Jeder Matrose von Sanct Pauli erfuhr so, dass Kaurischnecken in Afrika überaus kostbar sind. Gewiss können Sie sich vorstellen, was danach passiert ist?«

Er blickte fragend in die Runde, erhielt jedoch keine Antwort. Mit einem Lächeln legte Wilhelm das Schneckenhaus wieder auf den Tisch, hob die Faust und schlug so fest darauf, dass es in winzige Stücke zersplitterte. »Plötzlich sind jede Menge andere Kaufleute in diesen Handel eingestiegen, und Afrika wurde mit Kaurischnecken regelrecht überhäuft. Jedermann wollte die Händler von Sansibar aus beliefern, und die Folge war eine regelrechte Inflation. Es hat nicht einmal ein Jahr gedauert, dann war das Geschäft ruiniert.« Er beugte sich vor, um einzelne Splitter der Schale aufzuheben. »Was ich damit sagen will: Über eine gute Idee spricht man nicht. Man hütet sie wie einen kostbaren Schatz – oder soll ich sagen wie eine Kaurischnecke?«

Zu Werners Erleichterung war Otto Graff erstmals still. Stattdessen meldete sich wieder Herr Giehlen zu Wort. »Sie wollen also Ihr Unternehmen ganz neu ausrichten, und Sie haben eine Idee, eine sehr gute Idee,

wie das geschehen könnte. Aber diese wollen Sie uns nicht verraten?«
Wilhelm nickte. »Was ich plane, gab es auf diese Weise noch nicht. Aber sehen Sie – das größte Problem ist immer die Konkurrenz. Denken Sie mal nicht an Jacob Hertz, sondern an Henry Sloman, der mit seinen Handelsschiffen Cesar Godeffroy im Indischen Ozean in die Quere kam und ihn damit ruinierte. Ich will keine Nacheiferer auf den Plan rufen, und deswegen ist größtmögliche Diskretion angesagt. Sie müssen mir schon vertrauen, dass ich weiß, was ich tue!«
»Und wie wollen Sie uns dann garantieren, dass Sie Ihre Idee überhaupt gewinnbringend umsetzen werden?«
Wilhelm nahm wieder Platz. »Ich habe nicht vor, Ihnen irgendetwas zu garantieren«, sagte er selbstbewusst. »Seien Sie mir doch dankbar, dass ich überhaupt bei Ihnen um den Kredit anfrage.«
Die Herrschaften blickten sich fragend an, Getuschel brandete auf.
»Ja, doch!«, rief Wilhelm. »So wie ich keine Konkurrenz haben will, erspare ich auch Ihnen selbige! Wenn wir heute ins Geschäft kommen, verspreche ich Ihnen, dass ich keine weiteren Angebote für einen Kredit einholen werde. Erinnern Sie sich doch mal an den Bau des ersten Schnelldampfers in Deutschland. Die HAPAG hat ihn der Vulcan-Werft übertragen – und unter den Banken brach ein regelrechter Krieg aus, wer einen Kredit verleihen dürfte.«
»Sie können sich doch nicht mit der Vulcan vergleichen!«
»Aber mit vielen Kaufleuten der Stadt. Es ist doch längst kein Geheimnis, dass sich diese häufig nicht mehr an Hamburgs Banken wenden. Sie leihen sich ihr Geld lieber in Berlin, ob man die Preußen nun hasst oder nicht.

Sogar die Londoner Banken scheinen ihnen lieber zu sein. Man erzählte mir kürzlich von einem Kredit in der Höhe von zwei Millionen Reichsmark – zu vier Prozent! Sehen Sie, ich brauche viel weniger, nur eine Million, das ist im Grunde gar nichts, und ich wäre bereit, sogar 4,5 Prozent Zinsen zu zahlen. Selbstverständlich hafte ich mit meinem Unternehmen. Und wenn Sie wissen wollen, wie es darum steht, ist mein Kommis gerne bereit, Ihnen Rede und Antwort zu stehen. Er kann Ihnen die genauen Zahlen nennen – was das Privatvermögen, das Unternehmensvermögen, den Buchwert aller Schiffe und die Mietkosten für Trockendocks betrifft, nicht wahr, Herr Borgmann? Und auch wenn er nicht über meine Idee sprechen darf, so kann er Ihnen doch den Gewinn nennen, den wir kalkuliert haben.«

Werner fühlte, wie ihm das Blut ins Gesicht schoss. Zahlen logen doch nicht, genau das schätzte er an ihnen! Und jetzt erwartete Wilhelm, dass er log und die Zahlen dafür benutzte!

»Nun reden Sie schon, Borgmann!«, forderte Wilhelm ihn auf.

Es fiel Werner schwer – ohne Zweifel. Aber noch unerträglicher wäre es ihm gewesen, dass Wilhelm bankrottging. Also öffnete er den Mund und nannte in kürzester Zeit so viele Zahlen wie möglich. Selbst ein Rechenkünstler hätte diesen kaum folgen können, zumal jede einzelne seiner Fantasie entsprang, aber auf die Herren der Bank machten diese Zahlen – oder vielmehr die Selbstverständlichkeit, mit der er sie vortrug – großen Eindruck. Als er endete und vorsichtig den Blick hob, den er vorhin verlegen gesenkt hatte, sah er, wie Otto ein griesgrämiges Gesicht zog – und das war das beste Zeichen dafür, dass der Kredit in Reichweite war.

Als sie später wieder im Eingangsbereich der Bank standen, wischte sich Werner den Schweiß von der Stirn. Wilhelm sah ihn gönnerhaft an, ehe er ihm das rote Seidentüchlein reichte. »Bitte, das können Sie gerne haben. Es hat mir heute Glück gebracht.«
Werner blickte etwas skeptisch auf das Tuch. Glück war nichts, was sich in Zahlen ausdrücken ließ. Wobei die Zahlen, die er vorhin genannt hatte, eine riesige Lüge waren.
»Na also!«, rief Wilhelm, als er das Tuch doch noch nahm. »Ich habe Ihnen doch gleich gesagt, dass Sie sich keine Sorgen machen müssen.«
»Was ist denn nun Ihre geheimnisvolle Geschäftsidee, die uns retten soll?«
Wilhelm hob vielsagend die Augenbrauen, aber ehe er etwas sagte, hatte er hinter Werner jemanden entdeckt. Der unterdrückte ein Seufzen, als er ausgerechnet Otto Graff die Treppe herunterkommen sah. Ein anderer hätte vielleicht die Größe gehabt, auf Provokationen zu verzichten, doch er lag richtig, sich von Wilhelm diese Größe nicht zu erwarten.
»Mein lieber Otto!«, schrie dieser prompt. »Wie schön, dass ich mich noch einmal persönlich für den Kredit bedanken kann. Ohne deine Hilfe hätte der Vorstand ihn gewiss nicht bewilligt, oder? Erlaub mir, dass ich dich einlade. Was willst du haben? Ein Glas Cognac oder ein Weib? Im Cognac kannst du deine Enttäuschung ertränken, das Weib saugt sie aus dir heraus!«
Otto Graff war zunächst mitten auf der Treppe erstarrt, schritt nun aber die restlichen Stufen hinunter. Obwohl er rot angelaufen war, bemühte er sich, seine Empörung zu verbergen.
»Dass Sie sich nicht schämen«, zischte er lediglich leise.

Werner knotete unruhig das rote Taschentuch in seinen Händen.
»Kommen Sie, Herr Ahlhusen!«, sagte er schnell, doch leider hörte Wilhelm nicht auf ihn.
»Das hast du nicht gedacht, dass ich den Kopf noch mal aus der Schlinge ziehe«, höhnte er.
Otto Graff ballte die Hände zu Fäusten. »Heute mögen Sie sich noch einmal gerettet haben, aber irgendwann hängen Sie endgültig, Sie … Sie Dösbaddel.« Ihm war anzusehen, dass ihm eine weit schlimmere Beleidigung auf den Lippen lag, er aber zu vornehm war, sie auszusprechen.
Wilhelm war das nicht. »Nun, selbst dann trage ich auf meinem Kopf zumindest keine Hörner wie Sie. Schöne Grüße an Ihre liebste Ilse.«
»Eines Tages werden Sie Ihre Zeche bezahlen, das schwöre ich Ihnen!« Unwillkürlich hob Otto Graff die geballte Faust, doch als Werner schon befürchtete, er würde auf Wilhelm losgehen, besann er sich und trat ein paar Schritte zurück.
»Nun, schade, dass du auf meine Einladung verzichtest. Vielleicht ein anderes Mal«, sagte Wilhelm lediglich, ehe er durch das große Portal ins Freie trat.
Obwohl die Luft, die ihnen entgegenschlug, kühl war, schwitzte Werner.
»War es das wirklich wert?«, fragte er leise.
»Dass ich seinerzeit seine Frau verführt habe?«, fragte Wilhelm unschuldig. »Ich bin mir nicht sicher. Ich meine, Ilse hat einen Prachtarsch, aber der Rest war weniger ansprechend …«
»Sie hätten sich ihn nicht zum Feind machen sollen. Wer weiß, was noch kommt. Beim nächsten Mal …«
»Nun hören Sie schon auf zu unken. Freuen Sie sich doch, dass heute alles gut gegangen ist.«

»Sie haben mir immer noch nicht verraten, was sich nun hinter Ihrer geheimnisvollen Geschäftsidee verbirgt.«
»Nun«, lachte Wilhelm, »ich fürchte, das kann ich nicht.«
»Aber …«
»Ich habe nämlich keine Ahnung, wie diese Idee aussieht.«
Werner starrte ihn fassungslos an. Er traute Wilhelm mittlerweile fast alles zu – aber nie und nimmer hätte er damit gerechnet, dass alles nur ein Bluff war. »Sie haben den Bankvorstand angelogen? Sie können doch nicht …«
»Aber natürlich kann ich – und Sie können auch! Nämlich ordentlich feiern! Was stehen Sie hier herum, kommen Sie mit. Oder wollen Sie, dass uns Otto Graff erneut über den Weg läuft.«
Das wollte Werner in der Tat vermeiden, wenngleich er auf das, was Wilhelm »Feiern« nannte, gerne verzichtet hätte.
Er war nicht erstaunt, dass es Wilhelm schon vor Mittag in ein Café zog, um dort Cognac zu trinken, und er überwand sich dazu, selbst an einem Glas zu nippen, hegte er doch die Hoffnung, dass es damit getan sei. Doch Wilhelm lud ihn gleich darauf in ein Gasthaus ein, wo ihnen Fischklößchen und Kalbsleberfrikadellen aufgetischt wurden. Nun gut, essen musste er ohnehin, und die Flasche Moselwein trank sich leicht. Doch anstatt am Nachmittag endlich heimzukehren, bestand Wilhelm auf einen neuerlichen Besuch im Café, um sich diesmal an Punsch, Eiergrog und Weinbowle gütlich zu tun.
Zu Werners Erstaunen war er danach immer noch nicht betrunken.
»Sollen wir nicht endlich heimkehren und Ihrer Frau Mutter Bescheid geben?«

»Ich feiere aber viel lieber mit Ihnen als mit meiner Mutter.«
»Haben wir nicht schon genug …«
»Im Gegenteil! Wir haben noch gar nicht gefeiert! Lediglich den Tag überbrückt, bis wir es tun können!«
Und ehe Werner sich's versah, war Wilhelm aufgesprungen und hatte ihn mit sich gezogen. Eine Hafenkneipe war die nächste Station, und als sie diese verließen, hatte die Nacht eben das letzte Tageslicht verschluckt.
»Ich denke wirklich, dass wir nun …«
»Ja, ja«, winkte Wilhelm ab, »um diese Uhrzeit kehren die braven Bürger nach Hause zurück. Aber heute sind Sie einmal kein braver Bürger, Borgmann! Heute zeige ich Ihnen Sanct Pauli!«
Werner hatte das Gefühl, all seine Stoßseufzer verbraucht zu haben. Genau so etwas hatte er befürchtet.
»Aber …«
»Nun kommen Sie! Das Matrosenparadies, der Traum der Seeleute, das Ziel der Abenteurer, Sanct Liederlich, wo das Volk zu Hause ist, wartet auf uns!«

5. Kapitel

Schon wieder schlug die große Uhr in der Diele – ein Klang, an den sich Alba nicht gewöhnen konnte. Immer vermeinte sie, die Wände würden darob vibrieren, und heute zuckte auch Hedwig zusammen. Längst hatte sich Dunkelheit über die Stadt gesenkt, doch anstatt sich zurückzuziehen, saß sie steif auf einem Sofa im Salon. Bereits vor einigen Stunden hatte sie Alba gebeten, mit ihr die Rückkehr des Sohnes abzuwarten, und obwohl seitdem kaum ein Wort gefallen war, spürte Alba, dass Hedwigs Ungeduld ebenso wuchs wie ihre Verzweiflung.

Alba erhob sich, trat zum Fenster und lugte zwischen den Vorhängen hinaus.

Nichts.

»Sie werden bald zurück sein.«

Hedwig rieb sich die Schläfen, und ihr Gesicht war plötzlich schmerzverzerrt, obwohl es heute wohl nicht der Rücken war, der sie plagte.

»Es ist aus«, erklärte sie. »Ich bin mir sicher, es ist aus … Er … er hat versagt … und ich auch. Ich weiß nicht, was ich falsch gemacht habe, aber es muss eine Menge sein, dass der Junge so missraten ist.«

Alba wollte etwas einwenden, aber Hedwig brachte sie mit einer herrischen Geste zum Schweigen, erhob sich abrupt und verließ den Salon. Obwohl Alba kurz erleichtert war, beschloss sie dann doch, ihr nachzueilen, zumal sich Hedwig zu ihrem Erstaunen nicht in ihr Gemach zurückzog, sondern die Treppe nach unten hastete und auf die Tür zusteuerte. »Frau Ahlhusen! Ihr Mantel!«

Hedwig reagierte nicht, sondern verließ wie schlafwandlerisch das Haus.

»Frau Ahlhusen!«

Wieder kam keine Reaktion, sodass Alba nichts anderes übrig blieb, als den eigenen Mantel zu nehmen und ihr nachzulaufen.

Es war gar nicht so leicht, mit Hedwig Schritt zu halten, als diese durch die nächtliche Stadt eilte. Nicht, dass die andere unbedingt schneller war, aber Alba hatte ihre Mühe, ausreichend Abstand zu halten, ohne die andere aus den Augen zu verlieren. Am Anfang war sie noch überzeugt, dass Hedwig ein bestimmtes Ziel vor Augen hatte, später aber erkannte sie, dass die nicht nach ihrem Sohn suchte, sondern vor sich selbst floh.

Trotz des schnellen Schrittes schien sie zu zittern; die Strähnen lösten sich aus dem strengen Haarknoten und wehten im Wind. Sie blieb auch nicht stehen, nachdem sie das Gewirr der vielen Gässchen hinter sich gelassen und die Esplanade erreicht hatte – jene breite, luxuriöse Allee, die von der Brücke zwischen Außen- und Binnenalster zum Dammtor führte. Wo tagsüber die eleganten Hamburger flanierten, war jetzt alles verwaist, und die dichten Baumkronen der Linden verschluckten das Licht der Straßenlaternen fast gänzlich. Bald bog Hedwig ab und erreichte die Uferpromenade. Die Binnenalster, die bei Tag wie ein stahlblauer Schild leuchtete, lag jetzt schwarz wie Pech vor ihnen. Ansonsten war es heller als unter den Linden, da die Beleuchtung der großen Hotels und die Lampions der vielen Boote vom Wasser reflektiert wurden. Das änderte jedoch nichts daran, dass kaum eine Kutsche unterwegs und die Kunsthalle und das Bootshaus der Ruderklubs, die vielen Pavillons und die prächtigen Kaufläden allesamt geschlossen waren.

Hedwig lief weiter, kam an Badeanstalten und Landungsanlagen vorbei, erreichte schließlich eine Stelle, die von Hundefreunden sehr geschätzt wurde. An der sanft abfallenden Uferböschung ragte aus schäumenden Wellen das Marmorbild eines apportierenden Jagdhundes – ein Zeichen, dass man hier die Tiere baden lassen konnte. Auf der Anhöhe gleich dahinter befanden sich nicht nur einige Eschen, die im Nachtwind rauschten, sondern auch eine Bank.

Schwer ließ sich Hedwig darauf niederfallen, und Alba war erleichtert, sich nach nunmehr einer halben Stunde ebenfalls etwas ausruhen zu können.

Als sie noch mit sich rang, ob sie näher treten oder sich weiterhin verstecken sollte, blickte Hedwig über ihre Schultern und sagte streng: »Ich weiß, dass Sie da sind.«

Alba trat zu ihr und legte ihr den Mantel über die Schultern. Hedwig wehrte sich nicht, zeigte aber auch keine Dankbarkeit. Sie schien in Gedanken versunken zu sein, in Erinnerungen an Zeiten, da Alba noch nicht Teil ihres Lebens war.

»Ich habe meinen Mann nicht aus Liebe geheiratet«, begann sie unwillkürlich, als Alba sich neben sie setzte. »Mein Vater hat diese Ehe arrangiert. Wilhelm Ahlhusen senior war ein angesehener Reeder, mein Vater Besitzer einer Eisengießerei. Alle sagten, es sei ein gutes Geschäft.« Sie lachte trocken auf.

»Eine Ehe ist doch mehr als ein Geschäft«, erwiderte Alba leise.

Hedwig blickte hoch, starrte sie zwar an, schien sie aber

nicht recht wahrzunehmen. »Ist es das? Nun, man kriegt etwas und man bezahlt etwas, und bei einer glücklichen Ehe ist beides ausgewogen.« Wieder lachte sie trocken auf. »Mein Mann hat mich nicht sonderlich gemocht und ich ihn auch nicht, aber das tut nichts zur Sache. Meine Mitgift betrug vierzehntausend Bankomark – das war damals ein nettes Sümmchen –, und überdies habe ich ihm einen Sohn geschenkt. Er wiederum brachte mir Ansehen ein. Es bedeutete viel, eine Ahlhusen zu sein. Wenn ich hier am Hafen entlangging, erntete ich nur respektvolle Blicke. Heute trifft man so viele Fremde, die meinen Namen nicht kennen und noch nie von unserem Unternehmen gehört haben. Ein guter Geschäftsmann, wer ist das schon noch? Die Aktionäre hoffen auf eine möglichst hohe Dividende, und wenn sie die nicht kriegen, entlassen sie die Direktoren und stellen neue ein. Es sind schreckliche Zeiten.«

Sie redete immer heftiger, sodass der Mantel mehrmals von ihren knöchrigen Schultern zu rutschen drohte. Alba zog ihn wieder hoch. »Sie frieren immer noch, lassen Sie uns nach Hause gehen.«

Hedwig runzelte die Stirn. »Sie glauben doch nicht, dass Kälte mir etwas ausmacht? Ach, Kälte hat mich nie gestört.« Sie zögerte, berichtigte sich: »Zumindest fast nie. Ich verstehe nicht, warum Wilhelm so gleichgültig ist, warum er seinem Vater nicht dankbar ist für das, was er aufgebaut hat. Und warum nicht mir, weil ich so viel ertragen habe, um das Familienleben aufrechtzuerhalten.«

»Ich dachte, Ihre Ehe war ein gutes Geschäft?«

Hedwig sah sie an, als würde sie erst jetzt bemerken, wen sie vor sich hatte. »Sie denken, ich hätte an der Lieblosigkeit gelitten, an fehlendem Glück? O nein, das war es

nicht. Was mir am meisten zugesetzt hat war … die Langeweile.«
Alba sah sie verwirrt an.
Hedwig seufzte, und plötzlich erschien sie Alba nicht mehr alt, sondern jung … so jung. Aber auch überdrüssig.
»Der ewig gleiche Tagesablauf, nach dem man die Uhr stellen kann. Diese öden Gespräche über Kleider, Frisuren und Blumen. Immer so tun zu müssen, als würde man kein Wort von dem verstehen, was die Herren miteinander besprechen … Manchmal bin ich früher zum Hafen gegangen, habe mir die Schiffe angeschaut und mir überlegt, einfach auf eins zu gehen, zu reisen, egal wohin. Vielleicht in ein Land, wo man am Abend frühstückt, nachts tanzt und mittags schläft.«
Sie lächelte schmerzlich und bemerkte erst jetzt, dass sich ihr Haarknoten aufgelöst hatte. Sie fuhr sich durch die Strähnen und schien erstaunt darüber zu sein, wie dünn sie mit den Jahren geworden waren.
»Ich habe nur zwei Mal im Leben außerhalb des Hauses meine Haare offen getragen«, murmelte Hedwig.
Sie zog den Mantel über ihre Brust und sprach in den schweren Stoff des Kragens, doch Alba konnte jedes Wort hören.
»Als ich noch ein Kind war, sind wir fast jeden Sonntag mit dem Pferdeomnibus zur Elbe gefahren«, fuhr Hedwig fort. »Dort haben wir ein Ausflugsschiff bestiegen, das die Elbe einmal hinauf und wieder herunter gesegelt ist. Eines Tages stand ich an Deck, und es ging ein so heftiger Wind, dass sich meine Zöpfe aufgelöst haben.« Sie lachte und diesmal nicht spöttisch oder trocken, sondern frei. »Meine Mutter war schrecklich erbost. ›Was für ein liederlicher Anblick!‹, hat sie gesagt.«

»Und wann war das zweite Mal, dass Sie die Haare offen trugen?«, fragte Alba.
»Das war wieder auf der Elbe. Vor über zwanzig Jahren, mein Mann hat damals noch gelebt, besuchte der Kaiser Hamburg. Ihm zu Ehren gab es eine Rundfahrt auf einem Dampfer. Jeder mit Rang und Namen wollte dabei sein, die Glücklichen schafften es auf dasselbe Schiff wie der Kaiser. In den Salons waren die Tische prächtig gedeckt. Alles war in Schwarz-Weiß-Rot gehalten, kleine Leuchttürme aus Zucker trugen brennende Laternen.«
Anders als vorhin sprach sie so gleichgültig, als hätte sie all das nicht selbst erlebt, sondern nur ihr Schatten.
»Es gab Austern und Champagner, Schildkrötensuppe, Lammbraten und getrüffeltes Hühnerfilet …«
»Aber es scheint Ihnen nicht besonders gut geschmeckt zu haben«, fiel Alba ihr ins Wort.
Hedwig nickte nachdenklich. »Ich hatte keinen Appetit. Und dem Kaiser war er auch vergangen. Die triumphale Fahrt endete im Regen.« Wieder lachte sie, und wieder klang es befreit. »Es hat wie aus Eimern gegossen. Man konnte sich kaum unterhalten, so laut haben die Tropfen gegen das Fenster geprasselt. Plötzlich hatte ich das Gefühl, keine Luft mehr zu bekommen. Ich bin nach draußen gelaufen und im Regen völlig nass geworden. Die Matrosen haben mich verwundert angestarrt, aber das war mir gleich, auch, dass sich meine Haare aufgelöst haben.« Sie machte eine kurze Pause. »Wenigstens habe ich mich nicht gelangweilt«, fügte sie lapidar hinzu.
Ihr Lachen ging in trockene Schluchzer über, ehe sie wieder verstummte. Nach einer Weile fuhr sie sich erneut durch ihre Haare, und diesmal schien sie regelrecht an den Strähnen zu reißen.

»Wie ich mich gehen lasse!«, schimpfte sie. »Geben Sie mir schon eine Haarnadel.«
Alba sah sie verwirrt an.
»Nun machen Sie schon! Sie haben doch sicher eine Haarnadel dabei!«
Zögerlich zog Alba einige Haarnadeln aus der eigenen Frisur.
Hedwig nahm sie ihr weg und begann, einen neuen Knoten zu formen und festzustecken. Die Bewegungen fielen energisch, nahezu schmerzhaft aus, als gelte es, sich nicht nur zu frisieren, sondern sich zu züchtigen. Danach stand sie abrupt auf. »Danke, dass Sie mir nachgekommen sind. Aber dieses Gespräch hat nie stattgefunden.«
Ohne eine Entgegnung abzuwarten, ging Hedwig davon. Alba wartete einen Augenblick, ahnte sie doch, dass Hedwig auf dem Rückweg alleine sein wollte. Gedankenverloren blickte sie auf den Boden und entdeckte, dass Hedwig eine der Haarnadeln hatte fallen lassen.

Wie jeden Abend hatte Sanct Pauli das Geschmeide seiner tausend Lichter angelegt: Das bunt schillernde Licht der Kerzen und Lampen, Fackeln und Laternen mischte sich mit dem Mondschein und den zahllosen elektrischen Glühbirnen, die die farbenreichen Fassaden und die ausgestellten Bilder der Artisten bestrahlten.
Ebenso vielfältig wie die Lichtquellen waren die Geräusche: Durch das Dudeln der Leierkästen bei den Karussells gellte das Geheule wilder Tiere vom Circus Renz, das schrille Kreischen eines Pavians und das Krächzen eines Papageis, der über dessen Eingang flatterte. Nicht weit davon entfernt sorgten zwei Zigeuner für Musik. Der eine spielte Klavier, der andere Akkordeon, und gleich daneben tanzte ein Artist in grüner Hose zum

Klang von Kastagnetten und Maultrommel. Werner hielt zunächst die Musiker für Männer und den Tänzer für eine Frau, während es in Wahrheit genau umgekehrt war. Die Frauen hatten sich Männerbärte geschminkt, und der Mann trug ein Kleid und Rouge.
Obwohl er sich von dem Trio hatte täuschen lassen, fiel er auf die vielen Lichter, die Farben und die Musik nicht herein. Als sie an den zahlreichen Gauklerbuden und Tavernen vorbeikamen, den Schauläden und Weinkneipen, den Bierhallen und wehenden Zeltdächern, entging ihm nicht, dass unter vermeintlicher Pracht Armut lauerte, und die Duftwolke exotischer Parfüms, die manch leicht bekleidete Frau hinter sich herzog, übertünchte kaum den Gestank von Tranbrennereien und Matrosenkneipen – unter Letzteren eine, die aus einer an Land gezogenen Fregatte errichtet worden war. Das Grölen, das von dort zu hören war, schmerzte in Werners Ohren, doch zu seiner Erleichterung war diese nicht Wilhelms Ziel.
»Sollen wir nicht wenigstens jetzt …«, setzte er an.
»Vergessen Sie Ihre Zahlen! Genießen Sie das Leben!«
Vom Spielbudenplatz aus – einer lang gestreckten, breiten Straße, die der Reeperbahn folgte und von hohen Häusern gesäumt war – ging es zum Zirkusweg, und von dort bog Wilhelm in eine Seitengasse ab. Das Licht war matter, die Musik klang schiefer, und statt Cafés und Bars reihten sich hier Absteigequartiere an sogenannte Etablissements. Vor einem der beiden standen zwei Frauen in Flitterröckchen, die Wilhelm schon von Weitem erkannten.
»Guten Abend, Herr Ahlhusen!«
»Wilhelm, für euch bin ich doch Wilhelm.«
»Guten Abend, Wilhelm! Dein Willi kann uns übrigens auch Guten Tag sagen.«

Werner hielt seine Augen so beharrlich zu Boden gerichtet, dass ihm fast entging, wie Wilhelm ihnen eine abschlägige Antwort gab. Dann hatte er ihn schon hineingestoßen in dieses schwüle Reich, dessen gedämpftes Licht alles irgendwie rot erscheinen ließ – die Plüschsofas ebenso wie die nackte Haut, viel nackte Haut.
In den Nischen wurde gewürfelt, Schnaps getrunken und Tabak geschnupft, und rotwangige Mädchen schmiegten sich an die gepolsterten Schultern möglicher Kundschaft. Kaum traten sie näher, eilten zwei auf Wilhelm zu, während sich eine andere Werner vornahm, ihn – obwohl er sich mit Händen und Füßen wehrte – aufs Sofa drückte und sich ihm auf den Schoß setzte.
»Bitte …«, begann er unbehaglich, brach aber rasch ab. Der Blick, den Wilhelm ihm eben zugeworfen hatte, war nicht nur amüsiert, sondern verächtlich, nahezu kalt, und verspätet ging Werner auf, dass Wilhelm an seiner Verlegenheit noch größeren Spaß fand als daran, die Mädchen zu küssen und Champagner zu bechern. Je länger er ihm diese fragwürdige Freude machte, desto länger würde er wohl verweilen müssen, weswegen Werner keine neuerlichen Anstalten machte, die Frau von sich zu stoßen. Erst als sie seine Hand zu ihrer plötzlich nackten Brust führte, wehrte er sich.
»Tu das nicht«, flüsterte er ihr zu. »Wenn du mich nicht anfasst, bezahle ich dich später dafür.«
Der Blick der Frau war zu tot, als dass noch so etwas wie Verwirrung aufblitzte. Im Laufe ihres jungen Lebens hatte sie wohl ungleich absonderlichere Wünsche erfüllt.
Steif blieb Werner unter ihrem Gewicht sitzen, sah Wilhelm beim Rauchen zu, beim Schäkern, beim Tanzen, trotzte immer wieder seinem Blick, der spöttisch und

herausfordernd zugleich auf ihn gerichtet war. Wilhelms Augen röteten sich ebenso wie sein Gesicht, doch alsbald schienen sie Werner so leer und tot wie die der Mädchen. Abrupt kam er plötzlich auf sie zu, packte das Mädchen und zog es unsanft von Werners Schoß.
»Jetzt seien Sie doch kein Spielverderber!«, schrie Wilhelm wütend. »Was soll ich denn noch machen, damit Sie endlich den Spazierstock ausspucken, den Sie geschluckt haben. Hier – nehmen Sie ein wenig Seegras und Seeschlange.«
Gemeint waren Tabak und ein Gemisch aus Wermut, Weinbrand und Gin, das einer Schlange gleich durch den Körper glitt, wenn man es trank. Den Tabak konnte Werner verweigern, aber als Wilhelm ihm ein Glas an die Lippen presste, musste er einen Schluck nehmen. Die Hitze, die sich prompt in seinem Körper ausbreitete, betäubte ihn jedoch nicht, sondern gab ihm den Mut zu sagen: »Mag sein, dass Sie keine Freude daran finden, mit Ihrer Mutter zu feiern. Aber ich … ich würde jetzt gern bei meiner Frau sein. Sie wartet auf mich.«
Kurz wurde Wilhelms gerötetes Gesicht ganz bleich, und in den Augen stand eine Verzweiflung, die kein noch so scharfes Gesöff betäuben konnte.
»Für eine Nacht können wir doch mal die Weiber vergessen!«, grölte er.
»Aber, aber!«, schimpfte ein Mädchen.
Wilhelm küsste es. »Dich meine ich natürlich nicht! Dich vergesse ich nie wieder!«
Er grinste, aber das Lächeln erreichte seine Augen nicht, und als er schwerfällig auf das Plüschsofa plumpste, erschien er Werner plötzlich so klein, so verloren, so kindlich.
Entschlossen erhob er sich.

»Wenn Sie bleiben wollen, gerne! Aber ich gehe jetzt!«, verkündete er.
Kurz stierte Wilhelm dumpf vor sich hin, doch als Werner wirklich einen Schritt zur Tür hin machte, sprang er wankend auf und stellte sich ihm in den Weg.
»Sie können Ihre Frau einfach nicht vergessen ... noch nicht einmal hier«, murmelte er. »Und wissen Sie: Mir geht es auch so.«
»Herr Ahlhusen ...«, setzte Werner gequält an.
Wilhelm sammelte sich. »So ist es nun eben. Wenn ich eine Frau wie Alba hätte, würde ich es hier auch keinen Augenblick aushalten. All diese Mädchen mit den toten Augen – wie plump ist ihre Schönheit gemessen an Albas Eleganz.«
»Hören Sie doch auf!«
»Ein Lächeln von ihr ist tausendmal mehr wert als das schrille Kichern.«
»Herr Ahlhusen!«
»Wissen Sie überhaupt, was Sie für ein Glückspilz sind?« Kurz blitzten in Wilhelms Miene Neid und gar Zorn auf, ehe sie weich und traurig wurde. »Es muss schön sein, nicht allein zu sein«, sagte er heiser. »Es muss schön sein, wenn man zu jemandem will, anstatt vor allen zu fliehen.«
Werner war verlegener als je zuvor und trat von einem Fuß auf den anderen. In seiner Unbeholfenheit fiel ihm nur eine Frage ein, die Wilhelm Ahlhusen zu stellen er nie im Traum gedacht hatte. »Wollen Sie ... wollen Sie noch etwas trinken?«
Wilhelm lachte und lachte, bis ihm die Tränen aus den Augen liefen. »Sie überraschen mich! Eben waren Sie doch gewiss überzeugt, ich hätte genug. Aber das ist ja mein Problem. Ich habe nie genug. Nicht genug zu trinken, nicht genug Frauen, nicht genug ... Alba.«

Werner war zerrissen von Verlegenheit und Wut. War es nicht genug, Wilhelms säuerlichen Atem zu riechen, musste der nun auch seine geheimsten Sehnsüchte über ihn ausschütten?
Doch als er schon befürchtete, die Geständnisse nähmen kein Ende, lachte Wilhelm ein letztes Mal verzweifelt auf, ehe er kehrtmachte und aus dem Etablissement floh, als wäre ihm der Teufel auf den Fersen.

Als das erste Sonnenlicht – noch kein strahlendes Zitronengelb, sondern ein schwaches, wehmütiges Rot – die Stadt streichelte, schien der Hamburger Hafen nach wie vor zu schlafen. Wo sonst hektisches Treiben herrschte, spannen Nebelschwaden silbrige Fäden. Hinter ihrem dünnen Schleier glichen die Speicher mit den Erkern, Giebeln und Türmchen prächtigen Schlössern, und selbst die riesigen Kräne und Hellinge dem Zauberwald aus einem Märchen. Erstarrt schien alles Lebendige und Laute in diesem verwunschenen Reich – nur die Schiffe standen niemals still. Selbst die, die an hölzernen Pfosten festgebunden waren, schaukelten sanft, während andere Schüttgut zu den Schuten brachten. Und außerdem wurde gerade ein riesiger Dampfer von Schlepphilfen zu seinem Liegeplatz bugsiert, weil seine Schrauben ansonsten den Grund aufgewühlt hätten. Er glitt über das dunkelgrüne Wasser, als würde er darüber schweben, hinterließ kaum eine Spur und machte schon gar kein Geräusch.
Als Alba auf das Schiff starrte, kam sie sich selbst winzig klein vor, und wie immer schenkte ihr das Frieden. So blass wie der Himmel wurden all ihre Gedanken, Sorgen und das stete Heimweh – wohl ein Grund, warum sie nach dem Gespräch mit Hedwig nicht ins Haus der Ahl-

husens zurückgekehrt war, sondern es sie zum Hafen gezogen hatte.

Als die Sonne etwas kräftiger schien und der Dunst sich lichtete, ertönte üblicher Lärm, doch noch war er nicht laut genug, die Stimme zu übertönen, die sie plötzlich traf.

»Ich habe letzte Nacht zwar viel getrunken, aber dass mir nun meine Fantasie dieses Trugbild vorgaukelt …«

Alba zuckte zusammen.

»Sie bewegen sich! Also sind Sie es wirklich und keine Sinnestäuschung.«

Wilhelm Ahlhusen kam auf sie zugewankt. Er schien zutiefst erfreut, sie zu sehen – während sie sein Anblick zutiefst erschreckte. Sie sprang auf.

»Mein Gott! Was ist denn mit Ihnen passiert?«

Nicht nur, dass ihm das Haar struppig nach allen Seiten abstand. Überdies war das eine Auge etwas zugeschwollen, und vom Mundwinkel tropfte ebenso Blut wie aus der Nase.

Er griff sich gedankenverloren an sein Gesicht, als wüsste er nicht, von wo genau die vagen Schmerzen kamen. »Ich fürchte, ich weiß nicht mehr, was mir zugestoßen ist. Vielleicht bin ich gestolpert … vielleicht in eine Prügelei geraten … Ich erinnere mich nicht an die letzten Stunden. Nur daran, dass es mich zum Hafen zog … und jetzt weiß ich auch, warum.«

»Und wo ist Werner?«

»Längst zu Hause.«

»Und … und der Kredit?«

»Wir sind wieder liquide, wenigstens fürs Erste«, erklärte Wilhelm, klang aber nicht stolz oder gar triumphierend, nur müde. »Die Bank hat den Kredit bewilligt.«

»Und für diese Entscheidung hat der Vorstand einen ganzen Tag gebraucht?«, fragte Alba.

»Nein, nur eine Stunde!«, murmelte Wilhelm. »Aber schließlich mussten wir ordentlich feiern.«
Alba unterließ es zu fragen, wo. Etwas hilflos blickte sie auf ihn, als er sich schwer gegen die Bank lehnte.
»Ich sollte Ihre Wunden mit Branntwein behandeln.«
»Ach, den Branntwein würde ich lieber trinken, anstatt damit eingerieben zu werden.«
»Ich denke, davon haben Sie heute genug gehabt«, sagte sie streng.
Ihre Hoffnung, er würde sich alsbald wieder zum Gehen wenden, schwand. Stattdessen ließ er sich auf die Bank plumpsen, und Alba wusste, dass sie ihn ebenso wenig hier allein sitzen lassen konnte wie in der Nacht Hedwig.
Was für eine Familie, keiner erträgt es im eigenen Haus …
»Ich freue mich«, murmelte sie. »Ich meine, über den Kredit.«
Es schien ihm sichtlich Schmerzen zu bereiten, den Kopf zu heben, trotzdem tat er es und starrte sie lange an. »Tatsächlich?«, fragte er gedehnt. »Nun, wenn ich ehrlich bin, freue ich mich nicht. Eigentlich möchte ich das Geld nicht in die Werft und in die Reederei stecken. Viel lieber würde ich mir ein Ticket kaufen und auf ein Schiff gehen.«
Sie setzte sich neben ihn, achtete aber darauf, dass genügend Abstand blieb. »Und wohin wollen Sie reisen?«
Er zuckte die Schultern. »Ist das denn so wichtig?«, gab er zurück. »Als Kind habe ich mich oft aus Hamburg fortgesehnt. Dann bin ich in die Bibliothek gegangen, wo der Globus steht. Ich habe die Augen geschlossen, den Globus gedreht, einen Punkt berührt und mir vorgestellt, irgendwann in dieses Land zu fahren. Nur manchmal habe ich kein Land berührt, sondern nur das Meer – und im Grunde war mir das am liebsten.«

»Warum denn das?«
»Das wäre doch die allerschönste Reise, oder? Kreuz und quer über den Ozean zu reisen, kurz bleiben, wo man will, danach wieder weiterfahren, ganz ohne Ziel … Hauptsache, ich bin weg von meinem Zuhause, weg von meiner Mutter, die immer nur wollte, dass ich meine Pflicht erfülle, obwohl diese Pflicht sie selbst so verdrossen machte, weg von meinem Vater, der weder Humor noch Fantasie hatte und sein Geld ausgerechnet mit etwas verdiente, was ihm selbst so überhaupt nicht lag – dem Reisen, folglich dem Aufbruch in fremde, neue Welten.«
Als er auf den Boden spuckte, war der Speichel rötlich.
Alba versuchte, nicht darauf zu achten. Zum zweiten Mal in dieser Nacht vermeinte sie, etwas zu hören, was nicht für ihre Ohren bestimmt war. Warum sprachen Mutter und Sohn nicht miteinander, sondern mit ihr? Und warum ertrank Wilhelm im eigenen Elend, anstatt sich am Anblick der grünen, mit silbernen Funken gekrönten Wellen zu laben?
Sie wollte sich erheben und gehen, aber da schnellte seine Hand vor und hielt sie fest.
»Wir … Sie sollten nach Hause gehen«, sagte sie unbeholfen.
Wilhelms Griff lockerte sich etwas. »Ich fürchte, das schaffe ich nicht. Nicht nach dieser Nacht im Bordell. Ihr Mann hat mir dort übrigens Gesellschaft geleistet.«
»Werner würde nie ins Bordell gehen«, sagte Alba ungehalten.
Wilhelm grinste und wirkte jungenhaft wie nie. »Vielleicht hat er Seiten, die Sie nicht kennen.«
»Das glaube ich nicht. Falls er das Bordell betreten hat, dann nur, um Sie nicht allein zu lassen.«

Wilhelm ließ sie los und erhob sich wendiger, als ihm in diesem Zustand zuzutrauen war. »Nun, dann kennen Sie ihn eben durch und durch. Aber ist das nicht manchmal … langweilig? Und kennt Werner eigentlich Sie? Weiß er um all Ihre Gedanken … Sehnsüchte … Träume? Weiß er, dass Sie manchmal hierher zum Hafen gehen, große Schiffe betrachten und sich vorstellen, eines zu besteigen? Dass allein der Anblick des Wassers und der Weite Sie beruhigt?«
Eine Wolke aus Alkohol und Schweiß umgab sie, als er dicht an sie herantrat. Aber die Wärme zu fühlen, die von ihm ausging, war nicht so unangenehm, wie sie es sich eigentlich gewünscht hätte.
Sie wandte sich ab.
»Trotz des Kredits wird meine Mutter nicht zufrieden sein. Sie war es nie. Sie ist unglücklich, weil sie zu stark für eine Frau ist. Und ich bin unglücklich, weil ich zu schwach für einen Mann bin.«
Alba kniff die Augen zusammen. »Sind Sie das wirklich? Oder haben Sie sich schlichtweg zu sehr an diesen Gedanken gewöhnt?«
Wieder trat er ganz nah an sie heran und begnügte sich schließlich nicht länger damit. Sie spürte, wie er die Hand hob, ganz vorsichtig über ihre Haare strich. Ihr wurde heiß und kalt.
Wie kann ein so zerstörter Mann bloß diese Macht über mich haben?
Sie kannte die Antwort. Er zog sie an, gerade weil er zerstört war. Weil er all das tat, was sie sich eisern verbat – mit dem Leben zu hadern, sich mit unerfüllten Sehnsüchten zu quälen, sich jede Schwäche zu erlauben.
»Für dich könnte ich stark sein«, presste er heiser hervor.

»Ich … ich werde eine Droschke rufen. Sie müssen sich ausruhen.«
Er lachte bitter. »Damit ich neue Kräfte habe, um endgültig bankrottzugehen? Dieser Kredit … er ist doch nur ein Tropfen auf den heißen Stein. Ohne zündende Idee bringe ich unser Unternehmen nie auf die Füße.«
»Dann sollten Sie sich nicht die Nacht um die Ohren schlagen, sondern nach dieser Idee suchen.«
Er blickte stumpfsinnig vor sich hin, machte aber zumindest keine Anstalten, sie noch einmal zu packen. Alba blieb dennoch stehen und kramte in ihrer Tasche. Schließlich fand sie, was sie suchte, und zog Hedwigs Haarnadel hervor, die sie vorhin unter der Bank gefunden und die ganze Zeit bei sich getragen hatte.
»Was ist das?«, fragte Wilhelm, als sie sie hochhielt.
»Ein Beweis, dass es Ihrer Mutter oft wie Ihnen ergangen ist.«
»Sie meinen, sie hat auch manchmal in der Bibliothek den Globus gedreht?«, fragte Wilhelm spöttisch.
»Nein, das nicht. Aber stellen Sie sich doch nur vor! Immer müssten Sie Ihre Haare streng zu einem Knoten geflochten tragen. Sie hätten Angst, dass eine schnelle Bewegung Ihre Frisur zerstört. Wie befreiend müsste es da sein, wenn die Haare offen im Seewind wehen …«
Mit jedem ihrer Worte breitete sich mehr Verwirrung in Wilhelms Zügen aus.
Alba musste beinahe lachen, als sie das bemerkte, wurde aber schnell wieder ernst. »Das wäre doch eine zündende Geschäftsidee!«, rief sie.
Wilhelm starrte irritiert auf die Haarnadel. »Wir sollen Haarschmuck verkaufen?«, fragte er verständnislos.
Alba unterdrückte ein Lächeln. »Sie sollen die Erfüllung der Sehnsucht verkaufen! Die Hoffnung, der Langeweile

und dem Gleichmaß der Tage zu entkommen, und sei es nur für wenige Wochen! Das Versprechen, das eigene Leben – und sei es auch nur für kurze Zeit – mit all seinen Zwängen abzulegen wie ein altes Kleid.«

Immer noch verstand er nicht, was sie meinte.

»Bieten Sie Schiffsfahrten einfach nur zum Vergnügen an!«, rief sie.

»Wie soll denn das gehen?«

»Nun, wie Sie vorhin sagten: Diese Reisen haben kein bestimmtes Ziel, sondern führen von einem Ort zum anderen. Man verweilt, genießt, erlebt ein paar Abenteuer, dann geht es weiter.«

»Hm«, machte Wilhelm nachdenklich. »Aber so etwas gibt es doch schon. Ausflugsfahrten auf der Unterelbe zum Beispiel. Man kommt an den schönen Dörfern vorbei, den blühenden Obstbäumen, dem mittelalterlichen Stade. Oder denken Sie an die Hafenrundfahrten, die elbabwärts nach Blankenese oder nach Teufelsbrück führen.«

»So ein Ausflug dauert nur ein paar Stunden. Ich rede von ein paar Tagen ... Wochen ... gar Monaten.«

»Und das ganz ohne Ziel«, sinnierte Wilhelm.

»Wie gesagt: Das Ziel ist es, die Sehnsucht zu stillen – nach Freiheit, nach Ungezwungenheit, nach Abenteuer. Auch nach ... Vergessen.«

Werner nickte nachdenklich. »Aber Seereisen sind oft unbequem.«

»Malen Sie sich ein Schiff aus, in dem es nur Kajüten erster und zweiter Klasse gibt. Jeder darf die edlen Salons betreten, auf dem Promenadendeck flanieren, es gibt köstliche Speisen, teure Zigarren, Champagner ...«

Obwohl seine Gedanken noch hinterherzuhinken schienen, wirkte Wilhelm zunehmend fasziniert.

»Eine Vergnügungsreise«, murmelte er nachdenklich, »das wäre tatsächlich eine Möglichkeit. Denken Sie, dass …«

Alba legte die Haarnadel auf die Bank. »Sprechen Sie mit meinem Mann darüber«, erklärte sie energisch. »Er ist Ihr engster Mitarbeiter – nicht ich. Und er kann auch alles planen und durchrechnen.«

Wilhelm hob die Haarnadel hoch. »Vielleicht haben Sie soeben mein Unternehmen gerettet.« Er klang nicht freudig erregt, eher schicksalsergeben.

»Falls Sie damit Erfolg haben wollen, sollten Sie jetzt wirklich nach Hause und erst einmal schlafen – selbst wenn es nur für zwei, drei Stunden ist. Ein müder Geist taugt nicht, Ideen gleich welcher Art weiterzuspinnen.«

6. Kapitel

1890

Was für ein prächtiger Hut das war! Die altrosa Blumenapplikationen auf der Krempe boten einen perfekten Kontrast zur Feder in einem etwas dunkleren Violettton.

Bethy betrachtete ihn von allen Seiten, setzte ihn schließlich auf und drehte sich vor dem Spiegel – nicht, ohne ein weiteres Kleid aus dem Schrank zu ziehen und es vor sich zu halten. Jetzt fehlte nur noch eine Kette! Sie warf einen kurzen Blick auf Mina, aber die starrte konzentriert in ihr Buch, sodass Bethy es wagte, das Schmuckkästchen mit den Kostbarkeiten zu öffnen. Es war jedes Mal aufs Neue eine Freude, es glitzern und funkeln zu sehen.

Ach, wie war es möglich, dass Mina so gut wie nie Schmuck anlegte! Dass sie sich fast immer nur in diesem langweiligen Grau kleidete! Und dass sie ihre Haare zu einem Knoten hochsteckte wie eine alternde Matrone!

Bethy hatte sich mit dem Brenneisen Löckchen gemacht, die unter dem Hut hervorsahen und ihr neckisch in die Stirn fielen.

»Die Smaragdkette hast du von deinem Vater geschenkt bekommen, nicht wahr? Sie würde auch zu meinen Augen passen. Die haben doch fast denselben Farbton, nicht wahr?«

»Hm«, erwiderte Mina geistesabwesend und blätterte um.

»Und dieses Paar Ohrringe hast du doch zum Geburtstag bekommen. Mir hat mein Vater letztes Jahr nur

Schlittschuhe gekauft.« Bethy verdrehte die Augen. Die Tage, an denen man auf der Alster Schlittschuh laufen konnte, waren rar … ganz abgesehen davon, dass sie keine große Lust hatte, auf das kalte Eis zu fallen.
»Hm«, machte Mina wieder.
»Hörst du mir überhaupt zu?«
Mina blickte erstmals hoch. Ihre Augen funkelten, aber Bethy ahnte, dass es nicht der Schmuck war, der diese Begeisterung auslöste. »Ich lese gerade einen Reisebericht von Ida Pfeiffer«, rief Mina. »Stell dir vor, sie hat die ganze Welt bereist und viele Bücher darüber geschrieben. 1851 war sie in Sumatra und Java. Sie hat als erste Frau überhaupt Borneo durchquert.«
»Wo ist denn das?«, fragte Bethy verständnislos.
Mina gab keine Antwort darauf, sondern blickte versonnen vor sich hin. »Deine Mutter hat mir auch viel von Südamerika erzählt. Ich würde so gerne einmal dorthin reisen.«
Bethy nahm den violetten Hut ab, zog nun einen roten mit Spitzenschleier hervor und suchte nach einem passenden Kleid. »Mit dem Schiff ist man wochenlang dorthin unterwegs. Als wir seinerzeit reisten, war es beschwerlich, schließlich waren wir im Zwischendeck untergebracht. Aber wenn man erster Klasse reisen würde … Oh, stell dir vor, wie viel Garderobe man bräuchte! Eine eigene Morgen- und Abendtoilette, Theater- und Ballkleider! Zum Flanieren an Deck würde ich ein schweres dunkelgrünes Moirékleid mit breiten Brüsseler Spitzen tragen, zum Nachmittagstee ein Kleid aus fein gestreiftem Taft und zum Dinner eine Robe aus matt schimmerndem Atlas. Oder aus damaszierter Seide.«
Mina schien erst jetzt wahrzunehmen, dass Bethy vorhin

den Kleiderschrank geöffnet hatte. »In der Wildnis sind Hosen am praktischsten.«

»Hosen?«, rief Bethy entgeistert. »Was ist denn das für ein närrischer Gedanke! Ach, du hast so überhaupt kein Modeverständnis!« Sie seufzte. »Du liest so viele Bücher, aber so interessante Zeitschriften wie die *Neue Modewelt* oder *Der Bazar* hast du noch nie studiert.«

»Was erfährt man denn darin?«, fragte Mina eher höflich als interessiert.

»Nun, wie man sich *au dernier goût* kleidet«, rief Bethy. »Mit Samt- und Seidenkleidern nämlich, die schlank über die Hüften zum Saum führen. Der Busen wird leicht angehoben, das Korsett sehr eng geschnürt, und die Schultern werden mit epaulettenartigen Besätzen und Volants betont.«

»Wie unbequem!«, meinte Mina und beugte sich schon wieder über ihr Buch.

Bethy ließ das Kleid sinken, trat zum Schreibtisch und nahm es ihr, ungeachtet Minas empörten Aufschreis, einfach weg.

»Im Übrigen würde es mir schon genügen, nach Berlin zu reisen.«

Mina kämpfte nicht länger darum, das Buch zurückzubekommen. »Was willst du denn in Berlin?«

»Nun, ein gewisser Herrmann Gerson hat ein Warenhaus eröffnet, und dort gibt es eine Abteilung mit konfektionierten Kleidern.«

»Hm«, machte Mina wieder geistesabwesend.

»Natürlich könnte ich auch nach Lübeck fahren. Dort hat Rudolph Karstadt seine zweite Filiale eröffnet. Ein Tuch-, Manufactur- und Confectionsgeschäft. Stell dir vor – ein ganzes Haus nur mit Kleidern!«

»Hm«, wiederholte Mina.

»Kannst du auch mal etwas Vernünftiges sagen?«
»Nun, gegen eine Reise nach Berlin hätte ich auch nichts einzuwenden. Helene Lange bietet dort seit einem Jahr Realkurse für Mädchen an. Man wird in Naturwissenschaften, Latein und Mathematik unterrichtet, und wenn man einen Abschluss macht, könnte man vielleicht irgendwann als Hörerin an der Universität zugelassen werden.«
»Ach herrje!«, seufzte Bethy. »Du bist ein richtiger Blaustrumpf!«
»Was soll das denn sein? Auch etwas zum Anziehen?«
»Nein, das ist eine Frau, die überzeugt ist, so klug wie ein Mann zu sein.«
»Nun, ich bin aber wirklich so klug wie mancher Mann.«
»In jedem Fall bist du schöner, vorausgesetzt, du tust etwas für deine Schönheit. Nun komm schon, lass uns deine Garderobe für das Abendessen auswählen!«
Bethy zog an Minas Arm, doch die sträubte sich. Als sie schließlich doch aufsprang, tat sie das nur, weil von der Straße her Motorenlärm erklungen war.
»Das muss Papa sein!«, rief sie aufgeregt.
Obwohl Bethy Kleider ungleich interessanter fand, ließ die neueste Errungenschaft von Wilhelm Ahlhusen auch sie nicht kalt, und rasch folgte sie Mina in den Salon, wo Hedwig Ahlhusen gerade ihren Nachmittagstee einnahm. Alba hatte ihn eingeschenkt, außerdem ein paar Gurkenschnittchen und Scones serviert, da Hamburger Familien Wert darauf legten, sich der englischen Lebenskultur anzupassen.
Während die Mädchen zum Fenster liefen und neugierig hinaussahen, schüttelte Hedwig missbilligend den Kopf.
»Was für einen Krach dieses Fahrzeug macht!«, schimpfte sie.

Mina öffnete das Fenster, und jetzt war er endlich zu sehen – der Benz-Patent-Motorwagen Nr. 3, den Wilhelm als einer der Ersten kürzlich erworben hatte und mit dem er nun vorfuhr.

»Ein unnötiges Spielzeug!«, grummelte Hedwig. »Irgendwann wird er gegen eine Wand fahren und sich das Genick brechen. Und wie schrecklich unpraktisch dieses Fahrzeug ist! In einer Equipage können bis zu sechs Damen mit Gewändern Platz finden – darin bestenfalls vier. Die Räder sind so dünn, dass man Angst haben muss, sie würden gleich brechen, und ein Dach gibt es gar nicht erst.«

Wilhelm winkte hinauf.

»Nimmst du uns auch mal mit?«, rief Mina.

»Wie könnte ich zwei so schönen Damen einen Wunsch verwehren?«

Flehentlich sah Bethy zu ihrer Mutter, um deren Erlaubnis zu bekommen, doch die hatte keinen Blick für sie. Eben hatte Hedwig sie an der Hand gepackt und sie zu sich gezogen.

»Kann er sich solche Verrücktheiten überhaupt leisten? Ich habe gehört, dass dieser Motorwagen ganze dreitausend Mark kostet!«

Was für eine Frage!, dachte Bethy. Im Haus der Ahlhusens gab es doch alles in Hülle und Fülle!

»Er rechnet mit einem großen Erfolg seines Vorhabens«, sagte Alba leise.

Bethy hatte keine Ahnung, worauf ihre Mutter anspielte – und Hedwig scheinbar auch nicht. »Ich habe gehört, dass er in unserer Niederlassung an der Norderelbe einen Dampfer umbauen und neu ausstatten lässt.« Sie zögerte, ehe sie widerwillig fragte: »Wissen Sie mehr darüber? Vor allem, welche Fahrten er damit anbieten will?«

Alba zuckte nur die Schultern.
»Nun sagen Sie schon! Vor Ihnen hat Wilhelm doch keine Geheimnisse.«
»Mein Mann ist derjenige, der für ihn arbeitet«, sagte ihre Mutter rasch.
»Werner würde er die Reederei und die Werft anvertrauen, aber Ihnen sein Leben«, murmelte Hedwig nachdenklich.
Was für eine merkwürdige Aussage! Bethy verlor endgültig die Geduld. »Mutter, dürfen wir mit dem Automobil mitfahren?«, unterbrach sie die beiden.
Was immer Alba Borgmann durch den Kopf ging – sie nickte geistesabwesend, und mit einem lauten Jubelschrei folgte Bethy Mina nach unten.

Zugegeben, Mina hatte schon lange einmal Automobil fahren wollen und genauer erforschen, wie dieses »Wunderwerk der Technik« funktionierte, doch als sie erst einmal Platz genommen hatte, heulte der Motor so laut, dass sie kaum dem Drang widerstehen konnte, sich die Ohren zuzuhalten. Allerdings brauchte sie beide Hände, um sich Schutz suchend am ledernden Sitz festzuklammern. Und dass der Vater sich immer wieder nach ihnen umdrehte und stolz rief: »Na, gefällt es euch?«, minderte ihre Panik nicht – im Gegenteil. Sie befürchtete, er würde deshalb nicht auf die Straße achten, und tatsächlich schoss er einmal nur haarscharf an einem Pferdeomnibus vorbei und wich einer Frau mit einem Kinderwagen gerade noch rechtzeitig aus.
»Vater, gib acht!«, rief Mina.
Bethy lachte aus vollem Hals, schien sie sich der Gefahr nicht bewusst. »Jetzt sei doch nicht so ein Angsthase.«
Mina kniff trotzig die Lippen zusammen. »Ich habe kei-

ne Angst, aber ich finde, dass dieses Automobil die Luft verpestet. Auf hoher See riecht es viel besser. Wie viel Knoten fährt es überhaupt?«

Bethy lachte noch lauter. »Man misst die Geschwindigkeit von Motorwagen doch nicht in Knoten, sondern in Pferdestärken. Du liest so viele Bücher, und ausgerechnet das weißt du nicht?«

Mina lief glühend rot an. In der Tat kam es nur selten, genau betrachtet eigentlich nie vor, dass Bethy mehr wusste als sie. Der tägliche Unterricht war der Freundin immer eine Qual gewesen, und als es an ihrem siebzehnten Geburtstag hieß, dass sie nun zu alt seien, um weiterhin täglich den Lehrer zu empfangen, war sie in Jubelschreie ausgebrochen.

»Ich weiß immerhin, dass diese Automobile sehr anfällig für Schäden sind. Durch das Rütteln und Schütteln lockern sich häufig Schraubenmuttern und bleiben auf der Straße liegen.«

»Wenn hier jemand eine Schraube locker hat …«, spottete Bethy.

Mina funkelte sie an.

»Nicht streiten, Mädchen!«, schaltete sich Wilhelm ein, und zu Minas Erleichterung fuhr er etwas langsamer. »So vergnüglich es auch ist, mit dem Automobil zu fahren – Mina ist die Tochter eines Werftbesitzers, und von daher ist es nur recht und billig, wenn sie mehr von Schiffen als von Autos versteht. Wenn ihr wollt, können wir einmal zur Werft an der Norderelbe fahren.«

Mina vergaß ihre Ängste. So lange bedrängte sie ihren Vater nun schon, sie mitzunehmen, und immer lehnte er ab und meinte, eine Werft sei nicht der rechte Ort für zwei junge Damen. Dabei wollte sie doch unbedingt herausfinden, woran in der Werft gearbeitet wurde!

»Alba sagt, dass du ein geheimnisvolles Schiff bauen lässt. Welche Fahrten wird es machen?«
»Wenn ich dir das sagen würde, wäre es ja kein geheimnisvolles Schiff mehr.«
»Ach Vater!«
»Genau genommen wird das Schiff nicht neu gebaut, lediglich ein alter Dampfer umgerüstet und innen neu ausgestattet, nämlich die *Wilhelmina.* Bald ist sie seetüchtig. Wie wäre es, wenn wir am nächsten Sonntag einen Ausflug zur Werft machen?«
Die Mädchen nickten begeistert.
»Oh, ich könnte stundenlang mit dem Automobil fahren!«, rief Bethy.
»Du hast sicher einen hohen Kredit für die Umrüstung des Schiffs aufnehmen müssen«, murmelte Mina.
Bethy verdrehte die Augen, und Wilhelm zwinkerte ihr nur vertraulich zu und beschleunigte das Fahrzeug wieder. Vor lauter Schreck griff Mina nach Bethys Hand, nicht nach dem Ledersitz, und auch die Freundin war plötzlich froh, sich an ihr festzuhalten.
»Du kommst viel zu nahe an den Bürgersteig heran!«, schrie Mina, und selbst Bethy wurde um die Nasenspitze kalkweiß.
Doch Wilhelm lachte nur, und erst jetzt erkannte Mina, dass er es nicht auf den Bürgersteig abgesehen hatte, sondern auf den Mann, der dort ging. Mina konnte sich vage erinnern, ihn schon einmal gesehen zu haben, aber ihr fiel der Name nicht ein, zumindest nicht, als Wilhelm haarscharf am Bürgersteig vorbeiflitzte und mitten durch eine Pfütze fuhr. Gerade noch im letzten Augenblick konnte der Mann zur Seite springen, um nicht nass zu werden. Erst wirkte er ganz verdattert und zutiefst erschrocken, doch als Wilhelm bremste und ihm grinsend

einen Gruß zurief, lief sein Gesicht vor Wut dunkelrot an.
»Sie verfluchter …«, setzte er an.
Ehe er ihn beschimpfen konnte, war Wilhelm schon wieder weitergefahren.
»Das war Otto Graff, nicht wahr?«, fragte Mina. »Er ist ein Bankier!«
»Vor allem ist er ein Mann, der eine kleine Abkühlung verdient hat«, spottete Wilhelm, ehe er den Wagen wendete und sie sich wieder auf den Heimweg machten.

Wilhelm war noch immer belustigt, als sie vor seinem Haus vorfuhren.
»Bitte aussteigen, die Damen!«, rief er und machte einen formvollendeten Diener, als er die Wagentür öffnete. Mina war einmal mehr in Gedanken versunken, aber Bethy lächelte, und zum ersten Mal fielen ihm ihre allerliebsten Grübchen auf.
Hübsches Ding, ging es ihm durch den Kopf, wenngleich nicht so schön wie seine Mutter …
Die gute Laune sank, als er wenig später den Salon betrat und feststellen musste, dass sich Alba schon zurückgezogen hatte, wohingegen Hedwig gerade eine Tasse Tee trank und ihm davon anbot.
»Nach einer Autofahrt Tee zu trinken, also wirklich!«, rief Wilhelm empört und schnipste mit den Fingern. »Dann schon lieber Champagner. Oder nein, die Mädchen sollten zur Feier des Tages auch etwas trinken. Ich schlage Schlehenlikör vor.«
Hedwig schüttelte missmutig den Kopf. »Sie sind noch zu jung dafür.«
»Ach was!«, sagte Wilhelm. »Sie sind doch längst keine Mädchen mehr, sondern junge Damen, nicht wahr?«

Bethy lächelte geschmeichelt, und ihre Grübchen entschädigten ihn kurz dafür, dass er auf die Gesellschaft ihrer Mutter verzichten musste.
Wenig später servierte Magda den Likör. Eigentlich verachtete er dieses grässlich süße Zeugs, aber er kippte sein Glas wie hochprozentigen Schnaps hinunter. Die Mädchen erzählten Hedwig unterdessen aufgeregt von der Autofahrt, die eher missmutig als beeindruckt lauschte, während er das Geschehene Revue passieren ließ.
Otto Graff … was für eine Freude, ihn zu demütigen … zumal der Bankier immer noch versuchte, ihm das Leben schwer zu machen. Ständig musste er sich den Vorwurf anhören, dass er die nächste Rate nicht bezahlen könnte … Nun gut, manchmal wurde es tatsächlich knapp, aber wenn er erst seine Pläne würde umsetzen können …
Für das Geld könnte er sich ein zweites Automobil kaufen! Und vielleicht diesen Salon ganz neu ausstatten! Diese schwülstigen Landschaftsbilder konnte er nicht mehr sehen. Er hatte gehört, dass blaue Tapeten in Mode waren und weiße Säulen … die würden zum Kamin passen, dessen Fliesen elfenbeinfarben waren, und … Ach eigentlich war es ihm egal, wie es hier aussah, Hauptsache, jeder konnte sehen, dass die Geldnöte der Vergangenheit angehörten.
Wilhelm grinste und merkte zu spät, dass das Dienstmädchen ihn erwartungsvoll ansah, als sie das leere Glas abservierte.
Was wollte sie bloß von ihm?
Richtig, das war Magda, die Jungfer seiner Mutter, mit der er manche schöne Stunde verlebt hatte. Leider gehörte sie zu den Frauen, die rasch alterten. Aus dem rosigen Teint waren rote Flecken geworden, aus den Grübchen,

die fast so entzückend wie die von Bethy aussahen, Kerben. Früher hatte es ihm gefallen, dass sie leicht zu haben war, aber heute fand er sie aufdringlich.
»Sehen wir uns später, Herr Ahlhusen?«, fragte sie und konnte ihre Sehnsucht nicht verbergen.
Etwas an ihrem Tonfall erinnerte ihn an den eigenen, wenn er von Alba sprach.
Wilhelm runzelte die Stirn. »Nun lass die Anspielungen, wenn meine Tochter in der Nähe ist.«
»Aber wie können Sie nur …«, setzte Magda verletzt an.
Nicht, dass es ihm Spaß machte, Frauen zu kränken. Aber vielleicht bot sich ihm eben die Gelegenheit, diese Affäre zu beenden.
»Wie kommst du auf die Idee, dass du mir irgendetwas bedeutest?«, raunte er ihr zu. »Such dir lieber einen Ehemann statt einen Liebhaber. Für Letzteren bist du nämlich längst zu alt.«
Keine weiteren roten Flecken erschienen auf ihrem Gesicht, stattdessen wurde sie aschfahl.
»Sie … Sie schicken mich einfach fort …«
»Nun, nicht aus meinem Haus. Du darfst mir gerne mehr Likör servieren, ich könnte noch ein Glas gebrauchen. Und schau mich nicht so vorwurfsvoll an! Du kannst froh sein, deine Arbeit zu behalten.«
Bei den letzten Worten bemühte er sich um ein freundliches Lächeln, weil Hedwig den Kopf gehoben hatte. Danach ließ er Magda stehen und kümmerte sich nicht weiter um sie.

Wilhelm hielt es nicht lange im Haus aus. Sobald sich Hedwig und die Mädchen zurückgezogen hatten, befahl er Ferdinand, die Kutsche vorfahren zu lassen – und der fragte gar nicht erst nach dem Ziel. Als Wilhelm aller-

dings wenig später einsteigen wollte, rief jemand zaghaft seinen Namen.
Er fuhr mit grimmiger Miene herum, überzeugt, dass Magda ihm nachgekommen war und um seine Zuneigung betteln würde.
Dienstmädchen sind auch nicht mehr das, was sie einmal waren, dachte er gereizt. Früher haben sie gewusst, wann ein Verhältnis unwiderruflich zu Ende ist.
Doch als er sie schon anschnauzen wollte – noch schroffer als vorhin –, stutzte er. Es war nicht Magda, die da auf ihn zuschlich, sondern Ilse … Ilse Graff. Richtig, ihrem Mann Otto war er vorhin vor die Füße gefahren, was für ein Spaß! Doch das Grinsen ob dieser köstlichen Erinnerung währte nicht lange, als er Ilse genauer musterte. Der flackernde Blick ließ sie nicht gerade hübscher wirken. Und der graue Seidenripsrock mit der schwarzen Jacke machte sie noch blasser. Am meisten alarmierte ihn der Koffer, den sie trug. Er war nicht einmal ordentlich geschlossen, sodass Stoff hervorquoll.
Ja, wurde er heute von seinen verflossenen Geliebten regelrecht verfolgt?
»Was willst du hier?«, fragte er knapp.
»Otto … er … er war so wütend. Als er heimkam … Er sagte, du hättest ihn beinahe umgefahren … Nein, er hat es nicht gesagt, geschrien hat er, getobt und gebrüllt. Dass der Schuft keinerlei Anstand in seinem Leib hätte.«
Nun musste Wilhelm doch wieder flüchtig grinsen.
»Und um mir das zu erzählen, bist du eigens hergekommen?«, fragte er etwas freundlicher.
Und hast gleich Kleidung zum Wechseln mitgebracht, falls wir die Nacht gemeinsam verbringen?, fügte er in Gedanken hinzu.
Danach stand ihm zwar nicht der Sinn. Allerdings würde

er für die Huren in Sanct Pauli bezahlen müssen, für Ilse nicht.

»Nein, ich …« Sie stockte mehrmals, geriet immer heftiger ins Stammeln, brachte schließlich doch hervor: »Es … es war so grauenhaft … Als er nicht aufhörte zu toben, habe ich ihn gefragt, wen er meinte … Ich kam gar nicht auf die Idee, dass es um dich ging … ›Ja, wen wohl?‹, hat er mich angebrüllt. Seine ganze Wut richtete sich nun auf mich. Ich habe versucht, es ihm zu erklären … Ich meine, damals, vor vier Jahren … Es war doch nur ein schwacher Moment …«

Wilhelm seufzte. »Warum hast du Otto von diesem schwachen Moment erzählt?«

Eigentlich war ihm das bis jetzt ganz recht gewesen, aber nun hatte er so gar keine Lust darauf, sie weiter jammern zu hören.

»Er hat mich angeklagt, als Hure beschimpft …«

»Na, na«, meinte Wilhelm missbilligend. Huren waren doch viel hübscher!

»Ich habe ihn in den letzten Jahren so oft um Vergebung gebeten«, fuhr Ilse fort, »aber … aber heute konnte ich nicht mehr … Ich hatte zum ersten Mal kein schlechtes Gewissen, sondern fühlte nur mehr Überdruss. Ich verstehe nicht, warum er es nicht einfach vergessen kann.«

Na, du kannst es wohl auch nicht, sonst wärst du nicht hier.

Wilhelm unterdrückte ein Seufzen. »Was willst du?«, fragte er.

Ilse sah ihn nicht einmal an. »Christian, unser Sohn, er spielte Klavier«, fuhr sie gedankenverloren fort. »Er kann nicht spielen, es klang grauenhaft, und bei jedem schrägen Ton, der erklang, brüllte Otto eine weitere Beleidigung. Es hat richtig in den Ohren wehgetan. Und plötzlich wusste ich, ich kann das nicht länger ertragen. Diese steten Monologe, wie ungerecht die Welt ist, dass dir alles in den Schoß gefallen ist, während er sich alles hart erarbeiten musste. Warum du immer wieder auf die Beine kommst, obwohl du vor einigen Jahren fast ruiniert warst, und du dir jetzt sogar ein Automobil leisten kannst.«

Ihr Gesichtsausdruck wurde immer gequälter, ihre Stimme immer heiserer.

»Worauf willst du hinaus?«

Ilse hob den Blick und glich mehr denn je einem Vogel.

»Christian, er hat immer weitergespielt. Erst als ich begonnen habe, meine Sachen zu packen, verstummte das Klavierspiel plötzlich. Er ist mir nachgekommen. ›Was tust du, Mama?‹, wollte er wissen. Ich habe gesagt: ›Spiel weiter!‹, und als er sich nicht rührte, schrie Otto ihn an, ob er seine Mutter nicht gehört hätte. ›Spiel weiter! Spiel weiter! Spiel weiter!‹, hat er gebrüllt. Christian hat wieder zum Spielen angefangen. Er hat gespielt, bis ich das Haus verlassen habe. Ich … ich werde ihn so bald nicht wiedersehen.«

Wilhelm spürte Kopfschmerzen aufsteigen, obwohl er doch gar nicht so viel getrunken hatte.

»Du hast also deinen Mann verlassen?«, fragte er gequält. Gott im Himmel, so hässlich und alt, wie sie war, würde sie nie einen neuen finden! Schade um den Prachtarsch, der sich unter mehreren Lagen Unterröcken und Kleidern verstecken müsste. »Und was erwartest du nun von mir?«, fragte er kalt. »Dass ich dich bei mir aufnehme?«

»Ich … ich wusste nicht, wohin … Ich habe nichts.«

Herrje, der Arsch war wohl nur darum so prall, weil ihr Gehirn dort saß!

»Geh besser wieder zurück zu deinem Mann.«

Zu seinem Erstaunen knickte sie nicht ein, sondern straffte entschlossen den Rücken. »Ich ertrage es nicht«, erklärte sie. »Er würde mich bis zum Lebensende für diesen Fehler büßen lassen, da lebe ich lieber in Armut.«
Na dann …
Kurz war er bereit, sie ins Haus zu bitten, damit sie sich von Magda ein Stück Kuchen geben lassen und ihr ihre Geschichte erzählen konnte. Aber eigentlich wollte er sie nicht hier haben – nicht in Albas Nähe.
Er kramte in der Tasche und zog Geld heraus. »Hier, das wird dir fürs Erste weiterhelfen. Wir hatten es damals immerhin ganz nett. Aber dafür musst du versprechen, dass du nicht wieder hierherkommst.«
Ilse zögerte so lange, dass er das Geld schon wieder einstecken wollte, nahm es aber schließlich doch. So schmallippig, wie sie wurde, fiel es ihr wohl nicht leicht. Danach nahm sie den Koffer und hastete die Straße hinauf.
Puh! Jetzt hatte er sich aber einen schönen Abend verdient! Allerdings musste er erst wieder neues Geld holen. Magda loszuwerden war deutlich billiger gewesen.

7. Kapitel

Aus dem Ausflug zur Werft, den Wilhelm den beiden Mädchen versprochen hatte, wurde eine regelrechte Exkursion, nachdem auch Hedwig verkündete, das neue Schiff sehen zu wollen. Ehe Wilhelm ihr Ansinnen ablehnen konnte – bis jetzt war es ihm eine diebische Freude gewesen, seine Pläne vor der Mutter geheim zu halten und dabei zuzusehen, wie ihre unbändige Neugierde mit der aufgesetzten Gleichgültigkeit kämpfte –, rief Mina schon begeistert: »Aber natürlich begleitest du uns!«

Das wiederum veranlasste Bethy dazu, den Eltern vorzuschlagen, ebenfalls mitzukommen. Ihr Vater war zwar oft in der Werft, aber die Mutter war sicher auch interessiert, einmal das Schiff zu sehen, und das kam Wilhelm nicht unrecht – im Gegenteil. Mit einem Lächeln wandte er sich an Alba und erklärte: »Eigentlich steht es Ihnen zu, die *Wilhelmina* vor allen anderen zu sehen. Sie haben mich schließlich auf die Idee gebracht, welchem Zweck sie dienen könnte.«

Alba starrte schweigend zu Boden.

»Kannst du endlich mehr über diese geheimnisvolle Geschäftsidee sagen?«, knurrte Hedwig.

»Gedulde dich, Mutter«, sagte er und empfand abermals tiefe Genugtuung, als sie den Mund zusammenpresste.

Die Freude, sich am nächsten Tag über die Autofahrt zu beklagen, machte sie ihm allerdings nicht, zog sie es doch wie die Borgmanns vor, mit der Droschke zu reisen. Die

Mädchen wiederum, die mit ihm den Benz-Patent-Motorwagen bestiegen hatten, genossen die Fahrt und deuteten ständig aufgeregt ins Weite. Bald hatten sie die Stadt hinter sich gelassen und fuhren am Elbufer entlang. Sie kamen an Feldern und Wiesen, reetgedeckten Bauernhöfen, Windmühlen und Fischerdörfern vorbei. Bethy lehnte den Kopf zurück und freute sich über das sonnige Wetter, während es dem Fahrtwind nicht gelang, Minas Kopf freizupusten.

»Warum haben wir überhaupt ein zweites Werftgelände an der Norderelbe?«, fragte sie.

»Die Docks im Hafen dienen vor allem Reparaturen«, erwiderte er. »Früher hat mein Vater darum alle neuen Schiffe hier bauen lassen. Und da ich dieses hier nicht vor aller Augen umrüsten lassen wollte, habe ich mich dafür entschieden, diese Niederlassung zu nutzen.«

Wenig später fuhren sie vor der Werft vor, ein großzügiges Gelände, das nur von Wiesen und Moorgebieten umgeben und am heutigen Sonntag völlig verwaist war. Wilhelm parkte hinter dem Tor, und während Mina und Bethy rasch Richtung Wasser liefen, erwartete Wilhelm die Ankunft der Nachhut. Als Hedwig die Droschke verließ, blieb sie starr stehen, um aller Welt ihren Gleichmut zu beweisen. Leider blieb nicht nur Werner, sondern auch Alba bei ihr zurück, während er nicht umhinkam, den Mädchen zu folgen und ihnen die Werft zu zeigen.

»Dort hinten ist die Maschinenfabrik«, erklärte er, »und davor eine Kesselschmiede, außerdem gibt es eine Gießerei und eine Tischlerei. Und vier Hellinge.«

»Was ist denn ein Helling?«, fragte Bethy. »Ich kenne nur Heringe.«

Mina grinste etwas herablassend: »Das ist der Platz in der Werft, auf dem ein Schiff gebaut wird, du Dummerchen!

Die Fläche fällt schräg ab, damit es anschließend beim Stapellauf zu Wasser gelassen werden kann.«
Schmollend presste Bethy die Unterlippe hervor, aber Mina achtete nicht darauf. »O Papa, erzählst du uns endlich mehr über das Dampfschiff, das du umrüsten lässt? Die *Wilhelmina*? Wurde sie wirklich nach mir benannt?«
»Ich fürchte nein. Der Pate war wohl ich, was hoffentlich kein schlechtes Vorzeichen ist. Sie ist lange vor deiner Geburt gebaut worden, ich war noch ein kleiner Junge. Damals diente sie als Handelsschiff.«
»Und jetzt?«
Wilhelm hob vielsagend die Brauen, blieb ihr die Antwort jedoch schuldig.
Es ging an Schiffszimmerplätzen und Werkstätten vorbei, der Schmiede, der Kesselanlage und etlichen Lagerschuppen für Tran, Teer und Pech, und schließlich passierten sie das Fachwerkhaus, in dem der Schiffbaumeister lebte.
Bethys Aufregung ließ spürbar nach, während Mina neugierig in die Hallen lugte.
»Ich habe gelesen, dass in englischen Werften Dampfturbinen, Ölmaschinen und Bensonkessel, die für den höchsten Dampfdruck sorgen, gebaut werden. Hier etwa auch?«
Wer hatte diesem Mädchen nur solche Gedanken eingepflanzt? Von ihm konnte sie das Interesse für Technik nicht haben und von Irmgard noch weniger. »Ich bin ja schon froh zu wissen, dass man ein Schiff mit Dampf antreibt«, sagte Wilhelm kopfschüttelnd. »Aber ich habe keine Ahnung, woher dieser Dampf kommt.«
»Die meisten Dampfanlagen sind veraltet«, fuhr Mina ernsthaft fort. »Bei Blohm & Voss, so heißt es, wurde sie kürzlich durch eine 250-pferdige Lokomobile verstärkt.«

»Ach, Blohm & Voss sollen ihren zweihundertfünfzig Pferden lieber Hafer geben statt Dampf.«

»Aber Vater …«

Bethy kicherte. »Bemerkst du denn nicht, dass er über dich spottet?«

Mina sah sie stirnrunzelnd an, schwieg jedoch – weniger aus Kränkung, sondern weil vor ihnen nun das Wasser der Elbe glitzerte und das große Dock mit der *Wilhelmina* zu sehen war. Noch war das Schiff nicht frisch gestrichen worden, und es fehlten die Schornsteine, aber seine stattliche Größe war schon jetzt beeindruckend.

»Was für ein riesiges Schiff!«, rief Mina.

»Es soll ja auch sicher durch jeden Sturm führen«, sagte Wilhelm stolz.

»Ist die Einrichtung so elegant wie die der *Augusta Victoria?*«, fragte Bethy.

Wilhelm wollte eigentlich nicht an das berühmte Schiff der HAPAG denken, dem sein Dampfer um einiges nachstand, zumal der kein Neubau war, trotzdem nickte er stolz.

»Aber das Zweischraubensystem hat es doch wohl nicht«, sagte Mina. »Schließlich wurde das erst vor Kurzem entwickelt, und man kann es nicht nachträglich einbauen. Es heißt, dieses steigert die Antriebskraft des Dampfers und auch die Manövrierfähigkeit, womit die Schiffssicherheit entscheidend verbessert ist. Sowohl die *Augusta Victoria* von der HAPAG und die *Columbia,* ihr Schwesternschiff, haben es.«

Bethy verdrehte die Augen. »Wer interessiert sich denn für dieses Zeugs!«

»Nun, wenn du an Bord des Schiffs bist und dieses auf einen Eisberg zusteuert, dann würdest auch du dich dafür interessieren. Dadurch, dass die eine Schraube vorwärts und die andere rückwärts arbeitet, dreht sich das mächtige Schiff, so man es denn will, auf der Stelle herum. Deswegen kann der Kapitän trotz schnellster Fahrt, sofort eine Wendung ausführen. Die Kollisionsgefahr ist deutlich verringert.«

»Mag sein. Aber es genügt mir zu wissen, dass uns ein kundiger Kapitän notfalls vor dem Untergang rettet. Wie genau er das macht, ist doch seine Sache«, sagte Bethy schnippisch.

»Aber was dich interessieren wird, ist, dass aufgrund der neuen Technik die Maschinenteile tiefer und weiter achtern liegen. Dadurch versperren sie den Mittschiffsbereich nicht mehr, und deswegen befinden sich alle Gesellschaftsräume in der Schiffsmitte, ganz zu schweigen davon, dass es mehr Platz für Aufbauten ging, folglich auch mehr Platz für Luxus.«

Bethy ging nicht darauf ein. »Stimmt es, dass alles aus Samt und Seide ist?«, fragte sie lediglich.

»Und welche Route ist denn nun für dieses Schiff geplant?«, rief Mina.

Noch mehr aufgeregte Fragen stürmten auf Wilhelm ein, aber er lächelte nur. »Gemach, gemach, die *Wilhelmina* ist auf jeden Fall der Beweis, dass die Reederei und Werft Ahlhusen wieder ganz vorne mitspielt. Obwohl der Rumpf schon älter ist, wurde die Innenausstattung modernisiert.«

»Tatsächlich?«, rief Bethy. »Oh, das würde ich so gerne sehen. Wir … wir können doch an Bord.«

Nun blickte auch Mina flehentlich ihren Vater an. »Ist das denn möglich?«

»Deine Großmutter würde wohl warnen, dass ihr euch das Genick brecht, aber seht ihr die Leiter dort hinten? Über die könnt ihr direkt in den Schiffsbauch klettern, und von den Maschinenräumen führen Stufen hoch in die Gesellschaftsräume. Noch sind sie nicht fertig eingerichtet, das folgt erst nach dem Stapellauf, aber auf jeden Fall könnt ihr bis zum Promenadendeck gelangen.«

Die Mädchen ließen sich das nicht zweimal sagen und liefen auf die Leiter zu. Noch mehr, als dass sie sich alle Knochen brechen könnten, würde Hedwig sich wahrscheinlich sorgen, dass sie einen Blick auf ihre Unterröcke, ja gar die nackten Beine gewährten, als sie hochkletterten. Doch als seine Mutter zu ihm trat, schien sie die Mädchen – flink und geschickt wie Schiffsjungen – gar nicht zu bemerken.

»Herr Borgmann hat mich nun endlich in deinen Plan eingeweiht.« Sie sah ihn fast ein wenig vorwurfsvoll an und schüttelte dann entschieden den Kopf. »Ich dachte, du willst dieses Schiff für die Nordatlantikroute einsetzen – stattdessen willst du eine … *Lustreise* veranstalten? Was soll denn das sein? Reisen macht doch keine Lust!«

»Reisen macht nur darum keine Lust, weil viele Schiffe so unbequem sind, aber ein Dampfer wie dieser.«

Sie hörte gar nicht richtig zu. »Das Schiff einfach im Mittelmeer im Kreis fahren zu lassen, also wirklich!«

»Ach Mutter.« Wilhelm betrachtete die *Wilhelmina* stolz. »Auch wenn du jetzt glaubst, ich hätte den Verstand verloren, so bin ich nicht der Erste, der diese Idee hatte. Vater selbst hat mir einmal erzählt, dass der alte Henry Sloman eine Weltreise angeboten hat. Es wurde Zeit, daran anzuknüpfen.«

»Ich kann mich gut daran erinnern. Vor allem daran, dass diese Reise nicht zustande kam, weil kein Hahn danach krähte!«

»Das ist fünfzig Jahre her. Die Schiffe sind komfortabler und sicherer geworden und die Menschen reiselustiger.«

»Ja, aber die Exkursion zur Isle of Wight, die die Lloyd erst vor einem Jahr durchführte und die allein dem Vergnügen dienen sollte, war ein Reinfall. Ständig hat es geregnet, die Gäste waren todunglücklich, und die Bremer klug genug, so eine Reise nicht noch einmal anzubieten.«
»Im Mittelmeer regnet es nicht so oft wie in England. Rundreisen dorthin bietet übrigens auch der Brite John Clark an. Das Schiff, mit dem er sie veranstaltet, die *Ceylon*, ist allerdings alt. Um wie viel erfolgreicher verspricht so eine Reise auf einem modern ausgestatteten Dampfer zu sein!«
»Wie viel Geld steckt in dieser modernen Ausstattung? Und wie willst du den Kredit zurückzahlen, wenn du scheiterst?«
Wilhelms gute Laune verflog. Nicht, dass er sich von der Mutter Applaus erwartet hatte, aber doch wenigstens, dass sie einmal nicht mit diesem nörgelnden Unterton zu ihm sprechen würde. »Ich verfolge eine ingeniöse Geschäftsidee, die den Namen Ahlhusen weltbekannt machen wird, und du redest vom Scheitern?«, fuhr er sie an. Immerhin, Hedwig zuckte zurück und murmelte nur Unverständliches. Erst als Wilhelm sich abwandte, sich suchend nach Alba umblickte und sie in der Ferne vor einer Werkstatt erblickte, trat Hedwig wieder ganz dicht zu ihm.
»Selbst wenn du mit deinem Vorhaben Erfolg hast. Ein erfolgreiches Unternehmen ist nur von Wert, wenn man einen Erben hat«, sagte sie leise. »Du solltest wieder heiraten, du brauchst einen Sohn. Und Geschäftspartner sehen es gerne, wenn ein Unternehmer in festen Händen ist. Das verspricht Kontinuität und Verlässlichkeit.«
Werner deutete eben auf die Maschinenhalle, und Alba folgte dem Blick und schien etwas zu fragen. Sie interes-

sierte sich immer für das, was ihr Mann tat, und versuchte, ihn bestmöglich zu unterstützen, nicht zuletzt, indem sie Vorschläge machte.
Niemals würde sie nörgeln oder schwarzsehen ...
»Die einzige Frau, die ich liebe, kann ich nicht heiraten«, presste Wilhelm heiser hervor.
Ein Ton drang aus Hedwigs Mund, der an ein Kichern denken ließ: »Man heiratet doch nicht, wenn man jemanden liebt.«
»Man heiratet auch nicht, wenn es die Mutter befiehlt«, gab Wilhelm schroff zurück.
»Vater!«
Mina und Bethy hatten das Promenadendeck erreicht und winkten ihnen von dort aus zu. Wilhelm lachte und winkte zurück. »Nicht, dass ihr mir davonfahrt!«
Die Miene der Mutter blieb finster.
»Mina verbringt sehr viel Zeit mit Bethy«, murmelte sie. »Eigentlich sollte sie mittlerweile in anderen Kreisen verkehren.«
»Du vertraust Alba doch selbst mehr als jeder deiner Freundinnen.«
»Trotz allem sind die Borgmanns Personal, vergiss das nie!«
Wilhelm musterte sie überdrüssig. »Ich werde meine Tochter nie unglücklich machen. Und sie wäre unglücklich, wenn sie Bethy nicht hätte.«
Ehe Hedwig noch etwas sagen konnte, was seine Laune gänzlich verdorben hätte, ließ er sie stehen und gesellte sich zu Alba und Werner.

»Nun komm schon, ich will endlich den Speisesaal sehen!«
Mina blieb immer wieder stehen, so auch jetzt, wenn-

gleich Bethy nicht erkennen konnte, was sie so spannend fand. Nachdem sie vom Promenadendeck gewunken hatten, waren sie in die tief gelegenen, schlichten Räumen hinuntergestiegen, wo sich, wie Bethy vermutete, wohl später die Mannschaftsunterkünfte oder die Maschinenräume befinden würden, also nichts von Belang. Mina jedoch betrachtete jeden Stahlnagel, jede Planke, jeden Balken und Träger mit solcher Hingabe, als hätte sie ein Heiligtum betreten. Anstatt Bethy endlich zu folgen, streckte sie jetzt auch noch die Hand aus und berührte die Wand, als wäre das Schiff ein lebendiges Wesen, dessen Pulsschlag man erfühlen konnte.

»So ein Schiff ist wie ein Mensch. Der Kiel ist das Rückgrat, das wird auch als Erstes gebaut, dann folgen die Spanten, gleichsam seine Rippen, und durch die Außenbeplattung bekommt es eine wasserdichte Haut. Was übrigens die Nieten anbelangt – ich habe gehört, dass ein englischer Ingenieur einen hydraulischen Niethammer entworfen hat, der die Arbeit deutlich erleichtert. Für gewöhnlich sind drei Menschen notwendig, die ...«

Bethy verdrehte die Augen und versetzte ihr einen unsanften Stoß. »Dieses Schiff ist doch schon alt. Es wurde nur aufgerüstet.«

»Ach, ich würde so gerne von Anfang an miterleben, wie eins gebaut wird.«

»Und ich würde mir jetzt gerne den Speisesaal anschauen.«

Endlich löste sich Mina von der Wand, und über eine Treppe gelangten sie in ein weiteres Stockwerk. Hier wurde das Schiff langsam als das erkennbar, was es war – als echter Luxusdampfer nämlich, in dessen Decken sich tiefe Kassetten mit Schnitzwerk und Malerei fügten, Säulen, Pilaster und jede Menge Stuckelemente. Das schmiedeeiserne Geländer der Treppe war ebenso vergoldet wie das Täfelwerk aus Walnussholz.

Der Speisesaal hingegen wirkte noch etwas karg. Weder schmückten Prachtgemälde und Spiegel die Wände des Doms noch Damastportieren die Fenster oder weiche Läufer den Boden. Und noch waren keine Tische und Stühle mit Plüschbezügen aufgestellt.

»Das Schiff ist ja wie nackt«, mäkelte Bethy.

»Das Schiff ist ein Traum.« Mina machte ein paar schwungvolle Drehungen, obwohl sie ansonsten nicht sonderlich gern tanzte.

»Und du weißt wirklich nicht, wohin es genau fahren wird?«, fragte Bethy.

Mina zuckte die Schultern. »Egal wohin – ich würde gerne einmal eine weite Reise machen. Hast du dich nie nach der Heimat deiner Mutter gesehnt?«

»Was soll ich denn dort?«, fragte Bethy kopfschüttelnd. »Die Menschen in Brasilien sind ziemlich arm. Einen reichen Mann finde ich viel leichter hier in Hamburg.«

Mina hielt verwundert inne. »Du hast doch alles, was du brauchst.«

»Ja«, sagte Bethy düster, »aber es gehört dir, nicht mir, und außerdem …«

Sie hielt inne, als sie aus dem Schiffsbauch jäh ein merkwürdiges Geräusch vernahm. Es klang wie ein Ächzen, als würden sich die Spanten strecken. Mina musste es auch gehört haben, denn sie lauschte angestrengt, doch sobald es wieder verklungen war, blieb es still.

»Ob da jemand ist?«, fragte Bethy.

Das Ächzen ertönte nicht wieder, stattdessen … Schritte. Oder täuschten sie die überreizten Sinne?

»Vielleicht sind das deine Eltern und mein Vater.«

»So muss es sein.«

Mina wollte schon wieder zu tanzen beginnen, als jäh ein ohrenbetäubender Knall die Stille zerriss. Das Vibrieren des Bodens ging Bethy durch und durch.
»Lieber Himmel, was war denn das?«
Mina hatte Bethy unwillkürlich bei den Händen gepackt, doch das Vibrieren ließ bald wieder nach, und auf den Knall folgte Stille.
»Vielleicht ist etwas Schweres umgekippt«, mutmaßte sie.
Trotz der Stille war Bethy ganz und gar nicht wohl zumute. Alles in ihr drängte zur Flucht, doch als sie sich schon zum Gehen wenden wollte, ging ihr Blick erneut durch den Speisesaal, und jäh war ihr, als könnte sie die langen, glänzenden Tischreihen sehen, an denen Reisende in edlen Abendgarderoben köstliche Gerichte verzehrten.
»Komm«, sagte sie eifrig, und die Furcht war vergessen. »Lass uns so tun, als würde hier diniert werden.«
Mina zog die Augenbrauen hoch. Sie war etwas blass geworden, aber auch sie hatte sich wieder beruhigt.
»Nun gut, Herr Steward«, sagte sie mit gespieltem Ernst, »was können Sie denn heute zum Dinner empfehlen?«
Eigentlich hatte Bethy nicht den Steward spielen wollen, aber sie ließ sich darauf ein und reichte Mina eine imaginäre Menükarte.
»Die Karte ist doch mit dem Ahlhusen Wappen beschriftet?«, fragte Mina streng.
»Aber ja doch! Sehen Sie es denn nicht?«
Mina lachte, gab dann aber vor, die unsichtbare Karte zu studieren.
»Sagen Sie mir doch lieber selbst, Herr Ober, wie heute das Menü aussieht.«
Bethy räusperte sich, ehe sie mit künstlicher Stimme er-

klärte: »Als Entree wird Gänseleber- und Perdreauxpastete gereicht. Danach gibt es Truthahngelatine, Lachssalat und gebratenen Fasan, als Hauptgericht Rinderfilets auf Gärtnerinart, Rinderzungen in Gelee und als Dessert Pudding nach Art der Kaiserin und Früchte in Champagner.«

Mina rümpfte die Nase. »Es riecht aber ziemlich verbrannt.«

»Das ist doch nicht möglich!«, rief Bethy empört. »Unser Koch ist ein Meister seines Fachs. Er kann Auguste Escoffier locker das Wasser reichen. Na, der kriegt was zu hören.«

Mina hob den Kopf, schnüffelte und wurde schlagartig ernst. »Aber es riecht hier wirklich verbrannt!«, rief sie.

Nun sog auch Bethy tief den Atem ein – und tatsächlich: Rauch verätzte ihre Kehle, sodass sie husten musste. Mina hingegen schrie auf. Von der Treppe her drangen graue Schwaden herein, erst nur hauchdünn, dann dichte Wolken, die das vergoldete Geländer fast gänzlich verschluckten. Das hielt die Mädchen nicht davon ab, genau dorthin zu stürzen. »Der Rauch … von unten … dieser Knall …«, stammelte Bethy. »Es muss eine Explosion gegeben haben!«

»Vielleicht war es der Dampfkessel, wobei der ja noch gar nicht in Betrieb ist, und …«

Bethy packte Mina am Arm und umkrallte sie regelrecht. »Völlig egal, wovon sie verursacht wurde, wir müssen hier raus.«

Ihre Augen tränten, der Hustenreiz wurde stärker. Eben hatten sie die Treppe erreicht, doch als sie nach unten blickten, erstarrten sie.

»Wie dicht der Rauch steht. Wir können doch nicht …«

Mina hatte genauso viel Angst wie sie, versuchte aber

sichtlich, sie sich nicht anmerken zu lassen. »Das ist der einzige Weg vom Schiff. Vielleicht schaffen wir es rechtzeitig, ehe das Feuer sich ausbreitet.«

Wilhelm musste lange auf die Gelegenheit warten, um mit Alba allein zu sein. Die letzten Monate war sie immer ausgewichen, und auch hier in der Werft schien sie regelrecht an Werner zu kleben. Doch Hedwig fiel es zunehmend schwer, lange zu stehen, und obwohl sie das nicht offen zugab, entgingen Werner ihr blasses Gesicht und ihre schmalen Lippen nicht. Er war feinfühlig genug, ihr ihre Würde zu lassen, und schlug vor, ihr das Bureau der Zeichner und die Pläne für das Schiff, die dort angefertigt worden waren, zu zeigen. Dass es dort auch die Gelegenheit gäbe, sich zu setzen, erwähnte er nicht, aber Hedwig nickte eifrig und folgte ihm in das Gebäude. Als Alba ihrerseits auf die *Wilhelmina* zuging, um dort nach den Mädchen zu sehen, nutzte Wilhelm die Gelegenheit, sich ihr in den Weg zu stellen.
»Sind Sie nicht stolz, dass das alles Ihre Idee war?«, fragte er. »Ihr Mann ist ein Meister der Zahlen, aber was bahnbrechende Erfindungen anbelangt, fehlt es ihm an Fantasie. Sie hingegen …« Er brach ab.
Ach, diese dunklen Augen, so schwarz wie Kohle, aber nicht kalt und tot wie diese, sondern feurig! So lange hatte er auf die Gelegenheit verzichten müssen, in diesem Blick zu versinken, so lange nicht gesehen, wie sich unter ihrem engen Korsett die Brust hob und senkte, weil sie immer schneller atmete.
Er nahm ihre Hand, aber prompt versteifte sie sich.
»Herr Ahlhusen!«
Sie wollte sichtlich vor ihm fliehen, konnte sich aber nicht so recht entscheiden, ob sie zu Werner oder Rich-

tung Schiff eilen sollte. Diese Unschlüssigkeit machte er sich zunutze. »Lassen Sie mich doch wenigstens an einem Tag wie heute …«

Sie schüttelte entschieden den Kopf. »Tun Sie das nicht!« Etwas in ihrer Stimme machte es unmöglich, sie länger festzuhalten. Doch als er ihre Hand freigab, regte sie sich nicht von der Stelle.

»Sie müssen doch verstehen«, murmelte er mit gesenktem Kopf, »wenn man ständig bitteres Bier aus einer zerbrochenen Flasche trinkt, sehnt man sich manchmal nach Wein aus einem edlen Glas.«

Alba lachte, aber es klang nicht echt. »Sie können sich den besten Wein der Welt leisten.«

»Wenn ich mit dir zusammen bin, will ich gar nicht trinken.«

»Herr Ahlhusen!«, rief sie, diesmal deutlich empörter.

Wilhelm deutete auf das Schiff. »Das hier … das war doch unsere Idee. Unsere gemeinsame Idee. Werner wäre nie darauf gekommen.«

Alba presste ihre Lippen zusammen, was Wilhelm als Einladung auffasste, wieder ein Stück näher an sie heranzurücken.

»Er ist dir treu ergeben, aber er erfüllt nicht alle deine Wünsche. Dazu hat er zu wenig Fantasie, zu wenig Feinfühligkeit, zu wenig Charme.«

Sachte Röte erschien auf ihren Wangen, aber plötzlich war er sich sicher, dass sie nicht von Zorn rührte, weil er ihren Mann beleidigt hatte.

»Er hat sich auf den ersten Blick in dich verliebt, wer könnte es ihm verdenken«, fuhr er fort. »Doch zu lieben heißt für ihn, für dich und dein Kind zu sorgen und notfalls sein Leben zu geben. Heißt es auch, dich zum Lachen zu bringen?«

Alba öffnete den Mund, aber anstatt eine Entgegnung vorzubringen, leckte sie sich nur über die Lippen.
»Dich vor Leidenschaft erglühen zu lassen?«, fügte er hinzu.
»Es ist genug!«
»Ich mag ein Taugenichts sein, ein Trunkenbold … aber das … das könnte ich.«
Er nahm wieder ihre Hand, strich mit seinem rauen Daumen darüber. Kurz war er sich sicher, ihren Widerstand zum Schmelzen zu bringen, doch dann wurde ihre Miene eisiger und stolzer denn je. Sie versuchte erst gar nicht mehr, etwas zu sagen, sondern entzog ihm die Hand, wandte sich ab und ging hoheitsvoll davon.
Wilhelm war nicht sicher, ob er fasziniert wie nie oder enttäuscht wie nie war.
Wie ein Tropfen Wasser ist sie. Alle Regenbogenfarben spiegeln sich darin, doch man bekommt ihn einfach nicht zu fassen …
Sein Lächeln geriet halb spöttisch, halb schmerzlich, doch schon im nächsten Augenblick schwand es von den Lippen.
Die *Wilhelmina!*
Vorhin hatte der Dampfer in seiner ganzen stolzen Größe vor ihm im Dock gelegen, und seine Umrisse hatten sich deutlich vom strahlend blauen Himmel abgegrenzt. Doch nun war der Himmel plötzlich grau, und das nicht etwa, weil Wolken aufgezogen waren. Die Sonne brannte noch auf sie herab, aber es waren nicht ihre gleißenden Strahlen, die diese Hitze verursachten … die Hitze und den beißenden Gestank, der ihm in die Nase biss.
Rauch … so viel Rauch …
Wilhelm blieb wie angewurzelt stehen, sah, dass der Rauch immer größere Teile vom Schiff einhüllte. Noch

wollte er seinen Augen nicht trauen, aber dem Lärm konnte er sich nicht verschließen – einem lauten Krachen, gefolgt von Prasseln und Zischen.

Er löste sich erst aus der Starre, als Stimmen ertönten. Auch vom Bureau der Zeichner aus hatten Hedwig und Werner erkennen können, was draußen vor sich ging.

»Mein Gott! Feuer!«

»Es brennt!«

»Das Schiff steht in Flammen!«

Wilhelm rannte los. Es war nicht nur das Schiff bedroht, sondern auch Mina und Bethy!

8. Kapitel

Sie hörten das Feuer, aber noch sahen sie es nicht. Dem dichten Rauch und Knistern nach hatte es sich rasend schnell ausgebreitet. Noch mehrmals war ein ähnlicher Knall wie vorhin ertönt, und der Boden hatte vibriert, was bedeutete, dass entweder Teile der Wände eingestürzt oder weitere Explosionen erfolgt waren, und jedes Mal erklang danach ein Röhren, als würde das Schiff vor Schmerzen schreien. Vorhin war es Bethy lächerlich erschienen, dass Mina das Schiff wie ein lebendiges Wesen betrachtete, aber nun glaubte sie selbst, seine Verzweiflung zu spüren.

»Beeil dich!«, rief Mina.

Als sie die ersten Schritte nach unten machte, hatte Bethy die Freundin noch deutlich vor sich sehen können, aber mittlerweile stand der Rauch so dicht, dass sie nur Konturen von ihr wahrnahm. Tränen liefen über ihre Wangen, aber das Brennen, das sie verursachten, war nichts, gemessen am Schmerz in ihrer Kehle. Bethy hatte das Gefühl, glühende Kohlen zu schlucken. Einmal blieb Mina kurz stehen und riss ein Stück Stoff von ihrem Unterkleid. »Hier, press das vors Gesicht.«

Bethy tat, wie geheißen, aber sie hatte nicht den Eindruck, dass es half.

»Sollen wir nicht lieber doch nach oben …«

Sie hatte die Stufen nicht gezählt und darum das Gefühl, dass die Treppe kein Ende nahm. Mina war zuversichtlicher. »Wir sind doch gleich da.«

»Aber die Leitern, die wir hochgestiegen sind ... Sie sind aus Holz.«
Zu dem ätzenden Rauch kam Hitze. Bethy vermeinte in einem winzigen Raum gefangen zu sein, und dass seine Wände nicht aus Stein, sondern grauen Schwaden waren, machte es nicht besser, sondern nur noch beklemmender. Der Druck auf der Brust wurde schmerzhafter. Sie japste nach frischer Luft, doch ihre Lunge schien sich mit Staub zu füllen, und schon kam zum Schwindelgefühl Übelkeit.
»Mina!«
»Schneller! Steh wieder auf!«
Bethy hatte gar nicht gemerkt, dass sie auf die Knie gesunken war. Ihre Beine spürte sie kaum noch – jedoch noch deutlich Minas Fingernägel, die sich in ihren Oberarm gruben.
»Bethy!«
Die Stimme kam wie von weit her, wurde vom Rauch geschluckt, von dem Zischeln und Prasseln und Knacken und Ächzen.
»Ich ... kann ... nicht ... mehr ...«
»Bethy!«
Mehrmals schrie Mina ihren Namen, doch jedes Mal wurde ihre Stimme leiser. Das Knistern schien zu verstummen; nur noch ein Rauschen war da in ihren Ohren, oder nein, ein Plätschern, als triebe sie auf dem offenen Meer. So viel Wasser war um sie, die Flammen konnten ihr nichts mehr anhaben, die Schmerzen ließen endlich nach.
Gott sei Dank ...
»Bethy!«
Diesmal war es nicht Mina, die geschrien hatte, sondern ein Mann. Sie erkannte die Stimme nicht, fühlte jedoch, wie jemand sie hochhob. Es war nicht der vertraute Griff

ihres Vaters, aber das war egal, Hauptsache, die Arme waren kräftig.
»Nun aber schnell! Schaffst du es allein?«, fragte jemand.
»Natürlich! Trag du Bethy!«
Als der Mann zu laufen begann, hatte sie wieder das Gefühl, auf Wellen zu schaukeln, doch sie glitzerten nicht türkis, sondern waren schwarz … alles war schwarz … die einzelnen Sterne am Himmel verglühten, sodass nur ein dunkles Loch blieb, das sie verschluckte …

»Bethy! Bethy hörst du mich?«
Gott, wer wollte sie unbedingt aus dem Boot zerren? Es war doch so angenehm, auf den Wellen zu schaukeln. Und wer schlug ihr da immer wieder ins Gesicht? Sie hatte doch nichts getan, was Ohrfeigen verdiente!
Bethy stöhnte.
»Kommt sie zu sich?«
»Ich bin nicht sicher, ob sie atmet.«
Die Stimme … sie war doch nicht so fremd … Es war die Stimme von Wilhelm Ahlhusen … allerdings … die Lippen, die sich auf ihre pressten und ihr den Odem einhauchten, waren warm und weich. Sie konnten doch nicht diesem alten Mann gehören, der so oft betrunken war …
Bethy schlug die Augen auf, und obwohl sie tränten, klärte sich langsam ihr Blick.
Wilhelm Ahlhusen sah gar nicht alt aus, nur ganz schwarz im Gesicht. Vor allem schien er unendlich erleichtert.
»Sie kommt zu sich!«
Als sie sich aufrichten wollte, fuhr ihr ein stechender Schmerz in Brust und Kopf. Sanft drückte Wilhelm sie zurück, und sie erkannte erst jetzt, dass er ihren Oberkörper auf seinen Schoß gebettet hatte.

»Sie … haben … mich … gerettet …«

Wilhelm lächelte, jedoch nicht so spöttisch wie sonst, sondern liebevoll. Nicht minder besorgt wie er wirkte Mina, als sie sich über sie beugte.

»Bethy, Gott sei Dank …«

Bethy schloss die Augen wieder, spürte Hände übers Gesicht streicheln, erst die der Freundin, später die der Eltern. Sogar Hedwig Ahlhusen kniete sich zu ihr.

»Es hätte schlimm ausgehen können«, hörte sie sie mit ungewohnt zittriger Stimme sagen.

»Dass Sie, ohne zu zögern, aufs Schiff gestürmt sind, um die Mädchen zu retten, war sehr mutig von Ihnen!«, rief ihr Vater atemlos.

»Ach was, das hätten Sie auch getan, wenn Sie nicht in den Bureaus gewesen wären.«

Wilhelms Stimme klang heiser vom Rauch, und Bethy hatte das Gefühl, Tausende Glasscherben geschluckt zu haben. Aber das war nicht wichtig … nicht, solange sie auf seinem weichen Schoß lag. Leider sprang Wilhelm unvermittelt auf, und obwohl nun Mina Bethys Kopf stützte, war es längst nicht so bequem. Sie richtete sich auf und erkannte, dass Wilhelm sie in eine der großen Hallen gebracht hatte. Eben lief er zum Fenster und sah hinaus, und als sie sich noch weiter aufrichtete und hinausspähte, fiel auch ihr Blick auf die *Wilhelmina.* Von außen betrachtet sah das Schiff nahezu heil aus, doch aus allen Luken quoll der Rauch. Den Spanten und Planken aus Stahl konnte das Feuer nichts anhaben, aber die Innenausstattung war wohl vollkommen zerstört.

»Es geht mir gut, wirklich!«, rief Bethy nun zum wiederholten Mal, aber Mina, so stellte Wilhelm fest, kannte keine Gnade. Erst hatte sie darauf bestanden, dass sich

Bethy sofort nach der Rückkehr ins Bett legte – und zwar in ihres –, später darauf, dass ihr Hausarzt, Herr Dr. Sauer, gerufen wurde, damit er Bethy gründlich untersuchte. Er stellte eine leichte Vergiftung durch Rauch fest, meinte aber, dass es reichen würde, genügend Flüssigkeit zu sich zu nehmen und frische Luft einzuatmen.
Von Bettruhe hatte er nicht gesprochen, aber als Bethy aufstehen wollte, hielt Mina sie zurück und wurde nicht nur von Werner, sondern erstaunlicherweise auch von Hedwig darin bestärkt. Wie die anderen war sie während der Untersuchung auf der Türschwelle zu Minas Zimmer verharrt.
Schaut, schaut, dachte Wilhelm, im Falle eines Brandes lässt sich auch die strikte Grenze zwischen Herrschaft und Personal einmal überwinden.
Seine Mutter sah mitgenommen aus, und er tat das wahrscheinlich auch, doch obwohl eine Wolke bitteren Geruchs über ihm hing, konnte er sich nicht überwinden, seine rußgeschwärzte Kleidung zu wechseln. Solange sich alle Sorgen auf Bethy richteten, solange es noch etwas zu tun, zu entscheiden gab, musste er nicht darüber nachdenken, was da passiert war … warum … und mit welchen Folgen.
Wilhelm fuhr herum, als das Klappern von Geschirr ertönte. Alba kam mit einem Tablett die Treppe herauf. Auch sie war sichtlich blass und schockiert, aber anders als der Rest hatte sie es geschafft, sauber zu bleiben. Nur eine dunkle Strähne hatte sich aus ihrer sonst so strengen Frisur gelöst, und wegen des Tabletts hatte sie keine Hand frei, sie aus der Stirn zu streichen.
Wilhelm juckte es in den Fingern, es an ihrer statt zu tun, begnügte sich dann aber, sich ihr entgegenzustellen und die Tür zu Minas Zimmer zu schließen, sodass sie kurz

allein im Gang standen. Alba war deutlich anzusehen, wie unangenehm ihr das war, doch anstatt ihn zu rügen, stellte sie das Tablett zur Seite, nahm unverhofft seine Hand und drückte sie.

»Danke … danke, dass Sie unsere Tochter gerettet haben.«

Sie wollte ihre Hand wieder zurückziehen, doch er hielt sie fest, und ehe ihr irritierter Gesichtsausdruck noch abweisender wurde, hatte er sie schon an sich gezogen, mit der anderen Hand ihren Nacken umschlungen und seine Lippen auf ihre Stirn gepresst. Noch lieber hätte er sie auf den Mund geküsst, aber das wagte er nicht. Und auch so genoss er ihre weiche Haut, die Wärme, die von ihr ausging … genoss es, dass kurz die Erinnerung an den Brand ihre Macht verlor … desgleichen die Einsicht, dass er ruiniert war.

Eine Weile stand sie ganz steif, ehe sie ihm ihre Hand entzog, sie gegen seine Brust drückte und auch ihren Nacken aus seinem Griff befreite.

»Herr Ahlhusen, ich habe Ihnen nie einen Anlass gegeben …«

Ihre Stimme zitterte – und das, wie er befriedigt feststellte, nicht nur vor Zorn.

»Ich liebe dich!«, rief er. »All die Jahre habe ich nur dich geliebt! Und ich kann mir nicht vorstellen, dass dein Herz ganz und gar diesem … diesem Buchhalter gehört.«

»Er ist mir treu! Auf ihn kann ich mich verlassen.«

Energisch trat sie auf Minas Schlafzimmertür zu, doch Wilhelm hielt sie fest: »Du könntest dich auch auf mich verlassen. Ich würde …«

»Es geht nicht, Wilhelm, versteh es doch!«, rief sie. Sie klang zornig und traurig, wobei Trauer nichts war, was er von ihr wollte. Auch kein Bedauern oder Mitleid.

Aber bevor er noch etwas sagen konnte, nahm sie das Tablett mit dem Tee, stieß die Tür mit dem Fuß auf und verschwand in Minas Schlafzimmer.

Wilhelms Lippen glühten noch, sein Hals schmerzte, und hinzu gesellte sich leichte Übelkeit.

Ruiniert, ruiniert ... ich bin ruiniert ... und Alba ... ich werde sie nie bekommen ... Selbst wenn sie Werner hassen würde, bliebe sie bei ihm, weil das die Ehre gebietet ...

Wie betäubt stand er vor der Tür, als er Schritte vernahm.

»Brauchen Sie noch etwas, Herr Ahlhusen?«

Er blickte hoch und sah Magda auf ihn zutreten. Ihre Stimme klang dienstbeflissen, doch ihr Lächeln war höhnisch, und in ihren Augen blitzte es schadenfroh. Er war nicht sicher, ob sie seinen Wortwechsel mit Alba belauscht hatte, doch auch wenn sie nichts von der neuerlichen Zurückweisung wusste, die er erfahren hatte – vom Verlust seines Schiffs wusste sie in jedem Fall.

So elend, wie er sich fühlte, fehlte ihm die Kraft für schroffe Worte.

Wenigstens eine, die sich darüber freuen kann ...

»Ich ... ich muss zurück zur Werft«, stammelte er, »und sehen, ob noch etwas zu retten ist.«

Es war eine Woche später, als Wilhelm wie erstarrt im Salon saß. Er erinnerte sich nicht daran, in den letzten Tagen etwas gegessen oder sonderlich viel geschlafen zu haben. Getrunken hatte er schon, sehr viel sogar, doch anders als sonst hatte selbst das schärfste Gesöff ihm kein Vergessen geschenkt. Auf jeden Schritt, bei jedem Atemzug und bei jedem Herzklopfen begleiteten ihn zwei Gewissheiten.

Ich werde Alba nie bekommen.

Und jetzt habe ich auch noch das Schiff verloren.
Das Schiff, das Träume erfüllen sollte. Und das nun zu seinem persönlichen Albtraum geworden war.
Er wusste nicht, was von beidem schlimmer war, desgleichen nicht, wie er vor den bitteren Erkenntnissen fliehen sollte. Selbst im schummrigsten Bordell von Sanct Pauli und umgeben von den hübschesten Mädchen fühlte er sich weidwund.
Als er Schritte hinter sich hörte, zuckte er zusammen. Kurz, ganz kurz, hegte er die Hoffnung, dass Alba zu ihm kam. Doch auch wenn sie ihm manchmal mitleidige Blicke zugeworfen hatte, war sie ihm in den letzten Tagen beharrlich ausgewichen, und auch jetzt war es nicht sie, die nach ihm sah, sondern seine Mutter.
Als ob ich nicht schon genug geprüft wäre …
»Gibt es schon Neuigkeiten?«, fragte Hedwig.
Wilhelm verzerrte das Gesicht. Seit Tagen stellte sie immer wieder die Frage, wie es zu dem Feuer hatte kommen können, als wären seine Folgen nicht so schlimm, wenn es eindeutige Gründe gäbe.
»Der Polizeiinspektor glaubt an eine Kesselexplosion«, murmelte er.
»So ein Unsinn! Das Feuer hätte nie so schnell das ganze Schiff erfasst. Es muss mehrere Brandherde gegeben haben.«
»Das habe ich ihm auch gesagt.«
»Ja und? Lass dir nicht jedes Wort aus der Nase ziehen!«
Er blickte hoch. Hedwig war akkurat gekleidet und gab sich hoheitsvoll wie eh und je. *Wenn du im Feuer verbrannt wärst, hätten sich deine Haare wohl bis zuletzt nicht in der Hitze gekräuselt …*
»Lass mich in Ruhe, Mutter.« Er runzelte die Stirn noch

mehr, was die Kopfschmerzen – mittlerweile seine steten Begleiter – schlimmer machte.
»Es war Brandstiftung«, verkündete sie düster. »Wenn ich mich recht erinnere, ist vor einigen Jahren in der Schichau-Werft auch ein Großfeuer ausgebrochen. Die Tischlerei, Dreherei und die Montage sind niedergebrannt. Auch damals wurde Brandstiftung vermutet.«
Wilhelm erhob sich. Im Sitzen war die schneidende Stimme seiner Mutter noch schwerer zu ertragen.
»In der Tat wurden Überreste einiger Kaviarfässer und dunkelbrauner, eisenbeschlagener Eichenfässer gefunden«, erstattete er widerwillig Bericht. »Es ist durchaus möglich, dass sie mit Sprengstoff gefüllt waren.«
»Und warum spricht man dann von einer Kesselexplosion?«
»Weil die Fässer allein nichts beweisen und der Rest nur Vermutung ist. Der Inspektor hat angedeutet, dass vermutlich kein Dynamit zum Einsatz kam, sondern etwas anderes, wohl Lithofracteur.«
»Ach verschon mich mit solchen technischen Details. Wird man die Täter suchen und dingfest machen?«
»Ich denke nicht, dass wir hier von Tätern sprechen sollten, sondern von *einem* Täter. Du weißt, wen ich meine.«
Kurz spiegelten sich sein Hass und seine ohnmächtige Wut in Hedwigs Miene.
»Otto Graff«, erwiderte sie finster.
»Aber wie gesagt, wir können ihm nichts nachweisen.«
Er sah, wie Hedwig unruhig auf den Lippen kaute. Noch befremdlicher war es, sie lange und tief seufzen zu hören.
»Wenigstens geht es Bethy wieder gut«, murmelte sie.
Wilhelm hätte beinahe gelacht. »Seit wann interessiert dich das Personal?«, fragte er giftig.
»Sie redet die ganze Zeit davon, dass du sie gerettet hast.

Sie … sie hört gar nicht mehr auf, von dir zu schwärmen.«
Wilhelm machte eine wegwerfende Bewegung.
Hedwigs Blick wurde lauernd. »Aber was nützt dir die Tochter, wenn du die Mutter nicht haben kannst, nicht wahr?«
Wütend schlug Wilhelm auf einen der Tische. »Kein Wort mehr!«
»Glaub mir, ich würde lieber über etwas anderes sprechen.« Hedwig musterte ihn verdrossen. »Dieses Schiff, das zu dieser ominösen Lustfahrt aufbrechen sollte … Wie viel Geld steckt darin?«
Wilhelm blickte zu Boden, anstatt erneut auf den Tisch zu hauen. Das brachte ihm schließlich auch nichts anderes ein als eine schmerzende Hand. »Alles«, stieß er hervor. »Und … und ich habe keine Versicherung abgeschlossen.«
Falls Hedwig erschrak, ließ sie sich nichts anmerken. Ihre Mundwinkel zuckten, aber die Stimme klang so kalt wie vorhin, als sie fragte: »Sind wir endgültig ruiniert?«
Wilhelm ließ sich wieder auf den Stuhl fallen. Erschöpfung übermannte ihn, es machte nicht einmal mehr Spaß, mit seiner Mutter zu streiten. »Die einzige Rettung wären neue Investoren, die sich von unserer Idee begeistern ließen, aber wie sollen wir diese finden, wenn sich erst herumgesprochen hat …«
Hedwig ging hin und her. Ihre Miene wurde abwesend, nachdenklich. Sein Wunsch, sie möge endlich verschwinden, wich der Erleichterung, dass er sich den Kopf nicht zerbrechen musste, solange sie es tat.
»Gut, dass das Werftgelände so weit entfernt von Hamburg liegt«, murmelte sie. »Wir können darauf hoffen, dass in den Zeitungen nicht davon berichtet wird oder

dass zumindest das wahre Ausmaß des Schadens unbekannt bleibt.«

»Na und?«, fragte er. Er klang zwar gereizt, wartete aber begierig auf ihre Antwort – auf ihre Lösung.

»Niemand darf wissen, in welcher Lage wir sind!«, rief Hedwig. »Wir müssen unseren Reichtum zur Schau stellen, müssen den Brand als kleinen Unfall abtun, der nichts an unseren Plänen ändert. Aller Welt muss bewiesen sein, dass sich die Ahlhusens nicht so leicht unterkriegen lassen!«

Wilhelm blickte hoch. »Und wie sollen wir das anstellen?«

»Indem wir tun, was du am besten kannst – nämlich feiern. Natürlich nicht so stillos, wie du es ansonsten vorziehst.«

Sie setzte sich zu ihm, um Pläne für ein großes, gediegenes Fest zu schmieden, und obwohl ihn immer noch Kopfschmerzen plagten, hörte er aufmerksam zu.

9. Kapitel

Alba war mehrere Tage lang auf den Beinen, um alles vorzubereiten. In dieser Zeit hatte sie zwar mit etlichen Katastrophen klarzukommen: Ein Hausmädchen erkrankte, Frau Käthe bekam einen Tobsuchtsanfall, weil Ferdinand ein Tischtuch hatte fallen lassen, und das mit Absicht, wie sie ihm unterstellte, und ein Lohndiener musste gleich wieder entlassen werden, weil das Gerücht zu ihnen drang, er hätte in einem anderen Haushalt Tafelsilber gestohlen. Doch als der große Tag kam, zeigte sich, dass sich all die Bemühungen gelohnt hatten.

Das Haus der Ahlhusens schien gleichsam ein Festtagskleid angelegt zu haben. Hunderte von Kerzen spiegelten sich in den raumhohen Fenstern mit den vergoldeten Eisengittern und ließen die weißen Porzellanöfen in den Ecken der Räume schimmern. In riesigen Bodenvasen dufteten Tulpen, Nelken und Rosen; das Geländer der ganzen Treppe war mit rotem und weißem Stoff umhüllt worden.

Sobald die ersten Gäste eintrafen, erscholl ein anerkennendes Ah! und Oh! und wurde noch lauter, als die Herren und Damen das Büfett erblickten. Hier würden sie sich stärken, ehe anschließend im großen Saal zum Tanz geladen wurde.

Wilhelm und Hedwig begrüßten die Gäste alle persönlich in der Diele, und ihr freundliches Lächeln ließ nicht im Mindesten erahnen, wie prekär ihre Lage war. Auch als

Wilhelm vor der Eröffnung des Büfetts eine Rede hielt, erwähnte er mit keinem Wort die eben ausgestandene Katastrophe, sondern rühmte seine Reederei und die Werft, die beide goldenen Zeiten entgegengingen. Er deutete hochtrabende Pläne an, die bald zu ihrer Umsetzung kommen würden, und schloss mit dem Trinkspruch: »Nun bitte ich Sie, mit mir gemeinsam zu trinken auf das Wohl des Geschäftsmannes, den ich heute hier präsentieren darf, auf den Handel und die Schifffahrt, ja, schlichtweg auf all das, was uns Fürstenstolz verleiht und das wir zusammenfassen in dem einen Wort ›Hamburg‹.«

Alle hoben ihre Champagnergläser, und obwohl damit der Durst fürs Erste gestillt war – der Hunger war es noch lange nicht. Bald stürzten sich alle auf die Tafel im Speisesaal, die durch zusätzliche Platten auf Hohlböcken verlängert hatte werden müssen und mit Tischtüchern aus blendendem Damast bedeckt war.

An keiner Köstlichkeit war gespart worden: Es gab Bouillon und Weinschokolade in Tassen, Ente in Sauer-Gelee und Karpfen mit Aspik, Krebsschwänze, geräucherte Rinderzunge und Heringssalat, Hechtfrikassee mit Austern, Hummer »Godefroy« und Hasenrücken mit Backpflaumen, schließlich Zungenpastete und Krabbenkroketten. Zum Dessert bot sich die Qual der Wahl zwischen Apfelsinenpudding und Himbeertorte, Hamburger Götterspeise und Erdbeeren mit Pfeffer, Plettenpudding und Makronen. Mehrere silberne Schalen waren mit einem in rosa Seidenpapier gehüllten Wattebausch gefüllt und darauf Naschwerk und Kekse gelegt worden – außerdem gab es Apfelsinen, Feigen und Datteln in glänzenden Kristallschalen.

Da das übliche Hauspersonal nicht reichte, hatte Alba zusätzliche Lohndiener angestellt, die einen hechtblauen, silberverbrämten Galafrack trugen und nun kaum hinterherkamen, alle zehn Minuten die Champagnerflaschen im Eiskübel zu drehen und diesen ebenso auszuschenken wie Tischwein, Portwein und Madeira, außerdem Quitten- und Mokkalikör.

Selbst die reichsten Familien der Stadt – ob die Slomans, Jencquels oder Lutteroths, die Berenbergs, Schröders oder Sivekings – zeigten ihre Anerkennung. Noch mehr Gewicht hatte das Lob der Amsincks, die schließlich so vermögend waren, dass sie Häuser am Comer See und an der Fifth Avenue in New York ihr Eigen nannten, und deren hohe Ansprüche als Gäste, so hieß es, kaum zu erfüllen waren.

Alba hatte erst nur Blicke für die Diener und das Büfett übrig, doch nachdem sich nach und nach die Platten geleert hatten, gesellte sie sich zu Werner und ließ sich von ihm einige Gäste vorstellen. Zunächst deutete er auf einen Vertreter der Nord-Deutsche Versicherungs-Gesellschaft, mit dem Wilhelm gerade diskutierte, später auf einige große, blonde Herrschaften, die mit starkem Akzent sprachen.

»Das sind die Norweger«, raunte Werner Alba zu, »auf sie kommt es an. Die Firma Torjusen in Kragerø plant Vergnügungsfahrten bis zum Nordkap. Wenn sie sich auf eine Kooperation einlassen und die Lustreisen auch in den südlichen Raum ausdehnen wollen …«

Er sprach so dicht an Albas Ohr, dass ihm entging, wie Wilhelm das Gespräch beendete und sich zu ihnen gesellte. Der lachte etwas künstlich. »Ich weiß, dieser Abend entscheidet über unser Schicksal. Aber jetzt haben Sie doch nicht immer nur das Geschäft im Kopf, lieber Borgmann! Denken Sie doch auch mal ans Vergnügen, und stoßen Sie mit mir an.«

Werner wollte abwehrend die Hände heben, doch da hatte Wilhelm ihm schon ein Champagnerglas aufgezwungen, und Alba konnte sich dem ebenso wenig widersetzen. Der Alkohol stieß ihr heiß ins Gesicht, aber vielleicht wurden die roten Wangen auch von Wilhelms Blick verursacht, der starr auf sie gerichtet war.
»Wunderschön sehen Sie heute aus, Alba!«, raunte er ihr zu und musterte ihr mintfarbenes Seidenkleid. Rasch wandte sie sich ab und war erleichtert, dass Wilhelm andere Gäste begrüßte und auch Werner in der Menge ein vertrautes Gesicht entdeckt hatte.
»Siehst du diesen Herrn dort?«
Alba folgte dem Blick und sah einen noch jungen Mann, wohl kaum älter als dreißig Jahre, mit kräftigem Haar und auffälligen Furchen in den Wangen. Er war nicht sonderlich groß und sein Körper gedrungen, sodass er nicht so vornehm wirkte wie manche der hochgewachsenen Hamburger Herren, doch der Blick unter der hohen Stirn war wach, und er strahlte Würde und Selbstbewusstsein ebenso wie eine gewisse Feinheit aus.
Auch er hatte Werner soeben entdeckt, trat zu ihm und begrüßte ihn mit Handschlag.
»Darf ich Ihnen meine Frau Alba vorstellen, Herr Ballin.«
Albert Ballin war das also, der Passageleiter der Hamburg-Amerika Paketfahrt-Aktiengesellschaft, kurz HAPAG genannt.
Ballin begrüßte Alba formvollendet mit Handkuss. Jede Bewegung fiel geschmeidig aus, doch in seinen Augen blitzte ein wenig Schalk, als mache er sich über die eigenen guten Manieren lustig.
»Meine Frau Marianne musste sich leider entschuldigen lassen.«

»Das tut mir leid. Dennoch bin ich dankbar für die Gelegenheit, Ihnen zu gratulieren.« Werner wandte sich an Alba. »Herr Ballin ist nämlich nicht länger nur Passageleiter der HAPAG, sondern seit Kurzem einer der Direktoren.«

Alba lächelte ihn an.

In den letzten Jahren hatte ihr Werner oft – halb bewundernd, halb seufzend – von Albert Ballin erzählt, ohne Zweifel der härteste Konkurrent für die Hamburger Reedereien, die sich im Auswanderergeschäft engagierten. Einst hatte er selbst mit einem Konkurrenzunternehmen die HAPAG herausgefordert und damit Erfolg gehabt, nicht zuletzt, weil es dem Unternehmen an Führung und Weitsicht fehlte. Erst als die Direktoren erkannt hatten, dass sie es sich nicht leisten konnten, gegen diesen Mann zu arbeiten, sondern sich seiner Führung anheimgaben, war sein Geschäftsstil ein wenig moderater geworden. Er hatte dafür gesorgt, dass jener unselige Ratenkrieg, bei dem eine Reederei stets die andere zu unterbieten versuchte und dabei etliche bankrott gingen, ein Ende fand; außerdem war er sehr um einen höflichen Umgang selbst mit dem schärfsten Rivalen bemüht – ein Grund, warum er Wilhelm Ahlhusens Einladung gefolgt war und Werner eine gewisse Sympathie für ihn hegte. In der Diskussion der beiden, die nun entbrannte, wurde diese alsbald deutlich: Immer leidenschaftlicher warfen sie Zahlen hin und her, und obwohl Alba keine Ahnung hatte, wofür diese standen und was sie bedeuteten, entging ihr nicht, dass Ballin großes Vergnügen an diesem Wortwechsel fand und Werner ungewohnt lebhaft wurde.

Das Gespräch der beiden blieb nicht lange ungestört. Wilhelm näherte sich ihnen von hinten und schlug Albert

Ballin jovial auf die Schultern, und der zuckte zwar zusammen und verzog kurz die Stirn, wusste seine Missbilligung aber ansonsten zu verbergen.
»Ich gratuliere auch, Herr Ballin. Nicht nur zum Direktorenposten, sondern auch dazu, dass die HAPAG ihr Aktienkapital erhöht hat und Sie darum zwei neue große Schnelldampfer bestellen können.«
Er schüttelte Ballin überschwänglich die Hand, was dieser etwas steif über sich ergehen lässt.
Wilhelm wandte sich an Alba. »Vor einigen Jahren hat mir Herr Ballin ein Kaufangebot unterbreitet. Eine kluge Taktik ist das: Die HAPAG kauft alle Reedereien, bis sie keine Konkurrenz mehr hat.«
Ballin wirkte etwas verlegen, sammelte sich jedoch rasch wieder. »Von wegen! Eigentlich bin ich dankbar für jede Konkurrenz. Ohne die Bremer Lloyd im Nacken würden sich unsere Gesellschafter ja zu Tode langweilen.«
»Nun, dann auf zu neuen Höhenflügen, nicht wahr?«, rief Wilhelm. »Lassen Sie sich nun nicht länger stören. Sie müssen mir nur versprechen, meinem guten Borgmann keine Geschäftsgeheimnisse zu entlocken.«
»Ich würde doch niemals …«, setzte Werner empört an.
»Aber natürlich nicht!«, rief Wilhelm mit gespieltem Ernst und eilte schon weiter.
Alsbald funkelten Ballins Augen wieder, als sie sich nun nicht länger über Zahlen, sondern über Schiffe austauschten, unter anderem die *Augusta Victoria,* die der ganze Stolz der HAPAG war. Er war sichtlich beeindruckt, dass Werner nicht nur etwas von Zahlen, sondern auch etwas von Technik verstand.
»Sie wären in der HAPAG gut aufgehoben«, erklärte Ballin. »Es besteht keine Möglichkeit, Sie abzuwerben?«
Werner schüttelte entschieden den Kopf. »Wilhelm Ahl-

husen hat mir eine Stelle gegeben, als ich vor dem Nichts stand. Meine Loyalität gehört ihm.«

»Oh, ich schätze loyale Mitarbeiter. Ich bedauere nur, dass Sie nicht meiner sind.«

Albert Ballin nickte ihm zu, war es doch nun Zeit, weitere Gäste zu begrüßen.

»Ein guter Mann«, murmelte Werner, als er ihm nachblickte. »Er hat die Gesellschaft grundlegend gewandelt, ist voll mitreißender Energie und ungewohntem Tatendrang. Und er bemüht sich um einen ehrenvollen Umgang mit seinen Konkurrenten. Bis jetzt hat er es geschafft, dass sämtliche Verabredungen über die Tarife eingehalten wurden.«

Alba blickte ihn etwas traurig an. »Mit so jemandem würdest du gewiss lieber zusammenarbeiten als mit einem sittenlosen Säufer«, entfuhr es ihr.

»Alba!«, rief Werner entsetzt.

»Lass uns die Wahrheit doch benennen.«

»Wie ich schon sagte. Meine Loyalität …«

»Ich weiß, ich weiß.«

»Und Herr Ballin hat nicht nur gute Eigenschaften. Seine Feinde behaupten von ihm, dass er launisch und mimosenhaft ist.«

»Aber es spricht für seinen Erfolg, dass er Feinde hat. Und Freunde werden wahrscheinlich etwas anderes von ihm behaupten.«

»Gewiss, nämlich dass er intelligent und charmant ist, redlich, aber auch zur Härte fähig.«

Wieder entging ihr sein schwärmerischer Unterton nicht, aber Alba wusste: Wenn sie ihn darauf anspräche, würde er nie und nimmer zugeben, wie gerne er für jemanden arbeiten würde, der seinen Eifer, seine Gründlichkeit und seine Moral teilte. So sagte sie nichts mehr, zumal

Hedwig ihr eben zunickte. Das Essen war beendet, und die Hausherrin konnte zum Tanz laden.

Anders als Bethy hatte sich Mina nicht tagelang den Kopf darüber zerbrochen, was sie an diesem Abend tragen sollte, es vielmehr der Freundin überlassen, die geeignete Garderobe auszuwählen. Doch jetzt musste sie zugeben, durchaus Gefallen an diesem Meer aus hellem Taffet und grauem Gaze de Chambéry, veilchenfarbenem Brokat und weinroter Seide zu finden. Nun gut, manche Damen waren ein wenig zu tief dekolletiert, manche hatten übertrieben große Fächer in der Hand, und der Cul de Paris – die Bauschung des Rocks über dem Hinterteil – war schrecklich unpraktisch, ganz zu schweigen von den vielen Rüschen und Pleureusen. Aber als das kleine Orchester, das auf einem Podest in der Ecke positioniert war, zu spielen begann, war Mina nicht abgeneigt zu tanzen.
Noch wagte sich allerdings keiner der jungen Männer in ihre Nähe, was wohl an ihrer Großmutter liegen mochte, die nicht von ihrer Seite wich. Ausnahmsweise trug Hedwig Ahlhusen nicht Schwarz, sondern ein rostbraunes Seidenkleid mit fantasievoll gerafftem Rock. Streng und unnahbar wirkte sie trotzdem, vor allem im Vergleich zu den farbenprächtig gekleideten Mädchen: Minas Ballkleid war rot-violett mit breitem, gefaltetem Gürtel aus hellem Atlas und farblich abgesetztem Stoffblumenschmuck; Bethy hingegen trug ein mattgrünes Seidenkleid mit weiten Puffärmeln aus dunkelgrünem Samt und einer großflächigen Perlenstickerei auf dem Rock. »Diese Farbe betont meine Augen«, hatte sie vor dem Ball erklärt, »während dir eine kräftige Farbe ausgezeichnet steht, weil sie deine vornehme Blässe unterstreicht.«

Mina verstand nicht viel von Farben, aber als sie einen Blick in einen der großen Spiegel erhaschte, musste sie zugeben, dass sie beide einen recht hübschen Anblick boten. Nur an die neue Frisur konnte sie sich nicht gewöhnen, bei der die Stirnhaare vorne lockig aufgebauscht und die langen Korkenzieherlocken in den Nacken zurückgekämmt worden waren. Bei jeder Kopfbewegung ziepte es, und Mina war entschlossen, sich diese Tortur nie wieder anzutun, mochte Bethy auch noch so überzeugend behaupten, diese Frisur sei der letzte Schrei.

Bethy selbst schien sich am Ziepen nicht zu stören. Man sah ihr deutlich an, wie sehr sie die Blicke der jungen Männer genoss. So herausgeputzt, wie sie sich hatte, sah man ihr nicht an, dass sie die Tochter von Angestellten war, sondern hielt sie für eine Verwandte, und Mina nahm sich vor, diese Lüge aufrechtzuerhalten und sie allen als ihre Base vorzustellen. Ehe sie sich jedoch einem der jungen Jencquels, Lutteroths oder Berenbergs nähern konnte, trat ihr Vater auf sie zu. »Darf ich bitten?«

Mina lächelte, und wenig später drehten sie sich auf der Tanzfläche, die sich mittlerweile gefüllt hatte. Die Blicke ruhten bewundernd auf Vater und Tochter.

»Du bist ein guter Tänzer, Papa«, lobte Mina.

»Deine Großmutter würde das bestreiten und wohl sagen, dass es dir an Fachkenntnis fehlt. Schließlich hast du so viele Tanzstunden geschwänzt.«

Mina lachte. »Nun, aber dass du mir bis jetzt nicht auf die Zehen getreten bist und verhindert hast, dass ich es tue, ist doch ein gutes Zeichen.«

»Ach wie schön, dass dein Vater nicht nur eine einzige Enttäuschung für dich ist.«

Ihr entging der traurige Unterton nicht. »Machst du dir

Sorgen wegen des Schiffsbrands? Aber dieses Fest ist ein voller Erfolg. Morgen werden gewiss alle überzeugt sein, dass es mit dem Unternehmen bestens steht, und wenn du erst einen Investor gefunden …«

Wilhelm schüttelte energisch den Kopf. »Lass uns über etwas Erfreulicheres reden. Zum Beispiel über die vielen jungen Männer, die meiner Tochter bewundernde Blicke zuwerfen. Gefällt dir einer besonders gut? Muss ich gar damit rechnen, dass du mich für ihn verlassen wirst?«

Mina lachte aus ganzem Herzen. »Als ich ein kleines Mädchen war, habe ich mal gesagt, dass ich dich heiraten wolle – kannst du dich erinnern? Und als du meintest, dass es nicht möglich wäre, habe ich angedroht, ins St.-Johannis-Kloster zu gehen.«

»Eine schreckliche Vorstellung!«

»Warum? Es gibt dort eine große Bibliothek. Und ein Nonnenhabit ist gewiss nicht unbequemer als diese Kleidung.«

Wilhelm hob gespielt streng den Finger. »Meine Tochter hat wahrlich nur Flausen im Kopf. Wenn ich mich recht erinnere, habe ich dir damals vorgeschlagen, lieber einen schmucken Matrosen zu erwählen. Wobei er dir natürlich das Herz brechen wird, wenn er wieder auf hohe See geht.«

»Warum das Herz brechen?«, fragte Mina schulterzuckend. »Dann gehe ich eben mit auf das Schiff!«

»Als Frau?«

»Ich zieh mir Männerkleider an.«

Wilhelm seufzte. »Warum bist du so gar nicht eitel?«

Mina deutete hinter sich: »Siehst du diesen Herrn dort? Über ihn kursiert seit Längerem eine Geschichte. Als sich seine Töchter einmal nach einem Ball ins Schlafzimmer zurückzogen, ohne ihrem Vater eine gute Nacht zu sagen, hat er verlangt, dass sie sich noch einmal ankleiden und frisieren müssten, um ihre Schuldigkeit zu tun.«

»Ich hoffe, du weißt, dass ich das nie von dir verlangen würde«, sagte Wilhelm.

»Natürlich nicht«, rief Mina. »Ich weiß auch, dass du nichts dagegen hättest, wenn ich einen Matrosen heirate. Großmutter hingegen würde in Ohnmacht fallen.«

»Du kannst lieben, wen du willst – nur glücklich musst du werden.«

Mina lächelte, obwohl ihr auch ein wenig weh ums Herz wurde. Gewiss, sie hatte nie daran gezweifelt, dass ihr Vater ihr alle Freiheiten zugestand – aber wohl nicht nur, damit sie glücklich wurde, sondern er selbst seine Freiheit hatte. Dass sie ein vernünftiges Mädchen war, hatte ihn von der Aufgabe entlastet, sie mit strenger Hand zu erziehen, und wäre es notwendig gewesen, hätte er es seiner Mutter überlassen – genauso wie er es Hedwig überließ, ihr nach dem Tod der Mutter beizustehen, anstatt ihr selbst Trost zu spenden.

Mina unterdrückte ein Seufzen, sagte sich dann aber, dass dies nicht der richtige Zeitpunkt war, sich darüber Gedanken zu machen. Morgen würde ihr Vater wieder zu viel trinken, morgen ganze Nächte in Sanct Pauli zubringen – aber jetzt galt es den prächtig geschmückten Ballsaal, die Musik und den Tanz zu genießen!

Bald war sie ganz außer Atem, aber während das allein sie noch nicht von weiteren Tänzen abgehalten hatte, tat es umso mehr Bethys Anblick, die ihnen sehnsüchtige Blicke zuwarf. Offenbar hatte sich doch herumgesprochen, wer sie war, denn sie war ihrerseits noch nicht aufgefordert worden.

»Ich glaube, ich sollte mich wieder zu Bethy gesellen.«

»Und ich glaube, dass sich dein alter Vater nach diesem Tanz setzen und sich ausruhen sollte.«
Er hauchte einen Kuss auf ihre Hand, nachdem er sie zu Bethy begleitet hatte, und Mina entging nicht, dass diese ihrem Vater auffällig nachstarrte.
Was will sie denn von ihm?
Kurz überlegte sie, ob sie Wilhelm bitten sollte, mit der Freundin zu tanzen, sagte sich dann aber, dass Bethy sich gewiss einen jüngeren Tanzpartner erhoffte, und da diese auch weiterhin fernblieben, zog Mina sie zum Orchester, um sie abzulenken.
»Nun sieh dir mal den Cellisten an. Eine elegante Erscheinung, nicht wahr?«
Schon beim Tanzen war ihr der schöne Mann mit den feingliedrigsten Fingern, die sie je gesehen hatte, aufgefallen.
»Das täuscht«, sagte Bethy schulterzuckend. »Der Frack ist sicher nur geliehen. Musiker verdienen doch kaum Geld.«
»Aber darum geht es doch gar nicht! Das mindert doch nicht seine Kunst?«
»Viel Geld bringt diese Kunst gewiss nicht ein.«
Mina sah sie empört an und wollte energisch bekunden, dass Reichtum nicht alles sei, aber in diesem Augenblick hörte der Cellist auf zu spielen.
Hatten sie ihn etwa mit ihrem Geplänkel gestört? Wie schrecklich peinlich!
Schon wollte sie sich bei ihm dafür entschuldigen, dass sie ihn so aufdringlich angestarrt hatten, bemerkte dann aber, dass der Cellist gar nicht in ihre Richtung, sondern zum Eingang des Saals blickte. Dort war ein regelrechter Tumult entstanden. Laute Stimmen erklangen, gefolgt von hektischen Schritten. Nicht nur der Cellist – nein,

alle Musiker hatten abrupt ihr Spiel beendet, so wie sämtliche Tanzpaare erstarrt waren, sich erst irritiert umblickten und schließlich zur Seite huschten.
Mina stellte sich auf die Zehenspitzen, um über ihre Köpfe hinweg zu schauen. Ein Mann hatte soeben den Saal betreten, nicht in Frack und Galauniform, sondern mit einem grauen Anzug bekleidet. Über die schlichte Alltagskleidung mochte man noch hinwegsehen – doch dass er seinen Hut dreist auf dem Kopf behielt, war für sie alle eine Beleidigung. Als mehrere Diener ihn davon abhalten wollten, in die Mitte des Saals vorzutreten, brüllte er sie derart laut an, dass sie zurückwichen. Vielleicht lag das aber auch gar nicht an seiner Stimme, sondern an dem, was er in den Händen hielt und mit dem er bedrohlich herumfuchtelte. Die Frauen versteckten sich hinter ihren Männern, nur Mina drängte sich weiter nach vorne, um mehr zu sehen.
»Gütiger Himmel, wer ist denn das?«, fragte Bethy verwirrt.
»Ich glaube, dieser Bankier … Otto Graff«, murmelte Mina.
Der Mann, den Wilhelm fast über den Haufen gefahren hätte. Der damals fluchend die Hand gehoben hatte. Und der das nun wieder tat – diesmal mit diesem schwarzen, verkohlten Ding …
Jäh schleuderte er es mit einer abrupten Bewegung von sich, und obwohl sich fast der halbe Saal zwischen ihnen befand, sprang Mina unwillkürlich zurück. Einige Frauen schrien auf, und empörte Stimmen von den Herren erklangen, doch diese verstummten, als Otto Graff schrie: »Wollen Sie wissen, woher das stammt?«
Nun, da er nicht länger mit diesem spitzen Ding bewaffnet war, wäre es ein Leichtes gewesen, ihn zurückzuzer-

ren, doch die Diener waren nach wie vor schreckensstarr. Nur ihr Vater trat auf ihn zu und packte ihn so wild am Kragen, dass der Hut auf den Boden segelte. »Du verfluchter …«
Otto Graff wehrte sich nicht, ließ sich vermeintlich willenlos zurückziehen, doch kaum näherten sie sich der Tür, schlug er Wilhelm unerwartet in den Bauch. Ein Raunen ging durch den Saal.
»Wilhelm Ahlhusen führt Sie alle an der Nase herum«, rief Otto Graff keuchend. »Ich kann Sie nur warnen: Machen Sie keine Geschäfte mit ihm, er steht kurz vor dem Bankrott. Auf seiner Werft an der Norderelbe hat es gebrannt. Von dem großartigen Schiff, das er umrüsten wollte, ist nicht viel mehr übrig geblieben als … das da.« Er deutete auf das verkohlte Stück, das mittlerweile einer der Diener an sich genommen hat. »Wilhelm Ahlhusen steht vor dem Nichts, und das droht auch Ihnen, wenn Sie ihm vertrauen.«
Ihrem Vater war wegen des heftigen Schlags in den Bauch kurz die Luft weggeblieben, doch als das Getuschel und Gemurmel lauter wurde, fand er die Fassung wieder.
»Elender Lügner!«, brüllte er.
Otto Graff hob abwehrend die Hände, als er ihn erneut packen wollte. »Ich gehe ja schon, ich gehe schon. Meinen Hut können Sie übrigens gerne behalten.« Und an den Rest der Gäste gewandt rief er: »Besuchen Sie doch selbst die Werft an der Norderelbe und schauen Sie sich dort um. Sie liegt in der Nähe von Billbrook. Übrigens: Allein der Hamburger Bank schuldet er eine halbe Million Reichsmark.«
»Das sind vertrauliche Zahlen!«
»Ein Betrüger wie Sie verdient kein Vertrauen.«
Ein letztes giftiges Zischen ertönte, dann marschierte

Otto Graff hocherhobenen Hauptes davon. Das Tuscheln schwoll an, hier und dort wurde eine verwirrte Frage laut, manch vorwurfsvoller Blick richtete sich auf Wilhelm, andere kicherten nervös. Wilhelm stand wie erstarrt, und auch Hedwig, die sich sonst immer unter Kontrolle hatte, war leichenblass und griff nicht ein.
Musik, dachte Mina, die Musik sollte doch weiterspielen …
Aber auch sie gab nicht den Befehl dazu. Niemand tat es, nicht Alba, nicht Werner, nicht die Diener, nicht … was machte eigentlich Magda hier, die Jungfer ihrer Großmutter? Und warum grinste sie so breit?
Auch ihrem Vater war das nicht entgangen, und anders als sie konnte er ihr Lächeln deuten.
»Du steckst mit ihm unter einer Decke, nicht wahr?«, schrie er. »Du hast ihm von der *Wilhelmina* erzählt und ihn überhaupt erst auf die Idee gebracht, das Feuer zu legen! Und eben hast du ihm Einlass gewährt, damit er das Fest stören konnte.« Er stürzte auf sie los, und kurz fürchtete Mina, dass er sie schlagen und den Skandal damit komplett machen würde, doch Magdas eisiger Blick ließ ihn zurückweichen.
»Ich werde künftig für Herrn Graff arbeiten«, erklärte sie mit hoheitsvoll gerecktem Kinn, ehe sie sich langsam umdrehte und Otto Graff nach unten folgte.
Erst jetzt fand Hedwig die Fassung wieder. »Ihr geht jetzt sofort auf euer Zimmer«, befahl sie Bethy und Mina.
»Aber …«
»Ihr habt genug gesehen. Tut jetzt, was ich euch sage und …«
Sie brach ab. Auch wenn Mina es gewollt hätte, hätten sie den Saal nicht verlassen können, denn fast alle Gäste drängten nun hinaus und zur Treppe hin. Die Blicke, die

ihren Vater trafen, waren teils verlegen, teils spöttisch, teils missbilligend.
»Bleiben Sie doch!«, rief der und klang so verzweifelt, wie sie ihn noch nie gehört hatte. »Der Abend ist noch nicht zu Ende, lassen Sie sich doch nicht von diesem unangenehmen Vorfall stören.«
Niemand blieb stehen. Immer schneller leerte sich der Saal, und als nur noch ein halbes Dutzend Gäste zurückgeblieben war, gab ihr Vater auf. In Richtung Musiker schrie er wütend: »Warum spielt hier keiner? Wofür bezahle ich euch denn? Musik! Ich will Musik!«
Die Musiker waren so überfordert wie die Gäste. Sie warfen sich hilflose Blicke zu, anstatt das Spiel aufzunehmen, was nun auch den letzten Rest dazu bewog, dem Saal zu entfliehen. Mina hörte, wie ihre Großmutter resigniert seufzte. Ihr Vater hingegen machte einen zornigen Satz auf die Musiker zu.
»Spielt!«, brüllte er. »Verdammt, so spielt doch endlich!« Und als die Männer immer noch zögerten, riss er eine Violine an sich und spielte selbst – was nicht minder grässlich klang wie das Lachen, das er ausstieß.
Mina war er fremd wie nie. Sie wusste aus langer, schmerzlicher Erfahrung, dass sich der lustige, liebevolle Vater in Sekundenschnelle in diesen getriebenen Mann verwandeln konnte, der völlig blind für sie war, aber nie hatte sie geglaubt, so wie jetzt einem Wahnsinnigen zuzusehen.
Es bedurfte keiner neuerlichen Aufforderung ihrer Großmutter, dass sie sich zurückziehen sollte. Sie hielt sich die Ohren zu und lief aus dem Ballsaal.

10. Kapitel

Der Ballsaal hatte sich endgültig geleert, nur einige livrierte Diener huschten umher und gaben sich geschäftig, obwohl Alba nicht wirklich erkennen konnte, was sie taten. Der Platz, wo das Orchester gespielt hatte, war verwaist, eine der Blumenvasen umgekippt. In einem vollen Raum wäre es nicht weiter aufgefallen, doch so schien sie ihr ein Sinnbild für den gescheiterten Abend zu sein.

Nachdem Wilhelm die Violine hatte fallen lassen, war er verschwunden, und auch Hedwig hatte sich mit den Mädchen zurückgezogen. Alba hingegen ließ sich seufzend auf einen der Stühle nieder.

»Wir hätten nie unser Schicksal an diesen Mann knüpfen dürfen«, murmelte Werner düster.

Alba blickte verwundert auf. »Es ist doch nicht seine Schuld, dass Otto Graff …«

»Doch!«, bestand Werner. »Ich habe es dir nie gesagt, aber vor Jahren hat Wilhelm dessen Frau verführt. Er … er hat einfach keine Ehre im Leib.«

Alba kam nicht umhin, zustimmend zu nicken, aber das änderte nichts daran, dass sie voller Mitleid war. »Hast du nie gesehen, dass er der einsamste Mensch von ganz Hamburg ist?«, fragte sie leise.

»Er hat doch … er kann doch …«, setzte Werner hilflos an.

»Das, wonach er sich am meisten sehnt, ist eine heile Familie.«

»Das gibt ihm aber doch kein Recht …«
»Wenn sich keine neuen Investoren finden, sind die Ahlhusens ruiniert, nicht wahr?«, fiel Alba ihm ins Wort.
Werner nickte. Nicht länger stand Empörung über Wilhelm in seiner Miene. Er wirkte einfach nur verzagt und müde. »Es ist spät geworden.«
Alba überlegte kurz. »Geh ins Bett!«, sagte sie schließlich. »Aber … aber ich muss nach ihm sehen, sonst kann ich später kein Auge zumachen.«
Kurz sahen sie sich schweigend an. Ihr Blick verriet wohl deutlich wie nie zuvor ihre Schwäche für diesen Mann – der von Werner wiederum, dass er ihr gleichwohl vertraute.

Alba fand Wilhelm in der Bibliothek gleich neben dem grünen Salon – ein Raum, den sie nicht oft betreten hatte. Die Einzige, die ihn regelmäßig aufsuchte, war Mina. Sie las sich durch all die Bücher, die ansonsten hier hätten nutzlos verstauben müssen und deren eigentümlicher, leicht süßlicher Geruch nach altem Papier und ledernen Einbänden in der Luft lag.
Obwohl Wilhelm die grüne Leselampe auf dem Schreibtisch angemacht hatte, wirkte der Raum aufgrund der Mahagonitäfelung und dem blauen Chinateppich dunkel. Dort, wo keine Bücherregale standen, hingen Kupferstiche an den Wänden, doch deren Motive ließen sich im schwachen Lichtschein nicht erkennen, und die schweren, braunen Ledermöbel glänzten nahezu schwarz.
Wilhelm hatte sich nicht auf einen der Fauteuils gesetzt, sondern war einfach auf den Boden gesunken. Er hatte den Frack ebenso abgelegt wie die Krawatte und den Hemdkragen so weit aufgeknöpft, dass sein gekräuseltes

Brusthaar zu sehen war. In jeder anderen Situation wäre Alba zurückgewichen, doch heute setzte sie sich zu ihm. Wilhelm schien es gar nicht zu bemerken, sondern trank aus einer Flasche.

»Es ist aus.«

»Aber so schnell ist es doch nicht aus. Es gibt sicher Möglichkeiten. Nur weil …«

»Doch, es ist aus«, fiel Wilhelm ihr harsch ins Wort. »Ich habe die Lust verloren. Ich bin einfach nicht dazu geboren, ein Unternehmen zu führen.«

Eben noch hatte er träge gewirkt, aber nun sprang er unerwartet wendig auf und wankte auch nicht, als er unruhig hin und her ging.

Natürlich, dachte Alba, ein paar Schlucke Cognac können seinen Geist nicht benebeln, dazu bedarf es mehr …

Er ging zu einem der Bücherregale, vor dem ein Globus stand, und stieß ihn an.

»Kannst du dich daran erinnern, was ich dir damals am Hafen erzählt habe?«

Sie nickte. »Dass Sie oft den Globus kreisen ließen, irgendeinen Punkt berührten und sich vorstellten, dorthin zu reisen.«

»Als Kind hätte ich liebend gerne eine Lustreise gemacht.«

Der Globus kreiste und kreiste, aber heute hielt er ihn nicht an. Schließlich war sie es, die zu ihm trat, den Finger darauf legte und den Globus stoppte. Sie berührte nicht das Meer, sondern eine Insel, konnte aber nicht sehen, welche. Auch Wilhelm legte seine Hand darauf, und kaum merklich berührten sich ihre Fingerkuppen. Sie widerstand dem Bedürfnis zurückzuzucken.

»Du warst auch nie wirklich wo zu Hause«, murmelte er. »Deine Heimat ist überall oder nirgendwo.«

Erst jetzt löste Alba ihre Hand aus seiner: »Meine Heimat ist bei meiner Familie.«
Wilhelm schien gar nicht richtig zuzuhören. Er starrte sie an, und seine Züge, eben noch verbittert, wurden ganz weich.
»Ich habe mich in meinem Elternhaus nie wohlgefühlt«, sagte er leise. »Ich wollte immer nur fliehen. Du ... du bist die Einzige, von der ich mich nie trennen will. Du bist ...«
Alba schüttelte den Kopf: »Herr Ahlhusen, ich sagte doch schon ...«
Er hob unvermittelt die Hand und fuhr ihr durchs Haar. Vorhin hatte sie noch gedacht, er wäre halbwegs nüchtern, aber nun bemerkte sie, wie blutunterlaufen seine Augen waren und dass in ihnen ein heftigeres Feuer denn je glomm. Kurz schienen diese Flammen auch an der eigenen Seele zu züngeln, doch das hielt sie nicht davon ab, seine Hände zurückzuschlagen.
»Herr Ahlhusen!«, rief sie heftig.
Sie erwartete, dass er ebenso kleinlaut wie traurig ihre Zurückweisung hinnehmen würde, so wie er es immer tat, doch in seiner Miene lag plötzlich ein gereizter Zug.
»Warum kannst du es nicht endlich zugeben?«, zischte er.
Das Mitleid, das sie hierhergetrieben hatte, schwand. »Ja was denn?«, fragte sie und klang gereizt wie er. »Dass mancher Hunger nie gesättigt wird und mancher Traum nie Wirklichkeit? Aber genau das hält doch beides erst am Leben!«
»Mein Schiff hätte Träume erfüllen können.«
»Meine nicht. Und ich bin mir auch nicht sicher, ob Ihre.« Sie machte eine kurze Pause und räusperte sich. »Sie glauben, dass ich Sie glücklich machen könnte. Aber

wie lange würde dieses Glück währen? Zwei, drei Monate? So lange, wie Ihre Lustreise geplant war?«

Als Wilhelm seinen Kopf senkte, dachte sie kurz, er wäre betroffen. Doch sobald sie sich abwandte und zur Tür ging, hastete er ihr nach und packte sie grob am Arm. Zu spät wurde ihr bewusst, dass er nach allem, was heute Abend geschehen war, keine weitere Enttäuschung ertrug.

»Was bildest du dir eigentlich ein? Was gibt dir die Dreistigkeit, mich ständig zurückzuweisen?« Er flüsterte nur, was seine Stimme erst recht bedrohlich wirken ließ. »Ja, wer bist du denn überhaupt?«, fuhr er fort. »Ein Kind von Bauern, nicht wahr? Wenn ich deinem Rechenkünstler damals keine Arbeit gegeben hätte, dann wärt ihr auf der Straße gelandet. Und Bethy wäre ohne mich im brennenden Schiff gestorben. Denkst du nicht, du wärst mir etwas schuldig?«

Alba wollte sich losreißen, tat es aber nicht, sondern wurde stattdessen ganz steif: »Sie sind ja betrunken!«

Wilhelm lachte freudlos auf. »Wann bin ich es denn in den letzten Jahren nicht gewesen? Das Leben macht nun mal keinen Spaß, wenn man nüchtern ist.«

Er zerrte sie zurück zum Globus, ließ ihn mit der freien Hand wieder kreisen, viel schneller als zuvor. Weder er noch sie stoppten ihn.

»Diese Idee«, sagte sie kühl, »Reisen ohne Ziel … nur zum Spaß … Sie können sie immer noch umsetzen. Werner wird schon etwas einfallen, um einen Kredit zu bekommen.« Mit jedem Wort wurde ihre Stimme kälter. Und mit jedem Wort wuchs die Entschlossenheit, dass dies das letzte Mal war, da sie sich allein mit ihm in einer so vertraulichen Situation wiederfinden würde.

Wilhelm lachte noch lauter. »Natürlich fällt ihm etwas

ein. Schließlich trägt er anstelle eines Herzens ein Rechengerät in der Brust.«
»Nur weil er seine Gefühle nicht zeigen kann, bedeutet es nicht, dass er keine hat!«, hielt sie entgegen.
»Du hast in jedem Fall Gefühle … nicht nur für ihn, auch für mich. Ich weiß es, ich weiß es ganz genau. Nun, zier dich nicht länger, ich habe deine Spielchen so satt.«
Albas Stimme wurde noch eisiger. »Ich habe nie gespielt, ich würde nie …«
Trotz des festen Griffs hatte sie nicht geglaubt, dass er noch weiter gehen würde. Doch nun packte er sie auch am zweiten Arm, zog sie an sich und presste ihr seine Lippen auf den Mund. Manchmal – nicht am Tag, sondern in der Nacht, entweder kurz vor dem Einschlafen oder kurz nach dem Erwachen – hatte sie sich ausgemalt, ihn zu küssen. In ihrer Vorstellung waren seine Lippen weich gewesen, nicht so hart wie jetzt, seine Wangen glatt, nicht so rau, sein Atem warm, nicht säuerlich von Wein. Sie wusste nicht, was sie mehr enttäuschte – dass er ihr Gewalt antat oder dass die Wirklichkeit ihren Träumen so gar nicht glich. Jedenfalls trat sie erbost gegen ihn, traf jedoch nicht sein Bein, sondern den Globus, der prompt umfiel. Wilhelms Griff lockerte sich daraufhin gerade genug, dass sie sich losreißen und zur Tür laufen konnte. Sie kam nicht weit. Nach wenigen Schritten erwischte er sie wieder.
»Sie haben kein Recht …«
»Ich bin Wilhelm Ahlhusen!«
»Ein selbstsüchtiger, jammernder Wurm – das sind Sie!«
Nackte Wut stand in seinem Gesicht, aber auch noch etwas anderes: Ohnmacht. Wieder zwang er seinen Mund auf ihren, und diesmal hielt sie vermeintlich still – um ihm gleich darauf in die Lippen zu beißen. Fluchend

zuckte er zurück, und sie ergriff erneut die Flucht. Diesmal bekam er sie nicht am Arm, sondern an den Haaren zu fassen. Ihre Kopfhaut brannte, doch als sie schrie, tat sie es weniger vor Schmerz als vor Wut. Gleiche Wut trieb auch Tränen in ihre Augen, sodass sie nur verschwommen sah, wie neben Wilhelm plötzlich eine weitere Gestalt aufragte, nicht so groß wie er, aber mindestens so stark.

»Herr Ahlhusen!«

Wilhelm ließ ihre Haarsträhnen so abrupt los, dass sie ihr Gleichgewicht verlor und auf die Knie sackte. Als sie wieder aufblickte, erkannte sie, dass Werner Wilhelm am Kragen gepackt hatte und gegen ein Bücherregal drückte. Etliche Bücher fielen um, Staub stieg ihr in die Nase. Dann hatte Werner schon die Faust erhoben und drosch damit auf Wilhelm ein, und obwohl es Alba auf den Lippen lag, ihn davon abzuhalten, vernahm sie mit Befriedigung das laute Klatschen und das dumpfe Geräusch, als Wilhelm mit blutender Nase auf den Boden fiel.

Ihre Genugtuung währte nicht lange.

»Papa!«, ertönte von der Tür her eine Stimme.

Alba strich sich die Haare aus dem Gesicht. Mina stand da, gefolgt von Bethy und Hedwig. Die Mädchen starrten entsetzt auf Wilhelm, Hedwigs Blick suchte jedoch ihren. Ihre Miene war ausdruckslos, nur in den Augen las Alba die Bitte um Vergebung.

»Papa, was ist denn passiert?«

Wilhelm rappelte sich auf. »Geh in dein Zimmer.«

Alba hatte noch nie gehört, dass er so streng mit ihr gesprochen hatte, und Mina war nicht minder erschrocken.

»Aber Papa, ich will doch nur wissen …«

»Geh!«, brüllte Wilhelm. »Nun geh endlich! Geht doch alle! Haut ab!«

Erst jetzt floh Mina entsetzt – gefolgt von Bethy und Hedwig, die ihrem Sohn einen letzten vernichtenden Blick zugeworfen hatte. Werner trat indes zu Alba, legte seinen Arm um ihre Schulter, und sie fühlte, wie sich langsam ihre Atemzüge beruhigten. Als sie den Raum verließen, hatte sie keinen Blick mehr für Wilhelm übrig, nur für den Globus, der sich weiter und weiter drehte, ohne dass ihn jemand zum Stillstand brachte.

Alba zerrte die Kleidungsstücke aus dem Schrank und warf sie aufs Bett. Vergebens hatte sie nach einem Koffer gesucht. Egal jetzt. Notfalls würde sie ihr Hab und Gut auf den Arm nehmen.

»Nun hilf mir doch!«, rief sie.

Werner war wie angewurzelt an der Türschwelle ihres Schlafzimmers stehen geblieben und betrachtete sie hilflos. Mit den schroffen Worten kamen Tränen, aber obwohl sie kaum mehr etwas sehen konnte, hörte sie nicht auf, die Schränke und Schubladen leer zu räumen.

»Wo … wo sollen wir denn hin?«, fragte Werner unschlüssig.

»Ich weiß es nicht. Jedenfalls bleiben wir keinen Augenblick länger hier. Du kannst unmöglich weiterhin für ihn arbeiten.«

»Aber …«

Alba wischte sich die Tränen ab, hielt erstmals inne und sah Werner lange an.

»Du fühlst dich ihm doch nicht ernsthaft verpflichtet?«, fragte sie eisig.

»Ihm vielleicht nicht … aber … aber was ist mit Hedwig Ahlhusen?«

»Sie wird am besten verstehen, warum wir gehen müssen!«

»Und Mina? Sie … sie steht dir doch fast genauso nahe wie unsere eigene Tochter.«
Kurz wich ihre Entschlossenheit der Hilflosigkeit, und sie spürte, wie ihre Lippen bebten. Rasch senkte sie den Kopf, damit Werner das nicht sah.
»Mina ist kein kleines Kind mehr, sondern fast erwachsen, und sie kann uns besuchen, sooft sie will«, erklärte sie bestimmt. »Daran, dass sie Wilhelms Tochter ist und seiner Obhut untersteht, können wir nichts ändern. Aber uns von ihm lossagen – das können wir.«
Als sie wieder hochblickte, war ihre Miene ausdruckslos, und obwohl Werner noch eine Weile verlegen von einem Fuß auf den anderen trat, nickte er schließlich. »In der Abstellkammer neben der Küche befinden sich die Koffer. Ich hole einen.«
Als er wieder zurückkam, half er ihr eine Weile schweigend, die Sachen einzupacken. Eigentlich war er ein ordentlicher Mann, aber heute achtete er genauso wenig wie sie darauf, ob die Kleidungsstücke zerknitterten.
»Hast du …«, setzte er unwillkürlich an. »Warst du …?«
Alba sah ihn fragend an, doch er konnte ihren Blick nicht erwidern, sondern starrte zu Boden.
»Er … er hat so oft von dir geschwärmt«, stammelte er. »Kein Wunder, wenn du für seinen Charme empfänglich gewesen wärst …«
Alba verstaute eine Bluse im Koffer, ehe sie zu ihm trat und ihn umarmte. »Ich hatte Mitleid mit ihm, ich habe gehofft, er würde die richtige Frau finden, und vielleicht war ich manchmal geschmeichelt. Aber das war alles!«
In seinen Zügen kämpfte die Rührung mit Schuldgefühlen. »Ich wollte in Südamerika zu Wohlstand kommen und dir das Leben bieten, das du verdienst«, sagte er seufzend. »Später habe ich alles darangesetzt, dass wir es

hier gut haben, weil du für mich deine Heimat verlassen musstest. Und jetzt ... jetzt stehen wir vor dem Nichts ...«
Alba schüttelte den Kopf. »Nicht vor dem Nichts. Du schenkst mir mehr, als Wilhelm jemals könnte. Vertrauen, Anstand, Entschlossenheit – das ist wertvoller als alles Geld der Welt.«
Weiterhin schweigend packten sie die restliche Kleidung ein, als Bethy in der Tür erschien. Vorhin war sie Mina auf deren Zimmer gefolgt, doch dort hatte sie die Ungewissheit, was geschehen war, nicht länger ausgehalten.
»Was ... was ist passiert?«
Werner errötete, doch Alba befahl ihr energisch: »Pack deine Sachen!«
Bethys Unterlippe schob sich vor. »Ich geh doch nicht einfach von hier fort«, erklärte sie trotzig. »Ich bleibe bei Mina!«
Alba trat auf sie zu und nahm ihre Hand. »Du kannst Mina besuchen, wann immer du willst, aber heute Nacht kommst du mit uns.«
Ob es an ihrer Stimme lag oder an ihrem strengen Blick – Bethy wagte sich nicht zu widersetzen, sondern nickte kleinlaut und tat wie ihr geheißen.

Mina wusste nicht, wohin. Nachdem Bethy sie dort zurückgelassen hatte, wurde ihr das eigene Zimmer schnell zu klein. Sie trat in den Gang, lauschte, hörte gedämpfte Stimmen und Schritte.
Als sie über das Treppengeländer in die Diele lugte, sah sie Werner, Alba und Bethy. Alle drei trugen sie Mäntel und Koffer.
Sie würden doch nicht ...
Tatsächlich! Sie verließen das Haus. Und sie verabschiedeten sich noch nicht einmal von ihr.

Mina lag es auf den Lippen, ihnen etwas nachzurufen, aber sie schaffte es nicht. Der Schmerz, der ihre Brust zerschnitt, war zu groß und tief – und ließ sie an den Tag denken, da sie schon einmal hier gestanden und gefroren hatte. Die Mutter war gestorben, sie hatte stundenlang auf ihren Vater gewartet, und als er endlich nach Hause gekommen war, hatte er sie nicht getröstet, sondern war alsbald wieder geflohen.

Nun, heute verließ er das Haus nicht. Als sie wenig später zu seinem Schlafzimmer ging, war die Tür nur angelehnt, und sie hörte seinen lauten, röchelnden Atem. Sie schubste die Tür mit ihren Zehenspitzen auf.

»Vater!«

Er hörte sie gar nicht, wie er da am Fenster stand und nach draußen blickte. Wahrscheinlich beobachtete er, wie die Borgmanns davoneilten. Als keine Schritte mehr zu hören waren, schloss er die Augen, und Mina ahnte plötzlich, dass sie sich an seiner Seite noch einsamer fühlen würde als allein. Sie zog sich zurück, ohne dass er sie gesehen hatte.

»Mina, was machst du denn hier?«

Ihre Großmutter erwartete sie im Gang. Mina war nicht sicher, ob sie schon vorhin hier gestanden hatte, als sie den Vater aufsuchte; jedenfalls war ihr Blick verstört wie nie – und mitleidig wie nie.

Ohne etwas zu sagen, trat sie auf sie zu, nahm sie an den Schultern und drückte sie kurz an sich. Mina konnte sich nicht erinnern, von ihrer Großmutter je umarmt worden zu sein. Als sie ihren Kopf an die Brust legte, spürte sie Tränen aufsteigen und wusste: Wenn sie erst einmal flössen, würde sie nicht mehr aufhören zu weinen. Aber eigentlich war sie zu erschöpft dazu. Und eigentlich waren ihr der Körper und der Geruch der

Großmutter zu fremd, um wirklich in der Umarmung Trost zu finden.

Abrupt löste sie sich von ihr. »Ist schon gut«, murmelte sie.

Hedwig folgte ihr nicht, als Mina sich zurückzog. In ihrem Zimmer setzte sie sich an den Schreibtisch und griff nach einem Buch, das sie erst kürzlich zu lesen begonnen hatte. Es waren die Schriften einer gewissen Amalie Dietrich, einer reichen Hamburgerin, die nach Australien und in die Südsee gereist war und ihre Erinnerungen später festgehalten hatte.

Die Worte verschwammen vor ihren Augen, aber sie blinzelte die Tränen weg und konnte bald wieder klar sehen.

11. Kapitel

»Ich dachte, Loyalität ist Ihnen so wichtig!«, rief Albert Ballin.

Werner blickte beschämt auf seine Hände. Seit sie das Haus betreten hatten, fühlte er sich unbehaglich, und Herrn Ballins Bemerkung steigerte seine Verlegenheit noch. Während er nichts zu sagen wusste, beugte sich Alba, die zu diesem Besuch überhaupt erst gedrängt hatte, jedoch entschlossen vor.

»Es ist etwas geschehen, über das wir nicht weiter reden wollen, das uns dieser Loyalität aber entbindet.«

Ballin nickte nachdenklich. Er war ein kluger Mann und überlegte wohl, inwiefern dieses ominöse Ereignis mit dem Schiffsbrand und dem drohenden Ruin der Ahlhusens zu tun hatte. Dass er zum Schluss kommen könnte, Werner würde – im wahrsten Sinn des Wortes – vom sinkenden Schiff springen, war diesem kaum erträglich.

»Ich habe jahrelang für Wilhelm Ahlhusen gearbeitet«, sagte er schnell, ehe sich dieser Verdacht bei Albert Ballin verfestigen konnte. »Ich habe mit Herz und Verstand das Unternehmen retten wollen. Doch Herr Ahlhusen hat es mir nicht gelohnt – und damit meine ich nicht, dass er mir Geld schuldig geblieben wäre. Es hat eher etwas mit … Ehre zu tun.«

Er war nicht sicher, ob er sich verständlich ausdrückte, doch Ballin war ein Mensch, dem Ehre ebenfalls nicht fremd war. Wieder nickte er und blickte etwas freundlicher.

»Und ich kann Ihnen wirklich keine Erfrischung anbieten?«
Sie waren unangekündigt im Stadthaus der Ballins in der Feldbrunnenstraße aufgetaucht, was Werner als schrecklich aufdringlich erschien, Alba aber als notwendig erachtet hatte. Zunächst hatte sie Marianne Ballin empfangen, eine hochgewachsene, korpulente Frau, deren Haltung resolut, aber deren Züge traurig waren – etwas, was wohl am ausbleibenden Nachwuchs lag. Wenig später hatte die Hausherrin sie ins Arbeitszimmer ihres Gemahls geführt, das aufgrund der dunklen Holzvertäfelung und den grün bezogenen Stühlen etwas düster, aber durchaus behaglich wirkte. Die vielen Unterlagen auf dem Schreibtisch verrieten, dass Ballin nicht nur in seinem Bureau der HAPAG arbeitete, die kürzlich ins Levantehaus am Dovenfleet umgezogen war, sondern wohl auch ganze Nächte hier verbrachte.
»Nun«, sagte Werner, »auf eine Erfrischung können wir gerne verzichten. Aber falls es die Möglichkeit gibt, dass ich … dass ich … für Sie, ich meine … für die HAPAG arbeiten könnte, dann könnten Sie sich ewig meiner Dankbarkeit sicher sein.«
Er räusperte sich etwas gequält, während Ballins Miene noch nachdenklicher wurde. Bis jetzt hatte er vor ihnen am Schreibtisch gesessen, nun sprang er unvermittelt auf und bewies damit, dass er ein gänzlich unhamburgisches Temperament hatte, nie lange still sitzen konnte, sondern immer in Bewegung sein musste – und das nicht nur körperlich. Auch sein Ehrgeiz trieb ihn immer weiter, und kaum hatte er ein Ziel erreicht, nahm er das nächste in den Blick. Man behauptete ebenso von ihm, dass er mehr Künstler als Rechner war, was Alba vor ihrem Besuch

zur Bemerkung veranlasst hatte, gerade darum könne er jemanden wie Werner gut gebrauchen. Doch so freundlich sich Ballin bei der Feier der Ahlhusens ihnen gegenüber erwiesen hatte – er würde wohl nicht so lange auf und ab gehen, wenn ihm sogleich eine geeignete Stelle eingefallen wäre.

Werner warf Alba einen verzweifelten Blick zu, aber diese wirkte anders als er nicht verunsichert, sondern strahlte immer noch jene ruhige Entschlossenheit aus, mit der sie ihn hierhergetrieben hatte.

»Nun«, begann Ballin gedehnt und blieb erstmals stehen. »Dieses Schiff, das ausgebrannt ist …«

»Die *Wilhelmina.*«

»Wilhelm Ahlhusen hatte große Pläne damit, nicht wahr? Man hörte vieles munkeln, aber was er genau damit vorhatte, blieb sein Geheimnis. Es war eine ungewöhnliche Geschäftsidee, oder? Eine jener Sorten, die manche als ingeniös, andere als verrückt bezeichnen …«

Sein Blick richtete sich ungewöhnlich lange auf Werner, und der war froh, dass sie bislang keinen Tee serviert bekommen hatten. Auch so wurde ihm heiß.

»Ich kann Ihnen doch nicht anvertrauen, was …«, setzte er hilflos an.

Doch da beugte sich Alba erneut entschlossen vor und erklärte ohne den geringsten Anflug von schlechtem Gewissen: »Wilhelm wollte eine sogenannte Lustfahrt durchs Mittelmeer veranstalten – eine wochenlange Exkursion, bei der es allein um die Freude am Reisen und das Entdecken ferner Länder geht.«

Werner zuckte zusammen, doch Ballins Augen weiteten sich überrascht. »Und welche Ziele hatte er genau vor Augen?«

»Die Reiseroute stand noch nicht fest«, sagte Alba. »Ich

denke, er hatte diverse große Häfen im Sinn, ob nun in Italien, Spanien oder im Vorderen Orient.«

Werner hatte sich verschluckt, als Alba zu reden begonnen hatte, und konnte sich deshalb nicht gleich wieder zu Wort melden. Doch nun konnte er nicht anders, als empört zu sagen: »Alba, du kannst doch nicht einfach verraten …«

Er brach ab.

Wieder warf sie ihm einen Blick zu, und diesmal war er nicht einfach nur entschlossen, sondern hasserfüllt.

»Doch«, sagte sie hart. »Doch das kann ich. Es war nicht zuletzt meine Idee, und auf die hat er nun kein Recht mehr.«

Obwohl Werner wusste, dass sich ihr Hass nicht gegen ihn richtete, erschauderte er. Etwas widerwillig wandte er sich an Ballin. »Letztlich ging es um eine Weiterentwicklung jener Touristenfahrten, die die norwegischen Küstenreedereien Det Nordenfjeldske und Det Bergenske zum Nordkap veranstalten«, erklärte er. »Übrigens habe ich gehört, dass auch die Orient Line Passagierdampfer nach Norwegen schicken will – allerdings ziemlich ausrangierte. Wilhelm Ahlhusen hingegen wollte die Lustreise mit einem luxuriösen Schiff veranstalten, auf dass das Überwinden der einzelnen Wegstrecken nicht nur Notwendigkeit wäre, sondern an sich schon ein Vergnügen.«

Wieder durchschritt Albert Ballin eine Weile den Raum und wirkte tief in Gedanken versunken. Dann ging er unvermittelt zu einem Schrank, öffnete ihn und warf alles, was darin lag, einfach auf den Boden. Zuletzt zog er eine in Leder gebundene Mappe hervor und strich nahezu zärtlich darüber. Eine Weile hielt er sie in den Händen, ehe er zum Schreibtisch trat, sie öffnete und diverse

Unterlagen vor ihnen ausbreitete. Als Werner sie überflog, sah er Kostenberechnungen und Reiserouten, Innenansichten von einem Schiff und Hafenpläne.
»Was ... was ist das?«
Ballin antwortete nicht. »Die Zweischrauben-Spitzenschnelldampfer haben hohe Betriebskosten«, begann er stattdessen, und mit jedem Wort redete er schneller. »Eigentlich kann man es sich kaum erlauben, sie im Winter aufzulegen, schließlich macht ein Schiff umso mehr Geld, je mehr Reisen es unternimmt. Hafenliegezeiten sind folglich eine einzige Verschwendung. Allerdings ist es in dieser Jahreszeit nun mal unmöglich, den Atlantik zu überqueren.«
Er setzte sich wieder an den Tisch, und seine Hände fuhren blitzschnell über die Pläne. »Ich habe mir schon vor längerer Zeit überlegt, die Schiffe im Winter für Vergnügungsreisen einzusetzen. Nicht, dass ich mir einbilde, diese Idee wäre völlig neu – selbst in der HAPAG gab es sie schon. 1858 wurde eine sogenannte Lustfahrt von Hamburg nach Cherbourg unternommen. Aber ich dachte an etwas anderes als an einen kurzen Ausflug – an eine mehrwöchige, gar mehrmonatige Exkursion nämlich. Auf hoher See wird den Passagieren Hotelkomfort geboten, in den einzelnen Häfen Bildung und Abenteuer.«
In seinen Augen stand ein Leuchten, aber seine Miene wurde etwas missmutig, als er fortfuhr: »Leider bin ich bis jetzt immer nur auf Gegenargumente gestoßen. Meine Mitdirektoren lassen es an Enthusiasmus fehlen, um es einmal freundlich auszudrücken. Sie können sich nicht vorstellen, dass man genügend Interessenten fände, die an einem solch waghalsigen Unterfangen teilnehmen. Niemand würde ohne Ziel, einfach nur zum Spaß eine

Schiffsfahrt machen, behaupten sie. Die einen bezeichnen mich hinter dem Rücken als Narren, andere sagen, es ginge in meinem Oberstübchen nicht ganz richtig zu.« Plötzlich lächelte er. »Dasselbe hätte man wahrscheinlich auch von Wilhelm Ahlhusen gesagt, wäre die Reise zustande gekommen, während ich mich in Grund und Boden geärgert hätte, dass mir ein anderer einen Schritt voraus war. Und wenn ich es recht bedenke, will ich diese Gefahr nicht länger eingehen und mich von diesen Angsthasen nicht an die kurze Leine nehmen lassen. Lieber kolossal scheitern als hinterher das Nachsehen haben, wenn der Mut eines anderen mit Erfolg belohnt wird.«

Er sprang wieder so ungestüm auf, dass ein Plan auf den Boden segelte. Werner bückte sich danach und überflog die Zahlen. Die Kosten der Hafenliegezeiten, die hier aufgelistet waren, erwiesen sich wirklich als enorm.

Als er sich aufgerichtet hatte, stieß Alba ihn unauffällig an, und obwohl Ballin wieder hin und her lief, sagte er vorsichtig: »Ich denke wie Sie, dass die Zeit für solche Lustreisen reif ist. Auch wenn Wilhelm Ahlhusens Pläne aufgrund des Schiffsbrands zum Scheitern verurteilt waren, bin ich überzeugt, dass Sie …«

Ballin klatschte so laut, dass Werner zusammenzuckte. »Wenn ich dem Vorstand glaubhaft versichern kann, dass andere Reedereien ähnliche Pläne entwickelt haben, kann ich die Herren Direktoren vielleicht überzeugen. Dass es Wilhelm Ahlhusen war und er diese wegen des Brands nicht umsetzen konnte, muss ja niemand ahnen. Wissen Sie …«, er hob vielsagend die Brauen, »die Angst, dass die Konkurrenz die Nase vorn haben kann, womöglich gar die Bremer mit ihrer Norddeutschen Lloyd, kann ungemein beflügeln. Sie lässt noch den bequemsten Aktionär, der lediglich ans Geldscheffeln denkt, aber nicht daran, die Welt zu verändern, aufspringen und genau das bejubeln, was er eben noch als Wahnwitz abtat.«

Seine Augen funkelten nahezu schadenfroh, als er sich die Hände rieb, während Werner ihn etwas zwiegespalten betrachtete. Einerseits war er froh über den glücklichen Zufall, dass Wilhelms ungewöhnliches Vorhaben sich mit den geheimen Plänen von Ballin deckte – andererseits konnte er das schlechte Gewissen nicht abschütteln. Und wenn er sich noch so oft das Bild vor Augen hielt, wie Wilhelm Alba an den Haaren gepackt hielt – er fühlte sich als Verräter.

Alba teilte seine Skrupel nicht. »So eine Reise muss wohl organisiert sein«, erklärte sie energisch. »Entsprechende Landausflüge müssen vorbereitet werden, Fahrpläne erstellt, Unterkünfte für die Aufenthalte in den fernen Ländern gebucht werden. Das erfordert viel Mühe und Nachforschungen und …«

»Und ich denke nicht, dass all das in der Zuständigkeit der Reederei liegen muss«, pflichtete Werner ihr bei. Er unterdrückte ein Seufzen und überwand sein Zaudern. »Die Landausflüge könnten aus Ihrem Angebot für eine Reise ausgeklammert und die Passagiere an ein Verkaufsbureau an Bord verwiesen werden.«

Ballins eben noch schadenfrohes Lächeln wurde freundlich. »Ich verstehe, worauf Sie hinauswollen.«

»Mein Mann spricht viele Sprachen«, sagte Alba schnell. »Ich im Übrigen auch, was bedeutet, dass ich ihn bestmöglich unterstützen kann.«

»Aber haben Sie Erfahrung in diesem Gewerbe?«, fragte Ballin etwas zweifelnd.

»Man könnte doch mit Thomas Cook kooperieren«, schlug Werner vor. »Die Firma war der erste Veranstalter von Gesellschaftsreisen überhaupt. Sie haben in vielen Ländern des Mittelmeerraums ortskundige Agenten.«

»Meines Wissen hat Carl Stangen in Berlin auch ein sogenanntes Reisebureau gegründet«, sagte Ballin. »Nach Vorbild von Cook und American Express bietet er Reisen in die Sächsische Schweiz und nach Italien an, außerdem Orientreisen. Ich dachte deswegen …«

»Aber er hat hier in Hamburg keine Dependance«, unterbrach ihn Werner hastig. »Und es würde doch vieles leichter machen, wenn Sie hier vor Ort einen Ansprechpartner hätten, um die Reise detailliert zu planen. Jemanden, der darüber hinaus bereit ist, sie zu begleiten und den Passagieren mit Rat und Tat zur Seite zu stehen.«

Ballin betrachtete ihn nachdenklich. »Nun«, meinte er gedehnt. »Ich kann Ihnen im Augenblick keine feste Anstellung zusagen, aber ich könnte Ihnen durchaus eine Kooperation in Aussicht stellen. Und wenn Sie sich auf dieser Reise quasi Lorbeeren verdienen, ist es durchaus möglich, dass Sie danach ein eigenes Reisebureau gründen.«

Ein Reisebureau. Wieder stieg es Werner heiß ins Gesicht. Nicht, dass die Vorstellung nicht verlockend war, ein eigenes Unternehmen zu führen und nur noch mit Zahlen zu rechnen, für die ausschließlich er selbst die Verantwortung trug. Und dennoch: Er war doch nur mit dem Ziel hierhergekommen, eine Stelle zu bekommen, mit der er seine Familie halbwegs anständig ernähren konnte.

Ehe er allerdings einen Einwand hervorbringen konnte, deutete Alba auf die Pläne. »An welches Schiff haben Sie eigentlich gedacht? Und wohin soll die Lustreise führen, die Sie im Sinn hatten?«

»An die *Augusta Victoria*«, erklärte Ballin schnell, »sie ist der insgesamt dritte Zweischraubenschnelldampfer der Welt, der ganze Stolz der HAPAG und wird im Moment für den Expressdienst zwischen Hamburg und New York eingesetzt. Was die Reiseroute anbelangt, habe ich wie Wilhelm Ahlhusen ans Mittelmeer gedacht.«

Er deutete auf eine Landkarte, auf der etliche Orte markiert waren. »Über Southampton könnte es nach Gibraltar gehen, von dort nach Alexandria und nach Jaffa, vielleicht Smyrna, Konstantinopel, Algier …«

»Die Reiseroute will sorgfältig bedacht sein«, warf Werner ein, der seine Fassung wiedergefunden hatte. »Und es gilt, nicht nur attraktive Landausflüge zu organisieren – wir müssen auch rechtzeitig die Hafenliegeplätze reservieren und nautische Fragen klären. Schließlich ist die *Augusta Victoria* doppelt so groß wie die sonstigen Passagierdampfer, sie kann nicht jeden Hafen ansteuern.«

Ballin hob anerkennend die Brauen. »Und natürlich müsste man diese Lustreise rechtzeitig allen europäischen und amerikanischen Reiseagenturen anbieten.«

»Selbstverständlich müssten auch die Preise kalkuliert werden«, rief Werner, und erstmals konnte er seine Verlegenheit gänzlich ablegen. »Ein billiges Vergnügen wird diese Reise ganz sicher nicht werden. Ich denke für Passagiere erster Klasse läuft es auf an die dreitausend Mark hinaus – für die der zweiten könnte man etwa die Hälfte veranschlagen.«

»Nun, aber manche werden allein schon darum ein Ticket kaufen, um ihren Reichtum zur Schau zu stellen«, sagte Ballin. »Im Übrigen denke ich, ein paar Monate sollten für die Vorbereitung genügen. Wir könnten die erste Reise schon für den kommenden Winter ansetzen, was meinen Sie?«

Das Blitzen seiner dunklen Augen verriet nicht nur Erre-

gung, sondern Ungeduld. Nun, da seine Pläne aus dem Dornröschenschlaf geweckt waren, wollte er sie so schnell wie möglich umsetzen, und dieser Enthusiasmus erinnerte Werner an Wilhelm: Wenn dieser sich für etwas begeisterte, brannte er ganz und gar dafür. Doch anders als bei Wilhelm war Ballins Eifer mit stählernem Willen und einer ordentlichen Portion Nüchternheit gepaart. Plötzlich bereitete ihm sein »Verrat« kein schlechtes Gewissen mehr. Es war die richtige Entscheidung.
»Ich denke, wir sollten darauf anstoßen!«, rief Ballin. »Ich gebe meiner Frau Bescheid.«
Wieder segelte ein Blatt Papier zu Boden, als er hektisch aufsprang. Wenig später klirrten die Sektschalen.
»Auf die HAPAG«, sagte Ballin.
»Auf die *Augusta Victoria*«, rief Alba.
»Auf die erste mehrwöchige Lustreise in der Geschichte der Seefahrt!«, schloss Werner.

Der Sommer erschien Mina drückend und lang wie nie. In der schwülen, zum Schneiden dicken Luft konnte sie sich kaum auf ihre Bücher konzentrieren, doch wenn sie das Fenster in der Hoffnung auf eine kühle Brise öffnete, drang ihr eine Woge fauligen Gestanks entgegen. Er kam von den Fleets, die sich in dieser Jahreszeit stets in eine grünliche, zähe Brühe verwandelten, und obwohl Mina den unangenehmen Geruch zu ignorieren versuchte, das Fenster wieder schloss und sich seufzend an den Schreibtisch setzte, konnte sie sich kaum sammeln. Die Bücher waren bis jetzt das Einzige gewesen, das ihr ein wenig Ablenkung verschaffte, aber mittlerweile konnte sie sich nicht mehr so leicht in fremde Welten flüchten und fühlte sich wie eine Gefangene in ihrem eigenen Leben. Nicht länger schien sie dieses im Haus eines angesehenen Hamburger Bürgers zuzubringen, sondern in einer Eremitage. Ihre Großmutter war wortkarg wie nie und litt an Rückenschmerzen, die früher Alba gelindert hatte. Die Dienstboten machten betretene Gesichter und zogen den Kopf ein, wann immer sie einem begegnete. Und ihren Vater sah sie, wenn überhaupt, nur morgens oder abends. Sie war nicht sicher, in welchem Zustand sie ihn lieber antraf: wenn er übermüdet und betrunken vom Feiern zurückkehrte und mit grauem Gesicht und dunklen Ringen unter den Augen über die eigenen Füße stolperte oder wenn er am Abend mit fiebrigem Blick aufbrach. Einmal hatte sie Ferdinand gefragt, ob er zwischendurch auch zur Werft gefahren sei, doch der verneinte. In den dortigen Bureauräumen bot sich wahrscheinlich ein ähnlich trostloser Anblick wie hier im Kontor, wo jede Menge Unterlagen über den ganzen Boden verstreut lagen.

Heute wurde ihr die Einsamkeit so unerträglich, dass sie sich schließlich aufraffte, Wilhelm ausnahmsweise tagsüber aufzusuchen. Sie zögerte zuvor zwar lange, klopfte schließlich aber doch energisch an seine Zimmertür, um ihn wenig später mitsamt seiner Straßenkleidung im Bett vorzufinden. Er schnarchte und reagierte nicht, als sie ihn mehrmals rief. Selbst als sie ihn anstupste, öffnete er nur zaghaft die Lider, und als er sie erkannte, fuhr er nicht etwa erschrocken und schuldbewusst auf, sondern runzelte nur verdrossen die Stirn.

»Es muss etwas geschehen«, sagte Mina. »So kann es nicht weitergehen, bald stehen wir vor dem Ruin. Ich habe mir überlegt, dass wir entweder die Werft oder die Reederei abstoßen könnten. Wenn wir uns auf eins von beiden konzentrieren, dann würde …«

Die ersten Worte hatte er stirnrunzelnd über sich erge-

hen lassen, aber danach richtete er sich auf und rief barsch: »Es ist zu spät.«
»Wenn wir diese geplante Lustreise auf die Elbe oder die Ostsee beschränken würden … Du hast doch noch einige kleine Raddampfer, und …«
»Die Konkurrenz ist zu groß!«
»Aber …«
»Lass mich in Ruhe!«
Sie konnte sich nicht erinnern, dass er jemals so harsch zu ihr gesprochen hatte. Doch anstatt Reue zu zeigen, rollte er sich zur Seite und schnarchte alsbald wieder. Ein Schweißfilm bildete sich auf seiner Stirn, und zum Gestank von den Fleeten stieg ihr Weindunst in die Nase.
Keinen Augenblick hielt sie es länger aus. Das ganze Haus wurde ihr zu klein und zu eng! Schon überlegte sie – Hitze und Gestank hin oder her –, ins Freie zu flüchten, als jemand ihren Namen rief.
Mina stürzte zum Treppengeländer und blickte nach unten.
»Bethy!«, rief sie erleichtert, und zum ersten Mal seit Wochen fiel es ihr leicht zu lächeln. Sie merkte die Hitze gar nicht, als sie Bethy entgegenlief, während diese ungleich schwerfälliger nach oben stieg.
»Was für eine schreckliche Fahrt«, murrte sie mit hochrotem Gesicht. »Wir haben jetzt keine Droschke mehr, also musste ich den Omnibus nehmen. Aber beim Umsteigen habe ich den falschen genommen und bin am andern Ende der Stadt gelandet. Herrje, ich war Ewigkeiten unterwegs!« Sie wedelte sich mit der Hand frische Luft zu.
»Aber jetzt bist du hier, und ich freue mich.« Mina hakte sich unter und zog sie in den Salon, wo ihnen wenig später Limonade gebracht wurde.

Bethy atmete ein wenig ruhiger, als sie erst einmal davon getrunken hatte, konnte aber nicht aufhören, sich über die zurückliegende Tortur zu beklagen.

»Wie eng es war, und wie verschwitzt die Menschen, und …«

»Ich wollte immer schon mal Omnibus fahren«, sagte Mina, »und denk dir, es ist der Bau einer elektrischen Straßenbahn geplant! Damit wird man noch schneller unterwegs sein.«

»Ach hör mir auf damit!«, unterbrach Bethy sie schroff. »Wenn du einmal so dicht gedrängt neben den anderen Fahrgästen sitzen und ihren Gestank einatmen müsstest, würdest du nicht davon schwärmen.«

Mina schwieg betroffen. So ungewohnt barsch ihr Vater zu ihr gesprochen hatte, so ungewohnt giftig klang Bethy. Kurz wurde ihr Blick ganz weich, aber nur, weil er durch den Raum schweifte. »Ich habe schon beinahe vergessen, wie schön es hier ist«, sagte sie seufzend. »Wie eng unsere Wohnung im Vergleich dazu ist. Wir wohnen im Nagelsweg, musst du wissen. Mein neues Zimmer … ach was … dieses dunkle Loch ist nicht mal so groß wie dein Boudoir. Wenn ich vom Bett aufstehe, kann ich gerade mal zwei Schritte gehen, ohne dass ich mir den Fuß anstoße, und …«

»Wie geht es deinen Eltern?«

Bethy machte eine wegwerfende Bewegung. »Sie haben so viel zu tun, dass sie kaum zu Hause sind. Sie verstehen nicht, dass ich mich beklage. Nur weil wir ein eigenes Bad und eine Toilette haben, glauben sie wohl, wir leben in einem Schloss. Aber das fehlte mir noch, die Toilette zu teilen! Weißt du, dass es Mietshäuser gibt, wo sich mehr als ein Dutzend Parteien ein einziges Bad teilen? O wie grässlich es dort stinkt!«

Mina wies nicht darauf hin, dass in diesen heißen Tagen Arm wie Reich gleichermaßen mit dem Gestank zu leben hatte. »Weißt du es?«, fragte sie stattdessen.
»Ob ich was weiß?«
»Nun, warum sich deine Eltern und mein Vater gestritten haben.«
Bethy schüttelte nur den Kopf. »Ach, wenn sie sich bloß wieder versöhnen würden«, seufzte sie, »wenn wir wieder hier leben könnten …«
»Wo arbeitet denn dein Vater jetzt?«, fragte Mina nachdenklich.
Bethy verdrehte die Augen. »Ich weiß nur, dass er zu viel arbeitet. Frag lieber, wo meine Mutter einkaufen geht. Bei so einem Betrüger nämlich, der Milch mit Gips streckt und Rinderhackfleisch mit Pferd. Und immer kommt dieses Armenessen auf den Tisch. Stell dir vor, gestern gab es Brot mit Steckrübenmarmelade und hinterher Brotsuppe mit Rosinen und Eischnee. Sag, hörst du mir überhaupt zu?«
Mina hatte sich tatsächlich abgewendet und war in Gedanken versunken. »Ich kann jetzt nicht ans Essen denken«, entfuhr es ihr.
Bethy sprang auf. »Natürlich! Du musst ja bloß mit den Fingern schnipsen, und dann wird dir Filet mignon und Sorbet serviert. Nach all den Wochen besuche ich dich und nehme diese grässliche Fahrt in Kauf, und dich interessieren bloß Dinge, mit denen sich kein normales Frauenzimmer freiwillig beschäftigt!«
Mina sah sie verdutzt an. »Aber Bethy, ich wollte doch nicht …«
»Wie es mir geht, interessiert dich überhaupt nicht!«
»Bethy, ich wollte wirklich nur …«
»So war es immer schon. Du hast alles und weißt es nicht

zu schätzen. Und ich, die ich sofort mit dir tauschen würde, habe nichts.«

Der vorwurfsvolle Tonfall erzeugte bei Mina Kopfschmerzen. »Es ist doch nicht meine Schuld, dass sich deine Eltern und mein Vater gestritten haben. Im Übrigen stehen mir deine Eltern nahe wie Verwandte, und doch sind sie gegangen, ohne sich von mir auch nur zu verabschieden.«

»Jetzt willst du also, dass ich mit *dir* Mitleid habe?«, schrie Bethy.

»Ich brauche kein Mitleid. Ich möchte mich nur vernünftig …«

Ehe sie den Satz vollenden konnte, hatte die erboste Bethy schon kehrtgemacht und den Salon verlassen, und Mina fühlte sich plötzlich zu müde, zu überdrüssig, vor allem aber zu enttäuscht und verletzt, um ihr zu folgen und sie aufzuhalten.

Es dauerte bis zum Herbst, bis Mina herausfand, für wen Werner Borgmann nun arbeitete. Es war an einem der letzten sonnigen Tage, als sie mit ihrer Großmutter am Jungfernstieg einkaufen ging – der schönen, breiten Promenade an der Alster, wo die wohlhabenden Hamburger gerne flanierten und insbesondere die Herren gerne den Schweizer Pavillon besuchten, weil dort das Rauchen erlaubt war. Hedwig zog hingegen den Alsterpavillon vor, behauptete sie doch, dass man dort den besten Kaffee der Stadt trinken könne, mit Vollmilch und Sahne und einem Stückchen weißen Kandis. Nur heute zog es sie daran vorbei, weil sie noch einkaufen wollte. Mina kam das nur recht. Sie wollte nirgendwo einkehren und still sitzen, sondern warf sehnsuchtsvolle Blicke auf die Ruderer, die mit ihren Booten blitzschnell das Wasser durchpflügten.

Wie farbenprächtig sie mit der rot-weißen Jacke, der blauen Mütze und dem grün-weiß karierten Halstuch aussahen! Wie ausgelassen sie ruderten und den Moment der Freiheit genossen! Und nicht minder faszinierend war es, durch die Fenster eines »Badeschiffs« zu spähen, wo Damen und Herren kalte und heiße Bäder nehmen und schwimmen lernen konnten.

»Bethy hat mir mal erzählt, dass die Röcke der Badekleider bis zum Hals geschlossen sind und über die Knie reichen«, erzählte sie. »Und unten sind sie mit Blei eingefasst, damit sie nicht den Blick auf die Beine preisgeben. Wie unpraktisch!«

»Seit wann muss eine Frau schwimmen können?«, fragte Hedwig. »Und sich Gedanken machen, welche Kleidung sie dabei trägt?«

»Wenn wir mit unseren Kleidern ins Wasser fielen, gingen wir unter wie ein Stein.«

»Was auf jeden Fall vornehmer wäre, als diese merkwürdigen Bewegungen unter lautem Prusten zu machen.«

»Oh, ich würde so gerne schwimmen können, egal mit welcher Kleidung. Ich verstehe auch nicht, warum man sich so viele Gedanken macht, ob dieser Sport züchtig ist oder nicht. Frauen und Männer schwimmen schließlich getrennt, Buben dürfen nur bis zum sechsten Lebensjahr bei ihren Müttern bleiben.«

»Warum wird denn den Söhnen überhaupt das Schwimmen beigebracht?«, entfuhr es Hedwig mit gerümpfter Nase. »Es wäre ratsamer, sie beizeiten zu ertränken, ehe sie Unsinn anstellen können!«

»Großmutter!«, rief Mina gespielt empört, musste aber grinsen.

Als sie wenig später in den Bazar einbogen – einer Ladenpassage unter dem Glasdach –, wurde sie wieder ernst. Sie kamen an prächtigen Läden, Schaufenstern und Aushängekästen vorbei, und während Hedwig die Photographien der ebenso beliebten wie berüchtigten Schauspielerinnen ignorierte, die in Letzteren ausgestellt waren, steuerte sie entschlossen auf die Pariser Delikatessenhandlung Comestibles zu.

Mina hingegen verlangsamte den Schritt.

»Können wir es uns eigentlich noch leisten, hier einzukaufen?«, fragte sie leise.

Hedwig blieb abrupt stehen. »Was redest du da?«

»Nun ja, ich weiß, wie es um das Geschäft steht«, gab Mina zögerlich zu.

Hedwig sah sie lauernd an. »Woher?«

Mina wand sich unter ihrem Blick. »Die Geschäftspost wird doch jeden Morgen und Nachmittag auf den Familienesstisch gelegt.«

»Und die hast du einfach gelesen?« Nicht nur Empörung klang in ihrer Stimme, sondern auch ein wenig Anerkennung.

»Werden wir … werden wir liquidieren müssen?«, fragte Mina bange.

Hedwig straffte den Rücken. »Das ist die Sache deines Vaters«, sagte sie energisch.

»Aber ich habe mir in den letzten Wochen ein paar Gedanken gemacht. Ich …«

»Das ist die Sache deines Vaters!«, wiederholte Hedwig. »Ich will nicht, dass du dir Sorgen machst. Nun komm schon mit.«

Mina schüttelte den Kopf. »Ich gehe noch etwas spazieren und warte hier auf dich.«

Etwas ziellos ging sie auf und ab. So wenig Interesse sie dafür hegte, gemeinsam mit Hedwig Schildkrötenragout zu kaufen, so langweilig erschien es hier, die Hutnadeln und Haarkämme zu betrachten, die hinter den Schaufenstern zu sehen waren. Bethy würde sich wohl ihre Nase daran platt pressen und nicht minder aufgeregt die vielen Plakate studieren, die hier hingen, während Mina sie nur überflog. Gelee, Seife und Puder von der Firma Kaloderma wurden hier angepriesen, Bordeaux-Weine von der Firma H. C. Theod. Framhein und das Hotel Hamburger Hof, das den höchsten Komfort bot. Nun ja, sie brauchte kein Hotel in Hamburg, und sie hatte andere Sorgen als die, wie man sich die Zähne putzte – am besten war offenbar ein Zahnpulver aus Weinstein-Creme, Alaun und Iriswurzel – oder wie man Pickel bekämpft, nämlich mit einer Lotion aus pulverisierten Eierschalen, Eibischwurzel, Rosenwasser und Cascarillarinde.

Doch gerade als sie sich abwenden wollte, um doch noch ihrer Großmutter ins Delikatessengeschäft zu folgen, stach ihr ein weiteres Plakat in die Augen.

Weder bot es etwas zu essen oder zu trinken an, noch Mittelchen für die Schönheitspflege, sondern … Freiheit. Zumindest schien es ihr so, als sie das Schiff betrachtete, das auf dem Plakat abgebildet war und geradewegs auf die Pyramiden von Ägypten in der oberen Bildhälfte zuzusteuern schien.

Unter dem Bild war ein Name zu lesen – der der Hamburg-Amerika Paketfahrt-Aktiengesellschaft – außerdem die Einladung, die »Wunder einer Levante-Reise auf der *Augusta Victoria* mitten aus dem nordischen Winter heraus« zu genießen. Mina trat näher, las nun auch das Kleingedruckte, das verriet, dass die Fahrt fast zwei Monate dauern und dreizehn Häfen im Mittelmeer ansteuern sollte.

So viele verschiedene Städte! So viele Landschaften, Gerüche, Farben, Menschen! So viel Abenteuer, Kultur und Komfort!

Und nicht zuletzt war da ein vertrauter Name, der ihr in die Augen stach – der von Werner Borgmann, der gemeinsam mit einem gewissen Mr. Moll von der Firma Thomas Cook die Verantwortung für die Landausflüge tragen würde.

Also hatte Werner bei der HAPAG eine neue Stelle gefunden, dem größten Konkurrenten ihres Vaters.

Mina betrachtete das Plakat nachdenklich, und später musste Hedwig drei Mal ihren Namen rufen, ehe sie sie hörte und ihr folgte.

12. Kapitel

1891

Wilhelm träumte von einer wunderschönen Frau. Er war sich nicht sicher, ob es Alba war, denn er konnte seinen Kopf nicht weit genug heben, um ihre Haarfarbe zu erkennen oder ihr in die Augen zu sehen. In jedem Fall waren ihre Hände sehr weich, als sie neckisch über sein Haar fuhren. Oh, es musste Alba sein … Niemand sonst hatte so sanfte Hände. Er seufzte wohlig, streckte sich den Händen entgegen, deren Berührungen nun etwas fester wurden; sie schienen ihn nicht mehr zu streicheln, sondern zu kratzen. Eine kleine Wildkatze … auch gut …

Wilhelm grinste breit, doch in diesem Augenblick wurde ihm eine schallende Ohrfeige versetzt. Und ehe er sich vom Schrecken erholt hatte, folgte eine weitere.

Aua, das hatte wehgetan!

Nun konnte er sich doch noch aufrichten, wurde aber prompt mit heftigen Kopfschmerzen bestraft, die jedoch spätestens mit der dritten Maulschelle vergessen waren. Erst jetzt erkannte er, dass keine Frauenhand auf sein Gesicht sauste, sondern eine eingerollte Zeitung, und vor ihm stand auch nicht Alba oder ein anderes hübsches Geschöpf, sondern seine Mutter. Selbst als er sich stöhnend die Augen rieb, hörte sie nicht auf, mit der Zeitung auf ihn einzuschlagen.

»Genug!«, klagte er.

»Bist du endlich wach?«, fragte sie ungeduldig. »Dann kannst du dir das hier ja ansehen!«

Obwohl sie mit der eingerollten Zeitung nur noch wedelte und nicht mehr damit schlug, verzog Wilhelm das Gesicht. Dem grellen Licht zufolge, das ihn schier blind machte, war es Mittagszeit – was bedeutete, das er viel zu kurz geschlafen hatte. Oder zumindest nicht lange genug, um auch nur einen Satz lesen zu können, ohne dass die Buchstaben vor seinen Augen verliefen.
Hedwig verlor schließlich ihre Geduld, rollte die Zeitung auseinander und las den Artikel über die Lustreise der *Augusta Victoria* vor, die in zwei Wochen beginnen würde. »Und jetzt rate mal, wer diese Lustreise veranstaltet!«, schloss sie.
»Albert Ballin.«
»Und weißt du, wer neuerdings für Ballin arbeitet, wie mir Frau von Amsinck kürzlich zugeflüstert hat?«
»Werner Borgmann.«
Hedwig schleuderte die Zeitung auf sein Bett, begann auf und ab zu gehen und stieg angewidert über eine leere Flasche hinweg.
»Ich bin sicher, die Reise wird ein großer Erfolg. Warum, zum Teufel, hast du dich nur mit Alba zerstritten? Die Lustreise war deine Idee, doch die Borgmanns sind damit zur Konkurrenz gerannt!«
Alba ... Alba hat unsere Idee verraten ... Alba hat mich verraten ...
Trotz der Kopfschmerzen brüllte Wilhelm auf. »Jetzt plötzlich redest du von einem großen Erfolg? Bei mir hast du den stets angezweifelt, ja, hast mir prophezeit, dass ich scheitern werde! Ballin ist wahrscheinlich auf den Großteil seiner Tickets sitzen geblieben.«
Hedwig blieb stehen. »Zumindest eines der Tickets wurde kürzlich verkauft«, erklärte sie finster.
Wilhelm stützte seinen Kopf auf den Ellbogen und öff-

nete die Augen einen Spaltbreit. »Es ist zu früh, um in Rätseln zu sprechen.«

»Nein, es zu spät, um etwas dagegen zu tun«, sagte Hedwig barsch. »Mina hat sich in den Kopf gesetzt, bei der Reise dabei zu sein, und ein Ticket gekauft.«

Wenn es weiter nichts ist …

»Mit welchem Geld denn?«, fragte er lediglich. »Du wirst es ihr kaum gegeben haben.«

»Das ist alles, was dir dazu einfällt?«, rief Hedwig erbost. »Wir können das Mädchen unmöglich allein reisen lassen, also werde ich mitkommen. Und du solltest das auch.«

Eine Schiffsreise machen …

Nun, seekrank fühlte er sich auch jetzt. Im schlimmsten Sturm würden ihn wohl keine schlimmeren Kopfschmerzen plagen, ganz zu schweigen von dieser Übelkeit, als in diesem Moment. Seiner Mutter würde es übrigens ganz recht geschehen, wenn er sich auf ihre Schuhe übergab. Warum musste sie ihm mit ihrer zänkischen Stimme auch so zusetzen? Und jetzt beugte sie sich auch noch über ihn, um ihm ins Ohr zu schreien: »Bedenke doch! Nur weil Ballin der Erste ist, der nun mit der HAPAG diese Lustreise veranstaltet, heißt das nicht, dass er nicht bald Nachahmer finden wird. Du könntest zu ihnen gehören.«

Mit viel Ächzen schaffte es Wilhelm, sich aufzusetzen. Seine Wangen brannten noch von den Maulschellen, und als er darüber fuhr, nahm er die vielen Stoppeln wahr. »Mit welchem Geld soll ich denn so eine Reise auf die Beine stellen?«

»Dieses Geld flattert nicht zum Fenster rein, während du hier rumliegst und säufst. Tu endlich was! Steh auf! Pack dein Leben wieder an!«

Er rieb sich die Schläfen. »Etwas leiser bitte! Ich ... ich kann doch nichts dafür ... Das Feuer in der Werft war nicht meine Schuld. Otto Graff steckte dahinter ...«

»Das kannst du nicht beweisen. Aber dich ankleiden, nüchtern werden, dich um das Unternehmen kümmern – das kannst du.«

Am liebsten hätte er sich wieder ins Bett fallen lassen, doch stattdessen stand er auf. Es war noch unerträglicher, die keifende Stimme seiner Mutter zu hören, wenn er vor ihr lag. So konnte er wenigstens auf sie hinabblicken, obwohl das im Nacken wehtat. »Wozu? Ich habe keinen Sohn, dem ich alles vererben kann.«

Hedwig zögerte kurz. »Aber du hast eine Tochter, ein kluges Mädchen, das viel klüger ist als du, belesen, wissenshungrig, interessiert.«

»Hört, hört!«, lachte Wilhelm. »Wolltest du Mina nicht immer einbläuen, dass Weiber keinen anderen Nutzen hätten, als schön zu sein, Haltung zu bewahren und einem Mann zu dienen? Und nun plötzlich soll sie ein Unternehmen führen?«

Hedwig zuckte nur ihre Schultern, anstatt offen einzugestehen, dass sie ihre Meinung geändert hatte. »Du hast Alba doch nicht wegen ihrer Schönheit geliebt, sondern wegen ihrer Klugheit und Stärke«, sagte sie lediglich.

Wilhelm fühlte sich, als habe sie ihm wieder eine Maulschelle versetzt. Alba – wie konnte sie nur zu Ballin gehen?

»Ich hingegen besitze in deinen Augen nichts davon, gib es doch zu«, murmelte er.

»Jetzt reiß dich zusammen!«, rief Hedwig wütend. »In dir steckt doch mehr als ein Schürzenjäger, ein Trunkenbold. Wenn wir gemeinsam ...«

»Es ist zu spät!«, fiel Wilhelm ihr nicht minder laut ins

Wort. »Du hast mich immer verachtet ... und Alba verachtet mich nun auch ... Sie wird mir nie verzeihen. Und sie hat lieber einen trockenen Buchhalter zum Mann als mich. Lass mich in Ruhe, lasst mich alle in Ruhe.«

Hedwigs Lippen bebten, doch sie sagte nichts mehr. Hoheitsvoll verließ sie den Raum, und bei jedem Schritt raschelten ihre seidenen Unterröcke. Wie er diesen Laut hasste! Obwohl er so leise war, schmerzte er ihm noch mehr in den Ohren als ihre Stimme. Als er sich jedoch wieder aufs Bett sinken lassen wollte, sah er die Zeitung und den Artikel, in dem die Wunder einer Levante-Reise auf der *Augusta Victoria* mitten aus dem nordischen Winter heraus angepriesen wurden.

Als ob es für ihn nicht immer und überall Winter war ...

Er rollte die Zeitung zusammen, öffnete die Tür und wollte sie seiner Mutter nachwerfen, doch plötzlich hörte er Stimmen ... Frauenstimmen ... nein ... Mädchenstimmen.

Sie mussten aus Minas Zimmer kommen ... Mina, die die Reise gebucht hatte ... die nun Besuch bekam ... obwohl sie doch keine Freundinnen hatte ... zumindest fast keine – eine gab es schon.

Bethy.

Bethy Borgmann.

Werners und Albas Kind, das sie wie einen Augapfel hüteten.

Die Lustreise war in gewisser Weise sein Kind gewesen, doch er hatte es nicht beschützen können.

Anstatt die Zeitung auf den Boden zu schleudern, legte Wilhelm sie auf ein Tischchen und läutete nach Ferdinand, damit der ihm beim Ankleiden und Rasieren half. Seine Kopfschmerzen und die Übelkeit waren plötzlich wie weggeblasen.

Zugegeben, es war für Bethy eine Überwindung gewesen, nach dem Streit mit Mina wieder zu den Ahlhusens zu fahren, aber noch unerträglicher, als der Freundin gegenüberzutreten, war die Aussicht darauf, sich weitere Wochen in der kleinen Wohnung zu langweilen. Da erschien sie lieber unangemeldet bei ihr und tat so, als wäre nichts gewesen. Und Mina, die ansonsten immer Wert darauf legte, jedes Missverständnis zu bereinigen, ging heute nicht darauf ein, ja, zeigte sich noch nicht einmal verwundert, dass sie hier war.

Erst auf den zweiten Blick erkannte Bethy, woran das lag: Mina war beschäftigt. Vor ihr stand ein großer Koffer und auf dem Bett lag eine Fülle an Kleidung, grauschwarze Knöpfstiefel und Wäsche – darunter ein halbes Dutzend Beinkleider und Unterröcke aus Baumwolle und ohne Volants. Eben hob Mina prüfend ein graues Schneiderkostüm mit roten Litzen und Gigotärmeln hoch.

»Bethy, wie schön, dass du gekommen bist«, murmelte sie geistesabwesend.

»Du verreist?«, fragte Bethy.

»Du doch auch.«

Bethy sah sie verwirrt an.

»Nun, deine Eltern haben die Fahrt der *Augusta Victoria* doch mitorganisiert. Ich nehme an, sie werden dabei sein und dich nicht zu Hause lassen.«

Bethy weitete die Augen. »Natürlich komme ich mit. Und du meinst, dass auch du …«

Mina nickte knapp, ehe sie das graue Kostüm zur Seite legte, um stattdessen einem dunkelblauen Flanellrock und einer gleichfarbigen Weste den Vorzug zu geben.

»Es ist gar nicht so leicht, sich für das richtige Reisegepäck zu entscheiden.«

Bethy vergaß jede Zurückhaltung, eilte auf die Freundin zu und packte sie bei den Händen.
»Du wirst wirklich dabei sein? Wie wunderbar! Aber wie kommst du an ein Ticket?«
»Nun, indem ich es mir gekauft habe.«
»Einfach so?«
»Meine Mutter hat mir etwas Geld hinterlassen, es ist mir zu meinem achtzehnten Geburtstag ausbezahlt worden.« Mina deutete auf eine kleine schwarze Tasche, die neben dem Koffer stand. »Sieh dir nur mal diese Tasche aus Öltuch an – das ist eine ganz neue Erfindung aus England. Man kann sie auseinanderfalten, und sie hat nicht nur viele Fächer, sondern zahlreiche Beutelchen und elastische Riemen. Was man alles darin unterbringen kann! Schreibwaren, eine Feldflasche, die Sandwichdose, sogar Wäsche und Toilettenartikel. Es gibt ja eine Menge mitzunehmen!«
Bethy hatte solche Überlegungen bislang den Eltern überlassen, wobei die weniger an das notwendige Gepäck dachten, sondern an die Landausflüge, die sie gemeinsam mit der Firma Thomas Cook organisieren würden. »Es ist großartig, dass wir zusammen reisen werden!«, rief sie begeistert. »Ach, das wird herrlich! Wir werden im Luxus schwelgen. An Bord gib es Bälle, Galadiners, Konzerte, und dafür brauchen wir jede Menge Kleider.«
Mina lächelte, und als Bethy näher herantrat, sah sie, dass sie bei der Auswahl der Kleider bislang auf Seiden- und Brokatstoffe verzichtet und sich ausschließlich auf Nützliches beschränkt hatte – so zwei Kapotthüte, einige Schleier, einen Sonnenschirm und eine Regenjacke.
»Die ist von der Firma Hinrichs & Bollweg«, berichtete Mina. »Sie hat sich ausschließlich auf Reisekleidung spezialisiert.«

»Ich dachte eher auf die Ausstattung von Nonnen«, sagte Bethy, um dann fassungslos ihre Hände zu ringen. »Das kann doch nicht dein Ernst sein, nur diese dunklen, freudlosen Kleider einzupacken!«
»Nun, in einer Broschüre stand zu lesen, was unbedingt ins Gepäck gehört: Männer sollen sich eine ordentliche Anzahl weißer oder grauer Leinen- oder Baumwollanzüge bereitlegen. Und Frauen werden feine Wollstoffe, dünne Tafte oder leichte Baumwollstoffe angeraten. Die Landausflüge führen schließlich in die Wüste und in die Berge, und glaubst du, ich will dort etwa tanzen? Nein, tüchtig marschieren werden wir, reiten, vielleicht auf Eseln oder gar Dromedaren.«
Bethy unterdrückte ein Seufzen. Sie würde nie verstehen, warum Mina überhaupt nicht eitel war. Entschlossen ging sie nun selbst zu ihrem Schrank, aus dem sie sich schon früher oft bedient hatte. »Und davon willst du gar nichts mitnehmen?«, fragte sie und strich sehnsüchtig über einen changierenden Seidenjupon mit Spitzenborte, eine lange Straußenboa und ein rosa Abendkleid mit drapiertem Rücken.
»Es gibt doch nicht genügend Platz dafür. In der Broschüre stand auch, dass man sich auf einen kleinen Koffer beschränken soll, der sich unter das Bett schieben lässt. Der und eine bequeme Reisetasche und Plaidriemen sind alles, was ein Passagier in seiner Kabine unterbringen kann.«
Bethy befürchtete, dass ihre Eltern das genauso sahen. »Aber das grüne Kleid, das ich während des Balls getragen habe, das nimmst du doch mit – für mich. Es ist ja nicht so, dass wir ständig nur auf diesen Drome… Drome…«
»Dromedaren!«

»Also auf diesen Dromedaren reiten werden.«
Mina verdrehte die Augen, nahm aber schließlich besagtes Kleid aus dem Schrank. »Nimm es einfach mit und pack es selbst ein.«
Sehnsüchtig dachte Bethy an den großen Ball, als ihr Leben noch in Ordnung gewesen war. Wenn nur nicht dieser Otto Graff aufgetaucht wäre und alles kaputt gemacht hätte.
Mina ging unterdessen zu ihrem Schreibtisch und überlegte laut, welche Bücher sie mitnehmen würde und dass sie auf jeden Fall ein Reisetagebuch führen wollte. Bethy lag schon eine spöttische Bemerkung auf den Lippen, doch ehe sie sie aussprechen konnte, ertönte ein Räuspern. Die beiden Mädchen fuhren herum und sahen, dass Wilhelm Ahlhusen an der Tür lehnte. Vielleicht stand er schon länger dort.
Zu Bethys Erstaunen schien sich Mina ertappt zu fühlen, denn sie stellte sich hastig vor den Koffer, als hätte sie etwas zu verbergen. War es möglich, dass sie ihm noch gar nichts von der Reise erzählt hatte?
Im nächsten Augenblick war ihr das allerdings völlig egal, denn eben lächelte Wilhelm sie freundlich an und sagte: »Ach, das Fräulein Bethy ist hier, wie schön!«
Bethy fühlte, wie ihr Röte ins Gesicht schoss – und das war doppelt peinlich. Es war schlimm genug, dass seine bloße Anwesenheit sie so verlegen stimmte – dass er sie überdies wie eine Erwachsene behandelte, machte ihre kindliche Reaktion noch schlimmer.
»Guten Tag, Herr Ahlhusen«, sagte sie und war dankbar, dass ihre Stimme zwar heiser klang, sie aber nicht stammelte.
Mina indessen hatte ihre Beherrschung wiedergefunden und trat vom geöffneten Koffer weg.

»Vater?«, fragte sie knapp.
»Ich sehe, du packst für die Reise auf der *Augusta Victoria?*«
Bethy entging nicht, dass Mina seinem Blick auswich, was ihre Vermutung bestätigte, dass Wilhelm nichts von den Plänen wusste, aber ihre Stimme klang trotzig, als sie erklärte: »Ich habe mir Gedanken gemacht, wie man unser Unternehmen retten kann. Vielleicht kann unsere Reederei doch noch so eine Expedition organisieren. Wenn ich die Reise mitmache, kann ich viel darüber lernen.«
Wilhelm nickte nachdenklich. »Das stimmt.«
»Du willst mir nicht verbieten, die Reise anzutreten?«, rief Mina überrascht.
»Im Gegenteil, ich werde dich begleiten. Ich fürchte, deine Großmutter auch.«
Er verdrehte die Augen, doch Mina schien das nichts auszumachen. Selten hatte Bethy ihre Freundin so aufgeregt gesehen – und so glücklich.
»Ich habe vorsorglich schon drei Tickets gekauft«, rief Mina eifrig. »Es gibt schließlich nur zweihunderteinundvierzig, und die waren heiß umkämpft.«
Während sie sprach, hatte Wilhelm sich wieder Bethy zugewandt. Sie brauchte alle Willenskraft, um seinen Blick zu erwidern, und konnte dadurch nicht verhindern, dass sie noch röter wurde. »Und habe ich das richtig gehört?«, fragte er. »Du kommst auch mit?«
Ob ihm wirklich etwas daran lag?
Sie nickte. »Es wird großartig.«
»O ja, das glaube ich auch«, sagte er im Brustton der Überzeugung.
Eine Weile lächelte er Bethy an. Erst als Mina all ihre Kleidung in den Koffer gelegt hatte, versuchte, ihn zu

schließen, und allein dabei scheiterte, trat er zu ihr, um ihr zu helfen.

Von nun an zählte Bethy ungeduldig die Tage, bis die Reise begann. Sie konnte es kaum erwarten, endlich nach Cuxhaven aufzubrechen, wo die *Augusta Victoria* ablegen würde, doch als es endlich so weit war, sie die Hafenstadt erreichten und das Schiff bestiegen, wurde sie nicht nur von Aufregung erfüllt, sondern auch von Angst. Sobald sie an Bord gegangen waren, suchte sie nach Mina, doch weit und breit war nichts von ihr zu sehen, und als sie einen Steward nach den Ahlhusens fragte, erfuhr sie, dass diese noch nicht auf dem Schiff waren.

Eigentlich hatte sie diesen Moment doch über alles genießen wollen, den Luxus auskosten, alles neugierig in Augenschein nehmen, aber jetzt fragte sie sich nur, ob Mina es sich vielleicht doch noch anders überlegt oder ihr Vater die Pläne geändert hatte. Aber waren die beiden nicht so begeistert von der Aussicht auf diese Reise gewesen?

Als sie ihre Kabine betrat, hatte sie noch nicht einmal Lust, sich umzusehen, und ihren Eltern entgingen ihre Sorgen nicht länger.

»Was hast du denn, Bethy?«

Sie stammelte etwas von leichten Kopfschmerzen, wollte sie Alba und Werner gegenüber doch nichts von den Reiseplänen der Ahlhusens erwähnen. Vielleicht wussten sie ja noch gar nicht, dass auch diese Tickets erstanden hatten. Etwas zögerlich sah sie sich nun doch um und entdeckte einen Knopf.

»Wofür ist der denn da?«

»Damit ruft man den Kammersteward.«

»Wirklich? Ein Knopfdruck und schon wird man bedient?«
Bethy konnte es einfach nicht lassen, auf den Knopf zu drücken, obwohl Alba mahnend rief: »Nicht! Wir brauchen doch nichts!«
»Die anderen Reisenden lassen sich doch auch den Koffer auspacken«, sagte Bethy.
Alba schüttelte streng den Kopf, aber ehe sie etwas einwenden konnte, steckte ein Steward seinen Kopf durch den Türspalt. Er trug eine weiße Uniform und weiße Handschuhe, und seine blonden Haare glänzten fast so golden wie die Knöpfe. Sein Äußeres gefiel Bethy durchaus – weit weniger jedoch das Lächeln, als er sie betrachtete.
Warum starrte er sie so dreist an? Schließlich gehörte er doch zum Personal und hatte gegenüber den Passagieren zurückhaltend zu sein!
»Jonathan Gold«, stellte er sich schnell vor. »Ich werde Ihnen in den nächsten Wochen zu Diensten sein.«
Er zwinkerte ihr vertraulich zu, als wäre das ein riesiger Spaß, und erstmals dachte Bethy nicht an Mina, sondern fragte sich, ob der Steward wohl von der Aufgabe ihrer Eltern wusste – dass sie nämlich Mr. Moll von der Firma Cook bei der Organisation der Landausflüge helfen würden – und deswegen annahm, er könnte sie respektlos behandeln.
Damit kein falscher Eindruck entstand, befahl sie möglichst hoheitsvoll: »Packen Sie meinen Koffer aus!«
Alba schüttelte wieder empört den Kopf, während Werner ungewohnt streng sagte: »Untersteh dich! Der junge Herr hat genug damit zu tun, die anderen Passagiere in ihre Kabinen zu bringen.«
»Aber …«, setzte Bethy an.

»Nein, wirklich Bethy!«, sagte Alba. »Lass es gut sein!« Nicht nur ihre Miene war hart, auch die Stimme, sodass Bethy sich widerwillig fügte und nichts mehr sagte.
Der junge Steward lächelte immer noch – ein wenig bedauernd nun, wie Bethy ärgerlich fand –, und zur Strafe funkelte sie ihn finster an. Nicht, dass er darauf reagierte, doch er konnte ihr die Laune nicht lange verderben, als vom Gang her plötzlich bekannte Stimmen ertönten. Schon war der Zwischenfall vergessen. Sie stürmte hinaus, entdeckte wenig später Mina und schloss die Freundin in die Arme.

Aufgeregt liefen die Mädchen an Deck. Die Verlegenheit von eben, als Alba und Werner Borgmann unverhofft Wilhelm Ahlhusen gegenübergestanden hatten, verflog. Gewiss, bis heute wussten sie nicht um den wahren Grund von dem heftigen Streit in der Bibliothek, und wahrscheinlich würden sie ihn nie erfahren, aber davon wollten sie sich die Aufbruchsstimmung nicht vergällen lassen – zumal weder die Borgmanns noch die Ahlhusens etwas dagegen hatten, dass die Mädchen gemeinsam das Schiff erforschten.
Auf dem dreihundertvierzig Fuß langen Promenadendeck standen dicht gedrängt die Menschen, aber es gelang den beiden, sich bis zur Reling vorzukämpfen – nicht zuletzt, da sich viel weniger Damen als Herren unter den Passagieren befanden und man ihnen allein aus Höflichkeit den Vortritt ließ.
Über ihnen knatterte laut das blau-weiße Banner der HAPAG im Wind, während der Hafen von Cuxhaven immer kleiner wurde und die Menschen, die ihnen vom Festland zuwinkten, auf die Größe einer Ameise schrumpften. Riesig hingegen wirkten die aufgetürmten

Eisschollen, doch selbst diese vermochten das Schiff nicht aufzuhalten. Es glitt durch sie hindurch, als wäre es nicht Eis, sondern Rahm, und nach einer Stunde verschwanden die Schollen, und vor ihnen lag nur noch die weite, im Sonnenlicht funkelnde See.

Selbst jetzt war es an Deck noch so laut, als wären sie in einen aufgeregten Bienenschwarm geraten. Immer wieder begegneten sich an Bord Bekannte und bekräftigten einander, wie famos es sei, diese Reise zu unternehmen. Andere stießen mit einem Glas Cognac darauf an, denn obwohl die HAPAG verboten hatte, eigenen Alkohol mitzubringen, war es etlichen Herren gelungen, ein Fläschchen einzuschmuggeln.

Keinen Mangel gab es an Klatsch: So wurde mit unterdrücktem Kichern von einer Dame berichtet, die irrtümlich die falsche Kabine betreten hatte und unverhofft einem allein reisenden Herrn gegenübergestanden hatte. Wie unschicklich!

Ungleich respektvoller wurden die Stimmen, wenn vom Besuch des Kaisers an Bord die Rede war.

»Herr Ballin und Kapitän Barends haben ihm das Schiff gezeigt, und Seine Hoheit war begeistert«, wusste ein Herr zu berichten. »›Bringen Sie unsere Landsleute nur auf die See‹, hat er gesagt, ›das wird der Nation und Ihrer Gesellschaft reiche Früchte tragen.‹«

Ein anderer hielt etwas spöttisch entgegen: »Nun, Seine Hoheit war aber nicht nur begeistert. Der Kaiser amüsierte sich über die vielen Spiegel und tadelte die geringe Höhe des Salons.«

»Aber ich habe auch gehört, wie er sagte: ›Sie sehen, meine Herren, wir können in Deutschland Schiffe bauen!‹«

»Und nach dem Besuch hat er Herrn Ballin mit einem Orden behängt.«

»Fragt sich bloß, mit welchem.«
»Vielleicht dem eines Admirals? Diesen Orden trägt er schließlich selbst am liebsten.«
»Spotten Sie nicht über unseren Kaiser.«
»Aber jeder weiß doch, dass Kaiser Wilhelm II. sich gerne in der Uniform eines Admirals kleidet.«
»Und man sagt ihm auch nach, dass er lieber Marinemaler als Kaiser geworden wäre, wenn er denn das entsprechende Talent gehabt hätte.«
»In jedem Fall hat er wie alle anderen auch erkannt, dass die Zukunft des Deutschen Reichs auf dem Wasser liegt.«
Bethy verdrehte die Augen. »Mein Gott, wir brechen in den Orient auf, und sie können über nichts anderes reden als über den Kaiser und das Deutsche Reich.«
Mina lachte. »Nun hab dich nicht so. Wenn der Kaiser das Schiff nicht besichtigt hätte, wären wir vielleicht zu spät gekommen.«
»Das wäre wirklich schade gewesen.«
»Ja, zumal ich dann diese Frau mit ihrem Papagei nicht gesehen hätte.«
»Kaum zu glauben, dass sie wirklich einen Vogel mit an Bord genommen hat!«, rief Bethy ungläubig.
Eine Weile lästerten sie munter über die Papageiendame und einige andere Reisende, doch schließlich wurde es immer leerer auf dem Promenadendeck, und Bethy merkte, wie ihr die Zähne klapperten. Der Wind wehte schärfer, und die dunkelgrünen Wellen klatschten laut gegen den Schiffsrumpf.
»Wir sollten wieder hineingehen«, sagte Mina.
Bethy nickte, aber ehe sie sich zum Gehen wandte, nahm sie Minas Hand und drückte sie. Kurz standen sie schweigend an der Reling und starrten auf das weite Meer vor ihnen. Auch wenn sie beide nichts sagten, war Bethy

überzeugt, dass Mina in diesem erhabenen Augenblick dasselbe durch den Kopf ging wie ihr: Dies war nicht nur der Beginn der denkwürdigen Orient-Expedition der *Augusta Victoria* und all den Abenteuern, die diese mit sich bringen würde. Dies war auch der Beginn ihres Erwachsenenlebens.

Zweites Buch

Die Reise der Augusta Victoria

1891

13. Kapitel

In der ersten Nacht, die sie auf der *Augusta Victoria* verbrachte, konnte Mina kaum schlafen. Erst gegen Morgengrauen nickte sie ein, fuhr wenig später aber wieder hoch und kleidete sich hastig an. Während Hedwig noch schnarchte, verließ sie die Kabine, um nichts zu verpassen, doch viel gab es zu Beginn der Fahrt nicht zu erleben. Den ganzen ersten Tag verhüllte Nebel die See, und die meisten Passagiere blieben seekrank in ihren Kojen.

Erst bei Dover lichtete sich der Nebel, doch der Blick, der sich ihnen bot, war wenig erfreulich, fiel er doch als Erstes auf ein altes Wrack, das auf einer Sandbank gestrandet war. Anders als erhofft, bekam Mina von der Isle of Wight nur Umrisse zu sehen, und als sie in den Hafen von Southampton, wo Kohle nachgeladen wurde, einliefen, war es bereits dunkel und von der Stadt nicht mehr zu erkennen als einige Lichter. Der Wind heulte und pfiff fast so laut wie die englischen Zeitungsjungen, die am nächsten Tag an Bord kamen und ihre Blätter anpriesen. Mina freute sich darüber, eine Zeitung zu ergattern, um sich in Englisch zu üben, verzichtete aber gerne auf einen Spaziergang durch die nasskalte Stadt – eine wohlweisliche Entscheidung, da die anderen Reisenden später von knöchelhoch stehenden Pfützen berichteten.

In Southampton kamen vierzig weitere Passagiere an Bord, und in den Gängen herrschte mitten in der Nacht so viel Lärm, dass selbst Hedwig auffuhr und begann, auf

die rüpelhaften Engländer zu schimpfen. Doch ehe diese ihre Kabinen bezogen hatten, sank sie schon wieder aufs Kissen und schlief weiter, und auch Mina wurde von der Müdigkeit überwältigt.
Am nächsten Morgen weckte sie ein heftiger Sturm. Die Gepäckstücke vor den Kabinen gerieten in Bewegung, Hedwigs Gesicht war ganz grün, und als Mina vorschlug, nach dem Steward zu rufen, damit er ihnen das Frühstück in die Kabine brachte, sah sie sie nahezu vernichtend an.
»Frühstück?«, rief sie. »Ich bringe nur schwarzen Kaffee herunter, sonst gar nichts.«
»Dann kann ich ja allein in den Speisesaal gehen«, beschloss Mina, deren robuster Magen dem starken Wellengang heute besser trotzte als noch gestern. »Vorhin habe ich schon den Gong schlagen gehört – ein Zeichen, dass die Tische gedeckt sind.«
Aufstöhnend zog sich Hedwig die Decke über das Gesicht. »Eigentlich hat es ein Gutes, dass mir so übel ist – so bleibt mir die Qual der Wahl erspart. Ich meine, mit dem üppigen Frühstück könnte man eine ganze Kompanie ernähren. Maismehlbrei, gebratene Seezunge, Beefsteak, Schinken. Ganz zu schweigen, auf welch mannigfaltige Weise die Eier zubereitet werden: als Rührei, Omelett, Pfannkuchen oder beidseitig gebraten. Entweder wird man auf dieser Reise fett oder ist ständig unglücklich, weil man das Falsche gewählt hat.«
Auch Wilhelm winkte ab, als Mina ihn später einlud, sie zu begleiten, und im Speisesaal selbst – ein länglicher Saal mit Holzvertäfelungen, Kassettendecken und grazilen weißen Säulen, die die Strenge der langen Tafel auflockerten – konnte sie erst recht nicht auf Gesellschaft hoffen. Da waren bloß ein Hamburger Reeder, den sie nur

flüchtig kannte, ein Lübecker Senator und zwei Fabrikanten, jedoch keine Frauen und vor allem nicht Bethy. Mina nahm auf dem Stuhl Platz, den der Obersteward ihr schon bei der ersten Mahlzeit nach der Abfahrt zugewiesen hatte.

Obwohl die Seekrankheit sie heute verschonte, konnte sie gerne auf Wiener Braten, pochierte Salzmakrele oder Thüringer Presskopf verzichten. Allein der Anblick von diesen Speisen gab ihr eine Ahnung, wie ihre Großmutter und ihr Vater sich fühlen mussten. Allerdings langte sie ordentlich beim Röstbrot mit Schinken und Grahambrötchen mit Käse zu und bestrich sich ein Hörnchen mit Brombeergelee. Der Kaffee war so stark, dass man damit Tote hätte wecken können, und sie probierte überdies Mate-Tee, weil sie dergleichen noch nie getrunken hatte. Hinterher hatte sie allerdings das Gefühl, mindestens drei Tage wach zu bleiben.

Versonnen blickte sie sich um. Der Speisesaal, der früher stets im Schiffsbauch lag, war auf der *Augusta Victoria* ins Oberdeck aufgerückt, und seine Decke öffnete sich in der Mitte zu einem durch zwei Stockwerke gehenden Lichtschacht, den sogenannten Dom, der in einer prachtvollen Kuppel mündete. Mina drehte sich ein wenig auf dem Stuhl hin und her, als sie nach oben starrte – und wurde prompt mit heftigem Schwindel bestraft. Sie verstand nun, warum es Drehstühle gab: Vertrugen einige Gäste das Frühstück nicht so gut wie sie, konnten sie bei einem Anfall von Seekrankheit den Tisch fluchtartig verlassen. Ihr Schwindel ließ jedoch rasch wieder nach, und sie erhob sich, um das Schiff noch eingehender als am Vortag zu erforschen. Als sie über die Stiegen von Deck zu Deck gelangte, verstand sie, warum allein die Dekoration des Schiffs zweihundertzwanzigtausend Mark gekostet hatte.

Jeder Raum war mit ausgesuchtester Eleganz und größtem Luxus eingerichtet worden; kein Fleckchen gab es, wo der Schiffsarchitekt Johann Georg Poppe nicht bewiesen hatte, dass er ein Künstler war, der alles Opulente liebte. Wohin das Auge auch fiel, waren Rundstuckaturen und Spiegel zu sehen, aufwendige Schnitzereien und verzierte Säulen, Plüschpolster und monumentale Prachtgemälde – ganz zu schweigen von den vergoldeten, schmiedeeisernen Lilien, den allegorischen Plastiken, den Unmengen von Putten, die über den Vorhängen aus Moiréseide tanzten, den schmiedeeisernen Gittern voller Schnörkel und den vielen Polstern, von denen jeder mindestens eine Lederquaste trug. Mit der Zeit wähnte sie sich eher in einem Rokokoschloss als auf einem Schiff, wobei sie auch die kritischen Stimmen im Ohr hatte, die Poppes Stil als »Bordellbarock« bezeichneten.

Sie erreichte den Damensalon, inspizierte dort die großen Ölgemälde, Spiegel und Behänge aus Seide und Damast, und wenig später das angrenzende Musikzimmer, das – wie Bethy schon berichtet hatte – mit Seidenstoffen von zartesten Farben, einer hellen Kassettendecke und weißen, hölzernen Sesseln ausgestattet war und in dessen Mitte ein großes Piano stand. Oft wurde darauf jedoch nicht gespielt, denn trotz seines Namens diente der Musiksalon vor allem dem Schreiben und Lesen. Er fesselte Minas Aufmerksamkeit nicht lange, und sie wollte schon weiter, als plötzlich jemand von hinten ihre Taille umfasste. »Keinen Mucks!«

Mina fuhr herum. »Bethy, um Himmels willen, musst du mich so erschrecken?«

»Sei keine Spielverderberin! Ist es nicht prachtvoll hier? Es heißt, die besten Künstler von Europa waren für die Innenausstattung der *Augusta Victoria* verantwortlich.«

Mina war sich sicher, dass Bethy keinen von deren Namen kannte, aber genau betrachtet, war auch ihr das nicht so wichtig.

»Ich will schon seit zwei Tagen den Maschinenraum inspizieren, aber ich weiß nicht, wie ich dorthin komme.«

»Du willst *was?*«

»Ich habe dir doch schon erzählt, dass dieses Schiff nach dem Doppelschraubensystem erbaut wurde. Das heißt, es ist durch einen Längsschott in zwei Hälften geteilt. Zugang bekommt man nur über das Hauptdeck, und jede dieser Hälften ist mit einer kompletten Maschinenausrüstung versehen. Falls das Schiff beschädigt wird, hält sich zumindest ein Teil über Wasser.«

»Na großartig. Falls es leckt, besteige ich lieber so schnell wie möglich ein Rettungsboot.«

»Es gibt insgesamt zehn der riesigen Francis-Patent-Rettungsboote.«

Bethy verdrehte die Augen. »Gott, wieso merkst du dir immer nur so langweilige Dinge? Dabei gibt es doch wesentlich spannendere Geschichten zu erzählen. Stell dir vor, Marianne Ballin macht ständig so eine sauertöpfische Miene.«

»Sie wird eben seekrank sein.«

»Von wegen! Aber alle weiblichen Passagiere schwärmen von ihrem Mann, weil er so höflich und unterhaltsam ist. Wo immer er auch erscheint, bildet sich sofort eine Menschentraube … ich sollte besser sagen, eine Frauentraube. Hübsche Damen allesamt, mit denen Marianne natürlich nicht mithalten kann, so fett, wie sie ist.«

»Bethy!«

»Dann lass uns eben stattlich sagen. Es ist ja nicht nur ihr Äußeres. Man sagt von ihr, dass sie eher eine Serviettenfalterin als eine geistvolle Gastgeberin ist. Weißt du, was ihre liebste Freizeitbeschäftigung ist? Mit einem Dogcart und einem sanften Pony kutschiert sie nachmittags durch die Straßen von Pöseldorf.«

»Was ist daran ehrenrührig?«

»Gib's doch zu! Du hättest auch eine höhere Meinung von ihr, wenn sie stattdessen Bücher lesen würde.«

»Als ob du gerne in Lektüre versinkst!«

»Aber mit einem Pony herumkutschieren ... Man sagt übrigens, dass sich Albert Ballin vor allem darum so gut mit unserem Kaiser verstanden hat, weil der seine bigotte Gemahlin auch nicht ausstehen kann.«

»Also wirklich! Du solltest nicht alles glauben, was du hörst. Das Ehepaar Ballin scheint einander sehr zugeneigt zu sein. Außerdem hat Herr Ballin viel Wichtigeres zu tun, als sich mit Klatsch zu beschäftigen. Es heißt, dass er sich um alles hier an Bord persönlich kümmert: Dass die Handtücher ausgetauscht wurden, weil sie zu klein waren. Dass der Toast in einer Serviette kredenzt wird, damit er warm bleibt. Und dass die Stewards Englischunterricht bekommen, damit sie sich mit allen Passagieren unterhalten können.«

»Ach, Zeit genug zum Flirten bleibt ihm schon, und das gefällt Marianne Ballin natürlich gar nicht.«

»Und deinen Eltern gefällt es womöglich nicht, wenn sie uns zusammen sehen.«

Bethy kniff die Augen zusammen. »Nur weil sie sich mit deinem Vater zerstritten haben, lasse ich mir den Umgang mit dir nicht verbieten. Außerdem sind sie beschäftigt. Du weißt ja, sie bereiten gemeinsam mit diesem Mr. Moll von der Firma Thomas Cook die Landausflüge vor, und da gibt es einige Probleme. Offenbar will sich Mr. Moll nur mit englischer Münze bezahlen lassen und ... ach, lass uns lieber von etwas anderem reden.«

»Ja, zum Beispiel, dass dieses Schiff zwölf- bis sechzehntausend Pferdestärken hat.«

»All diese Pferde würden ja doch nur im Wasser ersaufen.«

»Kein Tier ertrinkt so einfach. Selbst Pferde können schwimmen. Sie …«

»Schluss jetzt, lass uns woanders hingehen! Ich will mir die Kleidung der Damen anschauen, vielleicht treffen wir auch wieder diese Frau mit dem Papagei.«

Auf den Gängen war leider wenig los, und es waren schon gar keine elegant gekleideten Frauen zu sehen. Immerhin kam Bethy auf ihre Rechnung, als sie die große Büste am Fuß des Lichtschachts über dem Speisesaal betrachtete.

»Sie hat eine hübsche Frisur, die mir auch prächtig stehen würde.«

»Ich glaube, das ist eine Göttin, vielleicht …«

Bethy schüttelte entnervt den Kopf, trat abrupt nach hinten und lief fast gegen einen Steward. »Nun passen Sie doch auf!«

Der Steward grinste nur. »Pardon, Fräulein! Das wollte ich nicht. Hier gibt's die erste druckfrische Ausgabe der Bordzeitung.«

Bethy runzelte die Stirn, was den Steward nicht davon abhielt, weiterhin strahlend zu lächeln. Mina entging nicht, wie aufmerksam und zugleich schwärmerisch der Steward Bethy ansah – ein Zeichen, dass er sie bereits kannte –, doch sie ahnte, dass sie die Freundin schwer vergrätzen würde, wenn sie sich einen Witz darüber erlaubte.

»Eine Bordzeitung?«, fragte sie neugierig.

»Ja!«, rief der Steward. »Die *Augusta-Victoria-Zeitung*. Sie wird alle zwei, drei Tage erscheinen. Dafür wurde extra eine Schnellpresse an Bord geschafft, mit der übrigens auch die Menükarten gedruckt werden.«

»Und wer wird die Artikel schreiben? Die vier Berichterstatter?«

Mina wusste, dass sich einige Journalisten an Bord aufhielten – von der *Norddeutschen Allgemeinen Zeitung*, den *Hamburger Nachrichten*, außerdem dem *Hamburger Fremdenblatt* und dem *Berliner Börsen-Courir*.

»Die natürlich auch. Aber es kann auch jeder Reisende seinen Beitrag leisten: Wenn er seine Wünsche und Empfehlungen aufschreibt, werden sie abgedruckt. Heute können Sie der Zeitung eine Liste mit den geplanten Landausflügen entnehmen.«

Mina las laut aus der Zeitung vor: »›Niemals ist eine Vergnügungsreise unternommen worden, die sich mit der heute angetretenen vergleichen ließe. Nicht nur für das leibliche Wohl ist auf das Umfassendste gesorgt, auch Musik und Spiel werden die Reise beflügeln, während der schwimmende Palast immer neuen Zielen entgegenfliegt.‹« Begeistert überflog sie das Ausflugsprogramm. »Von Alexandria aus werden wir mit der Bahn nach Kairo reisen, von Jaffa nach Jerusalem, und von Athen …«

»Mein Gott«, schaltete sich Bethy ungeduldig ein, »was hat es für einen Sinn, jetzt darüber zu lesen? Wir werden das doch alles erleben, wenn wir erst einmal dort sind.«

Mina reagierte nicht auf ihren Einwurf, faltete die Zeitung zusammen und steckte sie ein. Zugleich zog sie ein kleines Büchlein aus ihrer Brusttasche und begann, sich Notizen zu machen.

»Was machst du denn nun schon wieder?«

»Nun, ich notiere mir alles, was fremd und neu ist, Details zur Ausstattung des Schiffs, aber auch solche Sachen wie die Bordpresse.«

»Lieber Himmel! So wie ich dich kenne, wirst du das Ganze hinterher auch noch auswendig lernen.«

»Wer weiß?« Mina grinste.

Nein, auswendig lernen wollte sie ihre Notizen nicht, sie jedoch dazu nutzen, um ihre Reederei vor dem Bankrott zu retten. Doch Bethy musste ja nicht wissen – und würde sich im Zweifelsfall auch kaum dafür interessieren –, dass sie diese Reise nicht nur zum Vergnügen angetreten hatte.

Als sie Cherbourg passierten, wurde der Sturm zwar heftiger, aber die Salons füllten sich langsam, fanden doch viele Passagiere, ob nun seekrank oder nicht, dass sie eine Fahrt, für die sie teures Geld bezahlt hatten, nicht in der Koje verschlafen sollten. Zum schwarzen Kaffee konsumierte man nun reichlich Cognac, vorsorglich auf Untertassen serviert, damit nichts verschüttet wurde. Hedwig wäre über diesen Anblick schockiert gewesen, legte sie doch großen Wert darauf, dass das Geschirr zusammenpasste, aber sie blieb wie Wilhelm weiterhin in der Kabine, und als auch Bethy über Übelkeit zu klagen begann, blieb es Mina allein überlassen, das Schiff weiter zu erforschen. Rasch füllte sich ihr Notizbüchlein. Zwar hatte sie es immer noch nicht auch nur in die Nähe des Maschinenraums geschafft, mittlerweile aber herausgefunden, dass ein gewisser Ingenieur Neupert die Herrschaft über die Maschinisten führte und dieser stets am vorderen Quergang vor dem Maschinenraum anzutreffen war. Fest entschlossen, sich mit ihm zu unterhalten, machte sie sich auf den Weg, blieb lediglich kurz auf der großen Treppe stehen, um sich schnell den Namen eines Gemäldes zu notieren, als eine Stimme sie traf: »Sind Sie eigentlich Spionin oder Journalistin?«

Mina fuhr herum. Der Mann, der lässig am Geländer lehnte und sie schon seit einer Weile zu beobachten schien, unterschied sich von den übrigen Reisenden. Nicht nur, dass er jünger war – mit den weichen, fast schwarzen Locken, der schlaksigen, gleichwohl muskulösen Statur und dem breiten Lächeln wirkte er auch deutlich attraktiver. Außerdem hatte er mit seinen grauen Hosen, dem weißen Hemd und der dunklen, offen stehenden Jacke weder etwas mit den eleganten Passagieren gemein, die auf einem Luxusschiff nur Frack oder Cut zu tragen wagten, noch mit den deutlich legereren Amerikanern, die durch bequeme Joppen oder exotische Kaftane beweisen wollten, dass sie sich auf einer Urlaubsreise befanden. Dieser junge Mann hatte es stattdessen geschafft, die Gegensätze zu vereinen, wirkte gepflegt, aber nicht geschniegelt, locker, aber nicht schlampig.
»Ob ich Spionin oder Journalistin bin?« Mina lachte auf. »Ich fürchte weder noch.«
Der junge Mann erwiderte das Lächeln, ehe er mit dem Kinn auf ihr Notizbüchlein deutete. »Und warum schreiben Sie sich dann alles auf, was Sie sehen?«
»Die *Augusta Victoria* ist ein so prächtiges Schiff. Es gibt so viele Details zu entdecken, und ich will keins davon wieder vergessen.«
»Also schreiben Sie ein Reisetagebuch.«
»So kann man es durchaus nennen.«
Obwohl er verständnisvoll nickte, löste er sich plötzlich abrupt vom Geländer und forderte sie auf: »Kommen Sie mal mit!«
Mina sah ihn fragend an. Kurz lag es ihr auf den Lippen, das seltsame Ansinnen von sich zu weisen, doch seine Miene blieb freundlich, und sie war gar zu neugierig herauszufinden, wer er war, was er auf dem Schiff trieb und

aus welchem Land er stammte. Sie hätte schwören können, dass es nicht Deutschland war, so dunkel seine Augen und so tiefbraun seine Haut waren.
Ohne ihre Zustimmung abzuwarten, eilte er mit leicht federndem Gang nach oben, und sie musste ihm nachlaufen, um den Anschluss nicht zu verpassen. Kaum im Freien, überquerte er das Promenadendeck, das nun, bei Wind und feinem Nieselregen, fast leer war, und erreichte die Reling. Erst jetzt drehte er sich um, allerdings nur, um ihr einen weiteren Befehl zu erteilen.
»Schließen Sie die Augen!«
Minas Verwirrung wuchs, aber insgeheim ahnte sie, dass er nicht einfach seinen Spott mit ihr trieb. Sie hielt sich an der Reling fest und tat, wie er ihr geheißen hatte.
»Nun, riechen Sie es?«, fragte er.
Minas Wangen wurden nass. Der einzige Geruch, der ihr in die Nase stieg, war der nach Maschinenöl und Rauch.
»Na was denn?«, fragte sie verwirrt.
Der junge Mann trat so dicht an sie heran, dass sie seinen warmen Körper spürte. Sofort ließ das Frösteln nach, stattdessen breitete sich in der Magengegend ein ebenso unbekanntes wie köstliches Kribbeln aus.
»Den Duft nach Freiheit«, sagte er leise.
Mina schlug die Augen auf und blickte aufs offene Meer. Der Anblick des schmalen Küstenstreifens und der schlammig grünen Wellen, die heute nur schmutzige, keine funkelnden Kronen trugen, war zwar wenig einladend, doch dieses Kribbeln im Magen verstärkte sich. Der Wind und das Meer schienen eingeschworene Gefährten zu sein, dic aus Leibeskräften lachten, seufzten, stöhnten, johlten und sie kurz an ihrem wilden Spiel, das sich keinen Gesetzmäßigkeiten unterwarf, teilhaben ließ. Obwohl sich ihre Haare aus dem Zopf lösten, ihr Kleid

nass wurde und sich die Hände röteten, weil sie sich so fest an die Reling klammerte, glaubte Mina für ein paar gestohlene Augenblicke, dass der Regen ihr nichts anhaben konnte, sie vielmehr über das Meer hinwegflöge wie eine Möwe.
»Daran werden Sie sich auch erinnern, wenn Sie es nicht in Ihr Büchlein notieren«, sagte der junge Mann mit einem verschmitzten Lächeln.
Zu ihrem Bedauern löste er sich von der Reling und ging wieder hinein. Sie hastete ihm nach. »Ich denke, ich werde mir auch Ihren Namen merken, ohne ihn aufzuschreiben. Vorausgesetzt, dass Sie ihn mir verraten.«
»Costantino Montinari« erwiderte er. »Sie können mich Tino nennen.«
»Sie sind Italiener?«
Er nickte. »Zumindest väterlicherseits. Meine Mutter stammt aus Hamburg.«
»Und was machen Sie an Bord? Sind Sie vielleicht Journalist oder Spion?«
Tino lachte. »Genauso wenig wie Sie, aber was ich wirklich mache, werden Sie schon noch herausfinden.« Er nahm ihre Hand, hauchte einen Kuss darauf, und sie vermeinte, dass die eben noch kalten Finger glühen würden.
»Einen schönen Tag wünsche ich Ihnen, Fräulein …«
»Wilhelmina Ahlhusen. Aber sagen Sie einfach Mina zu mir.«
»Wilhelmina …«
Sie hatte es nie sonderlich gemocht, wenn man sie mit ihrem vollständigen Namen rief, doch so, wie er ihn aussprach, klang er wie Musik.

14. Kapitel

Nach einigen Tagen hatten sich die Passagiere an den Lebensrhythmus an Bord gewöhnt. Um halb zwölf wurden alle Lichter in den Salons ausgelöscht, und scherzend nannte man das die »Polizeistunde« des Schiffs, die einige ältere Herren allerdings nicht davon abhielt, noch bei einem Glas Grog zusammenzusitzen und zu schnacken. Wer gar zu tief ins Glas schaute, bereute das am nächsten Morgen allerdings bitter, denn da rief schon um Viertel vor acht ein Steward zum Frühstück. Er wurde von allen der »Mann mit dem Gong« genannt, weil er selbigen laut schlug, wenn er durch die Gänge ging – gleiches Signal, das er im Übrigen auch zum Umkleiden vor dem Abendessen gab. Aus seiner Hosentasche hing aus unerfindlichen Gründen stets ein weißes Tuch, was Hedwig zur bissigen Bemerkung veranlasste, er wolle wohl den Eindruck erwecken, gerade noch selbst die Kaffeetassen abgetrocknet zu haben. Überhaupt fuhr sie jedes Mal, wenn der Gong ertönte, ruckartig hoch und klagte: »Da fallen einem ja die Ohren ab.«

Zumindest hatte sie sich mittlerweile von der Seekrankheit erholt, und einige Tage nachdem sie das Schiff bestiegen hatten, begleitete sie Mina und Wilhelm erstmals zum Frühstück, um Pfannkuchen, gedünstete Pflaumen, Yorker Schinken und Kartoffel-Haschee zu genießen, außerdem knusprige Brötchen mit Orangenmarmelade und Aprikosenkonfitüre. Wie so oft ließ Albert Ballin

Austern nach Belieben reichen, weil diese gerüchteweise gegen die Seekrankheit halfen, aber Hedwig schüttelte energisch den Kopf.
»Wenn ich diese glibberigen Dinge esse, wird mir erst recht übel«, erklärte sie.
»Die Übelkeit wird nicht von den Austern, sondern von der Tatsache verursacht, dass sich der Speisesalon ganz vorne im Schiff befindet«, meinte Wilhelm. »Auch eine Möglichkeit übrigens, um zu sparen. Die Schaukelei geht einem dermaßen auf den Magen, dass der Appetit sich in Grenzen hält.«
Mina hatte nicht das Gefühl, dass beim Essen gespart wurde, im Gegenteil. In ihrem engen Korsett fiel es ihr schwer zu atmen, und sie entschied, sich beim nächsten Frühstück mit Apfelsinen und Weintrauben zu begnügen. Wenn sie von allem kostete, was in der Bäckerei, der Konditorei und nicht zuletzt der Küche zubereitet wurde, würde sie vor Ende der Reise platzen. Allerdings waren die Speisen vom Küchenchef Krämer, unter dessen Aufsicht sage und schreibe einundzwanzig Köche arbeiteten, gar zu lecker – und reichlich. Obwohl ein so üppiges Frühstück aufgetischt wurde, gab es beim bald folgenden Mittagessen mindestens drei Fleischgerichte, außerdem Suppen und Nachspeisen sowie Salat, Kompott und Aufschnitt, ganz zu schweigen vom mehrgängigen Dinner, das jedes Mal exquisit ausfiel. So waren am Vorabend Kraftbrühe mit Perlgraupen, Aalroulade mit Aspik, Ochsen-Mürbebraten und Stachelbeercreme serviert worden – woran sie jetzt mit vollem Bauch allerdings nicht denken wollte.
»Wir könnten etwas frische Luft schnappen«, schlug sie vor. »Begleitet ihr mich zur Morgenmusik?«
Hedwig und Wilhelm sahen sie fragend an.

»Jeden Morgen findet auf dem Promenadendeck das Morgenkonzert statt.«

Hedwig rümpfte die Nase. »Wenn die Musiker so schräg spielen, wie das Schiff sich neigt, dann kann ich gerne darauf verzichten.«

»Warum so nörgelig, Mutter?«, lachte Wilhelm. »Kapitän Barends bringt uns doch sicher durch den Sturm.«

Er versprach nachzukommen, nachdem er sich eine Zigarette im Rauchsalon gegönnt hatte, während Hedwig es vorzog, sich in den Damensalon zurückzuziehen. Als Mina wiederum an Deck eilte, sehnte sie sich weniger nach Musik und frischer Luft als danach, Costantino Montinari wiederzusehen. Seit jenem Nachmittag, da sie gemeinsam an der Reling gestanden hatten, hatte sie vergebens nach ihm Ausschau gehalten, doch als sie oben ankam, erblickte sie weder ihn noch Bethy, obwohl schon etliche Passagiere versammelt und die Musikkapelle zu spielen begonnen hatte.

Das Schiff schlingerte nicht so schlimm wie noch am Vortag in der Biskaya, als die 21-köpfige Schiffskapelle durcheinandergefallen war, doch einer der Bläser, ein Klarinettist, war trotzdem ganz grün im Gesicht. Immer wieder unterbrach er das Spiel, beugte er sich über die Reling und übergab sich, ehe er, nun etwas weniger grün, weiterspielte. Der Kapellmeister Emil Ascher, der stets mit vielen Orden behängt war, eine Krawatte trug und sich die Mütze tief ins Gesicht zog, warf ihm halb besorgte, halb anerkennende Blicke zu.

Den anderen Passagieren ging es hingegen mittlerweile besser, und obwohl sie sich gerade erst vom Frühstückstisch erhoben hatten, aßen sie Kaviarbrötchen, als ob sie dafür bezahlt würden. Wer die Hände frei hatte, klatschte sie zum Takt der Musik, und der wurde zunehmend schneller. Waren zuerst alle Nationalhymnen gespielt worden, folgte nun ein Marsch, und spätestens als die ersten Töne einer Polonaise erklangen, konnte keiner mehr stillstehen. Gemeinsam mit den Musikern, die ihrerseits von den Trommlern angeführt wurden, machten alle Passagiere einen Zug um das Promenadendeck und begannen, als der obligatorische Gigerl-Marsch in einen Walzer überging, um einen der dicken Schornsteine zu tanzen. Mina hatte sich zunächst von der ausgelassenen Stimmung anstecken lassen und sich dem Zug angeschlossen, blieb nun aber etwas verloren stehen, weil sie keinen Tanzpartner hatte. Sie wollte sich schon zurückziehen, als sich plötzlich Hände um ihre Taille legten.

»Bethy! Du sollst mich doch nicht schon wieder so erschrecken«, rief Mina streng.

Die Hände ließen sie los. »Ich fürchte, ich bin nicht Bethy.«

Mina fuhr herum und errötete, als sie Tino vor sich sah. Obwohl er eine Kappe auf dem Kopf trug, tanzten mehrere Locken um sein Gesicht. Vor lauter Aufregung, ihn zu sehen, brachte sie kein Wort hervor, doch da deutete er einen Diener an, reichte ihr seinen Arm, und wenig später tanzten sie mit den anderen Walzer – was angesichts des schlingernden Schiffs kein leichtes Unterfangen war.

»Heute dreht man sich, auch wenn man stillstünde«, hörte sie einen Hamburger Senator lästern.

Als sie immer mehr Ellbogen in ihre Seiten bekamen und mehr als einem Mittänzer auf die Zehen gestiegen waren, zog Tino sie zur Seite.

»Wie?«, fragte er scherzend. »Sie zücken gar nicht Ihr Notizbüchlein, um hineinzuschreiben, was Sie heute Vormittag erlebt haben?«

»Nun, an diesen stürmischen Walzer werde ich mich auch so erinnern. Und was soll ich denn über Sie hineinschreiben? Bis auf Ihren Namen weiß ich ja nichts.«

»Nun, ich bin derjenige, der Ihnen Portugal zeigt … zumindest die Küste.«

Er deutete in die Ferne, und tatsächlich trat in diesem Augenblick eine felsgekrönte, endlose Linie aus dem dünnen Nebel des Horizonts hervor.

Immer mehr Passagiere gesellten sich an die Reling, um ebenfalls einen Blick auf das Land zu erhaschen, und als könnte Emil Ascher nicht nur seine Musiker, sondern auch die Himmelsmächte dirigieren, trat genau in diesem Moment die Sonne hinter den Wolken hervor und ließ das Wasser glitzern.

»Wie schön!«, entfuhr es Mina.

Der Küstenstreifen wurde etwas breiter, doch sie kamen nicht nah genug heran, um mehr als schroffe Felsen zu erkennen. Als das Licht in ihren Augen zu schmerzen begann, drehte sie sich um, musste aber feststellen, dass Tino einfach wieder verschwunden war. Die Enttäuschung darüber konnte ihr nicht die wohlige Erinnerung daran nehmen, wie seine Arme sie sicher gehalten hatten.

Na warte, dachte sie, das Geheimnis, wer du bist, werde ich schon noch lüften.

Mit jeder Minute fühlte sich Bethy verlorener. Als sie vorhin an Deck gekommen war, war der Tanz schon im vollen Gange, und sie war gezwungen gewesen, an der Seite zu stehen und zuzuschauen. Zwar erhaschte sie einen Blick auf Mina, doch die beachtete sie trotz heftigen Winkens nicht, sondern konzentrierte sich nur auf diesen fremden jungen Mann. Seit wann ist Mina eine solch leidenschaftliche Tänzerin?, dachte Bethy mürrisch. Und warum strahlt sie diesen Mann gar so glücklich an?

Ein anderer war nicht blind für sie – dieser Steward Jonathan, der ein Tablett mit Kaviarbrötchen trug und ihr vertraulich zuzwinkerte –, doch das hob ihre Laune mitnichten, im Gegenteil. Wie anmaßend, wenn er tatsächlich glaubte, sie mit Kaviarbrötchen bestechen zu können!

Hoheitsvoll wandte sich Bethy ab und war fest entschlossen, das Promenadendeck zu verlassen, als sie beinahe Wilhelm Ahlhusen in die Arme rannte. Zwar wich sie gerade noch rechtzeitig zurück, ehe ihr Kopf an seine Brust stieß, aber sie konnte nicht verhindern, ihm auf die Füße zu treten. Grinsend hob er die Hände.

»Aber, aber Bethy, so stürmisch unterwegs?«

Verlegen senkte sie den Blick. »Es tut mir leid … Ich wollte nicht …«

Wilhelms Lächeln wurde noch breiter, und Bethy stieg ein scharfer Geruch in der Nase. Offenbar hatte er heute schon Cognac getrunken. Mina beklagte sich oft darüber, dass er selten nüchtern war. Aber Mina sollte sich nicht so haben, schließlich war er ja noch Herr seiner Sinne und überdies eine elegante Erscheinung mit dem bunten Halstuch, das er zum weißen Hemd und der schwarzen Jacke trug.

»Ich freue mich, dich zu sehen, liebe Bethy«, sagte er, und mehr noch als seine Worte schmeichelte es ihr, dass sein Blick flüchtig, aber wohlwollend über ihren Körper glitt. »Wenn ich ehrlich bin, war ich mir eigentlich nicht sicher, ob ich diese Reise überhaupt antreten soll. Aber als ich erfuhr, dass auch du mit von der Partie sein wirst …«

Vergebens rang Bethy nach einer geistreichen Antwort,

und ehe ihr eine einfiel, beugte sich Wilhelm ganz dicht zu ihr und raunte ihr ins Ohr: »Du bist so schön wie deine Mutter.«
Bethy konnte gar nicht anders, als zu kichern: »Aber ich habe doch helle Haare wie mein Vater!«
Wilhelm trat zurück, und als sie schon fürchtete, dass er sie einfach stehen lassen könnte, rief er ihr zu: »Willst du mir vielleicht etwas Gesellschaft leisten? Um diese Tageszeit ist der Rauchsalon fast leer. Rauchen ist zwar auch an Deck erlaubt, aber hier ist es mir entschieden zu windig.«
»Aber der Rauchsalon ist doch nur für Herren bestimmt«, rief Bethy.
Wilhelm zwinkerte ihr zu. »Gegen die Gesellschaft einer charmanten Dame haben diese sicher nichts einzuwenden.«
Er wartete nicht auf ihre Zustimmung, sondern wandte sich ab und ging hinein, und Bethy folgte ihm nach kurzem Zögern, zumal Mina immer noch keine Blicke für sie hatte.
Nun, sie war nicht auf ihre Gesellschaft angewiesen.
Nahezu trotzig folgte sie Wilhelm, der seinerseits sehr schnellen Schrittes ging, nur dann und wann einen Blick über die Schultern warf und ihr zulächelte. Ehe sie den Rauchsalon erreichten, kamen sie an einem Stollwerck-Automaten vorbei, den man hier an Bord aufgestellt hatte.
»Soll ich dir Schokolade kaufen?«, fragte Wilhelm.
Bethy liebte Schokolade, schüttelte aber schnell den Kopf. »Ich bin doch kein kleines Kind mehr«, erklärte sie empört.
»Ich fürchte, ich schon.«
Wilhelm kramte nach einigen Münzen, warf sie ein und

wickelte wenig später die Schokolade aus dem Stanniolpapier. Erst nahm er selbst einen Bissen, dann hielt er ihr die angebrochene Tafel vors Gesicht. Ihre erste Regung war, zurückzuweichen, doch sie unterdrückte sie, beugte sich vor und biss mit kokettem Grinsen ein Stück ab. Nie hatte Schokolade so süß geschmeckt!

Wenig später erreichten sie den Rauchsalon in der Mitte des Schiffs. Die Wandtäfelung war aus hellem Holz und bot einen Kontrast zu den dunklen Ledersofas. Vielarmige Wandleuchter warfen ihr sanftes Licht auf blumengefüllte Kristallvasen, und an den Wänden hingen originelle Porzellangemälde, die Raucher jeglichen Alters, Standes und jeglicher Nationalität darstellten. Bethy betrachtete sie amüsiert, und nachdem Wilhelm den Rest der Schokolade eingesteckt und eine Zigarettenschachtel aus seiner dunklen Jacke befördert hatte, folgte er ihrem Blick.

»Das hier ist der Franzose«, erklärte er. »Er raucht Zigaretten wie ein König, der Italiener hingegen wie ein Straßenköter und der Deutsche wie ein Soldat.«

Bethy wusste nicht recht, was er damit meinte, grinste jedoch noch breiter und nickte eifrig.

»In der Nacht sind die Bilder gar nicht zu sehen, so dicht hängt der Rauch«, fuhr Wilhelm fort. »Die Männer spielen Skat oder Whist, Schach oder Domino, während sie rauchen, aber ich finde so etwas sehr langweilig.«

Er kramte eine Weile in seiner Tasche, bis er auch Streichhölzer gefunden hatte und damit die Zigarette anzündete. Er nahm einen tiefen Zug, ehe er ihr die Schachtel vor der Nase hielt. »Willst du auch eine haben?«

»Aber das geht doch nicht.«

»Weil du eine Frau bist? Oh, ich kenne etliche Damen, die Geschmack an einer russischen Zigarette gefunden haben.«

Bethy wollte lieber nicht wissen, auf welche Damen er anspielte. Ihr Vater hatte einmal behauptet, dass Wilhelm Ahlhusen regelmäßig ein Bordell aufsuchte. Was dort genau vor sich ging, wusste Bethy nicht – nur, dass das ein schrecklich verruchter Ort war. Allerdings, wenn die Einrichtung dort so elegant wie hier war, würde sie gerne einmal eines betreten.

Eine Weile saßen sie schweigend auf einem der Ledersofas.

»Schade, dass kein Steward hier ist«, sagte Wilhelm. »Wenn du schon nicht rauchst, könntest du wenigstens einen Sherry-Cobbler genießen. Oder einen Cocktail. Sie schmecken ziemlich süß.«

»Papa sagt, ich sei viel zu jung, um Alkohol zu trinken.«

»Da hat dein lieber Papa recht. Aber ich denke, dass das Leben doch schrecklich langweilig wäre, wenn man immer alles richtig macht und sich nie auch nur die kleinste Dummheit erlaubt.«

Lachend blies er ihr Rauch ins Gesicht, der prompt in ihrer Kehle kratzte und – was noch schlimmer war – ihre Augen tränen ließ. Wie peinlich!

Ob es nun die Tränen waren oder die Erwähnung des Vaters – auf einmal fühlte sich Bethy nicht mehr so verwegen, sondern eher unwohl. »Ich … ich glaube, ich muss wieder zurück zu meinen Eltern.«

Kurz hoffte sie, Wilhelm würde sie zurückhalten, aber er nahm bloß einen weiteren tiefen Zug. »Aber beim großen Galaball in einigen Tagen bist du doch dabei, oder? Gewiss wirst du wieder dein grünes Kleid tragen, das so gut zu deinen Augen passt.«

Er konnte sich erinnern, was sie damals getragen hatte!

»Vielleicht«, sagte Bethy errötend.

»Ich werde dafür sorgen, dass Mina dir ihre Kette leiht – die mit Perlen aus Perlmutt.«
»Aber die will sie vielleicht selbst tragen.«
»Ach, Mina interessiert sich nicht für Schmuck, nur für Bücher. Also, versprichst du mir einen Tanz?«
Bethy schoss noch mehr Blut ins Gesicht. »Aber ich kann doch nicht … Mutter sagt … es ist nicht ziemlich …«
Wilhelm zerdrückte die Zigarette in einem Aschenbecher. Ein dünner Rauchfaden stieg hoch. »Eine erwachsene Frau wie du hängt doch nicht mehr an den Röcken ihrer Mutter, oder?« Er flüsterte nur.
Bethy nickte knapp, ehe sie sich erhob und verabschiedete.
Bevor sie den Rauchsalon verließ, spähte sie auf den Gang, ob auch niemand sie sah. Alles war still, doch kaum kam sie an dem Musiksalon vorbei, lief sie ausgerechnet ihrer Mutter in die Arme.
»Bethy!«, rief Alba. »Wo bist du gewesen?«
Bethy war überzeugt, dass ihr Gesicht die Farbe einer Tomate annahm und dass ihrer Mutter das ebenso wenig entgehen würde wie der Geruch des Zigarettenrauchs, der sie umfing. Doch ehe Alba noch bohrendere Fragen stellen konnte, rief jemand ihren Namen, und dann kam schon Zahlmeister Niens um die Ecke, über dessen Anblick Bethy sich immer köstlich amüsierte, weil sie sein langer Rauschebart an einen Riesen aus den Märchen erinnerte, die ihr Mina früher manchmal vorgelesen hatte.
Bethy hörte nur mit halbem Ohr zu, als Herr Niens auf ihre Mutter einredete. Offenbar ging es um die Telegramme und Briefe, die die Passagiere beim Aufenthalt in Genua aufgeben wollten, und das schwere Gepäck der Pas-

sagiere, die erst dort an Bord gehen würden und das zuvor in den Kabinen verstaut werden musste.
Als sie endlich alles besprochen hatten und sich Alba ihr wieder zuwandte, glühten ihre Wangen nicht mehr.
»Ich sehe, du hast zu tun!«, rief sie, huschte an der Mutter vorbei, bevor diese sie aufhalten konnte, und trat hinaus aufs Promenadendeck.
Wilhelm war nirgendwo zu entdecken, aber Mina stand verträumt an der Reling und schien die vielen Reisenden um sich herum, die wie sie auf den grauen Küstenstreifen und einen hohen weißen Leuchtturm starrten und von denen etliche mit dreibeinigen Photoapparaten bewaffnet waren, kaum zu bemerken.
Als Bethy zu ihr trat, blickte Mina hoch. »Das ist Portugal«, murmelte sie. Sie klang so schwärmerisch, als spräche sie vom Schlaraffenland, und obwohl Bethy nicht sicher war, was sie in diese Hochstimmung versetzte, fühlte auch sie sich plötzlich so leicht und glücklich, als würde sie wie die Sonnenstrahlen über die Wellen tanzen.

15. Kapitel

Das schöne Wetter hielt an. Am 27. Januar, des Kaisers Geburtstag, zeigte sich das Meer indigoblau, und auf dem nicht minder lichten Himmel schienen Hunderte von Schäfchen zu wandern. Im hellen Sonnenschein ließ sich das Kap St. Vincent, das sie am Vormittag passierten, mit seinen alten Kastellen, den Wachttürmen und den malerischen Ruinen auf dem Felsen, gegen den die See brandete, gut erkennen. Und als die Sonne zu sinken begann, ließ Albert Ballin im Namen der HAPAG Sekt ausschenken und lud zum Tanz, um den besonderen Ehrentag zu feiern. Gerne packten die Reisenden ihre Fräcke und Abendkleider aus – nur Mina blieb dem Vergnügen fern und leistete lieber Hedwig Gesellschaft. Es war weniger Mitleid mit der Großmutter, die heute nicht unter Übelkeit, dafür unter Kopfschmerzen litt, das sie vom Ball fernhielt, sondern die fehlende Lust, an einem gesellschaftlichen Ereignis teilzunehmen, wie sie es in Hamburg auf Drängen ihrer Großmutter oft über sich ergehen hatte lassen. Sie wollte nicht tanzen und höflich parlieren! Sie wollte endlich die Welt entdecken!

Mit Tanzmusik in den Ohren schlief sie ein, um am nächsten Tag erwartungsvoll aus dem Bullauge zu lugen, war doch für heute die Ankunft in Gibraltar vorhergesagt worden.

Zunächst ließ sich nichts erkennen, da die Sonne von einer dicken Wolke verborgen wurde, doch als sich die

grauen Schwaden lichteten, warf sie ein rosiges Licht auf die einem Haufen flimmerndem Gold gleichende Stadt. Die tiefblaue, leicht gekräuselte See wurde im Halbkreis von einem felsigen Ufer umrahmt, dessen Hintergrund im Norden und Westen zu gewaltigen Schneebergen aufstieg, desgleichen wie der ferne Atlas im gegenüberliegenden Afrika einen weißen Hut zu tragen schien.
»Wir sind da! Wir sind tatsächlich in Gibraltar!«
»Das sind wir auch, wenn du nicht so schreist«, meinte Hedwig mürrisch. Immerhin, sie erwähnte ihre Kopfschmerzen nicht wieder, war vielmehr sogar bereit, den Landausflug mitzumachen, und auch Wilhelm, den sie wenig später zum Frühstück trafen, wollte sich diesen nicht entgehen lassen. Der einzige Wermutstropfen war, dass Bethy sie nicht begleiten durfte, da ihre Eltern sie von den Ahlhusens fernhielten. Doch bald prasselten so viele Eindrücke auf Mina ein, dass sie ihren Kummer darüber vergaß.
Während sie draußen an Bord darauf warteten, in eines der Boote zu steigen, konnte sie noch einmal einen Blick auf die Stadt und auf die schroffen, steilen Hänge werfen, die von zickzackartigen Wegen und Mauern durchschnitten und deren grauer Kalkfelsen vereinzelt von niedrigem Buschwerk und Zypressen bedeckt wurden. Die Häuser hatten flache, weiße Dächer, die im Vergleich zu den englischen und französischen Dampfern, die im Hafen lagen, winzig wirkten, und nicht minder klein waren die vielen spanischen Boote, die die *Augusta Victoria* bald umgaben: Lautstark brüllende Händler kamen herangerudert und boten Apfelsinen und Zigaretten an, und die Stewards und Matrosen machten vermittels Fingersprache und eines Korbs am langen Bindfaden Einkäufe. Noch mehr Lärm tönte vom Hafen herüber, wo reges

Treiben herrschte. Inmitten der Spanier und Araber sorgten die rotröckigen Engländer und die Mauren mit den gelben Pantoffeln, die auf Eseln ritten, für Farbtupfer. Exotisch muteten nicht nur die Frauen mit dunklen Gesichtern und noch dunkleren Kopftüchern an, deren Stimmen tiefer als die der Männer klangen, sondern auch schottische Soldaten mit nackten Beinen, die über ihrem Rock ein Ziegenfell und auf dem Kopf den Korkhelm trugen.

Mina kam gar nicht mit dem Schauen nach, erst recht nicht, als sie mit Booten zum Ufer gerudert wurden und dort in einen dreisitzigen spanischen Wagen umstiegen, einer Art kleinen Omnibus in gelber Naturfarbe, der mit Maultieren bespannt war und von dessen auf vier Säulen ruhendem Dach Fransen herunterbaumelten.

»Das ist ja wie ein Kasperletheater«, schimpfte Hedwig, »Wie soll man so den freien Blick genießen!«

Mina konnte sich nicht vorstellen, dass ihre Großmutter irgendetwas genoss, sagte aber nichts, sondern schob den Vorhang einfach beiseite, um nun ohne Einschränkung die eindrucksvollen Villen, mächtigen Kastelle und die Strohhütten zu mustern, die von gewaltigen Aloe- und Kaktuspflanzen überwuchert wurden. Bald liefen Horden von Kindern ihren Wagen nach, und ihnen folgten wiederum ganze Ferkelkolonien, mit denen diese offenbar ansonsten ihr Spiel trieben. Weniger beeindruckt von ihrem Erscheinen waren die Frauen, die, der neugierigen Blicke ungerührt, ihre Röcke hochrafften und aus den schmutzigen Unterhosen die Ware zogen, die sie offenbar in die Stadt geschmuggelt hatten und mit denen sie nun Handel trieben. Hedwig zog die Brauen noch höher, als sie beobachtete, wie der Abfall direkt auf die Straße geworfen wurde, und erst recht, als sie bei der Markthal-

le ausstiegen und an einem Stand Mittelmeerfische in der absonderlichsten Form betrachteten – mit Stacheln, riesigen Mäulern und bunt glänzenden Schuppen, die an ein Fabelwesen denken ließen.
»Jede deutsche Hausfrau würde sich weigern, so einen Fisch in ihre Pfanne zu werfen«, meinte Hedwig.
»Ach was«, sagte Wilhelm, »mit einem Schluck guten Wein rutscht auch so ein Monster die Kehle herunter.«
Mina lächelte, obwohl sie etwas wehmütig wurde, als sie sich umblickte. Es war nicht nur Neugierde auf Gibraltar gewesen, die sie den Landausflug ungeduldig erwarten hatte lassen. Vielmehr hatte sie gehofft, dass sich auch Costantino den vielen Reisenden angeschlossen hatte. Doch auch wenn sie sich noch so suchend nach ihm umblickte – sie stieß auf manch vertrautes Gesicht, aber nicht auf seine dunkel blitzenden Augen. Wenig später hatte sie allerdings gar keine Muße mehr, nach ihm Ausschau zu halten. Sobald sie die Markthalle verließen, wurden sie von einer Schar Bettler umgeben und hatten alle Mühe, zu den Wagen zu gelangen, und so geschah es noch mehrmals während der Stadtrundfahrt, die nicht nur deswegen viel länger als geplant währte. Da die Fahrer mehrmals die falsche Straße nahmen, landeten sie in Sackgassen und mussten dort unter großer Mühe wieder umdrehen. Bis es Abend wurde, hatte Mina das Gefühl, ihre Lungen wären voller Sand und Staub – was ihrer Begeisterung allerdings keinen Abbruch tat.
»Was für ein Abenteuer!«, rief sie.
»Was für ein Chaos!«, nörgelte Hedwig. »Schau, die Wagen sind gemeinsam aufgebrochen, doch anstatt beisammenzubleiben, sind wir in alle Himmelsrichtungen zerstreut worden. Wenn Mr. Moll weiterhin die Ausflüge so schlecht organisiert, kommt das Schiff am Ende mit der

halben Besatzung an, weil die Frauen in irgendwelchen Harems gelandet sind und die Männer in Bordellen.«
Wilhelm lachte auf. »Mutter! Bis jetzt hast du nie zugegeben, dass es Bordelle überhaupt gibt.«
Hedwig musterte ihn finster. »Du weißt, was ich meine.«
»Nun, in jedem Fall kannst du Mr. Moll nicht an allem die Schuld geben. Dass die Droschken in alle Himmelsrichtungen davonfuhren, lag auch daran, weil es die Passagiere so wollten.«
»Trotzdem. In Genua gehe ich auf jeden Fall nicht von Bord«, verkündete Hedwig finster.
»Dort werden wir auch nicht lange bleiben«, schaltete sich Mina ein. »Schließlich wird dort nur der Kohlevorrat aufgefüllt, und die restlichen Passagiere kommen an Bord. Allerdings können wir ja auch vom Schiff aus Bilder machen.«
Hedwig sah sie fragend an. »Bilder machen?«
Mina zog stolz etwas auf der Tasche. »Vorhin auf dem Markt habe ich das hier erstanden.«
»Was ist das?«, fragte Hedwig und starrte misstrauisch auf das dunkle Kästchen. »Ein Fernrohr?«
»Nein«, sagte Wilhelm, »ich glaube, das ist ein Photoapparat. Man kann damit Bilder machen.«
Hedwig starrte immer noch skeptisch auf das Gerät.
»Er ist von der Firma Kodak«, erklärte Mina stolz. »Ich kann damit alle Eindrücke der Reise festhalten und werde sie nie vergessen. Zwar hat sich der Bordphotograph Strumper mittlerweile ein eigenes Atelier eingerichtet und macht regelmäßig Bilder, aber ich will lieber eigene haben. Ich mache jetzt gleich ein paar Bilder von Gibraltar.«
Hedwig runzelte die Stirn. »Ich weiß nicht, wie dieser Apparat funktioniert, aber so wie es in diesem Gefährt

hier wackelt, bringst du unmöglich scharfe Bilder zustande.«

In den nächsten Tagen gab es viel zu photographieren: Gibraltar bei Nacht, wie es vom Mond sanft beschienen wurde, die immer kleiner werdende Stadt, als die *Augusta Victoria* wieder ablegte, und auf der weiteren Fahrt bis Genua das Kap de Gata auf der Höhe von Almería, dessen Ufer von blendendem Sonnenlicht übergossen wurde und dessen Häuser so weiß wie die imponierenden Gipfel der Sierra Nevada waren. Wieder einen Tag später folgten die malerische Bucht von Cartagena und die hohen Berge von Mallorca.
Mina verbrachte fast die ganze Zeit auf dem Promenadendeck, doch wenn sie es auch nicht versäumte, Bilder der spektakulären Landschaften zu machen – von Tino konnte sie keine Photographie schießen, denn der blieb weiterhin wie vom Erdboden verschluckt, auch am 31. Januar, als die *Augusta Victoria* in Genua einlief. Der Aufenthalt war zu kurz, als dass sich eine Stadtbesichtigung lohnte, und einige wenige Passagiere gingen nur von Bord, um Post für die Verwandten aufzugeben. Mina schloss sich ihnen nicht an, sah ihnen jedoch von Deck aus zu, um einmal mehr nach Tino Ausschau zu halten. Und wenn er vielleicht gar nicht mehr auf dem Schiff war? Wenn er es in Gibraltar verlassen hatte?
Wenig später kamen auch die neuen Passagiere, die erst hier in der italienischen Hafenstadt die Reise begannen. In den Gängen herrschten wieder große Aufregung und Gedränge, umso mehr, als die Papageienfrau ausgerechnet diesen Zeitpunkt erkoren hatte, um ihre Hunde spazieren zu führen.
»Na wenigstens hat sie den Papagei im Käfig gelassen«,

hörte Mina jemanden neben sich sagen, als sie in die eigene Kabine zurückkehren wollte.

Es war Bethy, die sie nun mit sich zog. »Meine Eltern sind beschäftigt, aber du musst mir helfen.«

»Helfen wobei?«

»Nun, bei meiner Frisur!«

»Frisur?«, fragte Mina erstaunt.

»Sag bloß, du hast es vergessen!«

»Was vergessen?«

»Na, den Ball!«

»Aber erst vor Kurzem, als wir den Geburtstag unseres Kaisers feierten, hat ein Tanz stattgefunden.«

»Und jetzt eben wieder, weil nun die Passagiere komplett sind. Gott sei Dank habe ich das grüne Kleid eingepackt. Was wirst du tragen?«

Mina zuckte die Schultern.

»Ich verstehe nicht, warum du auf eine Ballgarderobe verzichtet hast«, sagte Bethy vorwurfsvoll. »Na ja, am besten, du ziehst das weiße Crêpe-Kleid an und trägst dazu den Gürtel mit türkisblauer Schnalle.«

Mina nickte geistesabwesend.

Ein Ball …

Die Lust zu tanzen war nicht größer als vor wenigen Tagen, doch sie war sich sicher: Falls Costantino noch an Bord war, würde er dem Fest nicht fernbleiben. Sollte er jedoch nicht mehr auftauchen, würde sie – so schwer es ihr auch fiele – fortan keinen Gedanken mehr an diesen geheimnisvollen Passagier verschwenden.

Der Damensalon der *Augusta Victoria* befand sich unter der Kuppel des Lichtschachts, und von dort konnte man über das Geländer in den Speisesaal oder vielmehr den »Großen Salon«, wie er von allen genannt wurde, hinab-

blicken. Am Abend wurden die Tische zur Seite geschoben und die Stühle abgeschraubt; das Orchester versammelte sich auf einem leicht erhöhten Podest, und der Raum verwandelte sich in ein Meer aus Seide und Spitzen, Stickereien und Pelzverbrämungen, Perlen und Federn, Crêpe de Chine und Gaze. Während die Frauen ihre schönste Abendgarderobe und den teuersten Schmuck angelegt hatten, hatten sich die Männer mit bunt bestickten Diplomatenfräcken, Uniformen oder Amtstrachten fein gemacht, und selbst Kapitän Barends mit seinem gelockten, dichten Bart trug ausnahmsweise eine weiße Uniformjacke, in die er sich einen neuen Kragen eingeknöpft hatte. Der Stoff seiner Hose war brettsteif gestärkt, und die Bügelfalten standen regelrecht auf den polierten schwarzen Schuhen. Am Eingang des Saals begrüßte er alle Passagiere, auch Mina und ihren Vater. Der Kapitän hatte sich die Familienverhältnisse gemerkt, denn er erkundigte sich nach Hedwig, doch das Bedauern, das durch Minas Stimme klang, als sie Hedwig entschuldigte, war nicht echt. Insgeheim war sie froh, dass sie während des Balls nicht argwöhnisch von der Großmutter beobachtet wurde.
Nach dem Kapitän kamen sie an Albert und Marianne Ballin vorbei, die wie immer von Fragenden umringt waren und für jeden ein Wort oder einen Gruß hatten. Mina erlebte es zum ersten Mal, dass Albert Ballin und ihr Vater sich begegneten, doch falls sie beide daran dachten, dass Wilhelm die gleiche Geschäftsidee gehabt hatte, aber nur die HAPAG sie gewinnbringend verfolgte, ließen sie sich nichts anmerken. Allerdings erklärte Wilhelm gleich danach, dass er sich jetzt endlich amüsieren wolle, und schon ließ er Mina los, steuerte ein paar Hamburger Herren an, die man ebenso häufig im Rauchsalon antraf wie

ihn, und fragte sie, ob denn bloß Sekt ausgeschenkt würde oder es auch etwas Richtiges zu trinken gebe. Mina nutzte die Gelegenheit, sich davonzustehlen.

Eben hatten die Gäste des Balls die Zurückhaltung aufgegeben, und nachdem sich die ersten Paare auf die Tanzfläche wagten, wurde es dort rasch eng. Inmitten der vielen Köpfe ließ sich erst kein vertrautes Gesicht erhaschen, doch gerade als sich Mina zur etwas erhöhten Musikkapelle gesellte, um von dort den Saal zu überschauen, begann ihr Herz zu rasen.

Also doch! Er hatte das Schiff nicht verlassen!

Costantino Montinari war heute ungleich eleganter als bei ihrer letzten Begegnung gekleidet, wenngleich schlichter als die anderen Gäste, trug er doch keinen Frack, sondern bloß einen dunklen Blazer, obendrein ohne die ansonsten obligatorischen goldenen Knöpfe. Die weißen Hosen saßen allerdings wie angegossen, und seine Haare waren elegant zurückgekämmt, allerdings nicht mit Pomade wie bei den anderen Herren, weswegen ihm eine Strähne in die Stirn fiel und sie an den Mann erinnerte, der sich an der Reling gerne den Wind entgegenblasen ließ.

Nicht, dass er nicht den Anschein machte, das Tanzen weniger zu genießen. Eben drehte er sich mit einer älteren Dame in dunkelviolettem Kleid äußerst wendig und gekonnt über die Tanzfläche, wenngleich Mina das Gefühl hatte, er müsste dabei stets sein Tempo drosseln.

Wenn er mit mir tanzen würde so wie damals an Deck, müsste er keine Zurückhaltung an den Tag legen, ging es ihr durch den Kopf. Drehen könnte er mich, immer schneller und schneller, bis mir schwindlig wird, und selbst dann noch.

Sie stellte sich so hin, dass er sie leicht sehen konnte, doch leider hatte er nur Augen für die ältere Dame, und als der Tanz zu Ende war und er sie zu ihrem Platz zurückgeleitet hatte, forderte er eine weitere auf – wieder eine in Hedwigs Alter.

War er womöglich mit beiden Großmüttern an Bord gegangen? Aber nein, nach einer Weile tanzte er mit einer dritten, bald danach folgte eine vierte. Unmöglich, dass das alles seine Tanten waren!

Ihre Neugierde war am Ende größer als ihre Schüchternheit. Als dieser Tanz zu Ende ging, schritt sie entschlossen auf ihn zu. Noch konnte er sie nicht sehen, weil sie sich ihm von hinten näherte, doch bevor er eine weitere ältere Dame auffordern konnte, legte sie ihm die Hand auf die Schultern.

»Heute bin ich es, die Sie erschreckt«, sagte sie neckisch.

Tino drehte sich um, und sein Lächeln, bis eben noch höflich, aber etwas distanziert, wurde breit. In seinen Augen funkelte der Schalk. »Vor Ihrem Anblick werde ich nie erschrecken.«

Mina deutete mit dem Kinn auf die älteren Damen, die mittlerweile wieder auf den Stühlen saßen, die im Halbrund um die Tanzfläche positioniert waren. Etliche wedelten sich mit Fächern zu, denn die Luft war inzwischen schwer und stickig.

»Das sind aber nicht alles Ihre Verwandten, oder?«

Tino lachte. »Nein, ich habe ihnen nur eine Freude gemacht.«

Mina hoffte, dass sie endlich mehr über ihn erfuhr, doch nach diesem einen Satz schwieg er vielsagend. Sie konnte gar nicht anders, als jede Zurückhaltung aufzugeben und ganz offen zu fragen: »Und was tun Sie hier an Bord, wenn Sie nicht tanzen oder mit einem jungen Mädchen an der Reling stehen?«

Er zuckte die Schultern. »Was alle anderen auch tun – die Reise genießen.«
»Nun, vielleicht habe ich die falsche Frage gestellt. Was haben sie denn getan, ehe Sie an Bord gekommen und …«
»Ach«, unterbrach er sie schnell, »wir wollten doch alle mit dieser Reise dem Alltag entkommen, und jetzt wollen Sie ausgerechnet darüber sprechen?«
Auch wenn sein Lächeln strahlend blieb, fühlte sie deutlich, dass er ihr etwas verheimlichte.
»Nun kommen Sie schon«, sagte sie ungeduldig, »am Ende halte ich Sie noch für einen blinden Passagier.«
»Muss ich denn noch etwas anderes tun, außer zu tanzen und zu reisen? Ist das nicht genug, um ein Leben auszufüllen und glücklich zu sein?«
Mina gab es auf nachzubohren und erwiderte sein Lächeln. »Würde es Sie vielleicht auch glücklich machen, mit mir zu tanzen?«
»Sehr sogar.«
Schon vorhin, als sie ihm beim Tanzen zugesehen hatte, hatte sie vermeint jeden Schritt zu spüren, doch erst jetzt, als sie zu den Walzerklängen über die Tanzfläche schwebten, erkannte sie, welch ein Genuss es war, sich mit ihm zu drehen. Sie wurde blind für die anderen Paare. Da war nur Tino, der seinen Arm fest um sie gelegt hatte und sie mit energischen Schritten zum Rhythmus der Musik führte.
Ewig hätte sie so weitertanzen mögen. Ewig die Nähe zu ihm genießen. Erst als die Musik verstummte, bemerkte sie, dass sie ganz atemlos und ihr Gesicht heiß war – was sie nicht davon abhielt, Tino herausfordernd anzusehen, und obwohl sie kurz befürchtete, dass er wieder mit einer anderen Dame tanzen würde, legte er erneut den Arm um ihre Taille. Ehe das Orchester allerdings weiter-

spielte, kam ein Steward auf Tino zugeeilt. Prompt ließ er sie los, folgte ihm ein paar Schritte und beugte seinen Kopf, damit der Steward ihm etwas ins Ohr flüstern konnte. Obwohl Mina angespannt lauschte, konnte sie nichts verstehen, nur zusehen, wie sich Tinos Gesicht kurz verfinsterte.

Als er sich ihr wieder zuwandte, ihre Hand nahm und einen Kuss darauf hauchte, war seine Miene jedoch ausdruckslos.

»Ich fürchte, ich muss auf den nächsten Tanz verzichten und den anderen Herrschaften das Vergnügen gönnen, mit Ihnen zu tanzen.«

Sprach's und drehte sich um. Kurz stand Mina ganz steif da, ehe sie ihm nacheilte. Sie verkniff sich die Frage, wohin er so plötzlich gerufen wurde, und verlegte sich stattdessen aufs Scherzen: »Sind Sie etwa Aschenputtel, das um Mitternacht zurück muss, um Erbsen auszulesen?«

»Nun, falls Sie irgendwo einen Schuh finden, dann ist er von mir«, sagte Tino grinsend. »Ich fürchte nur, das echte Aschenputtel hatte hübschere Schuhe.«

Er zwinkerte ihr vertraulich zu, dann ging er endgültig. Diesmal stellte sie sich ihm nicht in den Weg, sondern trat etwas benommen in den Schatten einer Säule. Widerstreitende Gefühle kämpften in ihr – Glück, weil sie ihn endlich wiedergesehen und mit ihm getanzt hatte, Enttäuschung, weil das Vergnügen so abrupt endete, Verwirrung, weil sie bis auf seinen Namen immer noch nichts von ihm wusste.

Mit diesen heftigen Gefühlen konnte sie unmöglich allein bleiben. Wo steckte nur Bethy? Gerade sie hatte sich so auf den Ball gefreut! Aber selbst nachdem sie drei Mal die Tanzfläche umrundet hatte, konnte sie die Freundin im grünen Kleid nirgendwo entdecken. Einmal glaubte sie ihr Kichern zu vernehmen, aber es musste wohl ein anderes Fräulein sein, das sich so köstlich amüsierte, und falls es doch aus Bethys Kehle stammte – nun, dann sollte sie sie nicht stören, was auch immer sie so sehr vergnügte.

Schließlich ging sie Richtung Treppe, um von dort aus die Tanzfläche zu überschauen, doch ehe sie die erste Stufe betrat, kam der junge Steward auf sie zu, den sie bereits kannte – jener Jonathan Gold, dessen freundliches Lächeln Bethy so hartnäckig ignoriert hatte. Er schien zu spüren, dass Mina nicht recht wusste, was sie machen sollte.

»Kann ich Ihnen behilflich sein?«

Auch die Stewards hatten sich heute schmuck gemacht: Die Haare waren streng zurückgekämmt, und die weißen Handschuhe wirkten im Kontrast zur schwarzen Fliege noch strahlender als sonst.

»Na«, gab Mina freundlich zurück. »Verteilen Sie heute gar keine Bordzeitung?«

»Morgen gibt es eine neue Ausgabe. Darin wird dann ausgiebig über den heutigen Ball berichtet.« Er blieb neben ihr stehen und deutete zu ihrer Verwunderung ganz ungeniert auf die Tanzenden. »Es ist schon lustig, die amerikanische Millionärstochter tanzt mit dem ehrwürdigen Hofrat, der Reeder mit der Baronin.«

Mina folgte seinem Blick. Bis jetzt hatte sie kaum auf die anderen Passagiere geachtet, aber nun stellte sie fest, dass es hier keine Hemmungen gab, mit Menschen unter dem eigenen Stand zu verkehren – etwas, das gerade die hochnäsigen Hamburger in ihrer Heimat tunlichst vermieden.

»Auf diesem Schiff zählen die sozialen Unterschiede nun mal nicht«, sagte sie.

»Wirklich?«, fragte Jonathan skeptisch und hob die Brauen. »Ich finde, Ihre Freundin unterscheidet ganz deutlich zwischen den feinen Passagieren und dem niederen Personal.«

Mina zuckte etwas verlegen die Schultern. »Nehmen Sie es Bethy nicht übel, sie denkt oft nicht nach, und …«

»Nun, die anderen denken auch nicht nach«, unterbrach Jonathan sie, und das jungenhafte Grinsen schwand aus seinem Gesicht. »Nämlich darüber, wer das Schiff überhaupt in Gang hält. Ein Kohlentrimmer ist heute Abend schwer gestürzt. Wahrscheinlich wird er sterben. Und seine Kollegen rackern sich weiter ab – für einen erbärmlichen Lohn. Selbst wenn sie zehn Jahre rund um die Uhr arbeiteten, könnten sie sich eine Reise wie diese nicht leisten.«

Mina packte ein schlechtes Gewissen. Die Reise war tatsächlich sehr teuer, doch dank des Erbes ihrer Mutter war es für sie ein Leichtes gewesen, die Tickets zu kaufen.

»Ich hoffe, der Schiffsarzt kann den Kohlentrimmer doch noch retten.«

Jonathan bemühte sich um ein Lächeln. »Vergeben Sie mir, ich wollte Ihnen die Laune nicht verderben.«

Er nickte ihr zu, um sich zurückzuziehen, doch Mina hielt ihn auf. »Warten Sie! Wissen Sie eigentlich, wer Costantino Montinari ist und was er auf dem Schiff macht?«

»Costantino Montinari?« Jonathan dachte nach, aber schüttelte schließlich den Kopf. »Ich fürchte, mir sagt der Name nichts.« Spöttisch fügte er hinzu: »Aber vielleicht ist er ja ein Prinz.«

Wenig später folgte Mina ihm die Treppe nach oben. Plötzlich hatte sie keine Lust mehr auf Gesellschaft. Sie

trat hinaus in die sternenklare Nacht und bemerkte kaum, wie kalt es in ihrem dünnen Kleid war.
Jonathan mochte gescherzt haben, aber sie dachte: Wer immer Costantino Montinari ist – in jedem Fall ist er *mein* Prinz.

Am 2. Februar waren noch die schneebedeckten Berge von Süditalien zu sehen, doch bald verschwanden sie im blauen Dunst, und bis Ägypten würden sie nun kein Festland mehr passieren. Der Himmel war mal strahlend blau, mal von grauen Wolken verhangen, doch es blieb immer warm und trocken, und Bethy genoss es, auf einem Liegestuhl an Deck zu liegen und in die blaue Weite zu starren. Es war gar nicht so einfach, einen freien Stuhl zu ergattern, denn manche Reisenden waren so besitzergreifend, dass sie ihren Namen in großen Buchstaben an der Vorderseite der Kopflehne hatten eingravieren lassen. Meistens erhob sich jedoch ein junger Kavalier, wenn Bethy sich suchend umsah, und nicht minder zuvorkommend war das Personal. Nahezu immer wurde etwas serviert – die obligatorischen Kaviarbrötchen ebenso wie Kaffee und heiße Schokolade.
Wie herrlich es war, einfach nichts zu tun, sich treiben zu lassen, die Erfrischung zu genießen und dem Tratsch der Frauen zu lauschen! Ein beliebtes Thema war weiterhin Albert Ballin, der sich als so vollendeter Unterhalter erwies, während seine Gattin nicht annähernd mit seinem Charme ausgestattet war.
Bethy seufzte. Albert Ballin mochte tatsächlich ein netter Mensch sein, aber der einzige Mann, an den sie ständig denken musste, war Wilhelm. Wie sehr sie sich während des Balls mit ihm amüsiert hatte! Er hatte ihr lustige Anekdoten erzählt, und sie hatten über andere Reisende ge-

lästert, doch leider war er ihr den versprochenen Tanz schuldig geblieben, und hier an Deck war er nun auch nicht zu sehen, obwohl sie immer wieder den Kopf hob und nach ihm Ausschau hielt.
Eben hatte sie sich wieder zurückgelehnt und die Tasse mit der Schokolade abgestellt, als plötzlich lautes Geschrei ertönte, gefolgt von einem Quietschen und Rumpeln. Bethy fuhr hoch. Aufgrund der leichten Schieflage hatte sich ein Liegestuhl selbstständig gemacht und rutschte samt Besitzer über das Deck. Alle griffen – halb entsetzt, halb amüsiert – gleichzeitig zu, um ihn aufzuhalten, doch niemand bekam den Stuhl zu packen. Der Mann, der darauf saß, war zwar geistesgegenwärtig genug, um abzuspringen, doch der Stuhl schlitterte immer weiter, direkt auf Bethy zu. Wie erstarrt blickte sie in seine Richtung und glaubte schon, schmerzhaft zu spüren, wie das Holz auf sie krachte, doch plötzlich waren da ein Schatten und zupackende Hände, die den Stuhl zu halten bekamen.
Wilhelm Ahlhusen.
Nun gelang es Bethy doch noch, aufzuspringen. »Sie haben mir das Leben gerettet!«, rief sie im Überschwang der Gefühle. Sofort schoss Röte in die Wangen, die nicht nur von der Aufregung rührte, sondern auch ein wenig von der Verlegenheit. Zugegeben, der Zusammenprall hätte ihr ein paar blaue Flecke zugefügt, aber der Stuhl war nicht schwer genug, um sie zu erschlagen.
Anstatt über sie zu spotten, sagte Wilhelm jedoch ernsthaft: »Aber, aber! So schnell kann deine Schönheit nichts zerstören.«
Nun wurde Bethy noch röter und konnte gar nichts mehr sagen.

»Man sollte die Stühle an den Boden nageln wie im Speisesaal«, meinte er. »Oder noch besser: Man könnte an ihrer Stelle auch Strandkörbe aufstellen.«
Bethy starrte ihn verwirrt an, hatte sie doch keine Ahnung, wovon er redete.
»Hast du etwa noch nie einen Strandkorb gesehen?«, fragte er belustigt. »Erst vor einigen Jahren sind sie erfunden worden. Das sind aus Korb geflochtene Stühle mit Wänden und Decken und gerade an windigen Tagen sehr gemütlich.«
Er zwinkerte ihr zu, nahm dann unerwartet ihre Hand und hauchte einen Kuss darauf, doch ehe sie ihre Fassung wiedergefunden hatte und endlich etwas sagen konnte, ließ er sie schon wieder stehen. Gedankenverloren sank Bethy zurück auf ihren Liegestuhl. Warum hatte sie ihn nicht aufgehalten?, schimpfte sie mit sich. Und warum hatte sie nichts Kluges zu sagen gewusst?
Zugleich blickte sie ganz beseelt auf die Hand, die er geküsst hatte, und merkte darum gar nicht, dass sich ihr erneut jemand näherte. Diesmal war es nicht Wilhelm, der seinen Schatten auf sie warf, sondern der Steward Jonathan. In seinen Händen hielt er einen Korb mit Äpfeln.
»Möchten Sie einen, Fräulein Bethy?«
Bethy betrachtete den jungen Angestellten, als sähe sie ihn zum ersten Mal, und brauchte eine Weile, bis sie wieder zurück ins Hier und Jetzt fand, doch Jonathan schien ihre Verwirrung zu entgehen.
»Bald erreichen wir Alexandria und werden dort mehrere Tage Aufenthalt haben«, begann er vergnügt zu reden. »Mit dem Zug geht es nach Kairo. Ihre Eltern werden wahrscheinlich viel zu tun haben, um die Ausflüge von dort aus zu organisieren, nicht wahr?«

Bethy senkte rasch den Kopf. Was erlaubte er sich? Glaubte er etwa, ihre Eltern zählten zum einfachen Personal wie er?

»Und Sie wollen wirklich keinen Apfel?«

Bethy reckte ihr Kinn. »Ich ziehe gedeckte Apfeltorte mit Baiser vor.«

»Wie schade!«, sagte Jonathan schulterzuckend. Obwohl sie hartnäckig an ihm vorbeistarrte, entging ihr nicht, wie er sich kurz umblickte, grinste und dann einen Apfel stibitzte, um genussvoll hineinzubeißen.

Nun konnte Bethy gar nicht anders, als ihn anzustarren – voller Empörung, aber nicht ohne einen Hauch an Bewunderung.

Er scheint ja vor gar nichts Angst oder Respekt zu haben …

»Ich habe Sie beim Ball gesehen«, sagte er, während er den Apfel kaute, »in dem grünen Kleid haben Sie wunderschön ausgesehen. Ich fürchte nur, Sie haben viel zu wenig getanzt.«

Die Anerkennung, die kurz für ihn erwacht war, erwies sich als nicht sehr langlebig. »Das geht Sie gar nichts an«, zischte sie erbost, weil er an der Enttäuschung rührte, nicht mit Wilhelm getanzt zu haben.

»Wir haben später in den Mannschaftsunterkünften auch getanzt, und es ging heiß her. Wenn Sie wollen, können Sie gern mal zu uns stoßen.«

Was fiel diesem Kerl ein! »Ich gehöre doch nicht zum Personal«, sagte sie.

Jonathan warf den Apfelbutz einfach über Bord. »Aber auch bei feinen Herrschaften tut's weh, wenn sie einem auf die Füße treten«, sinnierte er.

»Wilhelm Ahlhusen ist ein hervorragender Tänzer!«, entfuhr es ihr.

»Und haben Ihre Eltern auch so eine hohe Meinung von ihm?«
Bethy erschrak und sprang auf. »Wehe, Sie erzählen irgendjemandem, dass Sie mich mit ihm gesehen haben!«
Jonathan sah sie etwas ratlos an, doch anstatt noch etwas zu sagen, nahm er den Korb, zuckte die Schultern und ging.
Er würde doch nicht …
Bethy überlegte schon, ihm zu folgen und sich das Versprechen geben zu lassen, auch wirklich nichts zu sagen, doch jäh ertönten laute Rufe. Land in Sicht!
Als sie aufs Meer starrte, konnte sie zunächst nichts erkennen, doch nach einer Weile erschien im Süden ein grauer, sandiger Strich am Horizont – die afrikanische Küste –, der in der nächsten Stunde zu einem breiten schwarzen Balken wuchs und schließlich als eine weit ins Meer hinausragende Landzunge zu erkennen war. Der Leuchtturm der Halbinsel von Pharos war ebenso deutlich zu sehen wie viele Palmen im Hintergrund.
Immer mehr Passagiere versammelten sich an Deck, als wenig später das Schiff im Hafen von Alexandria einlief. Auch die Ahlhusens waren darunter, wenngleich Wilhelm zu Bethys Bedauern keinen Blick für sie hatte, sich lediglich Mina zu ihr gesellte und aufgeregt auf die drei riesigen Fische deutete, die so lang wie zwei Menschen waren, immer wieder aus den Fluten auftauchten und sie willkommen zu heißen schienen.
Vom Ufer her ertönten aufgeregte Rufe. Inmitten von gelben Häusern mit flachen Dächern, würfelförmig gebaut und mit allerlei Erkern und vergitterten Fensteröffnungen, ragten Moscheen mit maurischen Kuppeln und schlanken Minaretten auf, und zwischen kleinen Häusern, Villen mit prächtigen Gärten und Windmühlen

wuchsen Pinien, Akazien und Feigenbäume. Es herrschte ein Gewirr von Trachten aller Art: Fez und Turban waren neben Hut und Tropenhelm der Europäer ebenso zu sehen wie Kaftan und Burnus neben Rock und Hose. Sofort wurde das Schiff von Booten umzingelt, randvoll mit jungen Männern, die Taue hochwarfen und daran hochzuklettern versuchten. Bethy lachte ob so viel Frechheit, während die Matrosen über diese »Piraten« erbost waren. Kaum kamen die Männer oben an, packten sie sie und warfen sie kopfüber zurück ins Menschenknäuel, was diese nicht davon abhielt, ihr Unternehmen sofort wieder zu beginnen. Selbst die, die im Wasser landeten, tauchten prustend auf und griffen alsbald wieder nach dem Tau.
Bethy hätte noch gerne beobachtet, ob es irgendeinem dieser Wilden gelang, das Schiff zu stürmen, aber dann rief ihre Mutter nach ihr und verlangte, dass sie in der Kabine wartete, bis die *Augusta Victoria* ihren Hafenliegeplatz endgültig erreicht hatte.
Bethy fügte sich ihr widerwillig, lugte in der Kabine aber aufgeregt aus dem Bullauge. Sie war in Ägypten, diesem fremden, exotischen Land! Und ganz gleich, was ihre Eltern davon hielten – diesmal würde sie sich nicht von ihnen verbieten lassen, an den Landausflügen teilzunehmen.

16. Kapitel

Wenig später hatten sich die Reisenden mit ihrem Handgepäck an Bord versammelt. Mit Booten von der Firma Cook, die an den rot-weißen Flaggen und den in bunten Stoffen gehüllten Bootsleuten zu erkennen waren, ging es an Land und von dort mit einem Extrazug nach Kairo.

Alba und Werner, die an Deck standen, waren stets von einer Menschentraube umgeben: Abfahrtspläne wurden verteilt, die Fragen beantwortet, wohin die Ausflüge führen würden und an welchen man sich am besten beteiligen solle, und vor allem ging es um die Unterbringung in Kairo. Da es nicht genügend freie Hotelzimmer gab, würde ein Teil der Reisenden auf einem Nildampfer wohnen.

Bethy kam nicht umhin, die Augen zu verdrehen. All diese Punkte waren doch schon während der letzten Tage hinlänglich diskutiert worden, warum konnten die Menschen nicht einfach nur den Anblick auf den Hafen genießen, auf die hochragenden Palmen und Minarette, mageren Hunde, die in eleganten Straßen streunten, oder die farbenprächtigen Offiziere, die an elenden Baracken vorbeigingen? Und zu allem Überdruss waren die Eltern nicht abgelenkt genug, dass Albas Adleraugen etwas entging.

Als Bethy unauffällig an ihr vorbeigehen wollte, rief sie ihr nach: »Du bleibst hier an Bord, das ist sicherer.«

»An Bord? Aber was soll ich denn hier tun?«

»Du kannst später mit uns an Land gehen, und wir können, wenn auch nicht Kairo, so doch Alexandria besichtigen. Mina wird mit ihrer Großmutter und ihrem Vater unterwegs sein. Ich will nicht, dass du dich ihnen anschließt.«

So entschlossen Bethy gewesen war, sich diesmal dem Verbot zu widersetzen – so unmissverständlich klang dieser Befehl. Und wenn sie sich doch mit Alexandria begnügen sollte?

Halb enttäuscht, halb neidisch auf Mina, die schon wieder viel mehr erleben würde als sie, wollte sie Richtung Kabine schleichen, als sie unverhofft Wilhelm in die Arme lief. Und der sah nicht so aus, als hätte er sich für den mehrtägigen Ausflug nach Kairo fertig gemacht, sondern trug einen legeren Vormittagsanzug.

Lächelnd breitete er die Arme aus. »Oh, meine liebe Bethy, wie gut, dass ich dich sehe. Hast du Lust, mit mir Alexandria zu erforschen? Auch dort gibt es eine Menge zu besichtigen: den Basar oder die Pompeiussäule. Und was dich vielleicht am meisten interessiert – man kann bei Konfektioneuren einkaufen, die ihre Modepuppen auf der Straße ausstellen. Sie tragen Kleider im modernsten Pariser Chic!«

Schöne Kleider, wie wunderbar! Und dennoch …

»Ich … ich dachte, Sie werden mit Ihrer Familie die Altertümer rund um Kairo besichtigen.«

Wilhelm seufzte leicht entnervt. »Pyramiden, Königsgräber, Tempelanlagen – was ist so interessant an Steinen? Nur weil sie Tausende von Jahren alt sind? Und dann auch noch die lange, staubige Zugfahrt dorthin, nein, da verbringe ich meine Zeit lieber mit einem hübschen, jungen Mädchen. Mina und meine Mutter sind bereits aufgebrochen, und die beiden können durchaus auf sich allein aufpassen. Übrigens können wir auch Cafés besuchen. Es soll hier sehr viele geben, und dort werden orientalische Köstlichkeiten ebenso serviert wie europäische Spezialitäten. Und ganz besonders empfehlenswert ist ein Dinner im Restaurant Grande Bretagne mit Wiener Mädelsbedienung.« Er zwinkerte ihr vertraulich zu. »Dort wird auch getanzt.«

Bethy strahlte, zögerte aber immer noch. »Meine Mutter hat mir doch verboten …«

»Ich verspreche dir, irgendwie wird es mir gelingen, dich unbemerkt auf eines der Boote zu bringen. Deine Eltern haben fürs Erste genug zu tun, und bis zum Abend sind wir wieder zurück. Und vielleicht können wir es in den nächsten Tagen wieder so halten!«

Er bot ihr den Arm an, und als sie sich einhakte, war sie stolz wie nie. Nein, sie wollte kein kleines Kind mehr sein, das sich von seiner Mutter gängeln lässt – an Wilhelms Seite war sie eine Dame!

Die Zugfahrt von Alexandria nach Kairo dauerte über vier Stunden. Die Abteile waren sauberer, als Hedwig zuvor vermutet hatte, aber die Luft war heiß und schwer von Staub. Eben noch hatte Hedwig über Wilhelm gelästert, weil der für den Ausflug zu bequem war und Mutter und Tochter allein geschickt hatte, aber als sich Schweißtröpfchen auf ihrer Stirn bildete, ahnte Mina, dass sie längst die eigene Teilnahme bereute. Natürlich beklagte sich Hedwig nicht.

Die Laune der anderen Reisenden war deutlich besser, gleichwohl auch sie unter der trockenen Hitze stöhnten. »Da lobe ich mir die leicht bekleideten Araber!«, hörte sie mehr als einmal jemanden sagen. Und immer wieder deutete man aus dem Fenster auf die Männer mit

kurzen Hosen und nackten Armen, die viel weniger schwitzten.
Es gab noch viel mehr zu entdecken als diese, und während irgendein Doktor aus Halle an der Saale über den Kontrast von Kultur und Barbarei zu schwadronieren begann, drückte Mina ihr Gesicht gegen die Scheiben und sog die Eindrücke auf wie ein trockener Schwamm. Sie kamen an schmutzigen Straßen vorbei, an weißen, verwahrlosten Häusern, von denen Putz abfiel, aber auch an von Akazien und Pinien beschatteten Gärten, in denen Dattelpalmen und Bananen, Bambus und üppiger Oleander prangten.
»Sieh nur, Großmutter!«, rief Mina begeistert. »Hier wird riesiger Blumenkohl angebaut, außerdem Zwiebeln und Salat.«
Hedwig hatte kurz die Augen geschlossen, würde jedoch natürlich niemals zugeben, dass sie eingenickt war. »Also das Gleiche wie in Hamburgs Gärten«, knurrte sie. »Dafür hätten wir nicht die weite Reise unternehmen müssen.«
Mina lachte. »Du sprichst ja schon wie Vater … Ich verstehe gar nicht, warum er nicht mit uns kommen wollte.«
Hedwig schwieg kurz verstockt, ehe sie grimmig murmelte: »Ich habe gehört, dass es in Alt-Kairo einen großen Markt mit Zauberern, russischen Schaukeln, Karussells, Schlangenbeschwörern und anderem Unfug gibt. Man nennt es das Sanct Pauli von Kairo – und dort hätte er sich doch eigentlich sehr wohlgefühlt.«
Wieder lachte Mina, während Hedwig die Augen schloss. Auf ein paar weiße Villen – die Residenzen der Reichen, meist Engländer – folgten armselige Garküchen. Teppichhändler breiteten ihre Ware auf staubigen Straßen aus, und Kamelherden wurden eben mit Lasten beladen.

Etliche Kinder liefen dem Zug nach und winkten aufgeregt, indessen die Erwachsenen großteils ungerührt hocken blieben. Ein Mann mit fast schwarzer Haut kaute an einer dicken Zuckerrohrstange – etwas, was Mina nicht zum ersten Mal beobachtete.

»Wie die wohl schmeckt?«

Der Doktor aus Halle unterbrach kurz seinen Vortrag über die Barbarei. »Die Zuckerrohrstangen sind völlig ungenießbar für europäische Zähne, weil sie viel zu hart sind.«

Mina fragte sich, was europäische Zähne seiner Meinung wohl von orientalischen unterschied, sagte aber nichts, sondern ließ lediglich kurz ihren Blick über die anderen Passagiere schweifen, ja erhob sich sogar, um bis zum andern Ende des Abteils zu spähen. Wie vorhin wurde sie enttäuscht. Costantino war nirgendwo zu sehen.

Hedwig öffnete die Augen einen Spalt weit. »Vermisst du jemanden?«, fragte sie scharf.

Mina schüttelte nur den Kopf.

Als sie endlich in Kairo ankamen, waren sie so erschöpft von der Reise, dass sie die kurze Stadtbesichtigung kaum genießen konnten. Lärm, Hitze, Dreck und Gedränge setzten ihnen zu, und wie die anderen war auch Mina erleichtert, als sie endlich zu den Quartieren aufbrachen – in ihrem Fall zum Nildampfer *Ramses.* Hedwig war sichtlich enttäuscht, dass sie keines der Zimmer in den Hotels ergattert hatten, Mina aber hocherfreut. Mit Kutschen wurden sie ans Ziel gebracht, und während zunächst die Staubwolke so dicht stand, dass sie kaum etwas sehen konnten, lichtete sie sich, sobald sie die engen Straßen hinter sich ließen, und jäh bot sich ihnen der Ausblick auf den breiten Fluss.

»Sieh nur, der Nil!«

Die trüb gelben Fluten des breiten Stroms waren durch mehrere Inseln geteilt. Hunderte von Bussarden strichen zwischen den Dampfschiffen, Barken und beladenen Nilfahrzeugen, den Ruderkähnen und sogenannte Daus – kleinen Küstenseglern – dahin. Eine Herde schwarzer, riesiger Büffel badete im Wasser und nicht weit von ihnen entfernt auch etliche Frauen und Knaben. Sie wuschen nicht nur ihre schmutzigen Leiber, sondern auch ihre Wäsche, während gleich daneben eine Alte Trinkwasser in einen Eimer schöpfte.

Als die Reisegruppe den Nildampfer bestieg, blickten sie hoch. Die Kinder kamen näher, und als ihnen einige der Passagiere Kupfermünzen zuwarfen, entstand ein heftiges Gerangel darum.

»Pah!«, rief Hedwig mit Blick auf den Nil. »Der Fluss ist nicht stattlicher als die Elbe. Seinetwegen lohnt es sich auch nicht, hierherzukommen.«

»Aber die Pyramiden von Gizeh gibt es in Hamburg nicht.«

»Hast du den Droschkenkutscher vorhin gehört?«, fragte Hedwig. Tatsächlich hatte der Einheimische, der sie hierher kutschierte, in schlechtem Französisch etwas erklären wollen, aber sie hatten kein Wort verstanden. »Wenn man ihn reden hörte, konnte man sich nicht sicher sein, ob er über die Pyramiden spricht oder das nächste Bordell.«

Mina musste grinsen, weil Hedwig schon wieder offen von einem Bordell sprach, erwiderte jedoch nichts. Die Kabine, die sie wenig später inspizierten, war enger als die auf der *Augusta Victoria,* wenngleich sehr sauber. Und ausnahmsweise übte Hedwig keine Kritik an der weiten, offenen Halle in der Mitte des Nildampfers, wo bequeme Stühle, Sessel und Sofas standen und ihnen Erfrischungen gereicht wurden. Während Mina durstig ihre Limonade trank, hielt sie wieder unauffällig nach Costantino Ausschau.

Hedwig nippte an der Teetasse. »Du glaubst doch nicht, dass du ihn hier findest«, sagte sie streng.

Mina gab sich ahnungslos und sah sie fragend an.

»Na, diesen jungen Kerl, mit dem du getanzt hast«, fügte Hedwig grimmig hinzu.

Diesmal konnte Mina sich nicht so gut beherrschen. »Du warst beim Ball doch gar nicht dabei!«, entfuhr es ihr.

»Aber Frau Schubeck hat mir alles erzählt.«

Mina verdrehte die Augen. »Was geht es diese eingebildete Senatorengattin an, mit wem ich tanze?«, rief sie ungehalten.

»Nicht in diesem Ton!«, mahnte Hedwig. »Und nein, Frau Schubeck geht es in der Tat nichts an, das habe ich ihr auch gesagt – mich allerdings durchaus, vor allem wenn es um so einen Taugenichts geht.«

Mina stellte ihr leeres Limonadenglas auf einem Tablett ab. »Taugenichts!«, rief sie empört. »Aber er ist doch nicht …« Sie brach ab, weil ihr schlichtweg nicht einfiel, wie sie Costantino verteidigen sollte. Im Grunde wusste sie ja nichts über ihn – zumindest nicht so viel wie scheinbar ihre Großmutter.

Die starrte sie lauernd an. »Du hast keine Ahnung, wer er wirklich ist, nicht wahr?«

Mina schwieg verstockt.

Nahezu triumphierend verkündete die Großmutter: »Nun gut, dann sage ich es dir. Im Grunde nämlich kaum etwas Besseres als ein Steward. Offenbar war er früher Laufjunge, und jetzt ist er ein Gehilfe von Dr. Steffens, dem Schiffsarzt. Und weil er als solcher nicht viel zu tun hat und obendrein hübsch ausschaut, hat Albert Ballin ihn gebeten, dann und wann mit den allein reisenden Damen zu tanzen.«

Vage erinnerte sich Mina, Dr. Steffens kennengelernt zu haben – einen drahtigen, dynamischen Mann, der wie der Rest der Besatzung Uniform trug und überdies eine Brosche in der Form des Äskulapstabs. Er war noch relativ jung, trug die Schirmkappe meist tief ins Gesicht gezogen und die Haare kurz geschoren. Obwohl er eine respektable Erscheinung bot, bewies die Verachtung, die in Hedwigs Stimme klang, deutlich, wofür sie ihn und vor allem auch Tino hielt: für Personal.

Mina rang vergebens nach Worten. Ihr fiel ein, dass Tino während des Balls ganz plötzlich verschwunden war – ungefähr zum selben Zeitpunkt, als einer der Kohlentrimmer verletzt worden war, wie Jonathan ihr später berichtet hatte.

Hedwig rückte ihr Gesicht ganz nah an ihres. »Du bist ein kluges Mädchen, Mina. Du siehst doch ein, dass du keine Zeit mehr mit ihm verbringen solltest.«

Mina zuckte zurück. »Warum? Weil er ein Niemand ist und ich eine Ahlhusen? Vater betrinkt sich ständig und ist fast bankrott – und darauf soll ich mir etwas einbilden?«

Hedwig hob entrüstet den Zeigefinger. »Man schämt sich niemals seines Namens, höchstens anderer Menschen, die ihn tragen. So oder so, dieser Taugenichts ist nicht hier. Das Personal macht keine Landausflüge.«

Mina wandte sich ab und war nicht sicher, was mehr an ihr nagte – die Wut auf ihre Großmutter und deren Standesdünkel oder die Enttäuschung, weil sie Costantino die nächsten Tage nicht sehen würde.

Eine unruhige Nacht auf dem Nildampfer lag hinter Mina. Sie war nicht sicher, was genau sie wach hielt – Ge-

danken an Tino oder einfach nur das stete Schaukeln. An Letzteres sollte sie eigentlich schon gewöhnt sein, aber sie fand keine Ruhe und war erleichtert, als endlich der Morgen graute und sie aufstehen konnte. Hedwig schlief noch tief und fest – was ungewöhnlich, aber wohl dem heißen Klima geschuldet war –, und Mina bemühte sich, keine Geräusche zu machen, als sie sich ankleidete. Auf den zweiten Anstandsunterrock, den Damen für gewöhnlich trugen, verzichtete sie, sondern begnügte sich mit einem einzigen aus dünnem Piqué-Stoff. Darüber zog sie einen dunkelblauen Faltenrock, eine weiße Bluse und eine blaue Weste ohne Ärmel, und über den Kopf band sie einen dünnen Reiseschleier.
Sie warf einen letzten Blick auf ihre schlafende Großmutter, ehe sie aus der Kabine schlich. Eigentlich hatte sie nicht geplant, sich allein auf den Weg zu machen, doch nun konnte sie der Versuchung nicht widerstehen. Hedwig würde ja doch nur den ganzen Tag nörgeln oder spitze Bemerkungen machen – da hatte sie es verdient, allein auf dem Nildampfer zurückzubleiben, während Mina sich den Ausflüglern anschloss, die heute zu der Pyramide von Sakkara und den Gräbern der Apis-Stiere aufbrachen. Zunächst stärkten sie sich mit einem Frühstück – sehr reichhaltig und europäisch, wie die anderen Passagiere lobten –, während Mina gedankenlos trockenen Toast kaute, ihn mit Kaffee herunterspülte und froh war, als endlich die Zeit gekommen war, den Nildampfer zu verlassen. Von Hedwig war nichts zu sehen, und kaum war sie an Land gegangen, bot sich ohnehin keine Möglichkeit mehr, nach ihr Ausschau zu halten, denn prompt waren sie von einer Menschentraube umgeben. Neugierige Kinder und Bettler, Orangenhändler und Eseltreiber prügelten sich, um den fernen Gästen möglichst nahe zu

kommen, und manchen ihrer Ellbogen bekamen auch die Reisenden ab. Ihre Flüche waren nicht im Mindesten so laut wie die Rufe nach Bakschisch, und noch durchdringender war der Ruf »Cook! Cook!«.

Indem sie fälschlicherweise behaupteten, für das Reisebureau zu arbeiten, wollten offenbar etliche der Eseltreiber die Reisenden dazu bewegen, ihnen zu folgen, und als diese das nicht taten, wurden die Rufe zunehmend zornig. Dass zugleich die Kinder an der Kleidung der Damen zupften – anders als Mina waren die meisten viel zu aufwendig gekleidet und trugen unter den schlichten Baumwollkleidern mit Volants und Rüschen besetzte Seidenunterröcke, weil sie auf dessen Rascheln nicht verzichten wollten –, machte das Durchkommen nicht gerade leichter. Ihre hilflosen Blicke richteten sich auf die Männer, die ihrerseits mit den Reiseführern von Karl Baedeker oder Meyer auf die Menschen einschlugen, damit aber nur wenig erreichten. Das Chaos wurde endgültig perfekt, als sich auch noch der verzweifelte Mr. Moll hinzugesellte, um für Ordnung zu sorgen. Mit seinem dünnen Stimmchen konnte er sich zwar nicht gegen das allgemeine Geschrei durchsetzen, doch in seiner Gefolgschaft kamen einige Knaben, die die mitgebrachten Damensättel der Firma Cook schleppten. Die Eseltreiber sahen darin ihre Chance, auf diese Weise Reisende anzuwerben, und begannen, sich regelrecht darum zu prügeln.

Lieber Himmel, bald wird sich einer eine blutige Nase holen!

Anstatt darauf zu warten, kämpfte sich Mina an den Menschen vorbei und lief so lange, bis sie den Nildampfer und die übrigen Passagiere hinter sich gelassen hatte. Wahrscheinlich, so vermutete sie, würde es den ganzen Tag über so gehen: Wo immer die Reisegruppe auftauchte, würde sie sofort alle Blicke auf sich ziehen und ein Getümmel verursachen. Ungleich ungestörter könnte sie Land und Leute kennenlernen, wenn sie sich alleine auf den Weg machte, und auch wenn sie es auf diese Weise nicht gerade bis zu den Pyramiden von Sakkara schaffen würde – Kairo würde sie auf jeden Fall erforschen können.

Nicht, dass ihr nicht ein wenig mulmig zumute war, sich ins Gewühl der Straßen zu stürzen. Allerdings hatte sie nicht vor, sich allzu weit vom Nildampfer zu entfernen, und für den Notfall konnte sie sich jederzeit eine Droschke anmieten. Sie hatte schließlich etwas englisches Geld bei sich, das sie erst gestern beim Zahlmeister Niens hatte wechseln lassen.

Wenig später ließ sie sich durch zwei Gässchen treiben und geriet auf einen lebhaften Markt. Das Geschrei von vorhin war eine lauschige Musik verglichen mit den schrillen Rufen, die ihr jetzt ins Ohr tönten. Geldwechsler und Fruchthändlerinnen, Eier- und Brothändler schrien um die Wette, um die Aufmerksamkeit der Kundschaft zu erlangen.

Ihnen auszuweichen war gar nicht so einfach – überall lungerten Männer mit Turbanen und Bettler herum, und einmal lief sie fast in einen Wasserträger, der unter der Last eines Ziegenschlauchs ächzte, während die Messingschalen, die er am Gürtel trug, aneinanderklapperten. Als sie vermeinte ein stilleres Fleckchen entdeckt zu haben, geriet sie prompt in eine Gruppe von verschleierten Frauen, halb nackten Kindern und Männern mit braunem Kaftan und gelben Pantoffeln. Diese schlugen immerhin einen Bogen um sie – während sich eine Horde ruppiger Jungen als ungleich zudringlicher erwies. Sobald sie sie entdeckten, schrien sie auf sie ein, und sie brauchte eine Weile, um zu erkennen, was sie wollten – ihr nämlich mit ihrem primitiven Wichskasten unbedingt die Stiefel putzen. Vergebens versuchte sie, ihnen zu erklären, dass das sinnlos wäre, würden die Schuhe doch ohnehin gleich wieder staubig werden. Erst balgten die Jungen miteinander, dann packten sie sie an den Stiefeln. Einige krochen regelrecht unter ihren Rock. Je rabiater sie wurden, desto größer wurde ihre Panik, doch als ein lautes Klatschen ertönte, verschwanden die Jungen so schnell, wie sie gekommen waren.

Ihr Retter war ein freundlicher Orangenhändler, ein regelrechter Hüne, dessen paar Brocken Englisch ausreichten, um ihr einen guten Tag zu wünschen, zu fragen, wie es ihr ging, und ihr eine Orange anzubieten.

Mina nahm gerne die Frucht, dankte dem Mann und ging weiter, doch als sie die Orange einstecken wollte, stutzte sie. Das war doch nicht möglich! Der kleine Beutel mit ihrem Geld, der an ihrem Gürtel hing, war verschwunden!

Ob der Orangenhändler nur vermeintlich freundlich gewesen war? Oder die Schuhputzjungen die Übeltäter waren? Gut möglich aber auch, dass sie schon zuvor bestohlen worden war!

Verloren war das Geld in jedem Fall – und ihre gute Laune auch. Fürs Erste hatte sie genug von Kairo gesehen und war nun sogar bereit, kleinlaut vor die Großmutter zu treten, doch als sie sich auf den Rückweg zum Nildampfer machte, wurde sie wieder von der Menschenmenge mitgezogen, bis sie sich nicht mehr sicher war, wo genau sich der Nil befand.

Hilfesuchend blickte sie sich um, der Schweiß brach ihr aus.

Die einheimischen Polizisten und Soldaten mit einem

Fez auf dem Haupt verstanden sie nicht, struppige Köter kläfften sie an, nirgendwo entdeckte sie in der Menge einen Hut oder Tropenhelm, der auf einen Engländer verwies. Aber dort hinten! Da ragte die gewaltige Kuppel einer Moschee auf! Die Geistlichen der Muslime, so wusste sie, hießen Imame, und sie hoffte, dass sie so hilfsbereit waren wie ein christlicher Pfarrer. In jedem Fall war es schon eine Erleichterung, dass sie, sobald sie den Vorhof betrat, in ein Reich der Stille gelangte, in das der Straßenlärm nur gedämpft drang. Und wie prächtig die Wandmalereien anzuschauen waren, die Gitter und Teppiche, die alabasterne Fassade und der Brunnen!
Trotz ihres Unbehagens nahm sie sich die Zeit, alles ausführlich zu betrachten. Erst als sich ihr Atem beruhigt, sie sich den Staub von den Schultern geklopft und sich den Schweiß von der Stirn gewischt hatte, sah sie sich nach Menschen um. Niemand. Nun, vielleicht würde sie in der Moschee selbst jemanden antreffen. Es gab keine Tür, nur einen Vorhang mit dicken roten Fransen. Rasch schob sie ihn beiseite und trat ein. Teppiche dämpften ihre Schritte – schöne, weiche, farbenprächtige Teppiche! Doch kaum hatte sie fünf Schritte darauf gemacht, war es vorbei mit der andachtsvollen Stille. Die Moschee war voller Männer, von denen ein Teil kniete, ein anderer merkwürdige Bewegungen machte, und im gleichen Augenblick, da Minas Blick auf sie fiel, entdeckten diese auch sie. Sie wollte ihnen noch freundlich zulächeln, als wütendes Geschrei losbrach. Was genau sie falsch gemacht hatte, wusste sie nicht, nur dass sie sich einer ganz schlimmen Tat schuldig gemacht haben musste, denn die Männer schrien sie nicht nur an, nein, sie sprangen auf, gingen auf sie los, und das nicht bloß mit erhobenen Fäusten, sondern mit Zuckerrohrstangen. Schmerzhafte

Schläge trafen sie auf Schulter und Gesäß. Vergebens wollte sie sich ducken, vergebens Richtung Ausgang fliehen.

Lieber Himmel, sie würden sie doch nicht totprügeln?

Sie schlug die Hände vors Gesicht, sah nun nicht mehr, was geschah, hörte nur plötzlich eine vertraute Stimme, die laut schrie: »Lauf!«

Das war leichter gesagt als getan, schließlich war sie immer noch von den wütenden Männern umgeben. Doch im nächsten Augenblick regneten Münzen von oben, und die, die eben noch auf sie eingeschlagen hatten, bückten sich, um sie aufzuheben. Das verschaffte ihr eine Atempause, die gerade lang genug währte, die Hand zu nehmen, die sich ihr entgegenstreckte, und sich von ihr aus der Moschee ziehen zu lassen. Schon brachten sie den Vorhof hinter sich und landeten auf der lärmenden Straße, wo sie sich unter die Menschenmenge mischen konnten.

Mina atmete schwer. Gottlob hatten die Zuckerrohrstangen sie nur dort getroffen, wo sie bekleidet war, sonst hätten sie womöglich blutige Striemen hinterlassen.

»Ich wusste nicht, dass es lebensgefährlich ist, eine Moschee zu betreten«, stieß sie aus.

Costantino grinste. »Als Frau würde ich lieber darauf verzichten, denn für diese ist es streng verboten, gemeinsam mit den Männern zu beten. Und selbst die müssen zuvor unbedingt die Schuhe ablegen. Hast du nicht die vielen Paare gesehen, die davorstanden?«

Mina schüttelte kleinlaut den Kopf. »Ich dachte eigentlich, ich wäre gebildet, aber scheinbar muss ich noch viel über diese Welt lernen. Was machst du hier?«

»Das Schiff ist fast leer, also habe ich einen Tag freibekommen, um nach Kairo zu fahren. Ich habe dich schon vorhin entdeckt und nach dir gerufen, aber du hast mich nicht gehört.«

»Kein Wunder bei dem Krach.«

Erstmals kam Mina dazu, ihn zu mustern. Seine grauen Hosen und sein weinrotes Jackett wirkten sauber, aber einfach, und sie musste daran denken, was ihre Großmutter ihr erzählt hatte. Allerdings war jetzt keine Zeit, sich Gedanken über seine Herkunft zu machen.

»Ich denke, du kannst gleich damit anfangen«, sagte er.

»Bitte?«

»Nun, du meintest doch, du müsstest noch viel über die Welt lernen. Wenn das wirklich so ist, sollten wir nicht länger hier herumstehen.«

Minas Wunsch, so schnell wie möglich zum Nildampfer zurückzukehren, verflog. Gerne würde sie noch länger das Geschrei ertragen, wenn sie nur Zeit mit ihm verbringen konnte, wobei sie auf den Dreck gut verzichten konnte.

»Von staubigen Straßen habe ich erst einmal genug. Ich würde lieber die Wüste sehen.«

Tino grinste. »Da staubt es aber erst recht.«

Mina erwiderte sein Lächeln. »Ich wurde heute schon bestohlen und fast erschlagen. Ich denke, da überlebe ich das auch.«

17. Kapitel

Mina wusste nicht, wie Costantino das so schnell gelungen war, aber wenig später hatte er zwei Kamele samt einem Führer organisiert – ein kleiner kaffeebrauner Bursche mit weißer Kappe und blau verschlossenem Hemd, der barfuß ging und mit einem dicken Knüppel ausgestattet war. Obwohl Mina die Tiere etwas skeptisch betrachtete, nickte er aufmunternd in Richtung Kamele, und so wagte sie es, auf eines zu klettern. Darauf zu reiten war bequemer, als sie vermutet hatte, denn der Sattel bestand aus Leder und dickem Wollstoff, und darüber war sogar ein Kissen gebunden, auf dem sie sich zurücklehnen konnte, um sich ganz dem Schaukeln zu überlassen. Wenn sie die Augen geschlossen hätte, hätte sie wohl geglaubt, sie triebe auf einem Boot im wilden Meer, aber sie wollte die Augen ja gar nicht schließen – wollte vielmehr alles in sich aufsaugen. Wie Tino mit verschwörerischem Grinsen auf dem zweiten Kamel ritt, wie der Führer vor ihnen ging und sich erst einen Weg durch die dicht bevölkerten Gässchen und Straßen bahnte und wie sie später die Stadt hinter sich ließen, um immer tiefer in die Wüste vorzudringen! Die Luft war schwer von Staub und Sand, bald glühte ihr Gesicht, und ihre Hände schwitzten, und dennoch hatte sie das Gefühl, noch nie so frei geatmet zu haben.

Erst schweigsam, begann der Führer bald, gestenreich und in einem Gemisch aus Englisch, Italienisch, Deutsch

und Arabisch etwas zu erzählen, aber Mina verstand kein Wort.
»Was sagt er denn?«, rief sie.
»Dass dort hinten die Pyramiden von Gizeh zu sehen sind und später dann wohl die von Zawyet el'Aryan, Abusir und Sakkara.«
Mina strengte sich an, konnte aber am Horizont, wo der Sand und der Himmel zu einer grauen Linie verschmolzen, nichts erkennen.
»Entweder ich bin blind, oder er ist ein Lügner.«
»Nun ja«, lachte Tino, »ich bin sicher, wir werden die Pyramiden bald sehen. Wer kann schon von sich behaupten, durch Ägyptens Wüste zu reiten, ohne einen einzigen dieser alten Steine zu sehen? Das ist fast schon unmöglich.«
Mina legte den Kopf in den Nacken und lachte. Bis jetzt hatte sie geglaubt, sich mit ihrem Reiseschleier vor der Hitze zu schützen, aber da sie zunehmend den Eindruck hatte, darunter zu kochen, schob sie ihn zurück. Obwohl die Sonne jetzt schonungslos aufs Gesicht brannte, genoss sie den warmen Wind, der an ihrem Haarknoten zog und diesen schließlich ganz zerstörte. Mina lachte noch lauter.
Obwohl sie weiterhin keine Pyramiden erkennen konnte, wurde in der Ferne – erst einer Sinnestäuschung gleich, später immer klarer – eine kleine Zeltstadt sichtbar, die von Dattelpalmen umrahmt war. Der Führer schlug ausnahmsweise verständlich vor, dass sie sich doch kurz im Schatten eines der Bäume ausruhen konnten, doch von solchem Schatten konnte nicht die Rede sein, waren die gebogenen Blattwedel der Krone, in die der höckerige Stamm mündete, zu dünn, um solchen zu spenden. Wenngleich solcherart weiterhin der Sonne

preisgegeben, genossen sie dennoch die willkommene Erfrischung, als ihnen der Führer Apfelsinen und Mandarinen anbot. Sie schmeckten süß und saftig, und Mina biss so genussvoll hinein, dass ihr der Saft über das Kinn floss. Sie wischte ihn einfach mit dem Reiseschleier ab und lachte abermals.

Später schloss sie – an den Stamm der Palme gelehnt – kurz die Augen, um neue Kraft für den Rückritt zu sammeln, und als sie sie wieder öffnete, war sie nicht sicher, wie lange sie geschlafen hatte. Tino ließ sich vom Führer jedenfalls gerade erklären, was die Kamele fraßen.

Mina erhob sich und klopfte sich den Staub vom dunklen Rock. Mehr noch als die Kamele interessierte sie die Zeltstadt in der Nähe, und während zunächst keiner ihrer Bewohner zu sehen war, stand ganz plötzlich – als hätte der Wüstensand ihn freigegeben – ein kleiner Junge vor ihr. Seine Beine waren nackt, um den Kopf trug er einen Turban geschlungen, und in seinen dunklen, großen Augen hätte sie am liebsten versinken mögen. Erst sah er sie nur ernsthaft an, dann murmelte er etwas.

»Ich fürchte, ich verstehe dich nicht«, sagte Mina, ließ sich davon aber nicht abhalten, Tino und den Führer hinter sich zu lassen, um dem Knaben zu folgen. Schon hatten sie die Zeltstadt erreicht, und als er hier wieder stehen blieb und etwas sagte, ging sie in die Hocke, um ihn besser zu verstehen. Das war ein Fehler. Blitzschnell schnellte seine Hand vor, riss ihr vom Hals, was sie dort trug, und er lief davon.

Ihr Photoapparat von Kodak!

»Na so was!«, rief Mina verärgert und amüsiert zugleich. »Wenn ich noch länger in Ägypten bleibe, bin ich bald bis auf die Knochen bestohlen.«

Sie drehte sich um, doch Tino war immer noch im Gespräch vertieft und sie wiederum zu stolz, erneut seine Hilfe zu suchen. Hier war immerhin auch weit und breit keine Moschee, aus der man sie verjagen könnte, also raffte sie die Röcke, um dem Jungen nachzurennen. Da hinten, das war er doch? Oder vielmehr ein anderes Kind? Plötzlich tauchten da aus allen Richtungen welche auf, und alle schienen gleich auszusehen. Ihre Blicke waren halb neugierig, halb misstrauisch auf sie gerichtet, und zahlreich wie die Kleinen waren die Ziegen und erst recht die Fliegen. Mina wedelte mit beiden Händen, um sie zu vertreiben.

Als sie sie wieder sinken ließ, glaubte sie den Jungen zu sehen, wie er nicht weit von ihr entfernt in einem der großen, hellen Zelte verschwand.

Na warte!

Beherzt schritt sie darauf zu. Ihr war zwar etwas mulmig zumute, dennoch zog sie die Zelttür entschlossen zur Seite – und wich gleich wieder zurück.

Nicht nur der Junge wartete im Zelt, sondern jede Menge andere Menschen: junge Männer, die Kniehosen und einen roten Schal als Gürtel trugen, alte Frauen mit dunklen Schleiern und ein Greis, dessen blau gestreiftes Kopftuch mit einem geflochtenen Strick zurückgehalten wurde und über einem Feuerchen Kaffee kochte.

Die Köpfe hoben sich träge, und sie glaubte in den Gesichtern Feindseligkeit zu wittern, doch als sie hastig auf allen Sprachen, die ihr einfielen, um Verzeihung bat und wieder fortlaufen wollte, trat ihr eine Frau mit dem Jungen an der Hand entgegen, der ihr den Photoapparat gestohlen hatte. Zornig redete sie auf ihn ein, und obwohl Mina kein Wort verstand, bekam sie wenig später ihren Photoapparat zurück. Nun ließ die Frau den Jungen los, um stattdessen Mina tiefer ins Zelt zu ziehen, und ehe sie sich's versah, saß sie auf einem der Teppiche, umgeben von einem halben Dutzend Frauen allen Alters, die wild gestikulierend auf sie einredeten. Immer noch verstand sie kein Wort, meinte jedoch aus ihren Gesten herauszulesen, dass sie ihr ein Essen als Wiedergutmachung anbieten wollten. Trotz der vorhin verzehrten Apfelsine war sie hungrig, und so probierte sie von allem, was ihr wenig später gereicht wurde: Bohnen und Dattelwurst, Maispfannkuchen, Mandeln und Feigen.

Sobald sie sich gestärkt fühlte, bedankte sie sich und wollte sich wieder erheben, doch schon kamen noch mehr Frauen herbei, um auf sie einzureden, den Stoff ihrer Kleidung und ihren Reiseschleier zu befühlen und die Kamera zu begutachten. Und ein Paar dieser unzähligen Hände legte ihr etwas um den Hals – eine Kette aus verschieden großen, farbigen Steinen und einzelnen Glaskugeln.

Bethy würde nie erlauben, dass ich sie zu einem Abendkleid trage, ging es Mina amüsiert durch den Kopf, und Großmutter würde sogar in Ohnmacht fallen.

Doch sie bedankte sich immer wieder, und die Frauen lachten glücklich. Erst jetzt bemerkte sie die vielen rötlichen Muster auf deren Händen, die offenbar mit Henna bemalt worden waren, und als die Frauen ihrem neugierigen Blick folgten, boten sie ihr prompt an, auch ihre Hände zu verschönern. Hastig schüttelte Mina den Kopf – erneut einen Ohnmachtsanfall ihrer Großmutter vor Augen –, doch auch wenn sie sich diesem Ansinnen entziehen konnte, gehen lassen wollten die Frauen sie noch lange nicht. Nachdem sie mehrfach vergebens versucht hatte aufzubrechen, war sie erleichtert, als ein vertrautes Gesicht ins Zelt lugte: »Falls du einen Beduinen heiraten willst, werde ich aber eifersüchtig.«

Die Beduinen waren nicht minder begeistert, Tino zu sehen. Nun wurde auch er ins Zelt gezogen, auf einen Teppich gedrückt und alsbald überreich mit Essen versorgt, außerdem mit Kaffee und Tee, die beide so stark waren, dass man Tote damit hätte wecken können. Obwohl auch Tino ihre Sprache nicht beherrschte, gelang es ihm besser, sich mit Händen und Füßen zu verständigen und die Beduinen davon zu überzeugen, dass sie nun aufbrechen müssten. Die Abschiedszeremonie fiel ebenso lange wie lautstark aus, und eine der Frauen hatte Tränen in den Augen, als wäre Mina eine alte Freundin. Sogar der kleine Junge, der ihr den Photoapparat gestohlen hatte, wagte ein vorsichtiges Lächeln.

»Jetzt aber schnell!«, rief Mina. »Wir werden sicher noch ein ordentliches Stück unterwegs sein, und ich will nicht zu spät nach Kairo zurückkehren. Großmutter würde sich Sorgen machen.«

Die Sonne blendete sie, als sie das Zelt verließen, sodass sie im grellen Licht nichts sehen konnte. Erst als sie die Augen mit der Hand abschirmte, erkannte sie deutlich ihre Spuren rund um die Dattelpalmen – ansonsten aber nichts. Sowohl der Führer als auch die Kamele waren verschwunden – die Wartezeit hatte ihm offenbar zu lange gedauert.

»Wahrscheinlich hat er gedacht, dass ich hierbleiben und einen Beduinen heiraten würde«, sagte Mina und bemühte sich darum, fröhlicher zu klingen, als ihr zumute war.

»Und er dachte wohl auch, dass ich dafür mindestens ein Kamel bekomme, um zurückzureiten. Vielleicht sollte ich wirklich beginnen, um deinen Brautpreis zu feilschen – zu Fuß schaffen wir den Weg von hier aus nie.«

Es dauerte eine Weile, bis sie den Beduinen begreiflich gemacht hatten, dass ihnen ein Schlafplatz im Zelt keine große Hilfe war – das Erste, was diese ihnen nämlich anboten. Viel dringender bedurften sie eines Kamels, doch je öfter Tino den Namen des Tieres aussprach, umso größer wurde das Unverständnis. Schließlich ging er auf alle vieren und machte einen Buckel, woraufhin Mina Tränen lachte.

»Du siehst aus wie eine Katze.«

»Hoffentlich glauben sie nicht, wir wollen so eine essen.«

»Ich habe hier gar keine Katzen gesehen, nur Ziegen, aber ich fürchte, die können uns nicht tragen.«

Immerhin, nach einer Weile wurden zwei graue Esel gebracht, und obwohl das klapprige Tiere waren, die unter der geringsten Last zusammenzubrechen schienen, bestieg sie einen. Auf dem Eselsrücken schaukelte es fast noch schlimmer als auf dem Kamel, aber es ging stetig, wenn auch langsam voran.

Der Weg nach Kairo würde so gewiss eine Ewigkeit währen, aber als sie nach einer Weile hochblickte, sah sie in der Ferne Bahngleise, die nach einem weiteren Wegstück zu einem kleinen Bahnhof führten. Mehrere Schilder befanden sich dort, auf denen diverse Ortsnamen und die Entfernungen nicht nur in arabischer, sondern auch lateinischer Schrift geschrieben standen, außerdem ein kleines Haus, in dem man die Billetts kaufen konnte.

»Meine Großmutter wäre begeistert«, sagte Mina, als Tino ihr vom Esel half und sie sich den Staub abklopfte. »Dieser Bahnhof gleicht ja nahezu einem europäischen.«

Fern von Europa fühlten sie sich allerdings, sobald sie versuchten, ein Billett zu kaufen. Als sie erklärten, dass sie nach Kairo wollten, schüttelte der Mann erst den Kopf und ließ dann eine Flut arabischer Wörter über sie ergehen. Gottlob konnte der Beduinenjunge, der sie begleitet hatte, sie übersetzen. Heute würde kein Personenzug mehr fahren, nur ein Güterzug. Sie könnten ihn gerne nehmen, aber sonderlich bequem wäre das Reisen nicht.

»Und wann kommt der Güterzug?«

Diesmal hob der Mann die Hand und streckte alle fünf Finger aus.

»In fünf Stunden? Oder fünf Minuten?«, fragte Mina.

»Ich nehme mal an, es ist irgendetwas dazwischen«, sagte Tino.

So war es auch. Nachdem sie sich vom Beduinenjungen verabschiedet hatten, blieben sie zunächst im kleinen Bahnwärterhaus, aber bald wurde es Mina zu langweilig, auf die grauen Wände zu starren, und sie traten hinaus, um sich im Schatten einer Palme niederzulassen.

Immer wieder blickte Tino in die Richtung, aus der der Zug erwartet wurde, aber von dort war nichts zu sehen oder zu hören.

»Was für ein Tag!«, seufzte er. »Bereust du, dass du nicht auf dem Nildampfer oder bei den anderen Reisenden geblieben bist?«

»Bereuen?«, rief Mina. »Es ist der schönste Tag meines Lebens!«

»Und der staubigste.« Er deutete auf ihren Faltenrock, der über und über mit Sand bedeckt war, und Mina lachte. Bald wurde sie ernst.

»Weil wir schon vom Staub sprechen«, begann sie. »Du bist nicht Aschenputtel, sondern der Gehilfe des Schiffsarztes, nicht wahr?«

Falls es ihn verlegen stimmte, dass sie davon erfahren hatte, zeigte er es nicht.

»Das mag in deinen Ohren vielleicht nicht nach viel klingen«, sagte er, während er auf seine Hände starrte. »Für mich aber ist es mehr, als ich je zu erreichen geträumt habe. Meine Mutter war sehr arm und mein Vater ein italienischer Matrose, der nur alle paar Jahre nach Hamburg kam. Er blieb immer nur kurz, sang mit mir italienische Lieder, und sobald ich alle Strophen auswendig kannte, verschwand er wieder. Gute Laune brachte er immer mit, aber niemals Geld. Meine Mutter war allerdings keine Frau, die sich darüber beklagte. Sie war Näherin und hielt uns damit immer über Wasser.« Bewunderung klang in seiner Stimme, als er von ihr sprach, aber auch Trauer, als er fortfuhr. »Eines Tages klopfte nicht mein Vater an die Tür, sondern ein anderer Matrose. Und der erzählte, dass Vater auf einer Insel geblieben sei, wo er sich von Kokosnüssen zu ernähren gedachte und Jagd auf Haie machen würde. Es war eine schöne Geschichte, die die Wahrheit verhüllen sollte, doch wir wussten natürlich, dass er auf der letzten Reise gestorben war. Meine Mutter ließ sich ihren Kummer nicht anmerken, aber ich denke, es war ihr gebrochenes Herz, an dem sie selbst kurze Zeit später starb.«

»Das tut mir leid.«

Er hob den Blick. »Das muss es nicht. Mir sind schöne Erinnerungen an sie geblieben, und von meinem Vater habe ich das Fernweh. Wobei nur zu reisen mir auch nicht genug wäre.«

»Was willst du dann?«

»Oh, wenn man immer auch könnte, was man wollte, dann fiele mir die Entscheidung leicht. Ich … ich würde so gerne Medizin studieren.«

»Du willst Arzt werden?«

Er nickte eifrig. »Am liebsten würde ich auf einem Schiff wie diesem arbeiten. Stell dir nur vor – das Leben lang reisen und zugleich Menschen zu helfen. Aber ein Studium ist zu teuer, es ist schon eine einmalige Gelegenheit, dass ich Dr. Steffens assistieren darf. Er hat mich kennengelernt, weil ich Lieferdienste für eine Apotheke übernommen habe, und gelobt, dass ich eine schnelle Auffassungsgabe hat. Herr Ballin hat eingewilligt, dass ich mit an Bord komme. Meine medizinischen Kenntnisse waren ihm egal, aber er meinte, ich könnte ein paar allein reisende Damen unterhalten, indem ich mit ihnen tanze. Wie auch immer, Dr. Steffens hat viele Bücher, und er lässt mich alle lesen.«

Er zählte ein paar Werke auf, und Mina nickte. »Früher habe ich mich auch sehr für die Medizin interessiert«, sagte sie. »Aber nachdem meine Mutter starb, wollte ich nichts mehr über Krankheiten lesen, sondern viel lieber über Technik. Im Grunde funktioniert jede Maschine ähnlich komplex wie der menschliche Körper … nur, dass sie keine Schmerzen erleidet, wenn etwas nicht funktioniert. Es ist so faszinierend, wenn man sich diese großen Ozeandampfer ansieht und wie sie konstruiert wurden.«

Ihre Stimme klang so schwärmerisch wie eben noch seine. Tino erhob sich halb, um erneut nach dem Zug Ausschau zu halten, aber immer noch war nichts zu sehen.

»Wahrscheinlich ist Dr. Steffens enttäuscht, dass ich die freie Zeit nicht zum Lesen und Lernen nutze.«

»Dann muss ich wohl stolpern und mir den Knöchel verstauchen«, rief Mina, sprang auf und zog ihn ebenfalls hoch. »Dann kannst du mich heilen und bist ein Held.«

Schon tat sie so, als würde sie über eine der knorrigen Wurzeln stolpern, verzog schmerzhaft das Gesicht und sank gegen seine Brust. Er hob die Hand, strich ihr Staub und Sand aus dem Haar und nahm ihr Kinn, um den

Kopf sanft nach hinten zu biegen. So nahe waren seine Lippen nun den ihren, dass sie höchstens noch eine Handbreit voneinander trennte. Sie müsste sich nur auf die Zehenspitzen stellen, um ihn zu küssen ... wobei das gar nicht notwendig war, weil er sich noch tiefer über sie beugte. Gleich ... gleich würden sich ihre Lippen sich treffen.

Doch ehe sie sich küssten, fuhr mit lautem Rattern der Güterzug ein.

Der Waggon, in dem sie wenig später Platz nahmen, war letztlich kaum etwas Besseres als eine Holzbude auf Rädern. Jede Umdrehung der Räder versetzte ihnen einen Stoß in der Magengrube, und zugleich zitterten die Wände derart, dass Mina Angst hatte, sie würden über ihnen zusammenstürzen.

»Nun ja«, meinte sie lakonisch, »da könnten wir froh sein, dass der Wagen wenigstens kein Dach hat.« Anstelle von diesem war nämlich nur ein großes Leinentuch darüber gespannt, das zwar ein wenig vor dem Wind, aber nicht vor der Hitze schützte. Bald waren sie schweißüberströmt, und frische Luft bekamen sie nur, wenn sie ihr Gesicht gegen die Ritzen pressten – auch die einzige Möglichkeit, um etwas von der Umgebung zu sehen. Eben fuhren sie an Palmenhainen und Fellahdörfern vorbei, an Kamelen unter mächtigen Lasten und dunkelhäutigen, beturbanten Reitern.

Während Mina alles mit einem lauten Ah! und Oh! kommentierte, interessierten sich die anderen Passagiere mitnichten für die Aussicht: Eine Gruppe Schüler, alle in dunkler Uniform gekleidet, hatte sich auf den vielen Fässern und Kisten im Waggon niedergelassen. Offenbar waren sie auf dem Weg nach Kairo, wo sich ihr Internat befand. Vergebens versuchte Mina, sie in ein Gespräch zu verwickeln, erntete aber nur phlegmatische, unverständige Blicke. Immerhin, als die Knaben begannen, Orangen zu verzehren – die Schalen warfen sie einfach auf den Boden –, boten sie ihnen auch eine an, und Mina, deren Kehle ganz ausgetrocknet war, vermeinte nie etwas so Köstliches gegessen zu haben.

Danach wurde sie etwas müde und lehnte sich an Tino. Entweder hatte sie sich zwischenzeitig an die Stöße gewöhnt, oder diese fielen nicht mehr ganz so heftig aus – in jedem Fall verlangten die Hitze und das ausgestandene Abenteuer ihren Tribut, und sie nickte ein. Bald wurde sie von einem heftigen Ruckeln geweckt, und als sie auffuhr, stießen ihre Köpfe schmerzhaft zusammen. Mina rieb sich ihre Stirn und war sofort wieder hellwach.

»Es tut mir leid«, sagte Tino.

»Es ist doch nicht deine Schuld …«

»Nein«, sagte er nachdenklich, »ich meine, es tut mir leid, dass ich dir nicht sofort gesagt habe, wer ich bin.« Mit seinen Händen knetete er eine Orangenschale.

»Das ist doch nichts, wofür du dich schämen müsstest!«, rief Mina überzeugt. »Ein ehrgeiziger Mann mit hochtrabenden Träumen – das bist du.«

Tino lächelte schmerzlich. »Vor allem bin ich ein Mann, der weder den Ansprüchen deiner Großmutter noch deines Vaters genügen würde.«

»Meinem Vater ist es völlig gleich, mit wem ich meine Zeit verbringe. Er hat mir immer schon meinen Willen gelassen. Und was Großmutter anbelangt. Nun, die hat nicht über mein Leben zu bestimmen.«

Tino zuckte die Schultern. »Wenn es so einfach wäre. Doch auf dieser Welt – da geht es nun mal so zu wie auf dem Schiff. Die Passagiere nehmen die Stewards gar nicht richtig wahr. Sie wissen nicht, wie hart die Kohlentrimmer schuften.«

»Im Moment bin ich selbst so staubig wie ein Kohlentrimmer«, sagte Mina lächelnd. »Da kann ich froh sein, wenn du mich nicht abstoßend findest.«

In seinen dunklen Augen blitzte Schalk auf, und ehe er wieder düsteren Gedanken nachhing, beugte sich Mina vor und küsste ihn. Das war zwar nicht ganz so einfach, denn durch das Ruckeln des Wagens stießen ihre Zähne schmerzhaft zusammen, und sie liefen Gefahr, sich in Zunge und Lippen zu beißen, doch sie konnten nicht aufhören, bis sie atemlos waren.

»Verstehst du es?«, fragte Tino heiser, nachdem sie sich voneinander gelöst hatten.

Mina sah sich etwas verlegen um, doch die Schuljungen hatten in die andere Richtung geblickt. »Dass du mich geküsst hast?« Sie musste lachen. »Ich denke schon, dass ich das verstehe. Man sagte mir zwar immer, ich sei keine klassische Schönheit, aber durchaus ganz hübsch anzusehen.«

»Wenn du nicht schön bist, wer dann?« Er wurde wieder ernst. »Nein, ich meine, dass ich Arzt werden will. Wenn ich so viel Geld wie möglich spare, dann reicht es vielleicht irgendwann doch für ein Studium. Allerdings weiß ich nicht, ob ich es überhaupt so lange an einem Ort aushalte. Ich fürchte, man kann eben nicht alle Träume gleichzeitig leben. Die Freiheit hat ihren Preis.«

»Aber Küsse gibt es umsonst.«

Immer wieder küssten sie sich, bis sie einen Vorort von Kairo, Bulak el-Dakrur, erreichten. Dort stiegen sie in einen Personenzug um, der sie zum Hauptbahnhof brachte, und von dort ging es mit einer Droschke zurück zum Nildampfer.

Mina konnte sich nicht erinnern, wann ihre Glieder je so

geschmerzt hatten und sie sich so schmutzig und verschwitzt gefühlt hatte – und wann sie jemals so glücklich gewesen war wie an diesem Tag.

Hedwig war außer sich vor Wut, als Mina ihr später etwas kleinlaut gegenübertrat. Wenn sie bislang etwas missbilligt hatte – so, dass die Enkeltochter sich lieber hinter Büchern verkroch, als Tanzstunden zu besuchen und dort neue Freundinnen und Verehrer kennenzulernen –, hatte sie höchstens die Augenbraue hochgezogen. Nun musterte sie sie von oben bis unten mit einem eiskalten Blick, wie ihn ansonsten nur Wilhelm nach einer durchzechten Nacht abbekam, und nachdem sie ihr wortlos ein feuchtes Tuch gereicht hatte, befahl sie schneidend: »Wisch dich ab! Du bist ja völlig dreckig.«
Mina fuhr sich mit dem Tuch über das Gesicht. »Ach Großmutter, ich weiß, dass ich nicht einfach hätte gehen sollen, aber ich habe so viel erlebt, ich bin …«
»Ich will nichts davon hören«, unterbrach Hedwig sie schroff. Fortan schwieg sie und fand noch nicht mal während des Abendessens die Sprache wieder. Hedwig brachte vor lauter Zorn nichts von ihrem Beefsteak herunter, Mina wiederum nicht, weil sie noch von den Erlebnissen erfüllt war. Nicht, dass sie ihren Fehler nicht einsah, sie bat auch mehrmals um Entschuldigung, aber sonderlich tief ging ihr schlechtes Gewissen nicht.
Erst am nächsten Morgen sprach Hedwig wieder mit ihr. Kaum dass Mina sich aus ihrem Bett erhoben und sich angekleidet hatte, befahl sie ihr zu packen.
Mina ahnte natürlich, was das zu bedeuten hatte, aber als sie wenig später eine der Droschken ansteuerten, sagte sie leichtfertig: »Der Ausflug zu den Pyramiden von Gizeh ist doch erst für morgen angesetzt. Wusstest du übri-

gens, dass erst seit 1869 eine Straße dorthin existiert? Sie wurde eigens für die französische Kaiserin Eugénie angelegt.«

»Wir fahren nicht zu den Pyramiden«, gab Hedwig barsch zurück, »sondern zurück nach Alexandria. Einen ganzen Tag voller Sorgen um dich stehe ich nicht noch einmal durch.«

»Ach Großmutter, ich kann doch gut auf mich aufpassen!«

»Wie hätte ich denn wissen sollen, dass du nicht von einem Krokodil verschlungen oder von Beduinen verschleppt worden bist?«

Zugegeben, mit Letzterem lag sie nicht gänzlich falsch.

»Ich wollte doch nicht …«

»Ich habe dich immer für ein vernünftiges Mädchen gehalten«, fiel Hedwig ihr ins Wort. »Aber einfach auf eigene Faust loszuziehen! Wie konntest du nur? Von deinem Vater kann man so ein Verhalten erwarten, aber doch nicht von dir!«

Mina öffnete den Mund, schloss ihn jedoch wieder. Ihr Herz war so voller Glück, Freiheit und … Tino, dass sie es notfalls auch ertragen hätte, in ein Kellerloch gesperrt zu werden. Anstatt sich noch einmal zu rechtfertigen, gab sie sich einsichtig, bestieg erst willig die Droschke und wenig später den Zug, der sie zurück nach Alexandria brachte. Die Fahrt war bequemer als gestern mit dem Güterzug, und jetzt kam es ihr ganz recht, dass Hedwig erneut verbissen schwieg. So konnte sie durch das Fenster auf das exotische Land starren und sich ganz dem Träumen hingeben.

Sie waren knapp fünf Stunden unterwegs, und bis sie den Hafen erreichten und ein Boot sie zurück zum Schiff brachte, war es früher Abend. Nicht nur sie beide, auch

drei englische Ladys, die hier in Alexandria lebten, hatten die Boote bestiegen. Sie wollten – wie viele ihresgleichen in den letzten Tagen – die *Augusta Victoria* besichtigen und schwankten zwischen Faszination und Missbilligung, als sie über die Lustreise diskutierten.
»Sie sind diese Schiffsfahrt wirklich nur zum Vergnügen angetreten?«, fragte eine in gebrochenem Deutsch.
Mina lächelte noch breiter, während Hedwig sich überwand, eine schmallippige Antwort zu geben: »Für mich ist es keinesfalls ein Vergnügen, sondern eine Bußübung.«
Die englische Lady, die das letzte Wort nicht verstand, sah sie nur schulterzuckend an, und kaum an Bord, zog Hedwig Mina mit sich, ehe sie ein weiteres Wort mit den Engländerinnen wechseln konnte. Rasch reihten sich diese in den Kreis anderer Schaulustiger ein, die eben von Kapitän Barends und Albert Ballin herumgeführt wurden und Erfrischungen gereicht bekamen.
Auch Mina war hungrig, sagte aber nichts, sondern fügte sich kleinlaut. Doch noch bevor Hedwig den Gang betreten konnte, der zu ihrer Kabine führte, liefen sie Werner Borgmann über den Weg.
»Sie sind schon zurück?«, fragte er erstaunt.
Hedwig schwieg finster, während Mina nickte. »Warum haben Sie und Ihre Frau die Reisenden denn nicht nach Kairo begleitet?«
»Ach, in Kairo ist Mr. Moll für die Passagiere zuständig, und hier muss sich ja auch jemand um diejenigen kümmern, die früher zurückkehren oder Alexandria besichtigen wollen. Es ist alles ein großes Durcheinander, ständig werden Abfahrtszeiten geändert, es gibt zu wenig Wagen, Droschken, Hotelzimmer. Nun ja, Bethy wird sich freuen, dass du schon da bist. Sie war ganz neidisch

auf die Tochter eines Hamburger Herrn, die doch tatsächlich angekündigt hat, von der Spitze einer Pyramide zu winken.«

»Das hätte ich auch gerne!«, rief Mina.

»Das fehlte gerade noch«, meinte Hedwig. »Dabei bricht man sich doch Hals und Bein.«

»Aber nach Bethy sehen darf ich schon, oder?«

Mina ahnte, dass Hedwig nicht zugestimmt hätte, wenn Werner sich nicht immer noch in Hörweite befunden hatte. Vor ihm wollte sie jedoch nicht zeigen, dass sie ihrer Enkeltochter aufgrund von deren ungebührlichem Verhalten zürnte. Widerwillig nickte sie, woraufhin Mina sie stehen ließ und zur Kabine der Borgmanns eilte.

Der Hunger war vergessen. Viel wichtiger war es ihr, Bethy sofort alles zu erzählen, von Tino, ihrem Ausflug, dem Kuss. Wenn sie nicht darüber sprach, würde sie platzen! Bis ins kleinste Detail wollte sie das Abenteuer ausschmücken, obwohl sie Bethy mit ihrer Begeisterung wohl nicht anstecken könnte, sondern diese nicht verstehen würde, warum sie es so genossen hatte, sandig und staubig zu werden. Nur dass sie einen Mann geküsst hatte, würde sie wahrscheinlich faszinieren.

Mina lächelte in Erinnerung daran. In den Korridoren waren zwar nur wenige Passagiere zu sehen, dennoch gab es kaum ein Durchkommen, weil das Personal eben mit Wäschesäcken und Geschirrwagen unterwegs war. Außerdem knieten zwei Stewards am Boden und scheuerten mit Stahlwolle altes Wachs weg.

»Bethy?«

Mina klopfte an die Kabinentür der Borgmanns. »Bethy?«, wiederholte sie.

Kein Laut. Vielleicht war sie schon zum Abendessen gegangen oder aufs Promenadendeck, und ihr Vater wusste nichts davon. Mina überlegte, ob sie weiter nach ihr suchen oder lieber ein Bad nehmen sollte. Sie hatte zwar beim Steward nicht die Badewanne reserviert, aber sicher war sie jetzt frei.

Während sie noch grübelnd dastand, vernahm sie ein Lachen, das nach Bethys klang. Allerdings ertönte es nicht aus der Kabine der Borgmanns, sondern kam aus der ihres Vaters.

Wie merkwürdig!

»Bethy?«, rief sie wieder.

Keine Antwort ertönte, nur wieder dieses Lachen, gefolgt von einer männlicher Stimme … der Stimme ihres Vaters.

Unmöglich! Was sollte Bethy bei ihm?

Mina ging auf seine Kabine zu. »Vater? Bist du hier?«

Sie wartete die Antwort nicht ab. Das Unbehagen fühlte sich plötzlich so klebrig an wie der Schweiß und Staub auf ihrem Gesicht.

Sie umklammerte den runden Türknauf, drehte ihn, stieß die Tür auf.

Ihr Vater und Bethy lagen in der Koje. Eng umschlungen und nackt.

Wilhelm fuhr auf, als er das Quietschen der Tür hörte. Sein erster Blick ging zur Uhr – war es denn wirklich schon so spät? –, der zweite zu Mina, die kalkweiß in der Tür stand.

Verdammt, verdammt, verdammt!

Bethys Kopf lag noch schwer auf seiner Schulter. Sie brauchte etwas länger, um zurück ins Hier und Jetzt zu finden, aber auch sie hatte Mina nun entdeckt und zuckte zusammen, Anstalten aufzuspringen, machte sie allerdings keine.

Verdammt!

Wilhelm stieß sie von sich, erhob sich und merkte zu spät, dass er nackt war. Als er nach dem Laken griff, um es vor seine Blöße zu halten, hatte sich Mina schon abgewandt und war weggelaufen.

»Mina, bleib!«

Er hastete ihr auf den Gang nach, und es war ihm egal, wer ihn in diesem Aufzug sehen könnte. Schlimm genug, dass Mina erstarrte und sich langsam wieder umdrehte. Sie war immer noch kalkweiß, aber ihre Miene hart und ausdruckslos …

Verdammt! Warum zeigte sie nie, was sie fühlte?

»Mina, es tut mir leid, dass …«

»Du … und sie …« Anders als ihr Gesichtsausdruck spiegelte die Stimme all ihre widerstreitenden Gefühle – Enttäuschung, Entsetzen, auch Ekel – wider.

Ich habe doch Alba treffen wollen, nicht sie!

Hilflos rang er nach Worten. Weder wusste er, was er zu seiner Tochter sagen sollte, noch, welche Worte er an Bethy richten könnte, die ihnen in den Gang gefolgt war. Sie hatte sich ihr Kleid verkehrt herum übergestülpt und brachte ebenfalls nicht mehr als ein verlegenes »Mina« hervor.

Mina ignorierte sie. Ihre Augen – nicht blau wie sonst, sondern stahlgrau – blieben starr auf ihn gerichtet.

»Sie … sie ist doch wie eine Schwester für mich.« Ihre Stimme brach, und als sie davonlief, sah er, dass ihre Schultern zitterten.

»Mina, warte!«

Wilhelm wollte ihr erneut hinterherhasten, stolperte dabei aber über das Laken, das er um die Hüften gewickelt hatte, und fiel zu Boden. Sein rechtes Knie schmerzte ebenso wie die Stirn, mit der er gegen die Wand geprallt war.

Er unterdrückte die erste Regung, gleich wieder aufzuspringen, ahnte er doch, dass es keinen Sinn hatte, jetzt mit der Tochter zu reden. Ach, warum musste sie nur hier auftauchen! Es war doch alles so glatt gelaufen, war so einfach gewesen! Viel einfacher als gedacht ...

»Wilhelm«, Bethy beugte sich über ihn. »Hast du dir wehgetan?«

Warum war sie denn immer noch hier?

Er ergriff ihre Hand nicht, als er sich aufrichtete und zurück in die Kabine trat. Auch als er sich anzog und seine Gedanken ordnete, hielt er ihr den Rücken zugewandt.

Wie hätte er denn ahnen sollen, dass Mina vorzeitig aus Kairo zurückkam – und wie, dass Bethy so leicht zu verführen war? Es hatte nicht viel dazu gebraucht, ein paar Ausflüge nach Alexandria, ein paar Besuche im Café, diverse kleine Geschenke und zuletzt ein größeres – dieses himmelblaue Kleid aus dem raschelnden Stoff. Er hatte ihr vorgeschlagen, es sofort anzuprobieren, am besten in seiner Kabine, weil ihre Eltern sie schließlich nicht damit sehen sollten, und tatsächlich hatte sie eingewilligt. Und als sie ihr altes Kleid ablegte und nur noch ihr Unterkleid trug, hatte er sie einfach an sich gezogen und sie geküsst. Etwas perplex hatte sie ihn angestarrt, war aber eher von der eigenen Courage überwältigt worden als von ihm. Gewehrt hatte sie sich jedenfalls nicht, und was danach kam – viel früher als von ihm geplant –, war ein Kinderspiel. Ein paar Küsse auf ihre Halsbeuge, behutsames Streicheln ihrer Wangen und etliche erlogene Liebesschwüre hatten gereicht, dass ihm die reife Frucht förmlich in den Schoß fiel.

Eben hatte Wilhelm sein Hemd zugeknöpft und drehte sich zu Bethy um. Diese trug ihr Kleid immer noch verkehrt herum, und auf ihrem Gesicht prangten rote Fle-

cken. Sie waren weit weniger hübsch als der übliche Pfirsichhauch, ließen sie vielmehr etwas gewöhnlich wirken.
»Es tut mir leid«, presste sie hervor. »Ich meine, dass Mina es so herausfinden musste. Aber … aber sie wird sich schon an den Gedanken gewöhnen.«
Etwas verlegen nestelte sie an ihrem Kleid.
Warum konnte sie nicht einfach wortlos gehen? Warum sah sie nicht, wie überdrüssig er ihrer schon jetzt war? Seine Huren hatten das immer gespürt, und die verheirateten Frauen, mit denen er sich eingelassen hatte, flohen ohnehin freiwillig. Zugegeben, er hatte noch nie so ein junges Mädchen gehabt …
»Irgendwann freut sie sich bestimmt für uns«, fuhr Bethy fort, »da bin ich mir sicher. Stell dir vor, wenn wir heiraten, werde ich ihre Stiefmutter sein. Das ist schon ein bisschen merkwürdig, aber …«
Nun fühlte Wilhelm, wie Röte in sein Gesicht schoss.
»Wer redet denn vom Heiraten?«, fragte er verständnislos.
Bethy leckte sich nervös über die Lippen. »Aber wir werden doch heiraten … Ich hätte doch sonst niemals … Du hast mir versprochen …«
»Ich habe dir ein Kleid versprochen, sonst gar nichts. Und das hast du nun ja bekommen. Nimm es und geh!«
Mit jedem Wort klang seine Stimme eisiger.
»Aber vorhin, als du mich geküsst hast …«
»Da hast du dich nicht im Mindesten gewehrt. Und ein Kuss ist kein Antrag. Ich werde dich nie und nimmer heiraten.«
Bethy reagierte nicht. Eine unsichtbare Wand schien zwischen ihnen zu stehen, die sie auf ihn zurückprallen ließ, während sie, diese dumme Gans, immer noch ihren romantischen Vorstellungen nachhing.

»Denkst du, du bist zu alt?«, fragte sie. »Aber das macht nichts! Ich liebe dich, ich liebe dich seit Langem! Schon seit du mich aus dem Feuer gerettet hast.«
Wilhelm unterdrückte ein Seufzen. Sie war nicht nur das jüngste Mädchen, das er je verführt hatte, sondern auch das dämlichste. Anstatt seine Ungeduld zu zeigen, lächelte er jedoch plötzlich, schritt auf sie zu und nahm ihre Hände.
»Ach kleine Bethy, es ist schön, dass du mich liebst«, setzte er mit samtiger Stimme an, um gnadenlos fortzufahren: »Aber ich liebe dich nicht. Du hast doch nicht ernsthaft gedacht, du wärst etwas anderes für mich als ein netter Zeitvertreib? Ich habe übrigens erwartet, dass es schwieriger wäre, dich ins Bett zu kriegen. Wenn ich eine Wette darauf abgeschlossen hätte, hätte ich frühestens auf Beirut getippt, wenn nicht gar auf Konstantinopel.«
Bethy zog ihre Hände zurück, als hätte sie sich verbrannt. »Bitte, Wilhelm, sag doch nicht so etwas Böses!«
Wilhelm zuckte die Schultern. »Ich frage mich, von wem du das Frivole und Leichtsinnige hast. Deine Eltern sind doch ehrenwerte Menschen. Und da wir schon von ihnen reden: Sprich mit deiner Mutter. Erzähl ihr alles. Und richte ihr einen schönen Gruß von mir aus.«
Erst erstarrte sie, dann fing sie zu zittern an. Nicht mehr lange, dann würden ihre Knie nachgeben. Ehe sie niedersinken konnte, packte er sie grob an den Schultern und schob sie aus der Kabine, und bevor sie zu weinen begann, hatte er die Tür schon wieder geschlossen. So blieb er zwar nicht von dem Geheule verschont, das jetzt losbrach, aber immerhin drang es nur gedämpft zu ihm.
Nicht, dass es nicht trotzdem Kopfschmerzen verursachte – und ihn nicht unweigerlich an Mina denken ließ. Anders als Bethy würde sie in diesem Augenblick wohl

nicht weinen, aber das bedeutete nicht, dass sie ihm je verzeihen würde.
Wilhelm rieb sich die Schläfen. Da loderte kein Triumphgefühl mehr in seiner Brust, sondern es quälten ihn nur noch diese Kopfschmerzen und Müdigkeit. Er wartete, bis Bethy aus dem Korridor geflohen war, ehe er nach dem Kabinensteward läutete, um sich Cognac bringen zu lassen.

18. Kapitel

Die Fahrt von Alexandria nach Jaffa über blieb Bethy in ihrer Koje verkrochen. In den letzten Tagen in Ägypten hatte sie ihr Unwohlsein auf das ungewöhnliche Klima geschoben, später auf die Seekrankheit, und obwohl sie erleichtert war, dass ihre Eltern ihr beides glaubten, setzten ihr deren Sorgen und Mitleid zu. Unmittelbar nach der Abfahrt waren sie zwar noch sehr beschäftigt gewesen – gerüchteweise hatte Mr. Moll nach den vielen Anstrengungen in Ägypten einen Ohnmachtsanfall erlitten und sich wie Bethy ins Bett zurückgezogen –, doch anders als sie hatte er sich schnell wieder erholt, und je näher sie dem nächsten Reiseziel kamen, desto mehr Zeit verbrachte Alba bei ihr in der Kabine.

»Soll ich dir nicht doch ein Antipyrin bringen?«, fragte sie. »Merkwürdig, dass du ausgerechnet jetzt seekrank wirst. Das Meer ist doch so ruhig und der Himmel blau.«

Bethy zog sich die Decke bis über die Nasenspitze. Sie ertrug den besorgten, forschenden Blick der Mutter nicht – und erst recht konnte sie nicht lügen, wenn sie ihr in die Augen sah. »Vielleicht habe ich etwas Schlechtes gegessen.«

»Aber du hast doch seit Tagen gar nichts gegessen!«

Richtig, allein der Gedanke daran verursachte Übelkeit! Nie wieder würde sie einen Bissen herunterbringen! »Ich … ich will einfach nur schlafen.«

Alba seufzte. »Schade. Bald legen wir in Jaffa an, und wie es ausschaut, müssen wir ohne dich nach Jerusalem fahren.«

Eben steckte Werner den Kopf durch die Kabinentür. »Kaum zu glauben, dass ich jemals nach Jerusalem komme. Damals, als wir nach Hamburg zurückgekehrt sind, dachte ich, mein Leben wäre zu Ende, und jetzt darf ich diese großartige Fahrt machen. Du wirst sie auch bald wieder genießen, Bethy! Sei nicht allzu enttäuscht, dass du die Heilige Stadt versäumst, wir steuern noch so viele Ziele an.«

Er zwinkerte ihr vertraulich zu, und Bethy zog die Decke noch höher.

Wenn sie nur wüssten …

Als ihre Eltern gegangen waren, wurde es ihr unter der Decke jedoch bald zu heiß. Ihre Koje mochte zwar eine Art Fluchtburg sein und als solche sehr willkommen, aber das bedeutete nicht, dass ihr nicht längst unerträglich langweilig war. Sie richtete sich auf und lugte aus dem Bullauge. Tatsächlich, in der Ferne war schon die Küste zu sehen, und mit jeder Minute, die verstrich, wurde der Streifen breiter.

Jaffa lag auf einem sanft ansteigenden Hügel und wurde von beiden Seiten von schönen Häusern und Gärten umgeben. Zunächst noch von starker Brandung verborgen, wurde das Grün der vielen Orangenbäume immer deutlicher sichtbar. Vage erinnerte sich Bethy daran, dass es in Jaffa keinen Hafen gab, weswegen die *Augusta Victoria* vor der Küste den Anker werfen musste.

Wahrscheinlich hatte ihr Mina das gesagt. Genauso wie sie ihr verraten hatte, dass Jaffa die Stadt war, um die einst Richard und Saladin gekämpft hatten. Bethy hatte zwar keine Ahnung, wer die beiden waren, und eigent-

lich auch kein Interesse, das herauszufinden, doch die Sehnsucht nach der Freundin wurde übermächtig.
Dieser entsetzte Blick, als sie sie und Wilhelm gesehen hatte! Sie musste ihn endlich aus ihrem Gedächtnis streichen, und das würde nur gelingen, wenn sie ihr gegenübertrat! Was wiederum Wilhelm anbelangte … o nein, sie würde es nicht ertragen, ihn zu sehen. Allein der Gedanke fühlte sich an, als müsste sie zersplittertes Glas schlucken. Aber Mina … Mina würde ihr verzeihen, würde sie verstehen, würde sie trösten.
Sie flocht sich die Haare, spähte in den Gang. Erst als sie sicher war, dass kein Geräusch aus Wilhelms Kabine drang, wagte sie es, hinauszutreten und an Minas und Hedwigs Tür zu klopfen.
Mina selbst öffnete ihr. Sie hatte bereits ihr Reisekleid für die Fahrt nach Jerusalem angezogen, und das Schwarz ließ sie noch strenger erscheinen. Obwohl sie in den letzten Wochen viel Zeit im Freien zugebracht hatte, war sie ungewohnt blass.
»Mina …«, setzte Bethy an und bedauerte zutiefst, nicht darüber nachgedacht zu haben, was sie ihr sagen würde. Nicht, dass sie überhaupt die Gelegenheit fand, viel zu sagen.
»Was willst du?«, fragte Mina barsch.
Während Bethy nach Worten rang, erschien Hedwig hinter ihr, und jetzt fiel ihr erst recht nichts ein. Immerhin schien Frau Ahlhusen nicht zu wissen, was passiert war, denn ihr Blick war arglos, als sie fragte: »Willst du uns begleiten?«
»Nein«, sagte Mina scharf, ehe Bethy auch nur den Mund aufmachen konnte. »Bethy ist ein dummes, kleines Mädchen. Sie hat sich noch nie für Jerusalem interessiert und hat keine Ahnung von der langen Geschichte der Stadt.«

Und schon schlug sie ihr die Tür vor der Nase zu. Wie benommen blieb Bethy davor stehen. Nach einer Weile wollte sie die Hand heben, um noch einmal zu klopfen, doch plötzlich hörte sie hinter sich Gelächter. Der Geruchswolke nach zu schließen, die ihn umgab, hatte Wilhelm eben getrunken, obwohl es früher Morgen war. Das machte sein Lächeln noch bösartiger, und ihre Scham, diesem Lächeln je getraut zu haben, noch größer.

»Hast du deiner Mutter schon meine Grüße bestellt?«, fragte er höhnisch.

Ihre erste Regung war, in ihre Kabine zu fliehen, aber plötzlich wusste sie, dass diese nicht länger ihre Fluchtburg, sondern ein Gefängnis war. Sie ertrug es dort nicht, und erst recht ertrug sie es nicht, ihren Eltern in die Augen zu schauen – genauso wenig wie Mina und erst recht nicht Wilhelm. Wortlos lief sie an ihm vorbei und reihte sich unter den Reisenden ein, die ungeduldig auf den Landgang warteten. Bethy war fest entschlossen, mit ihnen den Boden des Heiligen Landes zu betreten – doch anders als sie gedachte sie nicht, jemals wieder auf die *Augusta Victoria* zurückzukehren.

Es war gar nicht so leicht, mit den Booten ans Ufer zu kommen. Die Küste war von einem Kranz dunkler, moosbedeckter Riffe umgeben, über deren glatte Oberfläche das Meer eine schäumende Brandung jagte. Nur an einer kaum zwei Bootslängen breiten Stelle konnte man ein Boot hindurchlenken. Den Bootsleuten – allesamt mit roten Jacken bekleidet, damit man sie als Angestellte der Firma Cook erkannte – stand der Schweiß im Gesicht, als das endlich geschafft war und sie wenig später anlegten. Nachdem diese Hürde überwunden war, wartete zumindest keine weitere: Es gab weder Zoll noch Passkontrolle; um zu den Kutschen zu gelangen, die die Reisenden nach Jerusalem bringen würden, galt es, nur das alte Jaffa zu durchqueren.

Während der Bootsfahrt war Bethy einfach nur erleichtert gewesen, dem Schiff zu entkommen und es in ein Boot geschafft zu haben, das sich weit genug von dem der Eltern befand, aber kaum hatte sie festen Boden unter den Füßen, fühlte sie sich verloren wie nie, zumal sie, als sie in der Ferne Mina und Hedwig erblickte, in die entgegengesetzte Richtung hastete und sich unversehens von den übrigen Passagieren getrennt fand. Und ehe sie entscheiden konnte, ob sie sich ihnen wieder anschließen sollte, wurde sie vom regen Treiben in der Altstadt mitgerissen. Die vielen Leiber setzten ihr zu, aber in gewisser Weise war sie auch erleichtert, nicht über den nächsten Schritt entscheiden zu müssen, sondern sich einfach mitziehen zu lassen.

In einer fremden Welt war sie gelandet, die nichts mit ihrem vertrauten Leben zu tun hatte – einer schmutzigen, lauten, orientalischen Welt voll zerlumpter Gestalten, farbenprächtig gekleideter Frauen, abgekämpfter Kamele, dürrer Esel und dazwischen einiger weniger Prachtrösser. Mit lauten Flüchen wurden die Tiere vorwärtsgetrieben – von Juden, Arabern und asiatisch aussehenden Reitern, die blaue Pumphosen mit bestickten Westen und bunte Kopftücher trugen und die Tiere mit Sporen und Peitschen malträtierten.

Mehr als nur einmal entkam Bethy nur knapp einem Huf, und bald klebten ihre Schuhsohlen von dem Dreck, war es doch unmöglich, all den riesigen Schmutzhaufen auszuweichen. Kamele schnaubten in ihren Nacken, Apfelsinenjungen rammten ihr die Ellbogen in den Leib,

Geldwechsler, die in einfachen Holzbuden saßen, schrien sie in einer fremden Sprache an.
Als sie die fünfte Gasse entlangging und mindestens das dritte Tor durchschritten hatte, hatte sie endgültig die Orientierung verloren und wusste nicht mehr, wo das Meer lag und wo das Land. Mittlerweile waren die Gassen nicht mehr ganz so überfüllt, und sie konnte selbst über die Richtung bestimmen. Nicht, dass ihr das leichtfiel, aber da sie der Lärm noch verzagter stimmte als die Einsamkeit, ging sie einfach dorthin, wo es stiller war, und alsbald hatte sie die dicht bevölkerte Altstadt hinter sich gelassen und eine lange Reihe von Gärten erreicht, hinter denen sich eine fruchtbare Ebene erstreckte. Links und rechts von ihr wuchsen unendlich anmutende Apfelsinen- und Zitronenwälder, außerdem ein paar Oliven-, Mandel- und Feigenbäume. Von Letzteren waren ein paar Früchte gefallen, und Bethy bückte sich danach, da die Bootsfahrt und das Gedränge sie wider Erwarten hungrig gemacht hatten. Als sie endlich die Schalen abgeschält hatte und ins Fruchtfleisch biss, war dieses jedoch so sauer, dass sie es gleich wieder ausspuckte.
Hinter ihr ertönte Gelächter, und als sie herumfuhr, sah sie zwei Straßenjungen vor einigen Feigenkakteen stehen, die die Grenze zwischen zwei Grundstücken markierten. Offenbar verspotteten sie sie, weil sie nicht wusste, dass die Feigen noch nicht reif waren. Bethy starrte grimmig zurück, und schließlich wandten sie sich schulterzuckend ab, um ihrerseits die roten Früchte vom Feigenkaktus zu pflücken und in den Mund zu stopfen.
»Kann man die etwa essen?«, fragte Bethy.
Wieder trafen sie verstohlene Blicke, aber keiner der Jungen gab ihr Antwort, auch nicht, als sie fragte, ob sie ihr auch eine Frucht pflücken konnten. Wahrscheinlich ver-

standen sie ihre Sprache nicht – Bethy wusste ja noch nicht mal, welche sie sprachen –, und dann waren sie schon fortgerannt.
Die Sonne hatte ihren höchsten Stand erreicht und brannte auf sie herab. In der Ferne war ein Blöken zu hören, in das sich das Gekläff von Hunden mischte, aber die Hütten inmitten der Gärten schienen allesamt verwaist. Oder stand da jemand hinter den geschlossenen Läden und starrte sie an?
Nun, noch größer als ihr Unbehagen war ihr Hunger, und noch größer als der Hunger ihr Durst. Am besten, sie kostete von den roten Früchten, die die Jungs verschlungen hatte. Hier auf dem Baum hing ja schon eine! Aber als sie beherzt zugriff, trieb sich ein spitzer Stachel in ihren Finger, und als sie die Hand zurückzog, fielen mehrere Blutstropfen auf den staubigen Boden.
Dieser Anblick gab ihr den Rest. Sie war von Gott und der Welt verlassen, wusste nicht, wohin, war von Wilhelm an der Nase herumgeführt worden, mit Mina zerstritten, und an ihre Eltern wollte sie gar nicht erst denken.
Sie brach in Tränen aus, weinte immer heftiger, aber als sie sich das Gesicht abwischen wollte, merkte sie, dass der Stachel noch immer im Finger steckte. Vergeblich versuchte sie, ihn herauszuziehen, erreichte jedoch nichts anderes, als dass er abbrach und es höllisch schmerzte. Und wenn sie es mit den Zähnen probierte? Doch als sie ihren Finger an den Mund führte, ertönte eine Stimme: »Ich würde das ja nicht tun.«
Bethy fuhr herum. Nicht weit von ihr entfernt saß – auf einem weißen Steinmäuerchen, das kaum bis zu den Knien reichte – Jonathan Gold. Wie aus dem Nichts schien er aufgetaucht zu sein, hatte ganz gemütlich die Beine

hochgezogen und hielt in seiner Hand einen Apfel, den er so lange rieb, bis er glänzte.
Bethy brachte kein Wort hervor, und kurz war auch der Schmerz im Finger vergessen.
»So ungeschickt, wie du dich anstellst, würdest du dir mit dem Stachel in die Zunge oder in die Lippen stechen«, fuhr Jonathan fort. »Du wirst noch mehr weinen und dann gar nichts mehr von diesen schönen Gärten sehen.«
»Was machst du hier?«, entfuhr es ihr.
Jonathan gab keine Antwort, sondern erhob sich und trat zu ihr. »Du erlaubst?«
Zögerlich streckte sie ihm ihre Hand entgegen, und tatsächlich gelang es ihm, mithilfe eines kleinen Taschenmessers die Wunde etwas zu vergrößern und den Stachel behutsam herauszuziehen. Danach tupfte er mit einem Taschentuch das Blut ab. So erleichtert Bethy darüber war, dass er ihr half und sie nicht länger allein mit ihrem Elend war – anmerken lassen wollte sie sich das nicht. Sie ließ seine Berührung steif über sich ergehen, und als er fertig war, wandte sie sich rasch ab.
Er lachte. »Das glaubst du doch nicht wirklich!«, rief er.
Bethy drehte sich wieder um. »Was?«
»Dass ich den Apfel ganz alleine esse, weil ich dich dafür bestrafen will, dass du seinerzeit an Bord einen ausgeschlagen hast.«
Mit Schwung warf er ihr den Apfel zu, und obwohl sie nicht anders konnte, als ihn aufzufangen, konnte sie sich nicht dazu überwinden, hineinzubeißen, sondern brach wieder in Tränen aus.
»Du hättest ein Recht darauf«, brachte sie schluchzend hervor.
Jonathan legte ihr die Hand auf die Schulter. »Sieh lieber

zu, dass du den Apfel nicht nass heulst, ich habe ihn doch so schön geputzt.«

Obwohl neue Tränen aufstiegen, musste sie zugleich lächeln.

»So«, sagte Jonathan, als sie sich endlich beruhigt hatte, »jetzt isst du den Apfel, und danach hilfst du mir.«

»Wobei denn helfen?«

»Na, warum, glaubst du, bin ich dir gefolgt, als ich dich vorhin in der Altstadt gesehen habe? Etwa nur, weil ich nett bin und mir Sorgen um dich mache?«

»Nun ja …«

»Natürlich bin ich nett, und natürlich habe ich mir Sorgen gemacht, aber ich war auch ein bisschen eigennützig.«

Bethy biss hungrig in den Apfel. Er war so süß und saftig, dass sie gar nicht genug davon bekommen konnte. Danach wischte sie sich den Saft vom Kinn.

»Also, wofür brauchst du meine Hilfe?«

»Ich brauche Blumen, viele Blumen«, erklärte er. »Für die prächtigen Bouquets, die Frau Ballin binden lassen will. In Jaffa kommt ein besonderer Gast auf das Schiff, eine gewisse Frau Ruete nämlich, die wiederum die Schwester des Sultans von Sansibar ist. Sie hat nach Hamburg geheiratet, lebt mittlerweile mit den beiden Töchtern in Jaffa und wurde ebenso zum Dinner auf die *Augusta Victoria* eingeladen wie alle möglichen Honoratioren der Stadt.«

»Und ich soll mit dir Blumen pflücken?«

»Gott bewahre! Dann würdest du dich nur wieder an irgendwelchen Stacheln verletzen. Aber man kann sie kaufen, und du kannst wahrscheinlich besser die welken von den frischen unterscheiden als ich. Ich verstehe nichts von Blumen, ich habe mich ja nur um die Aufgabe gerissen, damit ich an Land gehen kann … und das tat ich wiederum nur wegen meines Vaters.«

»Deines Vaters?«

»Jakob Gold.«

Bethy achtete zum ersten Mal genauer auf seinen Nachnamen. »Du bist Jude«, stellte sie fest.

»Ich denke schon. Wobei, ganz sicher bin ich mir nicht. Mein Vater war zwar immer stolz darauf, Jude zu sein – noch stolzer als auf seinen Laden, wo er mit Wein, Tabak und Pfeffer handelt. Aber am stolzesten ist er darauf, treuer Bürger des deutschen Vaterlandes zu sein.«

»Und wie ist es bei dir?«

»Als ich geboren wurde, hatten die Hamburger Juden längst das Bürgerrecht bekommen. Vater hat mich manchmal in den Neuen Israelitischen Tempelverein mitgenommen, aber dort wurde nur über Politik geredet, nicht über Gott. Ansonsten bin ich auf die staatliche Schule gegangen, und meine Mutter meinte immer, dass wir zuallererst Hamburger seien. Sei's drum, die Zeit wird langsam knapp. Kommst du nun mit? Oder«, er grinste, »willst du noch eine Kaktusblüte pflücken?«

Bethy war etwas unschlüssig. Wenn sie mit ihm Blumen kaufte, dann bedeutete das, dass sie hinterher mit ihm zurück aufs Schiff kehren würde, und eigentlich hatte sie von dort fliehen wollen. Nachdem sie nun aber die Altstadt und die verwaisten Gärten von Jaffa kannte, war es eine verrückte Idee, zu glauben, dass sich ihr Leben hier an Land zum Besseren wenden würde.

»Na komm schon«, sagte er und begann, von den Blumen zu sprechen, die hierzulande wuchsen. Nicht die Hälfte seiner Worte drang zu ihr, aber er redete so viel und schnell, dass sie nicht mehr darüber nachdachte, ob sie ihm tatsächlich folgen sollte, sondern es einfach tat, und sobald sie sich wieder in das Gedränge der Altstadt mischten, konnte sie ohnehin nicht mehr über ihren nächsten Schritt entscheiden.

Minas Herz war schwer, als sie die Fahrt nach Jerusalem antraten, aber ihre Großmutter zeigte sich besser gelaunt als je zuvor auf der Reise. Zwar hatte Mina nie Auswüchse besonderer Frömmigkeit an ihr erlebt, aber den Besuch der Heiligen Stadt wertete sie offenbar doch als ein herausragendes Ereignis in ihrem Leben. Dafür nahm sie sogar die anstrengende Fahrt in Kauf, ohne zu murren, ja, sie beschwerte sich noch nicht einmal über den mageren Reiseproviant – Sardinen in Dosen, Eier in der Schale und zäher Lendenschnitt –, da sie scheinbar der Meinung war, dass es in Jesu Heimat genügsam zu sein galt. Seit der Rückkehr aus Kairo hatte sie sich Mina gegenüber sehr wortkarg verhalten und mit jeder Geste deutlich gemacht, wie sehr sie ihr Verhalten missbilligte, aber heute lächelte sie sie sogar an.

Mina konnte das nicht so recht aufmuntern. Gedankenverloren starrte sie aus dem Fenster der Kutsche.

»Was für ein interessantes Land!«, rief Hedwig.

Mina nickte.

Nachdem sie Jaffa hinter sich gelassen hatten, hatten sie zunächst eine frühlingsgrüne Ebene voller Singvögel und farbenprächtiger Blumen durchquert, deren Pfützen vom Regen der letzten Nacht kündeten. Später wurde es zunehmend trockener, und das weite Land war nicht länger von Wiesen, sondern mit niedrigem Stachelgestrüpp und Ginster bedeckt. Auf Hügeln, die mit Olivenbäumen bepflanzt worden waren und auf denen rote Erde klaffte, folgten felsige Berge; inmitten riesenhafter Kaktushecken standen arabische Dörfer. Ungleich häufiger als Menschen begegneten sie Kamelen und Eseln, doch dann und wann trafen sie auch auf Feldarbeiter, darunter solche, die gerade Pause machten, bäuchlings auf dem staubigen Boden lagen und aus einer Schüssel aßen. Nachmittags gerieten sie in eine große Herde von schwarzen, langohrigen Schafen, die von einem tiefbraunen Hirtenjungen mit einer Rohrflöte unter dem Arm angetrieben wurde, und kaum rollten die Wagen weiter, stießen sie auf eine Gruppe Leprakranke. Mina wich instinktiv vom Fenster zurück, stellte aber bald fest, dass die Kranken zu lethargisch waren, um auch nur ihre Köpfe zu heben.

Die Räder ächzten, als sie über die Wurzeln der knorrigen Olivenbäume, Felsentrümmer und stacheliges Unterholz rollten, doch alsbald erreichten sie wieder flaches Land – nur in der Ferne ließ sich eine blaue Bergkette erkennen, offenbar das Gebirge Juda.

Mina lehnte sich zurück und schloss kurz die Augen. Wie sehr sie sich auf diesen Ausflug gefreut hatte! Und wie merkwürdig kalt er sie nun ließ! Wohin sie auch blickte und was es zu bestaunen galt – immer stand nur ein Bild ganz deutlich vor ihren Augen: von ihrem Vater und Bethy, wie sie eng umschlungen und kaum bekleidet in der Koje gelegen hatten.

Nun, da sie die Augen geschlossen hielt, wurde es noch deutlicher, und plötzlich trat zu dem Bild noch ein anderes … eine Erinnerung an den Tag, als ihre Mutter gestorben war und ihr Vater es nicht gewagt hatte, ihr Zimmer zu betreten, ja sogar vor ihr geflohen war …

Die bittere Enttäuschung von einst, die sie all die Jahre über zu vergessen geglaubt hatte, stieg in ihr hoch.

Als sie die Augen wieder öffnete, ruhte Hedwigs Blick

nachdenklich auf ihr. »Ich verstehe nicht, warum dein Vater lieber auf dem Schiff geblieben ist.«

»Hast du ihm nicht häufig vorgeworfen, er wäre ein Heide? Wahrscheinlich hegt er einfach kein Interesse für Jerusalem.«

»Kann es sein, dass du mit ihm gestritten hast?«

Mina zuckte nur die Schultern. »In der Grabeskirche herrscht auch ständig Streit, habe ich gehört«, lenkte sie rasch ab. »Die Lateiner, Armenier und Kopten, die Jakobiten und Protestanten sind einander so spinnefeind, dass die Türken Wachen unterhalten müssen, um Prügeleien zu verhindern.«

Nun war es an Hedwig, die Schultern zu zucken, und ehe sie noch etwas sagen konnte, legten sie eine Rast ein. Sie tauschten ihren Proviant mit den anderen und bekamen auf diese Weise Apfelsinen und kalten Braten ab, und obwohl das Mahl kärglich ausfiel, hatte sich ihr Reiseführer – ein Mann namens Demetrius Domian – alle Mühe gegeben, es so fein wie möglich zu gestalten und genügend Besteck, sogar Teller und Servietten samt Serviettenring zu organisieren. Mina war zunächst überzeugt, keinen Hunger zu haben, biss dann aber doch herzhaft zu, und während sie energisch kaute, entschied sie, sich die Reise nicht vergällen zu lassen. Nein, sie wollte nicht länger an Bethy und ihren Vater denken – und in den nächsten zwei Tagen hielt sie sich eisern an diesen Entschluss.

Sie erreichten Jerusalem um zehn Uhr abends und nächtigten dort im Grand New Hotel von A. & J. Morcos. Die Zimmer waren bescheiden, aber in der Mitte stand ein wärmender Ofen, und in jedem Fall hatten sie es besser getroffen als die Reisenden, die im Österreichischen Pilgerhaus untergekommen waren. Dort, so wurde ihnen am nächsten Tag berichtet, gab es nur Mehrbettzimmer, und die Männer hatten sich während der Fahrt mit Wurfgeschossen ausgestattet, weil ein berüchtigter Schnarcher unter ihnen weilte.

Mina hingegen war halbwegs ausgeschlafen, als sie sich durch die bunten, dicht gedrängten Straßen Jerusalems treiben ließ. Sobald sie das Jaffator durchschritten hatten, traten sie in ein exotisches Reich ein, dessen Türme und Mauern, Gräben und Schießscharten von einer langen, bewegten Geschichte kündeten. Sie kamen an arabischen Cafés vorbei, deutschen Bierwirtschaften und Garküchen, an türkischen Soldaten, wiederkäuenden Kamelen, streunenden Hunden und vor allem jeder Menge Pilger, die, wie Hedwig feststellte, ihre Gottesfurcht mit unfrisierten, stinkenden langen Haaren beweisen wollten. »Gar nicht auszudenken, wie viel Ungeziefer sich darin versteckt!«

Mit nicht minder strengem Blick bedachte sie den türkischen Soldaten, der sich auf offener Straße wusch, und die Seife sogar zum Zähneputzen verwendete.

Und weiter ging es zum Gemüsemarkt, wo Mina fast über eine Blumenkohlhändlerin stolperte und viele Beduinen ihre Stände hatten, die sie an Kairo denken ließen … an Tino, der sie leider nicht nach Jerusalem hatte begleiten dürfen, und an die unbeschwerte Zeit, die das, was folgte, als noch bitterer erscheinen ließ …

Aber an Bethy und ihren Vater wollte sie ja nicht denken!

Das Gedränge von verlotterten Soldaten, langlockigen Juden und laut für ihre Dienste werbenden Stiefelputzjungen wurde dichter. Ihre Stimmen vermischten sich mit Glockengeläut, Hahnen- und Eselgeschrei, dem Geschrei von Antiquitäten- und Spazierstockhändlern und außerdem von Tätowierern, die tatsächlich Arbeit bekamen: Nicht wenige Reisende ließen sich das Jerusalemer Kreuz brennen.

»Dabei können sie sich noch nicht einmal darauf herausreden, zu viel getrunken zu haben«, meinte Hedwig kopfschüttelnd.

Am nächsten Tag folgte ein Ausflug ins Tal Kidron, wo Gethsemane lag, der Ölberg. Von dort aus konnte man die Stadt mit den majestätischen Mauern, den glänzenden Kuppeln und riesigen Toren überblicken sowie das wilde, öde Bergland, das jetzt am späten Nachmittag von der Sonnenglut übergossen wurde. Weit hinten ließ sich sogar der flimmernde Spiegel des Toten Meeres erahnen. Der Ausblick war so schön, dass er Mina fast Tränen in die Augen trieb.

»Warum schreibst du eigentlich gar nichts in dein Notizbüchlein?«, fragte Hedwig. »Du trägst es doch sonst immer bei dir.«

»Ich ... ich habe es auf dem Schiff vergessen.« Ihre Kehle wurde noch enger.

Hedwig trat ganz dicht an sie heran. »Willst du mir nicht doch sagen, was los ist?«

Mina wusste, mehr als einen Satz würde sie nicht hervorbringen können, aber sie schaffte es, zwei Namen hervorzupressen. »Vater ... Bethy ...«

Und Hedwig verstand. Sie sagte lange nichts, sondern kniff nur missbilligend ihre Lippen zusammen. Als sie ein kühler Windhauch traf, zog Mina ihren Reiseschleier tief ins Gesicht.

»Lieber Himmel!«, stieß Hedwig schließlich aus, und in ihrer Miene breiteten sich Verachtung und Empörung aus. »Ich habe Wilhelm ja fast sämtliche Scheußlichkeiten der Welt zugetraut, aber dass er ein junges, unschuldiges Mädchen ...« Sie schüttelte angewidert den Kopf. »Und Bethy wiederum! Ihre Eltern sind doch anständige Leute, ja, haben sie sie denn nicht erzogen? Was werden denn die Leute denken, wenn ...«

»Was gehen mich die anderen Leute an!«, fiel Mina ihr wütend ins Wort. »Sie haben keinen Augenblick lang an mich gedacht, sie haben ...«

Sie konnte nicht weitersprechen, als ihre Wut der Enttäuschung wich.

Hedwig schwieg lange. Sie hatte sichtlich Mühe, ihrer Abscheu Herr zu werden. »Du solltest mit Alba und Werner sprechen«, sagte sie schließlich. »Sie müssen wissen, was passiert ist.«

Mina hatte gedacht, ihre Tränen wären versiegt, doch nun stiegen neue auf. »Wie konnten die beiden mir das antun?«

»Ich bin die Letzte, die ihn verteidigen will. Aber ich bin sicher, dein Vater wollte dich nicht kränken. Er hat einfach nicht nachgedacht, sondern ist seinen Begierden gefolgt ... wie so oft.«

Mina wandte sich ab. »Aber wenn man in einen Scherbenhaufen tritt, tut es weh. Was kümmert es einen da noch, warum jemand die Flasche hat fallen lassen?«

Nachdem sie nach Jaffa zurückgekehrt und mit Booten wieder an Bord der *Augusta Victoria* gebracht worden waren, war Hedwig so erschöpft, dass sie sich sofort zurückzog. Auch Mina saß die Fahrt in den Knochen, aber sie wollte es nicht länger aufschieben, mit Alba und Werner zu sprechen. In Jerusalem waren die beiden stets beschäftigt gewesen, doch jetzt fand sie keine Ausrede mehr, zu warten. Auf der Suche nach ihnen stand sie jedoch unvermittelt Tino gegenüber.

»Mina!«, rief er freudig. »Erzähl mir von Jerusalem! Ach, ich wäre so gerne mitgekommen, aber ich konnte Dr. Steffens Nachsicht nicht überstrapazieren. Du musst mir alles berichten, war es wirklich so …«
Er brach ab. Eben hatte er die Hand gehoben, um sie auf ihre Schultern zu legen, doch dann sah er in ihr Gesicht und wich zurück. Mina starrte ihn geistesabwesend an, spürte keine Freude, ihn zu sehen, nur Kälte.
In Jerusalem hatte sie kaum einmal an ihn gedacht. Es war, als würde sie zwei Leben leben, die einander nicht berührten. In dem einen hatte sie sich in ihn verliebt und dieses Abenteuer in Ägypten erlebt, doch danach war sie in ein anderes zurückgekehrt, und dieses ertrug sie nur, wenn sie sich nicht zu viele Gefühle gestattete – weder Liebe zu ihm noch Enttäuschung über Bethy oder Wut auf ihren Vater.
»Tino …«
Er trat zurück. »Seit unserer Rückkehr aus Kairo hast du kaum ein Wort mit mir gesprochen«, sagte er traurig. »Ich verstehe es nicht, aber wenn du willst, dass ich dich in Ruhe lasse …«
»Um Himmels willen!«, entfuhr es Mina. »Das alles hat doch nichts mit dir zu tun!«
»Bist du sicher?«, fragte er zweifelnd. »Deine Großmutter hat doch bestimmt gesagt, dass ein Mann wie ich, ein Niemand, deiner Gesellschaft nicht würdig ist.«
»Es geht wirklich nicht um dich, sondern …«
Als er sein Kinn reckte, wirkte er nicht länger traurig, sondern stolz. »Du kannst es ruhig zugeben, ich mag zwar ein Träumer sein, aber ich weiß, wie es auf dieser Welt zugeht.«
»Ich … ich kann einfach nicht …«
»Du konntest mich küssen. Und jetzt scheinst du es zu

bereuen. Aber wenn du willst, dann verlieren wir kein Wort mehr darüber.«

»Tino, ich …«

Sie war nicht sicher, was sie ihm als Nächstes anvertraut hätte – die Wahrheit über ihren Vater und Bethy oder die Sehnsucht, bei ihm alles zu vergessen –, doch ehe sie etwas sagen konnte, hatte er sich umgedreht und war fortgegangen, und als sie ihm unschlüssig nachstarrte, rief Alba ihren Namen.

»Ich habe gehört, dass du mich gesucht hast.«

Mina fuhr herum. So entschlossen sie auch gewesen war, ihr alles zu sagen, fiel es ihr Alba gegenüber genauso schwer, die richtigen Worte zu finden, wie gegenüber Tino.

»Ich … ich wollte mit dir reden …«

»Du bist gewiss ganz erschöpft vom Ausflug«, sagte Alba lächelnd. »Es war ein so eindrucksvolles Erlebnis, nicht wahr? Hast du eigentlich Bethy gesehen? Sie war krank, als wir nach Jerusalem aufgebrochen sind, aber nach unserer Rückkehr haben wir sie nicht in der Kabine angetroffen. Nun, das bedeutet wohl, sie hat sich wieder erholt und …«

Mina verlor ihre Fassung. »Wenn du Bethy suchst, solltest du lieber meinen Vater fragen«, entfuhr es ihr unter Tränen.

Verspätet sah sie, dass eben Werner zu seiner Frau trat.

»Was hat denn dein Vater mit Bethy zu tun?«, fragte er.

In seinem Gesicht stand nur Verwirrung, doch Albas Blick verhärtete sich, als befiele sie eine Ahnung. Mina schluchzte heftiger, aber das hielt sie nicht davon ab, die Wahrheit zu sagen.

Während des mehrtägigen Aufenthalts in Jaffa war Bethy fast jeden Tag an Land gegangen, um mit Jonathan die

Altstadt zu erforschen. Nicht nur Blumen mussten sie kaufen, auch Orangen und Feigen, und sie feilschten an mehreren Obstständen so unerbittlich, bis sie beinahe unter Schlägen vertrieben wurden. Ein anderes Mal kamen sie einem Passagier zu Hilfe, der sich zum Kauf eines völlig überteuerten Teppichs hatte überreden lassen – sehr zur Empörung seiner Frau – und jetzt verzweifelt eine Gelegenheit suchte, ihn wieder loszuwerden. Jonathan tauschte den Teppich gegen eine Flasche Wasser aus dem Jordan für künftige Familientaufen und unterließ es, den glücklichen Mann darauf hinzuweisen, dass man dieses Wasser wohl aus einem Brunnen in der Altstadt geschöpft hatte. Bethy fiel es schwer, das Lachen zu unterdrücken. Sie lachte oft in diesen Tagen, und am letzten Abend lächelte sie, als Jonathan ihr zum Abschied eine Hibiskusblüte überreichte.

»Ein Lächeln!«, rief Jonathan begeistert. »Kann ich mich dessen rühmen, oder kommt dieser Verdienst allein der Hibiskusblüte zu?«

Bethy senkte ihren Blick. »Es … es war sehr schön … ich meine … die letzten Tage.«

Jonathan seufzte übertrieben. »Umso schlimmer wird mir die Schufterei in den nächsten Tagen erscheinen, jetzt, da alle Passagiere wieder an Bord sind.«

»Die Jerusalem-Reisenden sind schon zurück? Dann muss ich schnell zu meinen Eltern!«

Ihr Abschied fiel knapp aus, doch sie lächelte noch, als sie über den Gang lief, sich der Kabine näherte, die Tür aufriss, eintrat … Als sie in die Gesichter der Eltern sah, schwand das Lächeln.

Sie wussten es. Sie hatten die Wahrheit über sie und Wilhelm herausgefunden. Oder vielmehr: Jemand hatte sie ihnen anvertraut.

Ihr Vater ging unruhig auf und ab, konnte ihr nicht in die Augen schauen, sondern nestelte mit unruhigen Händen an seinen Jackenknöpfen. Ihre Mutter starrte sie mit ausdrucksloser Miene einfach nur an. Und Mina verschränkte die Arme über dem Bauch, wie sie es immer tat, wenn sie sich unwohl fühlte. Als Mina sie entdeckte, senkte sie rasch den Blick, doch Bethy entging nicht, dass in diesem Verlegenheit ebenso aufblitzte wie Trotz.
Am liebsten wäre Bethy sofort wieder geflohen ... nach Jaffa ... zu Jonathan ... Hauptsache, sie konnte ihr altes Leben hinter sich lassen. Doch ehe sie zu einer Regung fähig war, stand Alba auf und deutete mit hoheitsvoller Geste auf den Stuhl.
»Setz dich!«
Setzen wozu?, dachte Bethy. Um ein Urteil entgegenzunehmen wie ein Delinquent? Und wie würde es wohl ausfallen?
Natürlich wagte sie es nicht, sich der Mutter zu widersetzen, gleichwohl nun auch diese ihren Blick auf den Boden richtete. Das Schweigen brannte in ihren Ohren.
»Ich ... ich sollte ...«, setzte Mina an. Niemand achtete auf sie.
»Ist es wahr?«, fragte Werner knapp.
Bis jetzt hatte sie am meisten unter der eigenen Enttäuschung gelitten, die Wilhelm ihr bereitet hatte. Nun wusste sie, dass die Enttäuschung ihrer Eltern ungleich schwerer zu ertragen war. Unruhig rutschte sie auf dem Stuhl hin und her.
»Warum hast du es ihnen gesagt?«, fragte sie in Minas Richtung.
Die Freundin gab keine Antwort.
»Dein Vater hat gefragt, ob es wahr ist?«, sagte Alba. Ob-

wohl sie leise sprach, ging Bethy ihre Stimme durch Mark und Bein.
Sie konnte nichts erwidern, noch nicht einmal nicken, doch das neuerliche Schweigen sagte alles.
»Warum hast du dich uns denn nicht anvertraut?«, fragte Werner.
Wenn er wütend gewesen wäre, hätte sie ihre Fassung bewahrt, doch so, da er sich nur bestürzt, hilflos und voller Sorgen erwies, kamen Bethy die Tränen. Prompt ging Werner noch viel schneller auf und ab, und da die Kabine so klein und voll war, wirkte es nahezu lächerlich. Wobei Bethy sich nicht vorstellen konnte, jemals wieder zu lachen. Sie konnte sich auch nicht vorstellen, dass ihre Mutter jemals wieder freundlich zu ihr war. Eben ballte diese sogar die Fäuste.
»Ich … ich sollte nun wirklich gehen«, sagte Mina. Wieder schenkte ihr niemand Beachtung, auch nicht, als sie nach draußen huschte. Erst als sie die Tür hinter sich geschlossen hatte, trat Alba vor Bethy, packte sie am Kinn und zwang sie, sie anzuschauen.
»Wie konntest du nur so dumm sein, seinen Schmeicheleien zu trauen?«
Wie fest ihr Griff war! Selbst wenn sie es gewollt hätte, hätte Bethy ihr unmöglich etwas verschweigen können.
»Er … er hat gesagt, dass … dass ich dir Grüße ausrichten soll. Was … was meinte er denn damit?«
Alba ließ sie sofort los. Eben noch starr vor Wut, sackte sie plötzlich auf die Koje und rang ebenso vergeblich nach Worten wie Werner.
Bethy war sicher, dass sie wohl Ewigkeiten in diesem Schweigen gefangen geblieben wären, wenn dieses nicht ein Klopfen unterbrochen hätte. Ein Steward steckte seinen Kopf hinein. »Herr Borgmann, Sie müssen kom-

men! Offenbar gibt es ein Problem: In Beirut und Konstantinopel kann man nur mit einem besonderen Aufenthaltsschein, der sogenannten Testira, frei an Land gehen. Deswegen sind drei Konsulatsbeamte aufs Schiff gekommen, um die Formulare auszustellen, aber sie sprechen kein Deutsch, und deswegen herrscht großes Durcheinander.«

Als er wieder gegangen war, hatte Bethy ihre Fassung wiedergefunden und wischte sich die Tränen aus den Augen.

»Es tut mir leid, dass ich euch enttäuscht habe, aber …«

»Wir reden später«, fiel ihr Alba kalt wie nie ins Wort. Sie erhob sich, wandte sich ab und folgte dem Steward. Werners Blick war ungleich mitleidiger. Unbeholfen strich er Bethy über die Schultern, doch als Alba ihn rief, verließ er die Kabine, ohne noch etwas zu sagen. Sobald sie allein war, brach Bethy abermals in Tränen aus.

Es wurde immer später, doch die Eltern kamen nicht zurück. Anfangs saß Bethy starr auf dem Stuhl, schließlich läutete sie nach dem Steward, um etwas zu essen zu bestellen. Sie wusste, dass sie kaum etwas herunterbekommen würde, aber ihr Magen knurrte, und wenn sie nichts aß, würde sie nicht schlafen können. Und schlafen wollte sie … ins Reich der Träume flüchten … vergessen, was passiert war … und am besten nie wieder aufwachen.

Nicht, dass es leicht war, Ruhe zu finden, als sie endlich in der Koje lag. Aber sie hatte sich so lange an der frischen Luft aufgehalten und so viel erlebt, dass die Erschöpfung sie schließlich übermannte.

Ihr Nickerchen war weder sehr lang noch tief. Alsbald weckten sie Stimmen – die Stimmen ihrer Eltern. Anstatt sich aufzurichten und zu zeigen, dass sie wach war, hielt

Bethy die Augen fest geschlossen und blieb steif liegen, um sie zu belauschen.
Die unruhigen Schritte verrieten, dass Werner einmal mehr in der kleinen Kabine auf und ab ging.
»Ich verstehe es nicht! Er ist doch so viel älter als sie! Er könnte ihr Vater sein!«
Alba saß offenbar auf dem Stuhl, auf dem Bethy vorhin selbst gekauert hatte, und sagte kein Wort.
»Bethy ist noch nicht mal achtzehn«, fuhr er fort. »Und wie alt ist er? Weißt du das? Schon über fünfzig? Oder erst siebenundvierzig, achtundvierzig?«
Bethy öffnete die Lider einen Spaltbreit und sah, dass ihre Mutter immer noch ganz ruhig dasaß. Als sie allerdings ihren Kopf hob, las sie in deren Miene Enttäuschung, Verletzung, auch Verachtung.
»Was macht es denn für einen Unterschied, wie alt er ist?« Alba schrie, obwohl sie ansonsten doch nie schrie.
Bethy unterdrückte die Regung, sich die Decke über den Kopf zu ziehen.
»Vielleicht ist er auch erst sechsundvierzig«, sagte Werner hilflos.
Alba schlug ihre Hände vors Gesicht. »Auch wenn du dich hinter deinen Zahlen versteckst. Du weißt so gut wie ich, dass er es getan hat, um sich an mir zu rächen.«
Bethy war sich nicht sicher, ob ihre Schultern zitterten, weil sie so empört war oder weil sie weinte. Beides war schlimm. Genauso schlimm wie ihre Worte.
Um sich an mir zu rächen …
Bedeutete das, dass alles, was Wilhelm ihr angetan hatte, gar nichts mit ihr zu tun hatte, sondern mit ihren Eltern? Dass er sie nur benutzt hatte?
Bethy unterdrückte ein Schluchzen, während Werner zur Tür stürmte.

»Wo willst du hin?«, fragte ihre Mutter.
»Wohin schon? Ich will ihn zur Rede stellen, ich will ihm sagen …«
»Darauf wartet er doch nur!«, fiel Alba ihm ins Wort.
»Gönn ihm diesen Triumph nicht. Wir werden so tun, als wäre nichts passiert. Und außerdem: Bethy hat sich auf ihn eingelassen, jetzt muss sie selbst damit fertig werden, dass er sie schamlos ausgenutzt hat.«
Bethy biss sich auf die Lippen, um keinen Laut von sich zu geben.
»Alba, sie ist doch noch ein Kind … *unser* Kind.«
Als sie ihre Hände sinken ließ, wirkte ihre Mutter älter und erschöpfter, als Bethy sie je gesehen hatte. Ganz nüchtern erklärte sie: »In Wilhelms Armen ist sie sich wahrscheinlich sehr erwachsen vorgekommen. Nun muss sie lernen, was das tatsächlich bedeutet.«

19. Kapitel

Auf der Reise nach Beirut war die See großteils glatt und schien mit dem blauen Himmel zu verschmelzen. Wilhelm wurde rasch langweilig, als er in diese etwas diesige Weite starrte, doch noch öder erschien es ihm, dem Treiben auf dem Deck zuzuschauen. Einmal mehr wurde das beliebte »Shuffleboard« gespielt, und das mit einer Leidenschaft, als wären kleine Kinder am Werk, nicht erwachsene Menschen. Welchen Spaß konnte man bloß daran finden, runde, schwere Holzscheiben in vorgezeichnete Kreidequadrate von verschieden normiertem Wert hinein- und die des Gegner dabei herauszuschieben? Warum mischten ältere, weißbärtige Herren ebenso begeistert mit wie halbwüchsige Knaben und junge Frauen? Letztere kicherten meist, und dieser Laut schmerzte in Wilhelms Ohren – ausnahmsweise nicht, weil er zu viel getrunken hatte, sondern weil er an Bethys fröhliches Lachen erinnert wurde.

Es hatte stets bezaubernd geklungen und ihn durchaus angesteckt, aber jetzt … jetzt würde sie wohl nicht lachen, sondern sich die Augen ausheulen, und wenn er sich das vorstellte, dann regte sich kein Triumphgefühl mehr in ihm, nur tiefer Überdruss. Dieses kurze Vergnügen, Rache zu nehmen, war es doch nicht wert gewesen, dass Mina seit Tagen nicht mehr mit ihm redete und seine Mutter ihn verächtlich anschaute.

Nun ja, Letzteres war nichts Neues, aber diesmal hatte er es genauso verdient wie Minas Hass. Bethy selbst hatte er

wiederum gar nicht mehr gesehen, doch je länger er sich vorstellte, wie sie sich wie ein weidwundes Tier verkroch, desto mehr fühlte er sich selbst wie ein eingesperrter Tiger. Unruhig ging er an Deck auf und ab. Nicht alle jungen Frauen spielten Shuffleboard, einige flanierten an ihm vorbei, und da immer wieder Aschenregen von den drei dicken Schornsteinen auf sie fiel, zückten sie ein parfümiertes Taschentüchlein und stäubten ihn von der Hand. Es bekümmerte sie nicht weiter, denn immer wieder bekräftigten sie, wie schön und interessant diese Reise sei, welch großes Abenteuer, und dass sie sich noch nie so frei gefühlt hätten.
Wilhelm glotzte ihnen nach. Er selbst fühlte … nichts. Nichts beim Anblick des Himmels, nichts bei dem des Meeres, auch nichts, als in der Ferne die Küste sichtbar wurde und mit ihr die schönste Stadt Syriens. Hoch gelegen war sie, und ihre hellen Häuser hoben sich deutlich von der dunklen Masse des Libanons ab, die sich im Osten türmten. Nur die Spitzen waren von Schnee bedeckt, und während diese zunächst schmutzig grau schienen, flimmerten sie, sobald die Sonne darauf fiel.
Wilhelm kniff die Augen zusammen. Vom Gebirge und etlichen exotischen Bäumen abgesehen – Johannisbrot- und Maulbeerbäumen, Tamarisken und Feigenkakteen – vermeinte er nicht, sich einer orientalischen Stadt zu nähern. Mit den stabilen, sauberen Häusern wirkte Beirut nahezu europäisch – eine Meinung, die auch die anderen Reisenden teilten. Sie verwarfen die aktuelle Shuffleboard-Partie, stürmten an die Reling und stießen ein lautes Ah! und Oh! aus, doch je entzückter die Rufe klangen, desto leerer fühlte er sich.
Das überstehe ich nicht nüchtern.

Gerade als er sich abwenden und in den Rauchsalon zurückziehen wollte, lief er Alba in die Arme.

Seit Tagen hatte er sich eine Begegnung erhofft, sich ausgemalt, wie er seine Rache genüsslich auskosten würde, wie es in ihren dunklen Augen lodern würde und sich ihr Hass auf ihn ergoss – kein schönes, aber dennoch starkes Gefühl, stark wie die Liebe.

Doch jetzt war da kein Hass. Vielleicht, weil Alba ihn nicht zeigte. Vielleicht auch, weil er nicht fähig war, ein starkes Gefühl überhaupt wahrzunehmen.

»Alba …« Seine Stimme klang nicht triumphierend, nur kleinlaut.

Erst blieb sie wie angewurzelt stehen, dann straffte sie den Rücken. »Herr Ahlhusen«, sagte sie knapp.

Auf den Gipfeln des Libanongebirges konnte es nicht kälter sein als in ihrer Nähe. Beinahe war er erleichtert, dass sie sich abwandte und davonging, aber dann lief er ihr doch nach und hielt sie fest.

»Du … du kannst mich nicht einfach stehen lassen!«, zischte er.

»Kann ich nicht?« Ihre Züge verzerrten sich. »Was wollen Sie denn dagegen tun? Womit wollen Sie mir denn drohen? Ich habe nur eine Tochter, und die haben Sie bereits mit Ihren Lügen verführt. Fortan wird sie nie wieder so dumm sein, um auf jemanden wie Sie hereinzufallen.«

Wilhelm ließ sie los, aber Alba rührte sich nicht, sondern starrte ihn nur schweigend an. Jetzt konnte er ganz deutlich den Hass spüren, aber er war kein loderndes Feuer, eher ein schleichendes Gift, das sich nach und nach über seine Seele legte und sie erstickte. »Ich weiß, du hältst mich für herzlos«, presste er hervor, »aber das bin ich nicht, im Gegenteil!«

Sie schwieg immer noch.
»Das ist alles nur passiert, weil ich dich geliebt habe«, fuhr er hektisch fort, »weil ich dich immer noch liebe. Ich weiß, es wohnt ein Dämon in meiner Seele. Du ... du allein hättest ihn verjagen können ... Wenn du mich geliebt hättest, wäre ich ein besserer Mensch geworden, der mehr vermag, als nur zu zerstören.«
»Nein«, sagte sie heiser. »Wenn ich Sie geliebt hätte, dann hätten Sie erst recht alles kaputt gemacht. Mina hat Sie doch auch geliebt, obwohl Sie ihr kein guter Vater sind, sie so oft im Stich gelassen haben, damals zum Beispiel, nach dem Tod ihrer Mutter. Dennoch hat sie zu Ihnen aufgesehen, war Ihnen ergeben ... und Ihnen fällt nichts Besseres ein, als ihre beste Freundin, die fast schon eine Schwester ist, zu ...«
Ihre Stimme brach, und plötzlich war da kein Hass mehr, nur Trauer, tiefe Trauer.
»Es tut mir leid«, sagte Wilhelm zerknirscht.
Alba schluckte schwer. »Meine Vergebung werden Sie nie bekommen. Aber wenn Sie mir einen Gefallen tun wollen, dann gehen Sie mir aus dem Weg!«
Nachdem sie ihn stehen gelassen hatte, wurde das Gedränge um ihn dichter, doch Wilhelm konnte sich nicht aus der Starre lösen. Manche Ellbogen stießen in seinen Leib, aber er reagierte nicht – noch nicht einmal, als ihn jemand ansprach.
»Was denken Sie?«, schloss ein Mann seine Rede.
Wilhelm fuhr auf wie aus einem bösen Traum. »Wie bitte?«
»Nun, ein Teil der Reisenden wird mit Mr. Moll nach Damaskus aufbrechen. Die Fahrt dorthin ist lang, und sie werden zwei Nächte dort bleiben. Eigentlich wollten wir mit von der Partie sein, aber leider ist meine Frau

erkrankt. Haben Sie und Ihre Gattin vielleicht Interesse, einzuspringen?«
»Ich habe keine Gattin …« *Ich habe niemanden mehr, ich habe alle vertrieben …* »Aber … aber ich würde gerne fahren …«
Wenn du mir einen Gefallen tun willst, geh mir aus dem Weg.
»Das freut mich für Sie. Damaskus soll wunderschön sein.«
Vor allem lag die Stadt vierzehn Stunden von Beirut entfernt – eine Distanz, die Alba wohl gerade als ausreichend erschien.

Werner war erleichtert darüber, dass Wilhelm zu den sechzig Reisenden gehörte, die kurz nach ihrer Ankunft in Beirut nach Damaskus aufbrachen. Sie bestiegen große Postkutschen, die jeweils zwölf Personen Platz boten und hoffentlich stabil genug waren, um die Reisenden gefahrlos über den fast achttausend Fuß hohen Pass des Gebirges zu bringen.
Nicht minder erleichterte es ihn, dass Mr. Moll die Damaskus-Reisenden begleitete, während er den anderen Beirut zeigen würde, denn die Gesellschaft des stets übernervösen Reiseleiters hatte ihm fast ebenso auf den Magen geschlagen wie Wilhelms Anblick.
Sogar Bethy ließ sich überreden, das Schiff zu verlassen und die Stadt zu besichtigen, wenngleich Alba kein Wort mit ihr sprach und Bethy selbst sorgsam darauf achtete, Mina nicht zu nahe zu kommen.
Was gibt es noch, was du nicht zerstört hast, Wilhelm?, dachte Werner bitter. Ihre Unschuld, ihr Vertrauen und obendrein die Freundschaft zu deiner Tochter.
Nun, der Freude, durch diese hoch gelegene Stadt zu

streifen, durften sie sich von Wilhelm nicht vergällen lassen. Sie besichtigten etliche Seidenwebereien und Färbereien, für die Beirut bekannt war, kamen an der Kaserne, dem Jesuitenkolleg und der Kapuzinerkirche vorbei, kehrten in etlichen Cafés ein. Nicht nur in Letzteren war immer wieder der Satz zu hören: »Hier fühlt man sich ja wie zu Hause.«

Gewiss, auch Beirut versprühte Exotik in Gestalt bunter, malerischer Häusergruppen, Zitronen- und Orangengärten, mit dem Blick auf endlose Täler, in deren Tiefe Bäche blitzten, und auf weiße Berge. Ein betörender Geruch lag in der Luft – von Mandel-, Feigen- und Lorbeerbäumen –, und Myrten, Palmen und Pinien warfen breite Schatten, in denen sie gerne rasteten. Dennoch waren sich alle einig, dass man sich in Beirut eher wie in Europa als wie im Orient fühlte.

Die Straßen waren ebenso sauber wie die Kinder, denen sie begegneten. Nur wenige Bettler baten um Almosen, und selbst die drängten sich nicht auf und wirkten nicht so erbärmlich wie in Jaffa oder Kairo. Fleißig schienen die Menschen hier, denn viele bauten Baumwolle, Tabak, Indigo und Flachs an, und niemand wusste so gut wie Werner, wie viel Pflege diese Pflanzen brauchten und dass ihr Gedeihen ebenso der Tüchtigkeit wie des Glücks bedurfte.

Modern war auch die elektrische Beleuchtung, die den Hafen in warmes Licht tauchte. Gegen Abend blickten sie von einer Anhöhe herab, und die *Augusta Victoria*, die bei Weitem das größte Schiff war, glich einer Raupe im Ameisenhaufen. Trotz der Begeisterungsrufe der Umstehenden konnte sich Werner jedoch nicht eines Fröstelns erwehren. Selbst in der Mittagssonne war ihm nicht richtig warm geworden, doch als sich nun die Dämmerung über die Stadt senkte, schien der Wind bissig wie nie.

Am nächsten Tag wehte er noch heftiger, und mehr noch als der Wind war es der Blick auf die schneebedeckten Berge, die die Sorge um die Reisenden nach Damaskus schürte.

An dem Tag, bevor das Schiff wieder ablegen und die Weiterreise nach Smyrna antreten sollte, kippte das Wetter endgültig: Es regnete unaufhörlich, und graue Wolken verbargen das Gebirge, wo sich offenbar ein schweres Unwetter zusammengebraut hatte. Kaum einer der Passagiere verließ das Schiff, sondern die meisten zerstreuten sich die Zeit mit dem Feilschen: Verschiedene Händler hatten einen ganzen Laden mit prächtigen Teppichen an Bord gebracht und machten gute Geschäfte, und wer selbst nichts erwarb, der tuschelte darüber, wer wohl übers Ohr gehauen worden oder wer beim Unterbieten der Preise standhaft geblieben war.

Nicht nur Gelächter war zu hören – immer häufiger sprach man über die Damaskus-Reisenden, wie es ihnen wohl in der fernen Stadt ergangen war, vor allem aber, wie die beschwerliche Rückfahrt verlaufen würde.

Am nächsten Tag war die Erleichterung groß, als in der Ferne die ersten Postkutschen auftauchten, und tatsächlich ging Mr. Moll bald mit etlichen Passagieren an Bord des Schiffs. Doch als Werner seinen Blick über die etwas durchfrorenen Damen und Herren schweifen ließ, erkannte er auch ohne Nachzählen, dass dies hier nicht alle sechzig waren.

»Wo sind die übrigen Reisenden?«, fragte er entsetzt.

Erst jetzt sah er, dass Mr. Moll und die anderen nicht einfach nur zitterten, sondern regelrecht zerschunden wirkten. »Wir sind in einen schweren Schneesturm geraten –

unsere Reisegruppe wurde zerstreut«, klagte Mr. Moll mit üblicher Melodramatik und starkem Akzent.

In Werner regte sich neben Sorge auch Empörung, die jedoch nicht er, sondern der hinzutretende Albert Ballin aussprach. »Und Sie haben die anderen einfach zurückgelassen?«, fuhr er ihn schroff an.

Mr. Moll rang hilflos die Hände. »Was hätte ich denn tun sollen? Ich bin sicher, die einheimischen Führer bringen sie sicher nach Beirut.«

»Die können den Schnee aber auch nicht zum Schmelzen und den Sturm nicht zum Verstummen bringen.«

Wieder rang Mr. Moll hilflos die Hände, stammelte Erklärungen und Entschuldigungen, beeilte sich jedoch, sich zurückzuziehen, um sich – wie er sagte – aufzuwärmen und zu stärken.

Albert Ballin sah ihm kopfschüttelnd nach.

»Das Schiff sollte heute ablegen«, rief Werner. »Aber wir können den Rest doch nicht einfach zurücklassen!«

Ballin nickte. »Wir müssen länger bleiben und warten, auch wenn das bedeutet, dass wir auf den Zwischenstopp in Smyrna verzichten.«

Wie so oft konnte er seine Gefühle nicht verbergen. Werner sah Ärger, Betroffenheit, Sorge, vor allem aber den Wunsch, den fehlenden Damaskus-Reisenden persönlich entgegenzufahren. Aber das würde hier an Bord wahrscheinlich für Unruhe sorgen.

»Ich mache es«, erklärte er kurz entschlossen. »Ich fahre ihnen entgegen und bringe sie sicher auf die *Augusta Victoria* zurück.«

Wenig später zog er seine wärmste Kleidung und festes Schuhwerk an. Bethy sah ihm so zweifelnd dabei zu, dass er lachen musste. »Das bisschen Schnee wird mich nicht umbringen«, scherzte er.

Erst als Alba ihn später ins Freie begleitete, wurde er wieder ernst. Sie knöpfte ihm den Mantel zu und sah ihn lange an.
»Wilhelm Ahlhusen ist auch nicht zurückgekommen.«
Werner rümpfte unwillig die Nase. »Wilhelm Ahlhusen ist mir völlig egal, aber wenn die anderen in den Bergen verunglückt sind, dann wirft das einen Schatten auf die ganze Reise. Das kann ich nicht zulassen.«
Alba umarmte ihn flüchtig. »Was immer dich erwartet, lass dich nicht von Wilhelm provozieren.«
»Ich werde ihn heil zurückbringen wie die anderen auch«, erklärte Werner energisch und zog sich den Hut tief ins Gesicht.

Bei jeder Radumdrehung glaubte Werner, dass die Postkutsche, die er bestiegen hatte, auseinanderbrechen würde. Mehrmals führte der Weg so steil bergauf, dass er sich sicher war: Entweder kamen die Pferde keinen Schritt mehr voran, oder die Halterung würde reißen, der Wagen über den Abgrund rollen und in der Tiefe zerschellen. Doch ob es nun die Flüche des Kutschers waren, der auf die Tiere einschrie, oder die Peitsche, mit denen er sie unbarmherzig schlug – irgendwie kamen sie doch weiter, und die Halterung blieb heil. Erst tanzten nur einzelne Schneeflocken vor dem verwaschenen Himmel, später wurden die Flocken dick und schwer. In wenigen Minuten lag der Schnee knöcheltief und nach einer Stunde mindestens dreifach so hoch. Obwohl er im Inneren des Wagens geschützt war, duckte sich Werner unwillkürlich, wenn der Wind an den Wänden rüttelte, und beim Gedanken an die anderen Reisenden, die noch höher im Gebirge feststeckten, wurde ihm angst und bange.
Als die Kutsche plötzlich ruckartig stehen blieb, wurde

er beinahe nach vorne geschleudert. Er war überzeugt, dass der Kutscher vor den Schneemassen kapituliert hatte, und stieg aus, doch ehe er ein Wort an ihn richten konnte, riss ihm der Wind den Hut vom Kopf, und er musste ihm nachlaufen, um ihn zu erwischen. Nässe drang durch seine Stiefel, doch er bekam den Hut zu fassen, und als er sich wieder aufrichtete, sah er hinter den weißen Schleiern dunkle Gestalten.

Er schloss die Augen, weil sie wegen Wind und Schnee schmerzten, doch als er sich wenig später zwang, sie wieder zu öffnen, erkannte er, dass die Gestalten näher gekommen waren – und ihm nur allzu vertraut waren.

»Gott sei Dank!«

Er hatte einen Hamburger Herrn erkannt, außerdem eine Familie aus München und hinter ihnen zwei Amerikaner.

Werner kämpfte sich zu ihnen durch.

»Was ist geschehen?«

Nur die Hälfte der aufgeregten Worte drang zu ihm, doch sie reichten, um zu verstehen, welche Torturen die Armen hinter sich hatten. Von schlechten Wagen war die Rede, ausgelaugten Pferden, die den Lasten nicht standhielten, und etlichen umgestürzten Kutschen.

»Wir haben unser ganzes Handgepäck verloren!«, rief jemand klagend.

Werner war nicht sicher, woher die Stimme kam, kämpfte sich aber zu einem weiteren Grüppchen vor. »Brauchen Sie Hilfe?«

»Nein, aber meine Tochter hat sich an der Hand verletzt.«

Werner fasste das arme Mädchen unter dem Arm. »Kommen Sie mit!« Er führte sie zurück zu seiner Kutsche und dankte Gott, dass er ein wenig Verbandszeug mitgenommen hatte. Das Mädchen zitterte am ganzen Leib und war leichenblass, aber der Schnitt an der Hand blutete nicht sehr stark – ein Zeichen, dass er nicht besonders tief ging.

Werner verband die Wunde rasch. »Dr. Steffens wird sich das an Bord noch einmal anschauen, aber ich denke nicht, dass die Wunde genäht werden muss. Bleiben Sie hier!«

Er stieg aus und sah, dass sich noch mehrere Reisende durch den Schnee gekämpft hatten, einige zu Fuß, andere mit noch heilen Kutschen.

»Aber das sind immer noch nicht alle Reisenden!«, rief er.

»Ein Teil der Gruppe ist in Damaskus erst verspätet aufgebrochen«, erstattete ihm der Münchner Herr Bericht. »Es gab nicht genug Wagen und Dragomane, wie die einheimischen Führer heißen. Scheinbar steckten sie noch mitten im Gebirge fest, als der Schneesturm über sie hereinbrach.«

Noch einmal glitt Werners Blick über die Reisenden, als er sie unauffällig zählte. Etwa ein Dutzend fehlte – darunter Wilhelm.

»Sehen Sie zu, dass so viele wie möglich in der Postkutsche Platz finden, mit der ich gekommen bin«, sagte er zu dem Herrn aus München. »Der Rest soll sich auf die Wagen verteilen, die noch heil geblieben sind. Es ist nicht mehr sehr weit, Sie werden das Schiff bald erreichen.«

»Und Sie?«

Werner sah ihn nur vielsagend an.

»Wenn Sie den Restlichen entgegenreisen wollen«, schaltete sich der Dragoman ein, »sollten Sie keine Pferdekutsche nehmen, sondern lieber einen Eselskarren. Esel sind stur und lassen sich auch vom Schnee nicht so schnell aufhalten.«

Werner hob zweifelnd den Blick zum weißen Himmel, aber nickte.

»Sie können doch nicht wirklich …«, setzte der Münchner Herr an.

»Ich wäre Ihnen dankbar, wenn Sie mir Ihren Schal und Ihre Handschuhe leihen könnten. Und ja, ich werde den anderen entgegenfahren, ich muss sogar. Auf dieser Reise wird niemand zurückgelassen.«

20. Kapitel

Wilhelm war nie besonders fromm gewesen, aber falls er jemals Gott geleugnet hätte, dann hätte ihm der Allmächtige spätestens jetzt gezeigt, dass Er sehr wohl existierte. Nicht, dass Er ihm ein gnädiges Gesicht zeigte – im Gegenteil. Zwar hatte er viele Sünden auf sich geladen, aber wenn das, was passierte, die Strafe war, dann fiel diese überreich aus. Und er verstand jetzt auch, was gemeint war, wenn vom Heulen und Zähneklappern der armen Sünder die Rede war. Nun gut, es war vor allem der Wind, der heulte, aber was das Zähneklappern anbelangte, so fürchtete er jeden Augenblick, sich die Zunge abzubeißen. Noch nie in seinem Leben hatte er so gefroren.

Die Fahrt nach Damaskus hatten sie noch gut hinter sich gebracht. Zwar war der Anti-Libanon kalt und vereist, und auf der Passhöhe lag der Schnee fußhoch, doch vor ihnen hatten schon zahlreiche Viehtreiber mit ihren Kamelherden, den bepackten Eseln und Maultieren diesen Weg genommen und die Straße freigeschaufelt. Wenig später begegneten sie einem von diesen, der sogar barfuß ging und nicht im Mindesten zu frieren schien, während eine französische Compagnie, mit der sie wenig später zusammentrafen, riesige Wasserstiefel, Pumphosen, dicke Röcke und bunte Kopftücher trugen und – was am wichtigsten war – syrischen Wein dabeihatten, den sie bei einer der Zwischenstationen in Schtora großzügig mit ihnen teilten.

Er schmeckte säuerlich und wässrig, aber Wilhelm war dankbar, sich damit das Hammelfleisch mit Kohl herunterspülen zu können, das ihm ansonsten wohl in der Kehle stecken geblieben wäre. Außerdem sorgte der Wein dafür, dass sich ein wenig Wärme in der Brust ausbreitete, und so war er frohgemut genug, um in den zwei Wölfen, die wenig später nahe an ihren Wagen an den Resten eines Esels kauten, kein schlechtes Omen zu sehen. Er war noch nie abergläubisch gewesen – desgleichen wie er überzeugt war, dass sich der ferne Gott nicht für seine Taten interessierte. Doch diese Gewissheit wankte bald.

Es war zwar nicht Gott, sondern der Besitzer des Hotels Dimitri in Damaskus, der – obwohl es viele freie Zimmer gab – alle Reisende in Mehrbettzimmer steckte, aber als er auf einer kalten Pritsche und unter einer dünnen, fleckigen Decke lag, vermeinte er erstmals, von der Schicksalsmacht bestraft zu werden. Nun gut, die anderen Herren litten auch unter der unbequemen Unterkunft, und diese hatten kein unschuldiges Mädchen verführt. Stattdessen teilten sie ihren Cognac mit ihm, spielten Karten und lachten sich in der nächsten Nacht über eine Dame aus Leipzig halb tot, die während ihres Stadtrundgangs durch Damaskus doch tatsächlich in einen Harem geraten war, obwohl sie eigentlich nur ein Café gesucht hatte. Dort hatte man sie allerdings freundlich aufgenommen und sie bewirtet.

»So ein Glück müsste man haben!«, rief Wilhelm.

»Was wünschen Sie sich mehr? Einen ordentlichen Kaffee oder eine Haremsdame?«, lachte ein Bremer Konsul und schlug ihm auf den Rücken.

»Die Haremsdamen sind wahrscheinlich alle fett, weil sie

sich ständig in ihren Betten rekeln und Süßigkeiten verzehren. Da nehme ich lieber den Kaffee.«

In dieser Nacht war ihm noch kälter als in der ersten, und von nun an zählte er jede Stunde, bis er wieder zur *Augusta Victoria* zurückkehren konnte, doch am Tag des geplanten Aufbruchs war erst einmal Warten angesagt. Offenbar hatte Mr. Moll zu wenig Wagen organisiert, denn während ein Teil der Reisenden schon aufbrach, musste der Rest bis zwölf Uhr nachts im Hotel Dimitri ausharren.

»Jetzt möchte ich auf jeden Fall lieber heißen Kaffee als eine Haremsdame«, sagte Wilhelm, als es endlich losging.

»Den habe ich nicht zu bieten«, sagte der Konsul. »Und den Cognac heben wir uns besser noch auf. Es wird eine lange Fahrt werden.«

Damit sollte er recht behalten, wobei die Fahrt nicht nur lang, sondern auch sehr ungemütlich wurde. Gerade als die Peitsche erstmals auf den Pferderücken knallte, begann es aus Eimern zu schütten. Sturzbäche verwandelten die Straßen in Schlammwüsten, und bald wurden aus den dicken Tropfen daumengroße Hagelkörner.

Zwar hatten sich die Reisenden mit allem bekleidet, was sie besaßen – darunter waren auch zwei, die ein weißes Ziegenfell und einen langen Beduinenmantel trugen –, doch die Witze, die sie darüber machten, wurden bald vom Zittern zerhackt.

»Da haben wir Pech gehabt«, murrte einer, ließ aber offen, ob damit nur die Exkursion nach Damaskus oder die komplette Reise auf der *Augusta Victoria* gemeint war.

In Wilhelm war kein Platz für Bedauern. Er war einzig darauf konzentriert, seinen Kragen festzuhalten und damit sein Gesicht zu schützen. Die Vorhänge, die die Reisenden auf den offenen Planwagen vom Wind bewahren sollten, rissen bald, und am Boden stand das Wasser mittlerweile zollhoch.

»He, Johann«, knurrte der Mann neben ihm. »Hast du nicht auf dem Bazar einen Teppich gekauft?«

»Und was soll ich damit machen? Ihn ausrollen und darauf davonfliegen?«

Na, du wärst zu fett, dachte Wilhelm, er würde dich nicht lange tragen.

»Es würde schon genügen, wenn du ihn auf den Boden legst.«

Der Teppich saugte tatsächlich etwa Wasser auf, und auch die Strohhäcksel, die sie von den einheimischen Führern bekamen, taten das Ihrige, dass sie nicht mehr knöcheltief im Feuchten sitzen mussten. Doch der Wind pfiff immer grimmiger, und die Stricke, die die einzelnen Kutschen verbinden sollten, rissen ständig. Bald war von den vorderen Wagen nichts mehr zu sehen, zumal sich ihre Pferde trotz der Peitschenhiebe weigerten, an Tempo zuzulegen.

Wilhelm pustete gegen seine Hände, doch sie blieben eisig kalt.

Was habe ich getan, was habe ich getan, was habe ich bloß getan, dass mir das passiert …

In den kommenden Stunden nickte er mehrmals ein, aber der Schlaf war nie tief, und er fühlte sich wie gerädert, als sie beim ersten Tageslicht die Passhöhe des Anti-Libanons erreichten. Alle hegten die Hoffnung, dass sie beim Pferdewechsel, der nun eingeplant war, kräftige Tiere bekämen, dank derer das Gebirge bald überwunden war, doch diese erstarb, als ihre Blicke auf die Schindmähren fielen. In Wilhelms Augen entstiegen diese armseligen Tiere geradewegs der Hölle, wo ihnen sämtliche Dämonen das bisschen Fleisch abgenagt hatten, das sich einst zwischen schlaffer Haut und Knochen befunden haben musste. Als eines der Pferde die Zähne fletschte, hätte er am liebsten gerufen: Ich habe ja verstanden, dass ich einen Fehler gemacht habe! Doch die Lust am Reden war ihm längst ebenso vergangen wie dem Rest der Reisenden.

Schweigend blickten sie aus dem Wagen, als es weiterging, und konnten nun bei Tageslicht erstmals etwas von der Umgebung erkennen. Zugegeben, Gott ging es heute nicht nur darum, zu beweisen, was für ein verdammenswerter Sünder Wilhelm, sondern auch, welch ein grandioser Schöpfer Er selbst war: Die breite, gut erhaltene Straße wand sich in großen Serpentinen bis zur Passhöhe hinauf, von der aus man freien Blick auf die gewaltigen Schneeberge des Libanons hatte, während sich rückwärts ein weites, fruchtbar grünes Tal erstreckte, in welchem kleine weiße Punkte die Ortschaften und Häuser markierten. Kurz stahlen sich sogar Sonnenstrahlen durch die graue Wolkendecke, doch ihr Tanz blieb flüchtig. Bald versteckten sie sich wieder, was Wilhelm ihnen durchaus nachfühlen konnte. Auf dieser ungemütlichen Welt wäre er auch nicht geblieben, wenn er denn die Wahl gehabt hätte. Gegen Mittag braute sich ein so heftiger Orkan zusammen, dass sich nicht einmal sagen ließ, von welcher Himmelsrichtung er kam. Ob Süd- oder Ost-, Nord- oder Westwinde – sie schienen in einem Kampf zu liegen, bei dem es alsbald nicht mehr nur darum ging, wer am lautesten ächzte und stöhnte, fauchte und dröhnte, sondern wer seinem unsichtbaren Gegner die größten Schneemassen entgegenwerfen konnte. Keine einzelnen Flocken schienen vom Himmel zu fallen, sondern regelrechte Lawinen, bis ihre Körper ebenso unter einer weißen Schicht verborgen waren wie die armseligen Schindmähren und die Dragomane.

Nach jeder Umdrehung der Räder war Wilhelm überrascht, dass es noch weiterging. Nicht länger waren Peitschenknall oder Flüche zu hören, doch irgendein Mittel mussten die Dragomane haben, die Tiere anzutreiben – ein Zeichen, dass wohl auch sie geradewegs der Hölle entstammten.

Plötzlich aber ertönte ein Knirschen, das lauter war als der Sturm und das eigene Zähneklappern. Erst als er hochblickte, merkte Wilhelm, dass er sich auf die Zunge gebissen hatte, wenngleich er kaum Blut schmeckte. Vielleicht war es sofort zu Eis erstarrt, kaum dass es ihm in den Mund quoll.

Wieder war da ein Knirschen. Der Wagen war nicht einfach nur stehen geblieben. Nein, eine unsichtbare Macht hatte ihn aufgehalten, umklammerte ihn nun mit beiden Händen, schüttelte und rüttelte ihn. Es mussten kräftige Hände sein, roh und schwielig wie die seiner Werftarbeiter, die immer den Eindruck machten, sie könnten auch glühendes Eisen anfassen, ohne sich zu verbrennen.

Eigentlich ist es erstaunlich, dachte Wilhelm ganz ruhig, als der Wagen immer näher an den Abgrund heranrutschte. Ich habe immer gedacht, ich werde in Sanct Pauli sterben, weil ich zu viel getrunken habe oder mich ein gehörnter Ehemann erschlägt. Aber dass mich am Ende Schnee und Sturm kleinkriegen …

Er musste beinahe lachen, und vielleicht tat er es auch und hörte es nur nicht, weil er von lautem Geschrei übertönt wurde.

»Raus aus dem Wagen! Sofort raus!«

Etliche Einheimische umkreisten das Gefährt, und Wilhelm fragte sich, woher sie inmitten dieser Schneewüste von ihrem Reisezug erfahren hatten. Sie hatten kleinere Hände als die Werftarbeiter, aber mindestens so kräftige, reichten sie den Reisenden und zogen einen nach dem anderen heraus. Zuletzt war nur noch Wilhelm im Wagen, und auch ihm wurde eine Hand entgegengestreckt.

Nun wird es also doch Sanct Pauli werden, dachte er – wieder eher erstaunt als erleichtert.

Doch kaum wollte er die Hand nehmen, machte der Wagen einen neuerlichen Ruck. Er hörte von weit her etwas krachen, war sich aber nicht sicher, ob die Räder oder seine Knochen gebrochen waren. Der Schmerz blieb jedenfalls aus – nur die Panik nicht. Erst schloss er instinktiv die Augen, dann öffnete er sie wieder.

Nichts.

Vor ihm war das … Nichts.

So ergeben er sein Schicksal eben noch hingenommen hatte, so hektisch kämpfte er sich nun hoch. Es gelang ihm sogar, doch als er aus dem Wagen springen wollte, verhakte sich sein Fuß. Vielleicht war es dieser verdammte Teppich, vielleicht die eigene Kleidung. Verspätet fühlte er Schmerzen – doch die waren nichtig, gemessen an jenen, wenn er in die Tiefe stürzen und auf die spitzen Felsen prallen würde.

Lass es schnell gehen, betete er, lass es wenigstens schnell gehen.

Die Kutsche bebte erneut, rutschte dem Abgrund noch ein Stückchen entgegen, doch plötzlich war da wieder eine Hand, und er nahm sie, ohne zu sehen, wem sie gehörte. Wilhelm schloss die Augen. Jeder Zentimeter, den er sich vorkämpfte, wurde zur Qual, doch irgendwann fiel er kopfüber aus der Kutsche und landete nicht auf spitzen Steinen, sondern auf weichem Schnee. Als er

nach Atem schöpfte, gerieten die weißen Massen in seinen Mund, und er dachte schon zu ersticken, aber nachdem er heftig spuckte, bekam er wieder Luft.
Da war doch noch Wärme in ihm ... Leben ... Hoffnung ...
Dem Wagen war es nicht so gut ergangen. Als er hochblickte, sah er, wie er endgültig von der Straße abrutschte und in den Abgrund fiel. Das Zweite, was er sah, war das Gesicht des Mannes, der ihn gerettet hatte.
Wilhelm rappelte sich auf und starrte ihn verwundert an. Durch jedes Stück seiner Kleidung drangen Kälte und Feuchtigkeit ein.
»Borgmann? Sie hier? Und ausgerechnet Sie retten mir das Leben?«
Werner schaffte es sogar, in dieser Schneehölle Haltung zu bewahren. Seine Zähne klapperten nicht – natürlich nicht! Dieser Mann hatte ja gar keine Zähne! Selbst dem schlimmsten Feind reichte er die Hand, anstatt ihm selbige wegzubeißen.
»Albert Ballin würde sich nie verzeihen, wenn einem seiner Gäste etwas zustößt. Das hat dieser Mann nicht verdient.«
Verspätet gewahrte Wilhelm, dass Werner ihn an der Schulter gepackt hielt. Erst als er sich vergewissert hatte, dass Wilhelm aufrecht stehen konnte, ließ er ihn los und wandte sich ab.

Der Schnee reichte ihnen bis zu den Knöcheln, als sie losgingen, doch bald steckten sie bis zu den Knien darin fest. Jeder Schritt bereitete unendliche Anstrengung, aber wann immer Wilhelm aufgeben wollte, zog Werner ihn weiter.
»Die Einheimischen haben gesagt, dass sich in der Nähe

eine Bauernhütte befindet, wo wir uns kurz ausruhen können.«

Irgendwann kämpfte sich Wilhelm allein weiter, weil er keine Lust hatte, Werners mahnende Stimme zu hören, und obwohl sich die versprochene Hütte kaum als solche erkennen ließ, weil sie so dick verschneit war, besaß sie doch dicke Wände. Wilhelm sank auf die Knie und fühlte erstmals seit Stunden keinen Schnee, sondern einen Lehmboden und Strohmatten unter sich. Anstatt ihn einmal mehr hochzuziehen, ließ Werner sich neben ihn fallen. Keiner der Reisenden konnte sich noch aufrecht halten. Alle waren sie zu Tode erschöpft, ihre Gesichter rot, fast bläulich, die Kleidung völlig durchnässt. Die Haare der meisten troffen, weil sie ihre Kopfbedeckung verloren hatten, und als Wilhelm sich an den Kopf griff, stellte er fest, dass auch ihm der Sturm den Hut geraubt hatte. Er blickte sich um und erkannte, dass die Hütte aus gerade mal einem Raum bestand. Aus der offenen Feuerstelle zog eine dicke Rauchsäule hoch und verätzte seine Kehle. Er hustete, obwohl es auch nicht viel schlimmer war, als Schnee zu schlucken.

»Trinken Sie! Das wird Ihnen guttun!«

Ein Hamburger Herr hatte es irgendwie geschafft, seinen Cognac-Vorrat heil bis hierher zu bringen, und er teilte ihn ebenso brüderlich wie ein anderer seine Tafel Schokolade. Selbst Werner Borgmann nahm einen großen Schluck.

»Dass ich Sie noch einmal trinken sehe«, stieß Wilhelm aus.

Werner sah ihn nur ausdruckslos an. Der Cognac jagte kurz Hitze durch seinen Körper und machte Lust auf mehr, doch die Vorräte waren schon zur Neige gegangen, und hier konnte man noch nicht einmal etwas zu essen

erwarten. Der Besitzer der Bauernhütte saß mit nackten Füßen vor der Feuerstelle und war zwar bereit, ihnen ein Dach zu gewähren, bot ihnen aber keine Stärkung an.
»Sehr lange können wir ohnehin nicht bleiben«, meinte Werner, nachdem sie sich ein wenig ausgeruht hatten. »Die *Augusta Victoria* kann nicht ewig auf uns warten. Wir müssen aufbrechen, zurück nach Schtora und von dort dann mit neuen Wagen nach Beirut. Hören Sie, der Orkan hat etwas nachgelassen.«
Alle lauschten kurz, und tatsächlich pfiff es nur noch leise um das Haus.
»Aber es ist schon Nacht«, meinte einer der Reisenden.
»Na ja«, warf ein anderer trocken ein. »Wenn ein neuer Schneesturm aufzieht, sehen wir auch bei Tag nicht viel.«
»Der Eseltreiber, der mit mir gekommen ist, kennt die Gegend gut«, sagte Werner. »Wir müssen ihm vertrauen.«
Allein die Vorstellung, wieder aufzustehen, ließ all seine Glieder schmerzen. Doch als Werner höflich fragte, ob er wieder bei Kräften sei, nickte Wilhelm entschlossen. Die Lust auf noch mehr Cognac war größer als die Furcht vor der Kälte.
Nicht, dass die sie nicht anfiel wie ein wildes Tier und sich in jeden Knochen zu verbeißen schien, als sie die Hütte verließen. Und auch der Wind wehte wieder schärfer, kaum dass sie sich ihm aussetzten.
»Ach, wie schön, dass der Orkan nachgelassen hat!«, höhnte Wilhelm, doch seine Worte wurden vom Sturm geschluckt. Einmal mehr packte Werner ihn bei der Hand, und Wilhelm folgte ihm und vertraute darauf, dass der andere schon auf den Weg achtete und ihn nicht geradewegs auf eine Schlucht zuführte.
Erst wurde das Gesicht nur von Schnee genässt, später prasselten dicke Hagelkörner in sein Gesicht – wobei

sich die Schneeflocken vielleicht auch nur so anfühlten. Die Ohren schmerzten, die Backen brannten, und bei jedem Atemzug glaubte Wilhelm, dass sich seine Lungen mit kalten, weißen Massen, nicht mit Luft füllten. Eine eisige Hand schien sein Herz umklammert zu halten, sodass es kaum mehr schlagen konnte.

Kraftlos ließ Wilhelm Werners Hand los.

»Nun kommen Sie schon, Ahlhusen!«

Wilhelm war der Länge nach hingefallen, als wäre er eine Marionette, deren Fäden durchschnitten worden waren. Sein Gesicht war im Schnee gelandet, aber er lachte so heftig, dass er die Kälte nicht spürte.

»Sie sind so erbärmlich, Borgmann!«, stieß er aus.

»Ich?«, rief Werner gegen das Heulen des Windes an. »Wer liegt denn hier im Schnee und kommt nicht weiter?«

»Eben!« Wilhelm kreischte vor Lachen. »Jeder andere würde mich hier liegen lassen. Sie haben keine Eier in der Hose. Sie verdienen eine Frau wie Alba nicht.«

Werner schien kurz unschlüssig, ob er ihn nicht wirklich seinem Schicksal überlassen sollte, beugte sich jedoch schließlich über ihn und zog ihn hoch.

»Verdienen Sie sie etwa?«, fragte er. »Nach allem, was Sie ihr angetan haben?«

»Pah!«, machte Wilhelm. »Sie haben doch nur Zahlen in Ihrem Kopf. Sie wissen nicht einmal, wie schön sie ist.«

»Doch, ich weiß es.« Der Sturm war etwas leiser geworden, als wäre er neugierig auf ihr Gespräch.

»Aber haben Sie ihr das auch je gesagt?«, fragte Wilhelm.

»Das brauche ich gar nicht.«

Wieder lachte Wilhelm, und diesmal klang es bitter. »Die Sehnsucht, die in Albas Augen steht, haben Sie doch nie geschmeckt. Ich schon. Ich bin ihr näher, als Sie jemals sein könnten.«

Wieder schien Werner kurz mit sich zu ringen, zumal von den anderen nichts mehr zu erkennen war. Wenn sie zu lange warteten, würden sie nicht mehr zu ihnen aufschließen können. Doch er rührte sich nicht. »Vielleicht kenne ich diese Sehnsucht nicht, aber ich kenne Alba.« Er machte eine Pause. »Sie hingegen wissen nichts von ihr, rein gar nichts.«

»Ich weiß, dass sie ein schöneres Leben verdient hätte!«, zischte Wilhelm boshaft wie der Wind. »Was haben Sie ihr denn bieten können? Ihretwegen musste sie ihre Heimat verlassen!«

In Werners Bartstoppeln verfingen sich Schneeflocken und glichen Tränen, doch seine Stimme bebte nicht. »Hat sie mit Ihnen je über ihren Vater gesprochen? Ich denke nicht. José Henrigues hat seine Heimat auch verloren. Wegen des Krieges musste er Paraguay den Rücken zukehren. Er hat nie aufgehört, das Land seiner Vorfahren zu vermissen. Mit den Jahren ist er zunehmend bitter geworden, hat Paraguay immer mehr verklärt. Wenn man ihn über das Land sprechen, nein vielmehr singen hörte, mochte man glauben, dass dort die schönsten Blumen der ganzen Welt wachsen und das Lied der farbenprächtigen Vögel jeden erwachsenen Mann zum Weinen bringt.«

»Pah!«, stieß Wilhelm wieder aus. »Sie hätten nie geweint. Und Sie sind blind für Blumen.«

»Mag sein. Aber ich weiß – und Alba weiß es letztlich auch –, dass es kein Land gibt, in dem solche Vögel singen, und jede noch so schöne Blume irgendwann verwelkt. Sie weiß auch, dass die stete Sehnsucht ihren Vater zerstört hat – und ihre Mutter auch. Er verführte reihenweise junge Mädchen, ließ seine Familie im Stich, übernahm aber keine Verantwortung dafür. Er schob alles auf den Verlust der Heimat. Sie haben Alba an ihren Vater erinnert, ihr das Gefühl gegeben, dass sie Ihnen gegenüber nicht ganz so machtlos ist, wie sie einst den Launen des Vaters gegenüberstand. Aber letztlich hat sie immer gewusst, glücklich wird sie mit mir, nicht mit Ihnen.«

Werner wischte sich die Nässe von den Wangen. Er machte keine Anstalten, Wilhelm wieder hochzuziehen, sondern wandte sich ab und stapfte den anderen nach. Drei Schritte sah Wilhelm ihm nach, davon überzeugt, keine Kraft zu haben, ihm zu folgen. Doch dann jagte die Wut ebenso heiß wie vorhin der Cognac durch seine Glieder. Mit einem Aufschrei schnellte er hoch, hastete Werner nach, sprang ihn von hinten an. Bald rollten sie beide durch den Schnee. Noch mehr Nässe drang durch alle Ritzen seiner Kleidung, aber Wilhelm achtete nicht darauf. Irgendwie gelang es ihm, die Rutschpartie aufzuhalten, auf Werner zu liegen zu kommen, ihn an seinem Hals zu packen, den Kopf in den Schnee zu drücken.

»Alba mag klug genug gewesen sein, um sich vor mir zu hüten, aber Ihre Tochter war das nicht!«, schrie er. »Künftig können Sie berechnen, wie viel der Bastard kostet, den sie womöglich in sich trägt.«

Werner röchelte nur noch, doch als Wilhelms Hände noch kräftiger zudrückten, wehrte er sich nicht, sondern blieb ganz ruhig liegen. Zu spät erkannte Wilhelm, dass er nicht aufgegeben, sondern stattdessen eine Handvoll Schnee genommen hatte und sie ihm nun ins Gesicht rieb. Als er zurückzuckte, lockerte sich zwangsläufig sein Griff. Werner konnte sich daraus befreien, gab Wilhelm einen Stoß, und wieder rollte er … rollte über den

Schnee … nein, Schnee war weicher … rollte über Steine … rollte geradewegs auf den Abgrund zu.
Kein schlechter Tod, ging es ihm durch den Kopf. Gerade erst habe ich gesoffen und mich geprügelt … schade, dass in der Bauernhütte kein arabisches Weib lebte …
Etwas Scharfes schnitt ihm in die Hände und ins Gesicht. Er spuckte Blut. *Bald ist es ja vorbei.*
Doch wieder starrte er nur in den Abgrund, stürzte nicht in die Tiefe. Werner zog ihn rechtzeitig zurück.
»Jetzt stehen Sie schon auf und lassen Sie die Torheiten!«, schimpfte er. »Wir müssen uns beeilen, sonst haben wir die anderen endgültig verloren.«
Wilhelm hustete und spuckte, während Werner ihn immer weiter vom Abgrund wegzog. »Und sehen Sie doch – es hat aufgehört zu schneien.«
Wilhelm konnte nicht recht daran glauben, war doch kein Fleckchen seiner Kleidung und seiner Haut nicht von einer weißen Schicht überzogen. Aber tatsächlich, der Sturm hatte endgültig nachgelassen, die Luft war kalt, aber klar.
Werner ließ ihn los und stapfte den anderen nach, ohne sich noch einmal umzudrehen.
»Sie denken, ich habe Sie nun schon ein zweites Mal vor dem Tod gerettet, weil ich dümmer bin als Sie«, rief er Wilhelm über die Schultern zu. »Aber die Wahrheit ist: Ich bin stärker.«
Wilhelm war nicht sicher, was ihn dazu bewog – die Verachtung für den anderen oder für sich selbst. Jedenfalls wandte er sich von dem Abgrund ab und folgte Werner.

Die Morgendämmerung färbte den Schnee grau, als sie Schtora erreichten. In der kleinen Stadt konnten sich die Reisenden aufwärmen und mit heißem Kaffee, Eintopf und Brot stärken. Obwohl Wilhelm einen Cognac vermisste, konnte er sich nicht erinnern, dass ihm jemals etwas so gut geschmeckt hatte.

Die Sonne kroch ein bleiches Himmelszelt hoch, als der Postmeister der französischen Compagnie die Herberge betrat, in der sie Zuflucht gefunden hatten. Nachdem er von ihrem Schicksal gehört hatte, stellte er eine Diligence mit drei Pferden und sechs Maultieren zur Verfügung.

»Auf den Maultieren und Pferden können Sie notfalls reiten, falls der Pass zu tief verschneit ist.«

An Schnee gab es tatsächlich keinen Mangel, aber vom Himmel kam kein neuer, und die Sonne schien zunehmend kräftig und ließ die weiße Wüste glitzern, die sie nun erneut durchquerten. Sie kamen nur langsam voran, wechselten von der Diligence schließlich tatsächlich auf den Pferderücken, und obwohl es mehr als unbequem war, ohne Zügel, Sattel und Steigbügel auf den Tieren zu sitzen, war es doch viel angenehmer, als zu Fuß durch den Schnee zu stapfen. Die Tiere plagten sich, und es gab immer wieder eines, das bockte, aber ein Eseltreiber schlug gnadenlos mit der Gerte auf sie ein, und so trabten sie lustlos weiter.

Hinter dem letzten Pass wartete eine Beiruter Postkutsche mit neun Tieren, und nachdem alle Reisenden ihr Geld zusammengelegt hatten und dem Kutscher reichen Lohn versprachen, wenn er rechtzeitig das Schiff erreichte, ging es in Windeseile über die kurvenreiche Straße. Mehr als einmal war Wilhelm überzeugt, dass ein Rad brechen oder der Wagen aus der Kurve geschleudert würde, und ihm war schwindlig und übel, doch am Abend wurde vor ihnen die Stadt sichtbar. Beim letzten Halt feuerte der Kutscher ein paar Feuerwerkskörper ab – offenbar ein Zeichen für die Besatzung der *Augusta Victoria,* dass die Reisenden auf dem Weg waren.

Auf dem letzten Stück schloss Wilhelm die Augen, schlief trotz des Ruckelns ein und erwachte erst, als es in eines der Boote umzusteigen galt, die sie an Bord brachten. Werner reichte ihm die Hand, um ihm zu helfen, sah aber an ihm vorbei.

Obwohl sie die tief verschneite Bergwelt hinter sich gelassen hatten, vermeinte Wilhelm in einer Schneewolke festzustecken. Wie aus weiter Ferne nahm er wahr, dass die Boote das Schiff erreichten, sie es über das Fallreep bestiegen und dort begeistert empfangen wurden. Die Schiffskapelle begrüßte sie mit einem dreifachen Tusch, spielte später *Nun danket alle Gott,* und in das Lied mischte sich ein lautes Hurra der übrigen Passagiere. Jeder dieser Laute tat Wilhelm in den Ohren weh, und am schlimmsten schmerzte Albas Ruf: »O Gott sei Dank!«

Er wusste natürlich, dass der nicht ihm galt, und doch gab es ihm einen Stich, als sie auf Werner zugelaufen kam und ihn umarmte.

»Du bist ja völlig unterkühlt!«, rief sie und legte ihm eine Decke über die Schultern, die Bethy reichte. Auch die hatte nur Augen für den Vater, den sie erleichtert in die Arme schloss.

Wilhelm war, als würde sich um sein Herz eine Schicht aus Eis bilden. Ein Zittern überkam ihn, heftiger noch als in den Stunden bitterster Kälte, doch als er schon kraftlos auf einen Stuhl niedersinken wollte, sah er, dass auch Hedwig und Mina herbeigeeilt waren. Trotz ihrer Verachtung mussten sie sich Sorgen um ihn gemacht haben, sonst wären sie doch nicht hier!

Mühsam schleppte er sich zu ihnen. »Ich … ich bin heil zurückgekehrt.«
Mina sah durch ihn hindurch, nickte nur knapp und wandte sich wortlos ab. Als er ihr nachblickte, biss er sich auf die kaum verheilten Lippen und stöhnte vor Schmerz.
»War Damaskus das wert?«, fragte seine Mutter mit hochgezogenen Brauen und reichte ihm ein Taschentuch.
Wilhelm tupfte sich die blutenden Lippen ab. »Ich fürchte, ich habe in meinem Leben vieles gemacht, was die Sache nicht wert war.«
Er wollte Mina folgen, doch Hedwig hielt ihn auf. »Lass sie in Ruhe.«
»Aber vielleicht interessiert sie sich für das, was ich von Damaskus zu erzählen habe.«
»Das glaube ich nicht. Und erwarte besser nicht, dass wir mit dir auf deine Rückkehr anstoßen.«
Sie forderte das Taschentuch wieder zurück, ehe auch sie ihn stehen ließ. Wie betäubt schlich Wilhelm zu seiner Kabine und ließ sich vom Steward Cognac servieren. So viele Stunden hatte er darauf gewartet, aber als er sich selbst zuprostete, fühlte er plötzlich, dass kein Cognac stark genug wäre, den schmerzhaften Druck auf seiner Brust zu vertreiben.

21. Kapitel

Die zweitägige Fahrt von Beirut nach Konstantinopel gehörte zu den ungemütlichsten der Reise. Wenn man auf die graubraunen, mit Schnee bedeckten Felsmassen blickte, die aus dem Meer ragten, hätte man eher auf Island als auf Zyperns Küste, Rhodos, Chios oder Mytilene getippt. Mit dem Regen kamen Stürme, und die Stürme brachten Hagel. Das Promenadendeck blieb meist verwaist, und falls sich doch jemand hinauswagte, um frische Luft zu schöpfen, trug er vorsorglich Pelz, Mütze und Muff. Lange hielt er es auch so nicht im Freien aus, sondern zog sich alsbald in die Salons zurück.

Die Damen tranken Teepunsch und Eiergrog, zu denen Granatkroketten und Äpfel im Schlafrock serviert wurden, die Herren bevorzugten Arrak-Grog und Malaga und aßen dazu heiße Schinkenbrötchen und Kartoffelkuchen. Etliche brachten gar nichts herunter, sondern begnügten sich wie in den ersten Reisetagen mit Antipyrin und lagen mit Decken bis zur bleichen Nasenspitze eingehüllt auf den Diwanen im Rauchsalon.

Diejenigen, die von der Seekrankheit nicht gänzlich niedergestreckt wurden, sondern nur mit etwas Übelkeit kämpften, gründeten den sogenannten »Verein gegen Seekrankheit« und beauftragten einen der Reisenden, einen Mathematiker namens Dr. Muck, knifflige Übungen zu erfinden, mit denen man sich vom Unwohlsein ablenken konnte.

Werner blieb davon verschont, hatte aber nach dem Abenteuer im Libanon fast zwei Tage durchgeschlafen. Als er erwachte, war sein Bettzeug nass geschwitzt – ein Zeichen, dass er im Schlaf gefiebert hatte –, doch als er sich jetzt an die Wangen griff, waren diese wieder kühl.

»Geht es den anderen Reisenden gut?«, war das Erste, was er Alba fragte.

»Etliche sind erkältet, manche haben Fieber, aber niemand leidet an Schlimmerem.«

»Und Wilhelm?«

Albas Miene wurde hart. »Ich habe ihn seit eurer Rückkehr nicht mehr gesehen, aber ich bin sicher, ein paar Schlucke Cognac reichen, dann ist er wieder kuriert.«

Als das Schiff im Lichtschein des Ufers die brückenüberspannte Bucht Goldenes Horn erreichte, spielte die Bordkapelle die Ouvertüre von *Lohengrin.* Sonderlich feierlich war den Reisenden allerdings nicht zumute, als ihr Blick auf Konstantinopel fiel.

Ob des Frosts und Nebels, die die gewaltigen Moscheen mit den unzähligen Minaretten ebenso einhüllten wie den Turm von Galata und den Topkapi, das asiatische Ufer, die Prinzeninsel und die Gärten des alten Serails, wirkte die Stadt trostlos. Der Blick ins Marmara-Meer blieb ihnen wegen der grauen Schwaden gänzlich verwehrt, und es gab kein anderes Grün zu schauen als dunkle Zypressen unter schneeigem Überzug. Von den vielen prachtvollen Villen, die nach dem großen Brand 1870 errichtet wurden, waren nur graue Schatten wahrzunehmen.

Dennoch fanden sich genügend Reisende, die das schlechte Wetter nicht von einem Landausflug abhalten konnte, und auch Werner bestand darauf, sie zu begleiten. In der Ferne erblickte er erstmals Wilhelm, und obwohl dessen

Wangen unnatürlich rot waren, wertete er es als Zeichen, dass er sich wieder erholt hatte.

Und falls nicht, ist das nicht mein Problem, sagte er sich und konzentrierte sich darauf, über die grässlichen Löcher im Pflaster zu steigen. Manche waren viele Fuß tief und bis zum Rande mit flüssigem Schmutz gefüllt, und obwohl der Weg ins Hotel, wo die Borgmanns und Mr. Moll die Zimmerverteilung überwachten, nicht weit war, musste er ein angestrengtes Schnaufen unterdrücken. Etliche Reisende zogen es vor, fürs Erste im Hotel zu bleiben – andere stapften mit riesigen Regenschirmen zum Bazar, wo ein sogenannter Gummischuhmann gutes Geschäft machte, schützte das von ihm angebotene Schuhwerk doch zumindest ein bisschen vor der Nässe.

Auch in den nächsten Tagen gab es keinen Mangel davon. Einmal klarte der Himmel gerade lange genug auf, damit sich ein Grüppchen von einem türkischen Bootsfahrer zur Rundfahrt auf dem Bosporus überreden ließ, doch kaum gingen sie an Bord, setzte der Regen wieder ein.

Selbst wenn die Himmelsmächte sie verschont hätten – die Wellen waren so hoch, dass sie in jedem Fall bald nass geworden wären, und so zogen die meisten fröstelnd ihre Köpfe ein, anstatt die Speicher und Cafés, die Artillerie-Kaserne und etliche Brücken, unter denen sie hindurchfuhren, zu betrachten. Das hielt den Bootsfahrer nicht davon ab, mit schlechtem Akzent von der Geschichte der Stadt zu erzählen. Jeder Turm, jede Moschee und jeder Platz brachten ihm irgendein Ereignis in Erinnerung – ob eine Metzelei oder ein Liebesabenteuer, wobei das Liebesabenteuer fast zwangsläufig mit einer Metzelei endete.

Werner graute alsbald vor den Geschichten, in denen es keinen Mangel an abgeschlagenen Köpfen, erdrosselten

Leibwächtern und ertränkten Haremsdamen gab, aber nicht er beschwerte sich schließlich, sondern ein anderer.
»Mir platzt gleich der Schädel, wenn ich noch mehr davon höre!«, schrie Wilhelm Ahlhusen. Er war so abrupt aufgesprungen, dass das Boot noch heftiger wankte, und Werner erschrak bei seinem Anblick. Seine Wangen waren nicht mehr rot, sondern käsig weiß. Die aufgeplatzten Adern auf der Nase waren fast schwarz und der Blick feucht und irr vom Fieber.
»Setzen Sie sich doch, bevor Sie das Boot zum Kentern bringen!«, rief Werner dennoch mahnend.
Wilhelm setzte sich nicht, sondern ließ sich der Länge nach ins nasse Boot fallen. Kaum schloss er die Augen, ertönte ein Schnarchen.
Alba war sein schlechter Zustand wohl ebenso nicht entgangen, doch sie starrte an ihm vorbei, ja kümmerte sich auch nicht darum, dass er noch schlief, als das Boot schon anlegte.
»Wir … wir müssen etwas tun«, murmelte Werner.
»Wir müssen gar nichts«, sagte Alba barsch. »Er hat entschieden, diesen Ausflug zu machen. Wenn er hier so lange schläft, bis die *Augusta Victoria* abgelegt hat, ist das sein Problem.«
Der Bootsfahrer fand, dass es wohl auch sein Problem war, denn er versetzte Wilhelm einen so festen Stoß, dass er erwachte. Obwohl er nur torkelte, schaffte er es zurück an Land und später auf eines der Boote, die sie zur *Augusta Victoria* brachten. Werner blieb ihm zwar fern, sah aber, dass er erneut zusammenbrach, kaum hatte er es an Deck geschafft.
»Er ist krank … schwer krank.«
»Betrunken ist er! Soll ihn doch einer der Stewards in seine Kabine schleppen.«

»Aber …«
»Nun komm schon.«
Widerwillig folgte Werner, aber als Alba vom Zahlmeister aufgehalten wurde, nutzte er die Gelegenheit, erneut nach Wilhelm Ausschau zu halten, und als ihm Costantino Montinari, der Gehilfe des Schiffsarztes, über den Weg lief, bat er ihn: »Könnten Sie einmal nach Herrn Ahlhusen sehen? Mir scheint, er hat hohes Fieber und ist ernsthaft erkrankt, am besten Dr. Steffens untersucht ihn. Ich mache mir Sorgen, dass er …«
»Aber Dr. Steffens ist doch mit den Unfallopfern beschäftigt!«, rief der junge Montinari, und erst jetzt sah Werner, wie blass er war.
»Unfallopfer?«
»Ja, er hat sich während Ihres Landausflugs zugetragen. Mehrere Mannschaften von der *Loreley,* einem deutschen Schiff, das neben der *Augusta Victoria* ankerte, wollten an Land und nutzten dabei Mietboote, die für die *Augusta Victoria* zur Verfügung standen. Ein Steward sprang dabei so ungeschickt in das Boot, dass alle sieben Personen in die Flut fielen. Ein Offizier der *Augusta Victoria* tauchte mit zwei Matrosen nach den Ertrinkenden, doch einer wird bis jetzt vermisst.«
»Wie schrecklich!«
»Nun, einen anderen, der fast ertrunken wäre, konnte Dr. Steffens wieder zurück ins Leben holen. Ich … ich muss ihm helfen. Sagen Sie mir, falls es Herrn Ahlhusen weiterhin schlecht geht.«
Bekümmert blickte Werner ihm nach. Albert Ballin würde es nicht gefallen, dass dieser Unfall einen Schatten auf die Reise warf, obwohl der Tote nicht zur Besatzung der *Augusta Victoria* gehörte.
Bevor er wieder hineinging, kehrte Werner zu der Stelle

zurück, wo Wilhelm vorhin zusammengebrochen war, doch sie war leer. Entweder hatte er sich selbst aufgerappelt, oder ein Steward hatte ihm geholfen. In jedem Fall lag er jetzt wohl wieder in seiner Koje, und falls er Hilfe brauchte, konnte er sich nicht nur ans Personal, sondern auch an Hedwig oder Mina wenden.

Alba hatte recht: Eigentlich war das nicht seine Sache.

Wilhelm konnte sich nicht erinnern, sich jemals so elend gefühlt zu haben. Nach Konstantinopel schaffte er es tagelang nicht aus dem Bett und verschlief die meiste Zeit. Wenn er erwachte, brummte ihm der Schädel, seine Wangen glühten, und er hatte das Gefühl, dass sich alles um ihn drehte. Später erfuhr er, dass die *Augusta Victoria* die Strecke von Bosporus nach Athen so schnell wie kein Passagierschiff vor ihr zurückgelegt hatte – meist fuhr sie über zweiundzwanzig Knoten –, doch ihm kam es vor, als befände er sich nicht auf einem Schiff, sondern auf einem Karussell. Manchmal würgte er, doch er hatte nichts im Magen, um sich zu übergeben.

Nicht einmal das kann ich …

Als sie den Piräus erreichten, konnte er kaum aufstehen, sondern nur einen Blick aus dem Bullauge werfen. Der Himmel war diesig und der Hafen so seicht, dass die Bewegungen der Schrauben den grauen Schlick an die Oberfläche trieben. Es schien nicht das Meer zu sein, auf das er starrte, sondern ein trüber Fluss.

Wie schön wäre es, darin zu versinken …

Wenig später sah er, wie Boote und Jollen die Reisenden an Land brachten, und obwohl er nicht sicher war, ob dieser schwarze Haarknoten, den er in der Ferne erspähte, wirklich Mina gehörte, packte ihn die Sehnsucht nach seiner Tochter wie die Übelkeit.

Hab Spaß, mein Mädchen, genieße es …
Er glaubte, selbst nie wieder etwas genießen zu können, fiel zurück, schlief wieder ein, und als er erwachte, war er nicht sicher, ob das Schiff noch im Hafen lag oder den Piräus hinter sich gelassen und schon wieder Fahrt aufgenommen hatte. Er brauchte eine Weile, um zu erkennen, was ihn geweckt hatte – nämlich das Klopfen eines Stewards, der nun auch seinen Kopf durch den Türspalt steckte. »Ich habe Ihnen etwas zu essen gebracht.«
Wilhelm konnte sich nicht an das Gesicht des jungen Mannes erinnern, aber das hatte nichts zu bedeuten, schien doch sein Kopf mit Watte gefüllt.
Mühsam richtete er sich etwas auf. Auf dem Tablett standen ein Teller Suppe, eine Tasse Tee und Toast.
»Bringen Sie mir Cognac!«
»Aber …«
»Wird's bald!«
Auch wenn all seine Glieder schlapp waren, in seiner Stimme lag noch Befehlskraft, und wenig später brachte ihm der Steward ein Glas mit dem Gewünschten.
»Das soll alles sein?«
Der Steward reichte ihm schüchtern einen Zettel.
»Was soll ich damit?«
»Sie wissen doch, Wein, Bier, Mineralwasser und Spirituosen sind nicht im Preis inbegriffen und müssen abgezeichnet werden.« Der Steward wand sich vor Verlegenheit.
Natürlich wusste Wilhelm das, aber das hielt ihn nicht davon ab, den anderen anzublaffen: »Geben Sie endlich Frieden und verschwinden Sie!«
Verlegen starrte der Steward auf ihn herab und machte schließlich Anzeichen, die Kleidung aufzuheben, die auf

dem Boden verstreut lag, doch wieder schrie Wilhelm ihn an, und diesmal fügte er sich und ging.
Noch ehe er die Tür hinter sich geschlossen hatte, schob Wilhelm den Vorhang vor seine Koje und schlief abermals ein.
Wieder erwachte er gerädert, wieder hatte er keine Ahnung, wie viel Zeit vergangen war. Immerhin spürte er nun eindeutig, dass das Schiff auf Fahrt war. Er lugte aus dem Bullauge, sah erst noch Schneeflocken in der Luft tanzen und später, wie sich der Himmel aufklarte. Als der Steward erneut mit einem Tablett kam, verwünschte er ihn nicht, aß ein paar Bissen und fragte, wo sie mittlerweile seien.
»Bald erreichen wir Malta. Sie können einen Landausflug nach Valletta unternehmen.«
Wilhelm ließ sich wieder zurücksinken. »Gott bewahre!« Und doch, er fühlte sich nicht mehr ganz so träge, und in der Koje wurde ihm rasch langweilig, zumal die Einsamkeit noch bitterer schmeckte als seine pelzige Zunge.
Ach Minchen, wenn du nur einmal nach mir sehen würdest …
Der Weg bis zum Deck kam ihm genauso mühsam vor, wie für die Reisenden die Besteigung der Akropolis gewesen sein musste. Er war unendlich erleichtert, einen freien Liegestuhl zu finden, und ließ sich schwer darauf fallen. Die frische Luft belebte ihn, aber das Geschrei tat ihm in den Ohren weh. Woher kam cs nur?
Es hielt noch eine Weile an, denn auf der Backbordseite des Promenadendecks wurden eben »Olympische Spiele« veranstaltet – zumindest entnahm Wilhelm den aufgeregten Worten, dass so dieses zweifelhafte Vergnügen genannt wurde.
Wie lächerlich …

Dennoch richtete er sich weit genug auf, um mehr zu erkennen: Vier bis sechs Jungmatrosen und Stewards nahmen eben an einem großen Kartoffelrennen teil, welches darin bestand, dass jeder von ihnen halbe Kartoffeln in Eimer legen musste. Danach folgte ein Wettkauen, bei dem es galt, acht große Stücke Weißbrot so schnell wie möglich zu verschlingen – was nur gelang, weil Albert Ballin jedem Teilnehmer einen Humpen Bier spendierte. Damit waren die Kaumuskeln noch nicht genug strapaziert, denn als Nächstes stand »türkisches Pflaumenkauen« auf dem Plan, bei dem man ein Tau weich zu kauen hatte, das Dr. Steffens mit etwas Himbeersaft bepinselt hatte.
So wie Wilhelm sich fühlte, hatte er selbst stundenlang an diesem Tau gekaut. Er hielt sich die Ohren zu, als nach dem Eiertragen und Seilziehen auch noch Topfschlagen folgte.
Was für ein Krach! Und dieses Gelächter, als Albert Ballin spaßeshalber einen ehrwürdigen Hamburger zum Wettkampf aufforderte, was natürlich – unter Spott der Umstehenden – abgelehnt wurde!
Inmitten des Gelächters vernahm er einen hellen, klaren Ton, der nicht in seinen Ohren schmerzte, sondern seine Wehmut weckte. Wilhelm sah, dass Bethy einen der Stewards angefeuert hatte und ihn nun, da er den Sieg errungen hatte, umarmte.
Süße, kleine Bethy …
Wie schön es wäre, wenn sie sich zu ihm setzte, ihn anstrahlte, seine Hand nähme …
Wilhelm erhob sich, schleppte sich weiter, um Bethy zumindest seinen Anblick zu ersparen, und beobachtete eine Weile einen »blinden Passagier« – eine Bachstelze, die graziös herumflatterte und ihn an eine Ballerina erinnerte.

Flieg, flieg davon!, dachte er. Bleib nicht in meiner Nähe! Wenn ich Kraft genug hätte, meine Hand nach dir auszustrecken, würde ich dich zerstören. Ich zerstöre alles, was schön ist!

»Ganz allein hier?«, ertönte eine nörgelnde Stimme. »Bist du etwa zu schwach, um kleine Mädchen zu verführen?«

Seine Mutter hatte ihm gerade noch gefehlt.

Wilhelm setzte sich und zog seine Knie so hoch, dass er sein Gesicht dahinter verstecken konnte. »Verschon mich einfach.«

Hedwig starrte missbilligend auf ihn herab. »Du hast nicht einmal Lust, mit deiner Mutter zu streiten? Was bist du für ein Jammerlappen.«

»Du hast mir nie verzeihen können, dass ich nicht wie Vater bin. Du hast mich nie geliebt.«

»Aber Mina hat dich geliebt, und du hast sie zutiefst verletzt. Und jetzt fällt dir nichts Besseres ein, als dich zu verkriechen, anstatt dich mit ihr zu versöhnen.«

Er hob den Kopf und sah, dass Hedwig ein Glas Sherry in der Hand hielt. Wie trocken seine Kehle war! Wenn er doch nur einen Tropfen bekäme, um sie zu benetzen!

»Gib mir davon, ich … ich will mich stärken.«

Hedwig reichte ihm tatsächlich das Glas, doch als er seine zitternde Hand danach ausstreckte, ließ sie es fallen. Es zerbrach in viele kleine Scherben, und der Sherry versickerte in den Holzplanken.

»In jener Nacht vor dem Banktermin hast du einst das Glas fallen lassen«, sagte Hedwig kühl. »Ich werde mich nach den Scherben ebenso wenig bücken wie damals du.«

Er sah nicht mehr, wie sie ging, sondern starrte auf die Glasscherben, und mit einem Mal hatte er das Gefühl, dass sich jede einzelne in sein Herz bohrte.

Erst als das Schiff Richtung Palermo aufbrach, fand Mina die Zeit, die Eindrücke der letzten beiden Aufenthalte festzuhalten. Anfangs hatte sie immer akribisch ihr Notizbüchlein gefüllt, doch mit der Zeit war sie nachlässiger geworden. Wahrscheinlich wäre sie das auch geblieben, wenn sie nicht immer wieder aus der Kabine des Vaters ein unterdrücktes Ächzen vernommen hätte. Sie konnte sich nicht überwinden, zu ihm zu gehen, war zugleich aber zu besorgt, um sich zu entfernen. So suchte sie Ablenkung, indem sie das Erlebte aufschrieb – unter anderem, wie sie sich in Athen prächtig über einen Professor der Altertumskunde amüsiert hatte, der mit solch ehrfürchtiger Miene auf Hellas' Boden trat, als wünschte er sich Filzpantoffeln an die Füße wie bei einem Museumsbesuch.
Besagter Boden war sehr staubig und der stete Wind darum noch quälender. Während die Reisenden sich Taschentücher vors Gesicht hielten, meinte der einheimische Reiseführer, dass die Hellenen den Staub sogar für gesund hielten. Es gab noch etliche wundersame Dinge zu erleben – so, dass als Nachtisch Früchte serviert wurden, die wie Zahnstocher aussahen und nichts weiter als getrocknete Anisähren waren, die die Griechen genussvoll zermalmten. Für Minas Zähne waren diese zu hart, da waren ihr die Zuckerstangen lieber, die an jeder Straßenecke verkauft wurden. Doch befremdlicher noch als das Essen fand sie manche Sitte – so, dass es selbst sehr jungen Witwen nicht einfiel, nach dem Tod des Mannes wieder zu heiraten.
Kurz hielt Mina beim Schreiben inne. Und wenn das auch ihr Schicksal war – nach ein paar glücklichen Tagen ein einsames Leben zu führen? Weil ihr Stolz zu groß war, um auf Tino zuzugehen? Und dieser

Stolz sie erst recht von einem Besuch bei ihrem Vater abhielt?
Sie lauschte, hörte aber nichts mehr, wahrscheinlich ein Zeichen, dass er eingeschlafen war. Mina schrieb weiter: Vom landschaftlich einprägsamsten Blick vom Parthenon auf das blaue Meer, die Insel Salamis und die malerischen Buchten von Phaleron und von Eleusis, aber auch davon, dass auf der Akropolis die Einheimischen ganze Säulen und Kapitelle einsackten, um sie gewinnbringend zu verkaufen – etwas, was allseits für Empörung sorgte.
Nur Hedwig sah das etwas pragmatischer. Als Mina als Andenken einen Briefbeschwerer aus pentelischem Marmor gekauft hatte, meinte sie lapidar, warum sie Geld für etwas ausgegeben hatte, was sie hier doch an jeder Ecke hätte aufheben und einfach mitgehen lassen können. Und als Mina sie mahnend ansah, meinte Hedwig nur: »Deine Tugend ehrt dich, wobei die mit so einem schweren Ding herausgefordert wird. Ich meine, ist man nicht ständig in Versuchung geführt, damit jemanden zu erschlagen?«
Nachdenklich streichelte Mina jetzt über den glatten Stein. Eigentlich hatte sie keine Lust, jemanden zu erschlagen, sondern wollte sich viel lieber versöhnen. Das hätte allerdings bedeutet, die Entscheidung zu treffen, mit wem zuerst – ob mit Bethy, ihrem Vater oder Tino –, und es war leichter, erst einmal weiterzuschreiben und von Malta zu berichten, diesem schroff aus dem Meer steigenden Felseneiland, das kahl und steril wirkte und kaum mit freundlichem Grün aufwartete, jedoch einen schönen Hafen mit tief eingeschnittenen Buchten und voller Gondeln besaß. Britische Reinlichkeit und Ordnung prägten das Stadtbild, überall wurden Früchte des

Gartens und Feldes sowie Riesenbouquets aus frischen, prächtigen Blumen feilgeboten. Am beeindruckendsten war die Besichtigung des Palastes des Großmeisters des Malteserordens, aber auch die Kathedrale und die vielen kleinen Kirchen hatten ihr gefallen und noch mehr, wie sie von der Stadt Mdina aus auf saftige, frühlingsgrüne und von kleinen Steinmauern eingefasste Felder geblickt hatten.

Anstatt nur zu schreiben, machte Mina eine Skizze von den Häusern nach italienischer Art mit ihren vielen kleinen Balkons, außerdem von einigen mächtigen Araukarien und zuletzt von einem Affen, der im Wirtshaus, wo sie sich gestärkt hatten, an ein Tischbein gebunden war und sich ständig gekratzt hatte. Auf ihrer Zeichnung glich er allerdings eher einem Kätzchen als einem Affen. Jemand wie sie sollte nicht malen. Und in einem Augenblick wie diesem sollte sie auch nicht schreiben, sondern endlich reden!

Sie lauschte erneut, stand auf, trat schließlich aus der Kabine, um sinnend vor der Kabine ihres Vaters zu stehen. Ehe sie klopfte, hörte sie plötzlich ein lautes Fiepen und Gekläff, und im nächsten Augenblick lief ihr ein Haufen Fellknäuel um die Füße, die sich, sobald sie sich bückte, als Hunde herausstellten.

So flink, wie sie durcheinanderwuselten, konnte sie sie erst gar nicht zählen, stellte dann aber fest, dass es fünf waren – allesamt so winzig, dass sie wohl eben der Mutter entwöhnt worden waren.

Lächelnd beugte sie sich nieder und nahm einen hoch, wodurch das Fiepen allerdings noch erbarmungswürdiger klang.

»Ja, wo kommt ihr denn her?«

Eine Stimme antwortete vom Ende des Ganges. »Einer

der Passagiere hat sie sich auf Malta andrehen lassen. Sehr zu Herrn Ballins Ärger. Der lästert fortwährend über diese ›Menagerie‹ und sagt, er wird noch Geld für Hundebilletts eintreiben.«
Mina bückte sich, um den Hund wieder auf den Boden zu stellen. Bis sie sich aufgerichtet hatte, war hoffentlich die Röte aus ihrem Gesicht geschwunden.
Tino.
Obwohl sie ihn während der Landausflüge in Griechenland und Malta nicht gesehen hatte, musste auch er viel Zeit im Freien zugebracht haben, denn seine Haut schien einen Ton dunkler und die Zähne darob noch weißer.
»Wie entzückend sie sind!«, sagte Mina mit Blick auf die Hunde.
»Wie anstrengend sie sind!«
Er verdrehte die Augen, aber seine Lippen verzogen sich zu einem Lächeln. Um das Schweigen zu überbrücken, begann Mina, einen der Hunde zu streicheln, aber da kam ihnen schon ein Herr mit hochrotem Gesicht nachgelaufen – offenbar der Besitzer der lebendigen Schar. Er hatte einen Korb dabei, um sie hineinzusetzen, und sie mussten alle zusammenhelfen, auf dass das gelang, schlüpfte einer der Welpen doch sofort wieder heraus, während sie den anderen hineinsteckten. Irgendwann war es doch geschafft, und der arme Mann bot, wie er da schnaufend mit den Hunden wegging, einen so komischen Anblick, dass kein Platz mehr für Verlegenheit war, sondern sie beide losprusteten.
Tino wurde als Erster wieder ernst. »Dein Vater«, murmelte er, »er scheint sehr krank zu sein, deswegen bin ich auch hergekommen.«
Obwohl sie eben noch selbst voll Sorge an ihn gedacht hatte, regte sich in Mina leiser Groll, weil er ausgerech-

net über ihn sprach. »Wann war er denn je wirklich gesund?«, fragte sie schroff. »Er hat immer so viel getrunken. Ich kann mich noch genau an den Tag erinnern, als meine Mutter starb. Da hat er auch lieber zur Flasche gegriffen, anstatt für mich da zu sein.« Eigentlich hatte sie die Verbitterung in der Stimme drosseln wollen, aber Tinos Blick war so warm, dass sie nicht anders konnte, als ihm ihr Innerstes anzuvertrauen. »Und jetzt …«, setzte sie an.

Tino nickte nachdenklich. »Du hast dich mit ihm gestritten, nicht wahr? Darum warst du in den letzten Wochen auch zu mir so abweisend. Du wolltest nicht darüber reden. Es ging gar nicht darum, dass du eine Ahlhusen bist und ich ein Niemand.«

»Du musst mir glauben!«, rief Mina heftig. »Ich teile die Standesdünkel meiner Großmutter nicht, im Gegenteil, sie erscheinen mir entsetzlich dumm! Ich … ich habe mich so gesehnt, wieder einen Ausflug mit dir zu machen.«

»Aber das können wir doch auch«, sagte Tino. »Bald legen wir in Palermo an, und Italien ist immerhin das Land meiner Vorfahren. Ich spreche zwar nicht fließend Italienisch, aber doch gut genug, um in einem Gasthaus eine Spezialität zu bestellen.« Er zwinkerte ihr zu.

»Was isst man denn in Palermo gerne?«, fragte sie.

»Ich fürchte, das weiß ich nicht genau, aber lass es uns herausfinden. Komm doch mit mir an Deck. Die Fahrt durch die Straße von Messina soll sehr beeindruckend sein, man kann gewiss den Ätna sehen.«

Mina nickte begeistert. Als sie Tino den Gang entlang folgte, war ihr, als würde sie aus der Kabine des Vaters ein dumpfes Geräusch hören. Es klang, als wäre etwas umgefallen, und kurz hatte sie Angst, er wäre aus der

Koje gekippt und könnte nun nicht mehr aufstehen. Dann aber sagte sie sich, dass es gewiss nur eine Flasche gewesen war. Und schließlich: Warum sollte sie sich bemüßigt fühlen, nach ihm zu sehen, wenn doch auch Tino den geplanten Besuch bei ihm aufschob und lieber Zeit mit ihr verbrachte?

22. Kapitel

Als das Schiff durch die Straße von Messina fuhr, schimmerte der weiß verschneite Ätna einen Augenblick durch die Wolken. Der Himmel, zunächst von breiten, weißen Streifen begrenzt, ging allmählich in ein dunkles Blau über, und unablässig leuchteten die schneeweißen Kuppen der wandernden Wellen zwischen dem Blau der See. Eine Brise zog auf, und jäh tauchte im gekräuselten Wasser ein einzelner Fliegenfisch auf, um eine kurze Strecke das Schiff zu begleiten – vorbei an dunkelbraunen Scheiben, die sich als schlafende Schildkröten herausstellten.

Im rötlichen Licht des Abends erreichten sie Palermo. Die Stadt lag in einem großen, idyllischen Tal, dem berühmten Conca d'oro, das sanft zur Hügelkette anstieg und an beiden Seiten von mächtigen Bergen begrenzt wurde. Nur im Osten traten die Höhen nicht ganz an das Meer heran und ließen einen breiten, dicht bebauten Landstrich frei.

Tino und Mina standen selbst dann noch an Deck, als längst Essenszeit war. Sie genossen beide den Anblick des Lichtermeers und wollten die ehrfurchtsvolle Stille mit keinem unnützen Wort stören. Erst als es finster wurde, fragte Tino leise: »Wollen wir morgen nun also gemeinsam einen Ausflug machen? Im Moment ist auf der Krankenstation niemand zu versorgen.«

Mina nickte, und zum Abschied küssten sie sich sanft auf die Lippen. Beseelt huschte Mina zur Kabine. Kurz lauschte sie, ob von der Kabine ihres Vaters noch etwas zu hören war, aber da sie kein Geräusch vernahm, beschloss sie, keinen Gedanken mehr an ihn zu verschwenden.

Am nächsten Morgen lugte sie neugierig durchs Bullauge. Noch war die Küste in dünnen, weißen Nebel gehüllt, doch bald lichtete sich dessen Schleier, und eine silberne Sonne bestrahlte Palermo. Da es gewiss sehr warm werden würde, wählte sie statt eines dunklen Reisekleids ein Sommerkleid aus weiß besticktem Batist mit einem schwarzen Gürtel. Hedwig erklärte sie, dass sie sich jener Gruppe Reisenden anschließen würde, die schon sehr früh aufbrachen, und wie erwartet winkte Hedwig ab.

»Ich genieße erst einmal das Frühstück an Bord«, sagte sie. »Ich habe weiß Gott keine Eile, diese laute, verdreckte Stadt zu besuchen, in deren Gassen dein Kleid übrigens ganz schmutzig werden wird.«

Mina lächelte nur und verabschiedete sich rasch.

Die *Augusta Victoria* ankerte außerhalb der Mole, die den Hafen von der See abschloss, und die Reisenden wurden mit Booten an den Kai gebracht, wo schon mehrere Droschken für sie bereitstanden.

Während Mina und Tino neugierig aus dem Wagen starrten, waren die Mitreisenden blind für ihre Umgebung. Sie sprachen aufgeregt über Politik, und nachdem Mina ihnen zunächst kaum zuhörte, wurde sie hellhörig, als vom geplanten Aufenthalt in Algier die Rede war und dass man ihn kurzfristig abzusagen gedachte.

»Warum das denn?«, entfuhr es ihr.

»Haben Sie denn nichts davon gehört, Fräulein Ahlhusen? Frankreich und Deutschland haben die diplomatischen Beziehungen abgebrochen.«

Ein streng aussehender Herr beugte sich vor. »Es ist aber

auch eine Schande, wie unsere Kaiserinmutter in Paris behandelt wurde. Die französische Journaille rief doch tatsächlich zu Massenprotesten gegen ihren Besuch auf.«
Minas Interesse währte nicht lange, versonnen lächelte sie Tino an.
»Was gibt es da zu lachen?«, sagte der strenge Herr. »Ich selbst habe den Krieg 1870 erlebt. Das war kein Honigschlecken, das sage ich euch.«
So sehen Sie auch nicht auch, dachte Mina. Das heißt – dass Sie den Krieg erlebt haben schon, aber nicht danach, dass Sie jemals zu viel Honig gegessen haben.
Ehe sie sich weitere Rügen anhören musste, nickte sie Costantino zu und deutete auf die Droschkentür, und er verstand das Zeichen. Sobald die Droschke kurze Zeit später im Gewühl des Hafens anhalten musste, sprangen sie einfach hinaus.
»Sie können doch nicht …«, rief der Herr empört.
»So etwas haben Sie im Krieg doch sicher auch gemacht«, rief Mina ihm lachend über die Schultern zu.
Vom Kai aus gelangten sie zu den Hauptstraßen mit den vielen Geschäften, wo dichtes Treiben herrschte: Sie beobachteten Soldaten und Offiziere mit koketter Uniform, schwarze Priester im langen Rock und einem grauen Hut, braun gebrannte Bauern in bunter Tracht, die auf Maultieren ritten. Viele Lastkarren waren mit farbigen Bildern geschmückt, die biblische oder altrömische Geschichten erzählten und Gladiatoren, Kaiser, Schlachten und Helden zeigten. Kinder spielten im Staub der Landstraße, Handwerker gingen in offenen Werkstätten ihrem Tagewerk nach – die meisten ziemlich lautstark, obwohl sich Mina nicht sicher war, ob ihre Schreie Flüche oder Ausdruck von Begeisterung waren.
Ihr brummte zwar bald der Kopf vom Lärm, aber zu-

gleich genoss sie es, sich treiben zu lassen. Erst gingen sie nebeneinander, dann Hand in Hand, schließlich zog Tino Mina in den Schatten eines Hauses. Kaum machte er jedoch Anstalten, sie zu küssen, ertönte plötzlich eine keifende Stimme von oben, und als sie hochblickten, sahen sie, wie eine Signora mit schwarzer Haube und dunklen, strengen Augen auf sie herabstarrte.
»Lieber Himmel!«, entfuhr es Mina. »Was hat sie denn?«
»Ich bin nicht sicher, aber ich denke, wir sollen verschwinden.«
»Ist es denn verboten, sich zu küssen?«
»Das weiß ich nicht«, sagte er grinsend. »Aber bevor sie den Nachttopf über uns ausschüttet …«
Doch die Signora hatte etwas anderes im Sinn: Wenig später ließ sie ein Körbchen an einer dünnen Schnur aus dem Fenster herab, um sich von einem Bauern den Salat und die Zwiebeln und von einem Fischer den Fisch hineinlegen zu lassen, damit ihr die Treppe erspart blieb.
»Eine sehr bequeme Dame!«, meinte Tino.
»Eine sehr praktisch veranlagte Dame«, lachte Mina.
Nun gingen sie eine immer steiler werdende Straße hinauf und hatten bald eine Anhöhe erreicht, von wo aus sie die Stadt überschauen konnten. Unten in der Ebene wuchsen breite Apfelsinenwälder, direkt anschließend folgten felsige Berge, auf denen Kakteen und Weinstöcke, Orangen- und Mandelbäume angebaut worden waren. Die Wälder in der Nähe des Meeres waren teilweise etwas bräunlich, doch zur rechten Seite lag ein herrliches Tal, dessen Sohle sich in saftigem Grün erstreckte, durchbrochen nur dann und wann von weißen und grauen Flecken: alten Turmresten und malerischen Bergschluchten.
Während sie den Anblick genossen, erreichte auch der

Zug der Droschken von der Firma Cook die Anhöhe, und nachdem die anderen Reisenden ebenfalls einen Blick auf Palermo geworfen hatten, schlossen sich Mina und Tino ihnen wieder an, um mit nach Monreale zu fahren.

Gottlob war keine Rede mehr von Kriegen und abgebrochenen diplomatischen Beziehungen – stattdessen war eine lebhafte Diskussion entbrannt, ob es wirklich lohnenswert war, die Katakomben von Palermo anzuschauen. Auf der Rückfahrt würde es dazu die Gelegenheit geben, und in diesen Katakomben waren über Jahrhunderte die Leichen von Palermos Bürgern getrocknet und aufgestapelt worden. Ein Mädchen, das an der Spanischen Grippe gestorben war, war gerüchteweise fast unverwest, während andere schreckliche Grimassen zogen.

Tino und Mina lächelten sich wieder an – und wurden wieder mit empörten Blicken bestraft. »Wenn man jung ist, will man nicht an den Tod denken, aber genau dazu sind diese Katakomben da. Sie sollen uns allen vor Augen halten, dass wir Staub sind und Staub werden.«

Verstaubt doch selbst, dachte Mina frech.

Sobald sie Monreale erreichten, machten sie sich wieder selbstständig, um erst die schmalen Häuser und die engen Gassen der Bergstadt zu besichtigen und später die ehemalige Benediktinerabtei und eine Kathedrale.

»Wandern macht ziemlich hungrig«, stellte Mina fest, als die Sonne längst ihren höchsten Stand erreicht hatte. »Was ist denn nun mit deiner versprochenen Spezialität?«

Wenig später kehrten sie in einer einfachen Taverne ein. Alles war ziemlich schmutzig, aber das Essen, das aufgetragen wurde, schmeckte köstlich: Es gab *arancini,* frittierte und gefüllte Reisbällchen, *caponata,* eine süßsauer zubereitete Speise aus Paprika, Auberginen, Kapern und Zwiebeln, außerdem *sfincione*, eine Pizza aus süßlichem Brotteig, die mit verschiedenen Zutaten belegt wurde, und *scàccia*, gefüllte Teigtaschen. Zu allem wurde ein Gemüse namens *finochio* gereicht, das man roh und mit etwas Salz verzehrte, und zum Nachtisch wurde nicht nur *cassata* und *gelato* angeboten, sondern Liköre in allen Farben, in grellem Grün ebenso wie in blutigem Rot. Der Kaffee war so stark, dass er wohl selbst die Leichname in den Katakomben hätte zum Leben erwecken können.

»Ich glaube, ich habe noch nie so viel gegessen«, stöhnte Mina nach dem letzten Bissen.

Nach dem reichlichen Mahl tat es gut, sich wieder ein wenig die Beine zu vertreten und erneut die Aussicht zu genießen. Leichter Schnee krönte die umliegenden Bergspitzen und die schattenbedeckten Schluchten, und der Monte Pellegrino stach mit seinen schroffen Felshöhen deutlich vom Firmament ab, auf dem die Wolken violette Fäden zogen.

»Sizilianer müsste man sein«, seufzte Tino.

»Ich dachte, du willst Arzt werden?«, neckte sie ihn.

»Wenn ich mit dir zusammen sein kann, eröffne ich hier gerne eine Wirtschaft und koche den ganzen Tag Makkaroni«, sagte Tino augenzwinkernd. »Meinetwegen züchte ich auch Kamele in der Wüste, Orangen in Jaffa oder Seidenraupen in Beirut.«

Mina griff sich an den Hals. Heute Morgen hatte sie die Kette der Beduinen umgelegt, wenngleich unter ihrem Kleid versteckt. Jetzt zog sie sie hervor. »Auch wenn es hier wunderschön ist – ich glaube, ich entscheide mich für die Kamele. Schlafen wir auch in Zelten wie die Beduinen?«

»Aber natürlich! Und irgendwann lassen wir uns inmitten der Wüste in einer Oase nieder und bauen Datteln an.«
»Es macht sicher viel Arbeit, Datteln zu ernten und Kamele zu versorgen.«
»Dann lassen wir es mit den Kamelen sein, legen uns unter den Dattelbaum und warten, bis sie auf uns fallen.«
Mina legte den Kopf zurück und lachte aus voller Kehle. Als sie sich küssten, hatten sie alle Zeit der Welt, denn weit und breit gab es keine strenge Signora, die sie wie ein wild gewordener Hund ankläffte.

Es war fast schon dunkel, als sie zurück aufs Schiff kehrten. Das Licht der Sterne tanzte auf den Wellen, die gegen den Schiffsrumpf klatschten, die Brise, die sie umwehte, war noch warm. Lange standen sie an der Reling, starrten erst in Richtung Palermo, von wo aus der Lärm der Stadt gedämpft zu ihnen drang, dann hinaus auf das weite Meer, das mit dem Nachthimmel verschmolz. Die Schwärze war jedoch nicht erschreckend, sondern verhieß endlose Weite und Freiheit.
Nachdem sie so lange ergriffen geschwiegen hatte, fiel es schwer, die Stille zu unterbrechen, aber schließlich sagte Mina: »Ich würde gerne nie mehr nach Hause fahren, sondern für immer auf dem Schiff bleiben, hier stehen und in den Nachthimmel blicken.«
Tino legte den Arm um ihre Schultern. »Dann würdest du aber bald erfrieren.«
Mina drehte sich zu ihm um. Ihr Lächeln geriet etwas schüchtern, als sie sagte: »Ich wüsste, wie uns wieder warm wird.«
»Zum Beispiel tanzen?«

Sie schmiegte sich an ihn, und kurz machten sie zum sanften Lied der Wellen ein paar Umdrehungen an Deck.

»Ich fürchte, mir ist immer noch nicht warm genug«, flüsterte sie, ehe sie sich von ihm löste, ihn an der Hand nahm und ihn geradewegs zum Gang zog, wo sich ihre Kabine befand.

Tino folgte ihr, doch als sie die Tür öffnete, versteifte er sich.

»Und deine Großmutter?«

»Sie ist doch beim Abendessen. Ich hingegen kann ans Essen mindestens eine Woche lang nicht denken.«

»Aber denkst du, wir sollten wirklich … Ich habe noch nicht einmal um deine Hand angehalten – und ich weiß nicht, ob dein Vater sie mir gewähren würde.«

»Selbst wenn mein Vater dagegen wäre – wenn wir ihn vor vollendete Tatsachen stellen, kann er keinen Einwand hervorbringen. Noch nicht einmal Großmutter könnte das.«

»Dennoch sollten wir warten, bis wir …«

»Bis wann? Bis wir wieder an Land sind? In Hamburg? Kein Tag könnte schöner sein als dieser – noch nicht mal der Tag, an dem ich dich heiraten werde.«

»Aber willst du nicht wenigstens kurz nach deinem Vater sehen?«, flüsterte er heiser. »Es … es geht ihm womöglich schlecht.«

»Seinen Rausch hat er bis jetzt noch immer allein ausgeschlafen. Aber ich, ich will nie wieder alleine sein.«

Sie küsste ihn, und sein Widerstand erlahmte. Sobald sie ihn hineingezogen und die Tür mit dem Fuß zugestoßen hatte, begann sie an seinem Hemd zu nesteln, und sobald sie sich ihrer Kleidung entledigt hatten, sanken sie auf die Koje.

Wilhelm schreckte hoch.
Stimmen, von irgendwoher kamen Stimmen.
Er war nicht sicher, aus welcher Richtung, er wusste ja nicht einmal, wo er war – ob noch in der Kabine oder in einem Boot, das auf dem Meer trieb und an dessen Holz die stürmischen Wellen leckten.
Er stöhnte. Der Kopf schien ihm schier zu platzen, die Wangen glühten, aber das Schlimmste waren die Schmerzen in der Brust. Nein, er war gar nicht auf einem Boot, sondern in der Wüste, und irgendein monströses Tier trampelte auf ihm herum. Es musste ein Elefant sein, zumindest konnte er sich kein größeres und schwereres Tier vorstellen, wobei er sich nicht sicher war, ob es in der Wüste Elefanten gab.
Er versuchte, sich aufzusetzen, doch das Einzige, was er schaffte, war, um die eigene Achse zu rollen und aus der Koje zu plumpsen. Dass er auf den Boden aufprallte, spürte er schon gar nicht mehr, weil ihn Schwärze auffing.
Nicht lange schenkte sie ihm die Gnade des Vergessens. Bald kam er wieder zu sich, und in seinem Mund schmeckte es säuerlich. Hatte er sich etwa übergeben? Er schluckte gegen den säuerlichen Geschmack an, und auch wenn er den nicht vertreiben konnte, so gelang es ihm immerhin, ein paar klägliche Worte auszustoßen.
»Mina, bist du da? Es tut mir leid, hörst du, es tut mir so leid … Ich weiß, ich bin eine einzige Enttäuschung …«
Mit jedem Wort wurde seine Stimme krächzender. Mina würde ihn nicht hören, ihn nicht finden, wie er da am Boden lag – er würde ganz allein sterben.
Doch als er die Augen schon schließen und nicht länger kämpfen wollte, ertönten doch noch Schritte.
»Mina?«

Jemand drehte am Türknauf, die Kabinentür öffnete sich, Füße in dunklen Stiefeln kamen näher. Mit einem Ächzen rollte er sich zur Seite, um mehr sehen zu können, doch das war so anstrengend, dass er danach die Augen erst einmal schließen musste.

»Mina?«

Mit aller Macht öffnete er die Augen wieder. Es war nicht Mina, die vor ihm stand.

»Bitte … einen Arzt … bring mich zu Dr. Steffens.«

Nicht weit von den dunklen Stiefeln entfernt stand eine Flasche. Die Frau hob den Fuß, stieß dagegen, und die Flasche rollte gegen die Tür. Es war das Einzige, was sie tat, ansonsten rührte sie sich nicht.

»Alba.«

Jetzt beugte sie sich über ihn. Er sah Entsetzen in ihrer Miene, aber das hielt nicht lange an, sah schließlich Mitleid, das sich als beharrlicher erwies, aber das nicht stark genug war, das dritte Gefühl zu besiegen: Entschlossenheit.

»Du wirst Dr. Steffens nicht holen«, stieß Wilhelm aus.

Alba beugte sich noch tiefer über ihn, ging gar auf die Knie und nahm ein Tuch, um das Erbrochene wegzuwischen, das an seinem Kinn klebte. Er konnte nun etwas freier atmen, und der säuerliche Gestank hing nicht mehr ganz so dick über ihm. Allerdings konnte er zugleich noch deutlicher in ihrer Miene lesen.

Sie war so schön. Sie war so … erbarmungslos.

»Nein, ich werde Dr. Steffens nicht holen.«

Wilhelm hustete. Vielleicht lachte er auch. In seiner Brust schmerzte es. »Du wirst mich sterben lassen«, stellte er ganz ruhig fest.

»Ja«, sagte sie.

Er leckte sich über die Lippen, die rau und gefühllos waren. Falls er die Kraft hätte, nach Hilfe zu rufen – würde ihm Alba dann den Mund zuhalten?

Doch als er zu reden anfing, war es kein Hilferuf, den er ausstieß, nur eine heisere Frage: »Bei mir … du bleibst doch wenigstens bei mir, oder?«

Er tastete nach ihrer Hand, fühlte jedoch nur den Stoff ihres Kleides, umkrallte ihn, zog sie an sich. Ganz dicht beugte sie ihr Gesicht über seines, sodass er ihren warmen Atem spüren konnte. Sie roch gut, roch so viel besser als er.

»Wie konntest du dein Leben nur so vergeuden?«, fragte sie, nicht länger hart, nur traurig, unendlich traurig.

»Alba …«

»Du hast so viel Zerstörung über uns alle gebracht. Doch am Ende hast du nur dich selbst kaputt gemacht, nicht unsere Familie.«

Wieder wollte er nach ihrer Hand tasten, wieder fand er sie nicht, doch plötzlich spürte er sie auf seiner Stirn, wie sie ihm die schweißnassen Haare zurückstrich.

»Ich … ich wollte doch nie …«

»Du wirst Bethy nie wieder etwas antun können.« Ihr Streicheln so sanft, ihre Stimme so streng.

»Alba, ich wollte wirklich nicht … meine Liebe zu dir … sie ist nicht zerstörerisch, sondern einfach nur schwach … Ich bin schwach … Nur an deiner Seite hätte ich ein anderer Mensch werden können.«

Sie hob seinen Kopf hoch und legte ihn auf ihren Schoß. Wieder wähnte er sich in einem Boot liegen, das sanft schaukelte. Das Wasser stieg gemächlich, der Sternenhimmel kam immer näher.

»Ich war all die Jahre an deiner Seite, und ich habe stets das Gute in dir gesehen«, murmelte sie. »Ich habe gespürt, dass du meine Sehnsucht teilst – die Sehnsucht nach dem Leben, dem prallen, lauten, bunten, schönen Leben. Diesen Teil in mir hast nur du erkannt, Werner nicht. Für so etwas ist er blind, alles, was man nicht in Zahlen ausdrückt, versteht er nicht. Ja, ein Teil von mir war von dir angezogen – von dir und der Macht, die ich über dich hatte. Doch das hat dir einfach nicht genügt! Du wolltest mich besitzen.«

Wie anstrengend es war, zu atmen! Und wie viel mühsamer wäre es, erst zu reden. Und doch, er musste es, musste ihr erklären …

»Aber wehtun wollte ich dir nicht, ich wollte nur …«

Mit einer schroffen Handbewegung brachte Alba ihn zum Schweigen. »Du hättest mir nicht wehtun können, selbst wenn du es gewollt hättest. Du hast recht, du bist zu schwach dazu.«

Wilhelm schluckte. Seine Zunge war so gefühllos wie seine Lippen, nur der Schmerz in seiner Brust tobte noch.

»Pass auf Mina auf«, brachte er hervor. »Sie braucht jemanden wie dich an ihrer Seite. Meine Mutter hat kein Herz, sie kann ihr keine Liebe geben.«

Am Ende konnte er die Worte nur noch mit seinen Lippen formen.

»Sei still!«, befahl sie. »Das Reden strengt dich zu sehr an.«

Wilhelm verzog die Lippen zu einem Lächeln. Es musste sie rühren, denn plötzlich sah er Tränen in ihren Augen schimmern. Oder waren es die Sterne am Himmel?

»Vergib mir … bitte vergib mir … Wenn du meine Frau gewesen wärst, dann hätte ich dich nicht zerstört. Ich hätte dich glücklich gemacht.«

Sie sagte nichts mehr, strich aber wieder über seine Stirn. Der Schmerz in der Brust verging, und die Lider wurden so schwer, dass er sie nicht länger offen halten konnte,

obwohl er sie so gerne bis zum letzten Atemzug angeschaut hätte. Aber auch als er die Augen schloss, war es nicht finster. Immer noch funkelten die Sterne, immer noch fühlte er Albas Hände. Nicht länger schienen sie nur sein Gesicht zu streicheln. Überall glaubte er ihre liebkosenden Hände zu fühlen.
Alba, Alba, bleib bei mir …
Die Sterne leuchteten ein letztes Mal, und der Himmel schien zu brennen, doch dann verglühten sie wie Sternschnuppen. Er fiel, fiel in die Tiefe, doch es war keine namenlose Schwärze, die ihn empfing, nur Albas Arme, und die geleiteten ihn sicher in ein Reich ohne Schmerzen, ohne Gier, ohne zerstörerische Sehnsucht. Weich, warm und friedlich war es hier.
Alba …

Alba saß regungslos mit dem Toten auf ihren Knien. Die Zeit versickerte in der schwülen, schweren Luft. Wenn sie aufstand, würden wahrscheinlich alle Knochen schmerzen wegen der starren Haltung, aber noch spürte sie nichts, auch nicht Entsetzen oder Trauer oder Genugtuung, nur jenen eigentümlichen Frieden, der sich auch in Wilhelms Miene spiegelte.
»Alba?«
Selbst Werners Stimme konnte sie nicht aus der Starre reißen. Als er klopfte, vorsichtig die Kabinentür öffnete, hineinblickte und scharf den Atem einsog, sah sie kaum hoch.
»Ich … ich habe dich überall gesucht«, stammelte er hilflos. »Ist er …?«
Alba nickte, und diese Bewegung brachte sie zurück ins Hier und Jetzt. Vorsichtig legte sie den Toten auf den Boden und erhob sich.

»Gütiger Gott!«, stieß Werner aus. »Warum ist der Arzt nicht da? Warum liegt er hier und nicht auf der Krankenstation?«

Erst jetzt blickte sie ihn an, und in ihren Augen stand alles zu lesen, was Werner wissen musste. Als er ihren Blick erwiderte, wurde er kurz rot, dann blass, und selbst als sein Gesicht wieder einen normalen Farbton angenommen hatte, blieb er zerrissen. Da waren Fassungslosigkeit und Entsetzen. Da waren aber auch tiefe Befriedigung und Triumph.

»Du … du hast ihn sterben lassen …«, stammelte er, »aus Rache für das, was er Bethy angetan hatte.«

Sie nickte nur.

»Im Schneesturm …«, presste er hervor, »er hat erklärt, ich sei der falsche Mann, nur er hätte dir geben können, was du wolltest.«

Verspätet regten sich jene Gefühle, die sie in den letzten Stunden bezwungen hatte: das schlechte Gewissen, weil Wilhelm nicht gänzlich unrecht hatte, sie wirklich für seine Verführung empfänglich gewesen war. Aber auch die Entschlossenheit, Werner das niemals anzuvertrauen. Diesen tiefsten Winkel ihres Herzens durfte keiner je betreten.

»Das ist Unsinn«, sagte sie schroff. »Du bist der einzige Mann, den ich jemals geliebt habe und jemals lieben werde.«

Noch während sie sprach, hatte sie sich wieder über den Toten gebeugt, doch nur, um an seiner Jacke zu nesteln und eine Taschenuhr von der Kette zu lösen. »Ich werde sie zu Geld machen«, entschied sie, »für Bethy. Was immer sie damit anfängt, es steht ihr zu – und mir auch.«

Werner rang seine Hände. »Aber du kannst doch nicht … das geht doch nicht …«

»Doch«, sagte Alba noch schroffer, noch kälter und vor allem so entschlossen wie an jenem Tag, als sie trotz Werners Zaudern Wilhelms Pläne an Ballin verraten hatte, »doch, das kann ich.«
Sie ließ die Uhr in der Tasche verschwinden. Etwas weniger rüde, fast zärtlich fielen ihre Bewegungen aus, als sie wenig später ein Tuch über Wilhelm breitete.
»Hol Dr. Steffens«, murmelte sie. »Sag ihm, ich hätte den Toten eben erst gefunden. Und danach müssen wir Hedwig und Mina benachrichtigen.«

Mina und Tino lagen eng umschlungen in der Koje. Als er über ihren Unterarm streichelte, breitete sich dort eine Gänsehaut aus. Sie fror nicht, aber sie wusste, dass sie nicht mehr viel Zeit hatten und sich bald anziehen mussten.
»Hast du das vorhin ernst gemeint?«, fragte er.
Sie brauchte eine Weile, um sich der Worte zu besinnen, die sie an der Reling zu ihm gesagt hatte. »Dass ich nichts anderes tun will, als in den Sternenhimmel zu schauen?«, fragte sie lächelnd. »Na ja, vielleicht doch nicht, dazu liebe ich die Sonne zu sehr.«
Eine Haarsträhne fiel ihm ins Gesicht, und sie strich sie zurück.
»Ich meine, dass du nicht nach Hause fahren, sondern auf dem Schiff bleiben willst.«
Mina seufzte. »Ich fürchte, das ist nicht möglich. Bald ist die Reise zu Ende, und dann wird die *Augusta Victoria* wieder auf der bisherigen Route von Hamburg nach New York eingesetzt.«
»Wir könnten doch zusammen nach Amerika fahren.«
»Und dann?«
»Fahren wir wieder zurück.«

Mina lachte. »Und dann?«
»Fahren wir wieder hin.«
»Das heißt, wir wären nirgendwo zu Hause.«
»Nein, nicht nirgendwo, sondern überall.«
Sie küssten sich, ehe sie sich erhob und nach der Kleidung suchte, die auf dem Boden verstreut lag. »Ich glaube, das würde mir gefallen«, murmelte sie.
Tino stützte seinen Kopf auf den Arm. »Deine Großmutter und dein Vater wären nicht sonderlich begeistert.«
»Ach was! Meinem Vater ist alles recht, was mich glücklich macht, und meine Großmutter hat mir gar nichts ...«
Ein Klopfen ließ sie verstummen. Tino fuhr so erschrocken hoch, dass er sich den Kopf an dem oberen Bett anstieß, und als er sich hastig nach seiner Kleidung bückte, bekam er nur Minas Unterrock in die Hände.
»Großmutter würde nicht klopfen«, beruhigte sie ihn. »Obwohl es trotzdem besser wäre, wenn dich niemand hier sieht. Du ... du musst dich verstecken.«
»Wo soll ich mich denn hier verstecken?«, fragte er zweifelnd. »Der einzige Platz, der sich dafür anbietet, ist unter dem Bett, aber dort sind eure Koffer verstaut.«
Es klopfte wieder, während sich Mina hektisch umblickte.
»Besser, ich springe aus dem Bullauge!«, meinte Tino mit schiefem Grinsen.
Mina prustete los. »Direkt ins Meer? Und das auch noch nackt?«
»Es bestünde natürlich die Gefahr, dass ich stecken bleibe und das Erste, was man von mir sieht, mein Allerwertester ist.«
Sie lachte noch lauter, obwohl sie mit ihrer Hand das Glucksen zu dämpfen versuchte, aber da klopfte es zum dritten Mal, und diesmal ertönte auch eine Stimme.

»Mina, bist du da? Dein … dein Vater …«
Mina erschrak. »Das … das ist Alba!«
Sie schlüpfte in ihr Kleid, wartete, bis auch Tino Hosen und Hemd gefunden und angezogen hatte und öffnete die Tür, wenn auch nur einen Spaltbreit, damit Alba Tino nicht sehen konnte. Doch als sie in ihrer Miene las, war es ihr egal, was diese von seiner Anwesenheit denken würde. Sie konnte sich nicht erinnern, sie je so blass gesehen zu haben.
»Dein Vater …«, setzte Alba erneut an.
Sie musste den Satz nicht zu Ende bringen. Mina wusste es sofort. Alle Wärme schwand aus ihren Gliedern. Der Türknopf entglitt ihren Händen, und die Tür schlug laut gegen Wand. Prompt war Tino an ihrer Seite und stützte sie, aber sie spürte seine Hände kaum.
»Wann? Wie?«
Alba senkte den Blick und tat so, als hätte sie Tino nicht gesehen. »Ein Herzanfall«, sagte sie leise. »Ich … ich habe ihn eben erst gefunden, aber da war es schon zu spät. Ich habe Father Bernard Vaughan schon kommen lassen, du weißt, das ist der Bordgeistliche …«
Sie sagte noch etwas, aber das konnte Mina schon nicht mehr hören. Nur noch Rauschen erklang da, oder nein, nicht nur Rauschen, auch eine Stimme tief in ihr drinnen.
Du hättest mit ihm reden müssen … dich mit ihm aussöhnen. Er lag im Sterben, aber du hast nur an dich gedacht.
Sie schlug sich die Hand vor den Mund, um das Schluchzen zu dämpfen.
»Ach, Mina …«
Sie war sich nicht sicher, wer da tröstend auf sie einredete, ob Alba oder Tino, fühlte nur, dass Tino sie schließlich losließ und Alba sie umarmte.
Aus weiter Ferne ertönten die fröhlichen Klänge der

Musikkapelle. Richtig, heute Abend fand ein Wohltätigkeitskonzert statt.

»Großmutter?«

»Sie wird gleich hier sein, Werner benachrichtigt sie.«

Mina schluckte ihre Tränen, obwohl sie glaubte, daran zu ersticken. Sie sah hoch, suchte Tinos Blick.

»Besser ... besser, ich gehe jetzt«, murmelte er und starrte an ihr vorbei.

Natürlich, ihre Großmutter durfte ihn nicht sehen. Er hatte recht ... und dennoch ... warum sah er nun weg? Und warum witterte sie an ihm die gleichen Schuldgefühle, die sie selbst peinigten?

Weil nicht nur ich nicht nach Vater geschaut habe. Sondern weil ich Tino davon abgehalten habe.

Als Hedwig den Gang entlangkam, schien sie um Jahre gealtert. Sie stütze sich schwer auf Werner, ihr Blick war leer wie nie.

»Großmutter ...«

Mina machte sich von Alba los und umarmte Hedwig, deren Körper klein und schmächtig war.

»Ich wusste es«, sagte sie, und das Zittern der Hände drang nicht durch ihre Stimme. »Irgendwann würde es ihm zum Verhängnis werden, dass er immer so viel soff.«

23. Kapitel

Im dämmernden Morgennebel lief das Schiff in Neapel ein, doch der Himmel klarte bald auf. An der Mole San Vicente wurde der Anker geworfen – mit Blick auf die im sanften Sonnenschein fast goldene Küste und den imposanten Vesuv mit seinem wolkenumkrönten Gipfel und dem schneebedeckten Kegel. Wie immer umkreisten Möwen das Schiff, vor allem auf der Seite, wo die Küche lag und Abfälle über Bord geworfen wurden.

Das laute Kreischen ließ Bethy zusammenzucken. Nachdem sie die letzten Tage wie betäubt erlebt hatte, war es das erste Geräusch, das zu ihr drang. Nicht nur, dass sie kaum bemerkt hatte, was um sie herum vorging – überdies hatte sie auch keines der widerstreitenden Gefühle an sich herangelassen, weder das Entsetzen über Wilhelms plötzlichen Tod, schließlich des Mannes, der ihre erste Liebe gewesen war, noch die Wut, weil sie nun für immer der Möglichkeit beraubt war, ihn für sein schändliches Verhalten anzuklagen. Sie würde ihn niemals mehr beschimpfen können und ihm ebenso wenig beweisen, dass er sie nicht hatte brechen können.

Eben war ihr, als erwachte sie aus einem dunklen Traum, wobei von allen heftigen Gefühlen nur die Hilflosigkeit blieb, erst recht, als sie sich umdrehte und sah, wie Hedwig und Mina gefolgt von ihren Eltern an Deck kamen, und sie sich erstmals fragte, was Wilhelms Tod nicht nur für sie selbst, sondern für die Freundin bedeutete.

Blass war diese, so schrecklich blass. Ihr Blick war starr auf den Boden gerichtet, sodass sie Bethy erst gar nicht wahrnahm. Nur ihre Mutter trat zu ihr.

»Mina hat sich durchgesetzt«, sagte Alba leise. »Wilhelms Sarg soll heute an Land überführt und dort bestattet werden.«

»Ich dachte, Frau Ahlhusen hätte darauf bestanden, dass man ihn nach Hamburg bringt und dort beerdigt?«

»Nun ja«, der Blick ihrer Mutter schweifte in die Ferne. »Mina meinte, dass Wilhelm in Hamburg nie wirklich glücklich gewesen ist und der schönste Ort, den er sich vorstellen konnte, am Meer lag. Eine belebte, südliche, lebenslustige Stadt wie Neapel wäre ganz nach seinem Geschmack gewesen.«

Bethy nickte nachdenklich. »Ich … ich will euch begleiten.«

Alba sah sie prüfend an. »Bist du sicher?«

»Ja, das bin ich. Aber … aber ich will mich nicht schwarz kleiden, das wäre irgendwie nicht passend.«

Alba nickte nur und ging wieder zurück zu Mina und Hedwig, während Bethy noch zögerte und es nicht schaffte, die letzte Distanz zu überwinden.

Später … später würde sie Mina gegenüber vielleicht die richtigen Worte finden.

Das Kreischen der Möwen war längst nicht mehr der einzige Lärm. Plötzlich kam auch lautes Geschrei hinzu, gefolgt von schrillem Keifen. Das Geschrei stießen Matrosen aus – das Keifen Nonnen. Zumindest trugen die Frauen, die eben das Schiff zu erklimmen versuchten, Ordenstracht. So ungebärdig sie sich allerdings aufführten, konnte Bethy nicht recht glauben, dass ihre Kleidung tatsächlich Zeichen eines gottgefälligen Lebens war.

Jonathan gehörte zu denen, die sie zu vertreiben versuchten, woraufhin er – wie alle anderen auch – mit wütenden Flüchen belegt wurde.
»Was ist denn hier los?«, fragte Bethy.
»Das sind Bettlerinnen, die sich als Nonnen verkleidet haben«, rief Jonathan stöhnend. »Und das im heiligen Italien!«
Kurz musste sie lächeln, aber dann wandte er sich ab und kämpfte weiter entschlossen gegen die Frauen, und ihre Schreie taten Bethy regelrecht in den Ohren weh. Zugleich verstärkte sich dieser vage Druck auf ihrer Brust, und da war auch noch etwas anderes … Übelkeit … als litte sie wieder an Seekrankheit. Vielleicht lag es daran, dass sie noch nichts gegessen hatte, doch als sie überlegte, es nachzuholen, sah sie am Ausgang zum Promenadendeck Tino Montinari stehen und in Minas Richtung starren. Obwohl Bethy nicht genau wusste, wie nahe die beiden sich gekommen waren, spürte sie seine Sehnsucht … und die gleiche Unbeholfenheit, die sie lähmte.
Er findet auch nicht die richtigen Worte …
Vielleicht wäre es leichter, wenn sie sich zusammentaten und gemeinsam Mina trösteten, doch als sie auf Costantino zugehen und mit ihm sprechen wollte, kam ihr ein anderer zuvor – einer der Zweiten Offiziere, der berichtete, dass die als Nonnen verkleideten Bettlerinnen nicht die einzigen rabiaten Bewohner Neapels waren, die sich unerlaubt dem Schiff näherten. Als einige Kohlenschiffe längsseits angelegt hatten, um die Vorräte aufzufüllen, hatten ein paar Kerle die Gelegenheit nutzen wollen, um an Bord zu stürmen und das Schiff zu besichtigen. Die Matrosen versuchten, das zu verhindern, woraufhin sie mit Kohlen beworfen wurden – und eine hatte einen amerikanischen Passagier getroffen und verletzt. Cos-

tantino, der offenbar Dr. Steffens assistieren sollte, wenn dieser die Wunde nähte, ging hinein, ohne dass Mina ihn bemerkt hatte. Starr war ihr Blick eben auf den schlichten Holzsarg gerichtet, den man mit Seilen von Bord hievte.

»Kommst du?«, rief Alba Bethy zu.

Etwas unschlüssig trat Bethy näher, aber Mina bemerkte sie immer noch nicht. Sie schien wie in einen Kokon eingesponnen, und auch von Bethy nahm wieder diese befremdliche, aber nicht unangenehmen Taubheit Besitz, und so blieb es auch in den nächsten Stunden, als sie durch das lärmende Neapel zum Friedhof fuhren.

Die Stimmung in der Stadt passte überhaupt nicht zu einer Trauerfeier. Allerorts wurde gesungen und getanzt – in Straßen und Lokalen ebenso wie auf den steilen Höhen des Vesuvs. Laut war es selbst beim Friedhof, wo ein Gendarm sie begrüßte, war doch offenbar ein Repräsentant des Staates notwendig, um die Formalitäten zu regeln. Der Radmantel, den er trug, sah unglaublich lächerlich aus, da er einem großen Pilz oder einem halb geöffneten Regenschirm glich, und kurz flackerte in Bethy Schmerz auf, weil sie mit Mina nicht über die ungewöhnliche Amtstracht spotten konnte. Doch als die Beerdigung begann, senkten sich wieder graue Schleier über ihr Gemüt.

Ein Priester sprach Latein, das mehr ans Italienische erinnerte, und Alba, die das halbwegs verstand, versuchte, die Worte zu übersetzen.

»Nun hören Sie doch auf«, fiel Hedwig Ahlhusen ihr plötzlich barsch ins Wort. »Wilhelm ist nie fromm gewesen – er hätte also bevorzugt, die Gebete gar nicht erst zu verstehen.«

Alba verstummte sofort, der Priester auch. Das Einzige,

was er noch tat, war, ein Vaterunser zu sprechen, doch alsbald zog er sich zurück und überließ den Rest den Totengräbern.
Trotz ihrer schnodderigen Worte war Hedwig Ahlhusen sichtbar gezeichnet. Alba und Werner mussten sie beide stützen, als die Erde auf den Sarg fiel. Zugeben, wie erbärmlich sie sich fühlte, wollte sie natürlich nicht.
»Was für ein armseliges Begräbnis!«, stieß sie aus. »Wissen Sie, wie mein Mann begraben wurde? Der Leichenwagen wurde von sechs Rappen mit schwarzem Sattelzeug und Samtdecken gezogen, der Sarg war silberbeschlagen, und das Gefährt dicht mit Palmen und Blumen bedeckt.«
Alba sah sie mitleidig an.
»Wir werden Sie jetzt zurück aufs Schiff bringen.«
Hedwig ließ sich tatsächlich mit sich ziehen, während Mina noch am Grab verharrte. Endlich überwand sich Bethy und trat zu ihr. Zwar fand sie immer noch nicht die richtigen Worte, nahm aber ihre Hand.
Mina blickte hoch und betrachtete sie wie eine Fremde.
»Ich will noch nicht zurück aufs Schiff«, murmelte sie. »Ich will Neapel sehen. Schließlich wird das Schiff ein paar Tage hier ankern, da der Aufenthalt in Algier abgesagt wurde. Du weißt schon, wegen des Abbruchs der diplomatischen Beziehungen zu Frankreich.«
Eine andere hätten diese nüchternen Worte vielleicht erschüttert, aber Bethy kannte Mina nur allzu gut.
»Ach, Mina«, murmelte sie und war froh, dass die andere ihr nicht die Hand entzog.
Auch Werner hatte ihre Worte gehört. »Aber … aber du kannst doch nicht einfach in der Stadt bleiben«, meinte er.
Ehe Mina etwas sagen konnte, erklärte Bethy: »Mina

kann etwas Abwechslung gebrauchen. Ich leiste ihr Gesellschaft und habe ein Auge auf sie.«
Immer noch blieb Minas Gesicht ausdruckslos, aber sie drückte Bethys Hand, als noch mehr Erde auf den Sarg fiel. Das dumpfe Geräusch vertrieb Bethys eigentümliche Starre und gab ihr die Entschlossenheit zurück.
Wilhelm war tot, aber ihre Freundschaft durfte es nicht sein!

Mina sehnte sich nach einem Ort, wo die Welt ganz klein schien und Erinnerungen keine Macht hatten, und als sie erfuhr, dass eine Gruppe Reisende eine Seilbahnfahrt auf den Vesuv unternehmen wollten, schloss sie sich ihnen gerne an. Bethy schien von der Vorstellung, Seilbahn zu fahren, nicht ganz so angetan, wirkte plötzlich sehr blass, und ihre Lippen wurden nahezu blutleer, aber als Mina erklärte, notfalls auch allein zu fahren, sagte sie energisch: »Natürlich komme ich mit dir.«
Auf der Fahrt nach Resina wechselten sie kein Wort, aber das änderte nichts an Minas Dankbarkeit, dass sie nicht allein sein musste. Die Seilbahn ging von einem weißen Haus am Fuße des Vesuvs weg, das sich deutlich von dem dunklen Lavagestein abhob. Mina kletterte als Erste in den Waggon, in dem es fünf stufenartige Bänke für je zwei Personen gab, und obwohl Bethy ihr ohne Zögern folgte, presste sie kurz ihre Hand vor den Mund.
»Keine Angst«, sagte Mina. »Wir werden auf zwei Schienen fahren. Es sind stets zwei Wagen in Betrieb – einer fährt nach oben und einer nach unten.«
Bethys Blick blieb etwas misstrauisch, wobei das vielleicht weniger mit der Seilbahnfahrt als der vermeintlich gleichgültigen Stimme zu tun hatte, der man die Trauer um den Vater nicht anhörte.

Als Mina begann, das Wunderwerk der Technik zu preisen, nahm sie jedenfalls wieder ihre Hand.

»Was wirst du denn jetzt tun?«, fragte sie leise. »Was … was wird aus eurem Unternehmen?«

Kurz war Mina sicher, dass sie so blass wie Bethy wurde. Während die Seilbahn mit einem Ruck losfuhr und nach und nach den Anstieg erklomm, vermeinte sie, im eigenen Leben über einem Abgrund zu hängen und nicht zu wissen, aus welcher Richtung sie Rettung erwarten konnte.

»Ich weiß es nicht«, gab sie schließlich zu. »Ich glaube, ich sollte nach Hamburg heimkehren … und das Geschäft übernehmen.«

»Kannst du das überhaupt?«, fragte Bethy erstaunt.

»Diese Reise hat doch gezeigt, dass Frauen genauso unternehmungslustig wie Männer sind, warum sollen sie nicht auch klug genug sein, ein Geschäft zu führen?«, fragte Mina kämpferisch.

»Ich dachte, die Reederei und die Werft stünden kurz vor dem Bankrott, während du immerhin über das Erbe deiner Mutter und das Privatvermögen deines Vaters verfügen kannst. Warum willst du dir die Mühe machen?«

»Du denkst, ich sollte einfach mein Leben genießen?«, murmelte Mina. »Mit Tino?«

Falls Bethy überrascht war, dass sie von ihm sprach, zeigte sie es nicht. Sie stellte auch keine Fragen, sondern meinte nur: »Ihr seid euch nähergekommen, nicht wahr?«

Mina nickte. Sie glaubte, nicht länger in einer Seilbahn zu sitzen, sondern in einem Karussell, und dieses drehte sich so schnell, dass sie nichts von ihrer Umgebung wahrnahm.

»Ich weiß nicht, was ich tun soll«, presste sie hervor.

»Selbst hier oben kann ich nicht einfach vergessen, wer ich bin und …«

Tränen stiegen ihr hoch, woraufhin Bethy ihre Hand noch fester drückte. Doch plötzlich ließ sie sie los und schlug sie wieder vor den Mund.

»Was ist los? Plagt dich Übelkeit?«

Bethy schüttelte den Kopf, doch ihr käsiges Gesicht strafte ihre Worte Lügen. Unmöglich konnte die Seilbahnfahrt allein das bewirken. Vielleicht hatte sie etwas Schlechtes gegessen. Vielleicht lag es aber auch …

Nein, daran wollte sie nicht einmal denken. Mina schluckte entschlossen ihre Tränen, und bald hatte die Seilbahn ihr Ziel erreicht.

Sie befanden sich nun dreitausend Fuß über dem Meer und konnten ganz Neapel überblicken. Die Häuser wirkten winzig klein wie Spielzeughäuser, in der Ferne am glitzernden Horizont grüßten die Inseln Capri und Ischia. Bunt war die Stadt, grün standen die Weinberge und Palmen, die immer wieder Schneisen zwischen den Häusern schlugen, und weiß blühten die Mandelbäume. Obwohl sie hier nichts davon hörten, vermeinte Mina noch immer die Kastagnetten der Tänzer im Ohr zu haben, die vorhin allerorts in operettenhaften Kostümen Tarantella getanzt hatten.

»Schau mal!«, rief Bethy und deutete Richtung Hafen. »Die *Augusta Victoria!*«

Richtig, die »schöne Hamburgerin« war mit ihren drei gelben Schornsteinen und dem dunklen Schiffsrumpf deutlich zu erkennen.

»Als wäre sie ein Spielzeugschiff.«

Während sie noch in die Ferne blickten, hatten die anderen Reisenden schon den Fußmarsch zum Kraterrand begonnen. Vorhin hatten sie gehört, dass sie nur hundertfünfzig Meter zurücklegen müssten, und das war Mina nicht weit erschienen, doch als sie dem Rest folgten, gestand sie sich ein, die Anstrengung unterschätzt zu haben. Immer wieder sanken sie tief in loser Asche ein und mussten über zerklüftete Lava hinwegsteigen, und als sie endlich am Kraterrand stand, galt es, sich vor den glühenden Schlacken zu hüten, die von kleinen Eruptionen in die Luft geschossen wurden und auf sie herabregneten.

»Aua!«, schrie ein Mann, der etwas auf die Wange abbekommen hatte, während andere ihren Spaß daran hatten, Kupfermünzen in Steine zu drücken. Mina balancierte über etliche Lavasteine, um es ihnen gleichzutun, merkte dann aber, dass sie keine Münze dabeihatte.

Nachdenklich starrte sie auf die Schlacken. *Und wenn auch mir die Entschlusskraft fehlt, meinem Leben eine Form zu geben?*

Ein Stöhnen ließ sie herumfahren. Bethy war auf einem Felsen niedergesunken und stützte sich mit beiden Händen ab, um nicht umzufallen. Mina sah, dass ihre Stiefel ganz verbrannt, verkrustet und voller Löcher waren, doch scheinbar war es nicht das, was ihr am meisten zusetzte. Bethy hielt sich beide Hände vor den Mund, konnte aber kaum verhindern, dass sie von den erstickenden Schwefeldämpfen angeweht wurde. Ohne Zweifel war das ein grässlicher Geruch – aber auch so schlimm, sich gleich zu übergeben?

Das tat Bethy jetzt, und sie schaffte es nur mit Mühe, ihren Kopf dabei weit genug wegzudrehen, um ihr Kleid – vom Schwefeldampf bereits ganz gelb – nicht noch mehr zu beschmutzen. Als Mina sie erreichte, sah sie, dass sie nur Schleim von sich gab, was bedeutete, dass sie kaum etwas im Magen hatte, auch kein verdorbenes Essen.

Als Bethy hochblickte, war ihr Gesicht gelb wie der Schwefel.
»Wie grässlich es hier stinkt. Als scheint das Tor zur Hölle aufgegangen zu sein!«
Verlegen scharrte sie ein wenig Asche über das Erbrochene. Mina hatte ihr eigentlich über den Kopf streicheln wollen, ließ die Hand nun aber sinken und starrte sie schweigend an.
»Was hast du?«, fragte Bethy.
»Das frage ich dich«, gab Mina fast tonlos zurück. »Diese Übelkeit … Hast du … hast du dir schon überlegt, dass du vielleicht ein Kind bekommst?«
Obwohl sichtlich erschöpft, sprang Bethy auf. »Das ist unmöglich!«, rief sie energisch. Als Mina sie weiterhin prüfend anstarrte, lief Bethy wieder zurück Richtung Seilbahn, doch sie kam nicht weit. Schon nach wenigen Schritten hatte Mina sie eingeholt und am Arm gepackt.
»Wie lange ist deine Blutung ausgeblieben?«
Bethy wand sich verlegen. »Über so etwas spricht man nicht.«
»Wie lange?«, schrie Mina barsch.
Bethy zuckte die Schultern. »Einen Monat, vielleicht sechs Wochen«, bekannte sie kleinlaut. »Eigentlich habe ich sie noch gar nicht gehabt, seit ich auf dem Schiff bin.«
Eine neue Woge Schwefeldampf traf sie, aber Mina nahm das gar nicht wahr. Ihr Mund wurde ganz trocken; das Einzige, was sie schmeckte, war Bitterkeit. »Also ist es sehr wohl möglich«, flüsterte sie.
»Die Übelkeit hat sicher mit der Reise zu tun«, sagte Bethy schnell, »mit dem ständigen Klimawechsel und den …«
»Du bist doch nie wirklich seekrank gewesen.«
»Aber ich kann doch nicht … es geht doch nicht …«

Mit jedem Wort klang sie verzweifelter, und als Mina sie losließ, sank sie wieder kraftlos auf einen Stein.
Mina war es plötzlich egal, ob sie jemals wieder aufstand, und stapfte davon.
»Mina!«
Nur widerwillig blieb sie stehen. »Warum warst du nur so dumm, dich mit meinem Vater einzulassen?«, schrie sie.
»Nun, weil ich ihn geliebt habe.«
Erst jetzt drehte sich Mina zu ihr um. »Hast du nur ein einziges Mal an mich gedacht?«
»An dich?«, fragte Bethy, nicht länger kleinlaut, sondern trotzig. »Es geht hier doch nicht um dich!«
»Natürlich geht es hier auch um mich! Er war mein Vater! Und er hätte deiner sein können!«
Bethy kämpfte sich hoch, und wieder waren ihre Wangen so gelblich, dass man erwarten konnte, sie würde sich gleich noch einmal übergeben. Doch als sie den Mund aufmachte, kamen nur wütende Worte heraus: »Na und? Er hat mich verwöhnt, beschenkt, mir Komplimente gemacht. Ich weiß, solche Dinge bedeuten dir nichts. Aber du hast ja auch leicht reden, du hast immer alles gehabt.«
Die Tränen, die Mina vorhin unterdrückt hatten, stiegen erneut hoch und bahnten sich diesmal ihren Weg.
»Nein, *du* hast immer alles gehabt!«, schrie sie. »Deine Eltern lieben sich, mein Vater und meine Großmutter hingegen haben sich immer nur gestritten, und jetzt … jetzt … ist alles kaputt …« Immer stärker schluchzte sie, und Bethy machte ebenfalls kurz den Eindruck, als würde sie in Tränen ausbrechen. Doch dann schüttelte sie den Kopf.
»Ich erwarte ein Kind von einem toten Mann, der mich

schamlos ausgenutzt hat. Und das Einzige, woran du denkst, ist, welche Folgen es für dich hat«, sagte sie heiser. »Die ganze Welt hat sich um Mina Ahlhusen zu drehen, die verwöhnte Reedertochter, nicht wahr? Was immer du entscheidest – ich hoffe, du wirst unglücklich. Dann weißt du wenigstens, wie es ist, wenn man das, was man sich am meisten wünscht, nicht kriegt.«

Bethy wollte an ihr vorbeigehen, aber Mina glaubte zu ersticken, wenn sie ihren Worten nichts entgegensetzte. Unvermittelt hob sie ihre Hand und versetzte der Freundin eine schallende Ohrfeige. Bethy hatte den Schlag nicht kommen sehen und war kurz so perplex, dass sie sie einfach nur verwirrt anstarrte. Erst nach etlichen Augenblicken hob sie langsam ihre Hand und legte sie auf die schmerzende Stelle. Diese schien umso röter, weil ihr Gesicht so blass war.

»Bethy …« Jede Kraft schwand aus Minas Stimme. Wie bitter sie die Ohrfeige bereute! Doch ehe sie sich entschuldigen konnte, lief Bethy davon. Erst als sie die Seilbahn erreichte, blieb sie stehen, um sich noch einmal zu übergeben.

Zwei Tage später stand Mina an der Reling. Den Anblick des Vesuvs nahm sie kaum wahr, aber gegenüber der Reisetruppe, die eben von Pompeji zurückkam und von den Eindrücken schier überwältigt war, konnte sie sich nicht taub stellen.

»Habt ihr das Hündchen gesehen, das beim Ausbruch des Vesuvs vom Tode überrascht wurde?«, rief eine Hamburgerin.

Mina verstand kurz nicht, was damit gemeint war, bis ihr einfiel, dass man in Pompeji die versteinerten Toten besichtigen konnte.

Eine andere Reisende interessierte sich nicht für das Hündchen, sondern war stolz auf die Biskuitplätzchen, die sie bei einem Straßenhändler ergattert hatte.
Ein Herr wiederum nörgelte, dass es zu wenig Boote gab, die die Reisenden wieder zurück zum Schiff brachten. Man musste sich von Einheimischen fahren lassen, die horrende Preise verlangten, wenn man nicht vor Antritt der Fahrt mit ihnen verhandelte.
»Alles Gauner und Halunken!«
»Aber auch geschickte Handwerker! So viele Andenken gibt es allerorts zu kaufen: Stickereien, Diademe aus Korallen und Gemmen, prachtvolle Schnitzereien aus Lava oder Schildpatt-Arbeiten.«
»Sage ich doch, alles Gauner und Halunken! Für all dieses unnütze Zeug verlangen sie viel zu viel Geld.«
Die Reisegruppe verschwand ins Innere, während es an Deck langsam stiller und dunkler wurde. Die Sterne schimmerten am nächtlichen Himmel, der Feuerkegel des Vulkans glich einem fernen, roten Irrlicht, und im dunklen Wasser war das Spiegelbild des erleuchteten Schiffs zu sehen. Die hellen Lichtreflexe aus den Bullaugen glichen einer diamantenen Kette.
Nach dem Abendessen versammelten sich etliche Herren an Deck, und Jonathan Gold ging herum, um ihnen Zigarren der Marke Ludje Müller anzubieten, die noch in Stanniol gehüllt waren.
»Kann ich auch eine haben?«, fragte Mina.
Jonathan sah sie verwundert an.
»Finden Sie es etwa ungehörig, dass eine Dame raucht?«, meinte sie trotzig.
Jonathan grinste nun. »Aber nicht doch!«
Nicht nur, dass er die Zigarre für sie auswickelte, er zeigte ihr sogar, wie man sie anzündete. Wenig später machte

Mina einen tiefen Zug, und obwohl sie dagegen ankämpfte, musste sie husten.

Gottlob hatte sich Jonathan längst diskret zurückgezogen – während sich ein anderer zu ihr gesellte. Tino klopfte ihr auf den Rücken, bis sie wieder Atem fand, aber als sie ihn mit Tränen in den Augen anstarrte, zog er rasch seine Hand zurück.

Bleiernes Schweigen senkte sich über sie, und keiner sprach aus, was ihm durch den Kopf ging.

Ich fühle mich schuldig, nicht mehr nach Herrn Ahlhusen gesehen zu haben, obwohl ich um seinen Zustand wusste, wären Tinos Worte gewesen.

Ich fühle mich schuldig, weil ich mich nicht mehr mit ihm versöhnt habe, die ihren.

»Stell dir vor«, sagte Tino schließlich und versuchte, leichtfertig zu klingen. »Herzog Johann Albrecht von Mecklenburg, der in Neapel residiert, hat an Bord kommen wollen, aber er war so einfach gekleidet, dass man ihn zunächst nicht aufs Schiff gelassen hat, weil er keine Karte vorweisen konnte. Erst als er sich vorgestellt hatte, erkannte der Kapitän den Irrtum, und der war allen schrecklich unangenehm.«

Mina lachte, doch es klang heiser, und prompt musste sie erneut husten. Es hielt sie nicht davon ab, wenig später einen weiteren vorsichtigen Zug an der Zigarre zu nehmen, und sie konnte nun immerhin ausatmen, ohne das Gefühl zu haben, ihre Kehle würde verbrennen.

»Morgen wird ein Ausflug nach Capri angeboten«, fuhr Tino fort. »Dort gibt es die Blaue Grotte zu sehen, sie soll sehr schön sein, und außerdem hohe Felsen, von denen Kaiser Tiberius seine Sklavinnen geworfen hat, wenn er ihrer überdrüssig war.«

»Na gut, dass wir in anderen Zeiten leben.«

Tino lächelte schmerzlich. »Im Zweifelsfall würde ich von Felsen gestoßen werden, weil ich ein anständiges Mädchen verführt habe«, murmelte er.
Mina schüttelte hastig den Kopf. »Aber du hast mich nicht verführt, ich selbst wollte es doch, aber jetzt ist alles so ...«
Sie wusste später nicht, wie ihr Satz geendet hätte. *Jetzt ist alles so verwirrend? So sinnlos? So traurig?*
»Ich fürchte, ich muss wieder zurück zu Dr. Steffens«, unterbrach Tino sie. »Ein Wunder, dass ich mich für ein paar Minuten wegstehlen konnte.«
»Wie geht es dem Amerikaner, der am Tag der Ankunft von dem Stück Kohle getroffen wurde?«
»Viel besser, aber unser Bordphotograph ist schwer erkrankt. Er bedarf intensiver Pflege.«
»Der Arme.«
Wieder senkte sich Schweigen über sie, wieder hing so viel Unausgesprochenes in der Luft, und wieder sprach es keiner der beiden aus.
Als Tino ging, nahm Mina einen weiteren tiefen Zug von der Zigarre. Diesmal hustete sie nicht, aber der Rauch trieb ihr Tränen in die Augen.

24. Kapitel

Als sie sich Lissabon näherten und in den Tajo einfuhren, gingen Regenschauer auf die *Augusta Victoria* herab, als wollte der Himmel daran gemahnen, dass es bald mit den warmen Tagen vorbei war, da Portugals Hauptstadt eine der letzten Stationen der Reise war. Später aber zeigte die Sonne doch noch Erbarmen: Der Regen ließ nach, der Nebel lichtete sich, und er gab erst den Blick auf das Wasser preis, das stahlgrau und glatt wie ein Schild vor ihnen lag, und später auf die Höhen von Almada. Dunkle Berge traten aus dem fernen Horizont, um in sanften Hügeln zum Strom herniederzusteigen, gekrönt mit Feldern und Villen und einer Anzahl gemauerter Aquädukte. Schließlich öffnete sich der Tajo zu einem Binnensee, den die Portugiesen das Strohmeer nannten und auf dessen westlichem Ufer die Stadt gelagert war.

Die Passagiere an Deck genossen die Aussicht, und obwohl Bethy in die gleiche Richtung wie sie starrte, war sie blind für Lissabons Schönheit. Sie hatte die Kabine heute Morgen nicht verlassen, um die Stadt zu bestaunen, da sie mit Übelkeit erwacht war und seitdem ständig Angst hatte, sich übergeben zu müssen.

Bislang konnte sie den Würgereiz zwar noch unterdrücken, und in der frischen Luft gerieten ihre Schritte nicht mehr ganz so wackelig, aber an der Gewissheit, dass sie tatsächlich ein Kind erwartete, ließ sich nicht mehr rütteln.

Längst war es nicht nur Übelkeit, die sie quälte, sondern machten ihr auch das Gefühl von Unrast, spannende Brüste und ihre schwankende Laune zu schaffen. Manchmal hätte sie am liebsten hysterisch weinen und kreischen wollen, dann wieder einfach nur eine Decke über den Kopf ziehen und schlafen – schlafen, bis ihr vermaledeites Leben vorüber war.

Sie beugte sich vor und starrte in die Fluten, die einem samtig weichen Tuch glichen. Wenn sie sich darin bettete, würde sie nie mehr aufstehen müssen, könnte auf ewig Vergessen finden, war nicht gezwungen, den Eltern die Wahrheit zu sagen …

Doch gerade der Gedanke an die Eltern brachte sie zur Besinnung. Sie hatten den Kummer nicht verdient, die Tochter zu verlieren! Wobei sie diese vielleicht längst verloren hatten, war sie doch längst nicht mehr die fröhliche Bethy Borgmann von einst, sondern ein gestrauchheltes Mädchen, dazu verdammt, in einer ärmlichen Wohnung einen Bastard großzuziehen und stets dem Tuscheln und der Häme der Nachbarn preisgegeben zu sein.

»Tatsächlich nicht?«, riss eine Stimme sie aus den Gedanken.

Sie blickte hoch und sah, dass Jonathan mit einem Tablett voller Gläser vor ihr stand.

»Wie bitte?«

»Ich fragte, ob du wirklich keine Limonade willst?«

Allein der Gedanke, irgendetwas zu sich zu nehmen, erfüllte sie mit Ekel, doch sie sagte sich, dass der saure Geschmack der Zitronen die Übelkeit vielleicht vertreiben könne.

Als sie nach einem Glas greifen wollte, zitterte ihre Hand allerdings so stark, dass sie es umstieß und es zu Boden fiel, und als sie auf den Scherbenhaufen blickte, der im Sonnenlicht wie Silber glitzerte, brach sie prompt in Tränen aus.

»Ich tauge zu nichts, zu rein gar nichts! Ich mache alles bloß kaputt.«

Jonathan stellte das Tablett ab, bückte sich zu den Scherben, unterließ es dann aber doch, sie aufzusammeln, weil sie so scharf waren. »Das ist doch nicht so schlimm, ich kehre das später weg. Hier an Bord gibt es ohnehin alles im Überfluss, vor allem an Essen und Trinken. Weißt du eigentlich, dass manche Reisende schon genug von den edlen Speisen haben? Sie kommen tatsächlich zu uns in die Mannschaftsküche, um Erbsensuppe mit Speck, Bohnensuppe und Schwarzbrot zu verlangen. Schade, dass sie als Dank nichts von ihren Gerichten anbieten – ich hätte gerne mal ein ordentliches Beefsteak und Gänseleberpastete, Aal in Gelee und Wiener Backhuhn probiert.«

Allein die Erwähnung der Speisen löste in Bethy eine neue Woge der Übelkeit aus, doch Jonathan fuhr mit vergnügtem Tonfall fort, als würde er gar nicht bemerken, wie jämmerlich sie sich fühlte: »Gerne könnten wir auch die Unterkünfte tauschen. Unsere Räume sind dunkel und eng, und es befinden sich nicht nur zwei, sondern drei Kojen übereinander. Mein Kabinennachbar schlägt sich jeden Tag den Kopf an, wenn er aufsteht. Die Beule auf seiner Stirn wird immer größer und dunkler.«

Bethys Schluchzen wurde etwas leiser, aber immer noch strömten ihr Tränen über die Wangen.

»Und unsere Waschtröge müssen wir mit den Heizern und Trimmern teilen, und das Wasser wird davor noch nicht einmal gewechselt«, sagte Jonathan. »Ein probates Mittel, um schmutzig zu werden, wenn du mich fragst, nicht sauber.«

»Ich …«, stammelte Bethy.
»Nimm dir noch ein Glas Limonade. Wenn du willst, reiche ich es dir.«
Bethy stürzte zur Reling und übergab sich. Sie hatte kaum etwas im Magen, aber das Wenige reichte, auf dass ihre Kehle wie Feuer brannte. Sie würgte und würgte, bis sie nur noch gelblichen Schleim spuckte, und als sie sich endlich wieder aufrichten konnte, schämte sie sich zutiefst. Hoffentlich nahm Jonathan sein Tablett und zog sich diskret zurück.
Der aber dachte nicht daran, sondern trat zu ihr und reichte ihr ein Taschentuch. »Na siehst du. Du bist doch nicht so ungeschickt. Es ist alles im Meer gelandet und nichts auf deinem Kleid.«
Bethys Tränen versiegten, aber die Worte stoben ungestüm aus ihrem Mund. »Ich erwarte ein Kind! Mein Leben ist ruiniert! Ich werde nie einen reichen Mann bekommen, sondern immer hässlicher und dicker und ärmer werden … nein, ich tauge zu gar nichts …«
Spätestens jetzt war sie überzeugt, dass Jonathan fliehen würde, doch der hatte der Jammerrede ungerührt gelauscht. »Ich habe da eine Idee, wie du doch nützlich sein könntest. Komm mit.«
»Aber ich kann doch nicht …«
Jonathan war schon ein paar Schritte weitergegangen, ehe er ihr über die Schultern zurief: »Wieso denn nicht? Dein Magen ist doch jetzt leer, so bald wirst du dich also nicht wieder übergeben müssen. Außerdem sehen die Menschen noch nichts von deinem Zustand. Und selbst wenn du schlagartig dick werden solltest, dann rolle ich dich eben.«
Bethy sah ihn fassungslos an. Hatte er nicht gehört, was sie gesagt hatte?

Sie wollte ihm das Taschentuch wieder zurückgeben, doch er nahm es nicht an. »Putz dir die Nase!«
Bethy tat wie ihr geheißen und schnäuzte sich geräuschvoll, und als sie das Taschentuch wieder sinken ließ, winkte Jonathan sie mit sich. »Na komm schon mit!«, rief er wieder, und ihre Neugierde darauf, was er vorhatte, war zu groß, um ihm nicht zu folgen.

Die *Augusta Victoria* ankerte vor einer breiten Häuserfront. Da die Kaimauern des Hafens noch nicht fertiggestellt waren, galt es zunächst, in einen Schleppdampfer umzusteigen und von diesem später in kleine Boote, um an Land zu gelangen. Zugewiesen wurden diese Boote von einem streng blickenden Obersteward.
Bethy deutete unauffällig auf ihn. »Ist er das?«
Jonathan nickte ihr aufmunternd zu. »Du schaffst das schon.«
Worauf habe ich mich da nur eingelassen?, dachte Bethy etwas überfordert. Allerdings – als Jonathan ihr vorhin erklärt hatte, was er sich von ihr erwartete, hatte sie so bereitwillig zugesagt, dass sie jetzt keinen Rückzieher machen wollte. Sie nestelte an ihrer Bluse, sodass man ihr Dekolleté sehen konnte, das – als eine der wenigen angenehmen Nebenwirkungen ihrer Schwangerschaft – praller und rosiger war denn je. Ihr Gesicht war sicher noch käsig, aber sie kniff sich in die Wangen, damit es ein bisschen Farbe bekam. Nachdem sie auch noch zwei Locken aus der Frisur gezogen hatte, damit ihr diese neckisch ins Gesicht fielen, war sie ausreichend vorbereitet, um auf den Obersteward zuzutreten und ihm ihr breitestes Lächeln zu schenken, das zwei Grübchen auf die Wangen zauberte.
Während sie auf ihn einredete – nicht, dass ihre Worte

viel Sinn ergaben, das Lächeln genügte, den steifen Mann zu bezirzen –, nickte sie Jonathan unauffällig zu. Der hatte aus einiger Entfernung beobachtet, wie sie den Obersteward umgarnte, sich erst vom Schiff auf den Schlepper stahl, um – nach einem weiteren verschwörerischen Nicken – von dort in ein kleines Boot umzusteigen. Da er seine übliche Uniform abgelegt hatte, fiel er nicht weiter auf, und dass die Passagiere ihn nicht erkannten, brachte ihm zwar ein paar misstrauische Blicke ein, aber nicht mehr.
Bethy lächelte. Eben hatte sie den Obersteward nach Lissabons Landeswährung gefragt, und der erklärte ihr nun ausführlich den Wert des Portugiesischen Reals. Als er immer noch nicht enden wollte, obwohl Jonathan ihr schon ungeduldig zuwinkte, legte sie ihre Hand auf seine. Wie der arme Mann errötete! Außerdem schwieg er lange genug, damit sie ein letztes Mal ihre Grübchen spielen lassen und sich überschwänglich bedanken konnte, ehe sie Jonathan hastig ins Boot folgte. Ihre Schritte fielen gar nicht mehr so wackelig aus, und die Übelkeit war auch verschwunden.
Der Steward, der ihr ins Boot half, erkannte Jonathan.
»Bist du verrückt?«, zischte er. »Der Chef erlaubt doch nicht, dass wir heimlich das Schiff verlassen.«
Jonathan lächelte breit. »Mir scheint, das hat er gar nicht mitgekriegt.«
Der andere Steward schüttelte missbilligend den Kopf, aber Jonathan und Bethy schütteten sich vor Lachen aus, und schon begann ein Matrose zu rudern, und sie entfernten sich immer weiter vom Schlepper und somit von den Argusaugen des Oberstewards.
»Na?«, fragte Jonathan und legte seinen Arm um sie. »Fühlst du dich immer noch hässlich? Dieser Mann war

von deiner Schönheit mehr geblendet als von der Morgensonne. Und was deine Ungeschicklichkeit anbelangt – ich finde, du hast dich ganz schön raffiniert angestellt.«
Er zwinkerte ihr zu, und Bethy wurde klar, warum er das alles eingefädelt hatte – wohl weniger, um an Land zu kommen und die Stadt zu besichtigen, wie er vorgegeben hatte, sondern um ihr ihr Selbstbewusstsein zurückzugeben. Sie war nicht sicher, ob sie gekränkt oder erfreut sein sollte, entschied sich aber schließlich, einfach nur den Tag zu genießen, und lehnte ihren Kopf an seine Schulter.

Bald eisten sich Jonathan und Bethy von den anderen Passagieren der *Augusta Victoria* los, um Lissabon allein zu durchstreifen, nicht zuletzt, weil die anderen sich einem Führer mit dem hochtrabenden Namen Pedro Barato Gomez Feio anschlossen, der in Deutschland geboren war und ihnen versprochen hatte, alle deutschen Bierlokale der Stadt herzuzeigen.
»Bier trinken kann ich auch in Hamburg«, meinte Jonathan und zog Bethy unauffällig mit sich.
Am oberen Teil des Ufers befand sich die Altstadt mit ihren engen Gassen und originellen Quaderhäusern, die mit braun, blau oder rot gemusterten Porzellanfliesen belegt und deren Fenster in den unteren Etagen meist mit dichten Gardinen völlig verhängt waren. Noch spannender, als die hiesige Architektur zu bewundern, war es, die Menschen zu beobachten, die Straßen und Gässchen füllten: ältere Frauen mit dem Witwentuch, junge Mädchen mit dem Fichu – einem zu einem Dreieck gefalteten Tuch in kräftigen Orangetönen, das den Hals und das Dekolleté der Frauen bedeckte – oder Bäuerinnen mit

mächtigen, wulstartigen Gürteln um den Leib, die es ihnen erleichterten, dem Gewicht auf dem Kopf standzuhalten.

Wenn die Lasten zu schwer waren, um von Menschen geschleppt zu werden, wurden sie in Karren von Stieren gezogen, deren gewaltige Hörner mit Kränzen und Blumen geschmückt waren. So prachtvoll die Tiere damit auch anzusehen waren, erwiesen sie sich doch störrischer als jeder Esel und warfen Bethy so grimmige Blicke zu, dass diese sorgsam darauf achtete, keinem zu nahe zu kommen. Wann immer eines ihren Weg kreuzte, nahm sie Zuflucht hinter einer der stattlichen Palmen, die hier überall Schatten spendeten und von denen die meisten so aussahen, als würden mehrere Stämme einer einzigen Wurzel entwachsen. Obwohl es unter den breiten Blättern kühl war – Sitzgelegenheiten gab es darunter keine, und langsam taten ihr die Füße weh, zumal die Wege immer steil bergauf oder bergab führten.

Sie verkniff sich jede Klage, aber Jonathan schien ihre Erschöpfung nicht zu entgehen, denn schon führte er sie zu der Laube eines Wirtshauses, die von Weinreben und Geißblatt überdacht war. Wenig später standen zwei Krüge mit Wein auf dem Tisch, außerdem krosses Hähnchen und Maisbrot.

»Und hinterher essen wir *pasteis de nata,* das ist eine portugiesische Spezialität«, rief Jonathan. »Offenbar ist das so etwas Ähnliches wie ein Sahnetörtchen.«

Das Essen duftete hervorragend, und schon führte Jonathan eine volle Gabel an den Mund, doch obwohl Bethy eben noch der Magen geknurrt hatte, überrollte sie eine neue Welle von Übelkeit. Als sie sah, wie das Essen zwischen seinen Lippen verschwand, konnte sie sich gerade noch rechtzeitig abwenden und verhindern, dass sie sich übergab.

Jonathan sorgte dafür, dass ihr Teller wieder abgeräumt und stattdessen trockenes Brot serviert wurde, aber obwohl sie kleine Stücke davon abriss, in den Mund schob und daran kauen konnte, ohne zu würgen, stiegen neue Tränen hoch.

»Mein Leben ist verpfuscht«, presste sie hervor.

Jonathan war ein Stück von ihr abgerückt, sodass er essen konnte, ohne dass ihr der Geruch vom Hähnchen in die Nase stieg. »Meins auch«, murmelte er zwischen zwei Bissen.

Bethy war nicht sicher, ob sie ihn richtig verstanden hatte, und blickte erstaunt hoch. »Warum das denn?«

Jonathan ließ sich mit der Antwort Zeit, bis er sein Mahl beendet hatte. »Ich habe das Herz an eine Frau verloren, die mich nicht will. Und jetzt muss ich wohl Ruth heiraten, meine Cousine.«

Bethys Verwirrung wuchs. »Ich dachte in den letzten Wochen immer, du wärst in mich verliebt.«

»Ach was!«, Jonathan schob seinen Teller weit von sich und machte eine wegwerfende Handbewegung. »Das Mädchen, in das ich verliebt war, ist stark und selbstbewusst und weiß genau, was es will. Nie würde es heulend die Hände in den Schoß legen und einfach aufgeben.«

Bethy sank in sich zusammen, als sie begriff, dass er auf sie anspielte, und mit wie viel Dreistigkeit sie ihm früher begegnet war. »Wie kannst du mich lieben? Ich habe dich so herablassend behandelt, und dann war ich auch noch so dumm, dass ich … dass ich … Und jetzt erwarte ich das Kind eines anderen.«

»Na und?«, fragte er. »Mein Vater sagt immer, Kinder seien eine Gabe des Herrn, die Frucht des Leibes ist Sein

Geschenk … Das hat er allerdings nicht selbst erfunden, sondern stammt aus einem Psalm.«

»Du nimmst alles so leicht.«

»Leicht?«, rief Jonathan mit gespielter Empörung. »Dich glücklich zu machen wird ganz bestimmt nicht leicht werden, pah! Mein Vater meint übrigens auch, dass es genauso schwierig ist, eine gute Ehe hinzukriegen, wie für Gott, das Rote Meer zu teilen.« Er wurde wieder ernst. »Aber es ist sehr leicht, ein so hübsches, fröhliches Mädchen wie dich gernzuhaben. Das war es immer und ist es noch.«

Seine Hand tastete nach ihr und hielt sie fest.

»Du … du würdest mich also heiraten … trotz allem?«, fragte sie.

»Fürs Erste würde es mir schon genügen, dich zu küssen.«

Obwohl Bethy gerührt war – ihre Verlegenheit erwies sich als noch größer. Rasch entzog sie ihm ihre Hand, sprang auf und lief zurück auf die Straße. Dort kam gerade ein fahrender Händler mit einem Wagen voller Obst entlang, und sie rannte so heftig dagegen, dass ein Dutzend Orangen auf den Boden kullerte. Bethy bat um Entschuldigung und bückte sich, um sie aufzuheben, aber bevor sie nach der ersten greifen konnte, wurde sie von Schluchzen überwältigt. Sie sah kaum, dass Jonathan neben ihr auf die Knie gesunken war. »Glaubst du mir immer noch nicht, dass ich schrecklich ungeschickt bin?«

»Natürlich glaube ich dir das. Vielleicht bist du sogar das ungeschickteste Mädchen von ganz Lissabon, ja von ganz Portugal. Aber was soll's? Dann heben wir die Orangen eben gemeinsam wieder auf.«

Er küsste sie, und sie wehrte sich nicht länger, wenngleich es nur ein kurzer Kuss blieb, da der Obsthändler fluchte und drohend die Hände hob. Rasch sammelten sie die Orangen auf, und anstatt erneut aufzuschluchzen, musste Bethy jäh aus voller Kehle lachen.

Als die *Augusta Victoria* Lissabon verließ, herrschte große Aufregung: Es gab kein anderes Gesprächsthema als das Missgeschick zweier Reisender, die es doch tatsächlich nicht mehr zurück auf das Schiff geschafft hatten. Höhnische Stimmen behaupteten, sie hätten in irgendeinem Gasthaus zu sehr dem portugiesischen Wein gefrönt – mitleidigere meinten, dass sie vielleicht einen Unfall erlitten hätten, zumal portugiesischer Wein gemessen an dem deutschen nicht gut genug wäre, um davon im Übermaß zu trinken.

Als der Abend nahte, wurden auf die zwei Passagiere Spottlieder gedichtet, aber auch andere Reiseerlebnisse besungen, galt es schließlich, den Wettbewerb, der für den nächsten Tag angesetzt war, vorzubereiten. Die Passagiere wurden aufgerufen, ein Lied auf die *Augusta Victoria* zu dichten, und das beste würde ausgezeichnet werden.

Für Bethy war es darum gar nicht so leicht, mit ihren Eltern zu sprechen. Stets waren sie entweder von einer Menschentraube umgeben, die Fragen zum Wettbewerb stellten und sich nach den zurückgebliebenen Passagieren erkundigten, oder sie diskutierten mit Herrn Ballin, wie man die Heimfahrt der beiden Unglücksraben von Bord aus organisieren könne.

Zunächst wollte Bethy einen ruhigeren Moment abwarten, aber schließlich war ihre Ungeduld so groß, dass sie sich zu Alba und Werner durchkämpfte, und als ein geiziger Lübecker allen Ernstes fragte, ob das beste Lied mit einem Preisgeld belohnt wurde, sagte sie laut: »Ich muss mit euch reden.«

Alba musterte sie flüchtig. »Das geht jetzt nicht.«
»Doch! Jetzt!«
Bethy schrie nahezu, und die beiden erkannten, dass das, was sie zu sagen hatte, nicht länger warten konnte.
»Nun gut, sprich!«
Trotz ihrer Entschlossenheit blickte Bethy sich verlegen um. »Nicht hier.«
»Dann lass uns in die Kabine gehen.«
»Besser in einen der Salons«, schaltete sich Jonathan ein, der sich bis jetzt im Hintergrund gehalten hatte. »Ich werde dabei sein.«
Werner und Alba warfen Bethy fragende Blicke zu, aber die sagte kein Wort, bis sie das Musikzimmer betraten, das gottlob eben leer war. Es war nicht leicht, das Schweigen zu brechen, aber als Jonathan ihr aufmunternd zunickte, verkündete Bethy mannhaft: »Ich bin schwanger. Und ich werde heiraten.«
Als sie den ersten Satz gesagt hatte, hatte sie noch versucht, dem Blick der Eltern standzuhalten. Aber als sie sah, wie sich in ihren Mienen Entsetzen ausbreitete, starrte sie auf die Hände. Ob der Stille, die folgte, verknotete sie sie ineinander. Sie hörte ihren Vater heftig atmen, während ihre Mutter jeglichen Laut unterdrückte – sie war nicht sicher, ob es ein Wutschrei oder ein Schluchzen gewesen wäre. Und dann war da noch das Ticken einer Wanduhr zu hören, lauter als das Pochen ihres Herzens.
Erst als Jonathan sich räusperte, wagte sie es wieder, hochzublicken. Ihr Vater rang hilflos die Hände, während das Gesicht ihrer Mutter vollkommen ausdruckslos war.
»Es … es tut mir so leid«, presste Bethy mit zitternder Stimme hervor.
Albas Lippen wurden noch schmaler, während Werner

schnell erklärte: »Du musst uns nicht um Verzeihung bitten. Wir wollen doch nur, dass es dir gut geht, nicht wahr, Alba?«
Ihre Mutter zuckte kaum merklich zusammen, und nun regten sich doch noch Gefühle in ihrer Miene – Enttäuschung, aber vor allem Verbitterung. Bethy packte das schlechte Gewissen, ihr das anzutun, wobei sie plötzlich ahnte, dass nicht nur sie die Schuldige war, sondern Wilhelm Ahlhusen.
»Ich weiß, dass ich euch Schande mache«, sagte sie zerknirscht.
»Nicht doch … nicht doch«, murmelte Werner.
Abrupt wandte sich Alba ab. »Dass ausgerechnet dieser Schuft, dieser zerstörerische, rücksichtslose, verantwortungslose …«
»Aber, aber!«, unterbrach Jonathan sie schnell und trat vor. »Sagen Sie nichts Schlechtes über den Vater meines Sohnes!«
Alba fuhr herum und musterte ihn so verwirrt, als nähme sie ihn zum ersten Mal wahr. Ihre Verblüffung war größer als die Enttäuschung über ihre Tochter. »*Ihres* Sohnes?«
Jonathan nickte. »Wie Bethy schon sagte – sie wird heiraten, und zwar mich. Vorausgesetzt natürlich, Sie gewähren mir ihre Hand.«
Alba war kurz sprachlos. »Aber woher wollen Sie wissen, dass das Kind ein Junge wird?«, fragte sie nach einer Weile.
»Nun, eine Tochter werde ich genauso lieben. In jedem Fall wird es *mein* Kind sein, für das ich sorgen werde. Es gibt keinen Grund, Wilhelms Ahlhusens Namen auszusprechen, und schon gar nicht, ihn zu beleidigen. Das … das ist er nicht wert.«

Kurz hatte Bethy Angst, dass sich die Miene der Mutter wieder verhärten würde, aber dann sah sie, wie ihre schmalen Lippen zu zittern begannen und die Augen feucht wurden. Sie blickte von Jonathan zu Bethy, wieder zurück zu ihm und dann erneut zu ihr, und ihre Züge spiegelten nicht länger nur Schmerz, sondern auch Erleichterung wider.

»Bethy … ach, Bethy«, sie zog sie an sich, »ich will doch nur, dass du glücklich wirst!«

Sie brachen beide in Tränen aus, und während Bethy das Gesicht an der Brust ihrer Mutter barg, wandte sich Jonathan an Werner.

»Sie gestatten mir doch, um die Hand Ihrer Tochter anzuhalten?«

Nun wurde ihr Vater noch hilfloser, sein Stammeln noch schlimmer. »Sie … Sie scheinen ein recht… rechtschaffener … junger Mann zu sein, aber wie stellen Sie sich das vor … Ich meine, wenn … wenn Sie doch auf hoher See arbeiten …«

»Wer als Steward die anspruchsvollen Gäste der *Augusta Victoria* zufriedenstellen konnte, findet auch in Hamburg eine Arbeit. Ich weiß allerdings noch nicht, als was. Sie wiederum sollten wissen, dass ich Jude bin.«

Alba wischte sich die Tränen aus den Augenwinkeln. Ihre Schultern bebten noch, aber sie hatte ihre Züge wieder unter Kontrolle. »Wenn Sie der Mann sein wollen, der meine Tochter glücklich macht, ist es uns ziemlich egal, was Sie sonst noch sind.«

Mina verzichtete in Lissabon auf einen Landausflug. Nicht, dass ihr die malerische Bucht mit den bunten Häusern nicht gefiel, und dennoch vermeinte sie, dass diese kräftigen Rot-, Blau- und Gelbtöne unter einem

grauen Schleier verborgen lagen, gleich so, als stünde sie vor einem prächtigen Blütenmeer, das sie vage erkennen konnte, aber dessen süßlicher Duft sie nicht erreichte. Mit jedem Atemzug, den sie tat, schien sich ihr Mund stattdessen mit Asche oder Staub zu füllen – genau mit dem also, was am Ende eines Lebens vom Menschen blieb, und war er noch so glücklich.
Sie weinte kein einziges Mal um ihren Vater, aber die Trauer lag wie ein bleiernes Gewicht auf den Schultern, und sie konnte es an niemanden abgeben und die Last teilen, am allerwenigsten an ihre Großmutter. Auch diese weinte nicht und sprach kein Wort über Wilhelm, aber sie schien kleiner und magerer denn je und von einer nicht minder hohen grauen Wand umgeben wie sie. Weder konnte Mina sie trösten noch Trost bei ihr finden und schon gar keine Ratschläge erhoffen, wie es denn nun weitergehen sollte.
Auch zwischen ihr und Tino stand nur … Nebel. Wann immer sie ihn aus der Ferne beobachtete, drang kurz gleißend wie ein heller Sonnenstrahl die Erinnerung an glückliche Stunden durch das Grau – ob an Ägypten oder Sizilien –, doch mit ihnen kam jener bittere Geschmack von Schuld, der auch ihm nicht fremd sein musste, so beharrlich, wie er ihr auswich. Wie ihr fiel es ihm wohl schwer, an ihre lustvollen Umarmungen zu denken, ohne sich zugleich vor Augen zu halten, dass Wilhelm in der gleichen Stunde gestorben war – hilflos und allein.
Und dann gab es da noch Bethy … Bethy, auf deren Leben gleichsam ein Schatten gefallen war … die wohl auch verzagt war und voller Angst vor der Zukunft. Lange Zeit war Mina nicht sicher, ob sie ihr verzeihen konnte, desgleichen nicht, ob der Gedanke an das Kind in ihrem

Leib je etwas anderes als Verstörtheit und Pein heraufbeschwören konnte, aber als das Schiff Lissabon hinter sich gelassen hatte, wusste sie, dass sie zumindest ihr nicht länger ausweichen konnte. Sie musste mit ihr reden und ihr anvertrauen, wie zerrissen sie sich fühlte – von Trauer und Wut und schlechtem Gewissen –, und Bethy würde sie verstehen, denn in ihr ging wahrscheinlich das Gleiche vor.

Nachdem sie sie nicht in der Kabine fand, fragte sie den Kammersteward nach ihr und erfuhr von ihm, dass Bethy an Land gegangen und eben erst zurück an Bord gekommen war.

Mina starrte ihn fragend an und verstand den Grund für sein anzügliches Augenzwinkern nicht.

»Und das nicht allein«, fügte er vielsagend hinzu.

Immer noch starrte Mina ihn verwirrt an.

»Nun, Jonathan Gold hat sie begleitet, obwohl sich die Stewards doch nicht unerlaubt vom Schiff entfernen dürfen!«

Mina nickte geistesabwesend. Jonathan, der immer so freundlich gewesen war, während Bethy für ihn nichts als Verachtung übrig gehabt hatte …

Inmitten aller anderen widerstreitenden Gefühle fing etwas in Mina zu nagen an, was sie nicht benennen konnte. Zumindest noch nicht. Erst als sie eine knappe Stunde später am Promenadendeck Bethys lautes Lachen hörte, hochblickte und feststellte, dass sie kein Schwarz wie sie trug, sondern ein zitronengelbes Kleid, das sie ihr einmal geschenkt hatte, begann sie zu ahnen, was sie so sehr verbitterte.

Warum war Bethy so fröhlich? Warum lächelten ihre Eltern so glücklich? Und warum war Jonathan bei ihr und warf ihr verliebte Blicke zu?

Werner hatte seinen Arm um die Tochter gelegt, und Mina versuchte sich vergebens daran zu erinnern, wann ihr Vater sie so vertraut an sich gezogen hatte. Ihr Vater, mit dem Bethy gehurt hatte … dessen Bastard sie trug … der sie schamlos ausgenutzt hatte …

Keiner der vier schien sich darum zu kümmern. Nicht nur Bethys Lachen trug der Wind zu ihr, sondern auch die Stimmen der Borgmanns, und diese Stimmen bekundeten, dass Bethy sich mit den Eltern versöhnt hatte, diese von dem Kind wussten, jedoch nicht von Sorgen zermürbt waren, sondern sich darüber freuten, dass Bethy – wie Mina nun auch erfuhr – Jonathan heiraten würde.

Ehe sie sich zu erkennen gab, stolperte Mina zurück ins Innere des Schiffs. Zum ersten Mal seit Wilhelms Tod perlten Tränen über ihre Wangen – keine Tränen der Trauer, sondern des Zorns, des Neids und des Unverständnisses. In ihrem Mund schmeckte es nicht salzig, sondern bitter.

Warum kommt sie mit allem durch? Warum wird sie für ihre Leichtgläubigkeit und Gedankenlosigkeit vom Schicksal auch noch belohnt?

Blind vor Tränen hastete sie weiter und merkte kaum, dass sie fast in einen Mann rannte. Sie entschuldigte sich knapp und wollte schon weiter, als eine vertraute Stimme sie aufhielt.

»Fräulein Ahlhusen?«

Mina blieb stehen. Es war niemand anderer als Albert Ballin, in den sie fast gerannt wäre. Verstohlen wischte sie sich die Tränen ab. Obwohl sie wusste, dass sie sich ihrer nicht schämen musste, wollte sie sich unter Kontrolle haben, als sie sich ihm zuwandte.

»Herr Ballin.«

Seine dunklen, lebendigen Augen musterten sie.

»Fräulein Ahlhusen, ich hatte bislang noch keine Gelegenheit gehabt, Ihnen mein aufrichtiges Beileid zum Tod Ihres Vaters auszudrücken. Es tut mir leid, dass Ihnen diese schöne Reise durch ein so tragisches Ereignis vergällt wurde.«

Mina nickte abwesend. Sie spürte, dass sein Mitleid ernst gemeint war, aber es prallte an der grauen Wand ab, die wieder um sie wuchs gleich einer Dornenhecke. Immerhin, auch Neid und Zorn versiegten. Zum ersten Mal erwies sich ihr Verstand wieder stärker als jedes Gefühl.

Als Albert Ballin sich schon verabschieden und weitergehen wollte, stellte sie sich ihm in den Weg. »Diese Reise ist ein großer Erfolg. Sie werden noch öfter solche Lustfahrten veranstalten, nicht wahr?«

Er sah sie erstaunt an, nickte aber schließlich zögernd.

»Sie brauchen mehr Schiffe, damit Sie Fahrten wie diese auch im Sommer ansetzen können!«, rief Mina. »Schließlich ist das Mittelmeer nicht das einzige attraktive Reiseziel, auch Nordlandfahrten sind denkbar, nicht wahr? Und diese Schiffe müssen entsprechend umgerüstet werden. Ich meine, das Zwischendeck, wie es auf Auswandererschiffen üblich ist, ist für Reisen wie diese nutzlos. Sie richten sich schließlich nur an ein reiches Publikum, das jeden erdenklichen Komfort und Luxus erwartet.«

Je länger sie sprach, desto schneller perlten die Worte über die Lippen. Ihr Eifer wuchs und vertrieb die Kälte aus ihrem Herzen.

Albert Ballin hingegen war von ihrem Enthusiasmus sichtlich befremdet. »Wie kommen Sie denn auf diese Idee?«, fragte er.

»Ein Schiff umzurüsten ist bei der HAPAG doch üblich«, erklärte Mina. »Ich habe gehört, dass das Unternehmen seinerzeit – nach dem Ankauf der Adler-Linie – einen so großen Schiffspark besaß, dass an Neubauten nicht zu denken war. Um dennoch den modernsten Standard zu bieten, ließ man einige der älteren Schiffe modernisieren und mit Aufbauten und einen zweiten Schornstein versehen.«

Ihr Eifer hatte sich ein wenig gelegt, stattdessen gewann Nüchternheit die Oberhand – die Ballin allerdings nicht minder überforderte.

»Ich war mir nicht im Klaren, dass Sie sich für den Schiffbau interessieren«, murmelte er.

»Ich habe sowohl das Hilfsbuch für den Schiffbau von Hans Johow sowie das einführende Werk von van Hüllen gelesen. Auch wenn ich dort nicht studieren durfte – ich habe mir von der Technischen Hochschule in Charlottenburg beides schicken lassen.«

Albert Ballin war kein Mensch, der seinen Gesichtsausdruck gut unter Kontrolle hatte. Er runzelte die Stirn, und sie konnte förmlich hören, was dahinter vorging.

Sie sind doch eine Frau …

Doch sie achtete nicht darauf, sondern fuhr entschlossen fort: »Es gibt so viele technische Entwicklungen, dass auch Reeder Sachverstand brauchen, um zu beurteilen, ob sie eine vorübergehende Modeerscheinung, eine Fehlentwicklung oder ein wegweisender Fortschritt sind. Das sehen Sie doch auch so?«

»Selbstverständlich. Aber dass sich ein Fräulein wie Sie für Technik begeistern kann …«

»Oh, mein Vater hat einmal gesagt, die Technik sei so wankelmütig wie eine Frau. Nie wüsste man, ob etwas wirklich funktioniert. Man kann es lediglich versuchen und das Beste hoffen – aber Garantien gebe es keine. Ein

Schiff zu bauen sei so ähnlich, wie eine Unbekannte zu heiraten und darauf zu zählen, dass man in der Ehe nicht unterginge.«
Ballin lächelte, wurde aber rasch wieder ernst. »Der Tod Ihres Vaters tut mir wirklich leid. Ich hoffe, Sie finden die richtige Lösung … Ich meine, was Ihr Unternehmen angeht. Wann immer Sie meine Hilfe brauchen …«
»Darauf komme ich vielleicht eines Tages zurück.«
Wieder wollte er ihr zunicken und sich zurückziehen, doch abermals hielt Mina ihn auf.
»Übrigens, was einen Ihrer Stewards anbelangt …«, begann sie, ohne lange über ihre Worte nachzudenken. »Ich habe gesehen, wie er in Lissabon unbefugt von Bord gegangen ist. Ich … ich hatte einen Wunsch, doch er hat mich einfach ignoriert.«
Obwohl sie nicht geplant hatte, das zu sagen, fühlte es sich nicht minder gut an, als über Schiffstechnik zu reden.
Nein, Bethy, du kommst doch nicht mit allem durch.
»Welchen meinen Sie?«, fragte Ballin streng.
»Jonathan Gold«, sagte sie. »Ihr Schiff hat einen erstklassigen Ruf. Sie dürfen nicht zulassen, dass er durch nichtsnutziges Personal zerstört wird.«
Erneut hatte Ballin seine Gefühle nicht im Griff, und diesmal war es vor allem Empörung. »So etwas wird nicht wieder passieren, verlassen Sie sich drauf.«
»Das ist gut«, sagte sie, und ihre Stimme klang nicht länger nüchtern, sondern hoheitsvoll und arrogant.
Nun hielt sie Ballin kein weiteres Mal mehr auf.
Sie sah ihm nach, spürte, wie ihre Lippen sich zu einem breiten Lächeln verzogen. Es war gewiss kein schönes Lächeln, aber es verhieß ein angenehmeres Gefühl, als zu weinen.

Sonderlich lange währte das Lächeln nicht. Als sie sich umdrehte, um zurück zu ihrer Kabine zu kehren, entdeckte sie Tino.
Er stand ganz starr und mit blassem Gesicht am Ende des Gangs, und ehe sie ein Wort hervorbrachte, las sie in seinen Augen, dass er alles gehört hatte – oder zumindest wie sie Jonathan verpetzt hatte. Hätte er sie mit Vorwürfen überschüttet, hätte sie sich verteidigt, doch er wirkte nur verletzt, unendlich verletzt, als hätte sie sich nicht nur gegen Jonathan, sondern gegen ihn persönlich gewendet.
Hilflosigkeit und Ohnmacht kehrten zurück. Sie konnte nichts anderes tun, als seinen Namen zu sagen, ein Mal, zwei Mal, doch sie hatte nicht das Gefühl, ihn zu erreichen.
Wie betäubt schüttelte er den Kopf. »Ich habe immer geglaubt, dass du anders bist. Ein Mädchen voller Lebenslust und Abenteuersinn, dem es egal ist, woher man stammt und welchen Namen man trägt.«
Mina machte einen Schritt auf ihn zu. Dass er zurückwich, war quälender als alle seine Worte. »Was du eben gehört hast ... das ... das war ein Missverständnis ... Du hast es falsch verstanden.«
Sein Gesichtsausdruck wurde so kalt, wie ihrer gewesen sein musste, als sie mit Ballin sprach. »Ich glaube, ich verstehe zum ersten Mal, wer du bist. Einfach einen Steward verpetzen!«
»Ich habe es doch nur getan, weil ...« Sie brachte kein weiteres Wort hervor, wusste ja selbst nicht, warum sie so weit gegangen war, oder wusste es sehr wohl, schämte sich jedoch für ihren Neid und ihre Missgunst.
Tino reckte sein Kinn. Sie hatte immer gewusst, dass es ihm nicht an Selbstbewusstsein fehlte, doch noch nie hat-

te sie ihn so stolz erlebt. »Gib es doch zu, ich war für dich nur ein netter Zeitvertreib!«

»Das ist Unsinn!«

»Du gehst mir seit Tagen aus dem Weg, doch was ich für Trauer hielt, war in Wahrheit nur Gleichgültigkeit.«

»Das ist nicht wahr. Ich …«

Ich liebe dich, wollte sie sagen.

Aber dann war sie sich plötzlich nicht mehr sicher, ob hinter der grauen Wand so ein schönes, warmes, starkes Gefühl überleben konnte. Und ob es – selbst wenn es existierte – richtig war, darauf zu bauen.

Sie hatte nicht gewollt, dass Tino ihre Worte hörte, aber dass er es getan hatte und er sie wohl nie vergessen würde, war womöglich ein Wink des Schicksals: Es hatte ihr eine Entscheidung abgenommen, die selbst zu treffen ihr das Herz gebrochen hätte.

Als er sich abwandte und sie stehen ließ, machte sie keine Anstalten, ihm zu folgen.

25. Kapitel

Nach Lissabon war es vorbei mit den sonnigen Tagen. Am nächsten Tag verschmolzen Himmel und Meer zu einem grauen Einerlei; zum Regen kam bald ein heftiger Sturm, und in der Nacht wurden die Vorhänge an den Stangen hin- und hergeschoben. Mina blieb zwar von der Seekrankheit verschont, aber sie konnte nicht schlafen, sondern lauschte auf das Heulen und war irgendwie dankbar, dass der Himmel für sie seine Stimme erhob und weinte, während in ihr alles wie tot schien. Nicht, dass sie nicht ständig an Costantino dachte und sich danach verzehrte, wieder so glücklich zu sein wie in Ägypten oder Palermo – aber sie schaffte es nicht, auf ihn zuzugehen und mit ihm zu reden. Und dass mit jedem weiteren Tag, da sie dem Heimathafen näher kamen, die Gelegenheiten dazu schwanden, erzeugte nicht Panik, sondern eher Gleichgültigkeit.

Bevor sie allerdings in vertraute Gefilde einliefen, legten sie einen Zwischenstopp in Southampton ein – diesmal etwas länger als zu Beginn der Reise, da während des Aufenthalts das Schiff frisch gestrichen wurde. Die einen nutzten die Zeit für einen Ausflug nach London, andere entschieden sich für die Isle of Wight. Mina schloss sich mit Hedwig der zweiten Gruppe an und hoffte, dass der Blick auf die atemberaubende Kreideküste und die Needles, die berühmten drei aus dem Meer ragenden Felsenspitzen, wieder Begeisterung in ihr wecken konnten.

Doch die Needles waren unter dichten Nebelschleiern verborgen, und das einzig Weiße, was sie zu Gesicht bekamen, waren keine spektakulären Steilküsten, sondern Schnee.
Er vergrub Wight unter einer so dicken Decke, dass diese nichts mit der viel gerühmten farbenprächtigen »Blumeninsel« gemein hatte, wo der Ginster duftete und ständig Knospen aufsprangen.
Schneeinsel müsste sie stattdessen heißen, dachte Mina. Oder gar Winterinsel …
Die anderen waren enttäuscht, dass die Poststraße von Ventnor nach Newport unpassierbar war und sie darum vorzeitig zurückkehren mussten, doch sie blieb merkwürdig kalt. Zwar klapperten die Zähne nicht, und die Hände steckten in einem wärmenden Muff, aber eine dünne Eisschicht schien sich über ihre Brust zu legen.
Erst als die Kutsche kurz vor dem Ziel plötzlich anhielt, weil neuer Schneefall eingesetzt hatte und die Straße vor ihnen erst freigeschaufelt werden musste, blickte sie ungeduldig hinaus. Wie überdrüssig sie jäh des Anblicks dieser weißen Einöde war!
»Warum geht es denn nicht weiter?«
Hedwig blieb gelassen sitzen. Falls sie enttäuscht war, dass sie hier keine bunten Beete und Rabatten, sondern eine Winterlandschaft vorgefunden hatten, zeigte sie es nicht. Sie zeigte ja auch ihre Trauer um Wilhelm nicht. Die Schultern mochten etwas schmaler wirken, die Wangen eingefallen, und die Frisur saß nicht ganz so akkurat, aber ansonsten wahrte sie wie immer Contenance.
Was sie in den letzten Tagen bewundert hatte, brachte Mina heute dazu, ihre Fassung zu verlieren.

»Verdammt noch mal, die Kutsche soll endlich weiterfahren. Sollen wir etwa im Schnee ersticken?«

Hedwig hob den Blick. »Aber Mina!«, rief sie erstaunt.

Nichts konnte sie mäßigen. Sie fing an, wild gegen die Fensterscheibe zu klopfen, bis ihr die Hände wehtaten. Als sie endlich zurück in den Sitz fiel, schmerzten zwar nicht mehr die Hände, aber jeder Atemzug. Sie brach in Tränen aus, die ihr heiß und salzig über die Wangen liefen.

»Mina«, sagte Hedwig wieder, diesmal milde und leise.

Als Mina ihr Gesicht in den Schoß vergrub, rutschte sie zu ihr und strich ihr behutsam über die Haare.

»Ich habe gedacht, ich würde ihn den Rest seines Lebens hassen«, brach es aus Mina hervor, »aber ich konnte doch nicht ahnen, dass dieses Leben so kurz sein würde.«

Hedwig zuckte die Schultern. »Es lag nicht nur an diesem Abenteuer im Libanon. Er hat in den letzten Jahren einfach zu viel getrunken. Leider war er nie Herr seiner Begierden.« Es klang nicht tadelnd wie früher, nur traurig. Und auch ein wenig Verbitterung schwang in ihren Worten mit, als sie fortfuhr: »Eigentlich wird das doch uns Frauen nachgesagt. Wir wären hysterische, oberflächliche, gedankenlose Wesen, die ihren Gefühlen ausgeliefert sind. Deswegen bräuchten wir auch unbedingt einen Mann an unserer Seite, der uns leitet und schützt. Pah!«

Mina blickte verwundert auf, und ihre Tränen versiegten. »Was meinst du?«

Hedwig nahm ihre Hand und sagte eindringlich: »Du kannst es schaffen. Du kannst beweisen, wie viel Verstand und Stärke unserem Geschlecht eigen ist. Du wirst unser Unternehmen weiterführen.«

Mina schüttelte den Kopf: »Aber ich ...«

»Ich hätte es auch gekonnt«, fiel Hedwig ihr entschlossen ins Wort. »Nach dem Tod deines Großvaters hätte ich das Ruder in die Hand nehmen sollen. Ich ... ich war zu feige. Das bist du nicht.«

»Aber ich bin doch viel zu jung dafür.«

»Ach was, du bist achtzehn, da ist eine Frau längst erwachsen. Wir können beim Gericht einen Antrag stellen, damit vorzeitig deine Volljährigkeit anerkannt wird. Und was einen gesetzlichen Vormund betrifft – nun, du hast keinen männlichen Verwandten mehr, der sich einmischen könnte. Also suchen wir uns einen netten Pfarrer, der gegen eine großzügige Spende seine Unterschrift dafür hergibt.«

Wie viele Gedanken sie sich bereits gemacht, mit wie viel Nüchternheit sie alles bedacht hatte!

Minas Seele hingegen fühlte sich weidwund an. »Ich will nicht in Hamburg leben«, erwiderte sie, »ich will die Welt kennenlernen, ich will ...«

Ich will mich mit Tino versöhnen, ich will ihn davon überzeugen, dass ich keine Standesdünkel habe, ich will ihm sagen, wie sehr ich ihn liebe ...

Obwohl sie es nicht laut aussprach, schien Hedwig zu wissen, was in ihr vorging. Sie drückte die Hand fester, suchte ihren Blick und sagte eindringlich: »Man tut, was man tun muss und worin man am besten ist, und das nicht obwohl, sondern gerade weil es manchmal der schwerste Weg ist.«

Mina senkte den Blick, aber die Hand entzog sie ihrer Großmutter nicht. Als die Kutsche weiterfuhr, wurde ihre Seele wieder kalt.

Nach der Rückkehr aufs Schiff weigerte sich Mina lange, ins Warme zurückzukehren, sondern stand auch dann noch an der Reling, als das Schiff ablegte und Fahrt aufnahm. Jetzt sah sie doch noch die Needles vorbeiziehen, zumindest die Spitzen, während dort, wo der Fels unmittelbar aus dem Meer ragte, nach wie vor Nebelschwaden einen grauen Kranz flochten. Sie konnte ihre Hände kaum spüren, löste sie jedoch nicht von der Reling. Ganz gleich, wie kalt ihr war, sie würde nicht erfrieren – jene Glut in ihrem Inneren würde nicht so einfach verglühen. Doch es war nicht die Liebe zu Tino, die diese Glut nährte, sondern der Gedanke an ihre Pflicht.

Mit gemischten Gefühlen erwartete Bethy die Heimkehr. Manchmal glaubte sie, es keine Stunde länger auf dem Schiff zu ertragen, wo so viel Schreckliches passiert war – dann wieder wähnte sie sich hier wie in einem schützenden Kokon, der sie vor der rauen Wirklichkeit bewahrte. Ähnlich zerrissen war sie, wenn sie sich das künftige Leben mit Jonathan ausmalte. Einerseits war sie voller Neugierde und Hoffnung, andererseits hatte sie schreckliche Angst davor, die von der steten Übelkeit befeuert wurde.

Als sich die *Augusta Victoria* schließlich dem Heimathafen näherte, erfasste jedoch auch sie die allgemeine Aufregung. In den Gängen herrschte Hektik, alle waren beschäftigt einzupacken, und bei jeder Gelegenheit wurden Dankesreden gehalten.

Das Erste, was sich vom Deutschen Reich zeigte, waren die Leuchtfeuer von Helgoland, und wenig später ging ein Lotse an Bord, um das Schiff bis nach Cuxhaven zu begleiten. Fast alle Passagiere strömten nun an Deck, tanzten spontan die Polonaise und sangen das Hamburger Volkslied *Draußen in der Elbe schwimmt ein Krokodil,* was einen Bremer Herrn zu der schnodderigen Bemerkung veranlasste, offenbar wären alle der Heimatluft so entwöhnt, dass sie sie nun besoffen machte.

Bethy hätte am liebsten auch getanzt, aber Jonathan hielt sie davon ab. »Das Deck ist ganz vereist, du könntest ausrutschen.«

»Na und? Du wirst mich schon wieder auffangen.«

»Da rauche ich lieber eine Zigarette.«

Das tat er tatsächlich, und zwar voller Trotz, weil es den Stewards und Schiffsjungen nicht gestattet war, zu rauchen. Der Obersteward warf ihm einen strengen Blick zu, sagte aber nichts, da Jonathan zwar noch in den Mannschaftsunterkünften wohnte, seit seiner Entlassung aber Zivil trug.

»Eine Schande, wie sie mit dir umgegangen sind!«

»Sie sind mir nur zuvorgekommen.«

»Trotzdem ...«

»Kein Wort mehr.« Er beugte sich vor, um sie zu küssen, aber sie entwand sich lachend. »Vom Zigarettengeruch wird mir übel!«, rief sie, woraufhin er die Zigarette einfach ins Meer warf.

Am nächsten Tag verließ die *Augusta Victoria* frühmorgens Cuxhaven, um die letzte Wegstrecke nach Hamburg zurückzulegen, und als die Sonne das strahlend blaue Himmelszelt erklommen und ihren höchsten Stand erreicht hatte, wurde die lange Häuserreihe von Altona sichtbar. Auf der letzten halben Meile von Blankenese bis zur Gasfabrik wurde Jubel laut. Hunderte von Menschen standen am Ufer, um die *Augusta Victoria* mit lautem Hurra zu empfangen. Flaggen wehten im Wind, berittene Konstabler hatten Aufstellung genommen, viele Schiffe, die vorbeikamen, Gala angelegt. Die Schaulustigen schwenkten Tücher, und da Taschentücher knapp geworden waren, nutzte man sogar Bett- und Tischlaken.

An Deck wurde es immer voller, die Passagiere schrien und winkten zurück, und als ob der Lärm nicht ohrenbetäubend genug gewesen wäre, mischten sich die Klänge der Bordkapelle, die *Auf Hamburgs Wohlergehen* spielte, mit denen der vielen Orchester an Land.

Und dann wurde im Dunst des Qualms, der sich aus Hunderten von Schloten in der Luft verbreitete, der Hafen sichtbar – erst die Frontköpfe der Speicherreihen, die an der Kehrwiederspitze endeten, später die verschiedenen Kirchtürme, Sankt Michaelis, Sankt Nikolai und der elegant durchbrochene Helm des Katharinenturms, die sich wie eine Zackenkrone über dem Gewirr der Häuser erhoben und deren grüner Überzug aus Patina einen deutlichen Kontrast zum blauen Himmel bot.

Zum Tanzen war längst kein Platz mehr, aber Jonathan hielt Bethy eng umschlungen und drehte sich ein paarmal mit ihr im Kreis. Unter diesem blauen Himmel und wegen des lauten Jubels war in ihrem Herzen kein Platz mehr für düstere Gedanken. Morgen würde sie sich den Kopf zerbrechen, wie ihr künftiges Leben wohl aussah, aber jetzt wollte sie einfach nur glücklich sein, weil sie einen Mann hatte, ihre Eltern, das Kind …

Sie lachte aus vollem Herzen, doch der Laut verstummte, als sie sah, wie sich Mina durch das Menschenknäuel zu ihnen durchkämpfte. Prompt wurde ihre Miene frostig, doch Mina schaffte es gar nicht erst, sie anzusehen, sondern wandte sich direkt an Jonathan.

»Es tut mir leid«, presste sie hervor, »was ich getan habe … es war unverzeihlich. Ich weiß auch nicht, was in mich gefahren ist, aber der Tod meines Vaters …«

Bethy konnte fühlen, welch große Überwindung sie diese Worte kosteten, aber das stimmte sie nicht gnädig. Warum musste Mina ihr ausgerechnet diesen Moment verderben?

Jonathan hingegen war versöhnlicher. »Keine Sorge, Fräulein Ahlhusen«, sagte er grinsend. »Schauen Sie, obwohl ich mit Schimpf und Schande entlassen werde, hat man mich immerhin noch mit nach Hamburg genommen, anstatt mich mit einer Eisenkugel am Fuß im Atlantik zu versenken.«

Mina erwiderte sein Lächeln vorsichtig, was Bethy noch wütender machte.

»Das ist nicht lustig!«, zischte sie, um an Mina gewandt bitterböse zu verkünden: »Es ist dir übrigens nicht gelungen, Jonathans Zukunft zu ruinieren. Er wird künftig im Hafen arbeiten, und wir ... wir heiraten.«

Mina schaffte es nun doch, Bethy anzusehen. Es stand fast ein wenig Furcht in ihrem Blick, als sie ihren Körper musterte, aber noch war kein Anzeichen ihrer Schwangerschaft zu entdecken, schon gar nicht unter dem Cape. »Das ... das freut mich«, murmelte sie. »Ich wünsche dir alles Glück der Welt.«

Wieder fühlte Bethy, wie schwer ihr diese Worte fielen, aber das machte es nicht leichter, im Gegenteil. Eben hatte sie vermeint, ihr Leben finge erst an – jetzt huschte der verräterische Gedanke durch den Kopf, dass es zu spät war. Zu spät, darauf zu hoffen, dass Wilhelm seine bösen Worte wiedergutmachen würde. Zu spät, Mina zu vertrauen und bei ihr Trost und Zuflucht zu finden. Zu spät, um noch von einem Leben in Wohlstand zu träumen.

»Kannst du dich nicht damit begnügen, eine Petze zu sein?«, entfuhr es ihr. »Musst du jetzt auch noch lügen?«

Mina war bestürzt. »Ich meine es ehrlich, ich …«
Hilflos brach sie ab, spürte wohl nur zu deutlich, dass kein weiteres Wort mehr Sinn machte. Also nickte sie Jonathan noch einmal zu und ging davon.

Jonathan sah Bethy kopfschüttelnd an. »War es wirklich nötig, so hart mit ihr zu sein? Ich möchte nicht in ihrer Haut stecken. Die Ahlhusen-Reederei und -Werft stehen kurz vor dem Bankrott, ich habe keine Ahnung, wie sie das Unternehmen retten will.«

Kurz packte Bethy ein schlechtes Gewissen, doch dass ausgerechnet Jonathan Mina verteidigte, schürte neue Wut. »Dann weiß sie wenigstens, wie es ist, arm zu sein. Und jetzt will ich nicht länger über Mina sprechen.«

Ehe er etwas sagen konnte, zog sie ihn an sich und küsste ihn.

Mina fühlte sich unendlich verloren, als sie von Bethy und Jonathan wegging. So gerne hätte sie noch etwas gesagt, so gerne diese Distanz überbrückt, aber sie sah ein, dass das hier und heute nicht möglich war. Wie benommen stand sie inmitten der jubelnden Menschen und nahm erst verspätet wahr, dass das Schiff in Kranhöft angelegt hatte – benannt nach dem riesigen Kran, der als der größte der Welt und als heimliches Wahrzeichen Hamburgs galt. Einst hatte sie ihn fasziniert mit ihrem Vater betrachtet, doch jetzt war ihr, als sähe sie ihn zum ersten Mal.

Gottlob musste sie nichts selbst entscheiden, sondern sich einfach nur mitreißen lassen, als die Passagiere auf kleinere Dampfer übergeleitet wurden und von dort schließlich endgültig an Land gingen. Auf der Brücke standen Albert und Marianne Ballin und verabschiedeten sich von jedem einzelnen Fahrgast, und hier stieß sie auch auf Hedwig.

»Wo warst du denn? Ich suche dich schon seit einer Weile.«

Mina brachte kein Wort hervor, da sie nun erst bemerkte, wer sich um die Ballins versammelt hatte – die übrige Besatzung nämlich, natürlich der Kapitän und der Schiffskoch, aber auch Dr. Steffens und … Tino.

Jedem reichte Mina die Hand, und als sie bei Tino ankam, war diese trotz der klirrenden Luft schweißnass. Erst richtete sie ihren Blick zu Boden, doch sobald sie sich mit knappem, nüchternem Gruß verabschiedet hatte, konnte sie nicht umhin, ihn doch anzusehen, die Sehnsucht in seiner Miene zu lesen, die Hoffnung, sie könnten sich wieder versöhnen.

Doch wie schon Bethy gegenüber fiel Mina auch jetzt nichts Rechtes ein, was sie sagen könnte. Das Bild vor ihr zerlief in Tränen, und sie wandte sich hastig ab. Als sie schon etliche Schritte weitergegangen war, hörte sie, wie Tino ihren Namen rief und ihr nachlief. Entschlossen blinzelte sie die Tränen fort und räusperte sich. »Ich wünsche dir alles Gute, was immer du nun vorhast, ob beim Medizinstudium oder bei weiteren Reisen …«

Die Sehnsucht in seiner Miene wich Resignation. »Ich habe gehofft, du würdest mich begleiten.«

Mina schluckte schwer. Sie ahnte, dass sie kein weiteres Wort hervorbringen könnte, ohne aufzuschluchzen, aber es genügte schon, leicht den Kopf zu schütteln, sodass Tino nicht weiter insistierte, sondern sich wieder zwischen den anderen einreihte. Seine Schultern hingen tief, aber sein Kinn war trotzig in die Luft gereckt.

Hinterher konnte sie sich nicht mehr daran erinnern, wie

sie den Kai erreichte, wo sie von diversen Gesellschaftern der HAPAG begrüßt wurden.
Ein letztes Mal drehte sich Mina nach der *Augusta Victoria* um, die zwar von den Schloten, Masten und Segeln anderer Schiffe verstellt, aber noch gut zu sehen war. Hedwig hakte sich bei ihr unter und stützte sich schwer wie nie auf sie. Dass sie ohne ihren Sohn in die Heimatstadt zurückkehren musste, schien sie seinen Tod erst richtig begreifen zu lassen.
»Ich will so schnell wie möglich nach Hause.«
Mina nickte und führte ihre Großmutter zu einer der wartenden Droschken.
Leb wohl, Tino. Leb wohl, Augusta Victoria.

Die Dienstboten trugen allesamt Trauerflor, und Frau Käthe, die Köchin, hatte ganz rote Augen – wobei das nicht unbedingt bedeutete, dass sie um Wilhelm Ahlhusen Tränen vergossen hatte, vielleicht hatte sie einfach nur Zwiebeln geschnitten. Die Blicke der anderen richteten sich ebenso unsicher wie mitleidig auf Hedwig, doch keiner wagte es, ein Wort des Beileids zu äußern, so streng, wie sie das Personal musterte. Sobald sie das Haus betreten hatten, ließ sie Mina los, als gälte es mit aller Macht zu beweisen, dass sie es allein in ihr Gemach schaffte, und tatsächlich erreichte sie, wenn auch langsam, das obere Stockwerk. Die Kraft, sich nach Mina umzudrehen und ihr irgendein aufmunterndes Wort zu sagen, hatte sie jedoch nicht mehr, und diese fühlte sich einsam wie nie, als sie Hedwig nach oben folgte.
Einer der Hausdiener brachte das Gepäck hoch, doch als er anbot, eine Jungfer zu rufen, damit diese ihr beim Auspacken half, bestand sie darauf, es selbst zu tun.

Endlich allein, brauchte sie jedoch eine Stunde, bis sie es wagte, den Koffer auch nur zu öffnen. Und als ihr Blick auf das weiße Kleid fiel, das sie beim großen Ball getragen hatte, zitterten ihre Hände zu stark, um es aus dem Koffer zu nehmen.
Sie steckte ihren Kopf durch die Tür und hörte im Gang einige Dienstboten tuscheln. Einer hatte eine druckfrische Zeitung in der Hand, in der von der Rückkehr der *Augusta Victoria* berichtet wurde.
»Die Reise muss wahrlich ein Traum gewesen sein! Hier wird ein Passagier zitiert: ›Welchen Schatz an Erinnerungen bringen wir mit, mit welcher Lust haben wir geschaut, und wie bunt war das Bild!‹«
»Aber Herrn Ahlhusens Tod wird nicht erwähnt?«
Von der Treppe her ertönte das Gekicher eines Mannes.
»Denkt ihr wirklich, er ist wegen der Strapazen gestorben? Ich glaube, er hat einfach nur …«
»An die Arbeit!«, ertönte Ferdinands strenger Befehl, und prompt flohen die Dienstboten in alle Richtungen.
Als niemand mehr zu sehen war, trat Mina zurück in ihr Zimmer. Wieder machte sie sich ans Auspacken, und diesmal schaffte sie es, das Kleid aus dem Koffer zu nehmen und auf dem Bett auszubreiten, ebenso den Flanellrock, den sie in Ägypten getragen hatte, und das schwarze Kostüm, in dem sie Wilhelms Beerdigung erlebt hatte. Doch dann ertastete sie unter der Kleidung eine Kette … die Kette der Beduinen … die Kette, die sie getragen hatte, als Tino und sie sich zum ersten Mal küssten.
Sie schloss die Augen, und die Erinnerungen wurden übermächtig, nicht nur an den Wüstensand und die Fahrt im Güterwaggon, sondern auch an seinen traurigen Blick vorhin beim Abschied. Warum hatte sie es nicht ge-

schafft, die richtigen Worte zu finden? Warum hatte sie ihn zurückgewiesen?

Sie zog ein Cape aus dem Koffer, warf es sich um und lief nach unten. Vielleicht war Tino noch am Hafen, und wenn nicht, würde er auf jeden Fall einige Tage in Hamburg bleiben. Irgendwie würde sie herausfinden, wo er lebte, Albert Ballin könnte ihr helfen, und wenn sie ihn erst gefunden hatte …

Sie wusste nicht, was dann geschehen würde. Und sie würde es auch nie herausfinden. Von Ferdinands verwunderter Frage, wohin sie denn wolle, ließ sie sich nicht aufhalten, aber als sie unten die Diele erreichte, vernahm sie aus dem Kontor plötzlich ein Geräusch.

Mina blieb stehen. Ihr Vater war tot, Werner Borgmann arbeitete nicht mehr für ihn, das Kontor musste eigentlich verwaist sein.

Sie überlegte kurz, Ferdinand zu fragen, aber dann trat sie entschlossen auf die Tür zu und öffnete sie.

Wenn Mina früher das Kontor betreten hatte, hatte sie nicht selten Chaos vorgefunden, leere Flaschen oder verstreute Unterlagen. Doch nie hatte sie den Raum in diesem Zustand gesehen. Kaum ein Fleckchen – ob die kleinen Lederfauteuils, die runden Tische oder der Schreibtisch –, auf dem keine Bilanzen, Aufträge, Telegramme oder Notizen lagen. Und ob die Dienerschaft nun angesichts der Unordnung resigniert oder von Wilhelm den Befehl erhalten hatte, den Raum nicht zu betreten – es war seit Wochen nicht sauber gemacht worden: Eine Staubschicht bedeckte nicht nur das Mobiliar, sondern auch die Wandvertäfelung. Selbst die Kassettendecke glänzte nicht, sondern war matt und grau.

Eine Weile starrte Mina benommen auf das Chaos, ehe sie sich bückte und die ersten Papiere einzusammeln begann, doch als plötzlich ein Räuspern ertönte, hielt sie erschrocken inne.
Der Mann saß in der Ecke, und da die schweren grünen Samtvorhänge zugezogen waren, konnte sie nicht sofort erkennen, wer er war. Mina wollte schon fliehen, doch da rief er ihren Namen, und seine Stimme klang vertraut.
»Woher kennen Sie mich?«, fragte sie verwundert.
»Sie haben als Kind manchmal in der Werft gespielt.«
Mina konnte sich nicht erinnern, jemals gespielt zu haben. Wenn sie die Werft besucht hatte, hatte sie immer voller Faszination die Werkstätten und die vielen Geräte betrachtet. In jedem Fall aber machte sie einen Schritt auf ihn zu und studierte sein Gesicht. Diese runden Brillengläser, die so leicht beschlugen, dieser dunkle Schnurrbart, der im Kontrast zum hellen Haupthaar stand, diese Hände, die ständig in Bewegung waren und an etwas nestelten, brachten etwas zum Klingen. Plötzlich wusste sie, wen sie vor sich hatte. »Sie sind Johann Hinrich, unser Schiffsarchitekt, nicht wahr? Warum sind Sie hier und nicht in der Werft?«
Johann Hinrich erhob sich, und erst jetzt sah sie, wie erschöpft und niedergeschlagen er war. »In der Werft steht schon seit Monaten alles still. Ihr Vater hat zuletzt alles mir überlassen. Aber … aber …«, er deutete auf das Chaos, »ich weiß, wie man Schiffe baut, aber nicht, wie man sie finanziert. Ich fürchte, ein Bankrott ist unvermeidlich, und das habe ich auch Herrn Ahlhusen gesagt, aber es schien ihm gleich zu sein, und jetzt …« Hilflos rang er die Hände.
»Und die anderen Mitarbeiter?«

Hinrich druckste eine Weile herum, doch obwohl er keinen klaren Satz hervorbrachte, konnte sich Mina die Antwort denken.

Die anderen haben das sinkende Schiff längst verlassen …

Wieder drängte alles in ihr zur Flucht, doch zugleich fühlte sie sich wie gelähmt. Sie legte langsam und bestimmt ihr Cape ab und setzte sich auf einen der Lederfauteuils.

»Sagen Sie mir alles. Und lassen Sie uns hier aufräumen.«

Wenig später hatten sie einen Großteil des Chaos beseitigt. Auf dem Schreibtisch türmten sich immer noch die Unterlagen, aber zumindest Boden und Stühle waren davon befreit. Während sie aufgeräumt hatten, hatte Hinrich ihr alles erzählt: Wie die Belegschaft nach und nach gekündigt hatte, wie er sich von zornigen Gläubigern hatte anbrüllen lassen müssen, wie ungeduldige Bankiers nach der fälligen Kreditrate gefragt hatten. Als er verstummte, hielt Mina gerade eine Skizze von der *Wilhelmina* in der Hand.

»Vater hatte so viele hochtrabende Pläne«, murmelte sie. »Er wollte wie die HAPAG Lustfahrten veranstalten. Aber nach dem Verlust der *Wilhelmina* war es mit diesem Traum vorbei.«

Mina legte den Plan beiseite, setzte sich an den Schreibtisch und verbarg ihr Gesicht in den Händen.

»Warum … warum sind Sie geblieben?«

»Ich arbeite seit so vielen Jahren für die Ahlhusens.«

»Aber Sie bekommen doch weiterhin Ihren Lohn?«

»Welchen Lohn?«, fragte er verlegen. »Es gibt doch keine Arbeit zu tun. Die Reederei hat seit Langem nichts abge-

worfen – die Werft war das, wovon man Einnahmen erhoffen konnte.«
Mina kramte in den Taschen ihrer Kleidung, aber die waren leer.
»Ich trage leider kein Bargeld bei mir.«
»Ich bitte Sie, ich würde doch nicht erwarten, dass Sie …«
Kurzerhand nahm Mina die Brosche ab, die sie an der Brust trug. Sie war nicht sehr teuer, weil nur aus Bernstein, aber schön gearbeitet. »Nehmen Sie wenigstens dieses Schmuckstück – quasi als Anzahlung auf den ausstehenden Lohn. Sie gefällt mir ohnehin nicht.«
Falls das überhaupt noch möglich war, wurde Hinrich noch verlegener. »Aber …«
Doch Mina stand auf und drückte sie ihm in die Hand. »Wenn ich mich recht erinnere, haben Sie drei Kinder.«
»Vier.«
Eine Weile starrte er auf die Brosche, dann steckte er sie zögerlich ein.
Mina ging vor dem Schreibtisch auf und ab. »Fassen wir zusammen: Vater konnte seinen Verbindlichkeiten seit dem Werftbrand nicht mehr nachkommen. Um irgendwie weiterzumachen, brauchen wir also einen neuen Kredit.«
»Wer wird uns denn einen geben, wenn wir nicht einmal den alten abbezahlen können?«
Mina zuckte die Schultern. »Ich habe in der Zeitung gelesen, dass die Norddeutsche Bank sehr kapitalstark ist«, setzte sie etwas unsicher an, »sie beteiligt sich seit Jahren an Gründungen in der Montanindustrie.«
Hinrich sah sie zweifelnd an. »Aber die Montanindustrie und der Schiffbau …«, begann er.
»Ich weiß, ich weiß.« Mina seufzte. »Das sind zwei völlig verschiedene Geschäftszweige. Aber ich habe auch da-

von gelesen, dass Unternehmen dieser Tage häufig in Aktiengesellschaften umgewandelt werden, was bedeutet, dass man den Gläubigern statt Geld Aktien geben kann.«

»Ich fürchte, die Zahl dieser neuen Aktiengesellschaften nimmt derart zu, dass es schon jetzt nicht genug Direktoren gibt.«

Mina seufzte abermals. »Da haben Sie auch wieder recht. Aber bevor wir entscheiden, wie es weitergeht, ist es wohl ohnehin unumgänglich, dass ich mir einen genauen Überblick über das Privat- und Geschäftsvermögen verschaffe. Ich besitze immerhin noch das Erbe meiner Mutter, das ich beisteuern könnte.«

Nicht, dass sie auch nur einen Moment daran glaubte, das könnte ausreichen, um alle Löcher zu stopfen, aber sie war erleichtert, irgendetwas tun zu können. Als sie nach einem der Geschäftsbücher griff und es öffnete, stellte sie fest, dass eine Flüssigkeit darüber geflossen war. Sie strich das wellige Papier mit einem Anflug von Ekel glatt und hörte jäh das Lachen ihres Vaters in ihr echoen, das er ausgestoßen hatte, wenn er betrunken war. So blechern hatte es geklungen. So trostlos.

Hinrich deutete ihren Gesichtsausdruck falsch. Was in Wahrheit Widerwille war, hielt er für Trauer, und er machte Anstalten, sich diskret zurückzuziehen.

»Bleiben Sie doch!«, rief Mina. »Sie müssen mir helfen …«

Hinrich trat unsicher von einem Bein aufs andere. »Wie ich schon sagte – ich habe im Grunde keine Ahnung von Zahlen. Darum … darum hat sich immer Werner Borgmann gekümmert.«

Mina nickte. »Nun, so erfahren wie Werner Borgmann bin ich nicht. Aber Sie machen mir einen ganz vernünftigen Eindruck, und über mich haben meine Lehrer immer

gesagt, dass ich klüger sei, als es einer Frau zusteht. Irgendwie werden wir schon Klarheit gewinnen.«
Sie klang fröhlicher, als ihr zumute war. Als sie begann, weitere Papiere durchzusehen, stieß sie auf die Beduinenkette. Sie hatte sie vorhin in den Händen gehalten, als sie das Kontor betreten hatte, und sie auf dem Schreibtisch abgelegt, sobald sie mit dem Aufräumen begonnen hatte. Kurz hielt sie sie hoch und strich über die einzelnen Steine, doch ehe erneut Erinnerungen – diesmal so ungemein schöne – an Macht gewannen, zog sie eine Schublade auf. Sie stopfte die Kette zwischen zwei halb heruntergebrannte Kerzen und verschloss die Schublade rasch wieder.

Drittes Buch

Die Krone der Meere

1891–1900

26. Kapitel

Champagnerkorken knallten, als das neue Firmenschild enthüllt wurde. In der unmittelbaren Umgebung gab es bereits viele Geschäfte: In dem einen wurden exotische Früchte wie Orangen, Datteln, Feigen und Kokosnüsse verkauft, in dem anderen Strumpfwaren und Handschuhe, in einem weiteren Stöcke, Knöpfe und Schreibutensilien. Aber in diesem neuen Geschäft würde künftig etwas verkauft werden, was man nicht sehen, nicht hören und nicht ertasten konnte.

Die Nachbarn hatten sich zunächst etwas misstrauisch vor dem Eingang versammelt, tranken nun aber gerne ein Schlückchen Champagner, und sogar ein fahrender Händler, der seine Ware auf einem Karren mit sich zog, war stehen geblieben und bekam ein Glas in die Hand gedrückt.

»Sie wollen tatsächlich *Reisen* verkaufen?«, fragte er, und so skeptisch, wie er Alba ansah, vermutete er wohl, dass sie heute schon zu tief ins Champagnerglas geschaut hatte.

Alba lachte. »Eigentlich wollen wir Träume verkaufen. Träume von Meer und Wind und Weite und Abenteuer.«

»Das ist ja noch schwerer! Ich hoffe, das bringt Ihnen keine Albträume ein.«

Alba lächelte nur und ließ ihn stehen, um sich ihren Gästen zu widmen. Albert Ballin zählte zu diesen ebenso wie etliche andere Vorstandsmitglieder der HAPAG, außerdem ihre künftigen Mitarbeiter und mehrere Bankiers.

Zwei von diesen hatten sie als Passagiere der *Augusta Victoria* kennengelernt, andere kannte Werner aus der Zeit, da er für Wilhelm Ahlhusen gearbeitet hatte, und ein weiterer hatte mit seinem Kredit die feierliche Eröffnung ihres Reisebureaus überhaupt erst möglich gemacht.

Nun gut, die Räumlichkeiten, die sie in der Nähe des Hopfenmarkts gemietet hatten, ließen nicht unbedingt darauf schließen, dass sie hier Träume verkaufen würden, sah man von den Plakaten ab, die an den Wänden hingen und exotische Ziele anpriesen. Aber es war alles da, was sie dafür künftig brauchen würden – Schreibmaschinen und Fahrpläne, Adressbücher mit wichtigen Kontakten und, ihr größter Stolz, eine eigene Telegraphiestation.

Eben schlug Werner gegen das Champagnerglas, um die Aufmerksamkeit aller zu gewinnen und seine Rede vorzutragen. Er hatte sie seit Tagen vorbereitet, und obwohl Alba fühlen konnte, wie schwer es ihm fiel, vor so vielen Menschen zu sprechen, wirkte er dennoch zugleich ungemein stolz.

»Eine Reise ist kein Abenteuer, in das man sich unüberlegt stürzen sollte«, begann er. »Wir werden künftig helfen, dieses Abenteuer vorzubereiten. Wir stellen Reiseempfehlungen zusammen, schließen Assekuranzen ab, beschaffen Schecks und Kreditbriefe, organisieren die Besichtigung von Sehenswürdigkeiten vor Ort samt der notwendigen Dolmetscher, arbeiten Reisepläne, Reiseführer und Prospekte aus.«

Er fuhr fort, die Vorzüge eines modernen Reisebureaus zu preisen, das sich an niemand Geringerem als Meyers Weltreisen und Thomas Cook orientierte, und als seine Stimme etwas brüchig wurde, trat Alba zu ihm und lächelte ihre Gäste an. »Man kann unsere künftige Tätigkeit auch ganz einfach zusammenfassen: Wir sind so etwas wie Gepäckträger, nur, dass wir den Reisenden nicht ihre Koffer abnehmen, sondern sämtliche Pflichten und Mühen.«

Zustimmendes Gelächter ertönte, und wenig später wurde nicht nur neuer Champagner ausgeschenkt, sondern man reichte kleine Brötchen mit Kaviar und Lachs, wie sie sich schon auf dem Promenadendeck der *Augusta Victoria* großer Beliebtheit erfreut hatten.

Alba sah, dass Bethy mit gutem Appetit aß, und ihre Freude über das künftige Unternehmen konnte nicht größer sein als die, ihre Tochter so glücklich zu sehen. Ihr Bauch hatte sich mittlerweile deutlich gerundet, und Jonathan, mit dem sie seit nunmehr vier Monaten verheiratet war, legte beschützend seinen Arm um ihre Schultern.

»Ihr seid beneidenswert«, sagte Bethy, als sie zu den Eltern trat. »Ich meine, ihr werdet in Zukunft viel auf Reisen sein, um die Gegebenheiten vor Ort kennenzulernen, und später etliche Reisegruppen begleiten.«

Alba nickte lächelnd. Früher hatte sie oft davon geträumt, nach Brasilien heimzukehren und die schwüle, süße Luft der Tropen einzuatmen, doch mit den Jahren waren ihre Erinnerungen daran verblasst, und noch spannender, als diese wiederzubeleben, erschien es ihr, neue Länder zu bereisen.

»Du hingegen darfst ans Reisen vorerst nicht mal denken«, sagte Jonathan gespielt streng. »Wir sollten nun übrigens wieder heimgehen, du bist lange genug auf den Beinen gewesen und musst dich jetzt wieder ausruhen.«

Die kleine Wohnung, die sie über dem Gemischtwarenhandel von Jonathans Eltern bezogen hatten, befand sich nur eine Straße weiter.

»Ich bin doch nicht krank!«, rief Bethy empört.
»Wenn du willst, kann ich dir über exotische Länder vorlesen.«
Bethys Blick wurde etwas wehmütig. »Mina hat immer viel gelesen, aber ich nicht …«
»Dann wäre jetzt die beste Zeit, damit anzufangen«, sagte Jonathan entschlossen. »Ich bringe dich auf jeden Fall nach Hause.«
Bethy verzichtete nicht darauf, sich noch zwei Lachsbrötchen in den Mund zu schieben, ehe sie sich von ihren Eltern verabschiedete. Alba plauderte danach mit den anderen Gästen, am längsten mit Albert Ballin. Nach der erfolgreichen Reise auf der *Augusta Victoria* wollte er bald eine neue Lustfahrt durchs Mittelmeer organisieren, und als Werner ihm von den Nordlandfahrten erzählte, die eine norwegische Reederei offenbar für das nächste Jahr plante, wurde er hellhörig. »Natürlich können sie eine Lustreise nicht in so großem Stil wie die HAPAG durchführen.«
Werner fing an, eifrig über Passagierzahlen zu sprechen, und merkte darob nicht, dass Albert Ballins Glas leer war, und als Alba sich umdrehte und einem Dienstmädchen winken wollte, ihm nachzuschenken, entdeckte sie einen weiteren Gast. Zögerlich war die junge Frau auf der Schwelle des Reisebureaus stehen geblieben, sah sich erst etwas skeptisch um und machte sodann Anstalten, gleich wieder zu fliehen, erst recht, als sie ihrerseits Alba erblickte.
»Mina! So bleib doch!«
Wie blass und schmal sie in der Trauerkleidung aussah! Obwohl seit Wilhelms Tod ein halbes Jahr vergangen war, trug sie nichts Buntes, noch nicht einmal etwas Graues. Alba verkniff es sich, Mina zu umarmen, weil sie

ahnte, dass es dieser unangenehm sein würde, aber sie nahm sie an der Hand und zog sie in eine stillere Ecke, wo zwei Schreibmaschinen standen. Gedankenverloren blickte Mina auf die Tastatur.
»Ich … ich wollte dich in den letzten Wochen besuchen«, murmelte Alba, »aber ich war sehr beschäftigt, du siehst ja, womit.«
»Mach dir keine Gedanken«, sagte Mina schnell. »Ich habe schon gehört, dass ihr ein Reisebureau gegründet habt.«
Alba hatte eigentlich nicht über Geschäftliches sprechen wollen, fühlte aber plötzlich, dass Mina nichts anderes zulassen würde. Sie sah sich weder nach Bethy um, noch fragte sie nach ihr.
»Wir werden auch weiterhin eng mit der HAPAG zusammenarbeiten«, erzählte Alba. »Und natürlich mit Thomas Cook. Auch wenn die Reise der *Augusta Victoria* ein Erfolg war – die Organisation der Landausflüge muss verbessert werden. Die nächste Reise ist für kommenden Winter geplant.«
»Ich verstehe«, murmelte Mina.
Alba fiel es unendlich schwer, ihr nicht übers Gesicht zu streichen, aber sie ahnte, dass Mina zurückweichen würde, und so fragte sie nur: »Wie geht es dir?«
Minas Blick blieb weiterhin auf die Schreibmaschine gerichtet. »Bestens … wirklich.«
»Willst du etwas trinken?«
Mina schüttelte den Kopf. »Ich … ich bin hierhergekommen, um eine Sache mit dir zu besprechen.«
Alba nickte verständnisvoll. »Gewiss, dieser Streit mit Bethy … ihr müsst endlich …«
»Es geht nicht um Bethy«, unterbrach Mina sie schroff. »Es geht um das Geschäft.«

»Aber …«
»Albert Ballin ist heute gewiss hier, nicht wahr? Ich will die Gelegenheit nutzen, ungestört mit ihm zu reden. Eure Wohnung befindet sich doch gleich gegenüber den Geschäftsräumen. Du kannst es sicher einrichten, dass ich ein paar Worte mit ihm wechsle?«
Alba unterdrückte ein Seufzen. Sie war nicht sicher, was Mina vorhatte – aber was es auch war, sie konnte sich nicht vorstellen, dass es ihr ein breites Lächeln auf die Lippen zaubern würde, ihre Augen glänzen ließ und den Wangen einen rosigen Hauch verlieh.

Wenig später hatte Mina im Wohnzimmer der Borgmanns Platz genommen. Es war zum ersten Mal, dass sie deren Heim betrat. Allzu deutlich hatte sie noch Bethys Klagen im Ohr, wie eng alles sei, und in der Tat war die Wohnung nicht sehr groß, sondern bestand neben dem Wohnzimmer nur aus der Küche, einer kleinen Stube, dem Korridor und einem Schlafzimmer. Doch sie war durchaus geschmackvoll eingerichtet. Der ovale Nussbaumtisch im Wohnzimmer glänzte, die rostroten Sofas waren bequem, und auf dem Vertiko in der Ecke standen verschiedene Nippesgegenstände.
Mina hätte gerne so einfach leben wollen, wenn sie Eltern wie Alba und Werner hätte oder einen Mann wie Jonathan, doch sie verdrängte den Gedanken schnell wieder, umso mehr, da Alba nun Albert Ballin zu ihr brachte, ehe sie sich selbst diskret zurückzog.
Mina stand auf, reichte ihm die Hand und ließ seine Begrüßungsfloskeln und die höfliche Frage, wie es ihrer Großmutter ging, schweigend über sich ergehen. Sie wusste, dass Albert Ballin ein formvollendeter Mann war, aber auch einer, der es mochte, wenn man bald zum Punkt kam.

»Hat Frau Borgmann Ihnen gesagt, warum ich mit Ihnen sprechen will?«, fragte sie.
Ballin nickte. »Sie wollen also wirklich das Geschäft Ihres Vaters weiterführen.«
Mina nahm Platz, und auch Ballin setzte sich ihr gegenüber. Es fiel ihr schwer, aus seinem Gesichtsausdruck schlau zu werden. Seine Augen blickten gütig, zugleich jedoch mitleidig, als würde er ein Kind betrachten, das mit der übergroßen Kleidung der Mutter Verkleiden spielte. Sie kämpfte darum, sich die Unsicherheit nicht anmerken zu lassen.
»In den letzten Monaten habe ich viel erreicht«, erklärte sie nicht ohne Stolz. »Ich habe die Reederei ebenso verkauft wie das Werksgelände an der Norderelbe und konnte auf diese Weise die meisten Schulden abbezahlen.« Sie beugte sich vor. »Die Werft im Hafen werde ich hingegen behalten, ja, ich möchte sie sogar noch weiter ausbauen. Bislang ist sie nur eine Reparaturwerft, künftig sollen dort Schiffe umgerüstet werden, ich dachte auch an Schiffe speziell für Lustreisen.«
Der Blick blieb gütig, aber ihr entging nicht, dass er seine Stirn etwas runzelte. Das tat er zwar oft, und ob seiner tiefen Falten und Furchen, die den Eindruck erweckten, als wäre da viel zu viel Haut für ein so schmales Gesicht, wirkte es misstrauischer als bei anderen, aber auch dessen ungeachtet konnte sie seine Skepsis förmlich spüren. Alsbald sprach er sie aus: »Wenn ich ehrlich bin, habe ich noch nie gehört, dass eine Frau eine Werft leitet.«
Mina atmete tief durch. Gegen dieses Argument war sie gewappnet und sie hatte sich bereits überlegt, was sie dem entgegenhalten könnte. Entschlossen erklärte sie: »Wer hätte gedacht, dass jemand wie Sie es weit bringen würde? Sie wurden im Stubbenhuk, einer kleinen Gasse

direkt am Hamburger Hafen geboren, wuchsen in einfachsten Verhältnissen auf. Sie haben kein Abitur abgelegt, geschweige denn eine Fachhochschule und Universität absolviert. Und … und Sie sind Jude.«
Kurz war sein Blick starr auf sie gerichtet, doch dann lächelte er. »Ich kenne in der Tat Menschen, die sagen würden, es wäre ein noch größerer Nachteil, Jude zu sein als eine Frau.«
Mina seufzte erleichtert. »Alles, was gegen Sie sprechen könnte, haben Sie wettgemacht – durch Ihre Arbeitswut, Ihren Ehrgeiz, Ihr lebhaftes Temperament. Sie haben viel über den Schiffbau gelernt, es heißt, Sie sprechen Englisch ebenso perfekt wie Deutsch und Plattdeutsch, und Sie können …«
Ballin hob die Hand, um sie zum Schweigen zu bringen. »Lassen Sie uns nicht über mich sprechen, sondern über Sie und Ihr Unternehmen. Auch wenn Sie, wie Sie sagen, die Schulden zurückbezahlt haben – Sie werden nicht um einen neuen Kredit herumkommen, wenn Sie die Werft weiterführen wollen.«
Mina beugte sich eifrig vor. »Die Schiffswerft hat einen Buchwert von knapp zwei Millionen Reichsmark. Und ebenso hoch ist unser Privatvermögen. Damit kann ich für einen neuen Kredit bürgen.«
»Und falls Sie ihn wirklich bekommen, wollen Sie geeignete Schiffe für Lustreisen anbieten? Ich fürchte nur, dass es dafür noch keinen Bedarf gibt. Selbst wenn die HAPAG künftig mehr als nur eine dieser Reisen im Jahr plant – sagen wir drei oder vier –, so stehen uns mit unseren vier großen Luxusdampfern, neben der *Augusta Victoria* nämlich die *Columbia*, die *Normannia* und die *Fürst Bismarck*, genügend Schiffe zur Verfügung.«

»Aber diese Dampfer werden im Sommer für den Nordatlantikdienst gebraucht, und man könnte doch auch zu dieser Zeit Lustfahrten anbieten. Nach Norwegen zum Beispiel oder Schottland.«
»Vielleicht irgendwann. Aber im Moment ist das noch Zukunftsmusik.«
»Nun, aber schon jetzt gibt es einen Seebäderdienst nach Norderney und Helgoland. Die Raddampfer, die dafür in Gebrauch sind, sind noch nicht mit allem Luxus ausgestattet, obwohl sich für diesen Zweck komfortablere Schiffe anbieten. Und solche Raddampfer könnte man doch auch im Mittelmeer einsetzen. Während unserer Lustfahrt waren auf der Strecke von Neapel nach Capri völlig veraltete Ausflugsschiffe im Einsatz.«
Ballin nickte nachdenklich. »Ich sehe, Sie haben keinen Mangel an Ideen. Und dennoch, selbst wenn ich diese Pläne für interessant halte, müssen Sie doch erst einmal beweisen, dass Sie imstande sind, die Werft gewinnbringend zu leiten. Ich würde Ihnen raten, sich fürs Erste auf kleinere Projekte zu konzentrieren. Und in zwei, drei Jahren können wir vielleicht neu überlegen.«
Er lächelte ihr aufmunternd zu, erhob sich jedoch – ein Zeichen, dass er das Gespräch für beendet erklärte.
Mina versuchte zu verbergen, wie betroffen es sie machte, dass es ihr nicht das erhoffte Ergebnis – die Zusage einer wie auch immer gearteten Zusammenarbeit – eingebracht hatte.
»Das verstehe ich natürlich«, sagte sie trotzig. »Aber auch Sie müssen verstehen: Wenn mir die Bremer Lloyd später ein besseres Angebot macht, werde ich ihnen den Zuschlag geben. Soweit ich weiß, planen auch diese Lustfahrten ins Mittelmeer.«
Albert Ballin hatte sich abgewandt, blickte sie nun aber

noch einmal an. Wieder verriet die gerunzelte Stirn deutlichen Zweifel.

»Ich wünsche Ihnen das Beste auf Ihrem Weg, aber ich will Ihnen einen wohlgemeinten Rat geben, Fräulein Ahlhusen. Diese Lustreisen stehen noch am Anfang, und man lässt sich besser nicht auf Experimente ein, wenn man ein Unternehmen aus der Krise führen will. Als guter Geschäftsmann verfolgt man immer mehr als nur einen Plan. Denken Sie über eine Zusammenarbeit mit der Kaiserlichen Marine nach. Vielleicht könnten Sie auf diese Weise die Ahlhusen-Werft nach vorne bringen.«

Er nickte wieder, ehe er endgültig ging.

Mina sank auf ihrem Stuhl zusammen. Dieser letzte Vorschlag, den er gemacht hatte, beflügelte ihre Gedanken nicht – gab ihr vielmehr das Gefühl, ein kleines, unwissendes Kind zu sein, das so vieles nicht bedacht hatte.

Vor Alba wollte sie wenig später allerdings nicht zugeben, wie enttäuscht sie von dem Gespräch war.

»Willst du Bethy nicht sehen?«, fragte diese. »Du hast sicher gehört, dass sie geheiratet hat. Ihre Schwiegereltern haben einen kleinen Gemischtwarenhandel nicht weit von hier, du könntest sie besuchen.«

Mina erhob sich und schüttelte geistesabwesend den Kopf. Kurz stellte sich Alba ihr in den Weg, doch als Mina sie eisig anstarrte, wich sie zurück.

»Du … du hast dich verändert, Mina.«

Mina straffte den Rücken. »Vater ist tot.«

Alba legte ihr die Hand auf die Schultern. »Aber … aber da scheint noch etwas anderes zu sein. Wie geht es deiner Großmutter?«

»Du weißt doch, dass sie eine starke Frau ist«, sagte Mina, und ehe Alba noch mehr Fragen stellen konnte,

machte sie sich abrupt von ihr los: »Danke, dass ich die Möglichkeit hatte, mit Herrn Ballin zu sprechen.«
»Ich hätte so gerne noch mehr für dich getan. Wende dich an uns, wann immer du etwas brauchst.«
Mina nickte Werner zu, der eben das Wohnzimmer betreten hatte und etwas unbeholfen von einem Fuß auf den anderen trat, ehe sie die Treppe nach unten stürmte. Nach wenigen Stufen hielt sie inne, weil Albas und Werners Stimmen zu ihr drangen.
»Ich kann mir nicht vorstellen, dass ihr irgendeine Bank einen Kredit gibt«, hörte sie Werner sagen. »Sie hat doch keine Ahnung vom Geschäft.«
»Sie lernt schnell«, erwiderte Alba. »Vielleicht hat sie doch Erfolg. Aber ich habe keine Ahnung, ob sie auf diese Weise glücklich wird.«
Mina ballte die Hände zu Fäusten und lief nach draußen.

Bevor sie am nächsten Tag zur Bank aufbrach, stand Mina lange Zeit ratlos vor ihrem Kleiderschrank. Bethy hätte sich stundenlang den Kopf zerbrochen, was sie zu diesem Termin tragen sollte, doch was für die andere ein Vergnügen gewesen wäre, war für sie eine Last. Schlimm genug, dass sie sich für eine Frisur hatte entscheiden müssen – für einen strengen Haarknoten nämlich –, schier unmöglich schien die Wahl des richtigen Kleides. Schwarz wollte sie nicht tragen, weil sie dann wie eine Nonne ausgesehen hätte, aber was war die Alternative? Etwa das streng geschnittene Kostüm aus tabakbraunem Stoff mit Karomuster? Aber das trug man eher auf Reisen als bei einem Geschäftstermin.
Reisen …
Sie schüttelte den Kopf und ging weitere Kleidungsstücke durch. Das rostfarbene Kleid aus Faille royale war

denkbar, wirkte allerdings ob der aufwendigen, farblich abgesetzten Perlenstickerei zu elegant. Und das dunkelviolette Seidenkleid hatte zwar die richtige Farbe, raschelte aber bei jedem Schritt, ganz zu schweigen von der durchsichtigen Spitze, mit der das Dekolleté eingefasst war. Am Ende war ihr Bethy trotz deren Abwesenheit eine Hilfe, erinnerte Mina sich doch daran, dass diese ihr einmal erklärt hatte, es wäre höchst modern, Rock und Jacke in verschiedenen Farben zu tragen. Also entschied sie sich für einen schwarzen Rock, eine weiße Bluse mit hohem Stehkragen und eine graue Jacke.

Als sie sich prüfend vor dem Spiegel drehte, fühlte sie sich fremd.

Ach Bethy …

Sie schaffte es, den Gedanken an die Freundin zu verdrängen – doch was ihr nicht gelang, war, direkt zur Bank zu fahren. Ehe sie diese ansteuern ließ, befahl sie dem Kutscher, sie zunächst zum Hafen zu bringen. Wie immer herrschte in den Kanälen, den Schuppen, Speichern und Abfertigungsstellen reges Treiben. Sie stieg aus und sog den Geruch nach Öl und Tang ein, während der Wind an ihrem Rock zerrte, einzig ihrer Frisur nichts anhaben konnte.

An den Pfählen lagen Schiffe – kleine Schlepper und Barkassen, aber auch prächtige Elbschiffe – und wankten heftig, während der riesige Dampfer, der gerade von einem Schlepper zu seinem Liegeplatz in eines der Hafenbecken bugsiert wurde, sicher über die Wellen glitt.

Woher er kam? Wohin er aufbrechen würde? Und wer an Bord gehen würde?

Ein Lachen tönte zu ihr. Es kam von einem Personendampfer, der nach Helgoland fuhr und auf dessen Deck sich Menschen versammelt hatten, um den Anblick des

Sonnenlichts zu genießen, wie es sich auf dem grünlichen Wasser brach. Weder die Flüche der Männer, die gerade kleinere Schiffe aus den Vierlanden und der Nordsee löschten, noch das Hämmern und Schmieden der Werften, das Schaufeln der Raddampfer, das Ächzen, Läuten, Pfeifen, Dröhnen längs der Kais konnten das Lachen übertönen.

Mina hingegen brachte der Maschinenlärm wieder zur Besinnung. Heute ging es nicht ums Reisen, nicht um Bethy, nicht um Tino. Sondern um die Ahlhusen-Werft. *Ihre* Werft.

Sie stieg in die Droschke.

»Fahren Sie jetzt zur Bank!«, befahl sie dem Kutscher.

27. Kapitel

Mina vermeinte auf dem riesigen roten Ledersessel geradezu zu versinken. Bei sämtlichen Stühlen war die Lehne so hoch, dass sie selbst hochgewachsene Männer überragte, doch da sie von allen am kleinsten und zartesten war, fühlte sie sich wie ein Kind, das sich verbotenerweise von der Gouvernante weg ins Esszimmer der Eltern geschlichen hatte. Die fünf Herren der Hamburger Bank, die ihr gegenüber Platz genommen hatten, waren zu höflich, um offen zu bekunden, dass sie nicht hierher gehörte, aber ihre Mienen verrieten deutlich, dass sie genau das dachten.

Nur einer hatte bei der Begrüßung gelächelt, und er lächelte sogar immer noch, aber Mina traute ihm keinen Augenblick lang. Sie kannte den Mann, es war Otto Graff, der langjährige Rivale ihres Vaters, der damals ihre Gäste vertrieben hatte, als er ein verkohltes Holzstück der *Wilhelmina* in den Ballsaal geschleudert hatte.

Das Schlimmste war: Obwohl Mina ihn verachtete und sich überdies ärgerte, weil sie zuvor keine Erkundigungen eingezogen hatte, wer mittlerweile zum Vorstand der Bank gehörte, war sie zugleich erleichtert, in ein Gesicht zu schauen, das ihr zum einen vertraut war und in dem zum anderen keine offene Missbilligung stand.

Sie räusperte sich, als niemand etwas sagte, und obwohl sie ihre Rede lange eingeübt hatte, fürchtete sie jäh, kein Wort hervorzubringen.

»Kann ich … kann ich bitte ein Glas Wasser haben?«

Obwohl es kaum möglich schien, wurden die Gesichter noch missbilligender. Welch ein Fauxpas aber auch, die Bankdirektoren zu Wasserträgern zu degradieren!
Mina räusperte sich wieder, als keiner von ihnen Anstalten machte, ihren Wunsch zu erfüllen. Dann muss es eben ohne Wasser gehen, selbst wenn sie vor Aufregung piepste.
»Ahlhusen & Sohn ist nun schon seit Jahrzehnten eine Reederei mit dazugehöriger Schiffswerft«, begann sie.
»Jetzt müsste man wohl Ahlhusen & Tochter sagen«, warf einer der Bankiers, ein gewisser Herr Kopke, ein. Ein schales Lächeln erschien auf seinen Lippen, das wohl weniger für Mina als vielmehr für seine Kollegen bestimmt war, zumal er diesen vielsagende Blicke zuwarf.
Mina versuchte, nicht darauf zu achten. »Die Reederei war leider nicht zu halten, aber ich möchte die Schiffswerft ausbauen und mich auf einen der beiden Standorte konzentrieren, auf jenes Gelände nämlich, das sich im Grasbrookhafen in unmittelbarer Nachbarschaft von Blohm & Voss befindet. Bis jetzt diente diese Werft fast ausschließlich Reparaturmaßnahmen und dem Bau sehr kleiner Schiffe – unter anderem Küstendampfer für die Hafenschifffahrt und Flussraddampfer für die Elbe – und ist aus diesem Grund mit nur einem Helling ausgestattet. Ich will das ändern – nämlich mit einem klaren Ziel: künftig Hochseedampfer umzubauen und zu modernisieren, die speziell für die Luxusschifffahrt vorgesehen sind, also Schiffe, die den Anforderungen jener Orient-Expedition entsprechen, die ich selbst begleiten durfte. Blohm & Voss, die ich bereits erwähnte, sollen dabei das wichtigste Vorbild sein, haben diese für die Bremer Lloyd doch bereits diverse Schiffe – die *Bayern, Sachsen* und *Preußen* – modernisiert.«

Bis jetzt waren die Mienen regungslos geblieben, nun meldete sich erstmals ein gewisser Herr Gerke zu Wort. »Diese Schiffe wurden in der Tat verlängert und somit ihre Ladekapazität erheblich erweitert. Aber meines Wissens waren diese niemals für Lustreisen gedacht, sondern für den Ostasiendienst.«
»Es geht hier doch ums Prinzip! Die Exkursion der *Augusta Victoria* war ein großer Erfolg und könnte bald wiederholt werden, nicht nur im Mittelmeer, sondern auch im Nordmeer oder gar in Westindien. Die neuen Dampfer der HAPAG werden für dieses Vorhaben nicht ausreichen, und die älteren sind wiederum nicht luxuriös genug für dieses Unternehmen und müssten entsprechend umgerüstet werden.«
Der piepsige Tonfall schwand aus ihrer Stimme, mittlerweile klang sie kräftig und selbstbewusst. Doch das änderte nichts daran, dass die Mienen der Männer verschlossen blieben.
Vielleicht hatte das gar nichts zu bedeuten, versuchte sich Mina zu sagen, schließlich waren die Hamburger nicht gerade für ihr überschäumendes Temperament bekannt – ein Grund, warum man dem leidenschaftlichen Albert Ballin oft mit Misstrauen begegnete. Am besten, sie ignorierte ihre Reaktionen oder vielmehr deren Ausbleiben und konzentrierte sich auf ihre Pläne.
Schwungvoll öffnete sie eine Mappe mit Unterlagen. »Ich will Ihnen gerne eine genauere Vorstellung davon geben, wie diese Schiffe aussehen könnten. In Zusammenarbeit mit einem erfahrenen Schiffbauer und Innenarchitekten habe ich detaillierte Pläne entwerfen lassen. Der Komfort an Bord soll über alles gehen – den Reisenden darf es an nichts fehlen. Das hier zum Beispiel sind die Pläne für die Kabinen …«

In ihrem Eifer blätterte sie so stürmisch weiter, dass ein Zettel vom Tisch rutschte und zu Boden segelte. Kurz war sie unsicher, ob sie ihn aufheben oder einfach liegen lassen sollte, und nachdem sie sich schließlich doch danach bückte, war sie hochrot im Gesicht – und die Männer noch schmallippiger. Lieber Himmel, wie steif sie da saßen! Als hätten sie allesamt einen Stock verschluckt!
Mina starrte lieber auf das Blatt Papier als in die Gesichter. »Die zwei Betten pro Kabine sollen sich nebeneinander statt wie bisher übereinander befinden«, sagte sie schnell. »Generell sollen die Kabinen größer und mit einem eigenen Bade- und Ankleidezimmer ausgestattet werden. Alles, was an traditionelle Schiffseinrichtung erinnert, wird verbannt.«
Langsamer, ermahnte sie sich, rede langsamer!
Aber sie konnte das Tempo einfach nicht bezwingen, als sie fortfuhr, desgleichen wie sie die Angst nicht loswurde, es könnte ihr die Stimme brechen oder ihr der Atem fehlen. »Das ist der Speisesaal mit zweihundert Plätzen. Neben den bisher vorhandenen Salons soll ein Lesezimmer und eine Bibliothek eingerichtet werden, außerdem eine Dunkelkammer für Amateurphotographen und auf dem Promenadendeck ein windgeschütztes Podest für die Musikkapelle. Des Weiteren habe ich an einen Saal für Heilgymnastik gedacht, mit gymnastischen Maschinen des schwedischen Arztes Dr. Zander. Vielleicht kennen Sie diese. Das sind elektromotorisch angetriebene Apparate, auf denen jeder nach Belieben reiten, rudern und turnen kann. Natürlich sind diverse technische Finessen vorgesehen. So soll der Bordfriseur über einen elektrisch geheizten Warmwasserbehälter verfügen, der die Temperatur gleichmäßig hält.«
Erstmals erfolgte eine Reaktion. Herr Balsen beugte sich

vor und überflog die Pläne. Wegen des breiten Tisches konnte er wahrscheinlich keine Details erkennen, doch als Mina ihm das Blatt zuschieben wollte, winkte er ab. »Das muss ja ein Riesenschiff sein, damit das alles Platz findet«, meinte er lediglich.

»Eigentlich nicht«, erwiderte Mina schnell. »Große Dampfer können schließlich viele Häfen nicht anlaufen, weswegen ein Schiff mit den üblichen achttausend Bruttoregistertonnen für Lustreisen kaum tauglich ist. Meine Pläne lassen sich aber bereits für Schiffe ab fünftausend Bruttoregistertonnen umsetzen, vorausgesetzt, dass man dafür das gesamte Zwischendeck verwendet. Ich habe alles genau berechnet.«

Herr Gerke grinste so falsch wie Otto Graff. »Mit Ihrem hübschen Köpfchen etwa?«

Mina erstarrte, wollte sich ihre Unsicherheit aber nicht anmerken lassen und fuhr rasch fort: »Für kleinere Schiffe wäre auch die unzureichende Wassertiefe der Elbe bei starken östlichen Winden kein Problem. Im Moment können viele der Riesendampfer deswegen nicht von Hamburg aus ablegen. Die Passagiere müssen nach Cuxhaven oder nach Brunshausen gebracht werden, um dort erst umzusteigen.«

Wieder nur Stille. Sie kam nicht umhin, unruhig auf dem Stuhl herumzurutschen. Warum erntete sie nicht auch nur das kleinste Zeichen von Anerkennung, weil sie doch offensichtlich viel von ihrem Metier verstand?

»Ich habe die Kosten eines Umbaus genau aufgelistet, die Werkstunden, den geplanten Materialverbrauch … Sie … Sie können sich alles anschauen.«

Sie schob die Unterlagen wieder in Richtung der Herren, aber keiner tat ihr den Gefallen, auch nur einen Blick darauf zu werfen. Zunehmend verzweifelt ergänzte sie:

»In meiner Schiffswerft arbeiten erfahrene Schiffbauer, Architekten, Zimmerleute …«
»Aber wir können schon davon ausgehen, dass das alles Männer sind – oder sind auch Frauen wie Sie darunter?«, fragte Herr Balsen gedehnt.
»Nun, unter den Passagieren der *Augusta Victoria* waren etliche Frauen«, hielt Mina entgegen. »Wer könnte ihre Bedürfnisse an Bord besser verstehen als ich?«
Herr Kopke brach in Lachen aus, doch es klang nicht wohlwollend, wie Mina kurz hoffte, sondern spöttisch. »Ich fürchte nur, wenn Schiffe von Frauen gebaut würden, würden sie sämtlich auf Grund laufen.«
»Tatsächlich?«, fragte Mina, und ihre Verzweiflung wich der Wut. Jäh musste sie an ihre Schulstunden beim Hauslehrer denken, an seine Skepsis, wann immer sie sich für Naturwissenschaft und Technik erwärmte, sein Argument, ihr Köpfchen könnte das alles gar nicht erfassen. So oft hatte sie ihm das Gegenteil beweisen wollen, aber entweder hatte er sie unterbrochen oder ihr das Gefühl gegeben, sie wäre nicht klug, sondern krank. Sie ahnte, dass diese Männer ähnlich dachten, und doch konnte sie sich nicht der Versuchung erwehren, ihren scharfen Verstand als Waffe zu benutzen. »Wenn Sie denken, dass es mir an technischem Sachverstand fehlt«, fuhr sie fort, »so bin ich gerne bereit, nicht nur über Lustfahrten zu reden, sondern meinetwegen etwa über die Dreifachexpansionsmaschine. Das ist eine Schiffsdampfmaschine mit drei verschieden großen Zylindern, haben Sie sich damit schon beschäftigt? Ich auf jeden Fall! Diese Maschine zeichnet sich durch höhere Leistung, bis zu einem Drittel geringeren Kohleverbrauch, ein niedrigeres Konstruktionsgewicht und geringeren Platzbedarf gegenüber älteren Schiffsmaschinen aus, was einen Gewinn an Ladefähigkeit bringt.«

Nicht nur ihre Stimme klang eisig, auch die Mienen wurden es. Bis jetzt hatten die Herren sie nicht ernst genommen – nun fühlten sie sich selbst nicht ernst genommen.

Aber Mina war nicht bereit, so schnell aufzugeben: »Die erste Dreifachexpansionsdampfmaschine wurde übrigens 1882 in England hergestellt. Bei den technischen Entwicklungen haben grundsätzlich die Engländer die Nase vorne, während wir bei den Lustfahrten die Ersten waren. Sollen wir nun zusehen, wie uns englische, schottische und norwegische Werften den Rang ablaufen?«

Endlich, endlich eine Regung!

Herr Gerke beugte sich vor, zog die Unterlagen an sich und studierte sie nicht nur selbst, nein, nahm sogar ein Blatt, um es seinen Kollegen vor die Augen zu halten. Minas Hoffnung wuchs, sank aber alsbald wieder, als sie erkannte, worauf sie sich konzentrierten – nicht auf ihre Pläne nämlich, sondern auf die Aufstellung der Vermögenswerte.

»Fräulein Ahlhusen«, sagte Herr Gerke und klang nun väterlich nachsichtig. »Die Werft Ihres Vaters befindet sich tatsächlich in einem akzeptablen Zustand. Dass er in die modernste Technik investiert hat, könnte sich für Sie lohnen. Ich bin sicher, Blohm & Voss würden ein hübsches Sümmchen zahlen, um das Gelände und die Gebäude zu übernehmen.«

»Aber ich denke nicht daran, die Werft zu verkaufen!«, rief Mina schriller, als ihr lieb war. »Und außerdem ist es nicht mehr die meines Vaters, sondern meine!«

»Sie könnten den Rest Ihres Lebens in Wohlstand verbringen.«

»Und Schoßhündchen streicheln?«, entfuhr es ihr.

»Das wäre doch ein Anfang«, sagte Herr Balsen süffisant.
»Fräulein Ahlhusen«, schaltete sich Herr Gerke wieder ein. »Wir meinen es doch gut mit Ihnen. Ich fürchte, Sie sind sich nicht im Klaren darüber, was Sie sich auflasten würden, wenn Sie die Werft tatsächlich übernehmen. Wenn wir Ihnen einen Kredit gewähren würden, würden wir Ihnen keinen Gefallen tun. Ich meine, das ist doch kein rechtes Leben für eine Frau. Wissen Sie, wie oft ein Werftbesitzer auf Reisen ist, um Aufträge zu akquirieren?«
»Ich reise gerne!«
»Aber wenn Sie erst einen Mann und Kinder haben …«
»Ich gedenke nicht, mich bald zu vermählen.«
Das nachsichtige Lächeln schwand. Mit einem Schwung schob Herr Gerke ihr wieder die Unterlagen zu und wirkte dabei regelrecht beleidigt. Mina nahm die Mappe rasch entgegen, damit nicht noch mehr Blätter auf den Boden segelten.
»Ihre fantasievollen Ausführungen in allen Ehren, Fräulein Ahlhusen, aber über eine Familie und einen Haushalt zu wachen ist noch immer das, was Frauen am besten können. Ich kann mir nicht vorstellen, dass es Ihnen an Verehrern mangelt. Sie dürfen sie eben nicht damit verschrecken, indem Sie über diese Dreifach… Dreifach…«
»Dreifachexpansionsmaschine«, stieß Mina heiser aus.
»Genau. Lassen Sie so eine Fachsimpelei lieber bleiben. Wenn ich das höre, denke ich an Männer mit öligen, rußverschmierten Gesichtern, nicht an eine hübsche Frau. Und das sind Sie zweifellos, wenn ich mir erlauben darf, das zu sagen. Machen Sie was draus.«

Selbst als der letzte der Männer den Raum verlassen hatte, rührte sich Mina nicht. Sie saß regungslos auf dem

Stuhl, starrte auf die Unterlagen vor sich und kämpfte gegen die Tränen an.
Ich weine nicht, ich weine nicht, ich weine nicht …
Noch kullerte tatsächlich keine Träne über ihre Wange, aber sie war sicher: Wenn sie nur eine abrupte Bewegung tat, gar aufstand, würde sie sie nicht mehr zurückhalten können.
Nach einer Weile konnte sie allerdings gar nicht anders, als hochzusehen. Schritte ertönten, jemand beugte sich über sie. Sie erwartete schon, dass einer der Bankiers sie auffordern würde, endlich zu gehen, stattdessen stellte jemand ein Glas Wasser vor sie.
Mina blickte Otto Graff an.
Wenn sie sich richtig erinnerte, hatte der vorhin ihren Ausführungen lediglich schweigend zugehört.
»Trinken Sie!«, forderte er sie auf. »Sie haben vorhin doch um ein Glas Wasser gebeten.«
Mina verschmähte das Wasser und konnte auch nichts sagen, doch Otto Graff setzte sich davon ungerührt neben sie.
»Sie müssen es meinen Kollegen nachsehen. Ihre Borniertheit ist manchmal nahezu kränkend. So blind, wie sie sind, laufen sie gegen jede Wand, die vor ihnen aufragt. Für Sie jedoch ist das kein Grund, sich eine blutige Stirn zu holen. Ich für meinen Teil würde Ihnen gerne weiterhelfen, Fräulein Ahlhusen.«
Mit zitternder Hand griff sie doch nach dem Glas Wasser, setzte es an ihre Lippen und machte ein paar Schlucke.
»Eigentlich sind es gute Zeiten, eine Werft neu zu beleben«, fuhr Otto fort. »Und Ihr Plan klingt durchaus interessant. Wobei man als guter Unternehmer sein Geschäft immer auf mehreren Säulen gründen sollte. Fixie-

ren Sie sich nicht allzu sehr auf die Luxusschifffahrt. Denken Sie auch an die Worte unseres Kaisers Wilhelm. ›Wir haben uns einen Platz an der Sonne erkämpft. Es wird nun meine Aufgabe sein, dass dieser Platz an der Sonne uns unbestritten erhalten bleibt, damit ihre Strahlen befruchtend wirken können. Unsere Zukunft liegt auf dem Wasser.‹«

Mina stellte das Glas ab. »Albert Ballin schlug mir auch vor, mit der Kaiserlichen Marine zu kooperieren. Ich glaube, sogar mein Vater spielte einst mit dem Gedanken.«

»Ihrem Vater mangelte es nie an Plänen, nicht wahr?«

Mina erhob sich. »Ich weiß, wer Sie sind. Sie haben meinen Vater von ganzem Herzen gehasst. Er hat vermutet, dass Sie damals den Brand in der Werft gelegt haben.«

Otto Graff sagte nichts, als sie ihre Unterlagen ordnete und an sich nahm. Er sah ihr sogar zu, wie sie sich grußlos abwandte. Erst als sie die Tür erreichte und die Schwelle übertreten wollte, rief er ihr nach: »Fräulein Ahlhusen, nun warten Sie doch.«

Mina verharrte.

»Brandstiftung, das ist doch ein Unsinn! Viel wahrscheinlicher ist, dass er selbst das Feuer verursacht hat, weil er wieder einmal betrunken war.«

»Ich war an diesem Tag dabei! Und ich wäre beinahe in den Flammen gestorben!« Ihre Wut gab ihr neue Kraft.

»Vielleicht hat er einfach vergessen, eine Zigarre richtig auszumachen, das ist ihm doch zuzutrauen, oder?«

Otto Graff lächelte sie arglos an, und plötzlich war sie sich nicht mehr so sicher, ob ihre Vorwürfe wirklich zutrafen.

»Was wollen Sie von mir?«, fragte sie knapp und versuchte, so würdevoll wie möglich zu klingen.

»Nun, ich will Ihnen gerne meine Hilfe anbieten.«

»Wobei?«

»Anders als meine Kollegen glaube ich nicht, dass es eine gute Idee ist, die Werft einfach abzustoßen. Natürlich ist es ratsam, das Geschäfts- und Privatvermögen zu trennen, damit Sie in Zukunft abgesichert sind, aber ansonsten …«

Er schwieg vielsagend.

»Nun sagen Sie schon!«

Er kam ganz dicht an sie heran. »Warum wollen Sie unbedingt einen Kredit aufnehmen? Es gibt doch noch eine andere Möglichkeit, den Ruin abzuwenden. Gründen Sie eine offene Handelsgesellschaft – das ist eine Rechtsform, die mehr als nur einen persönlich haftenden Gesellschafter vorsieht.«

»Ich weiß, was eine Handelsgesellschaft ist!«, rief Mina barsch.

»Umso besser. Dank der Einlage der Gesellschafter retten Sie Ihr Geschäft, und irgendwann können Sie diese offene Handelsgesellschaft gegen Auszahlung der Einlage wieder auflösen und wären erneut die alleinige Inhaberin.«

Mina fiel es schwer, ihre Gesichtszüge zu kontrollieren. Sie befürchtete, dass man ihr sehr deutlich ansah, dass sie in diesen Dingen doch nicht so bewandert war, wie sie behauptet hatte.

Otto Graffs Lächeln wurde indes regelrecht väterlich. »Wenn Sie es richtig anstellen, können Sie ein Vermögen machen.«

Mina wünschte, dass sie mehr getrunken hätte. So hatte sie das Gefühl, dass ihr die trockene Zunge förmlich am Gaumen klebte. »Sie machen diesen Vorschlag doch nur, weil Sie sich mein Unternehmen aneignen wollen!«, presste sie hervor.

»Aber, aber! Was für harsche Worte! Was habe ich getan, um dieses Misstrauen der Ahlhusens zu verdienen?«
»Können Sie … können Sie schwören, dass Sie mit dem Brand auf der *Wilhelmina* nichts zu tun haben?«, gab sie zurück.
»Aber natürlich!«, rief er im Brustton der Überzeugung. »Ich will nicht verhehlen, dass mein Verhältnis zu Ihrem Herrn Vater nicht das beste war. Aber nein, ich versichere Ihnen, dass ich den Brand nicht gelegt habe.«
Mina überlegte fieberhaft, was sie noch über Otto Graff wusste. Wenn sie es recht im Kopf hatte, war er nicht nur Vorstandsmitglied dieser Bank, sondern Besitzer einer kleinen Privatbank. Das bedeutete, er hatte Geld. Geld, um es in ihre Werft zu investieren und sich solcherart ein großes Stück des Kuchens zu sichern.
»Falls Sie mir wirklich helfen würden – was … was erwarten Sie sich von mir?«
Otto Graff nahm ihre Hand und hauchte formvollendet einen Kuss darauf. »Vorerst nur, dass Sie mit mir ein Pferderennen besuchen.«

Einmal im Jahr – am ersten Sonntag im Juli – fand in Hamburg-Horn ein prominentes Pferderennen statt, das nach einem gewissen Lord Derby benannt worden war. Mina wusste nicht, welche Rolle dieser in der Geschichte der Stadt gespielt hatte, jedoch war ihr bekannt, dass das Norddeutsche Derby für viele Hamburger nach Weihnachten und Ostern das wichtigste Fest im Jahr war. Als sie als Kind einmal das Pferderennen besucht hatte, hatte sie sich darum Geschenke erwartet – vorzugsweise Bücher, wie sie sie sich immer wünschte.
»Bücher?«, hatte Wilhelm verständnislos gefragt. »Sag mir lieber, auf welches Pferd ich wetten soll.«

Sie konnte sich nicht mehr erinnern, ob sie wirklich ein Pferd ausgewählt und dieses dann gewonnen hatte – nur an das Gefühl von Enttäuschung und dass sie danach nie wieder hatte mitkommen wollen.
In diesem Jahr aber zog sie eines ihrer schönsten Kleider an – eine Robe aus dunkelrotem, französischem Moiré und einen Schal aus indischem Kaschmir, dessen rosa Farbton sich perfekt mit den blasslila Blumenapplikationen auf dem kleinen Kapotthut ergänzte. Hedwig bewunderte sie für ihre Eleganz, während sie ganz schmallippig wurde, als Otto Graff sie abholte. Allerdings hielt sie Mina nicht davon ab, in seine Droschke zu steigen, schien sie doch zu begreifen, dass es um alles ging.
Mina fühlte sich wie verkleidet, doch als sie ankamen, zeigte sich, dass ihre Aufmachung im Vergleich zu der der anderen Damen nahezu schlicht wirkte. Wie viel edle Stoffe zu sehen waren, Chiffon mit Goldflitter und Chantilly-Spitze, Tüllkleider, die mit heller Seide unterlegt waren, und schwere Brokate! Doch die eigentliche Attraktion waren die Hüte mit den aufwendigen Stoffblumen, den Fransen und den gefärbten Straußenfedern. Ein buntes Farbenmeer erwartete sie auch auf der Tribüne und bei den vielen Pavillons, die mit Girlanden und Fahnen, Tuchbahnen und Baldachinen, Laubwerk und Blumen geschmückt worden waren. Die Damen klatschten, als die Hufe über den Boden trampelten – die Herren hingegen sprachen vorzugsweise über das Geschäft.
»Kein Wunder«, erklärte Otto, als er Mina zur Tribüne führte, »hier versammelt sich alles, was Rang und Namen hat. An keinem Tag werden so viele Aufträge vergeben wie heute. Wenn man Geld braucht, geht man zum Derby – nicht zur Bank.«
Mina blickte ihn misstrauisch an. Und wenn er sich noch

so freundlich, ja geradezu väterlich gütig gab – sie würde ihm nicht trauen!

»Sie haben doch gewiss kein Interesse daran, mir andere Geschäftsmänner vorzustellen, damit sie in die Werft investieren«, sagte sie.

»Aber natürlich nicht! Das sind doch alles alte Männer, in deren Gesellschaft sich eine junge, hübsche Frau alsbald schrecklich langweilen würde. Nein, ich habe Sie heute hierher eingeladen, damit Sie meinen Sohn kennenlernen.«

Minas Gesicht wurde ausdruckslos. Von Hedwig hatte sie bereits erfahren, dass Otto Graff einen Sohn namens Christian hatte, der ein, zwei Jahre älter als sie, jedoch noch unverheiratet, ja noch nicht einmal verlobt war.

»Warum ist er nicht mit unserer Droschke hierhergekommen?«, fragte sie gedehnt.

»Nun, Christian ist ein Pferdenarr«, sagte Otto nur.

Ob dieser Worte erwartete Mina, dass er womöglich selbst an den Wettkämpfen teilnehmen würde, deren Sieger immerhin das stattliche Preisgeld von achtunddreißigtausend Mark winkte, doch der schlanke Mann mit dem kurzen blonden Vollbart und dem elastischen Gang, den Otto herbeiwinkte, trug keine Reitkleidung, sondern wedelte stattdessen mit Geldscheinen. »Es läuft hervorragend!«, rief er. »Das alles habe ich bereits gewonnen.«

Mina entging es nicht, dass Otto Graff kurz missbilligend die Lippen zusammenpresste, doch als er den Sohn bat, sich um das Fräulein Ahlhusen zu kümmern, hatte er seine Züge wieder unter Kontrolle. »Ich würde vorschlagen, dass du sie auf ihren Platz begleitest.«

Erstmals warf ihr Christian einen kurzen Blick zu, interessierte sich jedoch nicht lange für sie.

»Aber Vater, ich muss doch neue Einsätze …«
»Du bringst Fräulein Ahlhusen zu ihrem Platz!«, befahl Otto. Obwohl er nur geflüstert hatte, zuckte Mina zusammen, war ihr doch der eisige Unterton nicht entgangen. Widerwillig streckte Christian ihr seinen Arm entgegen, und obwohl Mina sich selten so unwohl gefühlt hatte wie in diesem Moment, hakte sie sich unter. Christian sagte kein Wort, als er sie zu ihrem Platz brachte, und hatte seine Unterlippe leicht vorgeschoben, was ihm, obwohl er ein gut aussehender Mann war, den Ausdruck eines trotzigen Kindes verlieh.
Ein Kind, das gestreichelt werden will, ein Kind, das spielen will.
»Ich freue mich, Sie kennenzulernen«, murmelte Mina.
Keine Reaktion.
»Ihr Vater hat mir viel von Ihnen erzählt«, log sie.
Wieder erfolgte keine Reaktion. Mittlerweile hatten sie ihren Platz auf der Tribüne erreicht, und ein paar junge Frauen blickten sich neugierig zu ihnen um. Ihr Tuscheln klang eher sensationslüstern als neidisch, und Minas Unbehagen wuchs. Christian hingegen schien das Gerede zu entgehen.
Und selbst wenn ich gefedert und geteert wäre und auf dem Kopf einen Hahnenkamm trüge, würde er mich nicht anschauen.
»Ich freue mich, heute hier zu sein«, log sie, »Pferderennen haben mich schon immer interessiert.«
Nicht, dass sie diesmal eine Antwort erwartete, und doch fühlte sie sich gedemütigt, als diese nunmehr zum dritten Mal ausblieb.
Starr blickte Christian auf seine Hände.
»Nun gehen Sie schon!«, forderte Mina ihn unvermittelt auf und stieß ihn an.

Als Christian verwundert hochblickte, schien er sie erstmals wahrzunehmen.
»Ja, doch!«, bestand Mina. »Wetten Sie auf ein Pferd!«
Trotz der unmissverständlichen Einladung, zögerte er.
»Aber mein Vater …«
»Nun, Ihrem Vater sagen Sie, dass ich Sie darum gebeten habe.«
Jetzt war er nicht mehr zu halten, schenkte ihr sogar ein kurzes Lächeln – wobei Mina keinen Augenblick lang glaubte, dass es tatsächlich ihr galt. Wahrscheinlich zauberte es die Aussicht auf weiteren Gewinn auf seine Lippen.
Nun war sie es, die mit gesenktem Kopf sitzen blieb und auf ihre Hände starrte. Weder verfolgte sie die Wettkämpfe, noch achtete sie auf die tuschelnden Damen, bis diese endlich ihr Interesse verloren. Erst als sich jemand neben sie setzte, blickte sie wieder auf. Es war nicht Christian, sondern Otto.
Nach seinem Sohn fragte er erst gar nicht, sondern murmelte nur: »Er hat leider nicht viele Talente.«
Minas Augen weiteten sich überrascht. »Warum haben Sie ihn mir überhaupt vorgestellt? Ich dachte, Sie erwarten, dass ich … dass ich und Ihr Sohn …«
Verlegen brach sie ab.
Otto grinste breit »So ist es auch. Ihr Vater würde sich zwar im Grab umdrehen, wenn er davon wüsste, aber die Geschicke des Unternehmens liegen jetzt in Ihrer Hand. Ich kann mir nicht vorstellen, dass Sie viele andere Bewerber haben, zumindest keine passenden. Ledige Offiziere gibt es natürlich zuhauf, aber die sind arm, adelig oder geschlechtskrank. Nein, Sie brauchen jemanden mit technischem Verständnis und unternehmerischen Qualitäten.«

»Und Ihr Sohn besitzt beides?«, fragte sie zweifelnd.
»Ich fürchte nicht gerade im Übermaß«, sagte Otto entwaffnend ehrlich. »Aber Sie verfügen reichlich darüber, nicht wahr? Sie sind eine patente junge Dame, energisch, klug, mutig – alles Eigenschaften, die man an meinem Sohn vergeblich sucht. Mit einer Frau wie Ihnen an seiner Seite kommt er vielleicht auf die Idee, dass es im Leben etwas anderes als Pferderennen gibt.«
Mina starrte wieder auf ihre Hände, die in schrecklich unbequemen Spitzenhandschuhen steckten und zu schwitzen begannen. »Mein Vater hat immer behauptet, Sie würden die Ahlhusens hassen.«
»Wenn Sie meinen Sohn heiraten, wird Ihr Unternehmen nicht länger Ahlhusen heißen, sondern Graff.«
Wieder setzte er das freundlichste Lächeln auf, und Mina kämpfte darum, es zu erwidern. Er sollte nicht sehen, wie viel Widerwillen sein Angebot in ihr auslöste.
»Das ist Ihre Art, sich an meinem Vater zu rächen, nicht wahr?«, fragte sie leise. »Aber wie Sie schon sagten, mein Vater ist tot. Er kann sich nicht mehr darüber ärgern.«
»Sie können es sehen, wie Sie wollen. Jedenfalls wird Ihnen keine Bank in ganz Hamburg das notwendige Kapital zur Verfügung stellen, um Ihre Werft wieder auf die Beine zu kriegen. Aber wenn mein Sohn Teilhaber wird …«
Mina erhob sich abrupt, und erstmals wurden Ottos Augen schmal. »Denken Sie gut nach, ob Sie es sich erlauben können, mein Angebot abzulehnen.«
Mina hörte nicht zu lächeln auf. »Wie kommen Sie auf die Idee, dass ich es ablehne?«
Sie ließ ihn sitzen und kämpfte sich durch das Gedränge. Ihr Hut blieb fast an einer Girlande hängen, als sie die Tribüne verließ, doch endlich hatte sie den Rasen er-

reicht. Christian stand dort unmittelbar vor der Rennbahn, wo der Boden vibrierte, als die Pferde atemberaubend schnell vorbeigaloppierten. Kleine Erdbrocken stoben hoch.

Wenn er doch Lust am Galoppieren fände, nicht am Spielen, ging es Mina durch den Kopf. Wenn er sich danach sehnte, frei zu sein – nicht reich.

»Und«, fragte sie, als sie an seine Seite trat, »gewinnen wir?«

Christians Lippen wurden vor Anspannung ganz schmal. Nichts Kindliches stand mehr in seiner Miene. Er wirkte alt und verbraucht und zugleich so, als wäre er durch sein Leben gehetzt, ohne jemals innegehalten und etwas aus vollem Herzen genossen zu haben.

Erst als er jubelnd die Hände hochriss, wirkte er wieder wie ein kleiner, unbekümmerter Knabe.

»Geschafft!«, schrie er triumphierend.

Er sah sie nicht an, lächelte ihr noch nicht einmal zu, aber als sie die lästigen Spitzenhandschuhe auszog und laut klatschte, klopfte er ihr auf den Rücken, so wie es der siegreiche Reiter bei seinem Tier tat, das sich als das schnellste erwiesen hatte.

28. Kapitel

Mina starrte in den Spiegel, doch die Frau, die von diesem reflektiert wurde und die ein weißes Hochzeitskleid trug – dasselbe, mit dem ihre Mutter Irmgard einst Wilhelm Ahlhusen geheiratet hatte –, erschien ihr wie eine Fremde.

Einige Wochen waren seit ihrer überstürzten Verlobung mit Christian Graff vergangen, und eigentlich hatte sie geglaubt, dass sie sich an den Gedenken, seine Frau zu werden, gewöhnt hatte und nie an ihrem Entschluss zweifeln würde. Doch erst jetzt, da ihr eine Schneiderin ein paar Tage vor dem großen Fest das Kleid ein letztes Mal anpasste, ging ihr auf, was die Heirat wirklich bedeutete.

Die Ehe mit Christian würde sich wohl so anfühlen, wie dieses Kleid zu tragen – nämlich alles andere als angenehm.

Bethy würde sagen, dass sowohl der helle Seidenrips, aus dem es gearbeitet war, und die Kürassform etwas altmodisch waren, dass allerdings wegen des engen Korsetts ihre schmale Taille gut zur Geltung käme. Dieses Korsett bestand wie üblich aus zwei Stoffschichten, die innere aus Baumwolle, die äußere aus Brokat, doch überdies waren bei diesem nicht nur entlang der Rückennaht Fischbeinstäbchen eingearbeitet worden, sondern auf der Vorderseite Stäbchen aus Walfischknochen. Mina vermeinte, dass jedes einzelne in die Taille stach. Und das Atmen fiel ihr nicht eben leichter, weil nicht nur die

Teilungsnähte und Abnäher, sondern auch der Stehkragen mit Fischbein verstärkt war. Sobald sie auch nur versuchte, auf ihre Fußspitzen zu schauen, glaubte sie, fast erwürgt zu werden, ja, selbst der Blick auf die Hand, die den Verlobungsring trug, fühlte sich an, als würde sie in einer Guillotine stecken.
Warum sahen die Schneiderinnen und ihre Gehilfinnen nicht, dass dieses Hochzeitskleid ein Panzer war? Warum brachen sie immer wieder in Begeisterungsrufe aus?
»Oh, diese prächtig gearbeiteten, dreiviertellangen Ärmel!«
»An den Schultern sitzt es perfekt!«
»Und schaut euch nur diese wunderschöne Knopfreihe in der vorderen Mitte an!«
»Und den kunstvoll drapierten Rock mit der langen Schleppe.«
Wenn sie es wenigstens bei diesen Rufen belassen hätten. Aber überdies konnten sie nicht aufhören, ständig an ihr herumzuzupfen – ganz zu schweigen davon, dass sie ohnehin keinen Schritt hätte machen können, ohne in dieses Meer aus Nadelkissen, Fingerhüten, Nähgarn und Nadeln zu steigen. Und als wäre das nicht genug, machte sich gerade die Kammerzofe an ihren Haaren zu schaffen, um die Hochzeitsfrisur auszuprobieren. Die dunklen Strähnen wurden zu voluminösen Locken gedreht, die aufgeblähten Puffärmeln glichen, und – bis auf ein paar Löckchen, die in die Stirn gekämmt wurden – zu einem luftigen Knoten hochgesteckt. Damit konnte sie wohl nicht mal nicken, ohne Gefahr zu laufen, dass sich die Frisur auflöste – wobei diese Vorstellung durchaus etwas Komisches hatte.
Nicht, dass ihr sonderlich zum Lachen zumute war. Ein Lächeln erschien erst auf ihren Lippen, als es klopfte und Johann Hinrich im Raum erschien. Die Schneiderin warf

ihm einen irritierten Blick zu, und Hinrich wollte sich schon wieder zurückziehen, doch Mina rief ihm energisch zu: »Bleiben Sie!« Und an die Schneiderin gewandt, erklärte sie: »Wir machen eine kurze Pause.«

»Wollen Sie das Kleid ablegen?«

»Du lieber Himmel! Um noch einmal eine halbe Stunde damit zu verschwenden, es später wieder anzuziehen? Während der Hochzeit werde ich es einen ganzen Tag lang tragen müssen, also kann ich jetzt auch damit arbeiten.«

Wenig später hatte sie mit einer schwungvollen Handbewegung alle Nadeln, Garne und Fingerhüte vom Toilettentisch gefegt und stattdessen die Pläne dort ausgebreitet, die sie rasch von ihrem Schreibtisch geholt hatte.

Hinrich blickte verwirrt darauf. »Ich dachte, Sie wollten mir die Gesellschaftshalle mit dem gewölbten Jugendstil-Dach zeigen, die das Herzstück des Schiffs darstellen soll.«

»Ich fürchte, dieses Schiff ist noch ein ferner Traum. Ich denke, die nahe Zukunft ist das hier.«

Sie deutete auf die Skizzen. Die einen zeigten Kanonenboote, andere Torpedoboote mit Dreifachexpansionsmaschinen und weitere kleine wendige Kriegsschiffe, die die Torpedos schnell in die Nähe der gegnerischen Schlachtschiffe bringen konnten.

»Also planen Sie wirklich eine Zusammenarbeit mit der Kaiserlichen Marine«, murmelte Hinrich. »Nun, eigentlich ist das keine schlechte Idee. Es ist allseits bekannt, dass sich unser Kaiser für nichts so sehr interessiert wie die Schifffahrt und er ehrgeizige Pläne für die Kriegsflotte hat.«

»Nicht nur der Kaiser!«, rief Mina eifrig. »Die Reichsregierung hat eine Subventionierung der deutschen Seewerften beschlossen. Die sogenannte Schiffbauklausel sieht vor, dass zukünftig alle Schiffe der deutschen Marine und der Handelsflotte in deutschen Werften gebaut werden müssen.«

»Aber damit sind wohl eher stark gepanzerte Schlachtschiffe gemeint.«

»Auch kleinere Boote. Ich denke, darin liegt unsere Chance. Und wenn wir damit erfolgreich sind, können wir irgendwann nicht nur Schiffe für die Kaiserliche Marine bauen, sondern auch auf Aufträge der chinesischen und japanischen, der russischen und der griechischen Marine hoffen.«

»Um Aufträge zu bekommen, müssten Sie erst in diese Länder reisen«, wandte Hinrich skeptisch ein, »aber wenn Sie erst mal verheiratet sind …«

»Eine Ehe ist doch kein Gefängnis!«, rief Mina entschlossen, obwohl sich ihr Kleid beengender als jede Sträflingskluft anfühlte.

»Nun, wir könnten …«, setzte Hinrich an.

Er brach ab, als die Schneiderin den Kopf durch den Türspalt steckte. »Wir müssen den Saum noch abstecken!«

Mina hätte am liebsten diesen Saum eigenhändig abgerissen, aber sie beherrschte sich.

»Wir können auch später darüber sprechen«, sagte Hinrich und rollte die Pläne wieder zusammen.

Schweren Herzens sah Mina ihm nach, als er damit entschwand. Der Anblick der Pläne war so beruhigend – der im Spiegel hingegen war immer noch so fremd.

»Sie werden eine wunderschöne Braut sein«, rief die Schneiderin begeistert.

»Ja.« Auch ihre Stimme hatte nichts Vertrautes.

»Sie müssen sehr glücklich sein.«

»Ja«, sagte Mina wieder.

Endlich hatte sie die leidige Anprobe durchgestanden. Sobald Mina das Hochzeitskleid abgelegt hatte, musterten es die Schneiderin und ihre Gehilfinnen hingebungsvoll, ehe sie es in einen großen Karton, der mit viel Seide ausgelegt war, betteten. Dabei gingen sie so vorsichtig vor, als hielten sie ein Neugeborenes in Händen.
Mina konnte gar nicht abwarten, allein zu sein, doch als die Schneiderin endlich gegangen war, erschien eine Jungfer, um ihr in den Morgenmantel zu helfen, ließ sich dabei ewig Zeit und schwärmte von der baldigen Hochzeit.
Mina wurde sie erst los, als sie ihr befahl, eine Tasse Tee zu holen, doch kaum hatte die Jungfer den Raum verlassen, klopfte es abermals.
Wahrscheinlich Großmutter, dachte Mina.
Nun, von Hedwig Ahlhusen waren zumindest keine rührseligen Worte und erst recht keine Begeisterungsstürme wegen eines Kleides zu erwarten, eher dieser skeptische Blick, den Mina nicht recht deuten konnte. Mehrmals hatte sie dazu angesetzt, sie vor der überstürzten Heirat zu warnen – wenn Mina sie allerdings auf den Kopf zu fragte, was sie von ihrer Verlobung hielte, erklärte sie stets, dass Christian Graff eine hervorragende Partie sei.
Mina riss die Tür auf und wich gleich wieder zurück.
»Mina!«
Vor ihr stand nicht die Großmutter, sondern Alba Borgmann. Obwohl diese sie so oft im Nachthemd oder Morgenmantel gesehen hatte, fühlte sich Mina wie nackt, als sie da leicht bekleidet und mit offenen Haaren vor ihr stand.
»Alba!«
Falls diese die Distanz spürte, die von Mina ausging, ließ

sie sich nichts anmerken. Sie zog sie an sich, und als Mina ihren Kopf auf Albas Brust legte, den vertrauten Geruch einatmete und ihre Wärme spürte, wurde ihre Kehle eng. Schnell löste sie sich wieder, räusperte sich und sagte mit nüchterner Stimme: »Ich habe gehört, dass euer Reisebureau sehr gut läuft und dass ihr künftig nicht nur Schiffsreisen zu organisieren gedenkt, sondern auch Bahnreisen wie Carl Stangen.«
Alba nickte stolz. »Stangen hat in Berlin überdies ein reichhaltiges Orientwarenlager eröffnet – mit Kunst- und Handwerksgegenständen. Wir stellen ähnliche Überlegungen an. Aber lass uns nicht übers Geschäft reden. Warum hast du uns nie besucht? Ich habe von deiner Hochzeit aus der Zeitung erfahren.«
Wenn sie vorwurfsvoll geklungen hätte, hätte Mina eine schnippische Bemerkung gemacht, doch ob der ehrlichen Sorge, die in Albas Worten mitschwang, wurde ihr der Hals noch enger.
»Du bist natürlich eingeladen und Werner auch.«
Alba sagte nichts, sah sie nur lange an, und dem wachen Blick der schwarzen Augen schien einmal mehr nichts zu entgehen.
Sie weiß es, dachte Mina, dass ich Christian nicht liebe … dass ich ihn nur heirate, um die Werft zu retten … dass ich in diesem Hochzeitskleid ersticken werde …
Doch als Alba nach langem Schweigen zu reden anhob, erwähnte sie die baldige Heirat nicht wieder. »Schau, wen ich mitgebracht habe«, sagte sie stattdessen.
Zögernd erschien Bethy, die bis jetzt wohl im Gang gewartet hatte, auf der Türschwelle. Sie trug einen Säugling, der dick in ein weißes Tuch eingepackt war und von dem nicht mehr zu sehen war als seine rote Stirn und seine Haare.

Die Haare sind ja so dunkel wie meine …
Bis jetzt hatte Mina es irgendwie geschafft, den Gedanken daran zu verdrängen, dass Bethy mittlerweile ihr Kind bekommen haben musste und dieses ihr Halbgeschwisterchen war. Nun konnte sie gar nicht anders, als den Säugling unverwandt anzustarren. Doch je größer der Drang wurde, näher heranzutreten, das Kleine an sich zu nehmen und ausführlich zu mustern, desto weiter wich sie zurück, bis sie schmerzhaft gegen den Toilettentisch stieß.
Bethy wirkte etwas erschöpft und müde, aber glücklich. Zwar stand in ihren Augen nicht das Leuchten von einst, wenn sie Minas Kleiderschrank inspiziert hatte, aber sie wirkte erwachsener, selbstbewusster und durchaus … zufrieden.
Bis jetzt hatte sie wie Mina geschwiegen, doch als Alba sie leicht anstieß, erklärte sie stolz: »Das ist der kleine Tobias.«
Ein Junge …
Der Sohn, den ihr Vater sich gewiss sehnlichst gewünscht hatte, auch wenn er das ihr gegenüber nicht zugegeben hätte.
Was würde er in diesem Moment tun? Sich schämen, weil er Bethy so schäbig behandelt hatte, sich unbändig über einen Stammhalter freuen oder sich gleichgültig geben?
Nun, ihr Vater war tot, während sie lebte. Als der Kleine ein Glucksen ausstieß – einen Ton, der ihre Seele berührte –, konnte sie gar nicht anders, als auf Bethy zuzutreten, die winzigen Finger des Säuglings zu betrachten, vorsichtig darüber zu streicheln. Es war, als würde sie die Flügel eines Schmetterlings berühren.
»Ich lasse euch ein wenig allein«, sagte Alba leise und hatte den Raum verlassen, noch ehe Mina einen Ein-

wand hervorbringen konnte. Sie ahnte, was Alba damit bezweckte – dass sich die einstigen Freundinnen endlich aussprechen und versöhnen konnten –, doch sobald sie mit Bethy und dem Kind allein war, fühlte Mina sich nicht nur verlegen, sondern einsam und verloren wie nie. Nicht, dass sie eine Freundin nicht dringend gebrauchen konnte, und nicht, dass sie sich in all den Monaten oft schmerzhaft nach Bethy gesehnt hatte. Und dennoch …

»Ich … ich hoffe, es geht dir gut«, murmelte sie und trat unwillkürlich vom Säugling zurück.

»Du hast Jonathan doch kennengelernt«, sagte Bethy und erwiderte erstmals länger als nur ein paar Sekunden ihren Blick. »Ich könnte mir keinen besseren Mann wünschen. Er ist jetzt Hafenarbeiter.«

Bilder stiegen vor Mina auf – von der *Augusta Victoria*, vom Großen Saal, von Jonathan, aber nicht nur von … ihm. »Das ist schön«, sagte sie gepresst.

»Ich bin glücklich … anders als gedacht, aber dennoch …« Bethy seufzte, gab sich schließlich einen Ruck. »Und ich wünsche dir, dass auch du glücklich wirst.«

Die Erinnerungen wurden immer lebhafter. An Tino … wie sie mit ihm durch Monreale gestreift war … wie schwer sie es fand, im Schatten des Vesuvs die richtigen Worte zu finden … wie er wenig später ihr Gespräch mit Ballin belauscht hatte … wie enttäuscht er von ihr gewesen war.

Ich wollte Jonathan doch gar nicht anschwärzen, hätte sie ihm damals so gerne gesagt. Und heute drängte es ihr zu sagen: Ich wollte doch nie mit dir brechen, Bethy, dich schlecht behandeln …

Aber sie konnte es nicht. Sie hatte Tino für immer verloren, während Bethy nun eine eigene Familie hatte, und

dass sie selbst bald heiratete, bedeutete nicht, dass auch sie ihr Glück finden würde, im Gegenteil.
»Wenn du wissen willst, ob ich meinen künftigen Mann liebe«, entfuhr es ihr schroffer, als sie es bezweckte, »nun, das tue ich nicht.«
Bethy schien ehrlich entsetzt. »Aber warum bist du dann bereit …«
Mina winkte ab. »Lass es gut sein!«, fiel sie ihr hart ins Wort. »Nach dem Tod meines Vaters ist es die einzige Möglichkeit, um das Unternehmen weiterzuführen.«
Bethy blickte auf den Boden. »Es tut mir leid.«
Mina glaubte ihr sogar, aber das machte es nicht leichter, den Gedanken zu ertragen, der ihr jäh durch den Kopf ging: Wenn du eine Vase zerbrichst, ist immer jemand da, der sie aufhebt und sie kittet. Ich hingegen muss zusehen, wie ich selbst die Scherben zusammensetzen kann. Und eigentlich ist das unmöglich, so winzig klein, wie diese sind.
»Was tut dir leid?«, fragte sie, und diese Worte auszuspucken war ungemein befreiend. »Dass Vater gestorben ist? Dass du dir von ihm einen Bastard hast machen lassen? Oder dass du mich verraten hast?«
Bethy sah auf. Noch war keine Empörung in ihrem Blick zu lesen, eher Verwunderung, schien sie doch eine Weile zu brauchen, um die bösen Worte zu verstehen. »Ich?«, fragte sie fassungslos. »Ich soll dich verraten haben?«
Wenn Bethy trotzig die Unterlippe hervorgeschoben hätte, hätte sich Mina nicht ganz so erbärmlich gefühlt. So musste sie noch mehr Worte sagen, um das eigene Unbehagen zu ertragen – schnelle, laute, unbedachte.
»Du warst wie eine Schwester für mich. Und dann lässt du dich von meinem Vater verführen!«
Verspätet schlug Bethys Verstörtheit in Wut um. »War-

um fängst du immer wieder damit an?«, schrie sie. »Hast du immer noch nicht kapiert, dass sich die Welt nicht nur um dich dreht? Erwartest du etwa, dass ich auf Knien vor dir rutsche und um Verzeihung bitte?«
Mina schluckte die aufsteigenden Tränen hinunter.
Was tue ich denn da? Bin ich denn wahnsinnig geworden, sie so zu kränken?
Aber irgendwie war es leichter, auf die Scherben zu treten, bis nur noch ein gläsernes Meer blieb, als zu überlegen, wie sie sie kitten könnte.
»Du warst dumm«, stieß sie aus, »immer so schrecklich dumm. Kein Wunder, dass du auf meinen Vater hereingefallen bist.«
»Jetzt bin also ich schuld?«, zischte Bethy. »Mag sein, dass ich leichtgläubig war, aber das ändert nichts daran, dass er sich wie ein Schuft verhalten hat. Wenn, dann hätte ich eine Entschuldigung verdient. Oder ein großzügiges Geldgeschenk für Tobias, er ist immerhin dein Halbbruder. Aber du bist immer selbstsüchtig gewesen, hast dich für besser, schöner und klüger als mich gehalten.«
Mina musste über diese Worte fast lachen, zumal wenn sie bedachte, wie schrecklich die Anprobe des Hochzeitskleides für sie gewesen wäre. »Schönheit hat mich nie interessiert«, sagte sie eisig. »Du warst es, die stets nur hübsche Kleider und funkelnden Schmuck im Kopf hatte. Ich wusste hingegen immer, was im Leben wirklich zählt.«
»Was denn? Fleißige, hochanständige Stewards zu verpetzen und für ihre Entlassung zu sorgen?«
»Was regst du dich auf?«, gab Mina zurück. Sie wusste, wenn sie weitersprach, würde sie endgültig jedes Maß verlieren, aber sie konnte einfach nicht schweigen. »Wär's dir lieber, Jonathan würde noch auf dem Schiff arbeiten?

Einen anderen Mann, der mit dir deinen Bastard großzieht, hättest du wohl kaum gefunden.«
Bethy starrte sie einfach nur vernichtend an, und noch schwerer als ihr Blick war das Geschrei zu ertragen, in das der Säugling jäh ausbrach. Es klang so hilflos und verzweifelt.
»Was … was hat er denn?«, fragte sie verlegen.
Sie wollte sich vorbeugen, doch Bethy presste ihr Söhnchen an sich.
»Das muss ich mir nicht bieten lassen«, sagte sie und klang stolzer denn je.
Hoheitsvoll drehte sie sich um und verließ den Raum, und obwohl Mina ihr nacheilte, blieb sie alsbald wieder stehen, als sie fast gegen Alba lief. Natürlich – sie hatte hier gewartet und alles gehört.
Mina las ehrliche Betroffenheit in ihrer Miene, tiefes Mitleid, aber auch einen leisen Vorwurf. Kurz rang Alba die Hände, wollte etwas sagen, eilte aber stattdessen Bethy und dem Kleinen nach.
Sie ist ihre Mutter … nicht meine …
Mina ging zurück in ihr Zimmer und schloss die Tür.

Mina weinte. Weinte, wie sie all die Monate nie geweint hatte. Weinte vor Kummer, vor Ohnmacht, vor Reue, vor Entsetzen. Weinte, wenn sie an die Vergangenheit dachte, und noch mehr, wenn sie sich ihre Zukunft ausmalte. Zunächst hatte sie sich zum Toilettentisch geflüchtet, später ins Bett. Hier fand Hedwig sie eine halbe Stunde später, als sie kaum noch Tränen hatte, ihr Körper jedoch immer noch von Schluchzern geschüttelt wurde.
Hedwig blieb eine Weile starr vor ihrem Bett stehen, und Mina machte sich auf eine abfällige Bemerkung gefasst,

die Hedwig für gewöhnlich auf den Lippen lag, wenn sich jemand eine Schwäche erlaubte. Doch stattdessen stellte sie ruhig fest: »Bethy war da, nicht wahr?«

Mina brachte kein Wort hervor, sondern konnte nur nicken.

Hedwig kam zögerlich näher und setzte sich zu ihr ans Bett. »Die Borgmanns waren letztlich immer nur Personal.«

Es klang nicht so, als würde sie selbst daran glauben.

Mina richtete sich auf. »Tue … tue ich das Richtige?«, fragte sie. »Ich meine, meine Heirat mit Christian Graff …«

Hedwig seufzte. Sie wirkte kurz kummervoller als nach dem Tod ihres einzigen Sohns. »Ich habe gehofft, dass du nicht dazu gezwungen sein wirst, nur aus Vernunft zu heiraten, aber als Frau kommt man offenbar nicht darum herum. Dennoch hast du es besser als ich.«

Mina sah sie verblüfft an. »Wie meinst du das?«

»Dein Großvater hat mich wegen meiner Mitgift geheiratet. Ich war ihm schlichtweg von Nutzen. Christian hingegen ist dir von Nutzen.«

Mina fühlte sich müde und leer. »Ich liebe ihn nicht. Ich weiß nicht einmal genau, wer er ist.«

»Man kann nicht alles haben«, meinte Hedwig schulterzuckend.

»Aber ich will doch glücklich sein!« Neue Tränen kamen, brennend und heiß.

Hedwig zog sie an sich und strich ihr über die Haare. »Irgendein großer Hamburger hat mal gesagt: ›Ehelich werden ist nicht unumgänglich die notwendige Bedingung unseres Erdenglücks, aber ein Leben ohne Liebesberuf, das ist ein recht trauriges.‹ Du wirst glücklich werden, wenn du tust, was du am besten kannst.«

Hamburgs Straßen waren überfüllt und laut wie immer, als Bethy und Alba sich auf den Heimweg machten. Die Schreie der Kutscher auf ihren Droschken übertönten kaum das Läuten der Pferdebahnen, die Karrenhändler, die im missingschen Dialekt Gemüse anpriesen, nicht das Gebrumme der Omnibusse. Arbeiter, Ladenmädchen, Kaufleute, ja selbst ein Leichenwagen drängten sich durch die engen Gässchen, was einen Hund nicht davon abhielt, zwischen den Vorderrädern eines rot gestrichenen Karrens, an dem eine Milchkanne schaukelte, ein Mittagsschläfchen zu halten. Nicht weit von ihm entfernt kauerte sich ein altes Weib soeben an der Kreuzung zweier Straßen nieder und bot abergläubischen Vorübergehenden frisch ausgegrabene Alraunwurzeln als Glücksbringer und Amulette an.

Alba hatte bislang vergebens versucht, Bethy zum Sprechen zu bewegen. »Was immer diese Alte verkauft – ganz sicher ist es keine Alraunwurzel«, sagte sie jetzt spöttisch.

Bethy hatte bis jetzt starr auf den Boden geblickt. Vorhin war der kleine Tobias eingeschlafen, nun begann er wieder unruhig zu werden und stieß ein leises Wimmern aus. Sie wiegte ihn so heftig, dass er noch erbärmlicher weinte.

»Gib mir den Kleinen!«

Bethy tat wie ihr geheißen. Als sie Mutter geworden war, hatte Alba vermeint, dass sie über Nacht erwachsen geworden sei, doch nun fühlte sie, wie in der Tochter wieder das kleine, stets etwas trotzige Mädchen erwachte.

»Komm, setzen wir uns kurz«, schlug Alba vor.

Sie hatten gerade den Markt erreicht. Eine Frau bot Rosen feil, eine andere fingerdicke junge Aale. Kaltblütig schnitt sie einen Kopf nach dem andern ab, rollte den Rumpf flüchtig durch den Sand und streifte dann dem zuckenden Tier die Haut ab.

»Wie ekelhaft das ist!«, zischte Bethy, und sobald ihre Empörung begonnen hatte, sich Bahn zu brechen, fügte sie erbost hinzu: »Und was für ein hochnäsiges Pack die Ahlhusens sind! Was bin ich froh, nichts mehr mit ihnen zu tun zu haben!«

Alba sah sie bestürzt an. »Ich bin sicher, dass Mina ...«

»Ich will ihren Namen nicht mehr hören.«

»Sie ist in einer verzweifelten Lage ...«

»Mina, verzweifelt? Sie besitzt einen Haufen Geld.«

»Nicht genug, um die Werft zu retten. Nur darum hat sie vor, diesen Christian Graff ...«

»Nun, ich brauche nicht viel Geld, um eine gute Ehefrau und Wirtschafterin zu sein ... eine bessere, als sie jemals sein wird.« Bethy erhob sich. »Ich werde heute Aalsuppe kochen.«

Alba sah sie erstaunt an. Bis jetzt hatte Bethy das Kochen eher als Strafe empfunden. Doch nun trat sie entschlossen auf das Fischweib zu und feilschte um zwei Aale.

»Es ist gar nicht so leicht, gute Aalsuppe zu kochen«, sagte Alba, als sie wieder zu ihr zurückkehrte. »Vor allem ist es sehr aufwendig.«

»Glaubst du etwa, ich kann es nicht?«

»Doch, doch ...«

Alba verkniff sich jedes weitere Wort.

Bethy kochte, weil sie es musste.

Mina heiratete, weil sie es musste.

Und sie war einst nach Deutschland gekommen, weil sie es musste.

Allerdings hatte sich bei ihr alles zum Guten gewendet – sie führte ein gutes Leben, hatte ihre Tochter, das Enkelkind, das Reisebureau –, und so konnte sie nur darauf hoffen, dass auch Bethy und Mina glücklich wurden und sich irgendwann doch noch versöhnten.

Die Zutaten für die Aalsuppe brodelten in mehreren Töpfen: In dem einen wurde der Schinkenknochen gekocht, im anderen Backpflaumen, im dritten die beiden Aale. Im vierten rührte Bethy gerade den Grieß in die heiße Milch. Später würde alles zusammengemischt werden.

Tobias schlief friedlich in der Wiege, die den Platz in der Küche noch knapper machte. Mehr als einmal stieß sie schmerzhaft mit dem Schienbein dagegen, doch während Bethy für gewöhnlich missmutig das armselige Mobiliar betrachtete – die Stühle rund um den Küchentisch waren aus unterschiedlichem Holz und verschieden hoch, ganz zu schweigen vom schiefen Schrank im Schlafzimmer, den man nicht ganz öffnen konnte, weil er zuvor gegen das Bett stieß, oder dem wurmstichigen Waschtisch mit der Waschschüssel –, wollte sie sich heute weder von Verzagtheit noch Enttäuschung übermannen lassen. Immerhin hatte ihre Wohnung drei Räume, und dass die kleine Stube, die ans Schlafzimmer grenzte, nicht hoch genug war, als dass ein Erwachsener aufrecht darin stehen konnte, war nicht so wichtig. Fürs Erste würde Tobias dort schlafen, und es würde dauern, bis er sich den Kopf an der Decke anstieß.

Nein, heute war keine schlechte Laune erlaubt. Heute wollte sie ihre Wohnung nicht mit dem Haus der Ahlhusens vergleichen, heute wollte sie nicht einmal an die Ahlhusens denken.

Es war allerdings gar nicht so leicht, diesem Vorsatz treu zu bleiben, denn wenig später kam Jonathan nach Hause, aufgeregter als sonst und in der Hand jede Menge Zettel. Er küsste erst Bethy, warf dann einen glücklichen Blick in die Wiege und beugte sich schließlich über die Töpfe, um genießerisch den Duft der Speisen einzuatmen.

»Was ist das?«, fragte Bethy und deutete auf die Zettel.

»Ein Flugblatt!«, rief Jonathan begeistert. »Von der Gewerkschaft. Bislang waren die Hafenarbeiter kaum organisiert, aber jetzt …«

Bethy rührte um. Die Backpflaumen waren weich, aber der Schinken musste noch ein wenig länger kochen, insgesamt drei Stunden lang.

»Nächste Woche ist Gewerkschaftsversammlung«, fuhr Jonathan eifrig fort. »Ich werde auch hingehen, weil es immer noch zu wenige Mitglieder gibt. Hamburg wird so oft als Hauptstadt des sozialistischen Deutschlands gerühmt, doch das ändert nichts daran, dass der Senat so großbürgerlich wie vor fünfzig Jahren besetzt ist. Er besteht aus Kaufleuten, Reedern, Werftbesitzern, also allem, was Geld hat.«

Bethy hatte nur mit halbem Ohr zugehört, und selbst wenn sie ihm ihre volle Aufmerksamkeit geschenkt hätte, hätte sie nicht recht verstanden, was er meinte.

»Die kleinen Leute, gar ein Sozialdemokrat wie ich, sind für sie nur lästige Fliegen«, sagte Jonathan und kitzelte Tobias am Bauch, bis er erwachte und gluckste.

»Sozialdemokrat?«, fragte Bethy erstaunt. »Ich dachte, du wärst Jude.«

»Ich bin erst kürzlich Mitglied der Partei geworden. Ferdinand Lassalle war übrigens auch beides.«

»Ferdinand … wie?«

»Lassalle war ein berühmter Arbeiterführer. Mein Vater würde das zwar anders sehen, aber ich denke – übrigens so wie dieser Lassalle –, dass jeder Jude in gewisser Weise

Sozialist ist. Wir warten nicht aufs Jenseits wie ihr Christen, damit die schlechten Menschen in die Hölle kommen und die guten in den Himmel. Es muss schon hier auf dieser Welt gerecht zugehen.«

Bethy rührte im Schinkentopf, und ihr Gesichtsausdruck wurde immer grimmiger. »Wenn Gerechtigkeit heißt, dass diese hochnäsige Mina einen auf den Deckel kriegt, dann bin ich auch gerne Sozialistin.«

»Hamburg ist schon seit Jahren das Zentrum der sozialistischen Bewegung«, sagte Jonathan gedankenversunken. »Die Hamburger Direktmandate zum Reichstag werden seit zwei Jahren durchgehend von Sozialdemokraten besetzt, aber wegen dieses verfluchten neuen Gesetzes kommt es immer wieder zu Hausdurchsuchungen, Schließungen von Vereinen und Prozessen gegen Parteimitglieder. Ganz zu schweigen von dem Wahlrecht, das die Stimmabgabe an eine bestimmte Einkommenshöhe koppelt. Das ist alles ein riesiger Skandal, man muss etwas dagegen unternehmen ...«

Je schneller er sprach, desto schwieriger wurde es für Bethy, ihm zu folgen.

»Kriegst du bei der Arbeit nicht Schwierigkeiten, wenn du so redest?«, fragte sie zweifelnd.

»Wo kämen wir hin, wenn jeder nur an sich denkt? Erinnere dich doch, auf dem Schiff, als ich meine Stelle verlor!«

»Ja, diese gemeine Mina hat doch tatsächlich ...«

»Und ich bin nicht der Einzige, dem Unrecht widerfährt«, fuhr Jonathan eifrig fort, »all die hart schuftenden Menschen auf einem solchen Luxusdampfer – die Kohlearbeiter, die Matrosen und ja, auch die Stewards, sie haben im Grunde keine Gewerkschaft, sieht man mal von der See-Berufsgenossenschaft ab. Aber die kümmert sich auch nicht darum, dass alle Vorschriften an Bord, was die Unterbringung oder die Sicherheit anbelangt, eingehalten werden. Diesen Menschen muss man eine Stimme geben. Und wenn diese laut genug anschwillt, dann wird ihnen ... dann wird *uns* die Welt gehören. August Bebel ist überzeugt davon, dass das Kaiserreich von selbst zusammenbrechen wird.«

Noch ein Name, den sie nicht kannte. Bethy nahm den Schinkenknochen aus der Brühe und löste das Fleisch ab »Können wir trotzdem bald zu Abend essen?«

Jonathan deutete auf den Stoß Flugzettel. »Ich möchte noch ein paar davon verteilen. Aber ich verspreche, ich bin bald zurück.«

Bethy lag ein Einspruch auf den Lippen, da sie sich solche Mühe mit der Aalsuppe gemacht hatte. Allerdings würde es eine Weile dauern, bis diese fertig war, und notfalls konnte sie sie später aufwärmen. Wenn Jonathan Menschen wie Mina künftig das Leben schwerer zu machen gedachte, war ihr alles recht.

29. Kapitel

Wenn Mina später an ihre Hochzeit dachte, konnte sie sich an kaum mehr erinnern, als dass es – obwohl schon Ende Oktober – heiß und schrecklich stickig war und sich die Gerüche nach Schweiß und Essen vermengten. Zumindest in der Kirche musste es zwar anders gewesen sein, nämlich ungleich kühler und die Luft mit Weihrauch erfüllt, doch vergebens versuchte sie sich daran zu erinnern, wie sie mit Christian Graff vor dem Altar gestanden hatte. Auch das Gesicht des Geistlichen, der ihnen das Ehegelübde abgenommen hatte, ließ sich nicht heraufbeschwören. Wenn sie es gar zu hartnäckig versuchte, sah sie nur den italienischen Priester vor sich, der ihren Vater in Neapel begraben hatte. Etwas deutlicher waren die Erinnerungen an das Festzelt, in dem hinterher gefeiert wurde, da weder das Haus der Ahlhusens noch der Graffs groß genug war, alle Gäste zu beherbergen. Es waren fast ausschließlich Gäste, die Otto eingeladen hatte, und wie es schien, hatte er keine der namhaften Familien Hamburgs ausgelassen.

Als besagtes Festzelt zum ersten Mal Erwähnung fand, hatte Hedwig noch protestiert und gemeint, eine Hochzeitsfeier hätte doch nichts mit einem Zirkus gemein und sie wolle sich nicht wie in Sanct Pauli fühlen, doch als sie es betrat, musste auch sie zugeben, dass es ein gediegener Ort war – von dreihundert Lampen taghell erleuchtet, voller Büsten und Photographien der Vorfahren und mit mehreren langen Tafeln, die mit glänzendem Damast bedeckt waren. Wenn nur die Luft nicht zum Schneiden dick gestanden hätte …

Obwohl Mina später so viele Details vergaß, blieb ihr der Geruch der Speisen allgegenwärtig – vielleicht auch, weil sie während des Mahls nicht recht wusste, wohin sie blicken sollte und wiederholt die Menükarte las, auf der das Wappen der Graffs abgebildet war, nicht das der Ahlhusens.

Erlesene Gerichte wurden aufgetischt: Wildpastete mit Cumberlandsauce, feines Ragout von Kalbsmilch und Hahnenkämme mit Champignons, geräucherte Ochsenzunge und gebratener Kapaun, Orangenente und geschmorte Taube, zum Dessert schließlich warmer Zitronenpudding, gebackene Nüsse, Zitronenplätzchen und Vanillebiskuits.

Nicht, dass Mina sonderlich viel davon herunterbrachte. Stattdessen musste sie plötzlich daran denken, wie sie Bethy im künftigen Speisesaal der *Wilhelmina* ein unsichtbares Menü kredenzt hatte.

Nachdem sich die Gäste den Magen vollgeschlagen hatten, folgten launige Trinksprüche, Ottos Hochzeitsrede und der Tanz. Wieder schienen alle Erinnerungen daran in einem schwarzen Loch zu versinken, und sie wusste auch nicht mehr, wann sie das Zelt verlassen hatten und in ihr künftiges Heim gefahren waren.

Mina hätte gerne auch nach der Hochzeit im Haus der Ahlhusens gelebt, doch Otto machte ihr unmissverständlich klar, dass sie jetzt ein Mitglied seiner Familie war und entsprechend residieren müsse. Zur Hochzeit hatte er dem jungen Paar eine Villa in Övelgönne geschenkt, einer Hamburger Vorstadt, wo es zwar nicht ganz so elegante, schlossähnliche Gebäude wie am Harvestehuder

Weg, auf der Uhlenhorst oder an der Elbchaussee gab, die aber dennoch als gediegene Wohngegend und idyllischer Ort geschätzt wurde. In der Kindheit hatte Mina von hier aus manchmal mit ihrem Vater den ausfahrenden Schiffen nachgesehen, wenn diese in die weite Welt aufbrachen, und hinterher waren sie auf den nahen Süllberg in Blankenese gestiegen, um im dortigen Restaurant zu speisen.

Aber an ihren Vater wollte sie nicht denken, nicht in ihrer Hochzeitsnacht. Eine Jungfer, die Otto für sie angestellt hatte und die einen französischen Namen trug – Lisette –, aber kein Wort Französisch sprach, half ihr, sich zu entkleiden, die Haare zu kämmen und Nachthemd und Morgenmantel anzulegen, ehe sie sich über eine verborgene Treppe, die das Schlafzimmer mit den Unterkünften der Dienstboten verband, zurückzog.

Mina wartete. Während der Feierlichkeiten hatte Christian ihr kaum je in die Augen geschaut. Jetzt war er wohl im Boudoir beschäftigt, um sich wie sie für die Nacht fertig zu machen, und würde danach zu ihr kommen – das nahm sie zumindest an.

Doch je länger sie erst im Bett wartete, dann die Decke zurückschlug und unruhig auf und ab ging, desto mehr zweifelte sie daran. Erst jetzt merkte sie, dass ihre Haut klebte, weil sie so stark geschwitzt, sie sich vorhin aber nicht einmal mit einem Waschlappen abgerieben hatte. Jetzt hätte sie das gerne nachgeholt, aber sie wollte sich nicht mehr entkleiden, trat stattdessen zum Fenster und öffnete es einen Spalt weit, um ins Freie zu blicken. Von der Elbe war jetzt bei Nacht nur ein schwarzer Streifen zu sehen, vom edlen Garten nur Konturen. Deutlich zu erkennen war allerdings, wie mehrere

Männer das Grundstück betraten, zum Dienstboteneingang hasteten und über diesen ins Haus gelangten. Vielleicht weiteres Personal, das Otto eingestellt hat, dachte Mina, doch ihr Geist war zu träge, um sich lange über sie den Kopf zu zerbrechen.

Als sie anfing zu frösteln, ging sie in die Kammer, die ans Schlafzimmer grenzte und die sie künftig als Schreibstube und Bibliothek nutzen wollte, doch selbst der Anblick der Bücher, die sie vom Haus der Ahlhusens hierher hatte bringen lassen, stimmte sie nicht ruhiger. Anstatt zu lesen, überkreuzte sie die Hände auf ihrem Schreibtisch, legte ihren Kopf darauf und wurde wenig später von der Erschöpfung übermannt.

Als sie erwachte, schmerzte der Nacken. Es schmeckte säuerlich in ihrem Mund, und kurz wusste sie nicht, wo sie war. Dann aber schüttelte sie die Trägheit entschlossen ab.

Sie hatte sich durchgerungen, Christian zu heiraten, jetzt sollte er gefälligst die Ehe vollziehen!

Wenig später durchstreifte sie das Haus und nahm zum ersten Mal die kostbare Einrichtung wahr, die von keinem Geringeren als dem teuren Raumausstatter Piglhein stammte. Üppige Orientteppiche bedeckten den Boden; die Sofas und Diwane strotzten vor Plüsch und Fransen, die schweren Eichenholzmöbel trugen alle das Familienwappen. In den hohen Glasschränken befanden sich nicht nur kostbare Keramik, sondern auch farbenprächtige, ausgestopfte Vögel, das Tischsilber stammte von Mappin & Webb.

Wie viel Geld Otto ausgegeben hat, um darüber hinwegzutäuschen, dass Christian nichts taugt, ging es Mina durch den Kopf.

Ihr Unbehagen wuchs, als sie erst durch das Wohnzimmer ging, dann durch den Salon mit einem dreiseitigen Erker, schließlich ins Turmzimmer mit Spitzbogengewölbe. Diese Räume waren ebenso leer wie die weiß getäfelte Halle, deren weiße Statuen aus Italien und Griechenland stammten und deren Decke von zwei weißen Säulen gestützt wurde, aber hier nahm sie nun zumindest ein Geräusch wahr.

Gemurmel.

Als sie den gedämpften Stimmen folgte, erreichte sie einen Raum, der unmittelbar an die Küche grenzte. Kurz blieb sie vor der Tür stehen, dann öffnete sie sie leise.

Obwohl ein Quietschen erklang, achtete niemand im Raum auf sie. Alle waren voller Eifer bei der Sache, und obwohl der Zigarettenrauch so dicht stand, als hätte sich Nebel über das Mobiliar gesenkt, erkannte Mina sofort, was auf dem Tisch lag: Karten. Und Geld, viel Geld.

Eben zog Christian die Scheine an sich. Seine Wangen waren gerötet, seine Augen glänzten, und er lachte auf – so glücklich, wie sie ihn während ihrer Verlobungszeit nie hatte lachen hören. Steif und unnahbar hatte er stets neben ihr gesessen, wenn sie das Theater besucht oder Tee getrunken hatten. Doch jetzt sprang er auf, drehte sich ein paarmal schwungvoll im Kreis und wedelte mit den Geldscheinen.

Als Mina sich wenig später verstört zurückzog, wusste sie: Diese Begeisterung würde sie selbst nie auch nur annähernd in ihm hervorrufen können.

Erst im Morgengrauen schlief Mina ein, und wahrscheinlich hätte sie noch zur Mittagszeit im Bett gelegen, wenn Lisette sie nicht geweckt hätte. Als Mina sich verwirrt aufrichtete und murmelte, wie müde sie doch sei, grinste

die Jungfer breit, dachte sie doch wohl, dass eine anstrengende Nacht hinter ihr lag.
Wenn sie wüsste …
»Soll ich Sie schlafen lassen?«
»Nein, bringen Sie mir Kaffee und helfen Sie mir beim Ankleiden.«
Wenig später hatte Lisette ihr in ein violettes Chiffonkleid mit eleganten Pagodenärmeln angelegt und ihre Haare kunstvoll aufgesteckt, und Mina betrachtete das Ergebnis lange im Spiegel.
So also sieht eine junge glückliche Ehefrau aus …
Nachdem sie schon im Schlafzimmer eine ganze Tasse Kaffee getrunken hatte, ließ sie sich am Frühstückstisch noch mehr einschenken. Die Speisen jedoch – Hummerragout, Ostseelachs, Krabbenomelett, Weiß- und Röstbrot – ließ sie unberührt. Je länger sie darauf starrte, desto enger wurde ihr die Kehle, und als sie schließlich Schritte hörte und Christian den Raum betrat, konnte sie kaum atmen. Anders als ihr sah man ihm deutlich an, dass er die Nacht zum Tag gemacht hatte. Seine Wangen waren nicht rasiert, der Schnurrbart stand struppig nach allen Seiten ab, und unter seinen Augen lagen tiefe Ringe. Er machte noch nicht mal Anstalten, das Gähnen zu unterdrücken oder sich zumindest die Hand vor den Mund zu halten.
»Guten Morgen!«, sagte Mina laut und bemühte sich, fröhlich zu klingen.
Er sah erst verwundert auf sie, dann mit deutlichem Ekel auf das Frühstück. Offenbar hatte er noch weniger Appetit als sie, und selbst den Kaffee trank er im Stehen.
Wenn er sich nicht einmal mit mir an den Tisch setzen will, wie wird er dann jemals in mein Bett kommen?
Mina sah ihn verzweifelt an, doch er merkte ihren Blick

gar nicht, sondern ging in den Salon nebenan, wo ein Klavier stand. Er öffnete es, setzte sich und begann zu spielen.
Ob es nun daran lag, dass sie zu wenig Schlaf bekommen hatte oder er einfach ein schlechter Musiker war – es klang grässlich. Mina rieb sich die Schläfen, schloss kurz die Augen, gab den Kopfschmerzen allerdings nicht nach, sondern erhob sich, um ihm in den Salon zu folgen.
»Soll so unser gemeinsames Leben aussehen?«, fragte sie.
Christian schlug noch heftiger in die Tasten. Er wirkte nicht länger nur müde, sondern grimmig.
Natürlich … er hat diese Ehe so wenig gewollt wie ich …
»Ich würde dir so gerne eine gute Ehefrau sein«, sagte Mina und hasste sich für den flehenden Unterton. »Warum lässt du es mich nicht wenigstens versuchen? Und warum hast du mich denn überhaupt geheiratet, wenn du mich nicht willst?«
Ein Grinsen verzerrte seine Lippen, doch es war nicht freundlich.
Mina riss der Geduldsfaden. Ihre Verlegenheit und Unsicherheit wichen der Wut. »Herrgott, warum sprichst du nicht mit mir?«, schrie sie.
Er blickte hoch und hörte tatsächlich zu spielen auf. »Wozu? Was hätten wir denn noch zu bereden, da mein Vater doch alle Entscheidungen für uns getroffen hat.«
Er zuckte die Schultern, ehe er weiterspielte, während Mina ebenso gekränkt wie wütend floh.

Bis zum Mittag war Mina ihrer Empörung Herr geworden. Sie hatte schließlich nicht geheiratet, um Christian eine gute Ehefrau zu sein, sondern um ihr Unternehmen zu retten. Und egal, wie ihr Mann sich die Nächte um die Ohren schlug – sie hatte einem Tagewerk nachzugehen.

Am Nachmittag ließ sie sich vom Kutscher zur Werft fahren, und als Johann Hinrich sie reichlich verwirrt begrüßte und stammelte, dass er sie am Tag ihrer Hochzeit nicht hier erwartet hätte, beschied sie ihm knapp: »Wir haben genug gefeiert, jetzt kehrt der Alltag wieder ein.«
Er brachte keinen Einwand hervor und folgte ihr bald zum Rundgang auf dem Werftgelände. Mittlerweile war dieses ausgebaut und etliche Gerätschaften von ihrer anderen Niederlassung hierhergeschafft worden. Der Lärm, der bald in ihren Ohren dröhnte und aus den Werkstätten und dem Kesselhaus, von Presslufthämmern und den Maschinen kam, die kalten Stahl bearbeiteten, ihn abschoren, stanzten und planierten, war so viel leichter zu ertragen als Christians scheußliches Klavierspiel. Sie genoss ihn regelrecht, obwohl sie sich mit Hinrich von den Werkstätten entfernen musste, um mit ihm zu reden.
»In der Zwischenzeit habe ich übrigens alte Geschäftsunterlagen studieren können. Mein Vater hat jahrelang mit norwegischen Reedereien zusammengearbeitet, und ich habe gehört, dass diese Linien zu wenige Dampfer haben. Im Moment wird alten Frachtschiffen einfach ein weißer Anstrich verpasst, und die Laderäume werden in Kabinen umgewandelt. Luxus sieht natürlich anders aus – und wir könnten ihn ihnen bieten. Wenn es uns gelingt, die Kontakte wiederzubeleben und …«
»Aber wollten Sie nicht stärker mit der Kaiserlichen Marine kooperieren?«
Mina nickte eifrig. »Auf jeden Fall. Ich denke nicht, dass wir mit den großen Werften mithalten können, die – neben den marineeigenen Werften – für das Flottenbauprogramm zuständig sind. Der Stettiner Vulcan, der Schichau-Werft, der Germania oder Blohm & Voss. Aber

es gibt in dieser Sparte durchaus Nischen, die wir besetzen könnten. Offenbar herrscht ein großer Bedarf an Panzerplatten – die wir herstellen könnten. Und es fehlen geeignete Docks für Reparaturen am Rumpf – im Moment besitzen diese nur die drei Marinewerften in Danzig, Kiel und Wilhelmshaven. Die meisten deutschen Kriegsschiffe müssten zum Docken nach England gebracht werden, was ein unhaltbarer Zustand ist. Auch darauf könnten wir …«

Sie brach ab. Der ohrenbetäubende Lärm aus den Werkstätten und Hallen hatte sie nicht von ihren Ausführungen abhalten können – umso mehr tat das der Anblick eines Mannes, den sie dort hinten bei der Kesselanlage entdeckte und der die Werft mit Kennerblick inspizierte, als wäre es das Selbstverständlichste der Welt für ihn, hier zu sein. Selbst als er sie erblickte und sie wütend auf ihn zuschritt, schenkte er ihr ein selbstbewusstes Lächeln.

»Was tust du hier?«, fragte Mina grußlos.

Erst als sie ihren Schwiegervater erreicht hatte, nahm sie den Herrn wahr, der Otto Graff begleitete. Er trug einen schlichten schwarzen Anzug wie Johann Hinrich und blickte sich fachkundig um.

»Gestatten, Ludwig Hauser«, stellte Otto Graff ihn ihr vor. »Er wird künftig die Geschäfte führen.«

Mina war eine Weile zu perplex, um etwas zu sagen. Sie fand die Fassung erst wieder, als die beiden Männer weitergingen. »Aber ich dachte …«

Otto hakte sich bei ihr unter. »Gestern kam mir eine wunderbare Idee. Ich kenne mehrere russische Geschäftsleute, die an Schiffen für den Walfang interessiert sind. Und natürlich muss man die Kontakte zur Kaiserlichen Marine beleben. Die Kriegsflotte soll ausgebaut werden, und der Kaiser hat eine Vorliebe für deutsche

Werften. Er sagt, dass sie den britischen in nichts nachstehen.«
»Das weiß ich. Und selbstverständlich ist es auch mein Anliegen, diese Kontakte zu beleben. Gerade habe ich mit Johann Hinrich besprochen, dass wir …«
»Ach du Arme!«, rief Otto und zog sie noch näher an sich heran. »Du musst dir so viele Gedanken machen! Dabei ist das doch gar nicht notwendig. Wir haben doch jetzt Herrn Hauser.«
Mina entzog ihm ihren Arm. »Ob und wie wir mit der Kaiserlichen Marine zusammenarbeiten, ist meine Entscheidung. Im Übrigen bleibt es mein Ziel, Schiffe für Lustfahrten …«
»Ach Mina!«, unterbrach Otto sie. »Wir wissen doch noch gar nicht, ob es weiterhin solche Fahrten geben wird!«
»Die HAPAG plant fest …«
»Vielleicht bleibt es bei einer Mittelmeerfahrt im Jahr. Das ist zu wenig, um darauf bauen zu können.«
Mina verlor endgültig die Beherrschung. »Du hast mir versprochen, dass ich künftig die Geschäfte führen werde!«, schrie sie.
Ottos sattes Grinsen schwand, aber sein Blick blieb gütig – und mitleidig. »Wahrscheinlich bist du bald guter Hoffnung, dann kannst du dich nicht ums Geschäft kümmern. Aber mach dir keine Sorgen. Auf Ludwig Hauser kannst du dich verlassen.«
Er wandte sich dem anderen zu, der seinerseits Mina nachsichtig anblickte.
»Darf ich Ihnen jetzt die Bureauräume zeigen?«, fragte Otto, und die beiden wandten sich ab, um zu gehen.
Mina rang nach Worten, fand jedoch keine, erst recht nicht, als ihr Otto nach wenigen Schritten zurief: »Und

damit wir es nicht vergessen – ich habe schon veranlasst, dass neue Namensschilder angebracht werden und das Familienwappen ausgetauscht wird. Hier gibt es niemanden mehr, der Ahlhusen heißt.«
Sie konnte sich nicht erinnern, sich jemals so ohnmächtig gefühlt zu haben wie in diesem Moment.

Wie betäubt fuhr Mina von der Werft heim – wobei Övelgönne keine Heimat, eher ein Exil war. Im Inneren des Hauses ertrug sie es nicht lange, doch auch als sie im Garten unruhige Kreise zog, fühlte sie sich bald beengt. Gewiss, die fremdartigen Gewächse, die den Garten zierten – die Rhododendren, Douglasien oder die Sitka-Fichte –, waren ebenso schön anzuschauen wie die mächtigen Bäume, die hinter dem Haus eingesetzt worden waren – amerikanische Eichen und Ahornbäume, die eigens aus Übersee importiert worden waren. Doch all das war eher ein Beweis für Ottos Protzsucht als seinem Wunsch, es hier so behaglich wie möglich zu machen, und sie konnte förmlich den spöttischen Kommentar ihrer Großmutter hören: »Seit wann wachsen hierzulande denn keine Bäume mehr?«
Mina musste kurz lächeln. Was würde die Großmutter an ihrer Stelle tun? Sich vom süßen Geruch der Rosen, Rudbeckien und Azaleen betäuben lassen? Oder kämpfen?
Mina stampfte mehrmals auf und fand eine gewisse Befriedigung darin, den kurz geschnittenen Rasen, der einem geschickt drapierten Teppich glich, zu zerstören.
Er schien nicht echt zu sein … nichts war echt … Das Häuschen für die Kaninchen stand leer, die Hecken waren so streng in der Form von Säulen und Bogen beschnitten, dass sie all ihr Leben ausgehaucht zu haben

schienen. Das Wasser des Teichs, in denen sich die Renaissancegiebel des Hauses spiegelten, war trübe.
Mina trat ans Gartentor und sah Segelboote und kleine Dampfer die Elbe entlangfahren. Sie könnte eines besteigen, und sie würde sich von niemandem aufhalten lassen, nicht von Christian, nicht von Otto … Sie könnte Tino folgen, in ferne Länder reisen, sich den Wüstenwind ins Gesicht wehen lassen …
Verspätet fühlte sie, wie schmerzhaft tief sie ihren Daumennagel in die Ballen gepresst hatte. Beinahe blutete sie.
Nein, nein, nein!, dachte sie und trampelte auf dem Rasen herum. Ich lasse mich nicht einfach aus meinem Unternehmen vertreiben. Ich lasse mich auch nicht beschneiden wie deine Hecken, Otto, ich dufte nicht süßlich wie deine Blumen, und in den Käfig magst du Kaninchen sperren, aber mich nicht!
Sie blieb noch eine Weile im Garten, zog sich später zurück und ließ sich ein leichtes Abendessen servieren – Suppe mit Fadennudeln und etwas aufgeschnittenen Braten. Danach machte sie sich ganz allein für die Nacht zurecht, band den Morgenmantel aber nicht zu und flocht sich die Haare auch nicht zu einem Zopf, sondern kämmte sie, bis sie glänzten.
Vor dem Spiegel studierte sie ein Lächeln ein, und obwohl dieses etwas kläglich geriet und das Lachen, das sie probeweise ausstieß, künstlich klang, war sie alsbald zufrieden damit.
Danach wartete sie Stunde um Stunde, den Blick starr auf die Uhr gerichtet. Elf Uhr, Mitternacht, ein Uhr. Sie wurde nicht müde, fühlte sich nur immer leerer – und erstarrter. Als sie sich schließlich vom Toilettentisch erhob, kribbelte es in ihren Gliedern, doch sie ließ sich

nicht davon abhalten, einmal mehr durchs nächtliche Haus zu gehen, nicht ziellos diesmal, sondern mit festem Schritt.

Sie erreichte die Küche und lugte wie gestern durch den Türspalt des angrenzenden Raums. Als ihr der Zigarettenrauch entgegenschlug, musste sie mit aller Macht ein Husten unterdrücken. Wieder wartete sie, und wieder blieb sie geduldig. Erst hörte sie Christian mehrmals triumphierend aufschreien, dann fluchen. Ihre Verachtung wuchs, weil er sich nicht im Griff hatte, aber sie unterdrückte sie ebenso wie das Zittern. Ob seiner Gefühlsausbrüche wusste sie immerhin, wann der Punkt erreicht war, da er alles verloren hatte.

Erst dann stieß sie die Tür auf.

Sie zählte gar nicht erst, wie viele Männer noch um den Tisch saßen, vier, fünf, vielleicht gar sechs, hatte nur Augen für Christian, der mit rotem Gesicht und schweißnasser Stirn hochfuhr.

»Was zum Teufel tust du hier?«

Dass er erschrocken war, erfüllte sie mit Schadenfreude. Wahrscheinlich hatte er Angst, sie würde seinem Vater von den nächtlichen Spielrunden erzählen. Doch sie ließ sich nichts davon anmerken, setzte das Lächeln auf, das sie vorhin vor dem Spiegel geübt hatte, und ihre Mundwinkel zitterten ebenso wenig wie ihre Stimme: »Nun, was schon? Dir Glück bringen!«

Sie trat zu ihm, drückte ihn zurück in seinen Stuhl und setzte sich einfach auf seinen Schoß. Seine Hände waren ebenso schweißnass wie sein Gesicht, doch das hielt sie nicht davon ab, darüber zu streicheln. Verwirrt sah er sie an. »Mina …«

»Ich habe noch jedem Glück gebracht, einst auch meinem Vater.«

Als ob Wilhelm je in ihrer Gegenwart gespielt hätte … Zumindest so viel Anstand hatte er besessen.
Christian schien diesen nicht zu kennen. »Ich habe heute alles verloren«, bekannte er kleinlaut.
Mina lächelte immer noch, als sie an einer Kette nestelte. Sie hatte diese bereits zur Hochzeit getragen, offenbar war sie ein Erbstück von Christians Großmutter. Sei's drum, sie brauchte den Schmuck der Graffs nicht. Leichtfertig schleuderte sie die Kette auf den Tisch. »Das sollte als Einsatz für das nächste Spiel genügen.«
Falls die anderen Männer sich von ihrem Erscheinen gestört fühlten, zeigten sie es nicht. Ihre Blicke glitzerten noch mehr als das Schmuckstück.
Wieder grub Mina ihren Nagel in die Daumenballen, wieder blutete sie fast. Sie verstand nichts vom Poker und hatte keine Ahnung, welchen Wert die unterschiedlichen Karten besaßen, die ausgegeben, getauscht, auf den Tisch gelegt wurden. Bald brannten ihre Augen wegen des Zigarettenrauchs, und als sie sie schloss, stieg eine Erinnerung in ihr hoch – an ein Kartenhaus, das Wilhelm einst für sie gebaut hatte.
Kannst du aus Karten auch ein Schiff bauen?, hatte sie damals gefragt.
Werden mir die Karten jetzt meine Schiffe schenken?, fragte sie sich heute.
Sie blieb auf Christians Schoß sitzen, spürte jedes aufgeregte Zucken, spürte schließlich, wie der Triumph durch seine Adern jagte, heißer als Lust und Begehren es jemals könnten.
Er riss die Hände hoch, und sie tat es ihm gleich.
»Gewonnen!«, schrie sie. »Wir haben gewonnen!«
Sie sprang hoch, zog ihn mit sich, und er umarmte sie, nur flüchtig zwar, aber immerhin. Schon wollte er wieder

zurückweichen, doch sie ließ ihn nicht los, packte ihn am Nacken, zog sein Gesicht zu ihrem und küsste ihn.

Etwa eine Stunde und drei erfolgreiche Spiele später betraten sie zum ersten Mal gemeinsam das Schlafzimmer. Obwohl Mina genau das bezweckt hatte, war sie nun doch verlegen und wusste nicht, was sie tun sollte. Doch Christian, der immer noch ein glühend rotes Gesicht hatte, breit grinste und immer wieder erzählte, wie viel er heute Nacht gewonnen hatte, küsste sie wieder. Obwohl sie keinen Alkohol riechen konnte, wirkte er betrunken, und seine Küsse waren so heftig und ungestüm, dass ihr bald die Lippen schmerzten. Gut so, so hatten sie wenigstens nichts mit Tinos Küssen gemein.
Schon warf er sie aufs Bett und nestelte an ihrem Nachthemd. Seine Hände zitterten, aber das wohl nicht vor Aufregung, sondern wegen des Siegesrausches.
Zumindest schien er nicht zum ersten Mal bei einer Frau zu liegen – vielleicht hatte ihn sein Vater einmal in Sanct Pauli zeigen wollen, dass man hier auch andere Vergnügen finden konnte als das Spiel –, und Mina musste nichts weiter tun, als steif auf dem Rücken zu liegen und die Augen zu schließen.
Nicht länger war es ihr Körper, der unter seinem verschwitzten lag und um Atem kämpfte. Nicht sie fühlte die Schmerzen, als er grob in sie eindrang. Und nicht sie war erleichtert, als es nach ein paar hektischen Stößen schon vorbei war. Es war vielmehr eine fremde Mina – eine nüchterne, gleichgültige, harte.
Es war nicht schön, sagte sich diese Mina, aber auch nicht unerträglich. Dann hatte er sich schon von ihr gewälzt und stand auf. Was immer ihn dazu bewog, sich in sein eigenes Schlafzimmer zurückzuziehen – selbst die kühle

neue Mina war darob dankbar. So konnte sie sich waschen, umkleiden, in den Morgenstunden ein wenig Schlaf finden.
Er war nicht sehr tief, aber lange, und als sie die Augen aufschlug, stand die Sonne hoch am Himmel. Nicht nur ihre Strahlen hatten sie geweckt, sondern etwas anderes, und als sie erkannte, von wo dieses Geräusch erklang, verdrehte sie gereizt die Augen.
Sie sprang auf, ignorierte die Ahnung von Kopfschmerz und lief geradewegs in den Salon. Christian saß am Klavier und spielte so scheußlich wie gestern. Sein Gesicht war nicht mehr rot, sondern blass und schmal und ließ sie eher an einen verstörten Jungen denken als an den Mann, der beim Pokerspiel gewonnen hatte.
Er hörte sie nicht kommen – und sie machte sich weder durch Räuspern noch Worte bemerkbar. Stattdessen trat sie einfach vor und schlug den Deckel des Klaviers so unvermittelt zu, dass er kaum noch rechtzeitig seine Hände zurückziehen konnte.
»Bist du verrückt geworden?«, entfuhr es ihm erschrocken.
»Hör mir gut zu.« Sie atmete tief durch. »Wir sind nun Mann und Frau, und das bedeutet, dass wir irgendwie miteinander auskommen müssen. Ich mache dir ein Angebot: Ich stelle dir jeden Monat fünfzehntausend Reichsmark zur Verfügung. Was du damit machst, ist mir egal. Aber die Bedingung ist, dass du zu deinem Vater gehst und ihm erklärst, dass du künftig die Geschäfte in der Werft allein führen wirst – und das ohne seine geringste Einmischung. Natürlich werde ich es sein, die alle Entscheidungen trifft, aber das muss er vorerst ja nicht wissen. Einverstanden?«
In seinen Zügen breitete sich Verwirrung aus. Sie beugte

sich vor, sah ihn eindringlich an. »Wenn du nicht einwilligst, erzähle ich in ganz Hamburg, dass du ein gottverdammter Spieler bist. Vor allem erzähle ich es deinem Vater, und der hat schon früher Mittel und Wege gefunden, es dir zu verbieten, nicht wahr? Nur deswegen hat er dich zwingen können, mich zu heiraten – weil er dir sonst den Geldhahn endgültig zugedreht hätte.«

Kurz glich Christian wieder einem Kind, diesmal einem trotzigen. Anstatt zu antworten, öffnete er das Klavier, legte die Finger auf die Tasten, drückte sie aber nicht.

»Und ich will dich nie wieder Klavier spielen hören«, sagte Mina streng. »Hat man dir je gesagt, dass du grauenhaft spielst?«

»Fünfzehntausend Reichsmark«, murmelte Christian.

Sie musste ihm nicht noch einmal in die Augen sehen. Allein am Klang seiner Stimme erkannte sie, dass sie gewonnen hatte.

Sie nickte knapp, ehe sie wieder hoch ins Schlafzimmer ging. Dort läutete sie nach Lisette, auf dass diese ihr Kaffee brachte, beim Ankleiden half und dem Kutscher den Befehl übermittelte, die Droschke vorfahren zu lassen. Gleich nach dem Frühstück würde Mina zur Werft aufbrechen.

30. Kapitel

1892

Tino erkannte seine Heimatstadt kaum wieder. Er war sich nicht sicher, ob er sich so verändert hatte oder die Stadt – aber als er im Sommer 1892 zurückkehrte, erschien sie ihm lauter und voller denn je. Hatte es im Hafen wirklich immer so viele Kais und Schuppen gegeben, wo die Arbeiter lautstark fluchten, so viele Kräne, aus deren langen Schnäbeln man rüsselartig die Ketten in die Schiffsräume oder in die Schuten hinabrasseln ließ, so viele Barkassen, Jollen und Schlepper, die jedes Fleckchen Wasser besetzten, und dieses Gewirr von Eisenbahngleisen, die direkt ins Hafenbecken hineinzuführen schienen? Hatte schon früher über dem Hafen diese dicke, dunkle Rußwolke vom Rauch der vielen Schiffe gelegen, und hatte man sich, wenn man sich vom Hafen aus der Stadt näherte, an den vielen alten Weibern am Straßendamm vorbeikämpfen müssen, die haufenweise Schollen, Heringe, Schellfische und den winzigen Stint anpriesen? Sie warfen Tino prompt einen faulen Fisch nach, weil er ihren Waren nicht die gebührende Aufmerksamkeit schenkte, aber er war so müde, dass er darauf verzichtete, sich mit ihnen anzulegen.

Als er eine halbe Stunde später den lärmenden Hafen längst hinter sich gelassen hatte und auf einer Bank in einem ruhigen Winkel niedersank, musste er sich allerdings eingestehen, dass nicht nur diese große, laute Stadt ihn ermüdete. Letztlich hatte er sich schon all die letzten Monate auf hoher See häufig müde gefühlt, vor allem aber mutlos und unschlüssig. Seine ersten Fahrten waren noch ein großes Abenteuer gewesen, und jeder Patient, den der Schiffsarzt ihn behandeln ließ, eine Errungenschaft. Doch nach nunmehr anderthalb Jahren fiel seine Bilanz ernüchternd aus. Was hatte er letztlich anderes geleistet, als seekranken Passagieren Antipyrin zu verabreichen, dann und wann einen Verband anzulegen, weil jemand gestolpert war, oder den sogenannten Bullaugendaumen zu versorgen – eine Verletzung, die sich die Passagiere beim Öffnen und Schließen der Bullaugen zufügten? Was ihn so unbefriedigt ließ, schien den meisten Schiffsärzten gerade recht zu kommen. Dr. Steffen hatte er tief bewundert, weil der ein Arzt mit Leib und Seele gewesen war, doch all die anderen, für die er später arbeitete, machten den Eindruck, als hätten sie diese Arbeit nur angenommen, um die unbegrenzte Möglichkeit zum Pokern zu haben.

Und so hatte er bei der letzten Fahrt dem Schiffsarzt und dem Kapitän erklärt, dass er nicht länger zur Verfügung stünde. Einen Tag lang war er erleichtert, den zweiten wurde er von Zukunftsängsten gequält, und mittlerweile hatte er erkannt, dass es nicht genügte, etwas nicht sein zu wollen – nämlich Gehilfe des Schiffsarztes –, sondern dass er sich konkrete Ziele setzen musste. Anstatt ihn mit Erregung zu erfüllen, stimmte ihn diese Einsicht aber zunehmend lethargisch. Natürlich wusste er, was er werden wollte, nämlich Arzt, aber er hatte keine Ahnung, wie, war es doch für einen wie ihn ein nahezu unerfüllbarer Traum. Und nicht minder unerreichbar war Mina, obwohl er immer öfter an sie und an die vielen schönen Stunden, da sie die Freiheit und ihre Liebe genossen hatten, denken musste. Der Gedanke an sie war es schließlich auch, der ihn dazu bewog, die Trägheit abzuschütteln, sich die Kappe richtig aufzusetzen und sich zum Haus der Ahlhusens durchzufragen.

Bald hatte er den Nikolaifleet erreicht, und ehe er sich überlegt hatte, was genau er ihr sagen würde, hatte er schon geklopft.

Der Mann, der ihm öffnete, sah ihn mit so viel Verachtung an, als wäre er bloß einer der Straßenhändler – und zwar der jener Sorte, die faulen Fisch verkauften. Und nachdem er seinen Namen genannt und darum gebeten hatte, Fräulein Mina Ahlhusen zu sprechen, wiederholte dieser arrogante Hausdiener gedehnt: »Costantino Montinari?«

Der Name war in seinen Augen wohl zu fremdländisch, um seinen Träger für etwas anderes als einen Taugenichts, gar einen Verbrecher zu halten.

Rums. Schon war die Tür vor seinen Füßen zugefallen.

Tino unterdrückte ein Seufzen. Er hätte wohl gut daran getan, jenen Frack anzulegen, mit dem er an Bord oft getanzt hatte, aber die Kleidung in seinem Bündel war mindestens so abgetragen, zerknittert und verschwitzt wie die, die er gerade trug.

Er hob die Hand, um noch einmal zu klopfen, überlegte es sich dann aber anders und sammelte ein paar kleine Steine. Minas Zimmer befand sich gewiss nicht im Erdgeschoss, sondern lag wohl hinter einem der Fenster in den höheren Stockwerken. Er war stolz, dass er eines davon auf Anhieb traf – und enttäuscht, dass sich nichts tat.

Vielleicht war sie ja auch gar nicht zu Hause, und er sollte einfach warten …

Doch so schnell wollte er nicht aufgeben, und beim dritten Fenster hatte er Erfolg. Eine Frau öffnete es und blickte auf die Straße herab.

»Was tun Sie denn da?«

Unter Tausenden Stimmen hätte er die nörgelnde von Hedwig Ahlhusen erkannt.

»Wissen Sie, wer ich bin?«, rief Tino eifrig. »Costantino Montinari und …«

Hedwig starrte ihn kurz so streng an, dass er schon damit rechnete, sie würde das Fenster wieder zuschlagen, doch stattdessen ließ sie sich zur schroffen Frage herab: »Was haben Sie hier verloren?«

»Ich muss mit Fräulein Mina sprechen«, erklärte Tino und versuchte, so viel Selbstbewusstsein wie möglich in seine Stimme zu legen.

Hedwig runzelte die Stirn. »Wenn schon, dann ist sie für Sie Fräulein Ahlhusen. Wobei sie längst nicht mehr so heißt.«

»Aber …«

»Lassen Sie uns in Ruhe!«

Als sie das Fenster wieder schließen wollte, machte Tino rasch einen Schritt auf das Haus zu. »Sie erlauben, dass ich auf sie warte?«, rief er hoch.

Hedwig hielt mitten in der Bewegung inne und dachte kurz nach. »Sie können lange warten«, verkündete sie schließlich nicht ohne Genugtuung. »Mina lebt nicht mehr hier.«

Erst jetzt ergaben die vorigen Worte Sinn. »Sie … sie hat geheiratet?«

»Mina ist jetzt Frau Christian Graff.« Hedwig zögerte kurz, ehe sie von oben herab, beinahe freundlich erklärte: »Schauen Sie, auch hochwohlgeborene Mädchen lassen sich manchmal dazu verführen, Straßenköter zu strei-

cheln. Doch bevor sie sich an den Tisch setzen, waschen sie sich die Hände. Sie wissen, was sich gehört.«
Tino hörte ihre verächtlichen Worte kaum. »Verheiratet«, murmelte er.
»Sie hat sich unmittelbar nach der Reise verlobt. Machen Sie nun, dass Sie von hier wegkommen, sonst rufe ich die Polizei.«
Lautstark schloss sie das Fenster. Wie betäubt ging Tino vom Haus weg, doch trotz seiner Betroffenheit wollte er Hedwig nicht den Gefallen tun, wie der geschlagene Hund, für den sie ihn hielt, wegzuschleichen. Er hob den Kopf so hoch wie möglich, obwohl er sich nicht einmal sicher war, ob sie ihm überhaupt nachsah.

Obwohl er seine ganze Kindheit in Hamburg verbracht hatte, verirrte Tino sich bald im Gewirr aus den Fleeten und Twieten, wie die engen Gassen hießen.
Mina verheiratet …
Er stieg über einige Brückchen, kam an Bollwerken vorbei, ging unter bunter Wäsche entlang, die vor wurmstichigen Holztüren flatterte. Von allen Seiten tönte ihm das Hamburger Plattdeutsch – Messingisch – entgegen, und obwohl er diese Sprache eigentlich beherrschte, verstand er kein Wort.
Mina verheiratet …
Ein Fleetenkieker winkte ihm zu – einer jener Lumpensammler, die, ausgerüstet mit langschäftigen Stiefeln, einem Korb und einer Hacke, bei Ebbe die leer gelaufenen Fleete nach noch verwendbaren Dingen absuchten. Sein Anblick riss Tino erstmals aus den Gedanken, und als er auf den schlammigen Untergrund starrte, durch den der Mann stapfte, würgte er beinahe ob des faulen Gestanks. Er musste von den Abwasserkanälen kommen und hing

heute, da sich kein Windhauch regte und die Sonne gnadenlos auf die Stadt herabbrannte, ja sie regelrecht zu rösten schien, noch dichter als sonst über den Häusern. Schweiß brach ihm aus allen Poren.

Mina verheiratet …

Als er den Schatten der Häuser verließ und auf eine breite Straße trat, traf ihn die Hitze wie ein Schlag. Anders als im geschäftigen Hafen war es hier gähnend leer. Wo ansonsten Droschken rollten, elektrische Bahnen und Omnibusse läuteten und fliegende Händler und Blumenmädchen ihre Ware anpriesen, herrschte heute nahezu Grabesruhe. Die wenigen, die sich auf die Straße gewagt hatten, waren unfähig, schnellen Schrittes zu gehen, sondern schlichen mit eingezogenem Kopf. Und der Droschkenkutscher dort hinten, der eben einen Eimer Wasser zu seinem Pferd schleppen wollte, ächzte laut unter seiner Last. Plötzlich fiel ihm sogar der Eimer aus der Hand, und als er sich bücken und ihn wieder aufheben wollte, sackte er nieder. Sein Hut kullerte über die Straße, ohne dass er etwas dagegen zu tun vermochte – was merkwürdig genug war, weil sich die Hamburger Droschkenkutscher nie ohne Kopfbedeckung zeigten, und sie ihnen zu nehmen das Gleiche bedeutet hätte, als würde man Frauen die Haare scheren. Und noch mehr verwunderte es Tino, dass zwei Frauen zunächst auf ihn zueilten und ihm aufhelfen wollten, jedoch einen erschrockenen Schrei ausstießen, sobald sie sich über ihn beugten, zurückzuckten und auch eine weitere davon abhielten, näher zu kommen. Zwar riefen sie um Hilfe, hielten aber strikten Abstand, und als Tino zu dem Mann ging, warnte ihn eine: »Bleiben Sie ihm um Himmels willen fern!«

Ehe Tino etwas einwenden konnte, blieb ein Fahrzeug in der Nähe stehen. Auf den ersten Blick glich es einer normalen Droschke, doch als mehrere Männer heraussprangen, den Ohnmächtigen auf eine Bahre verfrachteten und diese hineinhievten, sah er, dass das Gefährt keine Sitzplätze hatte. Es musste eine sogenannte Pockendroschke sein – ein Krankenwagen. Was für ein Zufall, dass er genau in diesem Moment hier vorbeigekommen war!

»Wohin bringt man den Mann?«, fragte er die Frauen, als die Droschke losgefahren war.

»Na, wohin wohl? Ins Allgemeine Krankenhaus in Eppendorf vermutlich. Hoffentlich kann man ihn noch retten.«

Schon wandten sie sich ab, und Tino unterließ es, ihnen weitere Fragen nachzurufen. Was ging ihn dieser Kranke an? Und warum hatte er sich von Hedwig Ahlhusen so leicht vertreiben lassen?

Er war nach Hamburg zurückgekehrt, um Mina zu sehen, und ganz gleich, ob sie verheiratet war oder nicht – in gewisser Weise war sie immer noch seine Mina. Er würde nicht gehen, ohne mit ihr gesprochen zu haben, und er hatte eine Ahnung, wo er sie finden könnte!

In der nächsten Stunde bemerkte er die Hitze kaum. Das Wasser des Hafens war trüb, und die Brise roch faulig, aber wenigstens war es nicht ganz so windstill wie in der Innenstadt, und der Schweiß auf der Stirn trocknete rasch. Bald hatte er herausgefunden, wo die Werft der Ahlhusens … nein, mittlerweile der Graffs lag, und er bestieg einen Fährdampfer, der von Sanct Pauli nach Steinwerder fuhr. Als Kind war er hier am südlichen Elbufer manchmal schwimmen gegangen, doch mittlerweile gab es kaum ein Fleckchen, auf dem keine riesigen Mastenkräne und Hellinge errichtet worden waren. Und dann entdeckte er über einem der breiten Werfttore schon das Namensschild »Graff«.

Ach Mina, warum hast du so schnell geheiratet? War es ein Herzenswunsch, oder hast du einfach keine andere Wahl gehabt?

Durch das weit geöffnete Tor betrat er das Werftgelände. Aus den einzelnen Gebäuden drangen das Dröhnen schwerer Hämmer und das Rasseln von Maschinen, doch Arbeiter sah er kaum, und die wenigen waren so beschäftigt, dass sie ihn gar nicht wahrzunehmen schienen. Er floh vor der beißenden Sonne in die größte Halle, um festzustellen, dass die Arbeit hier stillstand und anstelle des Maschinenlärms eine vertraute Stimme zu hören war.

Mina!

Noch wagte er nicht, sich zu erkennen zu geben, sondern versteckte sich hinter einem Schrank voller Werkzeuge, aber von dort aus konnte er sie gut sehen – zumindest von hinten –, wie sie inmitten eines Grüppchens von Männern stand, die sie allesamt überragten.

»Wir haben das Werftgelände hier am Hafen erweitert«, erklärte sie eben. »Zum größten Vorteil gereicht uns, dass wir uns hier auf Steinwerder in unmittelbarer Nachbarschaft zu Blohm & Voss befinden. Künftig werden wir bei diversen Aufträgen zusammenarbeiten. Auch mit anderen namhaften Hamburger Werften wie Wencke, Stülcken, Brandenburg oder Janssen & Schmilinsky können wir durchaus mithalten.«

Ihre Stimme klang stolz … und zugleich so kalt … Wenn er es nicht besser gewusst hätte, hätte er sich nur schwer vorstellen können, dass diese Frau aus Herzen gelacht hatte, als sie auf einem Kamel durch die Wüste ritt.

Tino betrachtete die Männer. Sie alle trugen Uniform, und wenn er es richtig einschätzte, gehörten sie der Kaiserlichen Marine an.

»Ist es richtig, dass Sie uns ein Trockendock zur Verfügung stellen können? Die Kieler Trockendocks reichen nicht mehr für die größten Schlachtschiffe aus.«

»Aber selbstverständlich«, erwiderte Mina. »Auch die Schleusenkammer kann gleichzeitig als Trockendock ausgebildet werden. Und die Gruben der Schwimmdocks sind in ausgezeichnetem Zustand. Von Verschlickung keine Spur. Natürlich liegen die Schiffe bei uns nicht nur auf Reede. Wir führen auch diverse Reparaturmaßnahmen und Umbauten vor – gerne auch für Sie.«

»Es hieß, Sie wollen sich auf den Bau von Luxusschiffen konzentrieren«, warf ein weiterer Mann ein.

Er klang etwas skeptisch, doch falls Mina sich davon aus der Ruhe bringen ließ, konnte sie es gut kaschieren. »Das wird künftig nur ein Geschäftszweig sein. Ansonsten hoffen wir auf eine enge Zusammenarbeit mit der Kaiserlichen Marine.«

»Wir haben Ihren Ehemann hier erwartet.«

»Christian fühlt sich heute leider nicht wohl, aber ich werde ihm Ihre besten Wünsche ausrichten.«

Das Räuspern, das ertönte, wirkte missbilligend. »Er scheint schon seit Längerem an einer geheimnisvollen Krankheit zu leiden.«

»Es ist nichts Ernstes. Aber bis er die vollständige Genesung erlangt hat, treffe ich die Entscheidungen.«

Sie drehte sich etwas zur Seite, und Tino sah, dass sie ein freundliches Lächeln aufgesetzt hatte. Es schien die Männer gnädig zu stimmen, denn sie brachten keinen Einwand mehr hervor, nur das Versprechen, ihr bald Bescheid zu geben, und einige höfliche Worte zum Abschied. Als die Herrschaften die Halle verließen, zog er den Kopf ein, doch ihm entging nicht, dass

Minas Lächeln schwand, sobald sie die Halle verlassen hatten.

Nun konnte er sich nicht länger zurückhalten.

»Mina!«

Als der Ruf von den Wänden echote, bereute er, sie derart erschreckt sie haben. Sie fuhr herum, und ihr Gesicht, das eben noch ob der Hitze gerötet war, wurde blass. Sie riss den Mund auf, doch heraus kam nur ein tonloser Schrei. Das Schlimmste war, dass ihre Hände unwillkürlich zu ihrem Leib fuhren und sich schützend darüber legten. Und obwohl sie sich geschickt gekleidet hatte und es vor jemandem, der sie nicht so gut kannte, vielleicht verbergen konnte, fiel es ihm sofort auf: Ihr Leib war gerundet. Sie trug ein Kind unter dem Herzen … das Kind ihres Ehemanns.

Nun war es Tino, der blass wurde. Er brachte keinen weiteren Laut mehr hervor, als er sah, wie sich sein Schmerz in ihrer Miene spiegelte. Kurz starrte sie ihn an, dann drehte sie sich um und lief aus der Halle. Gerundeter Leib hin oder her – ihre Schritte waren leicht und schnell.

»Mina!« Obwohl er nur ein Krächzen ausstieß, blieb sie stehen.

»Mina«, er räusperte sich, hastete ihr nach. »Mina … ich musste dich unbedingt sehen … Ich … ich habe dich einfach nicht vergessen können. Ich weiß, deine Großmutter hat gesagt, dass ich …«

Als sie sich zu ihm umdrehte, war die Miene so ausdruckslos wie vorhin, als sie mit den Herrschaften der Kaiserlichen Marine gesprochen hatte. »Du hast mit Großmutter gesprochen?«

War es nicht egal, von wem er von ihrer Heirat erfahren hatte?

Tino hatte keine Lust auf langwierige Erklärungen. »Es war ein Fehler, dich damals auf dem Schiff so vorschnell zu verurteilen!«, platzte es aus ihm heraus. »Ich weiß ja … du warst durcheinander, weil dein Vater gestorben ist … Ich … ich hätte um dich kämpfen müssen … Jetzt tue ich es! Wenn du willst, dann bleib ich in Hamburg. Ich gebe alles auf, wenn du nur …«

In ihrer Miene regten sich kurz Gefühle – Trauer und Verzweiflung –, doch hinterher wirkte sie nur noch härter. Erneut legte sie ihre Hände auf den runden Bauch, diesmal nicht schützend, eher abwehrend. »Ja siehst du denn nicht, dass du zu spät kommst?«, zischte sie.

Wieder ging sie weiter, wieder lief er ihr nach.

»Liebst du deinen Mann? Warum ist er denn nicht hier?« Er deutete auf das Werftgelände. »Das alles – es ist dein Werk, nicht wahr? Er muss doch stolz auf dich sein. Ich … ich wäre es.«

Minas Blick wich ihm aus, und während er zunächst dachte, dass sie es einfach nicht ertrug, ihm in die Augen zu sehen, ging ihm wenig später auf, dass sie nach jemandem Ausschau hielt.

»Herr Hinrich!« Sie hatte ihre Fassung wiedergefunden, denn ihre Stimme klang nicht gepresst, sondern dunkel und hart. »Herr Hinrich, lassen Sie diesen Mann rauswerfen. Er gehört nicht zur Belegschaft und hat hier darum nichts verloren.«

Jener Herr Hinrich trug einen dunklen Frack, was ihn als leitenden Angestellten auswies. Fragend ging sein Blick zwischen ihr und Tino hin und her, woraufhin Mina erst den Befehl wiederholte und danach Tino stehen ließ, ohne ihm noch einmal in die Augen zu schauen.

»Mina!«

Schon hatte sie ein anderes Gebäude erreicht und stieg eine Treppe hoch.
»Nun kommen Sie schon!«, sagte Herr Hinrich peinlich berührt.
Tino folgte ihm, aber er ließ Mina nicht aus den Augen. Die Schultern … sie bebten … vor Kummer oder einfach nur vor Anstrengung, in diesem Zustand die Treppe zu besteigen?
»Mina …«
Er sprach ihren Namen zu leise aus, als dass sie ihn hörte. Doch selbst wenn er ihn geschrien hätte – er war sich sicher, dass sie sich nicht noch einmal nach ihm umgedreht hätte.

Wie vorhin streifte Tino ziellos herum, wie vorhin war es im Hafen laut. Jetzt kam ihm der Trubel recht. Auch wenn er das Gefühl hatte, niemals wieder an diesem lärmenden Leben teilzunehmen – am unerträglichsten wäre Stille gewesen.
Er hatte Mina verloren … nicht nur an diesen anderen Mann, nicht nur an das Kind, das sie von ihm erwartete, sondern an dieses nüchterne, geschäftsmännische Wesen, das von ihr Besitz ergriffen hatte.
Von ihm ergriff keine Macht Besitz. Er war eine Marionette, deren Fäden man zerschnitten hatte, die nicht die geringste Idee hatte, was nun kommen sollte.
Als die Hitze noch drückender wurde, ließ er sich auf eine leere Holzkiste sinken, stützte die Hände in den Kopf und schloss die Augen.
Ägypten – die Erinnerungen zumindest konnte ihm niemand nehmen … daran, wie heiß es auch dort gewesen war … an den Kameltreiber, die Dattelbäume, die kreischenden Beduinenfrauen …

Aber Moment mal, diese hatten doch nicht gekreischt, zumindest nicht so schrill und hysterisch, wie hier und heute gekreischt wurde.
Tino blickte hoch und vermutete erst, dass zwei Händler in Streit geraten waren, ging dann aber dem Geschrei nach und erkannte, was es ausgelöst hatte. Kurz vermeinte er etliche Stunden zurückversetzt zu werden und die gleiche Begebenheit ein zweites Mal zu erleben: Ein Mann lag ohnmächtig am Boden. Mehrere Menschen eilten herbei, doch keiner wagte es, ihm zu nahe zu kommen.
Das konnte kein Zufall sein! Beide Männer mussten an derselben Krankheit leiden, und tatsächlich wurde schon der Ruf laut: »Die Cholera! Es ist bestimmt die Cholera!«
Immer mehr Menschen kamen zusammengelaufen – Hafenarbeiter, Schiffer, Matrosen, Wirtsleute. Jeder wollte einen Blick auf den Ohnmächtigen werfen, wohl in der Hoffnung, alles wäre Übertreibung, doch jeder wich angstvoll zurück.
»Wir müssen einen Krankenwagen rufen!«, rief ein Fischweib, das wie der Rest in sicherer Entfernung verharrte.
Nur Tino trat beherzt auf den Mann zu und sank neben ihm auf die Knie. Trotz der Hitze war er leichenblass und die Lippen fast bläulich. Er erwachte aus seiner Ohnmacht, schien aber von Magenkrämpfen geplagt zu werden und zugleich nicht zu wissen, wo er war.
Stöhnend wand er sich.
»Ruhig … ruhig …«, redete Tino auf ihn ein. »Worunter leiden Sie?«
»Übel … mir ist so schrecklich übel … Und meine Finger … ich kann sie nicht mehr spüren.«
Die Stimme des Mannes ging in ein unverständliches

Flüstern über, doch Tino hatte genug gehört, um zu wissen, dass die Krankheit – falls es tatsächlich die Cholera war – erst am Anfang stand. Bald würden noch schlimmere Symptome folgen: lang anhaltende Anfälle von Erbrechen und Durchfall, bis die Ausscheidungen dünnflüssig wie Reiswasser wären. Das Blut würde sich immer mehr verdicken, die Haut blau und wellig werden, die Augen in Höhlen versinken.

»Warten Sie lieber, bis der Krankenwagen ihn holt, sonst erwischt es Sie auch noch«, warnte das Fischweib.

Doch Tino erhob sich nicht, sondern nahm die Hand des Kranken und ließ sie nicht wieder los. Trotz Elend und Hitze überlegte er fieberhaft, was er über die Behandlung der Cholera gelesen hatte. Demnach war diese Krankheit kein Todesurteil, wenn man rechtzeitig Maßnahmen ergriff.

»Wasser!«, sagte er zum Fischweib, »bring mir frisches Wasser.«

Nicht, dass Wasser genügte, aber es war ein Anfang. Man musste den Flüssigkeitsverlust ausgleichen, außerdem das Gift der Krankheit aus dem Körper schaffen und dem Organismus die verlorene Wärme zurückgeben. Wenn der Kranke nicht fähig war, selbst zu trinken, bedurfte es Infusionen aus Kochsalzlösung.

»Die Behandlung mit Gerbsäurelösung erzielt den größten Erfolg«, murmelte er, »man kann auch unverdünntes Salol nehmen …«

Obwohl er regelrecht fühlen konnte, wie sich der Zustand des Mannes von Minute zu Minute verschlimmerte, ließen eigener Schmerz und Verzweiflung nach.

Noch ehe das Fischweib Wasser brachte, kam ein Krankenwagen. Zwei Männer sprangen hinaus und starrten auf den Leidenden.

»Das ist ja heute schon der achte«, sagte einer nahezu missmutig.
»Wann hat es begonnen?«, fragte Tino.
»Offenbar vor ein paar Tagen. Ein Bauarbeiter, der die Kanalisation überprüfen sollte, ist schlagartig erkrankt. Vorgestern wurde ein Dutzend in die Krankenhäuser eingeliefert, gestern zwei Dutzend, und heute werden es so viele sein, dass man sie nicht mehr zählen kann. Es ist die verdammte Hitze … die Hitze und der Rest.«
Tino konnte sich gut vorstellen, was mit dem »Rest« gemeint war. Hamburg war ohne Zweifel eine der reichsten Städte Europas – aber sie war auch eine der dreckigsten. Abseits der Hauptstraßen lag jede Menge Unrat herum; der lehmige, sinkende Untergrund des Straßenpflasters widerstand selbst dem Regen. Es fehlte an Toiletten, und angesichts der Fülle von Pferdeomnibussen, Bahnen und Droschken wurde eine Unmenge an Tiere gehalten – nicht immer unter hygienischen Bedingungen. In den Lagerhäusern und Warenspeichern trieben die Ratten ihr Unwesen, und in den Betten der Ärmeren krochen Kakerlaken, Feuerwürmer und Wanzen. Der Ausbreitung der Seuche am förderlichsten war aber wohl die veraltete Kanalisation und dass das Trinkwasser der Stadt nahezu ungefiltert aus der Elbe kam und mit Hafenabwässern verseucht war.
Einer der beiden Sanitäter sah das anders. »Wenn du mich fragst, kommt das Übel von russischen Auswanderern, die hier Zwischenstation machen.«
Tino sagte nichts dazu, sondern half, den Unglücklichen erst auf die Bahre und diese später in die Pockendroschke zu hieven. Als die beiden Männer den Wagen bestiegen, folgte er ihnen.
»Ich komme mit.«

»Bist du mit ihm verwandt?«
»Nein, aber wenn sich die Seuche weiter ausbreitet, wird in den Krankenhäusern jede helfende Hand gebraucht.«
Misstrauische Blicke trafen ihn. »Bist du Arzt oder lebensmüde?«
In gewisser Weise beides, dachte Tino. Er sagte jedoch nichts mehr, bestieg einfach die Droschke, und keiner der beiden Männer hielt ihn davon ab.

31. Kapitel

Etwas verdrossen musste Mina feststellen, dass es kein anderes Thema mehr gab als die Cholera. Seit Wochen lag Johann Hinrich ihr ständig in den Ohren, sie solle der Werft besser fernbleiben, ihm die Arbeit überlassen und sich in Övelgönne ausruhen, und obwohl sie immer wieder bekräftigte, dass sie sich gut fühle und dass das Chaos ausbreche, wenn keiner mehr an dem normalen Alltag festhielte, zweifelte sie insgeheim selbst an ihrem Entschluss.

Dass sich immer mehr Horrorgeschichten herumsprachen, machte es nicht leichter: Von Familienvätern war da die Rede, die morgens gesund das Haus verließen und abends nicht mehr heimkehrten, weil sie an der Cholera gestorben waren. Von anderen, die sich mit gutem Appetit zum Abendbrot setzten und den Nachtisch nicht mehr erlebten. Und es traf nicht nur die Armen. Selbst der Bürgermeister war erkrankt und kurierte sich in seinem Stadthaus – ebenfalls in Övelgönne – aus, während sein Stellvertreter Johann Georg Mönckeberg erste Maßnahmen gegen die Seuche ergriff. Sämtliche Schiffe im Hafen wurden überprüft, und wenn sich an Bord Cholerakranke befanden, wurden sie isoliert. Für viele russische Auswanderer bedeutete das, dass sie unter katastrophalen Bedingungen in Logierhäusern und Hafenbaracken festsaßen, doch nicht nur dort starben Menschen wie die Fliegen. Die Toten waren kaum mehr zu zählen, und die Totengräber kamen mit der Arbeit nicht nach. Särge wurden so knapp, dass man entweder Erwachsene in Kindersärge quetschte oder zwei Leichname in einen.

Nicht, dass das alles Mina nicht beunruhigte, aber viel bedrohlicher als die Seuche erschien ihr die Vorstellung, in Övelgönne festzusitzen und den ganzen Tag ihren Gedanken ausgeliefert zu sein, den Erinnerungen an Tino, wie er vor ihr gestanden hatte, voller Sehnsucht und Verzweiflung. Nein, sie würde es nicht in einem Raum aushalten, noch nicht einmal im Garten, also trotzte sie der Seuche ebenso wie der sengenden Hitze und versuchte, sich nicht beunruhigen zu lassen, wenn sie auf dem Weg in der Stadt auf die Sanitätskolonne der Polizei stieß, die die Straßen mit Chlor räucherten, Plakate las, auf denen vor nicht abgekochter Milch und Wasser gewarnt und der Verkauf von rohem Obst verboten wurde, oder an den vielen Kranken- und Totenwagen vorbeikam, die die kleinen Gassen verstopften. Bang horchte sie dann manchmal in sich hinein, doch sie fühlte sich gesund, und das Kind in ihrem Leib strampelte wild.

Eines Morgens überkam sie jedoch kurz vor ihrem geplanten Aufbruch Schwindel, und ihr Magen fühlte sich an, als hätte sie Steine gegessen. Sie sagte sich zwar, dass das nichts Ungewöhnliches wäre, wenn man in einem Monat ein Kind zur Welt bringen würde, war aber dennoch besorgt und ließ sich eine zweite Tasse Kaffee bringen.

Danach fühlte sie sich gestärkt genug, die Treppe hinunterzugehen, doch kaum war sie unten angekommen, nahm der Schwindel ebenso zu wie der Druck im Magen. Was hatte sie, abgesehen von dem Stück Brot, gegessen? Lag es an der Schwangerschaft? Oder kündigte sich so vielleicht die Cholera an?

Kurz überlegte sie, sich wieder hinzulegen, aber auf die Decke zu starren bedeutete, wieder an Tino denken zu müssen … und nein! Das schaffte sie nicht!

Entschlossen löste sie sich vom Treppengeländer und ging zur Tür, als sich ihr unvermittelt Christian in den Weg stellte. Er sah schlecht aus mit seinem wirren Haar, dem blassen Gesicht und den blauen Ringen unter den Augen, aber das lag mehr an einer durchwachten, nein durchspielten Nacht als an einer Krankheit.

Sie wünschte ihm noch nicht einmal einen guten Morgen, sondern wollte an ihm vorbeieilen, doch da schnellte seine Hand vor und hielt sie fest.

»Bist du verrückt, jetzt noch nach Hamburg zu fahren?«

»Da redet der Richtige«, entgegnete sie eisig und entzog ihm die Hand. »Du und deine Kumpane traut euch schließlich auch noch, gemeinsam zu spielen, obwohl ich gehört habe, dass Tanzveranstaltungen verboten wurden. Für Pokerrunden gilt doch sicher das Gleiche.«

Mit jedem Wort wurde ihre Stimme schärfer, doch zugleich verstärkte sich das Grummeln im Magen. Das war keine Übelkeit, das war … stechender Schmerz. Etwa auch ein Krankheitssymptom?

»Jeder, der es sich leisten kann, verlässt die Stadt!«, rief Christian. »Und du begibst dich freiwillig in Gefahr, obwohl du ein Kind bekommst? Warum?«

Mina ignorierte die Schmerzen in ihrem Leib. »Du würdest es verstehen, wenn du nur ein bisschen Geschäftssinn besäßest. Die Cholera wird Auswirkungen auf unser Unternehmen haben. Etliche Schiffe liefen kürzlich voll besetzt aus, doch an Bord brach die Cholera aus. Viele Menschen starben während der Überfahrt, andere im Ankunftshafen – weißt du nicht, was das bedeutet?«

»Was hat das damit zu tun, dass du …«
»Hamburg hat jetzt den Ruf als Seuchenherd!«, rief Mina schrill, nicht sicher, gegen wen sie anschrie – ihn oder den Schmerz. »Das Auswanderergeschäft ist fast gänzlich zum Erliegen gekommen, die HAPAG arg in Bedrängnis, und das bedeutet Einbußen für alle Werften und Reedereien. Die Konkurrenz wird noch größer werden, wenn es um Aufträge der Kaiserlichen Marine geht. Es ist noch nicht abzusehen, welchen Schaden das alles angerichtet hat. Ich muss in die Werft, ich muss …«
»Gar nichts musst du, außer dich schonen!«
Obwohl Christian sie nicht noch einmal festhielt, sogar zurücktrat, machte Mina keinen Schritt. Sie vermeinte, dass ihr Körper zerreiße, wenn sie nur eine ungestüme Bewegung wagte.
»Seit wann liegt dir an meinem Wohlergehen?«, rief sie und unterdrückte ein Ächzen. »Oder an dem unseres Kindes? Du hast in den letzten Monaten kaum je gefragt, wie ich mich fühle. Geh lieber wieder Karten spielen!«
»Mina …« Sein Gesicht nahm jenen Ausdruck an, wenn er beim Pokern verlor – etwas Trotziges, Hilfloses stand darin, vor allem etwas Kindliches.
Und wenn ich auch nichts weiter als ein Kind bin, dass nur so spielt, als wäre es Werftbesitzerin?, ging es Mina unvermittelt durch den Kopf.
Sie schaffte es nicht länger, seinem Blick standzuhalten, witterte sie darin doch plötzlich etwas, was sie selbst fühlte – tiefes Bedauern über die Kluft zwischen ihnen. Diese hätte doch nicht sein müssen! Ganz gleich, was immer sie trennte, ob seine Spielsucht oder ihre Vernunft, es gab doch auch etwas, was sie einte – der Wunsch, aus dem Schatten des Vaters zu treten.

Mina wandte sich ab, schaffte es zwar bis zur Tür, aber dort wurde der Schmerz so heftig, als würde ein Raubtier an ihrem Leib zerren. Sie krümmte sich und fühlte etwas Warmes über ihre Beine laufen.
Die grässlichen Geschichten kamen ihr in den Sinn, die Hinrich ihr so oft erzählt hatte, von Menschen, die in ihren Exkrementen verendeten, und von Krankenschwestern, die nicht mehr nachkamen, die Patienten notdürftig zu säubern. Doch als sie zu Boden sank und ihr Kleid hochzog, sah sie, dass die Flüssigkeit durchsichtig war.
Es blieb keine Zeit dafür, erleichtert zu sein, schon wütete neuer Schmerz in ihr. Als er endlich nachließ, hockte Christian neben ihr.
»Das Kind kommt«, stellte er fest.
Mina biss sich auf die Lippen. Obwohl der Schmerz verklungen war, ahnte sie, dass sie nicht sehr lange davon verschont bleiben würde. »Was stehst du hier herum?«, schnaubte sie ihn an. »Hol einen Arzt. Es wird schwer genug sein, in diesen Tagen einen zu finden.«
Kurz zögerte er, ehe er davonlief und sie allein ließ – mit dem Schmerz und der Angst.
Zu früh … es ist doch um etliche Wochen zu früh!

Die Abschnitte zwischen den Wehen wurden kürzer, und Lisette, die ihr den Schweiß von der Stirn wischte, kam bald nicht mehr damit nach. Mina war durstig und versuchte, immer wieder etwas zu trinken. Manchmal gelang es ihr, manchmal erbrach sie sich. Sie wusste nicht, woher ihre Übelkeit rührte, ob von der Hitze, den Schmerzen, der Angst oder allem zusammen.
Während Christian einen Arzt suchte, hatte sie ein Hausdiener nach oben getragen, und dorthin brachte Christi-

an wenig später zwar keinen Mediziner, aber eine erfahrene Hebamme.

»In der Eile konnte ich niemand anderen finden«, sagte er.

»Eile?«, meine die Hebamme trocken. »Das dauert noch Stunden, bis das Kind geboren wird.«

Bitte nicht, dachte Mina anfangs noch, während sie später zu erschöpft war, um zu denken. Die Hitze ließ etwas nach, als die Nacht anbrach, und als die Hebamme das Fenster öffnete, strömte die laue, süße Luft des Spätsommers herein.

»Ich habe gehört, man dürfte während der Geburt das Fenster nicht öffnen«, sagte Lisette. »Das Neugeborene darf schließlich nicht frieren.«

Du dumme Gans, dachte Mina, überleg doch mal, ob in diesen Tagen irgendjemand friert!

Eine neue Wehe überrollte sie, sie stöhnte, schrie, und als sie wieder zur Besinnung kam, stellte sie fest, dass die Hebamme Lisette weggeschickt hatte. Das machte es leichter, Vertrauen zu ihr zu fassen.

»Das Kind … ist es auch nicht zu klein, weil es doch zu früh zur Welt kommt?«

»So wie Sie sich abmühen, scheint es mir ein ordentlicher Brocken zu sein, also groß genug, um kräftig zu schreien und zu atmen.«

Als die Dämmerung endgültig in Schwärze überging, betrat ihre Großmutter das Schlafgemach. Vielleicht war sie schon länger da und hatte zunächst draußen gewartet, weil es der Anstand so gebot. Doch was sie auch immer dazu veranlasst hatte, ihr beizustehen – ob Angst um das Kind oder die Enkeltochter –, Mina war dankbar für ihren Trost, auch wenn man von Hedwig nicht viel davon erwarten durfte.

Sie blieb am Kopfende des Bettes stehen, wirkte zwar mitleidig und etwas aufgewühlt, machte aber keine Anstalten, ihr die Hand zu reichen.
Sie hat es nicht getan, als meine Mutter starb. Warum sollte sie es jetzt tun, da ich Mutter werde?
Noch größer als die Schmerzen war kurz die Sehnsucht ... nach Alba ... nach Bethy ... nach einem Mann, der draußen unruhig auf und ab ging und von Sorgen zermürbt würde. Sie hätte schwören können, dass Christian das nicht tat, sondern sich mit Spielen ablenkte.
Lange nach Mitternacht kam doch noch ein Arzt, und wie aus weiter Ferne hörte Mina die Hebamme nörgeln: »Mutter Natur hat noch nie ein Väterchen gebraucht, das ihr hilft.«
Sie hätte gelächelt, wenn sie sich nicht so elend gefühlt hätte. Nur schemenhaft nahm sie die Umgebung wahr, umso deutlicher aber das Große, Dunkle, das der Arzt in der Hand hielt.
»Ein Messer!«, schrie sie auf.
»Still!«, flüsterte Hedwig. »Es ist kein Messer, sondern eine Zange, mit ihr wird es leichter gehen.«
Und es musste doch ein Messer sein! Sonst hätte es sich nicht so angefühlt, als würde ihr Leib auseinanderreißen, weiter, immer weiter! Nie wieder würde er zusammenwachsen, nie wieder diese Wunde in ihrem Innersten heilen. Und doch, so schlimm die Schmerzen auch waren, irgendwann hörten sie schlagartig auf, und sie lag nicht länger auf ihrem Bett, sondern auf einem Boot, das inmitten des Meeres trieb. Dumpf glänzten die Sterne, eben schoben sich dunkle Wolken davor. *Das fehlt ja noch, dass es regnet ...*
Als sie die Augen wieder aufschlug, war der Sternenhim-

mel grau, und die Schmerzen waren nicht mehr so unerträglich.
Hedwig kniete neben ihr. Zwar reichte sie ihr immer noch nicht die Hand, aber ihr Haarknoten hatte sich aufgelöst, und die Falten gruben sich tief wie nie in ihre Wangen. Noch nicht einmal nach dem Tod ihres Vaters hatte sie sie so verstört gesehen.
»Mina … Gott sei Dank … Du kommst endlich wieder zu dir! Du hast viel Blut verloren.«
Auf ihrer Brust lastete ein Druck, der das Atmen erschwerte, und es fast unmöglich machte, hervorzupressen: »Das Kind … ist es … ist es …«
»Ein Sohn ist es, nicht sehr groß, aber rundlich. Er erinnert mich an Wilhelm, er hätte mich damals auch fast umgebracht. Ich konnte danach keine Kinder mehr bekommen, aber bei dir wird es anders sein, du bist stark.«
Ein Sohn … und sie hatte ihn gar nicht schreien gehört …
»Habt ihr euch einen Namen überlegt?«, fragte Hedwig.
Mina schwieg. Nachdem sie das Kind in einer jener Nächte gezeugt hatten, da Christian dem Siegesrausch verfallen war, hatten sie kaum darüber gesprochen. Warum fühlte sich für sie dieser Moment nicht wie ein Sieg an? Wo blieb das Triumphgefühl, ein gesundes Kind geboren zu haben? Wo die Sehnsucht, es zu sehen und zu berühren?
»Bloß nicht Otto«, murmelte Mina schließlich, »und Wilhelm auch nicht. Er soll besser Lennart heißen. Hieß so nicht dein Großvater?«
Falls Hedwig davon bewegt war, sagte sie es nicht.
»Wo ist er?«, fragte Mina.
»Ich habe eine Amme mitgebracht, sie stillt ihn gerade. Später werde ich sie bitten, ihn zu dir zu bringen.«

»Er soll sich erst mal an die Amme gewöhnen. Und du … du solltest schlafen.«
Eine Weile starrte Hedwig sinnend auf sie hinab, ließ sich aber nicht anmerken, ob sie stolz darauf war, dass Mina keine Gefühle zeigte, oder sie für kalt und herzlos hielt, weil sie ihren Sohn nicht sehen wollte. Schließlich nickte sie.
Als sie sich schon zum Gehen wandte, hielt Mina sie zurück. »Vor einigen Wochen war Tino Montinari in der Werft. Ich habe gehört, dass er mich vorher zu Hause suchte und du ihn weggeschickt hast. Ich habe das auch getan. Aber mir stand das auch zu – dir nicht. Triff künftig bitte keine Entscheidungen mehr für mich.«
Wieder ruhte dieser nachdenkliche Blick auf ihr, wieder war sie nicht sicher, ob er stolz oder mitleidig war. »Gewiss«, sagte Hedwig knapp.
Später untersuchte die Hebamme sie und erklärte, dass sie noch eine Weile Schmerzen beim Sitzen haben würde, sie wäre tief gerissen.
»Solange sie nicht so schlimm sind wie letzte Nacht«, murmelte Mina.
»Beim ersten Kind ist es meistens am schwersten. Aber das Kleine entschädigt für die Geburt … und dass es gleich ein Sohn ist, wird seinen Vater sehr stolz machen.«
Mina drehte ihr Gesicht zur anderen Seite. »Aber sein Vater ist nicht hier.« Obwohl sie sie nicht ansah, spürte sie, dass die Hebamme sichtlich schockiert war. »Keine Angst«, fügte sie schnell hinzu, »er weiß, was Sitte und Anstand gebieten. Zur Taufe wird er schon hier sein und seinem Vater das Enkelkind präsentieren. Lassen Sie mich jetzt alleine.«
Mina schloss die Augen, doch der Schlaf wollte nicht

kommen, und die Schmerzen, die die Hebamme ihr prophezeit hatte, pochten immer heftiger.
Sie klingelte nach Lisette, befahl ihr erst, das Fenster zu schließen und ihr danach die Geschäftsbücher zu bringen, die auf dem Schreibtisch in ihrem Arbeitszimmer lagen.
Lisettes Augen weiteten sich. »Aber … aber wollen Sie sich nicht ausruhen?«
»Eine Tasse Kaffee genügt, um wieder zu Kräften zu kommen.«
»Sie müssen Ihren Sohn sehen! Er ist ein so süßer Knabe. Noch ist das Gesicht ganz zerknautscht, aber das wird sich glätten. Und mit dem dunklen Haarschopf kommt er ganz nach Ihnen.«
»Später«, sagte Mina. »jetzt will ich die Geschäftsbücher durchsehen.«
Als sie sich aufsetzen wollte, sobald Lisette ihr die Bücher gebracht hatte, überkam sie Schwindel. Schwer fiel sie ins Kissen zurück, schloss die Augen.
Nun ja, auch wenn ich nicht zu schreiben und lesen vermag, kann ich wenigstens noch denken.
Richtig, die Cholera … die Folgen für die Auswandererschiffe der HAPAG … der Konkurrenzkampf der anderen Werftbesitzer … Und dann war da auch noch die Tatsache, dass die Kaiserliche Marine nicht unbedingt ein verlässlicher Partner war. Sie durfte nicht nur auf diese Zusammenarbeit setzen … Und auch nicht auf die HAPAG. Ballins Pläne, noch mehr Lustfahrten zu veranstalten, wurden wegen der Cholera gewiss in weite Ferne geschoben … Was könnte sie noch tun?
Als sie die Augen öffnete, blendete sie die Sonne. Wahrscheinlich stand erneut ein brütend heißer Tag bevor. Wenn dieser Sommer nur endlich vorbei wäre …

wenn es Herbst würde ... Winter ... die Elbe vereist wäre ...
Eisbrecher!, ging es ihr schlagartig durch den Kopf.
Gewiss, diese waren keine ganz neue Erfindung. Seit zwanzig Jahren wurden diese speziellen Schiffe mit einem löffelartigen Schiffsrumpf gebaut oder Schlepper entsprechend umgerüstet, dass sie die Eiskruste beseitigten. Aber was erst seit Kurzem in Betrieb war, waren Flusseisbrecher auf der Weichsel und der Oberelbe.
Zumindest lohnte es sich, darüber nachzudenken, und ...
Minas Augenlider wurden immer schwerer. Als sie einschlief, träumte sie von Eisbrechern. Anfangs kamen sie noch mühelos durch die durchsichtige Mauer hindurch, und das Eis brach laut zu blau schimmernden Klumpen, doch irgendwann stand es so dick, dass es kein Durchkommen mehr gab. In der Luft hing jäh der Geruch von Öl, und auf dem Eis stand eine breite Blutspur, als hätte sich das Schiff tödlich verletzt.

Bethy ging unruhig auf und ab. Jeden Tag, wenn der Abend sich neigte, wuchs ihre Furcht ins Unermessliche ... Furcht, dass Jonathan nicht nach Hause kam, weil er krank zusammengebrochen war und ein Fremder vor der Tür stand und mitteilte, dass sie nun ganz allein dastand – nicht nur mit Tobias, der gerade auf dem Boden herumkrabbelte und alles in den Mund steckte, was er erwischen konnte, sondern auch dem Kind, das sie in ihrem Leibe trug.
Diesmal litt sie nicht an so schrecklicher Übelkeit wie während der ersten Schwangerschaft, aber ihr Bauch war viel früher dick geworden, sie musste ständig aufstoßen, und die Sorgen der letzten Wochen hatten sich auf ihren

Magen geschlagen, sodass sie sich stets zwingen musste, etwas zu essen.
Eben hatte Tobias den Griff einer Schublade umklammert und versuchte, sich daran hochzuziehen, woraufhin die Schublade nachgab.
»Tobias, gib acht …«
Bethy stürzte auf ihn zu, aber sie war nicht so schnell wie sonst, und als sie in die Knie ging, fürchtete sie kurz, später nicht mehr aufstehen zu können. Tobias brach in Protestgebrüll aus, als sie seine Hand vom Schubladenknauf wegzog.
»Aber, aber«, ertönte eine Stimme, »wer will denn da so wütend schreien?«
Bethy blickte hoch, und ein Stein fiel ihr vom Herzen. Anders als gedacht, fiel es ihr doch leicht, sich wendig zu erheben, und Tobias hörte zu schreien auf, sobald er seinen Vater erblickte. Er juchzte, als Jonathan ihn hochnahm und in die Luft warf.
»Endlich bist du zurück«, seufzte Bethy.
»Und endlich bringe ich gute Nachrichten«, sagte Jonathan. »Die Seuche scheint abzuebben.«
»Wirklich?«
Über einen Monat hatte die schreckliche Krankheit Hamburg fest im Griff gehabt. An manchen Tagen, so hieß es, wären mehr als eintausend Menschen erkrankt, vor allem in den ärmeren Stadtteilen wie dem Gängeviertel.
Doch jetzt nickte Jonathan. »Die Krankenhäuser leeren sich wieder, es gibt nur noch ein paar Dutzend Patienten, die behandelt werden müssen. Ein Arzt hat gesagt, dass es in ein, zwei Wochen überstanden ist.«
»Gott sei Dank!«
Jonathan setzte Tobias auf den Boden, und der nahm prompt wieder die Schublade in Angriff.

»Dennoch, die Choleraepidemie wird schreckliche Folgen haben. Fast neuntausend Menschen starben, es wird lange dauern, bis sich die Stadt davon wieder erholt hat.«
Eine Weile sahen sie sich schweigend an, und zum ersten Mal nahm Bethy ihren dicken Bauch nicht als Last wahr, sondern als Zeichen dafür, dass das Leben immer irgendwie weiterging und sich als stärker als der Tod erwies.
»Ich mag mir auch gar nicht ausdenken, was es für uns Hafenarbeiter bedeutet«, meinte Jonathan.
Sie sah ihn fragend an.
»Nun, du weißt doch, die Schifffahrt nach Übersee stand kurzfristig völlig still. Einigen Reedern und mancher Werft wird das das Genick brechen. Die Banken werden ihnen einen Kredit verweigern, zumal das Geld anderswo noch dringender gebraucht wird – um nämlich die Stadt zu sanieren und endlich eine neue Kanalisation in Angriff zu nehmen.«
»Aber viele Arbeiter sind doch erkrankt und gestorben. In Zeiten wie diesen braucht zumindest niemand eine Entlassung zu befürchten.«
Jonathans Miene wurde düster. »Ja, aber längere Arbeitstage bei gleichem oder geringerem Lohn, und jeder Arbeitgeber kann sich künftig auf die Epidemie herausreden, obwohl ihn die eigene Gier antreibt.«
Bethy streichelte Tobias über den Kopf. »Falls es eng wird, kann ich bis zur Geburt arbeiten. In den Speichern werden doch ständig Kaffeeverleserinnen gesucht.«
Auch eine Nachbarin arbeitete dort, bedurfte diese Arbeit doch viel Fingerfertigkeit und Geduld, und beides erwartete man eher von Frauen als von Männern. Eine andere Bekannte bediente sogar die hydraulischen Winden auf den Speicherböden, wobei Bethy nicht sicher war, ob sie das in ihrem Zustand noch konnte.

Jonathan schüttelte ohnehin empört den Kopf. »Das fehlte gerade noch!«
Bethy musste lachen. »Ich dachte, du bist ein moderner Mann, und jetzt verbietest du deiner Frau zu arbeiten?«
»Das ist nicht das Problem. Aber weißt du, wie viel Frauen auf den Speicherböden verdienen? Fünfzehn bis achtzehn Mark in der Woche! Männer hingegen werden für die gleiche Arbeit deutlich besser bezahlt, nämlich mit fünfundzwanzig Mark. So eine Ungerechtigkeit kann man sich doch nicht bieten lassen.«
»Ich verstehe. Aber das bedeutet, dass auch du dir nicht bieten lassen wirst, künftig schlechter bezahlt zu werden oder länger arbeiten zu müssen.«
»Wir werden sehen.« Er lächelte und zog sie an sich. »Das Wichtigste ist fürs Erste, dass wir von der Krankheit verschont geblieben sind. Unseren Eltern geht es gut, wir haben kein einziges Familienmitglied verloren, wer kann das in diesen Wochen sonst noch von sich behaupten? Da werden wir mit allem anderen auch noch fertig.«

32. Kapitel

1892–1899

In den nächsten Jahren veränderte sich die Werft. Dank Minas Zusammenarbeit mit der Kaiserlichen Marine und dem Bau etlicher Eisbrecher fuhr sie satte Gewinne ein und nutzte diese für den Ausbau des Unternehmens: Neben einer neuen Montagehalle, wo Turbinen- und Gussteile hergestellt wurden, wurde ein Ausrüstungskai errichtet, um schwere Maschinenteile wie Kessel und Panzerplatten mit den gleichfalls neu erworbenen Scheren- und gigantischen Schwimmkränen an Bord zu verfrachten. Und auch das Bureaugebäude blieb von Veränderungen nicht unberührt. Der Treppenaufgang wurde verbreitert, die Wände neu gestrichen und die Decke mit hellen Eichenpaneelen versehen. In Minas Bureau wurde ein Kamin eingebaut und das alte Mobiliar gegen edle Ledermöbel ausgetauscht, deren dunkler Farbton einen deutlichen Kontrast zu den hellen, stuckverzierten Wänden und Decken und dem reich gemusterten Teppich in Rosétönen bot. Ihr größter Stolz war ihr Schreibtisch aus glänzendem Mahagoniholz. Hatte auf dem ihres Vaters immer Chaos geherrscht, waren ihre Unterlagen und Geschäftsbücher stets akkurat geordnet, und ganz am Rand standen Photographien. Zunächst zeigten diese nur den Erstgeborenen Lennart, doch Ende 1893 – in dem Jahr, da eine Wirtschaftskrise in Amerika das Auswanderergeschäft in Hamburg empfindlich störte – kamen Bilder ihres zweiten Sohnes Georg dazu.

1894, als Lennart ein pausbäckiges Kleinkind war, das längst gehen konnte, und Georg gerade krabbelte, erlebten die Geschäfte nach einer schwierigen Zeit wieder neuen Aufschwung – und ihre Hoffnung, sich irgendwann doch auf die Luxusschifffahrt verlegen zu können, erhielt neue Nahrung. Die Lloyd veranstaltete eine vierwöchige Gesellschaftsreise nach Spitzbergen und Norwegen, und ein amerikanischer Veranstalter führte eine ähnliche Reise ins Mittelmeer durch – möglicherweise die Initialzündung für weitere Lustreisen. Doch leider zeigten sich die anderen Reedereien zögerlich, und selbst für die Lloyd blieb diese eine Fahrt eine Ausnahme.

1895, als Lennart auf der Photographie wegen seiner Locken einem Mädchen glich, während Georg mit seinen schwarzen Haaren ganz nach ihr kam, schien sich eine neue große Chance zu bieten. Die HAPAG, die die *Augusta Victoria* jährlich auf ein, zwei Fahrten geschickt hatte, plante, die *Suevia* speziell für Lustfahrten umzurüsten und alles, was an eine traditionelle Schiffseinrichtung erinnerte, verbannen zu lassen. Zu Minas Bedauern zog Ballin diesen Auftrag aber im letzten Augenblick zurück, erkannte er doch, dass er mit dem Umbau von einem so alten Schiff den guten Ruf der HAPAG aufs Spiel setzte.

1897, als Lennart nicht mehr wie ein Mädchen, aber blass und schmal aussah, und Georg, obwohl erst vier, es schaffte, jede Gouvernante mit seinen Streichen zu verjagen, konnte sich Mina rühmen, dass ihre Werft am Bau eines Schiffs für die deutsche Ost-Afrika-Linie mitgewirkt hatte, die dieses unter anderem für eine große Afrika-Fahrt einsetzte. Doch den Hauptteil der Arbeit leistete Blohm & Voss, während sich ihre Beteiligung darauf beschränkte, Schwimmkräne zur Verfügung zu stellen und zu überwachen, wie mit diesen diverse Kesselanlagen, Schornsteine, die Bordausrüstung, das Mobiliar und nicht zuletzt der Anker aufs Schiff transportiert wurden. In ihrem Trockendock wurde auch die Schiffsschraube montiert und ein Teil des Schiffs bemalt, aber das änderte nichts daran, dass Blohm & Voss die Lorbeeren einheimste und in den nächsten beiden Jahren kein weiterer Auftrag dieser Art folgte.

Doch jetzt, im Spätsommer 1899, wendete sich das Blatt, und diesmal waren ihre beiden Söhne – mittlerweile sieben- und sechsjährig – nicht nur in Form von Photos anwesend. In der letzten Zeit hatte Mina sich öfter daran erinnert, wie gerne sie als Kind die Werft besucht hatte, und sich darum vorgenommen, den eigenen Nachwuchs baldmöglichst mit dem Unternehmen vertraut zu machen. Leider fehlte den Knaben ihre einstige Neugierde auf die Technik gänzlich.

Während Mina am Schreibtisch saß und immer begeisterter Pläne und Skizzen vor sich ausbreitete, stritten die beiden wie so oft – wobei es eigentlich kein Streiten war, hätte das doch vorausgesetzt, dass sich beide daran beteiligt hätten. In Wahrheit wollte Lennart in Ruhe mit einem kleinen Modellschiff spielen, während Georg es ihm so lange wegzunehmen versuchte, bis der Schornstein abbrach. Georg feixte, während Lennart einmal mehr mit einem hysterischen Schrei und ein paar Tränen reagierte. Die versiegten zwar bald wieder, hatte ihm die Gouvernante doch erfolgreich eingebläut, dass nur Mädchen weinten, aber Minas gute Laune sank.

»Spielt draußen!«, befahl sie.

»Er lässt mich einfach nicht in Ruhe«, klagte Lennart.

Etwas widerwillig stand Mina auf und beugte sich zu

Lennart. »Dann wehr dich! Du bist schließlich ein Ahlhusen!«
»Großvater sagt, wir sind keine Ahlhusens, sondern Graffs«, warf Georg ein.
Mina lag eine wütende Bemerkung auf den Lippen, doch sie schluckte sie. »Kommt einmal her und setzt euch«, forderte sie die Söhne auf und deutete auf die beiden Stühle vor dem Schreibtisch. »Ob ihr nun Ahlhusens oder Graffs seid – ihr seid in einem Alter, um euch mit dem Geschäft zu befassen. Könnt ihr euch erinnern, was ich euch das letzte Mal erzählt habe?«
Lennart nickte eifrig. »Die Passagierzahlen auf dem Nordatlantik sind sprunghaft in die Höhe geschnellt, sodass dort jedes Schiff gebraucht wird. Und deswegen können kaum noch Lustfahrten angeboten werden. Auch eine geplante Weltreise wurde nicht realisiert.«
Mina lächelte ihn an. Lennart war ihr oft fremd, und sie konnte sich nicht der leisen Verachtung erwehren, weil es ihm deutlich an Selbstbewusstsein fehlte, aber es gefiel ihr, dass er sich merkte, was man ihm sagte – wenngleich wohl eher aus Angst als aus echtem Interesse.
»So ist es«, sagte sie. »Und was bedeutet das, Georg?«
Georg zuckte die Schultern. »Dass neue Schiffe gebaut werden müssen.«
»Und was ist dabei das Problem?«
Georg zuckte wieder die Schultern, woraufhin Lennart nahezu triumphierend einwarf: »Nun, dass kein Geld dafür da ist.«
Wieder nickte Mina lobend. »Stimmt. Aber jetzt hat sich die Sachlage geändert. Die HAPAG hat zwei ihrer Schiffe – die *Normannia* und die *Columbia* – nach Spanien verkauft, was zwar fürs Erste bedeutet, dass sie noch weniger Dampfer zur Verfügung hat, was aber zusätzliche

Einnahmen bringt. Mit denen kann sie ein neues Schiff bauen lassen kann – und zwar das erste Schiff der Welt, das ausschließlich für Lustreisen bestimmt ist.«

»Und wir werden das bauen?«, rief Georg. »Stimmt es, dass wir dann berühmt werden?«

Mina konnte sich ein stolzes Lächeln nicht verkneifen. »Nun ja, nicht berühmt, aber in unseren Kreisen doch gut bekannt. Wisst ihr auch, warum Schiffe wie diese – mal ganz abgesehen von dem Engpass – notwendig sind?«

Georg hatte keine Ahnung, worauf sie hinauswollte, und auch Lennart sah sie diesmal nur fragend an.

»Die gewöhnlichen Schiffe lassen immer noch viele Wünsche offen, weil sie in erster Linie für eine schnelle Atlantiküberfahrt konstruiert werden«, erklärte Mina. »Die Decks sind für die Bedingungen des Nordatlantikverkehrs angelegt – in südlichen Gewässern muss man jedoch ganz andere Dinge beachten. Ganz zu schweigen davon, dass die Kabinen zu klein, die Maschinenanlagen für den Zweck einer Lustfahrt jedoch zu gewaltig sind.«

»Und du wirst dieses Schiff tatsächlich bauen?«, rief Lennart beeindruckt.

»Mama ist eine Frau, sie kann kein Schiff bauen«, wiegelte Georg ab.

Mina warf ihm einen finsteren Blick. »Aber den Bau beaufsichtigen und planen – das kann eine Frau sehr wohl!« Etwas gemäßigter fuhr sie fort: »Nun, unsere Werft wird dieses Schiff tatsächlich nicht allein bauen, so viel steht fest. Albert Ballin hat den Auftrag an Blohm & Voss gegeben. Aber wir werden einen wesentlichen Beitrag leisten.«

Wie aufs Stichwort klopfte es an der Tür, und der treue Johann Hinrich, der ihr in all den Jahren selten von der Seite gewichen war, steckte den Kopf herein: »Frau

Graff! Sie sollten bald aufbrechen. Die Herren erwarten Sie!«

Mina richtete sich auf, strich Georg und Lennart gedankenlos über den Kopf und rief nach der Gouvernante, damit diese die Jungen nach Hause brachte. Als sie ihr Cape zuband, zitterten ihre Hände vor Aufregung. Auf diesen Moment hatte sie lange gewartet.

Auf dem Schnürboden eines großen, länglichen Raums der Werft Blohm & Voss waren mit Kreide Konstruktionszeichnungen angefertigt worden. Die Linien gaben die Form des Schiffsrumpfs wieder – im Querschnitt im Verhältnis eins zu eins, im Längsschnitt eins zu vier.

Mina wagte es nicht, darauf zu treten, obwohl noch nicht einmal die schweren, dunklen Schuhe von Hermann Blohm und Ernst Voss sie verwischen konnten – zwei ältere Herren, die man am leichtesten dank ihrer Bärte auseinanderhalten konnte. Bei Hermann Blohm lief er beim Kinn auf eine Spitze zu und war fast weiß, bei Ernst Voss betonte das dunkle Barthaar vor allem die Backen. Albert Ballin, mittlerweile Generaldirektor der HAPAG, trug wie eh und je einen Schnurrbart, und obwohl auch der von einzelnen weißen Haaren durchsetzt war, stand in den Augen noch immer dieses Glitzern, das ihn jung wirken ließ und das Freunde als Ausdruck seiner Wärme, Gegner als diabolisch bezeichneten.

Der vierte Herr, der sie in Empfang genommen hatte und mit dem sie sich nun gemeinsam die Konstruktionszeichnungen ansahen, war Fritz Nordhausen, der Schiffskonstrukteur.

»Herr Nordhausen hat sich einen ganz neuen Schiffstyp ausgedacht«, erklärte Hermann Blohm stolz, und Mina verbarg ihre wahren Gedanken hinter einem Lächeln.

Ausgedacht hat er sich den nicht. Er hat nur Anregungen umgesetzt … meine Anregungen.
Trotzdem ließ sie den Konstrukteur gewähren, als dieser vortrat und heftig gestikulierend zu schwärmen begann.
»Dieses Schiff soll weniger ein Dampfer als eine große Luxusjacht werden, ein echtes Grandhotel der Meere. Es wird in seiner Art einzig in der Welt dastehen, weil es weder Ladung noch Post befördert und nur für die Aufnahme von Reisenden erster Klasse eingerichtet ist.«
Mina versank regelrecht im Anblick der Konstruktionszeichnung. Ein anderer hätte die vielen Striche und Linien vielleicht für verwirrend gehalten, doch für sie erstand ganz deutlich ein Schiff vor Augen – das erste Schiff der Welt, das nur dem Vergnügen und dem Abenteuer dienen und ausschließlich für Lustfahrten eingesetzt werden würde und dessen Neubau ihre einstige Idee, Schiffe zu diesem Zweck umrüsten zu lassen, bei Weitem übertraf.
Fritz Nordhausen winkte sie zu einem Schreibtisch, wo diverse Pläne – Längs- und Querschnitte des Schiffs – bereitlagen.
»Insgesamt wird es hundertzwanzig Kabinen geben für etwa hundertneunzig Passagiere«, erklärte er. »Alle werden natürlich sehr luxuriös ausgestattet und bestehen aus zwei Räumen mit eigenem Badezimmer und Wasserklosett. Um den Komfort zu steigern, gibt es keine übereinanderliegenden Schiffskojen mehr. Und allein reisenden Passagieren stehen Einzelkabinen zur Verfügung – auch das ist ein Novum. Die Kabinen sind auf vier Passagierdecks verteilt und selbstverständlich mit elektrischer Beleuchtung, Dampfheizung, Klingelleitung und Ventilator, außerdem mit Bettgestellen aus Messing ausgestattet. Für die Dienerschaft sind gesonderte Zimmer vorgesehen.«

»Denken Sie sich nur, insgesamt wird es dreitausend elektrische Lampen geben«, rief Hermann Blohm stolz, »viele natürlich in der Form von extravaganten Kronleuchtern.«
»Und natürlich«, schaltete sich Ernst Voss wieder ein, »gibt es einen elektrischen Aufzug für mindestens acht Personen.«
Wie Mina hatte sich auch Albert Ballin über die Pläne gebeugt.
»Weitere Attraktionen sind Haupt- und Speisesaal mit zweihundert Plätzen«, sagte er. »Außerdem ein Gesellschafts- und Rauchsalon sowie die Bibliothek. Zwei Petroleum-Motorboote stehen jederzeit bereit, um die Passagiere zum Hafen zu transportieren. Übrigens will die Lloyd in diesem Jahr das erste Schiff mit einer drahtlosen Telegraphiestation ausrüsten. Wenn den Bremern das gelingt, sollten wir Gleiches ins Auge fassen.«
»Und ich sehe, dass auch ein Saal für Heilgymnastik und eine Dunkelkammer für Amateurphotographen vorgesehen ist«, sagte Mina, und ihr Lächeln wurde breiter. »Als ich seinerzeit dasselbe geplant habe, wurde ich von den Herren Bankiers nur ausgelacht.«
Die Mienen von Blohm und Voss gefroren etwas. Es war nicht zum ersten Mal, dass sie mit Mina kooperieren wollten, wobei sie diese Tatsache weniger ihrem Ruf als gute Geschäftsführerin verdankte als Albert Ballins stete Fürsprache. Und auch diese war wohl nicht so sehr ihrer Fachkenntnis geschuldet als Ballins schlechtem Gewissen, weil Wilhelm Ahlhusen damals auf seiner Fahrt gestorben war. Doch egal, welche Gefühle nun im Spiel waren – Mina war fest entschlossen, sie sich entweder zunutze zu machen oder sie schlichtweg zu ignorieren.
»Sie haben tatsächlich das richtige Gespür gehabt«, sagte

Ballin eben. »Auch wenn es viel Geduld bedurfte, den Bau eines solchen Schiffs abzuwarten.«

»Und nun nimmt diesen eine der größten Werften Deutschlands in Angriff«, sagte Hermann Blohm schnell, um keinen Zweifel aufkommen zu lassen, wer die Verantwortung trug. Der gutmütige Ernst Voss fügte allerdings etwas kulanter hinzu: »Ihre Anregungen, die Sie in den letzten Jahren an Herrn Ballin weitergegeben haben, waren durchaus wertvoll. Deswegen würden wir gerne mit Ihrer Werft zusammenarbeiten. Aber lassen Sie uns das doch in den Bureauräumen besprechen.«

Wenig später verließen sie den Raum mit den Konstruktionszeichnungen und überquerten den Hof der Werft. Einmal mehr musste Mina nicht ohne Neid feststellen, dass bei Blohm & Voss alles größer war als in ihrer Werft: Allein die Wasserfront war drei Kilometer lang, während der Ahlhusen- oder vielmehr Graff-Werft nur ein Drittel davon zur Verfügung stand. Es gab mehr Hellinge, und diese waren höher, und mindestens doppelt so viele Kräne und Werkstätten. Doch auch wenn ihr das Respekt abrang – einschüchtern lassen wollte sie sich davon nicht.

Sie legte jene selbstbewusste Haltung an den Tag, mit der sie regelmäßig ihre Rundgänge durch die eigene Werft machte. Dort störte sich keiner mehr an einer weiblichen Geschäftsführerin, und niemand wagte es, an ihrem Sachverstand zu zweifeln. Diesen wollte sie nun auch hier beweisen, zumal ihr manch Ingenieur, Eisenkonstrukteur oder Bureauvorsteher, kaufmännischer Angestellte oder Drehmaschinenmonteur einen halb neugierigen, halb misstrauischen Blick nachwarf. Als sie die Maschinenhalle hinter sich gelassen und das Bureau der Zeichner erreicht hatten, schlüpfte Mina ungefragt durch

die offene Tür und beugte sich über Zeichnungen von Schrauben, Kupplungen und Zahnrädern.
Mina deutete auf eine der Skizzen. »Das ist ein Apparat, der dem konischen Ausbohren von Schiffsschrauben dient, nicht wahr?« Einer der Ingenieure blickte sie verwundert an.
»Und das ist eine Nutenstoßmaschine«, fuhr sie stolz fort.
Der Ingenieur warf einen etwas Hilfe suchenden Blick zu den Herren Blohm und Voss, doch da diese nicht einschritten, erklärte er: »Genau. Er dient dazu, das Stoßmesser zurechtzufeilen.«
»Der Gussstahl darf im Feuer nur rot warm werden, nicht weiß glühend, weil er dann verbrannt wäre und brüchig würde.«
Immer mehr Köpfe hoben sich, doch es war nicht mehr nur Misstrauen, das sie witterte, sondern auch Faszination und echter Respekt. Rasch schien sich herumzusprechen, dass sie auf Besuch in der Werft war, denn als sie wenig später an einer Werkstatt vorbeikamen, hörte ein schmächtiger Bursche, der mit schmieriger Mütze an der Drehbank stand, zu arbeiten auf und rief laut: »Da kommt Frau Graff, die Frau, die Schiffe baut!«
Sein Blick war nicht der einzige, der sich auf sie richtete, doch der Vormann zog dem Burschen eins über und mahnte streng: »Kiek nich in de Luft, Jung! Doh wat!«
Mina lächelte, und ihr entging es nicht, dass auch Albert Ballin grinste. Vielleicht war auch das ein Grund, warum er sie förderte: Er selbst hatte als Jude aller Welt beweisen müssen, was er taugte, und hegte darum gewisse Sympathien für eine ehrgeizige Frau, die mit harter Arbeit und Sachverstand die Nachteile ihres Geschlechts ausgleichen musste.

Als sie wenig später im Bureauraum Platz genommen hatten, machte sich etwas Verlegenheit breit. Dies wäre eigentlich die Gelegenheit gewesen, dass Herr Blohm seinen allseits beliebten Cognac ausgeschenkt hätte, aber er hielt ihn wohl für ein zu scharfes Getränk, um es einer Dame zuzumuten.

Mina überbrückte das Schweigen, indem sie auf weitere Skizzen deutete, die auf dem Schreibtisch lagen.

»Das Schiff soll *Victoria Luise* heißen, nicht wahr?«

»Nach der einzigen Tochter des Kaisers«, nickte Ballin, und wieder lächelte er ihr zu. Für die Herren Voss und Blohm war dieser Auftrag ein gutes Geschäft, für ihren Konstrukteur eine Möglichkeit, sein Können zu beweisen – doch für sie beide war es lang gehegter Traum.

»Nun, und wie kann ich Ihnen behilflich sein – abgesehen von den Anregungen, die ich bislang gab?«

Hermann Blohm beugte sich vor. »Die Zeit drängt. Schon im nächsten Sommer soll die Jungfernreise beginnen und in einhundertfünfunddreißig Tagen um die ganze Welt führen – übrigens zum Preis von etwa dreitausend bis zehntausend Mark.«

Mina nickte. »Ich nehme an, der Stapellauf ist ein halbes Jahr zuvor geplant, damit anschließend der Innenausbau erfolgen kann.«

»Und für diesen Innenausbau brauchen wir Ihre Hilfe. Während sich das Schiff in der Bauphase befindet, können Sie die wichtigsten Vorbereitungen und vor allem die Koordination der Einrichtungsfirmen übernehmen.«

»Herr Ballin hat mir mitgeteilt, dass die Einrichtung der großen Säle der Firma J.C. Pfaff in Berlin übertragen worden ist, während die Hamburger Möbelfabrik J.D. Heymann für die Kabinen und den Rauchsalon verantwortlich sein soll.«

»So ist es. Und Ihre Werft soll für die technische Innenausstattung sorgen und selbstverständlich das äußere Erscheinungsbild mitprägen«, erklärte Ernst Voss. »Die beiden Schornsteine sollen besonders schlank und grazil sein und natürlich zum weiß gestrichenen Schiff passen. Übrigens wird es eine Galionsfigur tragen, die die Prinzessin Victoria Luise darstellt.«
Ballin nickte bekräftigend. »Für so ein Großprojekt müssen wir alle Kapazitäten bündeln, und da so viele Ideen nicht zuletzt auf Sie zurückgehen, möchte ich fragen, ob Sie noch entsprechende Kapazitäten frei haben.«
Mina konnte nicht anders, als zu strahlen. Sie wusste, am Ende würde die *Victoria Luise* als Schiff von Blohm & Voss gelten, aber in der Geschäftswelt würde sich herumsprechen, welchen Anteil sie geleistet hatte, und sie würde in Zukunft deutlich weniger Skepsis ernten. Ja, wenn sie sich das Vertrauen dieser beiden Herren errang und sich dem von Ballin als würdig erwies, würde niemand mehr beanstanden, dass sie eine Frau war.
Und irgendwann bekomme ich dann ganz allein einen so großen Auftrag.
»Nun«, sagte sie, »ich denke, wir sollten auf den Beginn unserer Zusammenarbeit anstoßen, oder nicht? Sekt heben wir uns für die Schiffstaufe auf, aber ein Gläschen Cognac sollte uns gestattet sein.«
Sie hatte seit Langem nichts so Starkes mehr getrunken, und wahrscheinlich würde sie schon nach einem Schluck berauscht sein. Aber heute würde sie ohnehin nicht mehr bis in die Abendstunden arbeiten, sondern die Werft vorzeitig verlassen, vielleicht ein wenig an den Kais entlangstreunen und ihren Triumph auskosten.

Wie immer herrschte im Hafen reges Treiben, und wie immer waren ihre drei Kinder davon begeistert, während Bethy alles viel zu laut und schmutzig war.
Eben wurde die Ladung von Schiffen auf kleine Lastfahrzeuge und Pferdefuhrwerke umverteilt; nicht minder geräuschvoll bot ein Mann vor dem Sanct-Pauli-Fährhaus Stadtrundfahrten an – genau im gleichen Moment, als dickbauchige Fässer, die auf der Kaifläche zwischengelagert wurden, ins Rollen gerieten. Zum ohrenbetäubenden Lärm kamen Gerüche aller Art: Der Kohlenqualm biss in der Kehle, während Südfrüchte, argentinische Rinderhäute und Quebrachoholz die Nase mit wundersamsten Gerüchen füllten.
Selbst dort, wo die Menschen schwiegen, stampften die Maschinen, heulten die Sirenen, schrillten die Dampfpfeifen oder ächzten die Pfähle, an denen die kleinen Schiffe gebunden waren.
Bethy hätte sich am liebsten die Ohren zugehalten, während ihre beiden Söhne übers ganze Gesicht strahlten. Tobias war acht Jahre alt, während der kleine Jakob erst in einem halben Jahr seinen sechsten Geburtstag feiern würde. Von den hohen Gerüsten, die sich über den Werften in die Luft reckten, weite Plattformen mit einem ausgedehnten Netz von Gleisen trugen und dazu bestimmt waren, die emporgewundenen Maschinen und schweren Eisenteile in den Rumpf der Schiffskolosse hinabzulassen, waren sie gleichermaßen fasziniert.
Nur ihre Tochter Lori, die eigentlich wie Jonathans Großmutter Elinor hieß, aber von niemandem so gerufen wurde, mittlerweile sieben Jahre war und als Einziges der Kinder Jonathans blondes Haar geerbt hatte, interessierte sich nicht für Technik.
»Warum müssen wir ausgerechnet hier entlanggehen?«,

klagte sie. »Warum können wir nicht zur Deutschen Seewarte? Ich habe gehört, dass die reichen Hamburger dort gern flanieren, um auf die Elbe und die vielen Dampfer hinabzuschauen.«

Nicht, dass Bethy nicht auch dem Getöse entfliehen wollte, aber sie wollte Loris Flausen nicht auch noch Nahrung geben.

»Dort oben gibt es aber keinen frischen Fisch zu kaufen. Nun kommt schon, Jungs! Wir wollen hier keine Wurzeln schlagen.«

Tobias überhörte sie geflissentlich und deutete auf einen riesigen Ozeandampfer.

»Irgendwann will ich Matrose werden«, verkündete er, woraufhin Jakob prompt rief: »Ich auch!«

Er wollte immer alles, wovon sein Bruder träumte, während Lori die Nase rümpfte. »Du wirst sicher seekrank, so schnell, wie du dir den Magen verdirbst.«

Jakob hörte den feinen Spott nicht in ihrer Stimme. »Was macht man, wenn man als Matrose seekrank wird?«

Tobias versetzte ihm spielerisch eine Kopfnuss. »Man kotzt ins Meer!«

»Tobias!«, rief Bethy mahnend.

»Man wird dann eben kein Matrose«, sagte Lori nüchtern.

Jakob runzelte die Stirn, so wie er es immer tat, wenn er intensiv über etwas nachdachte. Obwohl er der Kleinste und Zarteste war, wirkte er älter als seine Geschwister. »Papa sagt, dass man alles werden kann, was man will.«

Lori rümpfte erneut die Nase. »Warum sind dann so viele Menschen arm, obwohl doch jeder reich sein will?«

Bethy kam nicht umhin zu seufzen. So wie es um ihr momentanes Auskommen bestellt war, war es kein Wunder, dass Lori sich nach Reichtum sehnte.

»So viele Menschen sind nur darum arm, weil die reichen Menschen sie ausbeuten«, sagte Tobias streng.
»Und ich möchte gar nicht reich sein, ich will nur nicht seekrank sein«, warf Jakob ein.
Bethy strich ihm über die weichen Locken. »Du weißt doch gar nicht, ob du das überhaupt wärst. Aber heute können wir das nicht mehr ausprobieren. Dort hinten ist der Stand, wo ich ...«
Bethy brach ab. Nicht nur, dass sie eines der Fischweiber erblickt hatte, das bekannt dafür war, die besten Schollen und Makrelen anzubieten. Außerdem hatte sie inmitten der vielen Menschen eine Frau entdeckt, die sie hier nie und nimmer erwartet hätte. Trotz der Wärme erschauderte sie.
Lori war ihrem Blick gefolgt, teilte aber das Entsetzen der Mutter nicht, sondern war von der elegant gekleideten Frau hingerissen. »Schau nur! Diese Dame! Solche Kleidung will ich auch mal tragen.«
Obwohl Bethy sich selbst die Sehnsucht nach schöner Kleidung verbat, verstand sie genug von Mode, um mit einem Blick zu erkennen, dass die Dame mit ihrer schwarzen Jerseyjacke und der kupferfarbenen Perlenstickerei, außerdem einer weißen Seidenbluse und einer Krawatte, wie sie erst seit Kurzem Einzug in die Damenmode gehalten hatte, tatsächlich sehr modisch und zugleich zweckmäßig gekleidet war.
Wer Mina wohl gesagt hat, wie sie sich kleiden soll, da ich nun in ihrem Leben keine Rolle mehr spiele?, ging es ihr durch den Kopf. Sie selbst hat sich doch nie dafür interessiert!
Kurz hatte sie wie erstarrt die einstige Freundin gemustert, aber bald kehrte wieder Leben in ihre Glieder. Sie nahm Jakob und Lori an die Hand und wollte sie mit sich

ziehen, doch Lori widersetzte sich, und Tobias folgte dem Befehl mitzukommen erst gar nicht. Und dann hatte Mina sie schon entdeckt, verlor wie Bethy kurz die Kontrolle über ihre Züge und blieb wie angewurzelt stehen. Bethy schob trotzig ihre Unterlippe vor.

Wenn sie sich jetzt umdreht und davongeht, werde ich keinen Augenblick über sie nachdenken und mich noch nicht mal darüber ärgern.

Doch Mina drehte sich nicht um. Ihre Züge wurden plötzlich ganz weich, als sie auf sie zutrat.

»Bethy.«

Lori sah sie voller Bewunderung an, Tobias misstrauisch, Jakob schmiegte sich etwas ängstlich an Bethy. Die konnte nicht umhin, sich einzugestehen, wie gerührt sie über dieses unerwartete Wiedersehen war. »Mina … es … es ist Ewigkeiten her.«

Mina nickte wie betäubt. »Deine Mutter besucht mich hin und wieder. Das Reisebureau, das sie mit deinem Vater führt, scheint sehr erfolgreich zu sein. Sie bieten Landausflüge für Schiffsfahrten an, aber offenbar auch Bahnreisen. Sie hat mir erzählt, dass du mittlerweile drei Kinder hast.«

Ihr Blick schweifte über die drei und blieb am längsten an Tobias hängen. Ob ihr durch den Kopf ging, dass er ihr Halbbruder war? Ein Halbbruder, um den sie sich nie gekümmert hatte?

Das Gefühl der Rührung schwand, stattdessen regte sich in Bethy alte Verbitterung.

»Ich habe Mühe, sie durchzubringen«, erklärte sie schmallippig. »Jonathan hat vor drei Jahren seine Arbeit verloren, du weißt schon, beim großen Hafenstreik.«

Es war der größte Streik, den Hamburg je erlebt hatte: Elf Wochen lang hatten viele tausend Arbeiter den Hamburger Hafen praktisch lahmgelegt. Doch die gut organisierten Unternehmer setzten sich am Ende auf ganzer Linie durch. Viele der Rädelsführer waren verhaftet und zu Gefängnisstrafen verurteilt worden, und obwohl Jonathan dieses Schicksal erspart geblieben war, hatte er seine feste Arbeit verloren und war seitdem ein Tagelöhner, der morgens das Haus verließ, ohne zu wissen, mit wie viel Lohn er am Abend wiederkehren würde. Meist war es zu wenig.

Mina war Bethys finsterer Blick offenbar nicht entgangen, denn kurz setzte sie diese hoheitsvolle, unnahbare Miene auf, die jeden Vorwurf abschmetterte, doch dann rang sie sich ein vorsichtiges Lächeln ab.

»Er kann sich gerne bei Johann Hinrich melden, das ist mein Schiffbaumeister«, sagte sie. »In der Werft gibt es immer Arbeit, vor allem jetzt, da wir einen Großauftrag bekommen haben.«

Das Lächeln wurde strahlend, was Bethy verriet, dass sie die einstige Freundin offenbar in Hochstimmung angetroffen hatte.

»Danke«, presste sie hervor.

Eine Weile blieben sie unschlüssig voreinander stehen und rangen vergebens nach Worten. Bethy wollte nicht an der Vergangenheit rühren, aber ebenso wenig nach Minas Ehe mit Christian Graff oder den beiden Söhne fragen, von deren Geburt sie aus der Zeitung erfahren hatte. Doch als ihre Unbeholfenheit wuchs, rutschte ihr unwillkürlich heraus: »Hast du eigentlich jemals wieder von Costantino Montinari gehört?«

Wieder verhärteten sich kurz die Züge, und Bethy tat es leid, aus Gedankenlosigkeit und Verlegenheit an den Schmerz gerührt zu haben, den sie darunter witterte.

»Wie kommst du nur auf ihn?«, gab Mina harsch zurück.

»Ich habe seit Jahren nicht mehr an ihn gedacht. Er war doch nur eine Laune. Hab einen schönen Tag. Auf Wiedersehen!«

Und schon hatte sie sich abgewandt und war mit hochgerecktem Kinn und geradem Rücken davongerauscht.

Bethy unterdrückte den Drang, ihr nachzulaufen.

»Jetzt müssen wir aber endlich Fisch kaufen«, erklärte sie mit etwas zitternder Stimme.

Lori starrte Mina sehnsuchtsvoll nach. »Oh, dieser Hut!«, rief sie schwärmerisch.

»Werden Frauen auch seekrank?«, fragte der kleine Jakob.

»Was Krankheiten anbelangt, ist jeder gleich«, meinte Bethy.

Tobias grinste. »Wenn die sich übergibt, ist ihre feine Jacke ruiniert.«

»Du bist gemein!«, rief Lori. »Sie hat Vater doch gerade Arbeit versprochen.«

»Und du bist dumm, wenn du denkst, dass wir dafür auch noch dankbar sein müssen«, hielt Tobias ihr entgegen.

»Nun hört auf zu streiten!«, ermahnte Bethy ihre Kinder.

Als sie auf den Fischstand zuging, übermannte sie plötzlich jener Schmerz, der kurz auch Mina zugesetzt hatte. Ach, die Reise auf der *Augusta Victoria* … wie lange war das her … wie unwiederbringlich die sorglosen Jugendtage … ihre Unbeschwertheit und Leichtigkeit …

Nicht nur Jahre, sondern Jahrzehnte schienen seitdem vergangen zu sein, und jäh fühlte sie sich alt wie nie.

33. Kapitel

Im Haus der Graffs richtete man sich wie bei vielen Hamburger Familien nach der englischen Tageseinteilung und aß deswegen um halb sieben Uhr zu Abend, und dies war die einzige Mahlzeit, bei der üblicherweise auch Christian dabei war. Häufig kündigte sich überdies Hedwig als Gast an – vor allem in den warmen Sommermonaten –, doch heute hatte sie ihr Kommen abgesagt, und Christian ließ Mina und die Söhne warten.

Schon sechs Uhr fünfundvierzig!

Mina kam nicht umhin, ungeduldig Richtung Tür zu starren. Nicht, dass sie so viel Wert auf Christians Gesellschaft legte oder gar mit ihm über den Auftrag sprechen wollte. Trotzdem hatte sie sich auf dieses Mahl gefreut, nicht nur Selters und Mosel, sondern auch Madeira und Muskat auftischen lassen und außerdem Beefsteaks und frisch gesottenen Hummer verlangt, und sie war verärgert, dass Christian es noch nicht einmal die Mühe wert befand, sich rechtzeitig zu entschuldigen.

»Ich habe Hunger«, klagte Georg.

»Sitz gerade! Wir warten noch.«

»Aber wir könnten doch schon mal das Tischgebet sprechen, dann geht es hinterher schneller!«, schlug Georg vor, um eifrig fortzufahren: »Was wir hier haben, sind Gottes Gaben, drum sei Gott Dank und …«

»Wir beten später«, fiel Mina ihm ins Wort. Georg schwieg, scharrte aber unruhig mit seinen Füßen, und

Mina sehnte plötzlich die Zeiten zurück, da die Söhne noch mit der Gouvernante im Kinderzimmer gegessen hatten.

Sechs Uhr fünfzig.

Mina versuchte, die Uhr zu ignorieren, und ließ ihren Blick durchs Esszimmer schweifen, das im typischen Hamburger Stil mit weiß-gelben Möbeln eingerichtet war. Auf der Anrichte an der Längswand stand eine große Porzellanglocke für den Stiltonkäse, den Geschäftsfreunde aus England schickten und der wochenlang in einer feuchten Serviette nachreifen musste. Mina fand, dass er grässlich schmeckte, aber Christian, der sonst kaum etwas aß, ließ sich nach jeder Mahlzeit ein Stück reichen. Es war eine der wenigen Gewohnheiten, die sie von ihm kannte, ansonsten war er ihr trotz langjähriger Ehe fremd geblieben. Sie konnte sich kaum daran erinnern, je unter vier Augen mit ihm gesprochen zu haben, zumal er nach der Geburt der beiden Söhne der Meinung war, seine Schuldigkeit getan zu haben, und nie wieder ihr Schlafgemach betreten hatte – was sie insgeheim erleichterte. Er spielte nächtelang und lag in der Früh immer noch im Bett, wenn sie zur Werft fuhr, aber zumindest zum Abendessen erschien er pünktlich, desgleichen zu gesellschaftlichen Anlässen und zu Besuchen bei seinem Vater, auf dessen Fragen zur Werft er pflichtgemäß die Antworten gab, die Mina ihm zuvor eingebläut hatte. Natürlich wusste ganz Hamburg, dass sie die Geschäfte führte, aber niemand sprach es aus. Die Geschäftspartner verhielten sich so, als würde sie den Gatten vorübergehend wegen Krankheit vertreten – wohl eher, um ihr Gesicht zu wahren, nicht das von Mina –, und Otto Graff gab sich zufrieden damit, dass die Werft erfolgreicher lief als jemals zu Wilhelms Zeiten, sie ihm regelmäßig seinen Anteil am Gewinn auszahlte, der ihm dank seiner Einlage zustand, und das Unternehmen seinen Namen trug.

»Können wir nicht doch endlich …« Diesmal war es der brave Lennart, der fragte.

Mina warf ihm nur einen strengen Blick zu, schickte nun aber einen der beiden livrierten Diener zu Christian. Wenig später kam dieser sichtlich verlegen wieder.

»Herr Graff lässt sich entschuldigen. Er … er hat … Besuch bekommen.«

Mina war verwundert. »Warum hat er diesen Besuch nicht eingeladen, mit uns zu dinieren?«

Der Diener schwieg und wurde noch schmallippiger, was Georg kichern ließ. Wieder warf Mina ihm einen mahnenden Blick zu.

»Wer ist denn dieser ominöse Besuch?«, fragte sie gedehnt.

Lieber Himmel, jetzt errötete der Mann auch noch!

»Nun sprechen Sie!«, verlangte sie barsch.

»Eine … Dame«, presste der Diener hervor.

»Beginnt zu essen!«, befahl sie den Söhnen knapp. Ihr selbst war der Appetit gründlich vergangen. Als ihr der Geruch der Austernsuppe in die Nase stieg, wurde ihr plötzlich übel.

Eine … Dame.

In den letzten Jahren hätte sie schwören können, dass Christian sie mit seinen Karten betrog, nicht mit Frauen, und selbst wenn sie sich täuschte, wusste sie, dass auf seine Diskretion Verlass war, und ihretwegen konnte er gerne so häufig die Etablissements in Sanct Pauli aufsuchen wie ihr Vater. Aber eine dieser liederlichen Frauenzimmer hierher nach Övelgönne zu bringen – das ging entschieden zu weit!

Eilig lief sie zu seinem Schlafzimmer und klopfte an der Zimmertür. Als sie auch nach dem zweiten Mal niemand hereinbat, drückte sie die Klinke nieder. Abgeschlossen … und das, obwohl sie plötzlich hätte schwören können, dass das Zimmer nicht leer war.

»Ich werde nicht zulassen, dass unser Familienleben unter deinen Eskapaden leidet!«, rief Mina erbost und trommelte gegen die Tür. »Auch wenn du eine ganze Nacht lang spielst, hast du gefälligst zum Abendessen zu erscheinen.«

Keine Antwort. Doch als sie sich weitere wütende Worte und Getrommel verkniff und stattdessen ihr Ohr an die Tür presste, vernahm sie eine Frauenstimme.

Der Diener hatte tatsächlich recht gehabt.

»Und ich dulde es nicht, dass du eine Hure in mein Haus holst!«, tobte sie.

Genau genommen war es auch sein Haus, doch was hatte er je getan, um es sich zu verdienen?

Wieder trommelte sie gegen die Tür, diesmal mit beiden Fäusten. »Christian, ich werde …«

Sie brach ab. Die Tür wurde abrupt geöffnet, aber ihr gegenüber stand nicht Christian, sondern eine Frau. Und diese Frau war kein junges, hübsches, leicht bekleidetes Mädchen, sondern eine verhärmte, grauhaarige Alte, von deren armseliger Kleidung ein unangenehmer Geruch hochstieg.

Mina wich zurück. »Wer … was …?«

Christian erschien hinter der alten Frau. Überdruss stand in seiner Miene, den wohl nicht nur sie selbst, sondern diese alte Frau ausgelöst hatte.

Mina schluckte und fand die Fassung wieder. »Wer ist das?«, fragte sie energisch.

»Meine Mutter«, sagte er mit gesenktem Blick. »Ilse

Graff. Sie hat sich schon vor Jahren von Vater losgesagt …«

Ilse Graff …

Mina konnte sich vage erinnern, den Namen schon mal gehört zu haben. Sie hatte Christian nie nach seiner Mutter gefragt und vermutet, dass sie seit Langem tot war. Dass nirgendwo ein Bild oder eine Photographie an sie erinnerte, hatte sie verwirrt, doch viele Gedanken hatte sie nicht daran verschwendet.

Der Blick der Alten flackerte.

»In den ersten Jahren, nachdem ich Otto verlassen habe, habe ich als Schneiderin gearbeitet«, murmelte sie. »Aber mein Augenlicht wurde immer schwächer, und meine Hände … nun, ich habe die Gicht bekommen. Seit Jahren verfüge ich über kein ordentliches Auskommen mehr. Wenn mein Sohn nicht für mich sorgen würde, wäre ich längst auf der Straße gelandet.«

Mina wusste nicht, was sie mehr bestürzte – dass diese Frau noch lebte, sie von Otto ins Elend gestürzt worden war oder dass Christians Herz groß genug war, um sich für sie verantwortlich zu fühlen. So unbeholfen, wie er jetzt die Hände rang, und so deutlich der Widerwille in seiner Miene geschrieben stand, tat er das wohl nicht aus Liebe. Wahrscheinlich trieb ihn eher Trotz gegenüber dem gestrengen Vater dazu.

»Ich … ich wollte nicht, dass er hinter Ihrem Rücken handelt«, fuhr Ilse kleinlaut fort, »aber manchmal … manchmal hat er mir gestattet, eine Nacht hier zu verbringen.«

Aber natürlich, dachte Mina sarkastisch. Wenn Christian pokert, ist sein Bett schließlich frei.

Ilse deutete ihre finstere Miene falsch. »Werfen Sie mich bitte nicht hinaus. Ich verspreche Ihnen, ich will nur ein-

mal wieder gut schlafen. Morgen früh gehe ich gleich wieder.«
»Ich werfe Sie nicht hinaus«, sagte Mina. »Natürlich bleiben Sie.«
Sie sah Christian herausfordernd an, doch der rührte sich nicht.
»Nun ruf schon ein Hausmädchen!«, verlangte sie barsch. »So wie es ausschaut, fehlt deiner Mutter nicht nur ausreichend Schlaf, sondern auch ein Bad. Man soll ihr eine Wanne einlassen, etwas zu essen bringen und frische Kleidung. Das ist ja kein Zustand.«
Ilse senkte den Kopf und murmelte kaum verständliche Dankesworte. Christian selbst sagte gar nichts. Mina war nicht sicher, was von beidem ihr mehr zusetzte – in jedem Fall floh sie.

Etwa eine Stunde später fühlte sich Mina in der Lage, um Ilse Graff gegenüberzutreten, und bat sie in den Salon – jenen Raum, den sie eigentlich am wenigsten mochte, weil es kaum eine freie Fläche gab, die nicht mit Nippes, Muscheln, Spiegelkästchen oder Riechflakons überfrachtet war und man inmitten der Etageren, Tischchen und Plüschstühlen keine ausladenden Schritte machen konnte. Es war nahezu ein Glücksfall, auf dem Sofa einen Platz zwischen den vielen Daunen- und Seidenkissen zu finden, und auf den vermeintlich traulichen Erkerplätzen zu sitzen, wurde es nach einer Weile ziemlich hart, doch Ilse war ohnehin stehen geblieben, und Mina tat es ihr gleich.
Obwohl die ältere Frau mittlerweile auf Minas Befehl hin ein Bad genommen, ausreichend gegessen und ihr schäbiges Kleid gegen ein abgelegtes von der Köchin getauscht hatte, bot sie einen erbarmungswürdigen An-

blick. Wegen des gefurchten Gesichts, der schmalen Lippen und dem grauen, dünnen Haar wirkte sie älter als Hedwig. Hinzu kam ein müder, resignierter Blick, als hätte sie schon vor langer Zeit jeder Sehnsucht und Hoffnung abgeschworen.

Mitleid stieg in Mina hoch, aber als Ilse einen Schritt auf sie zumachte, wich sie unwillkürlich zurück.

»Ich wusste nicht, wohin …«, erklärte Ilse und knetete verlegen ihre Hände. »Eigentlich wollte ich nicht, dass Christian hinter Ihrem Rücken handelt, und schon gar nicht, dass er Sie belügt.«

Die Aufregung des Tages war zu viel für Mina. Sie konnte sich nicht beherrschen, sondern lachte bitter auf. »Keine Sorge!«, rief sie. »Christian kann so viele Geheimnisse vor mir haben, wie er will. Wir halten unsere Ehe längst nur noch zum Schein aufrecht.«

Falls ihre Worte Ilse verstörten, zeigte diese das nicht. Müde setzte sie sich nun doch auf einen Stuhl und starrte auf ihren Schoß, als sie zu erzählen begann. »Ich war in meiner Ehe auch unglücklich. Eines Tages habe ich Ottos Gegenwart einfach nicht mehr ertragen. Ich bin gegangen, und ich weiß bis heute nicht, ob ich es bereuen oder stolz darauf sein soll. Aufgrund dieser Entscheidung habe ich alles verloren … fast alles … Meine Selbstachtung konnte ich behalten, aber leider ist sie in dieser Welt nicht von sehr hohem Wert.«

Mina betrachtete sie etwas skeptisch, war diese Frau doch nicht eben ein Beispiel für ein gesundes Selbstbewusstsein. Dennoch kam sie nicht umhin, ihr für ihre Kompromisslosigkeit ein wenig Respekt zu zollen. Wenn sie ein wenig mehr Glück gehabt hätte, die Scheidung nicht den finanziellen Ruin bedeutet hätte und sie nicht über Jahre von Not und Elend zermürbt worden wäre,

dann wäre sie vielleicht eine bewundernswerte, starke Frau.
Ilse blickte hoch. »Auf jeden Fall bereue ich es, Otto überhaupt geheiratet zu haben. Und auch, dass ich eine Affäre mit Ihrem Vater hatte.«
Nicht, dass Mina die Schwächen ihres Vaters nicht bekannt waren, aber dennoch errötete sie und hob abwehrend die Hände. »Ich will nichts davon hören.«
»Wie … wie soll es denn jetzt weitergehen?«
Minas Mitleid hatte sich in dem Augenblick verbraucht, als Ilse Wilhelm erwähnte. Warum, so dachte sie ärgerlich, glauben all diese dummen Weiber, ich wäre dafür verantwortlich, dass sie sich ihm an die Brust geworfen haben? Erst Bethy, jetzt Ilse?
»Wir werden selbstverständlich für Sie sorgen«, beschied sie kühl, »ich werde nicht meinen Ruf riskieren, indem ich meine Schwiegermutter wie eine Bettlerin leben lasse. Ich werde Ihnen eine Wohnung mieten und Ihnen etwas Geld zukommen lassen, und meinetwegen kann Christian Sie besuchen, sooft er will. Aber … aber Sie werden nie Mitglied meiner Familie werden. Ich will nicht, dass meine Söhne Sie kennenlernen.«
Ilse ließ ihre Worte mit stoischem Ausdruck über sich ergehen. »Ich verstehe.«
Als sie aufstand und zur Tür wankte, erschien sie Mina einmal mehr wie eine Greisin, doch plötzlich blieb sie stehen, und als sie sich umdrehte, war ihr Blick wach und jung.
»Eigentlich ist es erstaunlich, dass Sie sich seinerzeit auf ein Geschäft mit meinem Mann eingelassen haben. Sie wissen doch, er ist gefährlich. Er hat Ihren Vater so sehr gehasst.«
Mina betrachtete sie verwirrt. »Mein Vater hat sich

selbst auf dem Gewissen. Er hat sich regelrecht totgesoffen.«
Ilses Mundwinkel zuckten. »Aber es gab doch diesen Brand in der Werft. Und das war doch der Anlass für seinen Niedergang, oder? Wissen Sie denn etwa nicht, wer dafür verantwortlich war? Nun ich weiß es, ich weiß es ganz genau.«
Ilse nickte ihr zu und verließ den Raum, ohne sich weiter dafür zu interessieren, wie Mina mit dieser Enthüllung fertig wurde. Am Anfang machte sich nur Verwirrung in ihr breit, dann Begreifen ... schließlich Entsetzen.
Nun war sie es, die kraftlos auf einen der Stühle sank.

Am liebsten hätte Mina Otto Graff noch am selben Tag zur Rede gestellt, doch dafür war es zu spät. Auf diese Weise hatte sie zumindest Zeit, sich etwas zu sammeln, und als sie am nächsten Morgen die Droschke bestieg und sich zur Bank fahren ließ, hatte ihr Entsetzen grimmiger Entschlossenheit Platz gemacht. Ein junger Angestellter wollte sie davon abhalten, Ottos Bureau unangekündigt aufzusuchen, doch sie warf ihm einen Blick zu, der hätte töten können, und prompt trat er schweigend zurück.
»Mina, welche Freude!« Otto breitete wie immer seine Arme aus, als wollte er sie inniglich umarmen, obwohl er sich doch für gewöhnlich auf einen Handkuss beschränkte. Heute verzichtete er sogar auf den, nachdem er in ihr Gesicht geblickt hatte und unwillkürlich zurückgewichen war.
»Du hast damals geschworen, nichts mit dem Brand zu tun gehabt zu haben!«, schrie sie grußlos.
Kaum merklich erbleichte er, was jedoch nicht hieß, dass er die Beherrschung nicht sofort wiedergewann. Blanker

Hohn blitzte in seinen Augen auf, und er machte sich noch nicht einmal die Mühe, es zu leugnen.

»Wenn du dich recht erinnerst, habe ich lediglich behauptet, dass ich ihn nicht selbst gelegt habe.«

»Was soll das heißen?«, entfuhr es Mina.

»Nun, dass es andere gab, die das für mich hätten tun können. Gesindel, das sich für keine Dreckstat zu schade ist, findet sich hier in Hamburg doch in jedem Winkel.«

Seine Enthüllung kam nach dem Gespräch mit Ilse nicht überraschend, und doch wurde Minas Gesicht so blutleer und die Glieder so steif, als erführe sie erst in diesem Augenblick davon und hätte nicht eine schlaflose Nacht lang darüber nachgedacht.

Der Brand damals ... Er war die Ursache für alles – für das Unglück ihres Vaters, für die Richtung, die ihr eigenes Leben genommen hatte – und diese schien ihr plötzlich trotz aller geschäftlichen Erfolge die falsche gewesen zu sein.

»Du bist ein Verbrecher!«, stieß sie heiser aus.

Otto lächelte wieder. »Vor allem bin ich dein Schwiegervater, ohne dessen Hilfe du niemals ...«

»Ich habe all die Jahre die Geschäfte nahezu allein geführt!«, unterbrach Mina ihn wütend. »Dein Sohn hat dir nur vorgemacht, er würde sich dafür interessieren. In Wahrheit ist er ein Faulpelz und Taugenichts.«

Otto zuckte die Schultern. »Eine gute Beobachtung. Im Übrigen irrst du, wenn du mich damit zu schockieren glaubst. Ich weiß doch längst, dass er dem Glücksspiel verfallen ist. Und auch, dass er deswegen eine tüchtige Frau braucht, die sein Versagen wettmacht. Genau die hat er doch auch.« Sein Grinsen wurde breiter. »All deinen Fleiß, deinen Ehrgeiz, deine Klugheit, deine Zeit – du hast sie in ein Unternehmen gesteckt, das Graff heißt.«

Obwohl Mina sich keine Schwäche hatte erlauben wollen, konnte sie nicht anders, als sich abzuwenden. »Nicht mehr lange«, murmelte sie mit geballten Fäusten. »Ich werde mich scheiden lassen.«

»Hm«, machte Otto nachdenklich. »Wie ist noch mal das Verhältnis von unserer Einlage zu deinem Eigenkapital? Eins zu zwei? Das ist etwas viel, wie mir scheint.«

Mina drehte sich wieder zu ihm um, und ihre Miene wurde ausdruckslos.

»Du kannst mir nicht drohen.«

Otto zuckte erneut die Schultern. »Ich drohe dir doch nicht – ich gebe dir nur einen guten Rat. Überlege dir ganz genau, ob du dir eine Scheidung überhaupt leisten kannst.«

Mina ging unruhig in ihrem Bureau auf und ab. Ihr Ärger richtete sich längst nicht mehr nur auf Otto Graff. Vorhin hatte sie Johann Hinrich kommen lassen und ihm knapp ihre Pläne mitgeteilt, doch anstatt ihr seine vollste Unterstützung zu versichern, hatte er erst ganz offen sein Entsetzen gezeigt, später seine Skepsis. Und trotz sämtlicher überzeugender Worte, die ihm diese nehmen sollten, blieb er argwöhnisch.

»Ausgerechnet jetzt, da wir diesen Großauftrag zu stemmen haben«, murmelte er hilflos.

Die *Victoria Luise* … richtig. Die Erfüllung ihres Traums. Warum wurde ihr das so vergällt?

»Bis der Innenausbau beginnt, wird ein knappes Jahr vergehen«, erklärte Mina. »Ich bin fest entschlossen, die Handelsgesellschaft bis dahin aufzulösen und Otto Graff seine Einlage zurückzuzahlen.

Notfalls müssen wir neue Aufträge der Kaiserlichen Marine annehmen.«

Hinrich wiegte nachdenklich den Kopf. »Wir haben erst vor zwei Jahren einen neuen Kredit aufgenommen. Die Werft wurde damals hypothekarisch hoch belastet. Wenn wir Otto Graff jetzt auch noch auszahlen wollen, sind wir bald nicht mehr liquide.«

»Wenn die *Victoria Luise* erst einmal vom Stapel geht, wird der Name unserer Werft in aller Munde sein.«

»Aber wie sollen wir die finanziellen Engpässe bis dahin überbrücken?«

Mina hielt erstmals inne.

Der Schiffsbrand ... sie und Bethy wären fast gestorben ... Ihr Vater hatte sie gerettet, genauer gesagt nur Bethy, sie selbst hatte sich ja noch auf den eigenen Füßen halten können ... Jedenfalls war es wohl dieser Moment gewesen, da Bethy sich in ihn verliebt hatte ...

Als sie sich Hinrich wieder zuwandte, ließ sie sich nicht anmerken, wie sehr die Erinnerungen sie zermürbten. »Wir müssen eben Einsparungen vornehmen. Im Moment dauern die Arbeitszeiten von sechs Uhr morgens bis halb sechs abends. Lassen Sie uns künftig bis sechs Uhr abends sagen. Außerdem machen die Arbeiter eine halbstündige Frühstückspause und einstündige Mittagspause – es sollte aber beides nicht länger als eine Stunde dauern.«

»Aber ...«, setzte Hinrich zweifelnd an.

»Und wir müssen die Akkordarbeit wieder einführen. Wenn jeder nach Stückzahl bezahlt wird, kann sich keiner erlauben, auf der faulen Haut zu liegen.«

»Aber Frau Graff ...«

»Ahlhusen! Sie nennen mich wieder Frau Ahlhusen!«

»Frau Ahlhusen, Akkordarbeit ist doch ständig ein

Grund für Streiks. Es ist schon schwierig genug, so viele andere Forderungen abzulehnen, die die Gewerkschaft an uns heranträgt. Man will Lohnerhöhungen für Nachtarbeit und Überstunden durchsetzen und ebenso, dass die Löhne alle vierzehn Tage freitagabends ausbezahlt werden. Wir können nicht auch noch Öl ins Feuer gießen, indem wir diese Forderungen nicht nur ablehnen, sondern überdies am Status quo rütteln.«

Mina ballte ihre Hände zu Fäusten.

Sie hatte sich von Otto ins Gesicht lügen lassen, war so verzweifelt gewesen, dass sie Christian geheiratet hatte ... Von einem Verbrecher hatte sie sich ködern, sich von einem Spieler so viele Lebensjahre verderben lassen ...

»Die Arbeiter können froh sein, dass ich den Lohn nicht senke«, erklärte sie eisig. »In Holland sind die Werftarbeiterlöhne bis zu dreißig Prozent niedriger. Und dort müssen Unternehmer auch keine Aufwendungen für die Sozialversicherung der Arbeiter leisten.«

»Daran werden Sie nichts ändern können.«

Mina begann, wieder auf und ab zu gehen. »Diese verfluchten Gewerkschaften, ich weiß! Aber nach dem gescheiterten Streik vor drei Jahren sind sie doch geschwächt.«

»Vielleicht die Gewerkschaften – aber nicht die Arbeiter selbst. In Deutschland herrscht ein Mangel an Metallfacharbeitern. Jeder, den wir hier rausschmeißen, findet anderswo sofort eine Anstellung.«

»Aber irgendwo müssen wir doch sparen! Wer bekommt eigentlich eine Weihnachtsgratifikation?«

Hinrich zuckte die Schultern. »Die Pförtner, die Bureaudiener und die Wächter. Aber sie rechnen fest mit diesem Teil ihres Einkommens.«

»Nun, meinetwegen sollen sie ihn behalten. Aber der restlichen Belegschaft streichen wir die Gratifikationen anlässlich Hochzeiten, Geburten und Todesfällen.«

»Damit werden Sie die Stimmung verschlechtern – ohne dass merklich mehr Geld in die Kasse kommt.«

Mina dachte nach. »Dann müssen wir uns eben doch zu radikaleren Maßnahmen durchringen. Kommen wir zurück zu den Löhnen. Wie viel zahlen wir im Moment? Für einen Meister 0,35, für Nieter und Handwerker 0,30, für Arbeiter und Helfer 0,25 Mark pro Stunde, nicht wahr? Zumindest bei den Helfern sollten wir sparen, sie sind keine Facharbeiter, und im Hafen finden sich notfalls genug Tagelöhner, die für sie einspringen würden.«

Hinrich seufzte. Sie sah ihm an, dass ihm noch mehr Einwände auf den Lippen lagen, aber er wagte es nicht, einen laut werden zu lassen. »Ich versuche, das alles durchzurechnen. Aber … aber es wird nicht einfach.«

Als Hinrich gegangen war, lehnte Mina sich schwer an den Schreibtisch.

Die *Wilhelmina* in Flammen … der Streit von Wilhelm und Werner Borgmann, der erst der Anlass gewesen war, dass die Borgmanns mit der Idee der Lustfahrt zur Konkurrenz gegangen waren …

Und daran trug allein Otto die Schuld!

Das Korsett erschien ihr eng wie nie, und sie konnte kaum atmen, doch als sie zum Fenster gehen und es öffnen wollte, wurde ungestüm die Tür aufgerissen. Sie erwartete schon, dass Hinrich mit einer zündenden Idee zurückkehrte, aber stattdessen stürmte Christian in ihr Bureau. Sie konnte sich nicht erinnern, wann er das letzte Mal die Werft betreten hatte. Obwohl er nach ihrer Hochzeit Teilhaber an der neu gegründeten Handelsge-

sellschaft geworden war, hatte sie das Unternehmen immer als ihren Besitz betrachtet – und er auch.
Christian wirkte erschöpfter als nach langen Pokernächten – vor allem aber überdrüssig.
»Du willst wirklich die Scheidung?«, fragte er.
Sieh an, sieh an, dachte Mina nicht ohne Befriedigung. Otto ist alarmiert genug, um sofort zu seinem Sohn zu rennen.
»Keine Sorge«, sagte sie trocken. »Du bekommst eine üppige Abfindung. Es wird sicherlich ein, zwei Monate dauern, bis du sie verspielt hast.«
Christian starrte sie nachdenklich an. »Wir haben zwei Söhne!«, stieß er aus.
Sie konnte seinen Tonfall nicht recht deuten. War er nur verwundert, gekränkt … gar verletzt?
Aber nein, sie hatte keine Macht, ihn zu verletzen – genauso wenig wie er sie. Dazu standen sie sich nicht nahe genug.
»Du hast dich um deine Söhne so gut wie nie gekümmert«, fuhr sie ihn an.
»Und wann warst du je zu Hause?«, gab er zurück.
»Willst du etwa meine harte Arbeit mit deinem liederlichen Lebenswandel vergleichen?« Eigentlich hatte sie ihre Stimme senken wollen, doch unwillkürlich schrie sie, und der Atem wurde ihr noch knapper. Verspätet öffnete sie das Fenster, doch herein kam keine frische Luft, sondern der schwere, von Öl und Rauch erfüllte Dunst.
Als sie sich Christian wieder zuwandte, war dessen Miene eisig wie nie. »Wenn du wirklich die Scheidung willst, dann nehme ich alle Schuld auf mich. Gerne gestehe ich vor Gericht ein Verhältnis ein, wenn es die Sache schneller zu Ende bringt. Ich … ich will dir nicht im Weg stehen oder dir gar schaden. Aber eins sollst du wissen: Dass

wir nie wirklich zueinander fanden … und wir so unglücklich waren … das liegt nicht nur an meiner Spielerei. Es liegt daran, dass du ein kalter Fisch bist. Selbst der gierigste, ausgefuchsteste Pokerspieler hat nicht so harte Augen wie du.«

Er ging, ohne eine Entgegnung abzuwarten.

Schweiß brach ihr aus, Übelkeit übermannte sie, und da war plötzlich ein Kloß im Hals. Mina schluckte heftig dagegen an und ballte wieder die Fäuste.

Ich werde es schaffen. Vielleicht nicht gleich. Aber spätestens in einem Jahr sind wir aus dem Gröbsten raus.

34. Kapitel

1900

Es war ein knappes Jahr später, als Mina im Hof der Werft stand und sich voller Stolz umblickte. Geschafft. Endlich war es geschafft. Wahrscheinlich nicht für immer, Krisen kamen schließlich so ungebeten wie Krankheiten, aber zumindest diese eine war ausgestanden.

»Schau nur!«, sagte sie zu Hedwig, die sie heute eingeladen hatte, sie zu begleiten. »Im Verwaltungsgebäude habe ich ein großes Gemälde aufhängen lassen. Es zeigt deinen Mann, meinen Großvater, wie er sich mit den Werftarbeitern über eine Konstruktionszeichnung beugt.«

Obwohl besagtes Gemälde von hier aus nicht zu sehen war, runzelte Hedwig die Stirn. »Du meinst das Porträt, das der berühmte Otto Speckter gemalt hat? Das hat ihm überhaupt nicht entsprochen. Er wirkt darauf so dünn, während er in Wirklichkeit ein beleibter Mann war.«

»Ach, Großmutter, ich wollte dir doch einen Gefallen tun.«

»Indem du mich frühmorgens aus dem Bett wirfst?«

»Ich weiß doch, dass du nie länger als bis sechs Uhr schläfst. Und eigentlich möchte ich dir heute auch etwas anderes zeigen als nur das Porträt.«

»Nämlich was?«

»Nun, warte noch ein wenig. Schau dich erst einmal um! Die Werft hat sich verändert, nicht wahr?«

Hedwigs Blick blieb misstrauisch und auch etwas müde,

aber nach einem halbstündigen Rundgang konnte sie nicht leugnen, dass es sich bei dieser Werft um ein florierendes Unternehmen handelte.

Die Hellinge waren mit diversen kleinen Schiffen in verschiedenen Baustadien besetzt, am Kai lag ein Raddampfer zur Probefahrt bereit, und ein neues Riesendock war eben im Bau. In den Werkstätten gab es viel zu tun, und voll besetzt war auch das Bureau der technischen Zeichner, die stets weißes Hemd, schwarze Jacke und Krawatte trugen und vor raumhohen Fenstern arbeiteten, die ein Optimum an Tageslicht gewährten. Im Künstleratelier, wo ein weiß bejackter Maler gerade die Reliefmuster der Schmuckpaneele für die Innenausstattung der *Victoria Luise* anfertigte, war es ebenfalls taghell, während in den Bureauräumen an sämtlichen Tischen elektrische Lampen angebracht waren.

»Sieh doch nur die Beleuchtung an, Großmutter!«, sagte Mina stolz.

»So eine Sensation ist elektrisches Licht nun auch wieder nicht.«

»Ja, aber wir haben die Dampfkraft durch Kraftstrom ersetzt und zu diesem Zweck eine eigene Licht- und Kraftzentrale eingerichtet. Das ist ungemein innovativ.«

»Ich muss gestehen, dass es mir ziemlich egal ist, wie das Licht erzeugt wird, solange es funktioniert.«

»Nun, wir erleben auf jeden Fall keine Ausfälle mehr.«

Eben waren sie wieder ins Freie getreten, und Mina entging nicht, dass sich ihre Großmutter schwer auf den Spazierstock stützte. Sie ging nicht mehr ohne ihn aus dem Haus, obwohl sie jedem, der sie darauf ansprach, mit selbigem zu erschlagen drohte.

»Und am innovativsten ist dieses Schiff hier«, sagte Mina stolz und deutete mit dem Kinn auf ein halb fertiges

Schiff im Baudock der Nachbarwerft Blohm & Voss. »Das ist die *Victoria Luise.*«

Obwohl dieser Name im letzten Jahr oft gefallen war, verzog Hedwig die Stirn, als müsste sie sich erst mühsam erinnern, wer das war.

»Aber sie ist doch ein Werk von Blohm & Voss«, meinte sie schließlich.

War das wirklich nur ihre übliche Ignoranz? Oder Vergesslichkeit?

Mina betrachtete ihre Großmutter von der Seite und fragte sich erstmals, ob ihre Müdigkeit doch nicht gespielt und es ein Fehler gewesen war, sie hierherkommen zu lassen, aber dann erklärte sie eifrig: »In gewisser Weise betrachte ich sie auch als mein Schiff. Der Innenausbau wird – wenn auch mit etwas Verspätung – bald beginnen, und dafür bin hauptsächlich ich verantwortlich.«

»Und um mir dieses halb fertige Schiff zu zeigen, musste ich eigens herkommen?«

»Nein, sondern … *deswegen.*«

Wie auf ein Zeichen ertönte eine Stimme: »Wo sollen wir sie anbringen?«

Mina trat auf die zwei Männer zu, die eben das Werktor durchschritten. Was sie in den Händen trugen, war noch von einem weißen Tuch verhängt, doch sie zog es entschlossen weg, betrachtete es stolz und deutete schließlich auf das Hauptgebäude. »Das eine bringen Sie über dem Eingangstor dieses Gebäudes an, das andere über dem Werfttor.«

Auch Hedwig war näher gekommen, und ganz kurz leuchteten ihre Augen, als sie sah, was die beiden Männer schleppten – Messingschilder nämlich, auf denen groß und deutlich der Namen Ahlhusen stand. Mina hatte sie vor ein paar Wochen in Auftrag gegeben, denn obwohl

die Scheidung noch nicht verhandelt worden war, hatte sie beschlossen, wieder ihren Mädchennamen anzunehmen und auch ihr Unternehmen entsprechend zu nennen.
»Ist das nicht großartig?«, rief Mina. »Es ist nun wieder ganz und gar unser Unternehmen.«
Hedwig wäre nicht Hedwig, wenn sie sich aus ganzem Herzen gefreut hätte: Ihr stolzes Lächeln schwand alsbald wieder.
»Willst du nicht wenigstens warten, bis auch das Gericht eurem Antrag stattgegeben hat?«
»Christian hat unser Haus schon vor Monaten verlassen. Ich habe keine Ahnung, wo er sich jetzt herumtreibt.«
Hedwig seufzte. »Ich verstehe bis heute nicht, warum eine Scheidung notwendig ist. Ihr hättet einfach getrennte Wege gehen können, ohne dass die ganze Welt davon erfährt.«
»Ich verstehe«, sagte Mina und war enttäuscht, dass die Großmutter den Enthusiasmus nicht teilte. »Du machst dir Sorgen um meinen Ruf. Aber über mich zerreißt man sich ohnehin schon seit Jahren das Maul. Ich meine, an eine Frau, die eine Schiffswerft führt, werden sich die konservativen Hamburger nie gewöhnen.« Kämpferisch fügte sie hinzu: »Aber meinetwegen sollen sie über mich klatschen, bis ihnen die Zunge aus den Mäulern quillt.«
Hedwig stützte sich schwer auf ihren Spazierstock. »Mit Christian konntest du doch immer gut leben.«
»Das war kein Leben, das war immer nur Schweigen.«
»Du hättest es schlimmer treffen können. Er hat dir deine Freiheit gelassen, du ihm seine.«
Mina lag eine wütende Entgegnung auf den Lippen, doch stattdessen packte sie die Wehmut. »Wann konnte ich diese Freiheit schon jemals genießen?«, platzte es aus ihr

heraus. »Ich habe doch immer nur gearbeitet …« Ehe ihre Großmutter etwas sagen konnte, gab sie sich einen Ruck. »Aber diese Arbeit wird sich nun endlich wieder lohnen. Die Werft, in der an der Innenausstattung der *Victoria Luise* gebaut wird, heißt Ahlhusen, koste es, was es wolle.«
Als ein Klopfen ertönte und wenig später die Schilder angebracht waren, wichen dieser vage Schmerz und dieses Gefühl des Versäumnisses wieder Triumphgefühl.

Jonathan stand an der Schraubenschneidemaschine. Als er vor einem Jahr in der Ahlhusen-Werft begonnen hatte, hatte er sich stets höllisch konzentrieren müssen, um keinen Fehler zu machen. Mittlerweile waren ihm die Abläufe jedoch so in Fleisch und Blut übergegangen, dass die Hände die Tätigkeiten wie von selbst verrichteten, während er immer wieder hochsah und seinen Blick kreisen ließ. Ein Außenstehender hätte die Unruhe vielleicht nicht gemerkt, die hier seit einigen Tagen herrschte, doch ihm entging der Grimm, der in so vielen Gesichtern stand, ebenso wenig wie die vielsagenden Blicke, die man sich zuwarf, die heimlichen Gelegenheiten, die manche suchten, um sich miteinander auszutauschen.
Angesichts der vielen Schrauben, die er heute schon angefertigt hatte, entschied sich auch Jonathan, eine unerlaubte Pause einzulegen, zumal der Vorarbeiter nirgendwo zu sehen war. Er eilte zu drei Monteuren, die heftig diskutieren.
»Was ist passiert?«, fragte er.
Einer der Monteure machte ein schmerzverzerrtes Gesicht und tat so, als würde etwas Schweres auf ihn herabfallen. »Klops-Konrad hat's erwischt.«
Jeder kannte Klops-Konrad. Er war ein Mann wie ein

Fass, dessen dröhnendes Lachen lauter als das Rasseln von Eisenketten war.
»Schon wieder ein Unfall?«, fragte Jonathan bestürzt.
Der andere – er hieß Fritz – nickte. »Schon der dritte innerhalb eines Monats. Diesmal ist es im Kesselhaus passiert. Ist allerdings auch kein Wunder, da wir völlig übermüdet sind.«
Ein gewisser Tom nickte empört. »Und es geht das Gerücht um, dass Mina Graff … äh … Ahlhusen die Arbeitszeiten noch weiter erhöhen lassen will.«
»Aber das ist nicht möglich!«, rief Jonathan. »Überall sinken die wöchentlichen Arbeitsstunden von zweiundsiebzig auf zweiundsechzig Stunden, und wir sollen mehr arbeiten?«
»Na ja«, gab Fritz zu bedenken, »die, die nicht dringend gebraucht werden, müssen künftig Kurzarbeit tun.«
Anfangs hatten die vier tuschelnden Männer bei den anderen eher misstrauische Blicke hervorgerufen. Doch Jonathan entging nicht, dass manch einer in der Werkstatt seine Arbeit verlangsamte, den Kopf hob und lauschte. Zwei weitere nickten empört, und einer wagte es sogar, ebenfalls zu ihnen zu treten.
Jonathan sah allen entschlossen ins Gesicht. »Es nützt nichts, wenn wir heimlich klagen«, sagte er.
Fritz verzog abschätzend den Mund. »Was schlägst du vor? Sollen wir kündigen?«
»Warum nicht?«, schnaubte Tom. »Kleinere Werften wie Tecklenborg und Rickmers bezahlen immerhin sehr hohe Löhne. Sie haben ständig einen Bedarf an qualifizierten Arbeitskräften.«
Der, der hinzugetreten war – ein gewisser August – nickte. »Und beide Betriebe bieten Arbeiterwohnungen.«
»Doch nicht aus Nächstenliebe«, rief Jonathan. »Falls ir-

gendwann doch geringere Löhne gezahlt werden, kann man nichts dagegen machen, weil man in diesem Fall nicht nur seine Arbeit, sondern auch seine Wohnung verliert.«

Tom spuckte auf den Boden. »Wie Sklaven werden wir gehalten! Jeder weiß, welch harte Arbeit der Schiffbau ist – und wie werden wir dafür belohnt? Mit einem Hungerlohn! Und gratis dazu bekommen wir Rheuma, Ischias, taube Ohren und Verletzungen bei Arbeitsunfällen.«

Jonathan blickte sich um. Vom Vorarbeiter war weiterhin nichts zu sehen, aber immer mehr Arbeiter hatten ihren Platz verlassen, um zu ihnen zu treten. Keiner sagte etwas, aber auf allen Seiten wurde zustimmend genickt und gebrummt.

»Ich habe gehört, dass auch bei Blohm & Voss neue Arbeitszeiten gelten«, erzählte Tom. »Und dass man es dort nicht klaglos hinnimmt.«

»Wir könnten uns mit ihnen zusammentun«, erklärte Jonathan voller Eifer.

»Du meinst, wir sollen streiken?«, fragte Fritz.

»Aber ja doch!« Jonathan blickte sich wieder um, sprang dann auf eine hölzerne Kiste, sodass ihn nun wirklich jeder sehen konnte, und gab sich keine Mühe mehr, seine Stimme zu drosseln. »Vor einiger Zeit haben die Nieter der Reiherstieg-Werft gestreikt. Sie verlangten die Löhne, wie sie in den anderen Werftbetrieben üblich waren, und sie haben sich durchgesetzt! Die Ortsverwaltung des Deutschen Metallarbeiterverbands unterstützte die Streikenden und zahlte während des Streiks die Löhne aus.«

Wieder ertönte zustimmendes Gemurmel, aber noch hatte er nicht alle gewonnen. »Aber wenn es so endet wie beim großen Hafenstreik vor vier Jahren?«, warf August zweifelnd ein. »Wenn die Unternehmer wieder auf ganzer Linie siegen?«

Jonathan spürte die Anspannung der Männer. »Ach was!«, rief er leichtfertig. »Mittlerweile sind wir doch viel besser organisiert. Die Arbeitervertreter von Schiffbau- und Metallindustrie sind enger verflochten. Wenn wir es richtig anstellen, können wir fast alle Branchen der Stadt zum Stillstand bringen.«

»Na ja«, sagte Fritz, »aber der Verband der Eisenindustrie, der die Unternehmer vertritt, ist mächtig.«

»Na und?«, gab Jonathan zurück und hob energisch beide Hände, um sie zu Fäusten zu ballen. »Überlegt doch mal! Die *Victoria Luise* ist ein Prestigeobjekt. Sogar der Kaiser interessiert sich für ihren Bau. Albert Ballin hat jahrelang darauf gewartet, dieses Schiff in Auftrag zu geben.«

»Und deswegen werden sie einen Streik niemals durchgehen lassen!«, rief der alte Ludwig, der bis jetzt als einer der Letzten bei der Drehbank stehen geblieben war.

»Im Gegenteil!«, erwiderte Jonathan und hob seine Fäuste noch höher. »Sie werden den Stapellauf des Schiffs nicht verzögern wollen und erst recht nicht die Jungfernfahrt. Und das bedeutet, dass sie verhandlungsbereit sein werden, wenn wir sie nur gehörig unter Druck setzen.«

Jeden Morgen mussten die Arbeiter beim Zeichen der Fabrikpfeife die Arbeit beginnen. Zehn Minuten nach dem Signal wurde niemand mehr in die Fabrik hineingelassen, wer innerhalb der zehn Minuten zu spät kam, zahlte einen Silbergroschen Strafe.

Heute waren alle Arbeiter pünktlich erschienen, doch als die Pfeife ertönte, blieben sie starr stehen. Keiner krümmte auch nur den kleinen Finger. Der Lärm der Niethämmer und der Stemmarbeiten blieb ebenso aus wie das Stampfen und Dröhnen der Dampfhämmer und das Kreischen von Sägen – zu hören war nur das wütende Geschrei der Vorarbeiter. Doch auch wenn es anschwoll, konnten sie zunächst niemanden zum Arbeiten bewegen, sondern blickten nur in trotzige, entschlossene Gesichter.

»Nun macht schon! Ihr riskiert Kopf und Kragen!«, brüllten sie.

Einer der Lehrlinge wagte es nicht länger, sich zu widersetzen, doch seine Handgriffe fielen mehr als halbherzig aus.

»Heidelberger«, zischte Fritz in seine Richtung – ein Schimpfwort, mit dem Streikbrecher bedacht wurden. Doch Jonathan schüttelte den Kopf. »Er ist noch jung und zu gehorchen gewohnt, gib ihm keine Schuld. Solange wir alle anderen geschlossen beisammenstehen, haben sie keine Chance.«

Der Vorarbeiter funkelte ihn wütend an. »Der Streik geht auf deine Kappe, du verdammter Sozialist!«, brüllte er.

Jonathan ließ sich nicht einschüchtern. Mit gewinnendem Lächeln trat er auf ihn zu.

»Das ist keine Beleidigung für mich, sondern eine Auszeichnung. Warum willst nicht auch du dich ihrer würdig erweisen?«, fragte er. »Es ist die Ehre und Pflicht eines jeden Arbeiters, den Arbeitskameraden Solidarität zu zeigen und dem brutalen Terrorismus des Unternehmertums allzeit mit aller Kraft entgegenzutreten.«

Der Vorarbeiter schnaubte unwillig, aber immerhin stieß er kein neuerliches Gebrüll mehr aus. Er eilte zum Kesselhaus, wohin offenbar einige der Bureauarbeiter, die nicht streikten, befohlen worden waren, um den Kessel in Betrieb zu halten – und das unter dem lauten Gelächter der Kohlearbeiter.

Indessen trat Tom mit einem Packen Flugzettel auf Jonathan zu. »Hier – sie sind fertig ausgedruckt. Was sollen wir jetzt damit tun?«

Jonathan überflog das Papier, das zum Streik aufrief und die Forderungen der Arbeiterschaft benannte. »Wir müssen auch den Männern von Blohm & Voss welche zum Verteilen geben, damit deutlich wird, dass wir gemeinsame Sache machen.« Er wandte sich an die anderen Arbeiter, die einen Kreis um ihn gebildet hatten. »Fast alle Arbeiter von Blohm & Voss haben dem Aufruf zum Streik Folge geleistet – nur die Modelltischler und die Kupferschmiede machen nicht mit. Wie bei uns können im Moment die Dampfmaschinen nur in Betrieb gehalten werden, weil die Ingenieure und Zeichner die Öfen beheizen, stellt euch das mal vor!«

Lautes Gelächter brandete auf.

Jonathan hob einen der Flugzettel hoch. »Und wir müssen die Flugblätter auch auf den Schiffen austeilen!«

»Auf welchen Schiffen?«, fragte einer der Jüngsten namens Toni.

»Nun, wir dürfen den Streik nicht auf die Werften beschränken«, rief Jonathan eifrig. »Schon 1896 haben die Hafenarbeiterfrauen beim Streik mitgemacht, auch diesmal müssen wir sie wieder dazu kriegen. Und noch wichtiger ist es, dass sich uns die Besatzung der Schiffe anschließt, ob Maschinisten, Ingenieure oder das Servicepersonal. Früher waren sie gar nicht organisiert, aber mittlerweile sind viele Mitglied bei der Gewerkschaft, und seit zwei Jahren gibt es den Seemannsverband in Deutschland. Nun gut, er setzt sich nur für die Matrosen und Heizer ein, nicht für die Stewards, aber wenn wir diese erst mal auf unsere Seite ziehen … ach bedenkt, was wir verändern können!«

Wieder ertönte zustimmendes Gelächter, nur Fritz blieb ein wenig skeptisch. »Was gehen mich die Matrosen an?«, fragte er.

»Sie können unseren Forderungen Nachdruck verleihen!«, rief Jonathan. »Denk doch mal, was für ein Druckmittel das ist: Selbst wenn die *Victoria Luise* rechtzeitig fertiggestellt würde, weil die Werften genügend Streikbrecher anwerben – sie könnte ja doch nicht ablegen, wenn alle Matrosen und Stewards an Bord die Arbeit niederlegen. Nur Mut, liebe Freunde! Wir geben nicht klein bei, bis wir unsere Ziele durchgesetzt haben!«

35. Kapitel

»Eine Katastrophe!«, rief Albert Ballin. »Es ist eine echte Katastrophe!«

Mina starrte verlegen auf ihre Hände. Sie hatte in Ballins Bureau Platz genommen – im Levantehaus auf dem Dovenfleet am Zollkanal, wo die HAPAG ihren Sitz hatte –, doch obwohl eine Einladung dorthin für gewöhnlich eine Auszeichnung darstellte, waren die Vorzeichen für dieses Geschäftstreffen alles andere als erfreulich.

»Wenn es bloß ein Streik wäre«, sagte Hermann Blohm, der wie Ernst Voss gleichfalls zur HAPAG bestellt worden war, mit grollender Stimme. »Aber unsere Arbeiter haben die *Potsdam* fast zerstört.«

Die *Potsdam* war ein Passagier- und Frachtdampfer, der eigentlich von Blohm & Voss hätte repariert werden sollen. Stattdessen war es zu Ausschreitungen gekommen, in deren Verlauf die Arbeiter die Verbände auseinandergerissen und das Schiff fahrtunfähig gemacht hatten.

Albert Ballin war fassungslos, als ihm diese Neuigkeit mitgeteilt wurde. Er schlug die Hände auf diese etwas weibische Art, die ihm den Ruf eingebracht hatte, eine Primadonna zu sein, über dem Kopf zusammen. Nichts hasste er so sehr wie fehlende Arbeitsmoral. »Von den Arbeitern wird erwartet, dass sie zum Gedeihen der Fabrik nach besten Kräften beitragen!«, rief er empört. »Dass sie ihr mit Ehrlichkeit, Fleiß und gesittetem Betragen zu hohem Ansehen verhelfen. Wo ist das nur geblieben? Kennt dieses Gesindel denn gar keine Ehre?«

Blohm teilte seine Meinung, wenngleich er nüchternere Worte fand. »Die Arbeiter können sich nun mal mehr erlauben als früher, weil sie besser organisiert sind, seit sich die Werftarbeiter und Metallarbeiter zusammengeschlossen haben. Und die gute Konjunktur in der Schiffbaubranche tut das Übrige. Die Männer wissen, dass wir auf sie angewiesen wird.«
Wieder folgte eine von Ballins dramatischen Gesten. »Monate! Wir sprechen hier über eine Verzögerung von Monaten! Die *Victoria Luise* hätte demnächst vom Stapel laufen sollen, aber wenn das so weitergeht, sehe ich schwarz. Vaterlandslose Agitatoren sind das allesamt!«
Eine Weile erging er sich in Verwünschungen und wirkte dabei nicht nur verärgert, sondern persönlich gekränkt. Er war dafür bekannt, dass er für sein Personal sorgte, aber im Gegenzug bedingungslosen Gehorsam und Einsatz erwartete. Sozialisten und Gewerkschaften waren ihm seit jeher ein Dorn im Auge.
»Wir müssen Streikbrecher aus England einsetzen«, sagte er, nachdem er sich ein wenig beruhigt hatte. »Sobald die Arbeiter sehen, dass sie mit ihren Forderungen nicht durchkommen, werden sie klein beigeben.«
»Aber scheinbar wollen die Gewerkschafter den Streik sogar ausdehnen«, gab Ernst Voss zu bedenken. »Mit einem harten Kurs erreichen wir womöglich gar nichts.«
Ballin war verwundert über diese Worte und Mina zugegebenermaßen auch, hatte sie doch erwartet, dass die Herren Blohm und Voss mit äußerster Härte vorgehen würden. Allerdings hatten diese ihr Lehrgeld bezahlt: Dass sie vor vier Jahren wegen des großen Hafenstreiks ihr Schiff *Barbarossa* nicht pünktlich hatten liefern können, hatten sie als persönliche Niederlage empfunden, und obwohl jetzt niemand den Namen dieses Schiffs aus-

sprechen wollte, war Mina sich sicher, dass jeder insgeheim daran dachte.

Mina blickte von einem zum anderen. Bis jetzt hatte sie sich zurückgehalten, ihre Meinung zu bekunden, doch Voss' kompromissbereite Worte boten ihr die Chance, sich gegenüber Albert Ballin als entschlossene Unternehmerin zu profilieren.

»Es sind doch nur einige wenige Rädelsführer«, schaltete sie sich ein. »Wenn wir diese loswerden, werden wieder Ruhe und Ordnung einkehren. Die Gewerkschaftskassen sind ohnehin bald leer. Ich habe meinerseits strikte Order erlassen, dass keiner der Streikenden das Werftgelände betreten darf.«

Ballin nickte zustimmend, während Voss nachdenklich den Kopf wiegte.

»Wir sollten aber eines nicht vergessen. So wie für uns dieses Schiff ein Prestigeobjekt ist, ist es für die Arbeiter der Streik. Sie wollen uns etwas beweisen, dass es nämlich keine Spaltung mehr zwischen den handwerklichen Berufen gibt, dass Schiffszimmerer und Metallarbeiter in einer Reihe stehen. Und dass Hamburg das Zentrum der Werftarbeiterbewegung ist.«

»Trotzdem sollten wir – wie Herr Ballin schon sagte – Streikbrecher anwerben«, sagte Mina.

Diesmal begnügte sich der leider nicht mit einem zustimmenden Nicken. »Es ist mir egal, wie Sie wieder Ordnung schaffen«, sagte er, und ihr entging der vorwurfsvolle Unterton nicht. »Der Streik hat in Ihrer Werft seinen Ausgang genommen. Und dort muss er auch wieder enden!«

Ein wenig ratlos verabschiedete sich Mina von den Herrschaften, und sie war immer noch verzagt, als sie zur

Werft fuhr und Johann Hinrich von ihrem Gespräch berichtete.

»Was sollen wir denn jetzt tun?«, fragte Hinrich. »Wollen Sie nicht doch verhandeln? Und die Akkord- und Kurzarbeit vorerst aussetzen?«

Er klang so hilflos, wie sie sich fühlte, gleichwohl sie ihm hoch anrechnete, dass er ihr nicht die alleinige Verantwortung an den Einsparungsmaßnahmen aufbürdete, sondern sie mittrug.

Mina seufzte. »Wenn ich nachgebe, wird es heißen, dass eine Frau keine Werft führen kann.« Sie knetete ihre Hände, wie es ansonsten nur seine Eigenart war. »Ballin hat recht – der Streik hat auf meiner Werft begonnen. Hermann Blohm und Ernst Voss werden mir die Schuld daran geben, um sich selbst vor dem Vorwurf zu schützen, ihre Werftarbeiter nicht unter Kontrolle zu haben. Ich … ich muss mit noch härterer Hand durchgreifen, als sie es jemals wagen würden.«

»Aber denken Sie nicht, dass wir mit Zugeständnissen …«

»Ich kann mir diese Zugeständnisse aber nicht leisten!«, unterbrach ihn Mina heftig.

»Sie können sich vor allem nicht leisten, dass Ihretwegen die *Victoria Luise* nicht fertiggestellt wird!«

Schweigen senkte sich über sie, doch die Stille währte nicht lange. Bei ihrer Ankunft vorhin war das Werftgelände verwaist gewesen, doch nun vernahm sie plötzlich Rufe vom Hof her, und als sie aus dem Fenster sah, entdeckte sie, dass sich dort die streikenden Arbeiter versammelt hatten. Einige grölten Parolen, andere Lieder, rote Gesichter hatten sie allesamt, und was dem einen an erregendem Kampfgeist fehlte, machte Branntwein wett. Schon hatten sie Mina am Fenster entdeckt und warfen ihr feindselige Blicke zu.

Vor einigen Monaten habt ihr mich nicht nur akzeptiert, sondern geachtet, und jetzt hasst ihr mich plötzlich!
Kurz hätte sie sich am liebsten geduckt, ja wäre aus der Werft geflohen, um den Blicken zu entgehen. Doch stattdessen zischte sie böse: »Wie können sie es wagen, die Werft zu besetzen?«
Hinrich sah ebenfalls aus dem Fenster. »Sie werden sich weigern, das Werftgelände zu verlassen. Ihre Anwesenheit verleiht ihren Forderungen noch mehr Nachdruck. Ohne Zweifel sind sie gut organisiert. Ich glaube, da steckt dieser Jonathan Gold dahinter.«
Mina folgte seinem Blick. Jonathan stand in erhöhter Position und rief den Arbeitern etwas zu, und auch wenn sie nicht verstehen konnte, was er zu ihnen sagte, hallte das zustimmende Gegröle umso lauter in ihren Ohren. Gewiss waren seine Worte gegen sie gerichtet gewesen. Wie konnte er nur gegen sie hetzen! Er verdankte ihr doch die Arbeit hier! Und wie konnte sie je so dumm gewesen sein, ernsthaft zu bedauern, dass sie ihn seinerzeit auf der *Augusta Victoria* verpetzt hatte. Jemand wie er verdiente das doch!
Sie ballte ihre Hände zu Fäusten.
»Rufen Sie die Polizei! Ich werde die Rädelsführer verhaften lassen.«
Hinrich sah sie entsetzt an. »Aber Sie können doch nicht …«
»Doch! Natürlich kann ich! Streikenden ist es nicht gestattet, das Werftgelände zu betreten. Ich kann ihnen alles Mögliche anlasten – Beleidigung, Nötigung, Bedrohung, Körperverletzung, Landfriedensbruch –, und darauf stehen Geldstrafen oder Haft bis zu achtundzwanzig Tagen.«
»Frau Ahlhusen, wenn sich das herumspricht, wird sich

die Stimmung noch mehr aufheizen. Herr Ballin wollte, dass Sie den Streik beenden, nicht, dass Sie ihn eskalieren lassen.«

Mina unterdrückte ein Seufzen. Ihr Ärger ging tief, aber sehr langlebig war er nicht. Ungleich schwerer lastete das Gefühl der Ohnmacht auf ihr.

Verdammt, warum glotzte Hinrich sie so erwartungsvoll an, als wüsste sie die Lösung? Warum war niemand da, der ihr einen Ratschlag gab? Was hätte ihr Vater getan? Was würde ihre Großmutter tun? Verdammt, verdammt, verdammt!

Nun, ihre Großmutter würde anders als sie Contenance bewahren und nicht fluchen, noch nicht mal in Gedanken, ansonsten war der Gedanke an sie keine große Hilfe. So alt, wie Hedwig mittlerweile war, würde sie diese Situation vor allem erschöpfen, und unendlich müde fühlte sich jäh auch Mina.

»Also gut, wir warten noch.«

Sobald Hinrich gegangen war, trat sie vom Fenster zurück und ließ sich auf einen Stuhl sinken. Erst jetzt bemerkte sie, wie der Rücken schmerzte. Sie massierte ihren Nacken, hielt jedoch abrupt inne, als sie plötzlich ein Schluchzen vernahm. Erschrocken sprang sie wieder auf. Erst als das Schluchzen ein zweites Mal ertönte, erkannte sie, woher es kam. Lennart hatte sich unter ihrem Schreibtisch versteckt, und nachdem sie vorerst nur seine zuckenden Schultern erblickte, stellte sie, sobald er sich umdrehte, fest, dass er aus der Nase blutete.

Die Arbeiter würden doch nicht so weit gehen, ein unschuldiges Kind …

»Wer war das?«, rief sie streng.

»Georg!«, presste Lennart hervor und klang eher verzweifelt als anklagend. »Er hat mein Schiff genommen,

aber ich wollte es wiederhaben, da hat er einfach zugeschlagen.«
Mina hatte keinen Sinn für die Einzelheiten. »Warum bist du überhaupt hier?«, rief sie.
»Du hast doch gesagt, dass wir zur Werft kommen können, wann immer wir wollen. Nun, ich wollte nicht mehr bei Georg bleiben.«
Unwillkürlich umschlang er sie und presste seine blutige Nase gegen ihren Bauch. Sein Schluchzen ging ihr durch und durch, und plötzlich wusste sie: Falls sie noch länger so mit ihm hier stand, würde sie mit ihm weinen.
Aber das durfte sie nicht! Blohm und Voss würden niemals weinen, noch nicht einmal die Primadonna Ballin! Sie ließ die Hand, mit der sie ihm schon übers Haar fahren wollte, wieder sinken. Durch das geschlossene Fenster klang das Meer an Stimmen zwar nur gedämpft, aber nicht minder bedrohlich. »Herrgott, warum kannst du dich nicht einmal zusammenreißen!«, entfuhr es ihr. »Ich habe so viele Sorgen – und jetzt bereitest du mir noch mehr. Du bist genauso ein Schwächling wie dein Vater!«
Sie erschrak selbst über die schroffen Worte, doch Lennart ließ sie los und lief davon, ehe sie sie zurücknehmen konnte.

Einige Tage waren vergangen, doch an der Lage in der Werft hatte sich nichts verändert. Abends verließen die Arbeiter das Gelände, doch schon am nächsten Morgen kamen sie wieder, um sich im Innenhof zu versammeln. Mina ließ sich von ihnen nicht davon abhalten, jeden Tag an ihnen vorbei in ihr Bureau zu gehen, doch dort war an Arbeiten nicht zu denken. Meist ging sie unruhig auf und ab oder blickte aus dem Fenster in der widersinnigen Hoffnung, dass doch zumindest ein paar Arbeiter zur

Vernunft gekommen waren. Natürlich wurde diese Hoffnung jedes Mal enttäuscht, und ihre Verbitterung wuchs.

Sie kannte so viele Arbeiter mit Namen und wusste von ihren Schicksalen.

Einer der Stemmer hatte vor einem Jahr seine Ehefrau verloren, und sie hatte ihm eine Woche freigegeben, damit er sich um seine kleinen Kinder kümmern konnte.

Der Kranführer wiederum hatte einen Sohn, der gelähmt war, seit er mit dem Bollerwagen gegen die Wand gefahren war. Regelmäßig steckte sie ihm Bonbons für ihn zu.

Und der Tischler, der Gießereiarbeiter, der Schmied – wie oft hatte sie sich mit ihnen unterhalten, nach ihren Familien gefragt, sich technische Details erklären lassen! Sie hatte sie immer ernst genommen, sie viel respektvoller behandelt als manch anderer Werftbesitzer seine Arbeiter.

Und jetzt verratet ihr mich!, ging es ihr durch den Kopf. Zugleich konnte sie sich der Zweifel nicht erwehren, die seit Tagen an ihr nagten.

Und wenn ich selbst die Verräterin bin? Wenn ich zu weit gehe?

Einer der Männer steckte sich eben eine Zigarette an, etwas, das auf dem Gelände strikt verboten und darum ein Kündigungsgrund war. Doch der Anblick empörte Mina nicht – vielmehr sehnte sie sich selbst danach, einen Zug von der Zigarette zu nehmen, zu spüren, wie der Rauch in der Kehle brannte und dieses quälende Unbehagen vertrieb. Stünde sie jetzt vor dem Mann, hätte sie ihm wohl nicht zu rauchen verboten, sondern ihn angefleht, ihr die Zigarette zu reichen.

Wenig später trat sie ins Freie. So weit herablassen, um um eine Zigarette zu betteln, würde sie sich nie und nim-

mer – aber sie konnte sich nicht länger der Erkenntnis erwehren, dass sie nachgeben und irgendeine Form der Übereinkunft treffen musste. Weil es das Vernünftige war. Weil es das Richtige war.
Sie blickte sich suchend um, konnte aber weder Johann Hinrich noch Jonathan irgendwo entdecken. Stattdessen nahm sie inmitten der blauen Arbeitsuniformen und der dunklen Stirnkappen ein schwarzes Kleid wahr. Der Anblick einer Frau auf dem Werftgelände war ebenso ungewohnt wie befremdend. Manchmal kamen zwar alte Frauen und verkauften Pfannkuchen oder Stullen, aber diese trugen meist schmutzige, löchrige Schürzen. Das Kleid dieser Frau war sauber, und sie verkaufte die Butterbrote, die sie in einem Korb mit sich trug, auch nicht, sondern verschenkte sie an die Arbeiter.
Bethy! Was hatte sie hier nur verloren?
Sofort übermannte sie wieder die Empörung. Sie hatte Jonathan Arbeit gegeben, als er in Not war, und so zahlten es ihr die beiden nun heim: Jonathan, indem er die Arbeiter aufwiegelte, und Bethy, indem sie die Streikenden mit Essen unterstützte.
Und beide schienen nicht die geringsten Schuldgefühle zu haben. Im Gegenteil, als Jonathan nun auf Bethy zutrat und ein Brot nahm, strahlten sie sich an.
Mina versteckte sich im Schatten einer Halle, war jedoch nahe genug, um die beiden zu belauschen.
Jonathan lachte. »Wir kämpfen für eine bessere Welt, und du bringst uns Butterbrote?«
»Auch in einer besseren Welt lebt sich's mit vollem Magen leichter. Und der Kampf dafür macht erst recht hungrig.«
Obwohl sie sie nun nur von hinten sah, war Mina überzeugt, dass ihre Augen leuchteten, erst recht, als Jona-

than das Butterbrot gierig verschlang und danach seine Frau an sich zog, um sie zu küssen. Bethy schien anfangs ein wenig pikiert zu sein und wehrte sich, aber dieser Widerstand erstarb schnell, und sie presste ihren Körper an seinen.

Minas eigene Lippen fühlten sich wie taub an.

Es war vor allem der Vernunft geschuldet gewesen, dass Bethy damals Jonathan geheiratet hatte: In ihrer Lage war ihr keine andere Wahl geblieben. Und doch war Liebe daraus geworden.

Und es war vor allem der Vernunft geschuldet gewesen, dass Mina damals Christian geheiratet hatte. Aber es war nicht einmal Hass daraus geworden, sondern einfach … gar nichts.

Warum hatte Bethy so viel mehr Glück als sie? Was hatte sie ihr voraus, um das zu verdienen?

Mina wartete, bis Bethy sich von Jonathan löste, die restlichen Butterbrote verteilte und mit leerem Korb wieder Richtung Tor schritt. Erst dort stellte sie sich ihr in den Weg.

Bethy war sichtlich überrascht, sie zu sehen, doch ehe sie etwas sagen, sie gar grüßen konnte, fuhr Mina sie an: »Du bist der undankbarste Mensch, der mir je vor die Augen gekommen ist. Ich habe deinem Mann Arbeit gegeben, als niemand ihn einstellen wollte, und so lohnt ihr es mir!«

Ihre Stimme war heiser vor Empörung, während Bethy sie eine Weile nur schweigend anstarrte. Erst stand Erschrecken in der Miene, später sogar ein wenig schlechtes Gewissen, das Mina vorhin vergebens gesucht hatte. Doch ehe es überhandnahm, überwog plötzlich Wut – alte Wut.

»Du erwartest Dankbarkeit?«, zischte sie. »Wofür? Dass

dein Vater mich geschwängert hat? Dass du nie auch nur den kleinen Finger gerührt hast, um deinen kleinen Halbbruder zu unterstützen? Dass du noch nicht einmal nach seinem Wohlergehen gefragt hast? Es war kein Gnadenakt, dass du Jonathan eingestellt hast. Es war nur recht und billig.«

Vage Erinnerungen an den schlaksigen Jungen, dem sie einst am Hafen begegnet war, wurden wach. Es war nicht so, dass sie damals nicht heimlich nach Ähnlichkeiten gesucht hatte. Aber sie hatte sich nicht die Zeit genommen, sie zu entdecken, und hinterher hatte sie nicht länger darüber nachgedacht. Es gab ja so viel, über das sie nicht nachdenken konnte … nicht nachdenken durfte.

»Es ist nicht meine Schuld, dass du dich von meinem Vater hast verführen lassen. Du warst es doch, die damals unsere Freundschaft mit Füßen getreten hat!«

Bethy lachte, aber es hatte nichts gemein mit dem glockenhellen Laut, den sie früher von sich gegeben hatte, wenn sie etwas amüsierte. Bethy hatte so viel gelacht … und sie auch …

»Von welcher Freundschaft redest du denn? Du hast mir Kleider geschenkt, die du selbst nicht tragen wolltest, und bist dir dabei wahnsinnig edelmütig vorgekommen.«

»Ich habe dich wie eine Schwester geliebt!« Minas Stimme brach.

Bethy stellte den Korb auf den Boden. »Wenn es so wäre, würdest du meinen Mann nicht ausbeuten. Du verstehst nicht einmal, was die Arbeiter wollen, weil du nie in deinem Leben auch nur einen Finger hast krumm machen müssen.«

Mina riss ob des ungeheuerlichen Vorwurfs die Augen

auf. Was hatte sie in den letzten Jahren denn anderes getan, als unermüdlich gearbeitet?

»Ich habe all meine Kraft in dieses Unternehmen gesteckt, ich habe mir trotz des Misstrauens, das mir von allen Seiten entgegenschlug, einen respektablen Ruf erarbeitet. Ich werde nicht zulassen, dass ihr alles ruiniert!«

Bethys Gesicht rückte ganz dicht an ihres. Deutlicher als je zuvor nahm Mina die Spuren der Zeit wahr, die an ihr genagt hatten. Ihre Haare waren stumpf, die Kerben um den Mund tief. Jonathans Liebe mochte sie glücklich machen, aber ihr nicht die Jugend erhalten. »Du verdankst dieses Unternehmen allein deiner Heirat mit Christian Graff. Mir wirfst du vor, dass ich mich von deinem Vater verführen habe lassen, während du selbst bereitwillig die Beine breit gemacht hast, nur um ...«

Ohne darüber nachzudenken, was sie tat, hob Mina die Hand, um ihr eine Ohrfeige zu geben, doch Bethy wich ihr aus und packte sie.

»Nein, von dir lasse ich mich nicht mehr ohrfeigen wie einst in Neapel! Und die Arbeiter lassen sich nicht mehr ausbeuten. Diesmal verlierst du, Mina.«

Sie wartete ihre Entgegnung nicht ab, sondern bückte sich nach dem Korb und ging. Mina ballte ihre Hände zu Fäusten, als sie ihr ohnmächtig nachblickte.

Lieber gehe ich bankrott, als nach einer einvernehmlichen Lösung zu suchen.

Lennart hatte sich einmal mehr unter einem Tisch verkrochen, doch anders als im Bureau seiner Mutter würde ihn hier niemand entdecken. Schließlich waren die langen Tischreihen, an denen für gewöhnlich schwarz gekleidete Sekretäre standen und alle Einnahmen und Ausgaben handschriftlich erfassten, heute unbesetzt. So laut wie in den Werkstätten oder dem Kesselhaus war es hier nie, doch heute herrschte geradezu Totenstille, in der nichts anderes zu hören war als sein Atem und sein erleichtertes Seufzen.

Gott sei Dank!

Obwohl es ihm seine Mutter verboten hatte, war er auch heute wieder zur Werft gekommen – eigentlich mit dem festen Vorsatz, ihr zu beweisen, dass er ein tapferer Junge war, er ihr keine Sorgen bereitete, sondern vielmehr in dieser schweren Stunde an ihrer Seite stand. Doch dann hatte er gehört, wie böse sie mit dieser anderen Frau gestritten hatte, und das Herz war ihm regelrecht in die Hose gesunken. Und wenn ihn Georg jetzt auch als Angsthase beschimpfen würde – hier fühlte er sich sicher. Hier sah niemand, dass er sich unter einem Tisch versteckte. Und hier schüchterte ihn niemand ein oder verspottete ihn.

Lennart seufzte, hielt dann aber abrupt den Atem an.

Oder war da doch jemand?

Als er sich ans Tischbein lehnte, den vertrauten, leicht süßlichen Geruch nach Holz und Papier einatmete, vernahm er plötzlich Schritte. Leise Schritte. So ging keiner der Männer und seine Mutter auch nicht, sie trat viel energischer auf. Unwillkürlich verkroch er sich noch tiefer unter dem Tisch, aber das nutzte ihm nichts. Das Mädchen, das eben das Großraumbureau betreten hatte und sich neugierig umsah, war viel kleiner als die Sekretäre. Ein kurzer Blick, dann steuerte sie schon auf ihn zu. Falls sie darüber erstaunt war, dass sich ein Junge, der sich etwa in ihrem Alter befand, unter dem Tisch verkroch, zeigte sie es jedoch nicht, zumal sie noch neugieriger auf die Geschäftsbücher war als auf ihn, die auf dem Tisch lagen und in die sie nun einen Blick warf.

Lennart kroch unter dem Tisch hervor. »He!«, rief er und war so empört über ihre Dreistigkeit, dass er seine Angst vergaß. »Das darfst du nicht lesen. Was da steht, ist streng geheim.«

Das Mädchen sah ihn trotzig an. »Was da steht, ist vor allem langweilig. Es sind ja nur Zahlen. Mein Großvater mag Zahlen, aber ich … ich würde so gerne einen Plan von einem Schiff sehen. Ich dachte, den gibt es hier.«

Lennart war nicht sicher, ob ihn ihr Mut faszinierte oder verärgerte.

»Die technischen Zeichner arbeiten in einem anderen Bureau.«

»Zeigst du es mir?«

»Warum sollte ich? Ich weiß ja noch nicht mal, wie du heißt.«

»Elinor, aber jeder ruft mich Lori. Also – zeigst du es mir?«

Lennart schüttelte den Kopf. Was wohl seine Mutter von diesem dreisten Mädchen halten würde? Sie sagte oft, dass Mädchen so klug wie Jungen wären und Frauen genauso viel vom Schiffbau verstünden wie Männer, aber gewiss würde sie es nicht gutheißen, dass jemand dieses Bureau betrat – schon gar nicht dieser Tage, wo sie immer gereizt war und ihn häufiger anfuhr als sonst.

»Warum willst du denn unbedingt den Plan von einem Schiff sehen?«, fragte er.

Ihre Züge wurden ganz weich, als sie schwärmerisch verkündete: »Irgendwann werde ich auf einem Schiff arbeiten.«

»Das ist doch Unsinn!«, entfuhr es Lennart. »Auf Schiffen arbeiten keine Frauen, nur Männer.«
»Stimmt nicht!«, widersprach sie heftig. »Es werden immer mehr Stewardessen angeworben, man spricht nur nicht von ihnen. Mein Vater sagt, es sei ein Skandal, dass sie in der Seemannsordnung noch nicht einmal erwähnt werden.«
Lennart hatte keine Ahnung, was eine Seemannsordnung war. Und plötzlich war er sich auch nicht mehr so sicher, ob Frauen wirklich nicht auf Schiffen arbeiten konnten. Seine Mutter war immerhin Werftbesitzerin, und wenn sie es gewollt hätte, wäre sie womöglich auch Kapitänin geworden.
Er wagte es, noch einen weiteren Schritt auf Lori zuzumachen. »Wenn du tatsächlich auf einem Schiff arbeiten würdest – wohin würdest du dann reisen wollen?«
»Nun, nach Afrika, um dort auf Elefanten zu reiten.«
Lennart kniff misstrauisch die Augen zusammen. »Auf Elefanten kann man doch nicht reiten.«
»Kann man wohl! Ich habe einen Film gesehen im Kinematograph, und da kam ein Elefant vor, auf dem ein Mann ritt.«
Lennart war unschlüssig. Er hatte mit Georg auch schon mal den Kinematographen besucht, doch die schnelle Abfolge der vielen Bilder hatte ihn verstört – womit er sich einmal mehr Georgs Verachtung eingehandelt hatte. Georg machte sich auch darüber lustig, weil Lennart nicht mal auf einem Pferd reiten wollte, geschweige denn auf einem Elefanten. Ob Letztere auch so bösartig schnaubten? Kutschfahrten waren etwas anderes, die liebte er, und am schönsten waren Schlittenfahrten, vor allem zu Weihnachten auf der zugefrorenen Elbe nach Dockenhuden …
Ach, leider war Weihnachten so fern!

»Warum hast du dich eigentlich hier versteckt?«, fragte Lori.
Es war das eine, von Georg verspottet zu werden – vor einem Mädchen wollte er seine Furcht nicht eingestehen.
»Ich habe mich doch nicht versteckt. Ich habe es mir nur ein wenig gemütlich gemacht.«
Misstrauisch runzelte sie die Stirn, aber sie sagte nicht offen, wie wenig sie seinen Worten traute. »Du bist Lennart Ahlhusen, nicht wahr? Und du hast noch einen jüngeren Bruder.«
Lennart seufzte und konnte nicht länger lügen. »Georg ist immer so gemein.«
Lori verdrehte die Augen und wirkte nicht sonderlich überrascht. »Brüder eben!«, rief sie. »Ich habe zwei von dieser Sorte.«
Sogar zwei! Kaum auszumalen, wie es wäre, wenn er nicht nur von Georg drangsaliert würde.
»Georg sagt oft zu mir, ich wäre ein Mädchen«, gab Lennart kleinlaut zu.
»Was ist so schlimm daran? Ich bin auch ein Mädchen. Und ich tue dennoch, was ich will.«
Lennart riss erstaunt die Augen auf. »Immer?«
»Natürlich!«
Er konnte sich das nicht vorstellen und überlegte schon, von ihr zu verlangen, auf eines der Gerüste zu steigen, auf einen Kran oder – was ohne Zweifel die größte Herausforderung war – unbemerkt ins Bureau der Mutter zu schleichen. Doch ehe er etwas sagen konnte, rief jemand ihren Namen.
Lori seufzte. »Das ist meine Mutter, ich muss zu ihr.«
»So mutig bist du also doch nicht, wenn du deiner Mutter sofort gehorchst«, stellte Lennart nicht ohne Genugtuung fest.

»Du wirst schon noch sehen.« Sie wandte sich ab und eilte hinaus, jedoch nicht, ohne ihm über die Schultern zuzurufen: »Jetzt kannst du dich wieder unter dem Tisch verkriechen.«

Lennart aber tat nichts dergleichen. Er sah ihr lächelnd nach und hatte plötzlich viel weniger Angst als zuvor.

36. Kapitel

Es war einige Tage nach ihrem Streit mit Bethy, als Mina in ihrem Ankleidezimmer vor dem Spiegel saß. Zum ersten Mal seit Langem gönnte sie sich eine Pause. Obwohl oder gerade weil in der Werft weiterhin alles stillstand, hatte sie sich geschäftig gegeben, am gewohnten Tagesrhythmus festgehalten und stundenlang am Schreibtisch gesessen. Doch jetzt kam sie nicht umhin, sich einzugestehen: Und wenn sie noch so schnell im Kreis lief, die Welt würde sich nicht einfach wieder drehen – und mit dieser Einsicht kam Lethargie. Sie glaubte noch nicht einmal genug Kraft zu haben, um nach Lisette zu läuten, damit diese sie frisierte. Und als sie selbst an ihr Haar griff und versuchte, einen Knoten zu schlingen, gelang es ihr erst recht nicht. Immer wieder rutschte eine Strähne heraus. War ihr Haar immer schon so widerspenstig gewesen?

Als es klopfte, war sie entschlossen, jeden gleich wieder wegzuschicken, doch weder störte sie das Personal noch ihre Söhne. Ihre Großmutter trat ein, und Mina erinnerte sich vage, dass diese für heute ihren Besuch angekündigt hatte. Gerade während der heißen Sommermonate verbrachte sie gerne ein paar Tage in Övelgönne, wo stets ein kühleres Lüftchen wehte. Oft saß sie dann auf einer Bank im Garten und starrte auf die Elbe, und Mina fragte sich, woran sie dann dachte – ob sie sich nach vergangenen Tagen sehnte oder erleichtert war, ihr Leben fast hinter sich zu haben und nicht mehr vergebens auf das große Glück warten zu müssen.

»Großmutter«, murmelte sie.

Hedwig trat zu ihr. Jeder Schritt fiel steif aus, und ihr Rücken war buckliger denn je, aber wie immer kam ihr kein Schmerzenslaut über die Lippen. Sie nahm schweigend eine Bürste, begann Mina zu kämmen und ihr die Haare hochzustecken. Ihre Hände mochten von der Gicht gekrümmt sein, waren aber dennoch geschickt genug, einen Knoten zu formen. So altmodisch die Frisur auch war – sie saß perfekt.

Aber als sich ihre Blicke im Spiegel trafen, las Mina keine Befriedigung im Gesicht der Großmutter.

Wenn ich sie sehe, sehe ich eine Frau, die so viele Talente hat brachliegen lassen, dachte sie. Wenn sie mich sieht, sieht sie eine Frau, die nichts anderes tut, als verbissen ihre Talente auszuleben. Keine hat das wirklich glücklich gemacht.

»Begleitest du mich in die Werft?«, fragte Mina. Eigentlich gab es dort nichts zu tun, aber die Vorstellung, hier den ganzen Tag zu verbringen, war ihr unerträglich.

»Das ist nicht mehr mein Kampf«, erwiderte Hedwig. »Ich bin so müde, so unendlich müde.«

Mina war überrascht, ein Eingeständnis von Schwäche aus ihrem Mund zu hören. Unvermittelt verbarg sie das Gesicht hinter ihren Händen. »Das bin ich auch.«

»Du musst stark sein.«

Mina lächelte traurig. »Ich war all die Jahre stark … zu stark. Ich will nicht immer nur kämpfen.«

Hedwig legte ihr erst schweigend die Hand auf die Schulter, um dann langsam alle Haarnadeln wieder aus Minas Knoten zu ziehen. Ihre Spitzen kratzten über Kopfhaut, sie spürte ein Ziepen und Kribbeln.

»Du hast so schönes Haar«, sagte Hedwig. »Als ich jung war, war meines auch noch lockig und glänzend.« Sie machte eine lange Pause. »Ich habe es viel zu selten offen getragen. Mach … mach nicht den gleichen Fehler wie ich.«

Mina nahm Hedwigs Hand, drückte sie und erhob sich. Ob es nun die Worte der Großmutter waren oder dieses ungewohnte Gefühl, wie ihr die Haare ins Gesicht fielen – es war nun leichter, die Lethargie abzuschütteln.

»Vor allem mache ich nicht den gleichen Fehler wie Vater«, erklärte sie entschlossen. »Ich führe das Familienunternehmen nicht in den Bankrott.«

Die Entschlossenheit, die sie ob der energischen Worte wiedererlangt hatte, verflog auf dem Weg zur Werft. Bis jetzt hatte sie es als persönliche Niederlage empfunden, wenn sie die streikenden Arbeiter sah, doch heute löste dieser Anblick keine Wut, sondern nur Verzagtheit aus. Und auch die Blicke, die ihr zugeworfen wurden, waren nicht ärgerlich, sondern etwas müde, wenngleich auch nicht zermürbt. Gerade in Jonathan Golds Miene las sie gewohnten Kampfgeist, und rasch senkte sie den Kopf und eilte ins Bureaugebäude.

Er zieht seine Kraft aus seinem Einsatz für die Gerechtigkeit – und woher ziehe ich sie?

Johann Hinrich war sichtlich erleichtert, sie zu sehen, obwohl er das nicht zugeben konnte, sondern einmal mehr erklärte, wie gefährlich es sei, hierherzukommen.

»Die Arbeiter waren bis jetzt friedlich, aber wir können nicht ausschließen, dass es zu gewaltsamen Ausschreitungen kommt.«

»Sie ruinieren meine Werft«, gab Mina gleichgültig zurück. »Sie können mir kaum etwas Schlimmeres antun.«

»Wir müssen mit ihnen verhandeln.«

Er sprach kleinlaut und mit gesenktem Kopf, weil er wohl erwartete, dass Mina heftig widersprechen würde. Doch zu ihrer eigenen Überraschung blieb die Widerrede aus. Nicht, dass sie ihre Zustimmung in Worte kleiden konnte, und nicht, dass es in ihrem Mund nicht gallig schmeckte – vor allem, wenn sie an Bethy dachte –, aber sie nickte knapp.

»Ich glaube, Jonathan Gold ist ein vernünftiger Mann«, sagte Hinrich unsicher.

Mina nickte wieder, atmete tief durch und befahl schließlich: »Bringen Sie ihn hierher.«

In den nächsten Minuten überlegte sie, wie sie Jonathan empfangen sollte – ob hinter dem Schreibtisch oder im Stehen. Für den Schreibtisch sprach, dass sie sich dahinter geschützt fühlen würde, dagegen aber, dass er dann auf sie herabsehen würde. Dazu, ihm einen Stuhl anzubieten, würde sie sich aber erst recht nicht überwinden können.

Sie hatte noch keine Entscheidung getroffen, als es wenig später klopfte, doch es waren nicht Hinrich und Jonathan, die über die Türschwelle traten, sondern Otto Graff. Mina wich instinktiv zurück. Nicht nur, dass sie ihn hier nicht erwartet hatte und überrascht war, ihn nach so langer Zeit erstmals wieder zu sehen. Obendrein war sie schockiert, in welchem Zustand er sich befand. Die sonst roten Wangen waren fahl, eingefallen und mit Bartstoppeln übersät, sein sonst so glühender Blick wirkte stumpf und das Weiß der Augen gelblich, was ihm einen kranken, müden Eindruck verlieh. Einst rundlich, war er deutlich abgemagert, und dieser Eindruck wurde dadurch verstärkt, dass er die Schultern hängen ließ und sein Rücken gekrümmt war.

Früher hätte sie ihm so ungern einen Platz angeboten wie Jonathan, doch anstatt empört zu fragen, was er hier wollte, war das das Erste, was sie tat.
Otto Graff verweigerte den Stuhl, und verspätet ging ihr auf, dass er zwar alt, krank und müde sein mochte, jedoch nicht ohne Hass ... Hass auf sie.
»Du nennst dich Ahlhusen«, klagte er sie an, »dabei ist die Scheidung noch nicht durch.«
Richtig, das Werftschild. Natürlich hatte er es sofort entdeckt.
Sämtliches Mitleid, das sein Anblick in ihr erweckt hatte, erstarb. »Na und?«, gab sie schroff zurück. »Erwarte nicht, dass Christian mir Steine in den Weg legt. Es hat ihn nicht sonderlich bekümmert, dass ich die Scheidung wollte. Stattdessen ist er sofort auf Reisen gegangen. Allerdings kann ich mir nicht vorstellen, dass er von fremden Ländern mehr sieht als Spielcasinos.«
Obwohl sein Blick feindselig blieb, zuckte Otto bei jedem Wort zusammen, als würde sie auf ihn einschlagen. Warum war er verletzlich wie nie? Weil er Christian verloren hatte? Aber so viel hatte ihm doch nie an dem Sohn gelegen!
»Was willst du hier?«, fragte sie knapp.
Otto knetete seine Hände. Es bereitete ihm sichtliche Überwindung, die Worte hervorzubringen, und als er es schließlich tat, war seine Stimme ganz heiser – gleich so, als ließe sein Stolz nicht zu, sämtliche Kraft in seine Stimme zu legen. »Meine Enkelsöhne ... sie sind das Einzige, was ich noch habe.«
So war es also. Seine Sehnsucht galt nicht Christian, sondern Georg und Lennart. Wenn Mina darüber nachgedacht hätte, hätte sich vielleicht wieder Mitleid in ihr geregt, doch überstürzt platzte es aus ihr heraus:

»Ich werde es dir nicht gestatten, sie jemals wieder zu sehen!«

Otto zuckte zusammen und gab sich diesmal keine Mühe, seinen Schmerz zu verbergen.

»Ich bin zu alt, um zu kämpfen. Nicht einmal gegen die Ahlhusens. Ich will einfach nur nicht einsam sein.«

Mina kam ins Wanken. Was würde ihr Vater tun? Ihn auslachen oder mit ihm gemeinsam trinken? Und wie würde er mit den Streikenden umgehen – sie bekämpfen oder mit ihnen verhandeln und ebenfalls saufen?

Aber ihr Vater war nicht hier, niemand war hier, der ihr half, eine Entscheidung zu treffen.

»Du bist nun mal einsam«, sagte sie hart. »Aber tröste dich: Ich bin es auch.«

Die Stille, die folgte, war nahezu schmerzhaft. Mina vermochte kaum zu atmen, als Otto den Blick hob und sie anstarrte. Es war beinahe eine Erleichterung, als seine Verzweiflung in Aggressivität umschlug. »Du taugst nicht, dieses Unternehmen zu führen«, zischte er. »Genauso wenig wie dein versoffener Vater. Ein echter Geschäftsmann hätte den Streik längst unter Kontrolle gebracht. Aber du lässt zu, dass sie dir auf der Nase herumtanzen.«

Mina wandte sich ab, doch deswegen war er noch lange nicht still.

»Eine Frau, die eine Schiffswerft führt, wie lächerlich!«, schrie er. »Ohne mein Geld hättest du keine Woche überlebt.«

»Ich habe deine Einlage zurückgezahlt.«

»Eben. Und jetzt geht alles den Bach runter.«

Er wandte sich zur Tür. »Dein Vater hat in Bordellen Vergessen gesucht. Wo wirst du Trost finden, wenn du alles verloren hast?«

»Hinaus!«, presste sie über die Lippen.
Erst als die Tür hinter ihm zufiel, drehte sie sich zu ihm um. Obwohl sie ihm nicht länger gegenüberstand, fühlte sie sich tief verwundet. Sie zitterte am ganzen Leib, nicht nur vor Wut, sondern aus unbestimmter Trauer.
Als Hinrich wenig später Jonathan zu ihr brachte, hatte sie ihre Fassung noch nicht wiedergefunden und erwiderte Jonathans Gruß nicht. Er nahm die Kappe ab.
»Wenn Sie die tägliche Arbeitszeit wieder reduzieren, dann sind wir bereit ...«, setzte er guten Mutes an.
»Sie haben eine halbe Stunde Zeit«, fiel ihm Mina hart ins Wort, ehe sie sich von ihm ebenso abwandte wie vorhin von Otto. »Wenn Sie und die anderen Streikenden die Werft bis dahin nicht verlassen haben, lasse ich sie von der Hafenpolizei räumen.«
Sie ahnte, dass sich nicht nur in Jonathans, sondern auch in Hinrichs Gesicht Bestürzung ausbreitete, aber nichts auf der Welt brachte sie dazu, die harschen Worte zurückzunehmen.

Bethy wartete ungeduldig auf Jonathan, und als sie sah, wie er mit hängenden Schultern und ernster Miene das Bureaugebäude verließ, war das erste Gefühl, das in ihr hochstieg, Erleichterung. Nicht, dass sie sich diese eingestehen wollte – als sie auf ihren Mann zulief und von ihm erfuhr, dass Mina nicht nachgegeben hatte, setzte sie stattdessen eine enttäuschte Miene auf. Doch tief in ihrem Inneren regte sich Genugtuung. Kein Waffenstillstand. Stattdessen hatte Mina aller Welt einmal mehr bewiesen, wie arrogant und selbstsüchtig sie war. Doch diesmal würde sie nicht damit durchkommen, diesmal würde sie dafür bezahlen, dass sie sich für etwas Besseres hielt.

Bethy hakte sich bei Jonathan unter. »Du wirst es ihr schon zeigen. Du wirst dir das nicht bieten lassen. Sie kann doch nicht glauben, dass hier …«

Sie brach ab, als Jonathan den Blick hob. Noch nie war ihm so deutlich die Erschöpfung der letzten Tage anzusehen gewesen wie in diesem Augenblick. Er war Tag und Nacht auf den Beinen und hatte kaum eine Stunde geschlafen.

»Vielleicht ist es Zeit, nachzugeben«, erwiderte er.

Bethy konnte ihren Ohren nicht trauen. »Bist du verrückt?«, entfuhr es ihr.

Jonathan blickte sich um. Die Arbeiter, die im Hof versammelt waren, hatten ihn auch längst entdeckt, aber anstatt ihn zu bedrängen, weitere Entscheidungen zu treffen, wirkten sie größtenteils lethargisch. Auch in ihren Gesichtern standen deutlicher die Hoffnungslosigkeit und die Müdigkeit geschrieben als der Kampfgeist.

»In vielen Arbeiterfamilien hat Armut Einzug gehalten«, sagte er leise, »weitere Tage, gar Wochen ohne Lohn überstehen sie nicht, und die Gewerkschaft kann über kurz oder lang nicht mehr für die Kosten aufkommen. Natürlich werden wir den Streik nicht einfach abblasen, aber zumindest sollten wir die Werft räumen, ehe die Hafenpolizei es gewaltsam tut. Ich will nicht, dass jemand zu Schaden kommt.«

Er straffte seinen Rücken und wollte schon seine engsten Mitstreiter herbeiwinken, um diese Entscheidung zu verkünden, als Bethy sich ihm in den Weg stellte.

»Das dürft ihr nicht tun!«, rief sie energisch. »Wenn ihr jetzt die Werft verlasst, dann wird Mina euch das als Zeichen der Schwäche auslegen, und …«

»Ach, Bethy«, seufzte Jonathan. »Streikenden ist nun

mal nicht erlaubt, sich an ihrem Arbeitsplatz aufzuhalten. Daran kann keine Gewerkschaft der Welt etwas ändern. Ich will nicht riskieren, dass jemand verhaftet wird!«

Bethy rang hilflos die Hände. »Dann muss euch die Bürgschaft eben helfen.«

»Du weißt genau, dass die Sozialdemokraten wegen des Klassenwahlrechts dort nur eine Minderheit stellen. Wenn meine Stimme so viel Gewicht hätte wie die eines Werftbesitzers, sähe es anders aus, aber so …«

»Aber du darfst Mina damit nicht durchkommen lassen!« Einige Arbeiter hoben neugierig die Köpfe, weil sie so laut schrie, aber sie konnte sich nicht beherrschen, sondern stampfte auf. »Hast du vergessen, was die Ahlhusens mir angetan haben?«

Jonathans Augen wurden ganz schmal, als er sie musterte und ihm langsam aufging, dass es ihr um so viel mehr als nur den Streik ging. Selten hatte sie ihn so betroffen gesehen und so … enttäuscht. Sein Gesicht war plötzlich nicht einfach nur müde, sondern grau.

»Du bist immer noch nicht darüber hinweg, nicht wahr?«, fragte er gedehnt. »Dass Wilhelm Ahlhusen dich ausgenutzt hat, dass er dich nicht geheiratet hat, obwohl du davon geträumt hast, dass er dir nicht das reiche Leben geboten hat – es erfüllt dich bis heute mit Verbitterung. Dabei dachte ich, du bist glücklich mit mir.«

Bethy rieb unruhig die Lippen aufeinander. »Es tut mir leid«, sagte sie widerwillig, »ich bin zu weit gegangen. Natürlich bin ich glücklich mit dir. Wovon ich als junges Mädchen träumte … ach, das war doch Unsinn.«

Sie ließ ihn los, doch nun war er es, der sie packte. Schmerzhaft gruben sich seine Fingernägel in ihre Schultern. »War es das wirklich? Haderst du nicht immer noch damit, dass wir so arm sind? Sehnst du dich nicht danach, so edle Kleider wie Mina Ahlhusen zu tragen, in einem Automobil zu fahren, schöne Reisen zu unternehmen? Sei wenigstens ehrlich!«

Der Griff tat weh, und noch mehr schmerzte seine ebenso vorwurfsvolle wie tieftraurige Miene. Am unerträglichsten war es, dass sie sich nicht dazu überwinden konnte, ihm augenblicklich und resolut zu widersprechen, sondern nur verlegen den Kopf senkte.

Sein Griff lockerte sich. »So ist es also.«

Bethy stand wie erstarrt. Als sie endlich wieder aufblickte, war Jonathan gegangen, während in die eben noch lethargischen Arbeiter wieder Leben zurückgekehrt war. Aufgeregt gestikulierend deuteten sie in eine Richtung. Vor dem Werfttor versammelten sich mehrere dunkel uniformierte Männer – Polizisten.

Bethys schlechtes Gewissen wich der Empörung. Mina würde es also wirklich tun! Sie würde die Arbeiter gewaltsam vertreiben!

Die Männer warfen sich bange Blicke zu, schienen unschlüssig, was zu tun war, schlichen zögernd Richtung Ausgang. Ehe sie diesen auch erreichten, entdeckte Bethy eine leere Holzkiste und stieg darauf. So überragte sie auch die größten Männer.

»Gebt nicht nach!«, rief sie. »Kämpft um euer Recht! Lasst euch gewaltsam wegschleifen, aber weicht nicht freiwillig zurück.« Unwillkürlich hatte sie die Hände erhoben und zur Faust geballt. »Das ist euer Tag! Das ist eure Chance! Und das ist eure Pflicht – nämlich zu kämpfen, zu bleiben, auf eure Anliegen zu bestehen. Diese Werft ist nicht nur die von Mina Ahlhusen, sondern auch eure!«

Selbst unter dem Schreibtisch fühlte sich Lennart nicht mehr sicher. Wahrscheinlich würde es sogar Georg für überaus mutig halten, dass er es gewagt hatte, heute in die Werft zu kommen, und es ihm nicht vorwerfen, dass er sich jetzt verkroch. Der Anblick der vielen streikenden Männer allein war ja schon furchterregend. Doch jetzt strömten obendrein immer mehr Polizisten mit dunklen Uniformen, leuchtenden Goldknöpfen und schwarzen Mützen herbei. Von allen Seiten kamen sie, kreisten die Arbeiter ein und zogen ihre Knüppel. Und diese, gleichwohl beängstigend, waren noch nicht einmal ihre schlimmste Waffe. Fast alle trugen sie einen Säbel, und so grimmig, wie sie blickten, ließen sie keinen Zweifel daran, dass sie notfalls auch diesen ziehen würden.

Was für ein Wahnsinn, hierherzukommen! Er hatte ja nicht nur sich in Gefahr gebracht, sondern auch den Kutscher, der draußen wartete. Und außerdem hatte er diesen angelogen, als er behauptete, er müsste unbedingt hierher, um seiner Mutter Beistand zu leisten. In Wahrheit hatte er nicht wegen seiner Mutter die Angst überwunden, sondern wegen … *ihr.*

Anders als er war sie nicht unter den Tisch geflüchtet.

»Nun komm schon hervor!«, rief Lori verächtlich. »Hier sind wir doch in Sicherheit.«

Nach ihrer ersten Begegnung vor einigen Tagen hatten sie sich vorgestern noch einmal getroffen und für heute verabredet. Lori hatte eine Mutprobe angekündigt, doch eigentlich bedurfte es dessen gar nicht. Dass sie heute hierhergekommen war, sich eben an Polizisten und Arbeitern vorbeigedrängt hatte, bewies ebenso großen Mut wie die Tatsache, dass sie sich nun nicht verkroch, sondern am Fenster stehen blieb.

»Geh da weg!«, warnte er sie.

»Komm du lieber hierher! Was es da alles zu sehen gibt!«
Lennart schluckte schwer, überwand sich aber dann doch. Ein Mann musste einer Frau in einer gefahrenvollen Situation doch zur Seite stehen. Und daran, dass sich diese zuspitzte, gab es keinen Zweifel: Noch mehr Polizisten drängten durch das Tor, noch enger wurde der Platz, wo die Arbeiter stehen konnten. Doch diese verhielten sich nicht länger still. Wütende Schreie wurden laut, gefolgt von einzelnen Rangeleien, und Lennart war überzeugt, dass es nur noch eine Frage der Zeit war, bis die Knüppel, ja sogar die Säbel zum Einsatz kamen.
Entsetzt schrie er auf.
»Die Polizisten machen dir Angst?«, fragte Lori.
»Dir etwa nicht?«
Zugegeben, sie war etwas blass um die Nasenspitze geworden, aber sie zuckte nur mit den Schultern. »Vater sagt immer, dass das ganz gewöhnliche Männer seien. Nur weil sie eine Uniform tragen, sind sie nichts Besseres. Auch Frauen mit feinen Kleidern sind nichts Besseres … wobei ich schon gerne ein hübsches Kleid hätte.«
Das Gebrüll wurde ohrenbetäubend. Bis jetzt hatten sich schwarz gekleidete Polizisten und blau gekleidete Arbeiter gegenübergestanden, nun vermischten sich die beiden Farben zu einem unentwirrbaren Menschenknäuel. Ein paar traten die Flucht an, andere wurden von Polizisten überwältigt und weggezerrt, doch die meisten lieferten sich mit den Vertretern der Staatsgewalt eine erbitterte Schlacht.
»Komm, lass uns lieber gehen«, murmelte er, wobei er nicht sicher war, wohin sie fliehen könnten. Im Freien waren sie erst recht in Gefahr, und das Bureau seiner Mutter war auch keine gute Wahl. Sie würde ihn umbringen, wenn sie wüsste, dass er hierhergekommen war! Al-

lerdings – war sie überhaupt noch im Bureau? Oder hatte sie sich womöglich in den Hof gewagt, um dem Kampf Einhalt zu gebieten?
Lennart traute ihr durchaus zu, dass sie das allein dank ihres strengen Blicks könnte, was nicht bedeutete, dass er sich keine Sorgen um sie machte.
Er spähte durchs Fenster, sah weit und breit aber keine Frau, nur einen Arbeiter, der auf den Boden gerissen worden war. Ein anderer trampelte auf ihn ein, als er davonlief, und weitere folgten. Gottlob schaffte es der Mann wieder halbwegs unverletzt auf die Beine, aber das Gedränge wurde immer wilder, die Rangeleien unbarmherziger. Da! Ein Arbeiter hob seine Faust und schlug dem Polizisten ins Gesicht! Und der wich zwar erst zurück, wehrte sich alsbald aber mit seinem Knüppel, bis Blut aus der Nase des Arbeiters floss.
Lennart schrie wieder auf.
»Jetzt sei doch nicht so ein Feigling«, rief Lori, aber sie klang kleinlauter als vorhin und wich instinktiv vom Fenster zurück.
Lennart war kurz davor, sich wieder unter den Tisch zu verkriechen, aber in diesem Augenblick sah er seine Mutter. Nun gut, sie stand im Eingangsbereich und war dort in Sicherheit. Aber falls sie ihn und Lori sehen würde, würde sie über den Hof zu ihnen laufen wollen.
Lennart zog Lori vom Fenster weg. »Da ist meine Mutter! Sie darf uns nicht sehen!«
»Vor wem hast du mehr Angst? Vor deiner Mutter oder den Polizisten?«
»Ich habe keine Angst, ich will nur nicht, dass sie sich in Gefahr begibt. Und du solltest das auch nicht tun. Wir müssen uns verstecken!«
Obwohl Lori spöttisch grinste, leistete sie keinen Wider-

stand, als er an ihrem Arm zog. Er hatte sie beinahe schon zu einem der Tische geführt, als plötzlich auch sie aufschrie.

»Was hast du denn?«

Sie stürzte zurück zum Fenster, drückte sich die Nase platt. »Meine Mutter ist auch da!«

Lennart sah erst keine Frau, glaubte dann aber kurz, einen Blick auf eine lange Haarmähne zu erhaschen, die wirr über den Rücken fiel. Ins Gesicht der Frau konnte er nicht sehen, jedoch erkennen, dass zwei Polizisten sie rechts und links gepackt hatten und sie wegzerren wollten. Trotz ihrer heftigen Gegenwehr hatten sie ein leichtes Spiel, war sie schließlich nur eine Frau und die Polizisten zu zweit. Doch dann wurden immer mehr Arbeiter auf sie aufmerksam und stellten sich den Polizisten in den Weg. Wütend schrien sie sie an, und erst flogen nur Speicheltropfen, später die Fäuste.

Lennart konnte nicht genau sehen, wer die Oberhand gewann – nur, dass die Frau plötzlich auf ihre Knie fiel. Sie musste einen Schlag in den Bauch abbekommen haben, und das Gedränge um sie war zu dicht, um zu erkennen, ob sie sich aus eigener Kraft wieder aufrichten konnte.

»Mein Gott!«

Lori war blass wie nie – aber nicht vor Schreck erstarrt, denn ehe Lennart sich's versah, stürzte sie ins Freie.

»Du kannst doch nicht …« Die Worte erstarben.

Doch. Lori konnte es. Sie wollte unbedingt ihre Mutter retten. Und er konnte es auch – sich nämlich überwinden, ihr nachzustürzen, anstatt sie der Gefahr anheimzugeben.

Er presste unwillkürlich die Augen zu schmalen Schlitzen, als er ihr folgte, wodurch das Getöse zwar noch unheimlicher wirkte, er aber zumindest die Knüppel der Polizisten nicht mehr so deutlich sehen konnte.

»Lori!«, schrie er.

Seine Stimme war zu schwach, um das Geschrei zu übertönen. Eine andere war ungleich lauter – die, die soeben seinen Namen schrie. Seine Mutter hatte ihn entdeckt, kam auf ihn zugestürmt, versuchte es zumindest. Wegen der Menschenmenge kam sie nicht weit, zumal Johann Hinrich sie am Arm packte und zurückhielt.

Lennart hatte nicht lange Augen für sie. Lori ... sie war da vorne ... und sie hatte tatsächlich ihre Mutter erreicht und dieser auf die Beine geholfen. Deren dunkles Kleid war staubig und ihr Gesicht voller Blessuren, aber sie hatte nicht das Bewusstsein verloren, sondern redete auf Lori ein, wollte sie schließlich mit sich ziehen. Lori weigerte sich, mit ihr zu kommen. Sie drehte sich um, schien nach Lennart Ausschau zu halten.

»Hier! Ich bin doch hier!«

Seine Stimme verkam zu einem ängstlichen Piepsen. Lori hatte es nicht bemerkt, doch er sah ganz deutlich, wie die Prügelei von Arbeitern und Polizisten immer wildere Auswüchse annahm. Und wie da ganz plötzlich ein Messer aufblitzte. Ein Arbeiter musste es bei sich getragen und es gezückt haben, und eben schnitt er drohend durch die Luft, bevor er auf einen Polizisten losging. Der sah die Waffe, packte den Mann am Arm, und obwohl der kaum gegen den Schraubgriff ankam, weigerte er sich, das Messer fallen zu lassen. Und dann war da noch ein weiterer Polizist zur Stelle. An seiner Uniform trug er mehr Goldknöpfe als die anderen und auf seiner Kappe einen zusätzlichen weißen Strich, und in seiner Hand hielt er keinen Knüppel oder Säbel, sondern eine ... Pistole.

Lennart schlug unwillkürlich die Hände vors Gesicht. So musste er zwar nichts sehen, konnte aber umso deutlicher hören, wie der Schuss fiel, so laut, dass er seine Ohren zu zerreißen schien. Danach war da nur mehr Rauschen.
Lennart öffnete die Augen wieder. Seine Mutter hatte sich von Hinrich losgerissen, kam auf ihn zugelaufen, packte ihn, schrie etwas. Kein einziges Wort drang durch das Rauschen.
»Gut«, flüsterte er, »es geht mir doch gut.«
Ja, ihm war nichts geschehen, aber Lori – sie war von der Kugel getroffen worden und niedergesackt. Reglos lag sie im Staub, während der Blutfleck auf ihrer Brust immer größer wurde.

Lennart traute dem Bild vor seinen Augen nicht, er blinzelte, sah wieder genau hin. Nein, es war keine Täuschung gewesen. Lori lag auf dem Boden. Und während in den Mienen der Menschen vorhin so viel Wut gestanden hatte, kam jetzt Panik hinzu. Einige hatten bloß den Kopf eingezogen, sobald der Schuss ertönte, andere drängten zum Ausgang hin. Der Polizist, der geschossen hatte, war entsetzt, als er sah, wie Lori niedersank, doch als er sich über sie beugen wollte, wurde er von der Masse mitgerissen … der gleichen Masse, die über Lori hinwegtrampelte.
»Nein!«, schrie er. »Nein!«
Niemand hörte auf ihn, aber wenig später ertönte ein zweiter Schuss, diesmal in die Luft gerichtet. Kurz standen alle wie starr, und diese wenigen Augenblicke genügten, dass Loris Mutter ihre Tochter aufhob. Das Mädchen war zu schwer für sie allein, aber schon kam Lennarts Mutter ihr zu Hilfe, und gemeinsam schleppten sie sie in die Gießerei. Lennart folgte rasch.

Noch nie hatte er seine Mutter so gesehen – zitternd, leichenblass, mit aufgerissenen Augen. Sie beugte sich über Lori, rief immer wieder ihren Namen.

Keine Reaktion.

Das Mädchen war ihm immer groß und stark vorgekommen, doch nun erschien sie ihm so winzig klein, wie sie da lag. Loris Gesicht war aschfahl, als hätte sie jeden Tropfen Blut verloren, obwohl aus der Wunde immer mehr strömte.

»Mein Gott!«, stammelte seine Mutter immer wieder.

Loris Mutter konnte lange Zeit gar nichts sagen, sondern hockte wie starr über ihrer Tochter. »Sie atmet noch … sie atmet«, presste sie schließlich hervor.

Der Lärm hinter ihnen ebbte ab. Lennart sah, wie seine Mutter ihre Jacke auszog und unter Loris Kopf schob, aber das würde den Blutfluss natürlich nicht zum Stoppen bringen – etwas, was auch Loris Mutter aufging.

»Ein Arzt, bitte, hol einen Arzt!«, flehte sie.

»Mutter«, stammelte Lennart.

Sie sah durch ihn hindurch. »Du bleibst hier«, befahl sie knapp und stürzte nach draußen.

37. Kapitel

Ein Arzt, ein Arzt, wo war der nächste Arzt?

Ganz sicher nicht in der Nähe der Werft. Hier waren Zimmermänner, Schmiede, Kranführer, Metallarbeiter, Nieter zu finden, aber niemand, der ein kleines Mädchen retten konnte.

Obwohl Mina das wusste, lief sie eine Weile kopflos umher, ehe ihr der Einfall kam, einen der Hafenpolizisten zu fragen. Der wusste zwar nicht, wo man einen Arzt finden konnte, bot ihr aber an, sie mit seinem Schlepper zum gegenüberliegenden Ufer zu fahren. Von dort war es nicht weit ins Stadtzentrum.

So blass, wie Lori war, würde wohl zu viel Zeit vergehen, ging es Mina durch den Kopf. Hier aber sinnlos herumzurennen würde ihr erst recht nicht helfen, also stimmte sie zu.

Quälende Minuten folgten. Sie versuchte, alles auszublenden, ihre Angst, die Schuldgefühle, das Entsetzen, starrte nur auf das Ufer und betete darum, es endlich zu erreichen. Sobald sie aus dem Schlepper auf die Mole sprang, übermannte sie jedoch wieder die Verzagtheit. Rechts von ihr lagen die Speicher, links von ihr die Tavernen. Welche Richtung sollte sie wählen? Oder lieber jemanden fragen?

Sie stürzte auf einen Matrosen mit wettergegerbtem Gesicht zu.

»Ein Arzt! Wissen Sie, wo ich einen Arzt finde?«

Er lachte laut, und erst als sie ihre Frage wiederholte,

sagte er etwas in einer fremden Sprache zu ihr. Er verstand kein Deutsch, sie hatte eine wertvolle Minute verschwendet!

Mina eilte auf eine Wirtin zu, die eben den Tisch vor einer Taverne abwischte.

»Einen Arzt brauchst du? Ach, jeder weiß doch, dass Ärzte erst recht krank machen. Nimm erst mal einen Schluck von meinem Grog, dann bist du bald wieder gesund.«

Mina ließ sie stehen, lief weiter, erblickte einen Mann mit dunkler Uniform, weißer Kappe und Goldknöpfen – vielleicht der Erste Offizier einer Schiffsbesatzung.

»Ein Arzt!«, schrie sie. »Wo finde ich einen Arzt?«

»Na hier!«, rief er, deutete jedoch nicht Richtung Stadt, sondern Richtung Elbe. Wollte er sie etwa zum Narren halten?

»Aber …«

»Sehen Sie den Dampfer dort? Eben geht die Besatzung an Bord und zu jeder Besatzung gehört ein …«

Mina hörte den Rest des Satzes nicht mehr, denn sie war schon losgelaufen. Natürlich, ein Schiffsarzt!

Als sie den Kai erreichte, steuerte sie das Grüppchen Matrosen an, doch diese konnten ihr leider ebenso wenig weiterhelfen wie einige kichernde junge Mädchen – wahrscheinlich Stewardessen – und weitere Männer in Uniform.

»Wo um Himmels willen ist denn der Schiffsarzt?«, schrie sie, und ihre Verzweiflung war so groß, dass sie fast in Tränen ausgebrochen wäre.

»Er ist noch nicht hier«, meinte der Offizier, der ihr gefolgt war, »aber wenn Sie noch ein bisschen warten.«

»Ich kann nicht warten! Ein kleines Mädchen … Lori …

Es ist doch alles meine Schuld ... ich kann doch nicht ... ich muss unbedingt ...«

Mit jedem Wort wurde ihre Rede wirrer, doch der Offizier fragte nicht nach, sondern reichte ihr ein Taschentuch. Sie schnäuzte sich so heftig, dass es ihr kurz die Ohren verschlug und sie den nächsten Satz nur gedämpft hörte.

»Aber sehen Sie, da ist er ja schon. Dr. Montinari, kommen Sie einmal her, diese Dame sucht ...«

Die letzten Worte gingen endgültig in ein Rauschen über.

Montinari.

Dr. Montinari.

Mina war so erstarrt, dass sie sich nicht umdrehen konnte. Erst als der Wind ihr das Taschentuch aus der Hand riss, es davonwehte und es wenig später im schlickigen Hafenwasser unterging, konnte sie sich einen Ruck geben.

Als sie ihn sah, hatte sie das Gefühl, dass etwas in ihr zerbrach und etwas in ihr heilte. Sie konnte nichts tun, außer ihn anstarren, genauso, wie er wie angewurzelt stehen geblieben war, kaum dass er sie erkannt hatte.

Tino ...

»Da haben wir ja unseren Herrn Doktor. Vielleicht kann er Ihnen ein neues Taschentuch geben, ich habe ja nun leider keins mehr«, spottete der Offizier mit gutmütiger Stimme.

»Es tut mir leid«, presste Mina hervor. Sie hatte es zum Offizier gesagt, aber Tino dabei angeschaut, und der konnte sich immer noch nicht rühren, ja, schien noch nicht mal zu atmen. Wenn sie in seinen Zügen nach den Spuren der Zeit gesucht hätte, hätte sie sie wohl auch gefunden, aber es war ihr gleich, wie sehr die Jahre ihn ver-

ändert hatten. Viel wichtiger war, was er in diesem Augenblick fühlte. War es Wut? Verbitterung? Freude?
»Tino …« Es war nicht die Stimme einer herrischen Werftbesitzerin, sondern die Stimme des jungen Mädchens.
»Mina …« Es war nicht die Stimme eines Mannes, der es irgendwie geschafft hatte, seinen Traum zu verwirklichen und gegen alle Widerstände Medizin zu studieren, sondern die eines jungen Burschen.
Endlich gab er sich einen Ruck, und als er auf sie zuging, konnte auch sie sich aus der Starre lösen. Gleich würde sie unmittelbar vor ihm stehen, sich vergewissern können, dass er kein Traumbild war, sondern wirklich und wahrhaftig vor ihr stand, gleich würde sie ihn umarmen, ob er es nun wollte oder nicht. Sie würde schließlich sterben, wenn sie es nicht täte!
Doch bevor sie ihn erreicht hatte und die Arme ausbreiten konnte, schaltete sich der Offizier wieder ein. »Die Dame braucht Ihre Hilfe, Herr Doktor. Wie mir scheint, ist ein Mädchen in Gefahr. Nun, gehen Sie schon.«
Lori! Um Himmels willen! Wie hatte sie auch nur einen Herzschlag lang vergessen können, warum sie hier war!
»Bitte!«, rief sie. »Bitte komm mit, es geht um Leben und Tod.«
Etwas in ihrer Stimme signalisierte ihm, dass sie nicht übertrieb. Sein Blick, eben noch halb freudig, halb entsetzt, wurde entschlossen. Er bückte sich nach seiner schwarzen Arzttasche, die er vorhin hatte fallen lassen. »Wohin müssen wir?«
Dies war nun nicht mehr die Stimme des alten Tinos, sondern die eines Fremden. Gut so. Im Moment gab es keinen Platz für all die heftigen Gefühle, die das plötzliche und unerwartete Wiedersehen in ihr ausgelöst hatte.

Lori atmete noch, als sie zurückkehrten, aber ansonsten hatte sich ihr Zustand nicht verbessert. Bethy hatte ein Stück Stoff auf die Wunde gepresst, und dieses war blutdurchtränkt. Die Augen des Mädchens lagen in tiefen Höhlen verborgen, das Gesicht war leichenblass, die Lippen fast bläulich.

»Bethy …«

Bis jetzt hatte sie nur auf die Tochter gestarrt, nun hob sie ihren Blick, sah erst gedankenverloren Mina an, dann Tino. Falls sie ihn erkannte, zeigte sie es nicht. Im Grunde starrte sie auch Mina wie eine Fremde an.

Und das ist noch das Beste, was mir passieren kann, dachte sie. Sie hat alles Recht der Welt, mir die Schuld zu geben … Ich habe diese Eskalation riskiert … Ich habe die Polizei geholt.

Kraftlos sank sie auf den Boden, während sich Tino neben Lori kniete. Mina sah nicht, was er tat, sondern starrte auf die eigenen verknoteten Finger. Unmöglich konnte sie Bethys Blick erwidern, unmöglich auf das bewusstlose Mädchen schauen. Nur Bethys Schluchzen tönte zu ihr, und plötzlich waren da warme Kinderhände, die sie von hinten umarmten.

»Mutter?«

Richtig, auch Lennart war hier, und ihn hätte es ebenso gut treffen können.

Inniglich wie nie zog Mina ihn an sich, vergrub ihr Gesicht in seinem Haar und sog den Duft ein. Sein Körper war schmächtig und warm zugleich, vor allem aber war er ihr nahezu fremd. Kein Wunder, sie hatte ihn ja kaum je umarmt.

Am liebsten wäre sie ewig so verharrt, aber sie spürte, wenn sie sich noch länger der Umarmung hingab, würde sie die Tränen nicht länger unterdrücken können, auch nicht die namenlose Angst, nicht die Schuldgefühle, nicht die Sehnsucht, dass alles gut würde. Sie durfte nicht weinen, es stand ihr nicht zu. Und noch weniger stand es ihr zu, sich an der Umarmung ihres Kindes zu laben, während Bethy um das ihre bangte.

Tino blickte hoch. »Offenbar war es nur ein Streifschuss. Wie mir scheint, wurde keines der Organe getroffen.«

»Gott sei Dank«, stieß Mina aus, während Bethy nur noch lauter schluchzte.

»Aber etliche Fußtritte haben sie getroffen, und das könnte innere Verletzungen verursacht haben. Sie muss sofort ins Krankenhaus.«

Mina nickte benommen. »Nehmt den Schlepper der Hafenpolizei«, sagte sie schnell.

Bethy wischte sich die Tränen ab. »Ich komme mit.«

Wenig später hatten sie mit der Hilfe von Johann Hinrich und ein paar Arbeitern, die betreten herumstanden, das verletzte Mädchen auf den Schlepper gehievt. Mina konnte sich nicht erinnern, sich jemals so trostlos und verlassen gefühlt zu haben wie in dem Augenblick, da er ablegte. Weder Tino noch Bethy hatten ein letztes Wort oder auch nur einen Blick für sie übrig gehabt.

Einer der Hafenpolizisten trat zu ihr. »Wir haben das Werkgelände vollständig geräumt und einige Verhaftungen vorgenommen. Bis auf das Mädchen gibt es keine ernsthaft Verletzten.«

Er klang, als wäre er stolz darauf. Mina starrte ihn finster an, sagte aber nichts, sondern ließ ihn schweigend stehen.

Lennart folgte ihr und griff nach ihrer Hand.

»Wird sie ... wird sie sterben?«, fragte er.

Sie strich ihm über den Kopf, umarmte ihn wieder, schluckte mit aller Macht neue Tränen hinunter.

»Das darf sie nicht«, presste sie hervor. »Sie muss … sie muss einfach überleben.«

Eine Stunde verging, in der Mina erst reglos im Hof der Werft verharrte und später unruhig auf und ab ging. Solange sie den Ort des Geschehens nicht verließ, vermeinte sie eine gute Nachricht förmlich ertrotzen zu können. Doch der Tag neigte sich, Lennart wirkte erschöpft, und niemand brachte Neuigkeiten, noch nicht mal schlechte. Was immer mittlerweile passiert war – Bethy sah gewiss keine Notwendigkeit, sie zu informieren. Und was Tino anbelangte …

Sobald sie an ihn dachte, wurde die Sehnsucht, sofort zum Krankenhaus zu fahren, übermächtig, aber dann schalt sie sich dafür, sich über das Wiedersehen mit Tino zu freuen. Sie hatte kein Recht, sich über irgendetwas zu freuen … nicht nach dem, was geschehen war … nicht, solange Lori um ihr Leben kämpfte.

Dass sie das immer noch tat, berichtete einer der Polizisten, der die Fahrt begleitet hatte. Lori hätte den Transport überstanden, doch ihr Zustand wäre immer noch kritisch.

»Besser, Sie gehen nach Hause«, schloss er.

Mina verkniff es sich, ihm zu widersprechen. Sie wollte nicht nach Hause, sie wollte ins Krankenhaus, aber Bethy würde sie dort nicht haben wollen, sie wäre Lori keine Hilfe, und Lennart musste sich ausruhen.

Wie betäubt erlebte sie die Heimfahrt. Lennart saß dicht an sie gepresst, und sie hatte den Arm um ihn gelegt, aber tröstende Worte kamen ihr nicht über die Lippen.

Hedwig erwartete sie. Richtig … sie verbrachte einige Tage hier, sah sie nun fragend an, wohl verwundert, wie blass Mina war, wie staubig und wie verfilzt ihre Haare.

Mina hatte keine Kraft, ihr Rede und Antwort zu stehen. »Geh zu Großmutter!«, sagte sie zu Lennart, und an Hedwig gerichtet: »Kümmere dich um den Jungen.«
Beide fügten sich, doch sie fühlte sich nicht erleichtert, sondern schuldig.
Nicht einmal für meinen verstörten Sohn kann ich da sein …
Sie schleppte sich die Treppe hoch, als laste immenses Gewicht auf ihren Schultern.
Sie muss überleben, sie darf nicht sterben … Tino … er hat gesagt, die Schusswunde wäre nicht so schlimm … und er ist doch jetzt Arzt …
Endlich erreichte sie ihr Schlafzimmer, wo ihr Blick auf das Spiegelbild fiel. Ewigkeiten schien es her zu sein, dass sie heute Morgen hier gesessen und Hedwig ihr die Haare hochgesteckt hatte. Eine andere Mina schien das erlebt zu haben – dieses fremde Wesen, das jahrelang von ihr Besitz ergriffen und die alte Mina so lange geleugnet hatte, dass diese nun nicht in die leere Hülle zurückkehren wollte, auch wenn sie sich noch so sehr danach sehnte.
Sie löste sich vom Spiegel, ging in ihr Arbeitszimmer. Als sie hier eingezogen war, hatte sie jenen Schreibtisch hierherbringen lassen, der einst im Kontor ihres Vaters stand, und jetzt öffnete sie eine Schublade, die sie seit Jahren verschlossen gehalten hatte.
Die Beduinenkette.
Langsam zog sie sie hervor, befühlte die Steine, die kleinen Holzkugeln, drückte sie an ihr Gesicht, küsste sie. Nun konnte sie die Tränen nicht länger zurückhalten, sondern begann zu weinen.
Sie wusste nicht, wie lange sie hier saß, vom Schmerz überwältigt und bitterlich schluchzend, als jemand an

der Tür klopfte. »Ja?«, fragte sie schwach und war zu müde, um sich die Tränen vom Gesicht zu wischen.
Zum ersten Mal nach dem schrecklichen Streit mit Bethy hatte Alba das Haus in Övelgönne betreten. Vor einigen Jahren hatte sie sie einmal in der Werft besucht und später regelmäßig Briefe geschrieben, um nach Minas Wohlbefinden zu fragen, insbesondere nach der Geburt der Söhne, doch Minas Antworten waren zwar höflich, aber distanziert ausgefallen.
Mina sprang auf. »Du bist hier? Was ist passiert? Ist … ist Lori …?«
Alba streckte die Arme nach ihr aus und umarmte sie. »Lori geht es gut. Sie wird wieder gesund.«
»Gott sei Dank.«
Trotz der Erleichterung stiegen neue Tränen auf.
Es war doch alles gut, warum tat es immer noch so weh? Warum lastete solch ein Druck auf ihrer Brust, dass sie kaum atmen konnte?
Sie presste ihr tränennasses Gesicht an Albas Brust.
»Ruhig, ganz ruhig«, murmelte Alba und strich ihr über das Haar. »Ich komme soeben vom Krankenhaus. Als ich die guten Nachrichten gehört habe, bin ich sofort hierhergekommen. Ich war mir sicher, du würdest schreckliche Ängste ausstehen.«
Mina löste sich von ihr. »Es tut mir leid«, presste sie hervor. »Du musst mich hassen … Was ich getan habe … Lori könnte tot sein … und das nur meinetwegen.«
»Ganz sicher nicht nur deinetwegen!«, rief Alba. »Und ich hasse dich doch nicht! Ich mache mir Sorgen um dich, all die Jahre habe ich mir Sorgen gemacht. Ich habe nicht gewusst, wie ich zu dir dringen könnte.«
Sie zog ein Taschentuch hervor und reichte es Mina, die

sich geräuschvoll schnäuzte. »Ich … ich habe alles falsch gemacht.«

Alba sah sie nachdenklich an. »Nicht alles«, widersprach sie, »aber es war in der Tat ein Fehler, dass du dich jahrelang selbst verleugnet hast.«

»Was meinst du?«

»Ich weiß, auch mich trifft die Schuld daran. Nach jenem Streit mit Wilhelm hätte ich dich nicht einfach im Stich lassen dürfen. Und in den letzten Jahren hätte ich nicht nur ständig unser Reisebureau im Kopf haben sollen, sondern mich um dich kümmern. Kein Wunder, dass du so hart geworden bist … so unnahbar …«

»Aber ich musste es doch sein!«, rief Mina mit erstickter Stimme. »Sonst hätte ich niemals die Werft führen können, und ich …«

»Als junge Frau warst du so voller Abenteuerlust, so neugierig auf die Welt«, fiel Alba ihr ins Wort. »Als du damals zur Lustreise der *Augusta Victoria* aufgebrochen bist, warst du bereit, das Leben bis zum letzten Tropfen auszukosten.«

Mina hatte die Beduinenkette auf den Tisch gelegt und hob sie jetzt wieder hoch. Wieder wurde sie von Erinnerungen überwältigt … an den Ritt durch die Wüste … die Rückfahrt im Güterzug … den Tag in Palermo …

»Ich musste doch das Familienunternehmen retten«, sagte sie kleinlaut.

Alba nickte verständnisvoll. »Gewiss. Aber jetzt – jetzt musst du deine Seele retten.«

Der Krankensaal war riesig. Knapp zwei Dutzend Betten fanden hier Platz und standen so dicht nebeneinander, dass die Patienten weder durch Paravents noch Vorhänge von neugierigen Blicken geschützt werden konnten. Immerhin war nur die Hälfte belegt, sodass sich neben jedem besetzten ein freies befand. Krankenschwestern, die weiße Schürzen über dunklen Kleidern trugen und ihre Haare unter einem gleichfalls weißen Häubchen verbargen, das ein wenig an eine Nonnentracht erinnerte, huschten umher. In der Luft lag der beißende Geruch nach Kampfer und etwas anderem, das Mina nicht benennen konnte. Sie unterdrückte den Niesreiz und sah sich um. Alba war zwar zielstrebig auf das Bett ganz hinten beim Fenster zugesteuert, in dem – klein und blass – Lori lag, aber Mina kam nicht umhin, nach Tino Ausschau zu halten. Weit und breit war kein Mann zu sehen. Kein Wunder, dachte sie bedrückt. Er hat seine Pflicht getan, als er sie hierherbrachte und sie seinen Kollegen anvertraute, und wahrscheinlich hat er noch gewartet, bis keine Lebensgefahr mehr bestand. Aber dann … dann ist er gegangen. Warum hätte er noch länger bleiben sollen? Ganz gewiss nicht meinetwegen, der Frau, die verheiratet und schwanger war, als er ihr das letzte Mal gegenüberstand, zumal im Hafen ja noch der Dampfer wartete, den er besteigen wollte …

Sie schluckte ihre Enttäuschung hinunter, gab sich einen Ruck und trat auf Loris Krankenbett zu.

Bethy kniete davor und betrachtete ihre schlafende Tochter. Ihre Augen waren gerötet, aber in ihrer Miene standen nicht mehr die nackte Verzweiflung und Panik von vorhin.

Alba legte den Arm um sie. »Ich bleibe kurz bei ihr. Steh du lieber auf und vertrete dir ein wenig die Beine.«

Bethy hatte ihre Mutter nicht kommen sehen und zuckte zusammen. »Aber ich will doch nicht …«, setzte sie an, ehe ihr Blick auch auf Mina fiel. Ihre Miene wurde ausdruckslos.

»Ich bin so froh, dass es Lori wieder besser geht«, sagte Mina schnell. »Ich hätte mich nie dazu hinreißen lassen dürfen …«
Bethy brachte sie mit einer gebieterischen Bewegung zum Schweigen. Mina machte sich auf Vorwürfe gefasst, auf wüste Beschimpfungen und Beleidigungen, doch stattdessen sagte Bethy nur: »Ich auch nicht.«
Schweigend starrten sie sich an. Keine machte Anstalten, es auszusprechen, aber jede konnte ganz deutlich die Reue und die Schuldgefühle der anderen spüren, die Einsicht, dass sie sich viel zu lange von der eigenen Verbitterung hatten leiten lassen.
Bethy erhob sich und winkte Mina in ein stilles Eckchen.
»Der Streik …«, begann Mina hilflos, »du kannst Jonathan sagen, dass ich alles in meiner Macht Stehende tun werde, damit er beendet wird. Und außerdem …«
»Was machst du eigentlich noch hier?«, fiel Bethy ihr ins Wort. Obwohl in ihrer Miene keine Feindseligkeit stand, klang ihre Stimme schneidend.
Mina senkte den Blick. Natürlich, dachte sie, die Sache mit dem Streik hätte sie mir verzeihen können, aber nicht, dass Lori beinahe gestorben ist.
»Du willst mich nicht an Loris Krankenbett haben«, sagte sie und starrte verlegen auf ihre Fußspitzen. »Kein Wunder, nach allem, was ich angerichtet habe. Aber ich wollte dir noch sagen …«
Bethy machte einen abrupten Schritt auf sie zu, packte sie an den Schultern und schüttelte sie leicht.
»Du warst doch immer so klug!«, rief Bethy, und die spöttische Stimme erinnerte an das junge Mädchen von einst, das sich über Minas Vorliebe für Bücher und Technik lustig gemacht hatte. »Und jetzt verschwendest du hier deine Zeit?«

Mina sah sie fragend an.
Bethys Griff wurde noch fester, aber nicht schmerzhaft, sondern ... tröstlich. »Ich habe dich all die Jahre so sehr vermisst!«, brach es aus ihr hervor. »Natürlich kannst du hierbleiben, solange du willst. Aber sei ehrlich, du bist nicht nur ins Krankenhaus gekommen, um nach Lori zu sehen. Du hast nach *ihm* gesucht.«
Mina nickte kleinlaut. Wieder huschte ihr Blick kurz durch den Krankensaal. Nicht, dass sie noch Hoffnung gehabt hätte, Tino würde plötzlich wie aus dem Nichts auftauchen, aber ihre Enttäuschung war dennoch riesig, und diesmal gelang es ihr nicht so leicht, sie zu schlucken. »Es ist zu spät«, murmelte sie. »Als ich ihn im Hafen traf, wollte er gerade an Bord eines Dampfers gehen. Bestimmt hat der längst abgelegt.«
Bethy verzog ihre Lippen zu einem schmalen Grinsen. »Hast du mir nicht erzählt, dass ihr damals fast die *Augusta Victoria* verpasst habt? Und dass ihr es nur darum rechtzeitig an Bord geschafft habt, weil der Kaiser selbst das Schiff inspizierte?«
Sie ließ sie los und wandte sich ab, um zurück zum Krankenbett ihrer Tochter zu treten. Nun war es Mina, die ihre Hände packte: »Du meinst ...«
»Wenn du mich nicht endlich loslässt, kommst du in der Tat zu spät! Aussprechen können wir uns auch morgen noch, aber den Dampfer gilt es jetzt zu erreichen.«
Mina sah sie kurz unsicher an, aber als Bethy bekräftigend nickte und auch Alba in der Ferne eine Handbewegung machte, als wollte sie sie verscheuchen, musste sie plötzlich lächeln. Sie lief so hastig hinaus, dass sich ihr Haarknoten, den sie vorhin nur lose hochgesteckt hatte, löste und ihr die Strähnen ins Gesicht fielen.

Mina hatte den Krankensaal eben verlassen, als Jonathan über die Schwelle trat. Alba umarmte ihren Schwiegersohn kurz, ehe sie sich diskret zurückzog, während Bethy ihren Mann nur schweigend ansah.
Arme Mutter, dachte Bethy, hier folgt eine Aussprache auf die andere, und immer fühlt sie sich im Weg.
Ihre leise Belustigung erstarb bald. Jonathan kam mit gesenktem Blick näher, in den Händen seine Kappe, die er unruhig knetete. Als ihm vorhin ein Arbeitskollege vom Unfall berichtet hatte, war er sofort ins Krankenhaus gekommen, und als sie auf das Urteil der Ärzte warteten, hatte er sogar ihre Hand genommen, wenngleich kein Wort gesagt. Sobald allerdings feststand, dass Loris Verletzungen nicht so schlimm wie befürchtet waren, hatte er sie wieder losgelassen und war geflohen.
Jetzt ging er an ihr vorbei zu seinem Kind und strich ihm über die Stirn.
»Wie blass sie ist«, murmelte er.
»Wo sind Tobias und Jakob?«
»Bei meinen Eltern, dein Vater ist auch da.«
»Das ist gut.«
Verlegenes Schweigen breitete sich aus. Jonathan machte keine Anstalten, wieder zu gehen, sah sie aber nicht an und richtete kein Wort mehr an sie. Immer bleierner wurde die schwüle Luft, immer unerträglicher, wie sie da am Bett ihrer Tochter standen, einander nah und doch so unendlich weit entfernt.
Bethy atmete tief durch.
»Der Streik«, sagte sie. »Mina hat versprochen nachzugeben.«
Kurz hob Jonathan den Blick, und kurz verzogen sich seine Lippen zu der Andeutung eines Lächelns. Aber dann nickte er nur knapp und wandte sich wieder von ihr

ab. Bethy ließ sich davon jedoch nicht abhalten, ganz dicht an ihn heranzutreten.

»Ich bin reich!«, rief sie verzweifelt.

»Bitte?«, entfuhr es ihm.

»Ja«, bekräftigte Bethy. »Ich bin reich!«

Sie nahm ihm die Kappe weg, ergriff seine Hand. »Du hattest recht. In all den Jahren habe ich mir immer wieder ausgemalt, wie mein Leben verlaufen wäre, hätte ich Wilhelm Ahlhusen geheiratet. Der Hass auf ihn und die Enttäuschung ... sie haben mich oft zerfressen. Aber nun weiß ich es besser.«

Jonathan hob den Blick und starrte sie wachsam an. Noch stritt seine Hoffnung mit Misstrauen. »Warum?«, fragte er zweifelnd.

»Nun, wegen Mina und was aus ihr geworden ist!«, rief Bethy. »Sie hat die Werft, sie lebt in einem prächtigen Haus, sie trägt edle Kleidung, und doch ist sie so einsam. Du hättest sie eben sehen sollen, mit dieser Traurigkeit in ihrem Blick. Ich hoffe, dass sie glücklich werden wird, in den vergangenen Jahren war sie es jedenfalls nicht. Im Gegensatz zu mir. Ich ... ich hatte immer mehr als sie, meine Eltern, unsere Kinder, dich. Ja, ich bin reich. Sehr reich, so viel reicher als sie.«

Wieder senkte sich Schweigen über sie, aber diesmal war es nicht peinigend. Ähnlich wie vorhin, da sie Mina gegenüberstand, sagten Blicke mehr als tausend Worte.

»Du hast ihr vergeben«, stellte Jonathan schließlich fest.

»Ja«, sagte Bethy. »Und ich hoffe, dass auch du mir vergibst. Dass du nicht daran zweifelst, wie viel du mir bedeutest und dass du nie wieder denken musst, ich hätte dich damals nur geheiratet, weil mir nichts anderes übrig blieb.«

Jonathans Mundwinkel zuckten. Kurz schien er zu

kämpfen, ernst zu bleiben, aber dann grinste er übers ganze Gesicht. »Na ja. Mir zumindest ist nichts anderes übrig geblieben. Sonst wärst du womöglich in den Vesuv gesprungen.«

Bethy schüttelte empört den Kopf. »Auf dem Vesuv war ich mit Mina, nicht mit dir!«

»Richtig, mit mir warst du in Jaffa und hast Orangen gepflückt.«

»Nein, nur eine Kaktusfrucht, an der ich mich gestochen habe. Und später haben wir Blumen für die Bouquets gekauft.«

Jonathan seufzte übertrieben. »Siehst du, ich musste dich heiraten, damit ich jemanden habe, der meine Erinnerungen dann und wann auffrischt. Von freier Wahl kann also keine Rede sein.«

Wieder sahen sie sich kurz an, ehe sie sich inniglich umarmten. Bevor sie sich auch küssen konnten, ließ sich hinter ihnen ein Stöhnen vernehmen. Beide stürzten ans Bett. Loris Lider flackerten, öffneten sich.

»Wo … wo bin ich?«, presste sie über die trockenen Lippen hervor.

Jonathan nahm die eine Hand, Bethy die andere. »In Sicherheit«, sagte Bethy und wusste nicht, ob sie gleich lachen oder weinen würde. »Es wird alles gut.«

Zu spät, ich komme bestimmt zu spät.

Immer wieder gingen Mina diese Worte durch den Kopf. Auf dem Weg nach Cuxhaven hatte sie damals ständig auf die Uhr geschaut. Nun brauchte sie keine Uhr, um zu wissen, dass sie den ablegenden Dampfer nie rechtzeitig erreichen würde.

Schon neigte die Sonne sich tief hinter den dunklen Höhen des Harburger Waldes, und auch die Glocken von

Sankt Katharinen kündigten die Abendstunde an. Zwar war das für die Menschen im Hafen noch nicht das Zeichen, müßig die Hände in den Schoß zu legen, sondern es herrschte immer noch das übliche Gedränge und Getöse zwischen den Speichern und Schuppen, doch ausfahrende Schiffe waren keine mehr zu sehen.

Mina blieb dennoch nicht stehen, bahnte sich ihren Weg durch Arbeiterbataillone, Kaufleute, Matrosen, Karrenhändler, lief an Tavernen vorbei, aus denen Dunst und Stimmen drangen, und über Molen.

»Wonem wullt du hen?«, rief ihr ein Matrose mit wettergegerbtem Gesicht nach.

Mina hastete weiter.

Zur Liebe meines Lebens, die nicht weiß, wie bitter ich alles bereue, und die ich ein zweites Mal verloren habe …

Zu spät, zu spät, sie kam bestimmt zu spät!

Endlich hatte sie den Kai erreicht, wo sie vor Stunden verzweifelt einen Arzt gesucht hatte. Er war verwaist, und obwohl Mina sich gegen diesen Anblick gewappnet hatte, nagte die Enttäuschung schwer an ihr. Kraftlos und völlig außer Atem ließ sie sich auf einen der Stützpfosten sinken und starrte auf das Wasser. Vor Kurzem hatte hier noch ein Schiff seine weiße Bahn gezogen, doch jetzt war die Oberfläche, auf der sich das bronzene Abendlicht brach, glatt und ölig. Aus dem lauen Lüftchen wurde Wind, nicht beißend, aber stark genug, ihr die Haare ins Gesicht zu wehen. Sie wollte sie eben zurückstreichen, als ein Schatten auf sie fiel, und als sie aufsprang, um zu sehen, wer vor ihr stand, verbargen ihr die Strähnen die Sicht.

»Mina?«

Sie musste ihn nicht sehen, um Tinos Stimme zu erkennen. »Du bist noch da?«

Verspätet strich sich Mina die Haare aus dem Gesicht. Der Wind spielte auch mit seinen – etwas kürzer als einst, aber immer noch lockig. Schon vorhin war ihr flüchtig aufgefallen, dass er viel reifer und erwachsener wirkte, aber erst jetzt konnte sie das an seinem Schnurrbart festmachen, der sonnengegerbten Haut, dem ernsten, melancholischen Zug in seinem Gesicht, der vom dunklen, strengen Anzug unterstrichen wurde.

Eine Weile starrten sie sich nur schweigend an, dann blickte Tino auf das Wasser, in das die rostroten Tränen der Sonne fielen.

»Damals … während der Cholera«, begann er zu erzählen. »Ich habe als Freiwilliger im Krankenhaus von Eppendorf ausgeholfen und auf diese Weise einen Arzt kennengelernt. Er hat mich später unter seine Fittiche genommen, zumal er kurze Zeit zuvor seinen Sohn verloren hatte. Nicht, dass ich ihm diesen je ersetzen konnte, aber ich stand ihm doch nahe wie ein Neffe. Er war es auch, der mir ein Studium ermöglicht hat. Ich habe viel gelernt und lange in Hamburg gearbeitet.«

In Hamburg …

All die Jahre hatte er in ihrer Nähe gelebt, und sie hatte das nicht gewusst oder vielmehr: hatte sich keine Gedanken darüber gemacht und jede Erinnerung an ihn verdrängt, weil sie so wehtat. Auch jetzt wurde ihr die Kehle eng.

»Und mittlerweile arbeitest du als Schiffsarzt?«, fragte sie.

Er nickte. »So ist es.«

»Dann ist dein Traum in Erfüllung gegangen.«

Er wandte sich ihr wieder zu und lächelte. Seine weißen Zähne blitzten wie einst, aber ihr entging der schmerzliche Zug um seinen Mund nicht. »Dieser eine Traum schon. Ein anderer jedoch nicht. Ich habe in den letzten Jahren viel getanzt, gescherzt, gelacht, aber nie wieder habe ich jemanden geliebt wie dich.«

Wieder blickten sie sich eine Weile nur schweigend an, denn Mina war nicht sicher, wie sie ihre Gefühle in Worte ausdrücken sollte. Erst als er sich abwandte und ein paar Schritte von ihr wegging, presste sie hervor: »Dass ich damals geheiratet habe … Ich hatte doch keine Wahl. Gewiss, ich habe dir das Herz gebrochen, aber mein eigenes auch. Ich … ich habe Fehler gemacht, schreckliche Fehler, und ich habe …«

Ihre Augen füllten sich mit Tränen, aber ehe sie sie blind machten, war Tino bei ihr, gab die letzte Distanz auf, legte einen Arm um ihre Schultern und verschloss mit der anderen Hand ihre Lippen.

»Sag mir nur, ob es jetzt eine Möglichkeit gibt, mit dir zusammen zu sein.«

Viel zu schnell zog er seine Hand von den Lippen. So gerne hätte sie noch länger seine Berührung genossen, sich ausgemalt, ihn zu küssen.

»Ich bin nicht mehr verheiratet«, murmelte sie, »aber ich habe zwei Söhne. Georg und Lennart. Für sie trage ich die Verantwortung, außerdem für die Werft, für die Mitarbeiter. Ich … ich kann mich nicht einfach aus meinem Leben stehlen.«

»Und ich kann nicht sesshaft werden.«

»Wir stammen aus zwei Welten.«

Minas Stimme klang traurig, doch als Tino wieder lächelte, war es nicht schmerzlich, sondern unbekümmert wie damals, als er sie zur Reling gezogen hatte, sodass der Fahrtwind ihr ins Gesicht blies. »Lustfahrten wie wir sie damals unternommen haben, beweisen doch, dass man zwei Welten vereinen kann.«

Er strich ihr über die Haare.
»Du denkst …?«, setzte sie verwirrt an.
»Ich denke, dass wir beide sehr glücklich sein können, wenn auch nicht an allen Tagen des Jahres. Die Schiffe, auf denen ich in den letzten Jahren die Welt bereist habe, haben so viele Träume wahr gemacht, warum nicht auch unseren?«
Mina brachte kein Wort hervor. Viele Gedanken gingen ihr durch den Kopf, Sorgen um die Söhne, Zweifel, wie er sich das genau vorstellte, aber sie wollte keinen aussprechen.
»Ich habe sie noch«, sagte sie leise.
»Was meinst du?«, fragte er.
»Nun, die Kette. Ich habe sie all die Jahre aufbewahrt.«
Er wusste sofort, welche sie meinte, und sein Lächeln wurde noch breiter. »Deiner Großmutter wird das nicht gefallen, aber ich hoffe, du wirst sie künftig oft tragen«, erwiderte er, und bevor sie noch etwas sagen konnte, zog er sie an sich und küsste sie.
In der Ferne tutete ein Schiff. Das schrille Pfeifen vermischte sich mit einem Rasseln und Quietschen, den Flüchen von Matrosen und dem schiefen Lied eines Betrunkenen, aber Mina nahm nichts davon wahr, als sie seinen Geruch einsog, ihre Lippen verschmolzen, das Abendlicht sie streichelte. Als sie später aufs Wasser blickten, vermeinte sie nicht länger auf festem Boden zu stehen, sondern auf einem Boot über die grünen Fluten zu gleiten … nein, nicht auf einem Boot, sondern auf einem Schiff … dem Schiff der Träume, dem Schiff der Sehnsüchte, der Krone der Meere.

Epilog

Hamburg, 4. Januar 1901

Am Tag, als die *Victoria Luise,* dieser weißgoldene Millionärstraum, der den Passagieren auf Lustreisen einen bislang unerreichten Komfort bieten sollte, zu seiner ersten Fahrt aufbrach, trieben Eisschollen auf der Elbe. Weiße Wolken stiegen aus den Mündern der Passagiere, die von Deck aus winkten, und nicht minder froren die Schaulustigen, die sich im Hafen versammelt hatten, um das ablegende Schiff zu verabschieden. Zuerst würde es nach New York fahren, dann eine mehrwöchige Reise in der westindischen Inselwelt unternehmen.

Wegen des dichten Gedränges wurden die steif gefrorenen Glieder etwas wärmer, doch die vielen Menschen erschwerten die Sicht – vor allem für die Kinder. Jakob saß auf Jonathans Schultern, aber Lori beklagte sich ständig, dass sie zu wenig sehen würde, obwohl Jonathan sich doch nur ihretwegen dazu hatte breitschlagen lassen, heute zum Hafen zu kommen.

Noch auf dem Weg hierher hatte er es nicht lassen können, herumzunörgeln, sollten die Kinder seiner Meinung nach doch von einer gerechteren Welt träumen, nicht von Luxusschiffen.

»Nun hab dich nicht so«, hatte Bethy gesagt. »Wir gehen nicht dorthin, weil wir von Luxusschiffen träumen, sondern weil wir uns von Mina verabschieden.«

Diesem Argument konnte Jonathan nichts entgegenhalten, und eben winkte er selbst Mina zu, die mit Tino und den beiden Söhnen an Bord gegangen war. Ob der Entfernung konnte Bethy nicht in ihrer Miene lesen, aber sie war sicher, dass sie über das ganze Gesicht lächelte und genauso glücklich und aufgeregt war wie an jenem Januartag vor zehn Jahren, als sie mit der *Augusta Victoria* aufgebrochen waren.

»Ich sehe immer noch nichts!«, klagte Lori indes wieder.

»Sei froh«, meinte Tobias barsch. »Dann bleibt dir der Anblick dieser monströsen Hässlichkeit erspart.«

»Hässlich? Bist du irr?«

»Na, na«, warf Bethy ein.

»Aber die *Victoria Luise* ist doch wunderschön«, bestand Lori. »So ganz in Weiß und mit den zwei schlanken Masten!«

»Aber dieser hoch aufragende Klipperbug ist für einen Dampfer völlig sinnlos«, erklärte Tobias besserwisserisch. »Das war eine Schnapsidee des Kaisers.«

Jonathan lachte. »Nun, die vielen Anregungen Seiner Majestät, die es zu berücksichtigen galt, boten der HAPAG eine gute Ausrede. Vom Streik, der die Jungfernfahrt um ein halbes Jahr verzögert hat, spricht niemand mehr. Alle Welt munkelt, dass es die Extrawünsche des Kaisers waren, aufgrund derer sich der Stapellauf immer weiter verschoben hat.«

»Wie auch immer«, schaltete sich Bethy ein, »wegen der Krise in Ostasien hätte die Reise ohnehin nicht früher beginnen können.«

Sie waren beim besagten Stapellauf und der Schiffstaufe dabei gewesen, da Mina sie zu beidem eingeladen hatte. Jonathan hatte schon damals gemäkelt, aber für Bethy war es ein durchaus erhebender Anblick gewesen, als das letzte haltende Tau mit einem Beil durchschlagen worden war und der Schiffsrumpf leise schwankend und zitternd in eine langsam gleitende Bewegung überging, um danach mit zunehmender Geschwindigkeit in die Fluten hinabzuschießen. Aus der trägen Masse aus genietetem Stahl war nun, da sie zum ersten Mal ihrem natürlichen Element begegnete, ein schwimmendes Schiff geworden. Anschließend hatte man eine mit einer Schleife dekorierte Sektflasche am Bug zerschlagen und laut den Schiffsnamen genannt, was Jonathan zu der zynischen Frage veranlasste, ob sich die HAPAG etwa keinen Champagner mehr leisten konnte. »Gewiss nicht«, wusste Bethy ihn aufzuklären, »den Sekt hat der Kaiser verlangt, weil der ein deutsches Getränk ist – Champagner hingegen ein französisches.«

Damals war die *Victoria Luise* kaum mehr als ein »schwimmendes Skelett« gewesen, doch in den Monaten, die folgten, hatte sie »Fleisch« und »Muskeln« bekommen, nämlich sämtliche Aufbauten und die prächtige Inneneinrichtung. In diesen Monaten hatte sie die viel beschäftigte Mina kaum zu Gesicht bekommen, doch nun hatte sie die Geschäfte an Johann Hinrich übergeben, um selbst an Bord zu gehen.

Wieder winkte Bethy ihr zu.

»Und sie will künftig wirklich mit Tino und den Söhnen die Welt bereisen?«, fragte Jonathan zweifelnd. »Ich hoffe nur, mit der Werft geht es nicht bergab.«

»Mit dir als neuem Vorarbeiter ganz sicher nicht! Und mit Johann Hinrich verstehst du dich doch gut, nicht wahr? Außerdem wird Mina immer wieder nach Hamburg zurückkehren, um hier nach dem Rechten zu sehen. Sie will eben beides haben … den Alltag und den Traum.« Ihre Stimme klang wehmütig und sehnsuchtsvoll zugleich.

»Und was hält die alte Hedwig Ahlhusen von einem

solch unsteten Leben, noch dazu an der Seite eines ordinären Schiffsarztes?«

»Ach, wahrscheinlich ist sie froh, nicht selbst auf Lustfahrt gehen zu müssen. Damals auf der *Augusta Victoria* hat sie doch ständig herumgenörgelt.«

»Heute ist sie auf jeden Fall nicht hier, aber schau mal! Deine Eltern sind gekommen.«

Tatsächlich! Eben kämpften sich Alba und Werner Borgmann durch die Menschenmenge. Erst winkten auch sie dem Schiff nach, dann standen sie versonnen Arm in Arm. Bethy konnte sich denken, was ihnen durch den Kopf ging: Jene erste Lustreise damals hatte ihr Leben verändert; sie war die Initialzündung gewesen, um ihr Reisebureau zu gründen, und dieses Unternehmen lief immer noch gut, obwohl mittlerweile die meiste Arbeit von den vielen Mitarbeitern erledigt wurde.

»Ich will zu Großmutter!«, rief Jakob, und Jonathan steuerte mit ihm in ihre Richtung.

Bethy wollte den beiden schon folgen, aber dann sah sie, dass Tobias Lori an die Hand genommen hatte und sich die beiden bis zur vordersten Reihe durchgekämpft hatten. Seufzend eilte sie ihnen nach.

Lori war wieder ganz genesen, und bis auf eine Narbe erinnerte nichts mehr an den schlimmen Unfall. Lennart gegenüber, mit dem sie mittlerweile eng befreundet war, hatte sie mit dieser Narbe regelrecht geprahlt. Gewiss würde ihr der Junge in den nächsten Monaten fehlen, doch als Lori ihm nachwinkte, spiegelte sich in ihrer Miene nicht nur Abschiedsschmerz, sondern auch Neid. Bethy verstand das allzu gut. In ihr stritten ja auch zwei Seelen, als sie jetzt zu ihr trat: Einerseits hätte sie sie am liebsten davor gewarnt, sich nach einem anderen, besseren Leben zu sehnen, brachte dies doch nur Verbitterung.

Auf der anderen Seite sollte es dem Mädchen doch erlaubt sein, zu träumen – von Wind und Meer, fernen Ländern, der Freiheit, dem Glück.
Das Schiff entfernte sich immer weiter von der Mole und zog eine breite, weiße Spur im dunklen Wasser. Die Eisschollen schaukelten, und als Licht darauf fiel, glitzerten sie so stark, dass Bethy die Augen schließen musste.
»Irgendwann werde ich auch so eine Lustfahrt machen«, verkündete Lori.
»Du willst so eine Reise machen?«, höhnte Tobias. »Träum weiter! Das können sich nur ganz reiche Leute leisten.«
»Na und?«, sagte Lori trotzig. »Vielleicht ist diese Art zu reisen irgendwann auch für ganz normale Leute erschwinglich. Und falls nicht, dann werde ich eben reich.«
Tobias lag wohl eine böse Bemerkung auf den Lippen, aber ehe er weitersprechen konnte, rief Bethy streng: »Schluss jetzt! Lasst uns eure Großeltern begrüßen.«
Etwas widerwillig folgten ihr die Kinder, als sie sie mit sich zog, und sobald sie Werner und Alba erreichten und die beiden sie umarmten, hatten sie keine Augen mehr für das Schiff.
Bethy aber drehte sich um und sah ihm lange nach.
Viel Glück in deinem neuen Leben, Mina. Viel Glück auf deiner ersten Fahrt, Victoria Luise.

Historische Anmerkung

Als ich vor einigen Jahren meine erste Kreuzfahrt nach Dänemark und Norwegen unternahm, lernte ich die Vorzüge dieser Art des Reisens rasch schätzen: Jeden Tag lernt man einen neuen Ort kennen, ohne dass man ständig den Koffer packen muss. Wenn das Schiff ablegt, liegt diese besondere Aufbruchsatmosphäre in der Luft. Und nach eindrucksreichen Ausflügen kann man den Komfort an Bord genießen.
Mit großem Interesse las ich einige Zeit später einen Zeitungsartikel über die Geschichte der Kreuzfahrt, die – wie ich nun erfuhr – eine »deutsche Erfindung« war.
Die damaligen Reisen unterscheiden sich zwar von den heutigen – so war eine »Lustreise« im 19. Jahrhundert ein Privileg der oberen Gesellschaftsschicht, das Leben an Bord ungleich dekadenter und die Landausflüge langwieriger und mühseliger –, aber es gab eine entscheidende Parallele: Einst wie jetzt bestand der Reiz darin, das Vergnügen einer Schiffsfahrt mit einer Entdeckungsreise an geschichtsträchtigen oder landschaftlich eindrucksvollen Orten zu verbinden.

Das Thema hat mich nicht mehr losgelassen, und bald reifte der Entschluss, darüber einen Roman zu schreiben. Und obwohl in diesem vieles erfunden ist – so die Schicksale der Hauptprotagonisten –, beruhen doch viele Details getreu dem Motto, dass das Leben oft die besten Geschichten schreibt, auf Fakten.

Das betrifft zunächst die Vorgeschichte der Kreuzfahrt, also jene Entwicklung von strapaziösen Seereisen hin zu Vergnügungsfahrten, die nicht zuletzt durch diverse technische Entwicklungen und dem Bau größerer, schnellerer und vor allem sicherer Schiffe ermöglicht wurde. Der entscheidende Kopf hinter der »Idee Kreuzfahrt« war ohne Zweifel Albert Ballin – eine Tatsache, der ich im Roman Rechnung getragen habe. Dass allerdings zeitgleich auch andere Reedereien diese Idee entwickelten (wie in meinem Fall die Ahlhusens) ist nicht aus der Luft gegriffen, veranstalteten damals doch norwegische oder amerikanische Reedereien ähnliche Reisen. Diese erfüllten hinsichtlich Komfort und Länge der Fahrt zwar nicht die Kriterien einer »Kreuzfahrt« wie die Mittelmeerexpedition der *Augusta Victoria*, wiesen aber ebenso in die Richtung »Schiffsreisen als Vergnügen« wie die Hafen- oder Elbfahrten bzw. die Ausflüge nach Helgoland oder zu den Ostseebädern, die etliche deutsche Reedereien anboten. Auch die erste »Ausflugsreise« der Bremer Lloyd zur Isle of Wight fällt in die entsprechende Kategorie, selbst wenn es deren Hauptkonkurrent, die HAPAG, war, die die Idee einer Lustreise am konsequentesten entwickelt, umgesetzt und fortgeführt hat.

Die erste Lustreise der *Augusta Victoria* wurde von zahlreichen Journalisten begleitet, weswegen mir umfangreiches Quellenmaterial in Form von Reiseberichten, aber auch Zeichnungen und Photographien zur Verfügung stand. Erwähnen möchte ich an dieser Stelle die Bücher *Backschisch: Die erste deutsche Kreuzfahrt im Jahre 1891* von Gerd Fahrenhorst und Christian W. Allers sowie *Die Orient-Reise der ›Augusta Victoria‹ vom Januar bis*

März 1891 nach den Berichten in den Feuilletons, des ›Hamburger Fremdenblatt‹ und des ›Berliner Börsen-Courier‹ von H. Weth. Fast alles, was ich über diese Reise berichte – sowohl Anekdoten vom Bordleben als auch die Beschreibungen der Landausflüge –, entstammen diesen Aufzeichnungen. Manchmal galt es, ein wenig zu raffen oder zu vereinfachen, doch keine Begebenheit – ob die Kaffeeuntertasse, auf der man das Cognacglas servierte, der Schneesturm im Anti-Libanon, in dem fast eine Gruppe der Damaskus-Reisenden verschollen blieb, oder die sogenannten Olympischen Spiele an Bord, bei denen u.a. an mit Himbeersaft eingeschmierten Tauen gekaut wurde – wurde von mir erfunden, sondern hat sich tatsächlich so zugetragen.
Dass Alba und Werner Borgmann Mr. Moll von Cook unterstützten, ist zwar Fiktion, nicht aber, dass die HAPAG bis 1905 tatsächlich externen Reisebureaus die Organisation der Landausflüge überlassen hat – zuerst Thomas Cook, später Carl Stangen.

Auch die Weiterentwicklung der Kreuzfahrt nach dieser ersten Reise schildere ich entsprechend historischer Fakten: Aufgrund der Cholera und der davon ausgelösten Krise der HAPAG gab es zunächst einen Rückschritt, doch obwohl er dadurch verschoben wurde, war der Bau des ersten, nur für Kreuzfahrtzwecke gedachten Schiffs, der *Victoria Luise,* natürlich nicht aufgehoben. Für diesen war zwar ausschließlich Blohm & Voss verantwortlich, doch die Kooperation mit der Ahlhusen-Werft, wie ich sie schildere, wäre damals durchaus denkbar gewesen, war es doch üblich, gerade in Sachen Schiffsausstattung mit anderen Firmen zusammenzuarbeiten. Ebenfalls historisch verbürgt ist der große Werftarbeiterstreik

1900, der den Bau der *Victoria Luise* erheblich verzögert hat.
Dass die Ahlhusen-Werft, bei deren Beschreibung ich mich an realen Werften der damaligen Zeit orientiert habe, von einer Frau geleitet wird, mag ungewöhnlich erscheinen – und tatsächlich waren die Hamburger Werften um 1900 fest in männlicher Hand, sowohl was die Leitung als auch die Mitarbeiter betraf. Dass damals aber auch Frauen männerdominierte Unternehmen führen konnten, ist nicht völlig abwegig: So hat Sophie Henschel Mitte des 19. Jahrhunderts sechzehn Jahre lang die Maschinenfabrik Henschel & Sohn geleitet, nachdem sie schon zu Lebzeiten ihres Mannes Oscar Henschel regen Anteil an der Firmenpolitik genommen hat. Nach seinem Tod traf sie die betrieblichen Entscheidungen dann allein, wenn auch hinter den Kulissen.
Hildegard Ziese, verheiratete Carlson, wiederum war nach dem Tod ihres Mannes 1924 zweieinhalb Jahre die Besitzerin und Leiterin der Danziger Schichau-Werft.

Die Kreuzfahrt – ein Begriff, der ab 1900 den der Lustreise ablöste – blieb ein florierender Geschäftszweig der HAPAG. Zwar nahm die *Victoria Luise* ein eher unrühmliches Ende – sie lief im Winter 1906 vor Jamaika auf Grund und war verloren –, aber es wurden weitere Schiffe nach ihrem Vorbild gebaut, z.B. die *Meteor*, die bis 1914 viele Reisen unternahm. Die HAPAG hielt in diesem Zeitraum nahezu das Kreuzfahrt-Monopol, doch mit dem Ersten Weltkrieg war die glorreiche Zeit der ersten Kreuzfahrten zunächst zu Ende. Erst in den Zwanzigerjahren wurde die Idee wiederbelebt, diesmal von vielen Reedereien, die miteinander konkurrierten. Wieder wurde den Passagieren an Bord aller erdenklicher

Luxus geboten, doch zugleich gab es erstmals auch Bestrebungen einer Demokratisierung der Kreuzfahrten – sprich: auch der Mittelschicht zum Vergnügen einer solchen Reise zu verhelfen. Das aber ist eine andere Geschichte, die ich Ihnen, wer weiß, vielleicht irgendwann erzähle.

CARLA FEDERICO

Im Land der Feuerblume

Roman

Hamburg 1852: Im Hafen begegnen sie sich das erste Mal: die junge abenteuerlustige Elisa, der nachdenkliche Cornelius und ihre Familien, die das Wagnis eines neuen Lebens in Chile eingehen wollen. Jeder erhofft sich etwas anderes von dem Land seiner Träume. Bereits auf dem Schiff, das sie in die ferne neue Heimat bringen soll, entbrennt Elisa in glühender Liebe zu dem oft so melancholischen Cornelius. Doch stets scheint dem Glück des jungen Paares etwas im Wege zu stehen: die unerbittliche Natur, die sie vor immer neue Herausforderungen stellt, aber auch Missgunst und Eifersucht …

KNAUR

Die atemberaubende Fortsetzung von
Im Land der Feuerblume

CARLA FEDERICO

Jenseits von Feuerland

Roman

Punta Arenas, die südlichste Stadt der Welt. Hier kämpfen zwei Frauen, die unterschiedlicher nicht sein können, um ihre Zukunft und ihre Freiheit – und um die Liebe: Emilia ist die Tochter von deutschen Auswanderern und flieht von zu Hause, nachdem sie ein dunkles, beschämendes Familiengeheimnis enthüllt hat. Die zurückhaltende Rita dagegen hat nur einen Wunsch: Sie will von den Chilenen als Weiße anerkannt werden, denn sie ist die Tochter einer Weißen und eines Mapuche und wird als Mischling brutal verfolgt. Im sturmgepeitschten Patagonien entscheidet sich das Schicksal der beiden Frauen …

Die ersehnte Fortsetzung von
Jenseits von Feuerland!

CARLA FEDERICO

Im Schatten des Feuerbaums

Roman

Santiago de Chile zu Beginn des 20. Jahrhunderts: Hier kämpfen die beiden jungen Frauen Victoria und Aurelia um die Erfüllung ihrer Lebensträume. Aurelia ist eine begabte Malerin und wird bereits als Jahrhunderttalent gerühmt. Doch als der reiche Bankierssohn Tiago um sie wirbt, stellt sie ihre Berufung hinter ihr Liebesglück. Während Victoria für die Rechte der Frauen und Arbeiter streitet, gerät Aurelias Ehe in Gefahr, denn der beste Freund ihres Mannes macht ihr heftige Avancen. In der Glut der Atacama-Wüste entscheidet sich das Schicksal der beiden Frauen …

Süffig, spannend, exotisch!

Drei Frauenschicksale –
zwei Kontinente –
ein halbes Jahrhundert

CARLA FEDERICO

Die Rosen von Montevideo

Roman

Montevideo 1843. Der Frankfurter Bankierssohn Albert Gothmann verliebt sich Hals über Kopf in die lebenslustige Rosa, Tochter einer der ältesten spanischen Familien Uruguays. Doch ihre Liebe zwingt sie zum Verzicht auf ihre Heimat, ein Schicksal, das fortan alle Nachfahrinnen ihrer Familie teilen. Sind die Frauen stark genug, um für ihre Leidenschaft zu kämpfen?

KNAUR

Träumen Sie sich ganz weit weg!

CARLA FEDERICO

Der Traum von Rapa Nui

Roman

Chile im 19. Jahrhundert. Katharina hat mit ihren 26 Jahren Angst, keinen Mann mehr zu finden. Da kommt ihr eine Anzeige in der Zeitung gerade recht, in der ein verwitweter Schafzüchter von der Osterinsel eine Frau und Mutter für seine Kinder sucht. Voller Hoffnung bricht Katharina auf. Doch ihre Sehnsüchte scheinen sich nicht zu erfüllen, denn das Leben auf der Osterinsel ist hart, und ihr Mann hält nicht viel von zur Schau getragenen Gefühlen. Katharina ist entschlossen, durchzuhalten und sich nicht den Unbilden des Klimas und der Rauheit der Menschen geschlagen zu geben – vor allem nachdem sie dem Missionar Aaron begegnet, der sie vom ersten Augenblick an fasziniert.

Der neue große Roman von der Bestsellerautorin Carla Federico!